# 台灣新文學史（上）

陳芳明◉著

A History of Modern Taiwanese Literature

十週年紀念新版

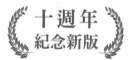

獻給

葉石濤 先生
牽引我走入台灣文學

余光中 教授
最早讓我嚐到詩的滋味

齊邦媛 教授
教導我如何從事文學批評

謹呈

十週年新序

# 二十餘年如一夢，此身雖在堪驚

陳芳明

《台灣新文學史》出版於二〇一一年十月，當年出版時，曾經非常擔心不會有任何市場。仍然記得那年十一月舉行新書發表會時，竟然有四百餘人湧入現場參加，地點是國家戲劇院的頂樓大廳。有太多參與者是我從未認識，卻都因為文學史的出版而從不同城市湧來。這部文學史的書寫，是從二〇〇〇年到達政治大學校園後才正式動筆。一旦開筆書寫，就無法停止下來。中間穿越過太多的政治起伏，也穿越過兩個世代的學生。從最初在靜宜大學開授台灣文學史，又經過在暨南大學的九二一大地震，最後才在政大的山上校區安頓下來。持續不斷的閱讀，再加上連綿不絕的書寫，那樣的苦讀苦寫，可以說不分晝夜。

那年夏天的七月，終於全稿殺青之際，我一個人在研究室裡發出驚聲尖叫。那是我長期壓抑著情緒，而終於獲得心靈的解脫。那是一種卸下枷鎖的喜悅，也是一種閉門慶祝的解放。如果人生可以捲土重來，我絕對不會選擇文學史的書寫。尤其最初開始動筆撰寫時，就引來陳映真先生的挑戰。雙方大約有三個回合的來回辯論，那是我生命中刻苦銘心的記憶。打完那次論戰時，我對自己的思維方式與感覺結構，已經充滿了信心。

這部書出版之前，中國曾經為了展開對台的統戰，從一九八〇年以後就出版十幾冊的「台灣文學史」。每本書的前言永遠都出現固定的兩句話：「台灣是中國神聖不可分割的領土」、「台灣文學是中國文學的支流」。他們把文學史當作政治史來處理，等於是矮化台灣文學的美學高度與深度。這些粗糙而氾濫的抄寫，正好彰顯了他們的心靈是多麼幼稚。如果台灣學者無法寫出自己的文學史，就只能平白接受北京的踐踏。台灣文學有其主體性與整體性，殖民地時期的台灣作家，就已經意識到為台灣留下自己的感覺與美學。縱然他們使用日文，絕對不是日本文學的下游或支流。只有北京的御用學者，才會如此輕蔑台灣文學主體性的存在，如此貶抑台灣文學的豐富美學。

因為接受過歷史訓練，從輔大歷史系到台大歷史研究所，一直到美國華盛頓大學對宋代歷史的投入，已經讓我養成對原始資料的重視。在書寫《台灣新文學史》的時刻，我非常注意作家的出生年代與他的社會背景。所有的文學作品，不僅是作者生命的產物，也是時代精神的產物。受到時間與空間的限制，每位作者能夠發揮出來的想像力，自然有其獨到之處，也有他時代背景的限制。重新回顧當年在撰寫這部作品時，總是會特別注意到作者的時空環境。每個歷史階段，都決定作家的創作風格與藝術精神。這部作品出版了十年之後，仍然還可以察覺當年書寫時的心情。面對不同歷史階段的文學作品，還是不能不對每位作家致以最高敬意。他們為自己的時代留下最佳的美學演出，也為自己的社會留下非常特殊的風格。無論是個人創作或是通過結社而形成流派，都已經在流動的時間過程中留下印記。

十年，幾乎就是一個世代。這部文學史作品，能夠讓許多年輕讀者仔細閱讀，那應該是我的榮幸。以我現在的思考能力與健康狀況，似乎已經不可能重新填補或改寫。我強烈感受到自己正篤定進入晚年，已經無法勝任龐大的論述。如今我只剩下撰寫散文的能力，或只是勝任書評與書序的工作。十年來，見證年輕的世代已經誕生，也見證新的文學技巧與批評範式不斷崛起。歷史地平線不斷在我前面浮起時，讓我對台灣文學的發展感到喜悅。我這輩的知識分子，基本上都經歷過二二八事件的血洗，也經歷過五〇年代白色恐怖的威嚇。那樣的大環境形成了我這個世代的人格與風格，這是一種先天的生命條件，也決定了我們對文學與審美的態度。穿越過那麼多政治陷阱，在發言之際，總是需要拿捏分寸。我曾經在海外參加過反對運動，返台之後又參加了反對黨的政治活動。這些生命經驗自然而然也形成了我靈魂深處的美學，在撰寫文學史的過程中，也將這樣的美學融入歷史書寫。這也說明了為什麼我一直期待新世代可以寫出一部新的文學史，在不受政治恐嚇的情況下，應該可以更從容品評前人的文學作品。

在校園裡，我仍然在開授「台灣文學史」的課程。我從來不會以這部《台灣新文學史》為課本，而是另外撰寫講義分發給學生。這樣在授課之餘，才有可能對文學作品挖掘出額外的美學與風格。在授課之際，我會介紹最新出版的年輕作家作品，讓他們可以發現並感受當代的文學風景。就像我常常說過，文學史是一種往後看的閱讀。欣賞年輕世代的作品，則是一種往前看的閱讀。年輕作家的創作技巧與文學風格，似乎是帶著我去看未來的風景。出現在我眼前是一片遼闊的水域，新的地平線不斷浮起。每一片波浪都向我強烈暗示，更新的世代正持續不懈地湧來。

完成這部歷史作品已經屆滿十年，不免讓我感到驚心，稍縱即逝的感覺竟是如此強烈。距離當初動筆時，二十年已經過去，內心不免浮起這樣的感覺：「二十餘年如一夢，此身雖在堪驚。」這部作品能夠持續讓台灣讀者閱讀十年以上，身為作者自然感到非常幸運。書中對每位作家、每部作品的評價，應該只是屬於我個人的美感。我深深相信，不久以後會有一部嶄新的文學史出現，取代我在上個世紀所表現的美感。非常感謝聯經出版公司與我長期的合作，非常感謝我的學生在閱讀這部作品時也給我意見。

二〇二一・十・二十二
政大台文所

編按：由於「臺」、「台」二字在使用上並行不悖，為方便讀者閱讀，除人名外，本書提及之書刊、報紙、組織、單位等，皆使用「台」字。

序言

# 新台灣・新文學・新歷史

陳芳明

如果有一個書寫工程可以苦惱十年以上，可以使一位投入者從盛年走到黃昏歲月，而又終於沒有放棄，那一定是刻骨銘心的生命書。站在時間的盡頭這邊，回望最初落筆的第一章，已經無法推測當年的心情。能夠堅持走到這麼遠，魂魄深處其實已經落下許多歷史痕跡。中間經歷的驚濤駭浪，曾經動搖最初的信心。生命中，來自政治現實的打擊，兩度粉碎了對文學的嚮往。第一次是在一九七九年，美麗島事件發生，使年少的自由主義者陷入理想崩潰的狀態。第二次是在二〇〇六年，綠色當權者爆發貪腐事件，使長年的民主追求者癱瘓在無邊的失落。一息尚存之際，在寂寥的、不為人知的角落暗自舔舐傷口。在最痛苦的時候，歷史書寫反而成為一種心理治療。整個療程很慢，很冗長，很枯燥，卻容許一個脆弱的魂魄，慢慢從黑暗深淵攀爬出來。

台灣新文學史的建構，確實是龐大的挑戰。所謂新，指的是現代的到來。島上住民開始迎接現代文化的降臨，完全不是出自主觀願望，而是因為淪為日本殖民地而被迫接受。因此，「現代」一詞所具備的意義，比起西方現代的崛起還要複雜。如果是從社會內部緩慢改造，配合政治經濟的相應變革，而且是以漸進的速度慢慢前進，則現代化所帶來的文化衝突，就不可能那麼劇烈。台灣的現代化卻是在殖民權力的裹脅之下，以最迅速的節奏在一夜之間席捲小小的海島。新文學的誕生，正是台灣第一代知識分子所推展的啟蒙運動之一環。透過文學形式的表現，一方面揭露殖民地統治的本質，一方面介紹世界最新的文化趨勢。因此，從一九二〇年代發軔的台灣新文學運動，先天就帶有強烈的抵抗與批判，而且也與生俱來就是要追求自主與開放。這本文學史寫得如此艱難，就在於它不能擺脫政治社會發展的羈絆，而只是專注於美學的挖掘與探索。早期的文學作品，文化意義往往超越藝術精神。具體而言，作家在遣詞用字之際，不能只是單純表現他們的感情，而必須同時表達思想上的困頓與政治上的挫折。

十二年前開筆時就已經意識到，這本文學史需要兼顧藝術的演變與政治的流變。這種雙軌思考，為的是要更貼近殖民地文學的本質。畢竟，在帝國主義的控制下，文學已不純然是文字技巧的演出，其中還注入精神的凌遲與折磨。從一九二〇年代的思想啟蒙，歷經三〇年代寫實主義的抬頭，以至四〇年代前半葉的戰爭時期，非常鮮明顯示，台灣作家未嘗須臾偏離權力的支配與宰制。在撰寫過程中，整個心靈可以感受台灣先人在飄盪時期所產生的悸動。從第一章寫到第八章，大約耗費兩年的時間。然而，完稿時卻赫然警覺，許多新的史料紛紛出土。進入二十一世紀之後，文學史料開始大量整理，無數台灣作家全集不斷推陳出新。包括賴和全集、楊逵全集、張文環全集、龍瑛宗全集，都是在文學史定稿之後才付梓出版。下筆太早，出版太晚，便暴露這本文學史的缺陷；然而感到欣慰的是，台灣文學研究已不再是受到邊緣化的學問。對於任何一位作家的討論，不可能只是關在平靜的校園裡進行。細讀前人的作品時，即使是一篇小說或一首詩，都可發現作家的內在靈魂，不時與外在現實進行無盡止的對話。確切而言，台灣文學是最靠近台灣社會的一門知識。

從第九章寫到第十八章，又艱苦跋涉了兩年，亦即橫跨蒼白的戰後初期，到一九六〇年代現代主義文學巍然崛起。這是截然不同的文學風景，在殖民地時期，台灣作家書寫時，混融地使用日語、台語、白話文，卻備極艱辛地營造出規模有限的作品；而那段時期藝術成就最高的文學，竟然是使用日語來完成。戰爭結束後，國語政策的強勢推展，使日據時代的作家不得不停筆或封筆。五四文學的白話文傳統，開始傳播到台灣。然而，在嚴苛的反共年代，台灣文學竟發生雙重斷層：一是與殖民地文學切斷聯繫，一是與三〇年代中國左翼文學完全割裂，使批判精神與抵抗文化不免受到重挫。在威權時代，凡是不符合政治要求的文學，都被劃入禁林之列。不過，戰後台灣作家還是以迂迴的方式，繞過思想檢查而開始構築精緻的藝術心靈，那就是現代主義時期的到來。一場壯觀的美學運動於焉展開，那幾乎是等同於另一次的文學革命。作家的創作技巧，不僅進入深層的心靈世界漫遊，而且也挖出前所未有的感覺與想像。文字的提煉與濃縮，使漢文傳統的藝術之美臻於高峰。無論從詩、散文或小說來看，綿密的節奏，細膩的情緒，幽微的暗示，使作家的審美追求推到最遠的邊境。這段時期不僅改寫白話文「我手寫我口」的脾性，也使生活語言昇華成為優雅絕美的文字表演。

然而文學史書寫的進程，並沒有如預想那樣順利。二〇〇六年，貪腐事件浮上檯面，對於曾經涉入政治運動的理想主義者，可以說遭逢前所未有的打擊。本土的回歸，曾經是海外遊子的終極願望；民主的實現，也曾經是一個世代知識分子的崇高夢想。在赤裸裸的政治場域，竟然見證當權者高舉本土的旗幟，而戴上民主的假面，毫無節制地讓自私的欲望氾濫。事件驟然爆發，使長達三十年的生命追求立刻回到原始狀態。整個戰後世代所押注的夢，最後證明是一場空幻。如果一切必須從頭再來，不免開始追問：文學是什麼？藝術是什麼？歷史又是什麼？一個時代的最佳心靈，往往需要經過好幾個世代的奉獻與累積。付出那麼大的代價，卻抵不住一隻貪婪的手。回望未完成的文學史手稿，所有的希望都搖身變成虛妄。現實社會的崇高價值，若是無法定義，又如何去界定歷史上的藝術成就？那已經不是「挫折」一詞可以概括。歷史上流浪的台灣，在那撩亂的時期，終於還是沒有找到回歸的道路。

所謂本土，不應該是指島上的單一族群；所謂民主，也不應該是特權的代名詞。從文學史的觀點來看，本土化與民主化，無疑是可以互相代換的同等價值。自現代主義勃興以降，台灣文學發展能夠出現盛況，其實是匯入不同族群、不同性別、不同價值的書寫方式。台灣文學能成其大，正是在於不擇細壤，也不擇細流；它容許差異，也容許多元，因此本土文學就是民主精神的最高表現。權力往往只是興衰與更替，藝術則是繼承與累積。在「本土」一詞誕生之前，台灣文學的成就早已存在；不能因為信仰本土的意識形態，就必須扭曲變造過往的藝術成就。或者把前人的努力，都悉數收編到短暫的權力。文學可以包容政治，如今卻發現政治在窄化文學。如果容許這種粗暴態度，等於是把歷史上的文學記憶全然擦拭淨盡。

在文學盛放的地方，正是受傷心靈獲得治療之處。台灣島上所有的文學成就，不可為一時的政治信仰服務，更不可淪為一個庸俗當權者的工具。對狹隘本土回敬的最佳方式，便是重新挺起史筆，以漂亮的文學反擊污穢的政治。這本文學史重新開筆，是在二〇〇八年之後。再次以文學的力量撐起意志，艱苦地走出生命中最黯淡的階段。台灣文學在戰後最精采的階段，莫過於現代與鄉土之間的拉扯。它意味著歷史轉型與社會轉型，究竟是開門接受外來的影響，還是關起門來進行自我營造？這個問題無疑是戰後台灣作家的最大考驗。重新面對這段歷史之際，在內心確實湧起掙扎的感情。作為一個本土派論者，畢竟還有一些意識形態的幽靈在作祟。非得讓本土成為一種歷史的雄辯不可，也非得讓台灣成為鮮明的文學意象不可。那種執念，使得手上的筆躊躇不前。

反覆求索之餘，頓然有了深刻的覺悟。本土不應該是神聖的人格，也不應該是崇高的信仰。它其實是一個開放的觀念，所有在歷史之河漂流的族群，所有在現實之鏡映照出的移民，選擇在海島停泊時，他們的情感與美學也都匯入了本土。台灣原是一個流動的空間，除了原住民之外，所有的族群都是移民的後裔。台灣文學是一張拼圖，也是一塊拼布。每個世代、每個作家都致力於剪裁的藝術，注入他們最好的想像，運用他們最好的手法，為的是使這個海島變成無懈可擊的美好圖像。

這本文學史的詮釋角度，是從後殖民史觀出發。後殖民的觀念，長年以來，往往受到誤用與濫用。似乎只要站在批判和反對的立場，就可完成後殖民的解釋。台灣文學從殖民體制與戒嚴體制掙脫出來，確實負載累累的傷痕。台灣文學的前輩作家，嚐盡被損害、被欺負的滋味。然而，流血與流淚並不等於文學，或如魯迅所說，恐嚇與辱罵不是戰鬥。他們能夠從文化廢墟中重新站起來，並不是百般珍惜曾經有過的苦難與痛楚，而是通過文學藝術的洗禮，擦拭血跡與淚水，成為脫胎換骨的高尚人格與高貴靈魂。文學如果是一種救贖，它本身就是最好的武器，對人間的醜惡與污穢展開無盡止的淨化。文學史是一段去蕪存菁的過程，剔除剩餘與殘餘，勇敢面對強權，卻不為強權收編。

真正的後殖民文學，在於消化歷史上所有的美與醜，把受害的經驗轉化成受惠的遺產。獻身於藝術的追求者，在於卸下權力的枷鎖，走出思想的囚牢，以旺盛的創造力、生命力，換取豐饒的美學。傑出的藝術作品，就是最好的戰鬥，也是最好的批判。在一九六〇年代現代主義運動後，台灣文學能夠產生動人心弦的作品，正是因為擺脫了仇恨，也超越了辱罵。藉用壓縮的精緻文字，烘托出整個時代的苦悶與幽暗。在七〇年代鄉土文學運動中的最佳作品，往往是在庸俗的故事裡，彰顯人性的寬容與無私。進入八〇年代以後，當威權體制開始鬆動時，女性文學、同志文學、原住民文學能夠開闢全新的天地，就在於透過文字藝術嘲弄權力、調侃歷史、挑逗主流。後殖民作家深深理解，文學是跨世代、跨國界的藝術，不會被歷史情境綁架，也不會淪為政治權力的人質。在歷經苦難之後，提煉出來的文學，反而是以開放寬容態度，到達昇華救贖的境界。

斷斷續續寫了那麼長久的日子，受盡寂寞時光的凌遲。終於敲下全書最後一個句點時，所有的折磨立即消失無蹤。卸下精神上的枷鎖時，看待世界的方式全然翻新。對於海島釀造出來的文學，更加具有信心。值得期待的是，更好的文學在不久之後必將持續誕生。純粹的藝術，必須經過幾個世代才能提煉出來。台灣的民主化還在盤整階段，能夠有現在的文學成就，已是不容易的收穫。真正發光發亮的作品，應該會綻放在未來的盛世。許多朋輩對網路文學頗感憂心，認定年輕作家不可能創造傑出作品。這本史書固然未及寫入網路文學，卻不贊同這種悲觀看法。文學的技巧與形式，永遠隨著時代的更新而不斷發生變革。白話文運動曾經使傳統保守者痛心疾首，但是經過十餘年的文學革命之後，成熟的作品便源源不絕問世。現代主義運動在台灣崛起時，也使文學革命者胡適發出焦慮之聲。他並未意識到那是另一次的文學革命，藝術的全新時代就要開啟。如果預言沒錯，網路文學應該是第三次的文學革命。新世代作家不可能偏離網路時代，他們將在虛擬空間寫出具體的新感覺與新語言。

這本文學史的撰寫，無疑是台灣民主化過程的產物。整個書寫過程，再三與現實的政治波動交錯而過，其間擦出的熾熱火花，只有在埋首振筆之際才能深深體會。曾經發生的流亡經驗，遭遇的民主災難，都消融在複雜曲折的字裡行間。能夠為精采的台灣文學與台灣歷史留下見證，那是生命中所能接納的最好祝福。我的家國、我的時代正要進入一個盛世，迎接之際，樂於以這本文學史的完成，向前輩作家致敬，也向後來的新世代致意。擁有如此豐饒的文學遺產，當可預期下個世代將抵達更輝煌的藝術峰頂。

十餘年來，許多有形無形的心靈都參與了這項龐大的書寫工程。靜宜大學、暨南國際大學、中興大學、政治大學的學生，親自感受過這本書是如何從草創變成繁複。在授課的漫長歲月裡，他們的寬容與諒解，都注入每一章節的修訂、增刪、補充、潤飾。沒有他們的出席，這本書也許就會永遠缺席。每位學生的名字不可能一一牢記，但是留下的難忘互動經驗，都微妙暗藏在書中文字的轉折、跳接、換段、敘述之間。對於被我誤過的學生，現在必須要表達最深歉意與最高敬意。他們終於看見這本書的出版，曾經給他們的承諾果然沒有落空。我的助理其實是我真正的助手，我長年用手寫稿，都因他們的協助而得以順利變成文字檔。為了表達誠摯謝意，容許我寫出他們的姓名。靜宜大學時期的邱雅芳，對本書的初稿貢獻最多，現在她已是助理教授。我的學生胡金倫，幫忙最大，曾經數度與我工作到清晨。政治大學幾位值得信賴的助理，蘇益芳、陳晏晴、林婉筠、劉侃靈、李婉伊、陳怡蓁、許佳璇，對本書的下半部用力甚深。郭羿彣不是助理，卻自動要求來打字。必須特別提到李伊晴，從今年初春到夏天的多少週末，都自動樂意加入，使落後的進度適時趕上，給我難以忘懷的記憶。政治大學台灣文學研究所的同事，范銘如、孫大川、曾士榮、吳佩珍、崔末順、紀大偉，以及兩位助教張幼群、吳慧玲，都直接間接給我精神上的支持。他們與我共同建立一個完整的研究所，是我學術生涯中罕見的革命感情。政大中文系的教授，在許多困難時刻伸以援手，是我重要的支柱。尤其是尉天驄教授，表現的治學精神與人格風範，都是最佳感召。本書獻詞頁特別表明呈獻給我生命中的啟蒙者，葉石濤先生、余光中教授、齊邦媛教授，他們是我文學志業的關鍵前輩。政治大學給我最好的研究環境，也給我優秀的學生。沒有開放的校園，就不可能容納多元駁雜的思考。這本書能夠順利完成，正是得力於國內唯一人文社會學科的這所學校。最後最高的謝意，必須歸給一起受苦的妻子高瑞穗，從流亡歲月到安身立命，她全程陪我走過。我的兩個孩子，陳宜謙（Kenbo），現在是加州蘋果電腦的工程師，與陳宜群（Judy），現在於荷蘭從事社區營造工作，對於我長期的離家都抱持諒解與支持。知識有其極限，情感卻無可限量，那是這本書最豐沛的資源。

# 目次

# 第一章

# 台灣新文學史的建構與分期

台灣新文學運動的展開，是在一八九五年台灣淪為日本殖民地之後才發生的。大清帝國在甲午戰爭挫敗後割讓台灣給日本，等於是全盤改寫這塊島嶼的歷史。島上的原住民社會與漢人移民社會，在一夜之間，被迫迎接一個全新的殖民社會。在日本殖民體制的支配之下，不僅使台灣與中國之間的政經文化聯繫產生嚴重的斷裂，也使島上住民固有的生活方式受到徹底的改造。原是屬於以農業經濟為基礎的傳統封建社會，在殖民政策的影響下，急劇轉化成為以工業經濟為基礎的現代資本主義社會。台灣社會的傳統漢文思考，也正是受到整個大環境營造的改變而逐漸式微，而終至沒落。取而代之的，是現代化知識的崛起，以及資本主義的擴張與再擴張。就是由於這種新世紀的到來，台灣新文學才開始孕育釀造。

台灣新文學是二十世紀的產物，也是長期殖民統治刺激下的產物。站在二十世紀的終端，回首眺望整部文學史的流變軌跡，彷彿可以看到這個傷心地的受害歷史，也好像可以見證島上住民的奮鬥歷史。從最初的荒蕪未闢到今天的蓬勃繁榮，台灣文學經歷了戰前日文書寫與戰後中文書寫的兩大歷史階段。在這兩個階段，由於政治權力的干預，以及語言政策的阻撓，使得台灣新文學的成長較諸其他地區的文學還來得艱難。考察每一歷史階段的台灣作家，都可發現他們的作品留下了被損害的傷痕，也可發現作品中暗藏抵抗精神。從這個角度來看，要建構一部台灣新文學史，就不能只是停留在文學作品的美學分析，而應該注意到作家、作品在每個歷史階段與其所處時代社會之間的互動關係。

朝向一部文學史的建立，往往會牽涉到史觀的問題。所謂史觀，指的是歷史書寫者的見識與詮釋；任何一種歷史解釋，都不免帶有史家的政治色彩。史家如何看待一個社會，從而如何評價一個社會中所產生的文學，都與其意識形態有著密切的關係。因此，在建構這部文學史時，對於台灣社會究竟是屬於何種的性質，就成為這項書寫過程的一個重要議題。台灣既然是個殖民的社會，則在這個社會中所產生的文學，自然就是殖民地文學。以殖民地文學來定位整個台灣新文學運動，當可清楚辨識在歷史過程中殖民者與被殖民者之間的權力消長關係；也可看清台灣文學從價值壟斷的階段，如何蛻變成現階段多元分殊現象；更可看清台灣作家，如何在威權支配下以雄辯的作品進行抵抗與批判。

## 後殖民史觀的成立

台灣新文學運動從播種萌芽到開花結果，可以說穿越了殖民時期、再殖民時期與後殖民時期等三個階段。忽略台灣社會的殖民地性格，大約就等於漠視台灣新文學在歷史進程中所形塑出來的風格與精神，這部文學史的史觀，便是建立在台灣社會是屬於殖民地社會的基礎之上。

在台灣新文學史上的第一個殖民時期，指的是從一八九五至一九四五年，日本帝國主義的統治時期。這段時期見證了日本資本主義在台灣的奠基與擴張，同時也見證了日本霸權文化在島上的鞏固與侵蝕。在這個歷史轉型期，新興的知識分子日益成為社會的重要階層。就像其他殖民地社會的情況一般，台灣知識分子扮演了啟蒙運動的角色。他們參與的啟蒙工作，包括政治運動、社會運動與文化運動。日據時期的知識分子，一方面批判性地接受日本統治者所攜來的資本主義與現代化，一方面也相當自覺地對於隱藏在資本主義與現代化背後的殖民體制；從而進行長期的、深刻的抵抗行動。他們領導了近代式的民族民主運動，介入了農民與工人運動，並且也從事喚醒女性意識的運動。伴隨著政治運動與社會運動的展開，當時的知識分子也開始舉起新文學運動的大纛，對殖民者進行思想上、精神上的對抗。台灣作家以文學形式對日本統治者展開的抗拒行動，可以說與殖民體制的興亡相始終。

文學史上的再殖民時期，則是始於一九四五年國民政府的接收台灣，止於一九八七年戒嚴體制的終結。在第二次世界大戰結束以前，全球有三分之二以上的人口與土地，都有過被殖民的經驗。非洲、中南美洲與亞洲（日本、中國除外），幾乎都淪為帝國主義者的殖民地。人類史上的殖民時期，都隨著終戰的到來而告一段落。每一個有過殖民經驗的國家裡，大部分都可以發現其國內的知識分子開始檢討反省各自在歷史上的受害經驗。這種受害經驗的整理與評估，後來就衍化成為今日後殖民論述的主要根據。

台灣在戰後並沒有得到反省歷史的空間與機會。國民政府來台接收，帶來了強勢的中原文化；他們鄙視台灣的殖民經驗，並且將之形容為「奴化教育」。尤其是在一九五〇年以後，國民政府基於國共內戰的失敗教訓，更加強化其既有的以中原取向為中心的民族思想教育，同時以武裝的警備總部為其思想檢查的後盾。為了配合反共國策，國民政府相當周密地建立了戒嚴體制。這種近乎軍事控制式的權力支配方式，較諸日本殖民體制毫不遜色。從歷史發展的觀點來看，將這個階段概稱為再殖民時期，可謂恰如其分。

進入戰後的再殖民時期，台灣作家的創造力與想像力都受到高度的壓制。這種壓制，既表現在對台灣歷史記憶的扭曲與擦拭，也表現在對作家本土意識的歧視與排斥。就像日據時期官方主導的大和民族主義對整個社會的肆虐，戰後瀰漫於島上的中華民族主義，也是透過嚴密的教育體制與龐大的宣傳機器而達到囚禁作家心靈的目標。這樣的民族主義，並非建基於自主性、自發性的認同，而是出自官方強制性、脅迫性的片面灌輸。因此，至少到一九八〇年代解嚴之前，台灣作家對民族主義的認同就出現了分裂的狀態。認同中華民族主義的作家，基本上接受文藝政策的指導；他們以文學形式支持反共政策，並大肆宣揚民族主義。這種文學作家，可以說是屬於官方的文學。另一種作家，則是對中華民族主義採取抗拒的態度。他們創造的文學，以反映台灣社會的生活實況為主要題材，對於威權體制則進行直接或間接的批判諷刺。這是屬於民間的文學。

官方文學與民間文學，一直是戰後文學史上的兩條主要路線。這兩種文學經歷過規模大小不等的論戰，而終於在一九七七年的鄉土文學論戰中發生了對決。通過鄉土文學論戰之後，民間文學開始獲得台灣社會的首肯。無論這樣的民間文學在此之前，稱為鄉土文學也好，或是稱為本土文學也好，在論戰之後都正式以

「台灣文學」的名稱得到普遍的接受。如果說，戰後文學發展的軌跡便是一段台灣文學正名的掙扎史，應該不是過於誇張的說法。那種掙扎，毋寧是延續日據時期台灣作家的抵抗與批判的精神。

不過，戰後作家從事的抵抗工作，較諸日據時期作家還來得加倍困難。因為，日據時期台灣作家所投入的去殖民化（de-colonization）運動，純粹是針對日本殖民體制而展開的。戰後作家的去殖民工作，則不僅要批判日本統治者所遺留下來的殖民文化殘餘，同時也要抵制政治權力正在氾濫的戒嚴體制。這雙重的去殖民化，構成了再殖民時期台灣文學的重要特色。

文學史上的後殖民時期，當以一九八七年七月的解除戒嚴令為象徵性的開端。所謂象徵性，乃是指這樣的歷史分水嶺並不是那麼精確。進入八〇年代以後，以中國為取向的戒嚴文化已開始出現鬆綁的現象。在政治上，要求改革的聲音已經傳遍島上的每一個角落、每一個階層。在經濟上，由於資本主義的高度發展，台商突破禁忌，逐漸與中國建立通商的關係。在社會上，曾經被邊緣化的弱勢聲音，例如原住民的復權運動、女性主義運動、同志運動、客語運動等等都漸漸釋放出來。因此，在正式宣布解嚴之前，依賴思想檢查與言論控制的威權體制，次第受到各種社會力量的挑戰而出現傾頹之勢。

解嚴後表現在文學上的後殖民現象，最重要的莫過於各種大敘述之遭到挑戰，以及各種歷史記憶的紛紛重建。大敘述（grand narrative）指的是文學上習以為常的、雄偉的審美觀念與品味。在中華民族主義當道的年代，文學的審美都是以地大物博的中原觀念為中心。這種審美是以中華沙文主義、漢人沙文主義、男性沙文主義、異性戀沙文主義為基調。具體言之，大敘述的美學，不免是一種文化上的霸權論述。文化霸權之所以能夠蔓延橫行，乃是拜賜於威權式的戒嚴體制之存在。在霸權的支配下，整個台灣社會必須一律接受單元式的、壟斷式的美學觀念。這種一致性的要求，使得個別的、差異的、弱勢的審美受到強烈的壓制。然而，緊跟著戒嚴體制的崩解，大敘述的美學也很快就引起作家的普遍質疑。

後殖民文學的一個重要特色，便是作家已自覺到要避開權力中心的操控。這種去中心（decentering）的傾向，與後現代主義的去中心有異曲同工之處。因此，有人常常把解嚴後台灣文學的多元化現象，解釋為後現代狀況（postmodern condition）。不過，這裡必須辨明的是後殖民與後現代之間有一很大的分野，乃在於前者側重強調主體性的重建（reconstruction of subjectivity），而後者則傾向於強調主體性的解構（deconstruction of subjectivity）。後現代主義者並不在意歷史記憶的重建，後殖民主義者則非常重視歷史記憶的再建構。以這個觀點來檢驗解嚴後文學蓬勃的盛況，當可發現那是屬於後殖民文學特徵，而非後現代文學的精神。有關這兩種文學的發展概況，當於本書的最後一章詳細討論。

在此有必要指出的是，曾經被權力邊緣化的弱勢聲音，在後戒嚴時期所形成的挑戰格局是相當多元化的。中國大敘述的文學，開始遭逢台灣意識文學的挑戰。然而，台灣意識文學不免帶有大敘述的色彩時，也終於受到原住民作家與女性意識作家的挑戰。同樣的，當女性意識作家開始出現異性戀中心的傾向時，也不免受到同志作家的質疑。這說明了後戒嚴時期的後殖民文學之所以特別精采的原因。台灣意識文學、女性文學、原住民文學、眷村文學、同志文學都同時並存的現象，正好反證了在殖民時期與再殖民時期台灣社會的創造心靈是受到何等嚴重的戕害。潛藏在社會內部的文學思考能量一旦獲得釋放以後，就再也不能使用過去的審美標準當作僅有的尺碼。所有的文學作品，都應該分別放在族群、階級、性別的脈絡中來驗證。

每一個族群，每一個階級，每一種性別取向，都有各自的思維方式與歷史記憶。彼此的思維與記憶，都不能相互取代。不同的族群記憶，或階級記憶，或性別記憶，都分別是一個主體。在日據的殖民時期與戰後的再殖民時期，主體似乎只有一個，那就是以統治者的意志作為唯一的審美標準。在單一標準的檢驗下，社會內部的不同價值、欲望、思考都完全受到忽視。但是，在後殖民時期，威權體制已不再像過去那樣鞏固，劃一的、全盤性的美學也逐漸讓位給多樣的、局部的、瑣碎的美學。因此，在後殖民時期，有關台灣文學的定義概念也有著相應的調整與擴張。

在日據時期，台灣文學是相對於日本殖民體制而存在的。那時期的台灣文學，是以台灣人作家為主體，文學作品內容則充滿了抗議，甚至是抗爭的聲音。到了戰後，台灣文學則是相對於戒嚴體制而存在。這段時期的台灣文學，乃是以受威權干涉或壓迫的作家為主，文學作品如果不是與戒嚴體制保持疏離的關係，便是採取正面或迂迴的抗拒態度。進入解嚴時期之後，台灣文學主體性的議題才正式受到檢討。這個階段的文學主體，就再也不能停留在抗爭的、排他的層面。沒有任何一個族群、階級或性別能夠居於權力中心。在台灣社會裡，任何一種文學思考、生活經驗與歷史記憶，都是屬於主體。所有的這些個別主體結合起來，台灣文學的主體性才能浮現。因此，後殖民時期的台灣文學，應該是屬於具有多元性、包容性的寬闊定義。不論族群歸屬為何，階級認同為何，性別取向為何，凡是在台灣社會所產生的文學，便是台灣文學主體不可分割的一部分。

正是站在這種後殖民史觀的立場上，台灣文學史的建構才獲得它的著力點與切入點。更確切地說，本書所依據的後殖民史觀，便是通過左翼的、女性的、邊緣的、動態的歷史解釋來涵蓋整部新文學運動的發展。

## 台灣新文學史的分期

台灣文學的內容，乃是隨著歷史階段的變化而不斷成長擴充。由於它沾染強烈的殖民地文學色彩，它的語言傳統與歷史傳承便不可避免地發生斷裂。所以，考察整個文學的流變，就不能不放在不同的歷史階段來評斷。所謂不同的歷史階段，便是指文學史的分期。台灣文學史的分期，誠然是一項危險卻又迷人的工作。它之所以是危險的，乃在於台灣作家的文學生涯往往橫跨不同的歷史階段。分期的工作，為的是觀察上與檢討上的方便。然而，為求方便，而把作家劃歸在特定的歷史時期，常常會造成對其文學精神與風格的誤解。但是，它之所以又是迷人的，則是因為可以嘗試在不同時期的不同作家作品裡，尋出共同精神風貌，從而找到一個時代的文化意義。

以不同的分期來觀察歷史，當可發現台灣文學充滿了蓬勃的生機。在建構這部文學史之際，本書依照前述的史觀，分成三大歷史階段亦即日據的殖民時期，戰後的再殖民時期，以及解嚴迄今的後殖民時期。在這三大歷史階段之下，再依照作家作品的風格進行細部的分期。在此，先以表格方式揭示分期的概要：

| |
|---|
| **日據：殖民時期** |
| 一、啟蒙實驗時期（一九二一—一九三一）<br>二、聯合陣線時期（一九三一—一九三七）<br>三、皇民運動時期（一九三七—一九四五） |
| **戰後：再殖民時期** |
| 四、歷史過渡時期（一九四五—一九四九）<br>五、反共文學時期（一九四九—一九六〇）<br>六、現代主義時期（一九六〇—一九七〇）<br>七、鄉土文學時期（一九七〇—一九七九）<br>八、思想解放時期（一九七九—一九八七） |
| **解嚴：後殖民時期** |
| 九、多元蓬勃時期（一九八七—） |

從啟蒙實驗時期到今日的多元蓬勃時期，大約橫跨七十餘年的時光。對於其他社會來說，這樣的歷史毋寧是相當短暫。但是，對於受到不同霸權論述所支配的台灣社會而言，則是非常漫長的。為了使台灣文學史的敘述有較為清楚的結構，這裡首先對於各個分期做一簡單的說明。

## 一、啟蒙實驗時期（一九二一—一九三一）

這段時期是台灣作家摸索語言使用與文學形式的萌芽階段，也是文學運動附屬於政治運動的關鍵時期。台灣第一代的現代知識分子大約在一九一〇年代宣告誕生，他們接受日本殖民者所引進的現代教育，也開始伸出觸鬚去了解世界的政治形勢。在島內，他們見證了一九一五年噍吧哖事件的最後一次武裝起義。在國際上，他們獲悉一九一七年俄國革命成功的消息，也知道一九一八年第一次世界大戰結束後民族自決的思想，更知道一九一九年中國北京發生了五四運動的事實。這些政治情勢帶給他們思想與心靈方面的衝擊，可謂至大且鉅。台灣近代的抗日政治運動，便是在島內外的政治形勢要求下啟開了歷史的閘門。

為了配合政治運動的進程，特別是一九二一年在台北成立了台灣文化協會之後，知識分子已自覺到必須使用文學形式來喚起民眾的政治意識，引導民眾去認識殖民體制的本質。這樣的啟蒙運動，並非把文學視為自主的存在，而是當作政治運動的輔助工具。這是因為在初期階段，較為敬業的作家還未出現。更值得注意的是，台灣淪為殖民地之後，作家的語言選擇變成很大的困惑。究竟是使用古典漢語還是中國白話文，或是台灣本地母語，或是日本殖民者的語言？從新文學發軔之後，就可發現作家各自採取不同的語言從事文學創作。謝春木使用日本話，張我軍選擇中國白話，賴和借助台灣母語，構成了殖民文化的混雜現象。

初期的文學創作，在技巧與結構方面，都顯得極其粗糙。大多數的作品只是停留在實驗的階段。當時作家的抗議心情特別緊張，似乎只要把批判的意志呈現出來，作品的任務便宣告達成。這段時期的文學，從現在回顧起來，顯然史料價值遠勝藝術價值，除了賴和、楊雲萍、陳虛谷等人留下的作品之外，其他作家所經營的文學都無法勝任美學的考驗。

## 二、聯合陣線時期（一九三一—一九三七）

啟蒙實驗時期的文學運動，幾乎與抗日政治運動等長。一九三一年日本政府發動九一八事變，開始對中國展開侵略的行動。為了使軍國主義得到順利的擴張，台灣總督府開始鎮壓台灣內部的政治組織。抗日團體包括台灣文化協會、台灣農民組合、台灣民眾黨、台灣共產黨，悉數被迫解散。許多左翼政治領導者，甚至還受到逮捕、審判、監禁。

知識分子鑑於政治運動的頓挫，遂轉而投入另一波的文學運動。三〇年代台灣文學的重要特色，乃在於作家開始集結起來，以團體的力量專注在文學作品的經營。這段時期發生了鄉土文學論戰，也出現了文學組織，並且也有文學雜誌的發行。歸納這些文學活動，可以得到幾個重要的觀察：第一，台灣作家已經意識到必須採取聯合陣線的方式，以文學團體形式批判殖民體制。聯合陣線指的是作家暫時拋開意識形態或政治信仰，而以日本殖民者為共同的敵人，進行使命式的文學抗爭。一九三一年的南音社，一九三二年的台灣藝術研究會，一九三三年的台灣文藝協會，以及一九三四年的

《台灣新文學》創刊號（舊香居提供）

台灣文藝聯盟，便是文學史上聯合陣線的具體實踐。第二，文學雜誌的獨立發行，既意味著文學運動不僅脫離政治運動的陰影，而且有取代政治鬥爭運動之勢。同時，這也證明專業、敬業的作家逐漸誕生；從而文學技巧與內容的相互兼顧，終於受到作家的注意。

這段時期的左翼文學也有崛起的趨勢。社會主義在台灣的傳播，始於一九二〇年代初期，盛行於二〇年代末期，唯大多表現在政治運動的實踐之上。社會主義思想與文學的結合，在一九三〇年代才蓬勃發展起來。賴和、王白淵、楊逵、王詩琅、楊守愚、吳新榮、劉捷、張文環，都是當時左翼作家的代表。尤其是楊逵在一九三五年從台灣文藝聯盟分裂出來，另組台灣新文學社，並發行《台灣新文學》刊物，左翼文學團體至此已完全成熟地組織起來。

## 三、**皇民運動時期**（一九三七—一九四五）

為遂行日本軍閥的大陸政策，一九三七年爆發的盧溝橋事變，預告了日後日本政府大規模的軍事侵華行動。軍國主義的升高，終於也為台灣文學帶來了嚴重的心靈傷害。在侵華前夕，台灣總督府發布禁用中文的命令，廢止所有報紙的中文欄，以及雜誌的中文作品。強勢的語言政策，迫使台灣作家必須使用日文從事創作。語言傳統的斷裂，在這段時期最為嚴重。文學創作的活動，也由於檢查制度過於嚴密而呈現荒涼狀態達四年之久。直到一九四一年太平洋戰爭爆發之後，設在東京的日本文學報國會，開始在朝鮮、台灣、滿洲普遍推行皇民文學運動。在這種權力氾濫的情勢裡，台灣作家全然喪失保持沉默的自由。

皇民文學運動，為的是要求台灣作家必須支持國策、協力戰爭。幾乎每位具有書寫能力的作家，都不能免於交心表態。因此，以軍事武裝為後盾的皇民奉公會，不僅有權力檢查作家的思想，還可以指派作家從事宣揚國策的創作，並且也規定部分作家參加大東亞文學者大會。這種大規模配合戰爭的文學活動，完全無視文學的自主性，也完全蔑視作家的獨立人權。於是在官方推動的風潮裡，台灣作家有的進行迂迴的抵抗，有的則虛與委蛇，有的則傾斜靠攏。從左翼的楊逵，到右翼的龍瑛宗，其中包括呂赫若、張文環、楊雲萍，以及較為年輕的陳火泉、周金波、王昶雄，都在這場文學其名、政治其實的運動中受到損害與欺侮。皇民文學已經成為文學史的公案，對於它的再評價，應該回到歷史脈絡中進行考察。

## 四、歷史過渡時期（一九四五—一九四九）

日本政府在一九四五年戰敗後，旋即宣告投降，國民政府緊接著進駐台灣接收。這是一個重大的歷史轉型階段，無論在政治、經濟、社會、文化方面，莫不受到巨大的改造。戰後初期，對作家而言，可謂充滿了濃厚的過渡色彩。首先，對他們構成最大的考驗，便是從大和民族主義的思考調整為中華民族主義的思考。然而，這兩種官方的民族主義，其實是相互對敵的，作家必須在兩者之間做一抉擇。不過，更大的考驗來自於全新的語言政策。一九四六年，來台接收的台灣行政長官公署，頒布廢止使用日文的禁令。許多已經習慣日文書寫的作家，被迫封筆。日據時期的新文學傳統，至此又遭逢另一次斷裂。本地作家之所以會在戰後二十年的時光中變成無聲的一代，完全是拜語言政策之賜。

台灣作家在戰後初期紛紛停筆，當不只來自文化政策的干涉。還有更為重要的原因是，當時政治風氣腐化，經濟蕭條，使作家無法專心致力於文學活動。一九四七年發生二二八事件後，更有無數作家遭到逮捕與屠殺。於是，逃亡的逃亡，封筆的封筆，文學運動不能不陷於停頓狀態。在事件爆發前，台灣社會原先還享有些微的自由空氣。台籍作家與來自中國大陸的作家，也開始小規模的文化交流活動，不僅如此，部分外省籍左翼作家如李霽野、李何林等介紹魯迅思想到台灣。這種文化盛況，在事件後立即銷聲匿跡。直至一九四九年，台灣文學未見有任何起色的跡象。

## 五、反共文學時期（一九四九—一九六〇）

在國共內戰中失利的國民政府，於一九四九年十二月撤退到台灣。這又是另一個政治考驗文學的年代，作家再一次被要求聽命於政治權力的指揮。從這年開始實施的戒嚴令，延續長達三十八年之後，才在一九八七年解嚴。如此長久的戒嚴文化，對整個社會的智慧生產力的傷害，較諸皇民運動時期還來得嚴重。以戒嚴令為基礎的反共政策，在一九五〇年以後展開高度的肅清工作，全面對知識分子進行拷問、監視、審判、槍決。所謂白色恐怖的年代，使知識分子全然喪失人格的尊嚴。幾乎所有作家都必須接受文藝政策的指導，並且被編入官方的文藝組織，甚至接受官方的獎勵與懲罰。因為有獎勵辦法，很少有作家對於政治干涉能夠抗拒，其中不乏充分合作的全心靠攏者。因為有懲罰條例，文學作品隨時遭到檢查、刪改、查禁、沒收；稍涉嚴重者，更以叛亂罪起訴，或判刑，或處決。直接受害的知識分子，高達十萬人以上。然而，受到傷害的當不止於生命與人格而已，心靈的創造與想像也一併遭到抹殺。

台灣文學在這段時期是一種毫無能見度的存在。反共政策乃是以恢復中原文化為基調，凡涉及台灣的文學思維與歷史記憶完全被壓制。除了少數能夠使用中文的作家如林海音、鍾理和、洪炎秋之外，整個文壇主流悉數由外省籍作家壟斷。戰後第一代台籍作家如葉石濤、鍾肇政、陳千武、李榮春等人，在這段時期仍然還孜孜

《自由中國》創刊號（舊香居提供）

學習中文的書寫。這種依省籍界線所劃分出來的兩條文學路線，便是日後官方文學與民間文學的張本。不過，儘管權力支配是何等氾濫，反共文學的年代畢竟出現了值得注意的現象，那就是女性作家在這個階段已逐漸浮出地表。縱然像孟瑤、潘人木、琦君、張秀亞寫的是懷鄉懷舊的文學作品，她們的女性身分已經向未來的歷史做了重要的預告。編輯《聯合報》副刊的林海音，以及主編《自由中國》文藝欄的聶華苓，在政治肅殺年代所扮演的文學生產的角色，更是不容忽視。

## 六、現代主義時期（一九六〇—一九七〇）

在五〇年代為了反共而被編入世界冷戰結構的台灣，在政治上得到美國的支撐，才得以「代表中國」；同時，在經濟上，也得到美國的物質援助。國民政府一面倒接受美國的扶植，終於在文化上也不能不受到影響。透過美國新聞處的在台設立，島上知識分子大量獲得西方文化的資訊，從而也在潛移默化中孕育了親美的心態。台灣作家敞開窗口最早迎接的文學思潮，便是現代主義。

現代主義在台灣的傳播，無疑證明了帝國主義又一次有力的擴張。一九五三年紀弦「現代詩社」的成立，一九五六年夏濟安《文學雜誌》的發行，已經早熟地暗示了現代主義在台灣的搶灘登陸。白先勇在一九六〇年創辦的《現代文學》，便是宣告文學現代化的年代已然到來。誠然，現代主義對台灣作家的強烈影響，可以視為殖民文化支配的象徵。不過，恰恰也是經過了現代主

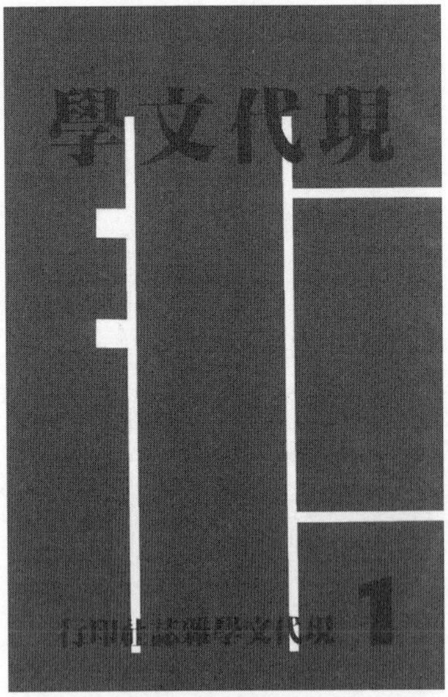

《現代文學》第一期

義的洗禮，台灣文學的創作技巧與想像才獲得前所未有的提升空間。

從另一個角度來看，當時反共國策臻於如日中天之際，作家借助現代主義的暗示，而得以與政治現實保持疏離的關係。因為現代主義啟開自我挖掘的心理空間，使台灣作家可以從事內心世界的經營，投入意識流的想像，避開敏感的政治議題，更無須與官方的文藝政策唱和。無論在這時期出道的作家在日後選擇何種路線，或稱現代派，或鄉土派；必須承認的是，他們很少不受到現代主義的啟蒙與影響。

現代主義文學有其狂飆的時期，但它在台灣卻是時空倒錯的移植。因此，它受到的曲解、誤解與抨擊，與它的興亡盛衰相始終。從白先勇、七等生、王文興等人所受的批評，就可窺見現代主義在台灣發展的艱辛。至於女性作家郭良蕙、歐陽子遭到的圍剿，更可證明現代主義的命運之坎坷。其中自然有國族認同的偏見，更有性別歧視的惡意。也正因為如此，現代主義時期的台灣文學就顯得特別精采。僅從負面的角度來評價它，絕對無法辨識現代主義文學的精神風貌。

## 七、鄉土文學時期（一九〇〇—一九七九）

如果現代主義文學代表的是一九六〇年代作家心靈的流亡，則七〇年代崛起的鄉土文學運動，便意味著作家精神的回歸。這個轉變，有相當深刻的歷史意義。因為，從四〇年代至六〇年代之間，文學創作不僅受到政治力量的干擾，文學內容也很難與台灣社會密切結合。更確切而言，作家的意志並不能完全反映在作品的書寫之上。所以，在受到政治阻撓長達三十年之後，才在鄉土文學運動中見證作家重新走回寫實主義的道路；而這條道路，是三〇年代的作家曾經走過的。所謂寫實主義，其定義當然不像西方所說的那樣精確，而是指作家通過文學作品來描繪他所賴以生存的社會，並且也在作品中表達批判與抵抗的精神。

台灣文學發展會在這個時期出現大轉彎，乃是由於以代表中國為面具的戒嚴體制在國際上遭到一連串的挑戰。隨著全球冷戰結構的鬆動，台灣的「代表中國」體制立即受到質疑。從一九七一年退出聯合國，直至一九七九年與美國斷交，都一再證明台灣的中國代表權並沒有任何的立足點。中國體制的動搖，使知識分子感受到空前未有的政治危機。島上的作家在新形勢的衝擊之下，也紛紛偏離內心世界的思考路線，轉而關心社會現實。長久被遺忘的人民與土地，成為作家在這個時期的終極關懷。

鄉土文學抬頭之際，也正是草根式民主運動風起雲湧的時候。這種發展的方向，正好與當權者的中國取向背道而馳。一九七七年終於發生的鄉土文學論戰，代表著戰後官方文學與民間文學兩條路線的一次角力。官方對鄉土文學作家進行圍剿，卻完全不能抵擋整個文學運動的前進。經過論戰之後，有關台灣文學的定義與歷史傳承等等議題，才真正得到作家的釐清。然而，就在一九七九年，由於當權者無法容忍民主運動的升高，而導致美麗島事件的爆發。鄉土文學運動也在緊張的政治氣氛裡被迫中止。

## 八、思想解放時期（一九七九—一九八七）

跨越一九八〇年代的台灣社會，迎接了一個重要的歷史關鍵時期。這是一個從矛盾衝突走向和解的時代，也是一個從單元價值壟斷朝向繁複多元的年代，雖然戒嚴體制還繼續存在著。美麗島事件後的全島大逮捕，似乎對整個社會沒有產生嚇阻的作用。經濟持續蓬勃發展，高度資本主義似乎到達一個盛放的階段。民主運動的腳步不僅沒有倒退，反而加快了速度，而成功地在一九八六年完成建黨的工作。曾經受到排斥的弱勢團體，都紛紛透過各種形式表達各自的意願。農民運動、工人運動、原住民運動、女性運動，都在這段時期高舉復權的旗幟。

追求改革求變聲音次第釋放時，文學界也正在進行一場「中國意識」與「台灣意識」之間的論戰。這場論戰，也就是坊間所說的統獨論戰，基本上是鄉土文學論戰的延續。一九七〇年代回歸本土的聲音特別洶湧，但是參加論戰者，並未對「本土」下明確的定義。對陳映真、尉天驄等作家而言，本土應該是指中國；但是對葉石濤、李喬等人而言，本土則是指此時此地的台灣。統獨論戰的最大意義，就在於使台灣文學獲得正名的機會。通過這場辯論之後，台灣文學終於變成共同接受的名詞。

把台灣文學稱為台灣文學，需要經過如此漫長的時間才正式確立，不免是一種歷史的嘲弄。不過，這也說明文學成長畢竟有其自主性的軌跡，絕對不是政治權力所能左右的。台灣文學能夠突破禁忌而到達如此開放的境界，其間的掙扎奮鬥就寓有濃厚的去殖民化的意味。台灣意識文學、女性意識文學、原住民意識文學都在這段時期孳生蔓延，顯示了埋藏於社會底層的歷史記憶已逐漸復甦。這種充滿生命力的文學想像，使得戒嚴體制看來是如此顯得過時、陳舊而腐朽。一九八七年政府宣布取消戒嚴令之前，台灣文學似乎已提早朝著解嚴的方向邁進了。

## 九、多元蓬勃時期（一九八七—）

穿越一九八七年的解嚴，台灣社會開始經驗有史以來最為開放的生活。最開放，當然是屬於一種相對性的說法。不過，從黨禁、報禁的解除，一直到國會全面改選與終止動員戡亂時期等等政治措施，等於是昭告世人，台灣不僅從國共內戰的陰影中擺脫，而且也從全球冷戰的結構裡卸下枷鎖。從來沒有一個時期像這個階段一般，擁有從容的空間重建台灣的歷史記憶。台灣文學遺產的整理與研究，也因大環境的改造而啟開全新序幕。

然而，較為值得注意的現象，莫過於文學生產力與想像力的大幅提升。在戒嚴時期被壓服的記憶，例如大自政治事件（如二二八與白色恐怖），小至情欲感官（如性解放或同志議題），都在八〇年代後期逐步被開發出來。無可懷疑的，解嚴十年的文學生產力，幾乎可以與戒嚴三十餘年的文學成就等量齊觀。在威權崩解的年代，凡是涉及雄偉、崇高等等大敘述的字眼，如今看來是多麼可恥。作家在關懷現實之餘，也毫不掩飾地對存在於社會內部的欲望、想像、憧憬、感覺都放膽予以探索。當二十世紀的世紀末迫臨時，台灣文學似乎已相當不耐地要迎接新的世紀了。從女性書寫到同志書寫，從後殖民思考到後現代思考，顯然已經預告台灣文學在二十一世紀的一些可能發展的動向。

## 重新建構台灣文學史

豐碩的台灣文學遺產，誠然已經到了需要重估的時代。自一九八〇年以降，台灣文學被公認是一項「顯學」。然而，這個領域逐漸提升為開放的學問時，它又立即成為各種政治解釋爭奪的場域。從這個角度來看，它其實也是一項「險學」。淪為危險學問的主因，乃在於台灣文學主體的重建不斷受到嚴厲的挑戰。

挑戰的主要來源之一，便是中華人民共和國學者在最近十餘年來已出版了數冊有關台灣文學史的專書，例如白少帆等主編的《現代台灣文學史》[1]、古繼堂的《靜聽那心底的旋律——台灣文學論》[2]、黃重添等的《台灣新文學概觀》（上）（下）[3]，以及劉登翰等的《台灣文學史》（上）（下）[4]。這些著作的共同特色，就是持續把台灣文學邊緣化、靜態化、陰性化。他們使用邊緣化的策略，把北京政府主導下的文學解釋膨脹為主流，認為台灣文學是中國文學不可分割的一環，把台灣文學視為一種固定不變的存在，甚至認為台灣作家永遠都在期待並憧憬「祖國」。這種解釋，完全無視台灣文學內容在不同的歷史階段不斷在成長擴充。僵硬的、教條的歷史解釋，可以說相當徹底地扭曲並誤解台灣文學有其自主性的發展。從中國學者的論述可以發現，他們根本沒有實際的台灣歷史經驗，也沒有真正生活的社會經濟基礎。台灣只是存在於他們虛構的想像之中，只是北京霸權論述的餘緒。他們的想像，與從前荷蘭、日本殖民論述裡的台灣圖像，可謂毫無二致。因此。中國學者的台灣文學史書寫，其實是一種變相的新殖民主義。

現階段台灣文學史的重建，並不只是受到來自中國的挑戰，存在於台灣學界的還是有很多障礙。其中以族群與性別的兩大議題，仍有待克服。在族群議題方面，漢人沙文主義事實上還相當程度地瀰漫於知識分子之間。原住民文學的書寫，在八〇年代以後有盛放之勢。不過，在一些文學選集與學術會議裡得到的注意，與其生產力似乎不成比例。族群議題中的另一值得重視的問題，便是外省作家或眷村作家的作品，常常必須受到「本土」尺碼的檢驗。在威權時代，本土也許可以等同於悲情的、受難的歷史記憶。但是，在解嚴後，本土應該是跨越悲情與受難，而對於島上孕育出來的任何一種文學都可劃歸本土的行列。

更擴大一點來說，既然是經過台灣風土所釀造出來的文學都是屬於本土的，則皇民運動時期的日本作家如西川滿、庄司總一、濱田隼雄等人的作品，也都可以放在台灣文學的範疇裡來討論。同樣的，戰後的官方文學，或少數被指控為「御用作家」的作品，當然也可以納入台灣文學史的脈絡裡來評估。歷史原是不擇細流才能成其大。有過殖民經驗的台灣，自然比其他正常的社會還更複雜，因此表現出來的歷史記憶與文學思考也來得出奇的繁複。從後殖民史觀的立場來看，代表不同階級、不同族群的文學，都是建構殖民地文學的重要一環。

性別議題帶來思考上的障礙，可能較諸族群議題還嚴重。對於同性戀或同志文學，台灣學界似乎還未能保持開放尊重的態度。異性戀中心觀念的支配，使得同志文學長期被邊緣化。事實上，同性戀的存在，乃是

1　白少帆等主編，《現代台灣文學史》（瀋陽：遼寧大學，一九八七）。
2　古繼堂，《靜聽那心底的旋律：台灣文學論》（北京：國際文化，一九八九）。
3　黃重添等，《台灣新文學概觀》（上）（下）（廈門：鷺江，一九八六）。
4　劉登翰等，《台灣文學史》（上）（下）（福州：海峽文藝，一九九一）。

構成台灣歷史記憶的重要組成部分之一。擦拭同志文學的重要性，等於也是在矮化、窄化台灣歷史的格局。九〇年代同志文學點燃了前所未有的想像，也挖掘了許多未經開發的感覺。那種細膩的書寫，早已超越了異性戀中心的文學傳統。

世紀的大門就要啟開，重新回顧台灣文學史，為的是要迎接全新的歷史經驗。在前人辛勤建立起來的研究基礎上，這部文學史試圖做一些可能的突破。日據時期的左翼文學，一直沒有得到應有的重視，本書希望提升其能見度。皇民文學的爭議，到現階段仍未嘗稍止，本書將以後殖民的觀點進行討論。反共文學的評估，至今也還是猶豫未決，本書固然不在平反，但必須做某種程度的翻案。台灣意識文學長期受到霸權論述的打壓，現在也似乎應該給予恰當的定位。然而更重要的是，女性作家的書寫在過去都一直被刻意忽視，本書將予以審慎評價。沒有一成不變的歷史經驗，自然也就沒有一成不變的歷史書寫。建構這部文學史，既然是在挑戰舊思維，那麼，新世紀到來時，這本書也應該接受新的挑戰。歷史巨門已然打開，就沒有理由不勇敢向前邁出。

# 第二章

# 初期台灣新文學觀念的形成

新文學運動在台灣的發軔，可謂相當遲晚。至少必須等到一九二〇年，台灣新興知識分子開始領導抗日的政治運動之後，才有新文學觀念的提出。那時，距離日本最初來台統治的時間已達二十五年。

為什麼需要等待四分之一世紀的光陰，台灣新文學運動才遲遲孕育誕生？新文學之所以遲到的問題，牽涉到許多複雜的歷史因素。一個國家社會要到達文化轉型的階段，都需要經過一定程度的歷史過程的醞釀。在日本帝國主義力量還未延伸到島上之前，台灣本身原來就擁有極為漫長的漢詩傳統。從固有文學傳統的式微，過渡到新文學運動的勃興，誠然有其歷史背景的要求。在漢詩盛行的時代，台灣社會基本上是屬於近乎凝滯的農業經濟。等到淪為殖民地之後，整個社會性格便跟著產生劇烈的變化。舊式的文學觀念，顯然再也不能適應新的歷史階段的到來。取而代之的。便是初期新文學觀念的鍛鑄，此乃相應於日本攜來的殖民文化而促成的[1]。

殖民體制對台灣社會造成最大的衝擊，莫過於日本統治者所引介進來的資本主義與現代化。資本主義瓦解了原有的農村經濟，大幅改變了台灣人民的生活方式。現代化則是帶來知識與文化上的啟蒙，使舊有的思維模式起了巨大的轉變。資本主義與現代化運動，是二十世紀人類歷史發展中無可抵擋的趨勢。由於有資本主義的出現，全球各地才漸漸有了工業化與城市化的普遍現象。也由於有現代化的運動，全世界才開始朝向科學、理性的生活去追求。然而，資本主義與現代化之引進，並非出自台灣人民的意願，而是在殖民制度下被迫接受的。也就是說，資本主義與現代化的發展，乃是依附於殖民統治的擴張而進行的。沒有殖民體制的建立，就沒有現代化生活的改造[2]。

因此，對於台灣知識分子而言，這就構成了兩難式的選擇。如果是要接受現代化，幾乎就等於一併要接受殖民化；但是，如果要抗拒殖民化，也似乎同時要抗拒現代化了。這種價值選擇上的困境，一直苦惱著整個日據時期的知識分子。在台灣新文學的整個歷史過程，從播種萌芽到臻於盛況，都可發現作家不斷透過文學形式來探討殖民化與現代化之間的矛盾；而這種矛盾的根源，就不能不追溯到殖民體制的建立。

## 殖民體制的建立

在甲午戰爭中擊敗大清帝國後，一八九五年日本政府透過「馬關條約」的訂定，便立即占有台灣為其領土。同年六月，台灣總督府宣布組成，從此展開往後五十年的統治。台灣總督的權力法源基礎，來自東京的日本帝國議會於一八九六年所通過的第六十三號法案，這也就是俗稱的「六三法」[3]。根據六三法，台灣總督同時擁有行政、財政、軍事的權力。然而，在權力如此氾濫之下，台灣內部並沒有存在任何議會的組織足

1 關於日據時期台灣漢詩對傳統與現代的接受與磨合，近年已有部分研究成果，如黃美娥就曾指出日據時期傳統漢詩社的興起已不同於清代詩社以文會友的單純形態，而是更進一步地，以現代概念的引進，做出轉型和更新，具有漢族文化記憶的再確認與再鞏固之意味，甚至「現代」、「文明」之概念後來還發展成某種消費意義的標的。見黃美娥，〈實踐與轉化——日治時代台灣傳統詩社的現代性體驗〉，《重層現代性鏡像：日治時代台灣傳統文人的文化視域與文學想像》（台北：麥田，二〇〇四），頁一四三—七六。

2 矢內原忠雄在其《日本帝國主義下之台灣》中曾引述竹越與三郎《台灣統治志》（一九〇五刊）中的論述：「拓化未開之國土，使及文明之德澤，久矣白人自信為其負擔。今則日本國民起於極東之海表，欲分白人之大任。不知我國民是否有能力完成黃人之負擔？台灣統治之成敗，不能不說為解決此一問題之試金石。」竹越的言論表述了其時日本帝國欲以殖民地統治的成果躋身西方現代資本帝國的行列。矢內原忠雄著，周憲文譯，《日本帝國主義下之台灣》（台北：台灣銀行印刷所，一九五六），頁五。

3 日本據台之年（西元一八九六年，日本明治二十九年）三月末撤銷「軍政」，自四月一日起實施「民政」，同時提出所謂「委任（授權）立法」法案於帝國議會。同年六月三十日以法律第六十三號公布「關於施行台灣之法律」，這就是所謂「六三法案」。在政治上的意義是承認台灣特殊化的制度，也就是總督統治之張本。在法律上的意義是由日本帝國議會授與台灣總督在台灣有權發布與法律具有同等效力的「律令」。實施時間自一八九六至一九二一年（日本大正十年），成為台灣總督制度的法律根據。相關參見吳三連、蔡培火等著，《台灣民族運動史》（台北：自立晚報叢書編輯委員會，一九七一）。

以監督台灣總督府。這個殖民政府的權力核心，便是日後台灣農民起義，以及知識分子領導政治運動所要抵抗與批判的對象。

總督府在台灣執行的殖民政策中，最重要的精神乃是所謂的「內地延長主義」。這種內地延長的精神，無非是要迫使台灣成為日本社會的附庸。具體而言，就是積極讓日本的文物制度推廣到台灣，使島上住民習慣日本人的思想、語言與生活方式等等。內地延長主義，實質上並不在於提升台人的政治地位，反而是要使其淪為順民與附庸。因此，為了讓台灣人受到「同化」，總督府的優先施政莫過於教育制度的改造與確立。

自一八九六年開始，公學校的普遍開設，就是驅使台灣子弟被整編到國語普及運動的風潮中。國語政策，就是規定全體台灣新生代都應學習日語。這種語言教育，既具有啟蒙作用，也暗寓愚民作用。就啟蒙的意義來說，它使台灣子弟全然擺脫背誦傳統經書與耽溺詩詞曲賦之迂腐教學，而開始認識現代的知識。從數學、常識、博物等等知識上的啟蒙，一直到對科技、醫學等等實務的理解，使學生在思維方面有了全新的運作與想像。傳統私塾、書院所教育出來的學子，就是書生或儒生；而現代教育制度訓練出來的學生，在日後就變成知識分子。台灣現代知識分子的誕生，主要源自於此。但是，從愚民政策的觀點來看，日本政府實施教育的目的，並非在於塑造能夠獨立思考的人格，而是要培養迷信日本文化，從而供其驅使以完成資本主義掠奪的附庸者。台灣知識分子最初會接受啟蒙，後來又從事反啟蒙，其根本原因就在於此。

台灣總督府以教育制度作為前驅，無非是在為資本主義的入侵進行鋪路。因為，要拓殖台灣，必須借助台灣本地的人才。從人口調查、土地調查[4]、山林調查、水利調查，一直到舊慣調查，自然都以日本人為主導者，然而，要深入台灣土地的每一角落，完全需要本地住民與其配合。從這個觀點來看，教育與資本主義擴張有極其密切的關係。

進行土地調查，其實就是日後日本人收奪台灣人土地的張本。殖民者要在台灣發展資本主義，土地就成為它首要的原始資本累積。從一八九八年的土地調查開始，到一八九九年日本人正式投資設立台灣銀行[5]與一九〇〇年的台灣製糖株式會社為止，資本主義基本上已在島上宣告奠下基礎。台灣銀行，是現代金融制度的起點；而台灣製糖株式會社則是現代產業的起點。從此，日本財閥的巨大產業便先後進駐台灣。資本主義的基礎打好之後，殖民者等於成功地安置了完備的掠奪機器。土地兼併的問題，始終是殖民者與被殖民者之間緊張關係的來源。初期的武裝起義，以及後來的農民運動，大部分都是針對土地不平衡的支配與分配而蜂起的。

無論是殖民主義或資本主義，誠然都在扭曲並抹殺台灣社會的主體性。台灣近代政治運動的濫觴，便是為了抵抗日本統治者的權力侵略，同時也是為了追求台灣人民所應得到的人格與尊嚴。這種主體性的追求，乃是透過不斷的抵抗行動而得以實踐的。沒有抵抗文化，日據時期的台灣社會就沒有主體性可言。

## 新興知識分子的角色

日本據台的最初二十年，台灣農民反抗的事件前仆後繼。從最早台灣民主國的保衛戰，到陳秋菊、簡大

4　自一八九八年起，日本在台設立「臨時土地調查局」，實行地籍調查、三角測量、地形測量等事業。土地調查的結果，一方面明白了地形，獲得治安上的便利，一方面整理隱田，使土地增加，同時又因確立土地權利關係，使得土地交易獲得安全。相關參見矢內原忠雄，《日本帝國主義下之台灣》，頁六一一二。

5　由於其時世界砂糖市場受到布魯塞爾協約（Treaty of Brussels）的影響，砂糖工業面臨補助停擺的境況。日本因未參加此協約，故不受影響。又因大戰期間歐洲甜菜糖停產，台灣糖業因此趁機蓬勃發展。日政府自一九〇〇年起開始支付製糖會社及製糖所補助，並創辦台灣銀行，樹立近代貨幣制度，這亦即是日本在台灣施行資本主義生產制度的初步工作。見矢內原忠雄，《日本帝國主義下之台灣》，頁九六一一二三；台灣銀行經濟研究室編，《日據時代台灣經濟之特徵》（台北：台灣銀行印刷所，一九五八），頁二七一二八。

獅、柯鐵、林少貓的抵抗運動，大部分都是以農民與地主為骨幹。這種具有傳統農民起義色彩的戰鬥，足以顯示台灣社會不甘接受殖民統治的意志，但也恰好說明了在面對現代帝國主義的侵略戰爭時所呈現的無力感。現代侵略戰爭與傳統抵抗行動，構成新舊時代的強烈對比。舊式農民起義的最高峰，當以一九一五年的噍吧哖事件[6]為代表。噍吧哖事件，又稱西來庵事件，領導人是余清芳。他所帶動的反抗規模，是日據時期最大的，但也是最後一次的武力鬥爭。日本警察為了嚇阻台灣人的敵意，遂對此事件參與者施以最嚴厲的懲罰；計有近九百名被判死刑，四百五十三名被判有期徒刑。處刑之重，震驚當時的國際社會。從此以後，台灣人對總督府的反抗進入另一個階段。

余清芳

新階段的到來，主要是有新興知識分子的出現。這也許是一種歷史的巧合，當最後一次的武裝抗爭結束時，也正是日據下第一代知識分子宣告成熟之際。因為接受過現代知識的訓練，他們對政治形勢的認識，對經濟結構的理解，較諸採取武力行動的農民起義領導者還更深刻。他們體會到，訴諸武裝反抗的方式，再也不能應付擁有現代武器的殖民暴力。更重要的是，他們進一步覺悟到，對殖民體制的抗拒不能只是停留在曇花一現的行動，而必須是依賴持久的政治運動。這種政治運動，要求的是一種有組織、有意識、有策略的思想抵抗。

台灣近代非武裝的民權政治運動，據說是受到梁啟超的影響。依照葉榮鐘[7]的說法，中部大地主林獻堂於一九〇七年與梁啟超初識於日本。當時梁向林建議：「三十年內，中國絕無能力可以救援你們，最好效愛爾蘭人之抗英。在初期，愛爾蘭人如暴動，小則以警察，大則以軍隊，終被壓殺無一倖免。後乃變計，勾結英朝野，漸得放鬆壓力，繼而獲得參政權，也就得與英人分庭抗禮了。」[8]如果這種說法可信，那麼有關日據時期政治運動的歷史解釋就有必要修正。長期以來，中國學者的台灣史研究總是傾向於如此的論點，亦即台灣抗日運動係受中國革命運動的影響並領導。但是這項歷史事實證明，台灣的抗日與中國革命並不相干；因為，梁啟超當年是屬於立憲派，並非是革命派。梁啟超的歷史地位，後來受到國民黨與共產黨的貶抑，主要在於他從未主張或贊成過革命。這個事實也說明台灣的政治運動有它特有的歷史要求；也就是說，台灣與愛爾蘭同樣都是屬於殖民地社會，在反抗運動的策略方面必然與其他社會有所歧異之處。以過分簡化的「被影響」、「被領導」的論調，企圖聯繫與中國革命的關係，適足扭曲台灣抗日運動的精神。

台灣議會運動的基調，乃是要對日本人既聯合又鬥爭，則一九一四年林獻堂率同第一代知識分子參加日人板垣退助伯爵所提倡的「同化會」[9]，誠然是順理成章的事。同化會主旨在於，強調台人應該可以接受日本的同化，而日本人應該給台人平等的政治權力。然而，這個近乎溫馴而保守的第一個政治團體，竟然也不

6 為一九一五年在台南西來庵，由余清芳、羅俊、江定等人發起的武力抗爭行動。噍吧哖一役失敗後，日軍大舉殲滅噍吧哖全村居民，並有挖其心膽之舉，其統治之暴虐可見一斑。此事件終以「匪徒刑罰令」判決死刑者近九百名。相關參見柯惠珠，《日據初期台灣地區武裝抗日運動之研究（一八九四—一九一五）》（高雄：前程，一九八七），頁二六三—八二。

7 葉榮鐘，《日據下台灣政治社會運動史》（上）（台中：晨星，二〇〇〇）。

8 吳三連、蔡培火等著，《台灣民族運動史》，頁四。

9 由於日本統治初期對台灣的不平等待遇，使日人如明治維新的元老板垣退助伯爵等人亦感到憂心，遂於一九一四年十二月二十三日在台北組織同化會，其目的乃在推進台灣人與日本人的同化。包括其時在日本學術軍政界的重要人士如山川健次郎、大迫尚敏、後藤新平等人亦加入組織，台灣方面則有林獻堂、黃純青、蔡培火、甘得中等人亦相為其奔走。翌年二月二十三日政府以危害公安為理由命其解散，其成員後分為左右兩派，右派服從帝國主義，左派則以同化主義向支配階級進行抗爭，連溫卿稱其為急進同化主義。見連溫卿，《台灣政治運動史》（台北：稻鄉，一九八八），頁三八—四三。

見容於台灣總督府。同化會成立的第二年，旋即遭到解散。不過，日人的強硬手段並未摧毀台人的意志。相反的，經過客觀局勢的不斷衝擊，終於點燃了知識分子的反抗怒火。

第一代知識分子到海外留學者日益增多。他們分別到日本與中國留學，至一九二〇年左右已蔚為風氣。留學生扮演的角色極為重要，他們一方面接觸最新的思潮，並且也了解世界政局的變化，一方面也把在海外所吸收的資訊傳送回到台灣。在一九二〇年的海外台灣留學生，已達兩千餘人，他們的影響力也就在這個時期散發出來。

抗日政治運動會在一九二〇年代初期勃發，原因是不難理解的。這段期間台灣內外都有重大政治事件發生，促使海外留學生不能不思考殖民地的未來出路。就國際政治發展來說，一九一七年俄國革命成功，對留學生思想產生極大的啟發。尤其是俄國革命領袖列寧（Nikolai Lenine）提出「殖民地革命」的策略，顯然給予台灣留學生無限的暗示。左翼的革命思想，為後來台灣的社會主義運動埋下伏筆。一九一八年第一次世界大戰結束，美國總統威爾遜（Thomas Woodrow Wilson）提出「民族自決」的主張，更是點亮留學生的思考。這種右翼的人權思想，為後來台灣的改良主義奠下了理論基礎。一九一九年，中國爆發前所未有的民族主義示威，亦即眾所皆知的五四運動，也給留學中國的台灣學生帶來相當大的鼓舞。這些接踵而來的事件，不斷刺激知識分子的思考，而終於使他們捲入民族解放運動的浪潮中。

《台灣青年》創刊號

對台灣知識分子的最大刺激，事實上是來自台灣本身。原來日人在一八九六年通過六三法時，東京帝國議會曾經承諾將適時取消。然而，六三法卻一再延長效力，拒絕台灣人有自治權。到了一九二一年，台灣總督府竟然建議此法應無限期延長實施；換言之，此法繼續生效一日，則台灣被殖民的政治地位則永無翻身的一天。在這段期間，東京台灣留學生由於受到世界形勢劇烈轉變的影響，已無法忍受政治歧視的待遇，遂集結組成「新民會」，並且以撤廢六三法為目標。非暴力的民權運動，於茲展開。

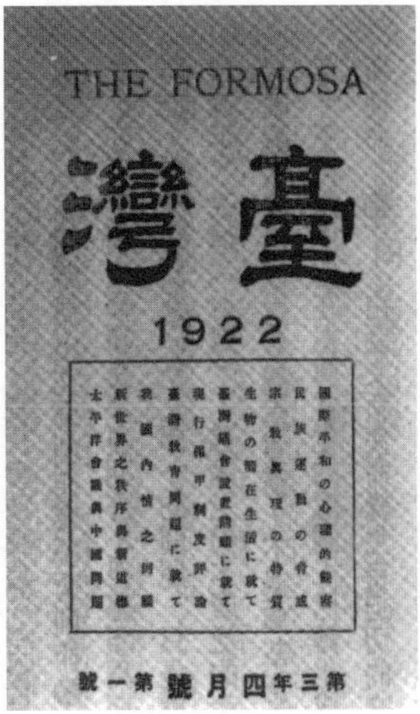

《台灣》

一九二〇年七月東京新民會創刊發行的《台灣青年》，無疑是近代民族解放運動的先聲。這份刊物出版兩年之後，改名為《台灣》；再過一年，而有《台灣民報》的問世。海外留學生以此言論機構為據點，大量介紹當時世界最先進政治與文化思潮。言論空間的開拓，不僅使政治意識日益覺醒，而且也使知識分子開始注意到文化運動的重要性。《台灣青年》與《台灣》都專注在時事的介紹與思想的啟蒙，因此，這些工作也可以說是新文化運動的主要一環。誠如前述，台灣留學生見證俄國革命、第一次世界大戰結束，以及五四運動等等國際重大事件的發生，他們迫切希望島內住民也能了解這些信息，從而覺悟到台灣的處境。然而，他們也知道政治事件的發生，背後必然有人文關懷的長期孕育。政治問題不全然能夠以政治方法解決，而必須具備更為深沉的人文思考。所以，在啟開政治運動的同時，他們已意識到也應該高舉文化運動的旗幟。

## 台灣文化協會：大覺醒時代的到來

台灣新文學運動，其實就是作為新文化運動的一支而前進的，也是作為政治運動的一環而發軔的。從消極的意義來看，它是反殖民主義、反帝國主義運動的延伸；從積極意義而言，它是民族解放運動的擴張。對於當時的知識分子，一九二〇年代無疑是一個「大覺醒的時代」。《台灣青年》創刊號的〈卷頭辭〉[10]就已清楚揭示：「瞧！國際聯盟的成立，民族自決的尊重、男女同權的實現、勞資協調的運動等，無一不是這個大覺醒的賞賜。」所謂大覺醒，乃是指知識的啟蒙而言。從現在的眼光來看，啟蒙的意義可謂極其深刻，因為，民族自決牽涉到國族的議題，男女同權則聯繫到性別的議題，而勞資協調更是關係到階級的議題。

一九二〇年代的台灣啟蒙運動者，就已經對國族、性別、階級的問題表達高度的關切。那確實是受到世界形勢的啟發，但是身為殖民地社會的知識分子，卻能將這些議題與自己的政治命運結合起來思考，足證他們對歷史、對時代的體認是相當深刻的。台灣新文學在日後發展的整個過程，之所以沒有偏離國族、性別、階級等等議題的脈絡，誠然是拜賜於二〇年代知識分子所定下的基調。海外留學生關心台灣文化的問題之際，島內的知識分子對此問題的注意也未嘗稍減。台灣文化協會在一九二一年成立於台北，標誌著啟蒙運動已然奏起了序章。

台灣文化協會係由蔣渭水發起創立。蔣渭水

蔣渭水，《蔣渭水全集》（上）

（一八九一—一九三一）是宜蘭人，台北醫學校畢業。他有過人的智慧，往往可以從現代醫學的觀點，窺察殖民地社會的弊端。在文化協會成立大會上的致辭，蔣渭水針對台灣的文化不良症提出他的看法：「……台灣人所患的病，是知識的營養不良症，除非服下知識的營養品，是萬萬不能治癒的。文化運動是對這病唯一的治療法，文化協會就是專門講究並施行治療的機關。」這段話充分顯示蔣渭水對知識、文化的重視，並且也顯示文化協會所具備的時代意義。面對殖民統治，台灣人已感受到政治地位的低落，絕對不只是由於日本人在軍事、經濟上的強盛而已，優勢文化的支配才是根本的原因。台灣人欠缺對現代知識的吸收，將無法抵擋殖民霸權論述的滲透。

因此，就像創會的〈旨趣書〉所說「謀台灣文化之向上」，文化協會成立後便不斷舉行文化活動，提升民眾對現代世界的認識。這個組織一方面發行《會報》，推廣《台灣民報》，一方面也開辦各種講習會、夏季學

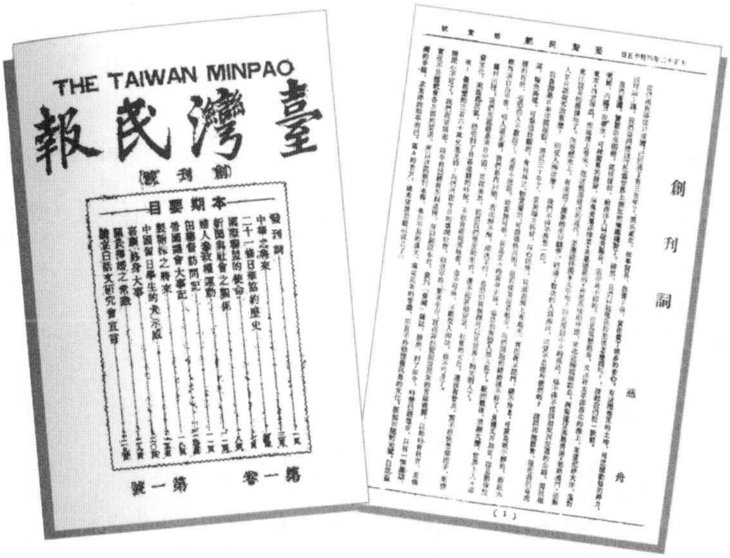


《台灣民報》創刊號

10《台灣青年》創刊號（一九二〇年七月十六日），以日文發表；中譯文載於《台灣民報》六七號（一九二五八年月二十六日）。

校、文化演講、話劇運動與「美台團」。美台團是巡迴全島的電影放映，可供民眾接觸影像藝術。《會報》與《台灣民報》是屬於菁英文化的刊物，而演講、話劇等等則是屬於大眾文化的推廣。但無論如何，這些工作都直接、間接刺激了國族意識的萌芽。這種雛形的國族意識，毋寧是台灣意識的孕育。這種意識，既是政治的，也是文化的；對於後來的反殖民運動者，產生強烈的認同感。通過對台灣文化的認同，被殖民者與殖民者之間的差異界線便劃分得非常清楚。

然而，文化協會並不只是刺激台灣意識的成長而已，對於階級意識與性別意識的開發，也發揮了很大的作用。這是因為資本主義的逐漸發達，以及工業化與城市化的普及，使台灣工人階級的人數大量增加。投入勞動市場的人口越多，受到壓迫的程度也就越深化，從而勞資不均的現象也跟著越來越嚴重。到了一九二〇年代，日本資本家或財閥幾乎都已在台找到他們的立足點，進行剝削掠奪的手段無所不用其極。因此，台灣勞工的階級意識會開始萌芽，似乎就不致令人訝異了。知識分子對於勞資失衡的問題當然是非常注意，並且也對工人力量在反殖民運動中的角色頗為關切。台灣社會後來出現了一些左翼運動者，而這些成員也積極介入勞工運動，主要都是以文化協會為媒介。這對台灣新文學產生強烈的暗示，三〇年代會誕生社會主義信仰的作家，同時又有左翼文學的釀造，都可追溯到階級意識的興起。文化協會的重要性，由此可見。

性別意識的啟蒙，也是透過文化協會的宣傳而得以提升。自成立以後，陸陸續續有女性成員參加文協。台灣女性之介入文化活動顯示了一個重要事實，亦即在資本主義的擴張之下，勞動需求量也相對擴增。為了填補勞動市場的空間，女性也開始被要求去扮演勞動者的角色。台灣總督府既然引進資本主義到台灣，初期就已預知必須訓練大量的勞動者，台灣女性早就被殖民者視為可以開發的一種社會生產力，是推動資本主義過程中不可或缺的一環。因此，現代教育設立之初，就已規劃讓學校也接受女學生。殖民體制是從經濟利益的出發點而對女性進行啟蒙的工作。但是，啟蒙往往具有雙刃的作用；女性受教育原是準備要獲得勞動的機會，卻也同時得到了知識權。她們擁有知識後，終於體認到資本主義制度下女性所遭到的歧視。台灣女性意識的覺醒[11]，為日後的社會運動又平添一翼。文化協會一方面吸收女性會員，一方面也積極發揚女權觀念。在日據時期，女性運動與政治運動會結合在一起，就在於通過文協的提倡。台灣作家會在文學創作裡關心女性的角色，乃是文協領導文化運動所造成的一個結果。

總而言之，文化協會與台灣新文學運動具有密不可分的關係。國族意識、階級意識、性別意識在台灣作家的文學創作中占有極其重要的分量，不能不歸諸文協鼓吹的文化運動所致。這些意識的培養，當然也與殖民地社會的客觀條件有著細緻的聯繫。倘然沒有受到外來資本主義的干涉，倘然沒有受到殖民體制在台灣各個角落的滲透，這些意識恐怕不會如此迅速成長，也不會在文學中表現得那麼成熟。跨入一九二〇年代之後，一個大覺醒的時代誠然已經到來。

## 文學觀念的奠基

在文化運動的引導下，文協的機關刊物《台灣民報》，承續了《台灣青年》與《台灣》的精神[12]，把當

11　如文協所推動的講演會第二十九回（一九二四年六月十四日）即有王敏川發表「婦女解放運動之推移」講題，文協並將「尊重女子人格」列入其六項重要工作之一。

12　《台灣青年》於一九二〇年七月十六日由林呈祿、彭華英、林仲澍等東京台灣留學生所組成的「新民會」在東京發刊辦理。一共發行十八期，輸入台灣。一九二二年改題為《台灣》，由於時值台灣議會設置運動熾盛，時機敏感，多期遭所禁行，共計發行兩年餘，其間中日文各半，執筆者範圍亦不斷擴大，日台雙方的作者俱有。一九二三年四月十五日改發行《台灣民報》，同年九月一日發生東京大地震，印刷廠秀英社遭焚燬，停刊至十月十五日（一期八卷）又再度復刊。見吳三連、蔡培火等著，〈台灣人的唯一喉舌——台灣民報〉，《台灣民族運動史》，頁五四三—七一。

時的先進思潮介紹給台灣大眾。基本上，他們對於文化、知識、文學的態度，都是從實用的觀點出發。就像蔣渭水所提出的見解那樣，台灣較諸歐美文明還要落後；他們認為，要趕上先進國家的文明，就不能不從文化著手改造，不能不從知識方面加以充實。凡是知識，如同文化，都是不能脫離社會與大眾。這種種觀念，與初期的文學工作者有不謀而合之處。

就目前的文獻來看，最早提出文學理論的當推陳炘；他後來成為台灣人中第一位哥倫比亞大學的經濟學博士。在一九二〇年七月的《台灣青年》創刊號，他發表〈文學與職務〉[13]一文，首先揭示偉大民族必有偉大文學的說法。這篇文字的重要觀點，在於把文學、文化、民族三個觀念等量齊觀：「文學者，乃文化之先驅也。文學之道廢，民族無不與之俱衰；文學之道興，民族無不俱盛。故文學者，不可不以啟發文化、振興民族為其職務。」職務，在此有任務與使命之意。顯然，在文化運動猶待開啟之際，陳炘就已注意到文學對於民族改造具有深奧的意義。頗令人訝異的是，他把文學的創造力視同整個民族的創造力；因此，文學興衰與民族消長幾乎是等高同寬的。這種見解，對於後來的文學成長可以說隱藏了無窮的暗示。確切地說，文學運動關係到整個民族運動的命脈。文學本身並不可獨立存在，更不可能抽離社會現實的環境，而應該與民族前途結合起來。

陳炘發表這篇文學論，事實上已經預告了日後對舊文學宣戰的無可避免的趨勢。因為，文中已經表達了對傳統文學的不滿。他認為，自有科舉制度之後，文學創作便產生流弊。「言文學者，矯揉造作，不求學理，抱殘守缺，只務其末。雖文學猶存，而其偉大之作用，殆不可見矣。」身為新世代的知識分子，陳炘顯然無法繼續忍受喪失生命力的舊文學。徒具形式的作品，對他而言已經過於偏離「偉大」的目標。他甚至公開指控：「有濃麗之外觀，而無靈魂腦筋，是死文學。」這是現代作家極為關切的一個問題，那就是作品的形式與內容應該取得均衡。傳統漢詩文學之走向沒落，乃是因為它專注於追逐浮華的字句與虛無的情感。

那麼，如何才是新時代的文學？陳炘指出：「當以傳播文明思想，警醒愚蒙，鼓吹人道之感情，促社會之革新為己任，始可謂有自學之文學也。」他提倡的，全然是「文以載道」的觀念，只是他的「道」已超越了儒家思想的範疇，強調現代化與改革的重要意義。所謂文明思想，當指西方的現代化生活與知識。藉由外來思潮，以對台灣民眾啟蒙，幾乎是第一代知識分子的共同語言。更具體而言，「西方文明」、「文明思想」，與現代一詞彷彿是同義的。值得注意的，他又提到人道的同情與社會的改造，這好像也暗示了知識分子對社會主義並不排拒，後來會有左翼文學的誕生，顯然已在初期的文學理論中找到一些雛形的因素。

陳炘對文學的看法，頗具代表性。因為，在稍後的其他文論裡，也可發現類似的見解。一九二三年第十四號的《台灣民報》，發表署名潤徽生的一篇〈論文學〉，同樣對傳統文學表達批判的態度。特別是對舊詩人吝於創造、怯於求新的保守心態，更表不滿。他認為舊文學是一種艱難的文學，而新文學才是簡易的文學：「文學乃與人類的進化有密接的關係。文學艱難，人類的進化則遲遲，或所退化亦未可知。若此艱難的文學換做創造容易的文學，自然進化的速度就急了。有人類進化就能增進幸福。」從進化或進步的觀點來評價社會，全然是受到十九世紀西方科學崛起的影響。進化是幸福的關鍵，要達到這目標，就需要簡單的文學推廣思想的傳播，這正是啟蒙運動的精神所在。

嘗試追求新的文學形式，無非是要擺脫舊傳統的羈絆。在那段時期自然寓有進步、求變、改革的意義。一九二三年第五號的《台灣民報》，另有一篇署名「劍如」（黃呈聰）所寫的〈文化運動——新舊思想的衝突〉[14]，最能反映求新求變的決心。這篇文字主要在於闡釋文化運動與台灣文化協會之間的互動關係，但其

13 陳炘，〈文學與職務〉，《台灣青年》創刊號（一九二〇年七月十六日）。

14 劍如（黃呈聰），〈文化運動——新舊思想的衝突〉，《台灣民報》五號（一九二三年八月一日）。

中的關鍵論點則以守舊思想為批判的對象。劍如指出，文化是時代精神的表現，是民眾生活的總和。他更進一步說明，時代精神也是人的思想的展現。思想有了變動，文化也跟著產生變化。時代潮流與思想潮流一樣，都是不斷在調整轉化。「不合於人類的生活，應該要除去，纔能革故鼎新，促進社會的發達，向上人類的生活。」文中使用的語言，如革新、發達、向上等等，頗能顯示當時的思想狀態。

欲達革新、向上的目標，就不能不向舊思想挑戰。這篇文章說：「凡在舊文化的社會，欲樹立新文化的時候，必要新舊文化的爭鬪，與新舊思想的衝突是同時出現了。」這段話是指一九二三年六月，辜顯榮與林熊徵等向日人靠攏的士紳，為了對抗文化協會的文化活動，遂發起所謂「台灣公益會」的組織。公益會成立的目的，無非是要為日本殖民體制辯護，並且譴責新興知識分子的「徒趨新奇」。在維護傳統文化的名義下，這群守舊的士紳其實是在為台灣總督府講話。所以公益會的成立旨趣書，在結論部分特別強調民生的安定；必須如此，則「日本帝國統治幸甚，台灣統治幸甚」。以安定為由，其實是為日本統治合理化；以文化向上為名，其實公益會是一個守舊保守的團體。這種與權力結合的頑固士紳，正是劍如文中所說的：「……老年輩指青年輩所抱的思想為危險思想，想要撲滅他，生出種種的反對運動，以期安全自己本來的地位了。」因此，新舊思想的衝突，便無可避免會發生的了。

對舊勢力的批判，並非只是因為他們過於保守，同時也是因為他們與統治者的合作。所以，新舊的衝突也暗含著種族與階級的對立。劍如相當精闢地點出新舊雙方的不同立場：「舊時代的精神，產出底是貴族、資本的文化；新時代的精神，產出底是民眾的文化。我們現在要普及的就是民眾的文化，不是特權階級的文化，從來特權階級的文化，是把民眾當作奴隸，圖自己的方便而已。」資本主義對台灣社會而言，應屬新文化無疑。然而，資本主義來到台灣後，並未開拓新的文化能量。日本統治者及資本家，企望結合的對象反而是舊式士紳與傳統文人；對於真正具有生命力的新興知識分子，則進行有計畫的壓制。台灣新生代追求的文化，乃是普及的、民眾的，並且是反奴隸、反殖民的。

每個時代都有新觀念的產生。台灣新文學能夠形成一個運動，可以說是建基在時代轉型期的新文化觀念之上。沒有「新」觀念、「新」思想、「新」文化等等新的基礎，就不會有新文學的釀造。從初期的文學理論來看，已可發現舊有的傳統文化開始令人感到不耐與不滿。雖然知識分子沒有對「新」的形式與內容給予確切的定義，至少從上述的篇章可以理解，他們所謂的新，既有批判保守的固有文化之意，更有抵抗外來殖民文化的深義。

## 語文改革的發端

新文學的觀念如何付諸實踐，是初期文化的重要課題。在清代移民社會裡，台灣漢人使用的漢語是屬於強勢而普遍的語言。日本據台後，語言問題立刻成為敏感的政治問題；因為漢語不能再居於優勢地位，而漸漸由日語來取代，等到新文學發軔之際，日語教育已在台灣實施將近四分之一世紀。經過如此漫長的時光，島上住民似乎已能習慣日語的思考與表達。這對於文學工作者，構成極大的苦惱。新文學運動的目標，一方面是要進行去殖民化，一方面又要批判落後的傳統文化，那麼台灣作家如何在語言問題上尋找自我的主體？倘若是使用日語，幾乎等於是默認殖民統治的合法性，但如果要使用古典漢語，卻又無法迎接新時代的挑戰。便是在這種兩難的考量下，知識分子遂有改革語文之議。然而，台灣並非只是一個殖民地社會而已，它在這之前原來是一個原住民社會與移民社會。原住民社會本身使用的是多種原住民語，而移民社會使用的是漢人的漳州、泉州與客家語。如此繁雜的語言環境，迫使作家必須做各種分歧的選擇。於是，有人主張使用中國白話文，有人強調應該採用羅馬拼音，有人偏向台灣語的使用，也有人鍾於選擇日文。這種紛亂的現象，充分顯示殖民地語言問題之困擾。

最早主張使用中國白話文的，首推陳端明的〈日用文鼓吹論〉，發表於一九二一年十二月十五日《台灣青年》。因為這期遭到查禁，又重新發表在一九二二年一月二十日的該刊。反諷的是，此文鼓吹使用「日用文」，本身卻是以文言文寫成。這是社會轉型期的過渡現象，也是新形式還未誕生前的必然現象。為什麼他主張選擇日用文？陳端明說：「試觀現今所謂文明各國，多言文一致，唯台灣獨排之，此因承教於中華之後，故言文各異。然今之中國，豁然覺醒，久用白話文，以期言文一致。而我台之文人墨士，豈可袖手傍觀，使萬眾有意難伸乎？」文明各國，指的是現代化國家。在現代國家，知識能夠普及，主要是由於文字與語言是相通的。台灣之所以言文分家，乃是受到中國傳統文化的影響。陳端明特別指出，中國社會已開始覺醒，白話文的使用逐漸普遍，台灣也應該走這條道路。他所說的中國已豁然覺醒，其實是指五四運動而言。

有關五四運動對台灣新文學的影響，歷來引起頗多議論。中國學者往往傾向於膨脹五四運動的歷史意義，認為台灣作家乃是受到中國新文化運動的領導。台灣學者則對這個問題相當保留，甚至認為五四運動對於台灣作家的影響不大。如果證諸史實，全然否認五四運動的影響力，似乎不具說服力。但是過於誇大五四的地位，也不符合史實。五四運動與台灣新文學之間的關係，應該局限在兩方面：一是白話文的提倡，一是五四初期文學作品的轉載。前者使台灣作家在語文的改革上有了遵循的方向，後者則使台灣文學的創作有了模仿的對象。不過，白話文只是整個台灣語文改革主張中的一支；而對中國新文學創作的模仿，也只是台灣作家接受外來影響的根源之一。殖民地文學的構成，絕對不會只是接受單一文化的影響。台灣的主體既然受到壓制，則受到外來文化的支配就顯得特別複雜。

陳端明主張使用白話文，目的不在延續五四精神，乃在於如他所說，為了加速普及文化，並藉此培養國民團結的觀念。也就是說，這是一種知識累積的競賽；知識越落後，所受殖民的支配就越深化。語文普及，凝聚共識，自然就能提升抵抗殖民的力量。這種觀點，在當時參與啟蒙運動的知識分子之間極為普遍。一九二三年一月一日的《台灣》，刊登黃呈聰的長文〈論普及白話文的新使命〉，更是把現代化與語文普及的密切關係闡釋得非常清楚。

白話文普及化，是一種思想解放，也是一種朝向現代化的象徵。黃呈聰在這篇重要文獻中，舉日本明治維新與中國文學革命為例，說明國家要走向富強，就必須先追求文化的現代化。他認為，這兩個國家的文化對台灣影響甚鉅，因此不能不注意研究日本文與中國文。但是，為什麼特別需要白話文？黃呈聰說，台灣的日本語教育僅止於小學，畢業後能夠使用日文的能力有限。他說這是日本的統治方針，亦即以日本文化來同化台灣人，卻又不讓台灣人獲得更多的知識。民眾文化的層次低落，便易於受到控制。這種策略，自然使台灣社會不能發達起來。日本人擁有特權階級的權力，無非是把台灣人視為奴隸，隨意供其驅使壓榨。所以，他強調文化普及的話，當可使民眾覺醒，為爭取民權自由而起來反抗。

黃呈聰的論點是相當前衛的，在文中很露骨地把文化運動與反殖民運動聯繫起來。他更進一步表示：「現在所謂歐米（美）的文化國家，是從人道的見地，施行文化政策，沒有威壓民權，是尊重民意，所以國家和人民都一樣發達起來。總是人民若是沒有教育，文化程度很低的時候，就不能做一個輿論來移動政治的方針，他便就要愚弄民眾做出許多的怪事了。」從這樣的思考角度來看，黃呈聰觀念裡的白話文運動已有強烈的去殖民意味。透過白話文的推廣，台灣人可以了解政治現狀，可以接觸自然科學與社會科學；如此有了知識的累積，才能追趕歐美的先進文化。

在同一期的《台灣》，黃朝琴也同樣發表〈漢文改革論〉；在文化觀點上，與黃呈聰的看法有頗多相互呼應之處。其中較值得注意的是，黃朝琴對中國文化的批判。中國長期的愚民政策，使得文化生產力降低，民眾就越容易受到支配。清朝時期的台灣如此，日本統治下的台灣更是如此。日本會一躍成為強國，就在於明治維新後，教育知識的普遍提升。中國之所以落後並受到欺侮，乃是它採取愚民政策。不過，黃朝琴說，中國已發現自己的弊端，開始從事思想與語文改革。他指的是白話文運動，已使民眾接受知識更為容易。倘然中國已朝這方向努力，台灣更應該急起直追。

黃朝琴最重要的論點，便是涉及到文化的主體性。他認為，台灣人做日本的百姓，入日本的學校，這是無法避免的。但是，如果只是讀日本書，就放棄自己固有的習慣、固有的文字，這是一種強制性的做法。「我們有我們的民族性，漢文若廢，我們的個性我們的習慣我們的言語從此消滅了！」這是文中最強有力的論點。他更提出「台灣是台灣人的台灣」的說法，建議日本政府的學校教育課程中，把漢文科改為白話文，而不應以少數日本兒童教育為標準。

推展白話文運動的看法，大略如上所述。這是一九二一年台灣文化協會成立以後，知識分子在「謀台灣文化向上」的觀念下，開始思考語文的改革。改革的觀念一旦建立後，對新文學的推動自然產生很大的助力。然而，在語文改革聲中，中國白話文並非唯一介紹的對象。因為，文化主體性的問題必須是以民眾為根基。既然是以提升文化為目標，則如何使大多數的民眾容易獲得知識，才是主要的課題。基於如此的考量，遂有蔡培火的提倡羅馬字[15]，以及連溫卿的主張台灣話文。

不過，羅馬字的推廣似乎沒有得到太多的回應，僅是蔡培火一人的主張而已。連溫卿的台灣話文論，則引起廣泛的討論。這項討論延續到一九三〇年代初期，還造成更為激烈的辯論。連溫卿的出發點，也是以維護文化主體為重心。一九二四年十月一日，他在《台灣民報》發表〈言語之社會的性質〉[16]，提到國族（nation-state）的問題。他說：「現代代表的政治思想，是把國家的觀念和民族的觀念，看做一樣。」那麼構成民族的要素是什麼？當然是語言。他指出，若有民族問題，必有言語問題。從這個論點來看，他已警覺到台灣語若遭消滅，則台灣人將跟著消失。因此，提倡台灣語文，似乎暗藏著提倡台灣民族主義的意味。這說明了為什麼連溫卿的見解較諸蔡培火的主張還更受到討論的原因。

歷史事實顯示，台灣新文學運動初期的語文改革論，並沒有成功。無論是主張中國白話文，或羅馬字，或台灣話，最後都未能阻擋日本語文的強勢地位。台灣作家在初期使用的語文就非常分歧。日語、白話文、台語的文學創作同時並行。這種紛亂的現象，正好證明殖民地知識分子尋找文化主體時的困境。不過，在新文學運動的初期十年，白話文是台灣作家之間的主流語言。這可以從《台灣民報》發表的文章得到印證。

「新」的文學觀念既然確立，則對於文學新形式的追尋就成為台灣作家的主要課題。台灣作家的求新，絕對不是追逐流行或時髦，而是為了尋找恰當的途徑來提升文化信心，從而進一步批判並抵抗殖民體制的權力支配。因此，最初建構新文學觀念的工作本身，就已具備去殖民化的精神。新文學運動在一九二〇年代會與民族民主解放運動結合在一起，誠然是順理成章的事。

---

15　羅馬字運動，早在一九一四年，蔡培火參加台灣同化會時即已提出，然必須至白話文運動的發軔前後，才受到注意。一九二一年蔡培火曾於台灣文化協會創立之時，向該會提出建議，然當時思想多傾向漢文的改革與普及，至一九二三年才被該會通過，列為新設事業之一。

16　連溫卿，〈言語之社會的性質〉，《台灣民報》二卷一九期（一九二四年十月一日），頁一三。

# 第三章

# 啟蒙實驗時期的台灣文學

啟蒙實驗時期（一九二一—一九三一）的文學，乃是依附於抗日政治運動的展開而逐漸成長。初期台灣作家，對於文學形式與內容的建構，大致停留在模仿、探索、嘗試的階段。這是因為當時的知識分子過於注意民眾政治意識的啟蒙，他們對於現實社會的關切遠勝於對文學創作的重視。甚至可以說，初期作家的文學作品，基本上只是政治運動的羽翼。作家的思考裡，似乎認為只要在文學作品中發揮他們的政治信仰與理念，則文學的任務便已達成。一個更為重要的事實是，這個時期的重要作家，同時也積極介入政治運動。在政治與文學之間，他們的身分游移不定；既是政治運動者，也是文學創作者。

這是可以理解的，在一九二〇年代初期，第一代的新興知識分子才宣告成熟誕生。人數既少，資源也非常匱乏，以致在投入啟蒙運動的艱鉅工程之際，他們必須同時扮演多種角色。誠如歷史事實所顯示的，許多參加台灣文化協會的成員，除了創辦刊物之外，還有義務參加演講會、讀書會、讀報會[1]、夏令講習會、美台團等等的活動，必要時他們在街頭還與日本警察示威抗爭。文學活動只不過是他們在行有餘力時的額外工作。在政治運動的夾縫中所產生的文學作品，自然不可能有傑出的表現。

何況在他們之前，根本沒有任何規則可以遵循。所有新文學的文體，包括小說、散文、新詩等等，都是透過初期作家的摸索而塑造起來。舊式的漢詩傳統與古典的語文表達，幾乎成為他們追求新形式時的包袱。因此，在創造新文學的同時，他們還必須分心向舊文學宣戰。綜觀這段時期的台灣作家，他們最大的使命便是要突破所有的禁忌。他們反抗的首要目標，無疑是日本殖民體制加諸台灣社會的政治枷鎖；而另一個目標，則是對抗台灣舊有文化所殘留下來的思想囚房。他們所從事的新文學運動，還是以進行兩面作戰的方式開闢出一條全新的道路。

## 政治運動的蓬勃發展

要了解啟蒙時期的文學，就有必要認識這段時期的政治運動，因為兩者的關係極其密切，近代式的民族民主解放運動，也就是在這段期間崛起並沒落；但是，它對文學造成的影響可謂至深且鉅。台灣的民族民主運動，乃是分成右翼與左翼兩條路線展開的。這兩條路線，有時相互結盟，有時彼此對立，最後卻都無法遁逃於日本統治者的鎮壓與解散。右翼路線，基本上是採取體制內改革的策略；也就是說，以資產階級為領導中心的右派運動，大致是在殖民者所規定的合法範圍之內進行。右派領導者所要求的最高目標，便是台灣自治與議會政治[2]。至於左翼路線，則採取體制外抗爭的策略；亦即以無產階級為反抗主力的左派運動，並不遵循台灣總督府的法律規定，既進行祕密的政治結社，也發動公開的罷工示威。左派人士追求的最高目標，便是階級解放與台灣獨立[3]。

台灣文化協會在一九二一年最初成立時，大多數是由右翼資產階級的會員所組織。文協成員發行的《台灣青年》、《台灣》與《台灣民報》，充滿了高度右翼色彩。這些刊物強調民族自決、地方自治與議會制度，

---

1　相關參見葉榮鐘，第六章〈台灣文化協會〉之第三節〈文化協會的活動〉，《日據下台灣政治社會運動史》（下），頁三四〇—四一。

2　主要在六三法的限制前提之下，在體制內所發起的改革。連溫卿曾指出這種改革路線乃是訴諸土著資產階級利益，仍未投注進大眾階級利益的關懷。見連溫卿，《台灣政治運動史》，頁八四。

3　在文協成立之前，台北已經有了馬克思研究會，其後又有社會問題研究會、新台灣聯盟，繼之有台北青年會、台北青年讀書會、台灣無產青年會，主要成員為青年學生。一九二八年在上海成立台共後，一九三一年又舉行黨改革同盟會大會，決定各種運動方針。期間並配合台灣文化協會的活動與支持，向勞工階級漫滮，領導階級解放與民族獨立。見連溫卿，《台灣政治運動史》，頁二一三。

對於初期政治意識的開發，居功厥偉。但是，這並不意味著文協是排斥左翼知識分子。早在《台灣青年》的第二卷第四號，就已出現彭華英所寫的〈社會主義概說〉。這是到目前為止，所能發現有關台灣左派思想的最早文獻。到一九二七年文協分裂之前，它的機關刊物不時發表與社會主義思想相關的文字。這個事實足以證明，文協雖是由右翼人士主導，卻也包容左派運動者的言論。在一定的意義上，文協最初是一個聯合陣線的團體，各種不同的意識形態都同時並存於同一組織之內。

右翼、左翼知識分子雖然包容在同樣的團體裡，卻並不表示雙方的政治主張毫無分歧。相反的，由於日本資本主義在台灣社會的深化與擴張，使得農民與工人感受到的壓迫越來越嚴重。知識分子在這問題上，有了不同的覺悟，尤其在一九二〇年代以後，日本資本家、財閥已大致完成在台灣的進駐；他們獲得巨額的利潤，卻從未回饋社會大眾。誠如日本學者井上清在《日本帝國主義的形成》[4]所說，在日本的殖民地中，台灣的資本主義開發最為成功。台灣總督府的財政是最早獨立的，根本無須母國政府的援助，反而還提供大量的資金，使本國資本主義更加發達。這種瘋狂的掠奪與剝削，終於加速使台灣農民、工人的階級意識成熟。農民、工人對日本資本主義的本質認識得非常清楚，從而對殖民政府的偏頗政策反抗得也特別強烈。各種抗爭事件，屢有所聞，次數更加頻繁。

日益高漲的階級意識與日益加劇的農工運動，開始挑戰知識分子的思考。一九二五年十月爆發的二林事件，其實是一連串農民抗議行動所延伸出來的結果[5]。彰化二林的蔗農，反對製糖會社的長期欺罔政策，亦即削低收購價格，控制肥料配給，遂展開怠工與示威的抗拒行動。參加這場農民運動的領導者，正是文協的會員李應章醫生。這是抗日政治運動的重要轉折點，因為，這標誌著知識分子介入階級運動的起點，也暗示了文協內部的階級認同產生分歧。隨著農民運動的逐漸抬頭，文協裡的左翼勢力也相對地膨脹起來，終於埋下日後左右分裂的因素。

緊接著二林事件之後，高雄鳳山也發生蔗糖會社無端收回農民土地的事件。領導當地農民起來抗爭的，也是兩位知識分子，亦即簡吉與黃石順，前者為小學教員，後者則畢業於台北工業講習所。經過一連串的反抗行動後，他們在一九二五年十一月正式成立鳳山農民組合[6]。這是台灣農民運動中第一個結社而成的團體，也是第一個具有階級意識的政治組織。從此以後，農民的抗議事件便在台灣各地展開，幾乎每次都有知識分子介入。一九二六年六月，台中一中畢業的趙港，領導大甲農民反對日本退職官員購併土地，終於組織了大甲農民組合[7]。分散各地的零星抗爭者，決定在一九二六年六月二十八日號召整合，隨後成立全台統一的台灣農民組合[8]。至此，農民運動進入了有組織並有指導方向的階段。一九三〇年代著名文學家楊逵，在一九二七年自日本留學歸台，便立即參加抗爭的行動。他首先加入的團體，正是台灣農民組合。

農民運動的日益抬頭，使得文協原來的權力結構越來越難勝任領導整個反殖民運動。文協內部較為左傾而激進的青年會員，終於一九二七年奪得領導權，迫使右翼的成員如蔣渭水、蔡培火等人退出而另組織台灣

4 井上清著，宿久高等譯，《日本帝國主義的形成》（台北：華世，一九八六）。

5 一九二五年一月一日，二林舉開蔗農大會議決組織蔗農組合，同年六月二十八日組成二林蔗農組合，參加者達四百餘人，是台灣農民有意識組成鬥爭團體的先聲。相關參見葉榮鐘，《日據下台灣政治社會運動史》（下），頁五七二—七八。

6 主要是一九二五年高雄地主陳中和片面宣布將鳳山郡烏松庄灣子內，及赤山方面的土地收回，改由「新興製糖」種植甘蔗。烏石庄的黃石順召集佃農與之進行交涉，並於同年十一月十五日成立鳳山農民組合，推簡吉為組合長。見楊碧川，《日據時代台灣人反抗史》（台北：稻鄉，一九八八），頁一四一—四二。

7 一九二六年，大甲郡有六名退休官員向大甲農民收回土地，並要求交出作料，農民代表趙港向簡吉求助，同年六月六日組成大甲農民組合。見楊碧川，《日據時代台灣人反抗史》，頁一四三—四四。

8 台灣農民向蔗糖會社的激烈反抗，自一九二五年以來，激盪成二林農組、大甲農組、鳳山農組、曾文農組、竹崎農組五個農民組合，一九二六年六月二十八日，由簡吉、趙港提議，在鳳山召開「台灣各地農民組合幹部合同協議會」，由黃石順提議通過成立全島統一的「台灣農民組合」。見楊碧川，《日據時代台灣人反抗史》，頁一四八—四九。

民眾黨[9]。政治運動的左右分裂，凸顯了抗日陣營的思想與策略開始有多元化的趨勢。這種分化的現象，後來就反映在文學作品的內容之中。一九二八年台灣共產黨的成立，證明社會主義思想在台灣已經臻於成熟。一九三〇年，台灣民眾黨又宣告分裂，蔣渭水以社會主義的傾向取得黨領導權，黨內的右翼成員宣布退出，另外成立台灣地方自治聯盟[10]。至此，又再次證明左派運動在當時展現的盛況。理解這樣的歷史背景，才能清楚辨識一九三〇年代的台灣社會為什麼會誕生左翼作家與左翼文學。

從一九二〇至一九三〇年，可以視為台灣政治史上的一個完整的時期。在抗日運動的陣營裡，從右翼的台灣地方自治聯盟，中間路線的台灣民眾黨，中間偏左的台灣文化協會，一直到左翼的台灣共產黨，都在這段時期相當整齊地組織起來。這些不同政治團體的誕生說明了一個事實，在殖民地社會裡各個不同階級的成員都有不同管道表達他們的意願。縱然政治主張在彼此之間有很大的落差，但在朝向去殖民的目標上則是一致的。必須承認的是，政治態度的分歧，也連帶影響了新文學運動的發展。台灣作家後來在一九三〇年代從事結盟的過程中發生了分與合，不能不說是受到政治運動連鎖反應的波及。

不過，政治運動臻於高峰之際，卻也是日本軍閥開始積極對華侵略的時候。一九三一年，亦即日本進軍盤據中國東北而製造九一八事變的一年，這年對台灣政治運動是重要分水嶺。為配合日本軍閥的對外擴張，台灣總督府次第解散島內的所有政治團體[11]。除了極右的台灣地方自治聯盟獲准繼續活動之外，文化協會、農民組合、民眾黨與台灣共產黨全部遭到禁止。抗日政治運動的終結，無形中刺激知識分子傾全力投入文學運動裡。台灣文學在一九三〇年代進入全新的局面，從而達到成熟的境界，乃是在這樣的歷史條件下開創出來的。

## 張我軍：批判舊文學的先鋒

新文學運動的發軔，無疑是與一九二〇年代政治運動同步出發的；兩者都在於追求新社會與新文化。如果把新文化運動視為一個整體，則政治運動乃是為了求得殖民體制的改造，而文學運動便在於求得文化體質的改造。初期新文學觀念的建立與語文革新的要求，正如第二章所述，無非是相應於政治運動的崛起而進行的。全新的文學形式要誕生之前，總是要經歷一段陣痛的過程。台灣新文學當然也不例外，知識分子公開向舊文學宣戰，正好可以說明這樣的事實。

對於啟蒙實驗時期的新文學來說，一九二四至一九二五年是一個關鍵的年代。在這短短兩年之中，有

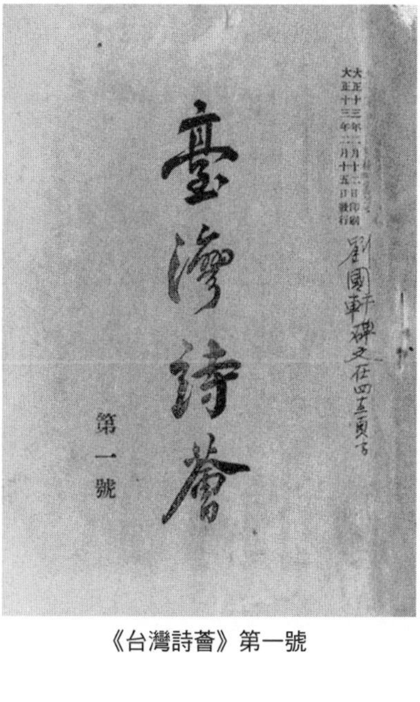

《台灣詩薈》第一號

9　由於蔣渭水等人的民族主義路線和文協內部的左傾傾向分歧，而導致以其為首的右翼分子退出。一九二七年七月十日另組成台灣民眾黨，是台灣歷史上第一個政黨。見連溫卿，《台灣政治運動史》，頁二三三—三六。

10　由包括林獻堂、蔡培火、林柏壽、林履信、蔡式穀等人所發起組織。一九二七年八月十七日在台中市醉月樓召開創立大會。見連溫卿，《台灣政治運動史》，頁二三七。

11　由於文協已由啟蒙團體淪為台共外圍，其內部解散聲音早已喧囂，一九三一年六月後，日本當局又開始嚴厲取締台共，文協分子組成「台灣赤色救援會」，年底日本偵破此組織，文協實同瓦解。台灣總督府又以台灣民眾黨為台灣民黨之後身的理由，取締台灣民眾黨。農組亦因其與台共組織的混合行動，而招致日當局的剿滅。見楊碧川，第五章〈反抗運動的沒落〉，《日據時代台灣人反抗史》，頁二五五—三〇四。

兩份重要的文學刊物出版，一是連雅堂發行的《台灣詩薈》，一是楊雲萍主編的《人人》雜誌。《台灣詩薈》於一九二四年二月十五日創刊，一九二五年十月休刊，共發行二十二期。這份刊物標誌著台灣傳統文人嘗試恢復的一次集結，是舊詩企圖重振卻宣告沒落的象徵。它除了刊載當時舊詩人的作品，也選輯清朝以降台灣舊詩人未曾發表或已散佚的詩作。《人人》雜誌創刊於一九二五年三月，僅發行兩期就休刊了。不過，它代表的是第一份純文學刊物的問世，已經為日後的文學開展做了重要預告。《台灣詩薈》與《人人》意味著新舊世代的交會；漢詩傳統的式微與白話文學的興起，當可從這兩份刊物見其端倪。

值得注意的是，就在新舊刊物出版時，新文學家與舊詩人之間正展開一場空前的論戰。對傳統漢詩發難的，首推張我軍（一九〇二—一九五五）。敢於向舊詩挑戰的張我軍，是台北板橋人，於一九二四年遠赴北京學習北京話。受五四以後白話文運動的影響，他也覺悟到台灣的文學界必須進行改革。張我軍鑑於殖民統治的日益嚴苛，並且見證先前在台灣發生的治警事件，獲悉參加台灣議會期成同盟會員蔣渭水等十五人遭到日警逮捕，使他更加痛切感到文學改革的迫切性。就在這年十一月，張我軍在《台灣民報》發表震撼文化界的第一篇文章〈糟糕的台灣文學界〉[12]。這篇署名

一九二〇年代居住在北京的台灣「四劍客」。左起：張我軍、連震東、洪炎秋以及蘇鄉雨。四人後來共同創辦了《少年台灣》。

「一郎」的文字，對舊詩壇可能並未產生搖撼的作用，但對新文學運動而言卻帶來無比振奮。

張我軍首先提出他的觀察：「這幾年台灣的文學界要算是熱鬧極了！差不多是有史以來的盛況。試看各地詩會之多，詩翁、詩伯也到處皆是，一般人對於文學也興致勃勃。這實在是可羨、可喜的現象。」詩社林立，詩作豐收，在殖民統治下應是具有深刻的文化意義。張我軍對此並不表喜悅，反而揭露這種文化假相：「然而創詩會的儘管創，做詩的儘管做，一般人之於文學儘管有興味，而不但沒有產出差強人意的作品，甚至造出一種臭不可聞的惡空氣出來，把一班文士的臉丟盡無遺，甚至埋沒了許多有為的天才，陷害了不少活潑潑的青年。」使張我軍感到更為憤怒的是，許多舊詩人早已偏離文學的正途：「他們為做詩易於得名（其實這算甚麼名），又不費氣力（其實詩是不像他們想的那麼容易的），時又有總督大人的賜茶、請做詩，時又有詩社來請吃酒做詩。既能印名於報上，又時或有賞贈之品……」

THE TAIWAN MINPAO
臺灣民報
本期題目
糟糕的臺灣文學界

張我軍，〈糟糕的台灣文學界〉

綜觀這篇文章，大約有幾個重點：第一，舊詩已經失去文學的精神，也失去了生動的創造力。第二，對於年輕一代造成戕害，因為舊詩只剩下文字遊戲的空殼，會有嚴重的誤導。第三，不計其數的舊詩人，不再追求真正的文學，反而藉詩的名義向日本當權者酬唱示好，已呈傾斜墮落之勢。張我軍的立場非常鮮明，他

12　一郎（張我軍），〈糟糕的台灣文學界〉，《台灣民報》二卷二四號（一九二四年十一月二十一日）。

希望台灣社會能夠出現全新的生命力，以便抗拒殖民體制；而當時的舊詩人不僅沒有帶來新氣象，卻向日本殖民者的權力靠攏。文章的語氣憤慨，心情急切，洋溢於字裡行間，是一份反封建、反殖民的雄辯證詞。

張我軍的批判，立即引起舊詩壇的回應。連雅堂在同年十一月發行的《台灣詩薈》第十號為林小眉的〈台灣詠史〉作跋時，特別針對張我軍的文章反擊：「今之學子，口未讀六藝之書，目未接百家之論，耳未聆離騷樂府之音，而囂囂然曰，漢文可廢，漢文可廢，甚而提唱新文學，鼓吹新體詩，粃糠故籍。自命時髦，吾不知其新謂新者何在？其所謂新者特西人小說戲劇之餘，丐其一滴沾沾自喜，是誠陷穽之蛙，不足以語汪洋之海也。」連雅堂主要論點，顯然是把中國文化與西方文化視為兩個對立面，並且尊崇傳統，鄙夷西方；同時認為新文學只不過是拾西方文化之餘唾，全然置中國文學於不顧。連雅堂的反駁，似乎未曾注意到張我軍的關心所在。張我軍鼓吹新文學，乃在於強調文化生命的更新，以及對殖民者權力支配的抵抗。連雅堂對這些論點，完全避而不談；甚至也未嘗討論如何在舊文學中尋找生命力，以及如何以舊文學批判殖民體制。

連雅堂

新舊文學的交鋒，其重要觀點都在張、連的文章中表現無遺。張我軍在同年十二月十一日的《台灣民報》又發表〈為台灣的文學界一哭〉，集中火力攻擊作為「守墓之犬」的連雅堂。不過，他並沒有繼續申論新文學的精神。到了一九二五年一月，他連續發表兩篇文章：〈請合力拆下這座敗草欉中的破舊殿堂〉[13]，與〈絕無僅有的擊鉢吟的意義〉[14]。前者介紹中國文學革命初期，胡適提出的八不主義與陳獨秀揭示的三大主義；後者則攻擊舊詩社所舉辦的「擊鉢吟」乃是「詩界的妖魔」。

合併觀察張我軍的這兩篇文章，幾乎可以說他對新文學運動的最大貢獻便是破除舊文學的迷障，建立新文學的信心。新興知識分子能夠放膽擺脫舊詩的陰影，張我軍可謂居功厥偉。在從事破壞的工作之餘，張我軍另一值得注意的，乃是他介紹了中國五四運動時期的文學理論到台灣。他特別引述胡適〈文學改良芻議〉裡的八不主義，亦即不摹仿古人、不做無病呻吟、不用典、不講對仗等等。他的主要見解是：「台灣的文學乃中國文學的一支流。本流發生了什麼影響、變遷，則支流也自然而然的隨之而影響、變遷……」他之所以輸入五四的文學理論，用心就在於此。他認為，在殖民支配下的台灣，因與中國社會隔絕而不易受到文學革命的衝擊。中國的舊詩傳統既受新文學的顛覆，則台灣的舊詩壇就沒有不被改造的道理。他在第二篇文章說得很清楚：「我們反對做舊詩，我們尤其反對擊鉢吟。我們反對做舊詩是舊詩有許多的限制……」

具體而言，張我軍已經把新文學的精神解釋得非常透澈，那就是拒絕接受任何的「限制」。也就是說，詩體的解放，是文學的解放，也是一種思想的解放。張我軍的批判攻勢，獲得蔡孝乾的聲援。蔡孝乾在一九二五年二月發表的〈為台灣的文學界續哭〉[15]，特別凸顯新文學的性格：「文字是文學的基礎，是文學

胡適

13 張我軍，〈請合力拆下這座敗草欉中的破舊殿堂〉，《台灣民報》三卷一號（一九二五年一月一日）。

14 張我軍，〈絕無僅有的擊鉢吟的意義〉，《台灣民報》三卷二號（一九二五年一月十一日）。

15 蔡孝乾，〈為台灣的文學界續哭〉，《台灣民報》三卷五號（一九二五年二月十一日）。

的工具，我們承認時代有新舊，同時承認文字有死活。白話文學是活文字做的，所以稱做活文學。文言文學是半死文字做的，所以終不能產生活文學。」以活文學來定義新文學，其實也就是解放的文學之同義詞。

新文學陣營的立場，至此已經相當具體。可以想見的，舊詩壇的反彈也是非常激烈。《台灣日日新報》、《台灣新聞》、《台南新報》、《黎華報》等等親日的報紙，都成了舊詩人反擊的大本營。署名葫蘆生、鄭軍我、蕉麓、赤崁王生、艋舺黃衫客等等舊詩作者，都透過上述的媒體對新文學陣營進行撻伐。雙方的立場，可以說劃清了界線。因為，新文學陣營係以抗日政治運動的機關刊物《台灣民報》為堡壘，舊詩人則是以親日的報紙為依靠。更確切地說，求新求變的是屬於民間刊物，而守成不變的則向官方靠攏。這個事實，正好應驗了張我軍對舊詩人的指控。

從歷史發展的軌跡來看，張我軍的貢獻是無可否認的。不過，他也有自己的時代限制。他主張中國文學是主流，台灣文學是支流；所以主流發生變遷時，支流也必須隨著更動。張我軍在申論他的看法時，全然忽略了台灣是屬於殖民地社會的事實。因為，殖民地台灣的發言權，完全掌握在日人手中，從教育到報紙幾乎都被外來的殖民者所壟斷。這種文化環境，根本不可能與當時的中國社會相提並論。因此，他的主觀願望是期待台灣文學跟隨中國文學發生變化，顯然不符合客觀事實。後來台灣文學的發展，就與張我軍的願望背道而馳。

一九二五年八月二十六日《台灣民報》第六十七號，推出該報創立五週年紀念專號，張我軍發表〈新文學運動的意義〉，更是借用胡適〈建設新文學〉一文的論點，亦即「國語的文學，文學的國語」的主張，提出他對台灣新文學的建議：第一，建設白話文學；第二，改造台灣語言。特別是有關語言的問題，他認為台灣話是一種「土話」，是「沒有文字的下級話」，因此沒有文學的價值。張我軍主張廢台語而採用中國白話文，自然與他在北京求學的背景有密切的關係。他的語文改革出發點，也是為了抗拒強勢的日本文化。然而，白話文在台灣的傳播畢竟與中國社會的條件全然不同。他的這項主張，並不能完全適用於台灣。後來的新文學家賴和、楊守愚、王詩琅等人的創作雖都以白話文為主，卻也在作品中大量使用日文與福佬話。新文學會這樣發展，可說無法擺脫殖民地社會環境的影響。

張我軍在新文學史上的地位，並非只是從事破除與摹仿的工作而已。他在一九二五年於台北自費出版的詩集《亂都之戀》，是一劃時代的事件。這是殖民地社會裡的第一冊白話文詩集，縱然創作技巧未臻成熟，卻足以顯示張我軍以具體作品來實踐其文學理論的決心。之後，他又寫了三篇小說〈買彩票〉[16]、〈白太太的哀史〉[17]，以及〈誘惑〉[18]。這些小說都是純粹以中國白話文寫成，足證他在理論與實踐之間的用心良苦。

如果張我軍繼續堅持創作下去，當可成為傑出的新文學作家。但是，從一九二九年以後，他便逐漸淡出台灣文壇。這位「開風氣之先」的作家，除了介入文學運動，也參加政治運動。從一九二四至二五年之間，他返台編輯《台灣民報》，轉載大量中國五四文學作品，魯迅、郭沫若、冰心、馮沅君、鄭振鐸（西諦）、焦菊隱、劉夢葦等人的小說、詩、散文、批評，被介紹給台灣讀者。在那段時期，他也參與「台北青年體育會」、「台北青年讀書會」等具有左翼色彩的組織。張我軍扮演的角色，與當時台灣知識分子一樣，都同時結合政治與文學的雙重任務，投入啟蒙運動的工作裡。他在新文學史上的地位，僅在這段時期建立起來。此後，他便轉而從事翻譯與編輯書籍，台灣文學史消失了一位強有力的推手。戰後，他服務於合作金庫。一九五五年，罹患肝癌，鬱鬱以終。

16　張我軍，〈買彩票〉，《台灣民報》一二三—一二五號（一九二六年九月十九日、二十六日、十月三日）。
17　張我軍，〈白太太的哀史〉，《台灣民報》一五〇—一五五號（一九二七年三月二十七日、四月三日、十日、十七日、二十四日、五月一日）。
18　張我軍，〈誘惑〉，《台灣民報》二五五—二五八號（一九二九年四月七日、十四日、二十一日、二十八日）。

## 賴和：台灣新文學之父

在啟蒙實驗時期，如果張我軍所負的任務是在於破除舊文學，則賴和所承擔的工作應該在於建設新文學。沒有這兩位作家的出現，就不可能使台灣新文學運動提早進入蓬勃的階段。賴和（一八九四—一九四三）的年紀比張我軍大八歲，但介入文學運動卻稍緩。他是彰化人，是接受台灣總督府醫學校教育的第一代知識分子。早年參加過具有革命色彩的「復元會」[19]，與同盟會的翁俊明、王兆培過從甚密。賴和在一九二一年參加台灣文化協會，自然而然就與政治運動、文學運動拉上關係。

要理解賴和的重要性，有必要認識在他之前的文學發展概況。從一九二二至一九二四年之間，台灣社會第一次見證新文學萌芽的狀態。集中於討論政治、經濟、社會、教育等啟蒙議題的《台灣青年》與《台灣》月刊，為了配合整個反殖民運動的成長，遂提供篇幅也讓文學作品發表。

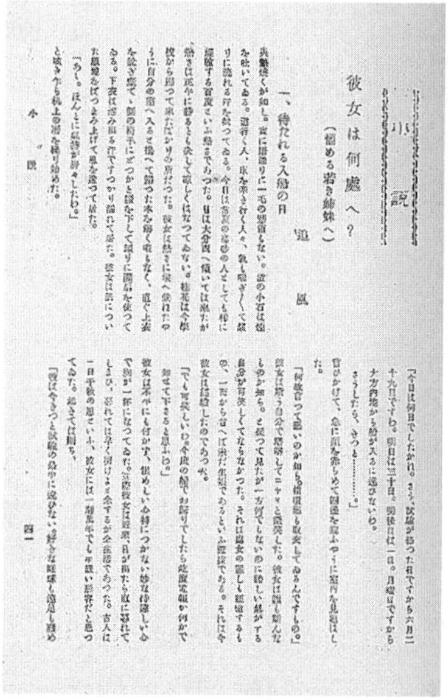
小說

彼女は何處へ？

（惱める若き姉妹へ）

追風

一、待たれる入船の日

四一

一九二二年七月，謝春木以筆名「追風」，在《台灣》發表的日文作品〈彼女は何處へ？〉

賴和（賴和文教基金會提供）

最早出現的一篇小說，是謝春木在一九二二年以筆名「追風」所發表的日文作品〈彼女は何處へ？〉（她往何處去）[20]。最近這種說法已引起質疑，認為第一篇小說應該是台灣文化協會一九二一年所出版的「台灣文化叢書」第一輯，刊載署名「鷗」撰寫的中文作品〈可怕的沉默〉。不過，從文字的結構來看，〈可怕的沉默〉應屬散文的文體，而〈她往何處去〉則已具備故事情節的雛形。總之，新文學初期的各種文體已相當整齊地呈現出來。第一篇散文是〈可怕的沉默〉，第一篇小說是〈她往何處去〉，第一首詩也是謝春木以「追風」為名所寫的日文詩〈詩の真似する〉（詩的模仿），發表於《台灣》五年一號（一九二四）。

初期的文學作品，在創作技巧上仍停留在粗糙的階段。這段時期的小說，還未能使用象徵或隱喻的手法，只是採用最簡單的影射方式，幾乎可以讓讀者對號入座。與謝春木同時期發表的小說還包括署名「無知」所寫的〈神祕的自制島〉[21]、柳裳君的〈犬羊禍〉[22]、施文杞的〈台娘悲史〉[23]，以及鷺江ＴＳ的〈家庭怨〉[24]。這些小說的結構都很簡單，主題也很淺顯，一律以影射、寓言的技巧，勾勒台灣的政治命運，頗有喻世明言之況味。例如〈神祕的自制島〉，就是影射未曾覺醒而自我束縛的台灣住民。〈台娘悲史〉與〈她往何處去〉一樣，都是以女性的命運影射台灣現狀之坎坷。〈犬羊禍〉則是藉章回小說的形式影射御用紳士的醜陋行徑，據說是以台中大地主林獻堂為具體的對象。從所有作品的表現來看，作者大多訴諸嘲弄與諷

19　為台灣總督府醫學校之醫學生所組成的團體。賴和於醫學院期間結識杜聰明、翁俊明等人，並由其引介加入復元會。
20　追風（謝春木），〈彼女は何處へ？〉，《台灣》三年四—七號（一九二二年七月）。
21　無知，〈神祕的自制島〉，《台灣》四年三號（一九二三年三月）。
22　柳裳君，〈犬羊禍〉，《台灣》四年七號（一九二三七月）。
23　施文杞，〈台娘悲史〉，《台灣民報》二卷二號（一九二四年二月十一日）。
24　鷺江ＴＳ，〈家庭怨〉，《台灣民報》二卷十五號（一九二四年八月十一日）。

刺性的主題，故事發展極為樸素，都是以單線的情節為基調。從現在眼光評斷，這些小說的史料性質遠大於藝術性。

從語言的使用來看，作品既有日文，也有文言文，更有白話文，可謂相當混雜。這說明了殖民地文學的特性，亦即語言失去了它的主體；凡是能夠表達作者的思考，幾乎各種語言都可派上用場。所以，每篇文字往往可以發現辭不達意或語意不清之處，強烈帶有實驗的性格。必須指出一個事實，便是在張我軍大力提倡白話文之後，作家才漸漸重視使用語言的問題。最顯著的證據，當以一九二五年在文壇登場的賴和為代表。

賴和本名賴河，字懶雲。畢業於醫學校後，即一方面經營診所，一方面參加政治運動。一九二三年則因涉入治警事件而入獄，而對殖民體制的本質認識得更為透徹。就在他懸壺濟世與參加政治活動的同時，賴和已積極學習中國白話文。自一九二〇年代初期出現文學理論以降，真正以嚴肅而專注的心情去實踐的，當推賴和。較諸提倡白話文的張我軍，賴和對語言使用的重視可以說有過之而無不及。

在這段時期，賴和的文學地位已開始建立起來。究其原因，主要在於他是分別使小說、散文、詩邁向成熟境界的第一人。他在一九二六年發表的兩篇小說〈鬥鬧熱〉[25]與〈一桿「稱仔」〉[26]，就顯出他不凡的文學造詣。無論就文字或情節來說，都遠遠超越同時代的作家。以〈鬥鬧熱〉為例，小說中的白話文幾乎可以用圓熟來形容。試看：

林獻堂，《灌園先生日記》（一）

拭過似的、萬里澄碧的天空，抹著一縷兩縷白雲，覺得分外悠遠，一顆銀亮亮的月球，由深藍色的山頭，不聲不響地，滾到了半天，把她清冷冷的光輝，包圍住這人世間，市街上罩著薄薄的寒煙，店鋪簷前的天燈，和電柱上路燈，通溶化在月光裡，寒星似的一點點閃爍著。在冷靜的街尾，悠揚地幾聲洞簫，由著裊裊的晚風，傳播到廣大空間去，似報知人間，今夜是明月的良宵。

小說的第一段純屬描景，但文字運用的巧妙，也因此表現出來。賴和對於每個文字，每段句子，每一形容詞，似都用心推敲過。即使把這篇小說當作散文閱讀，也頗具韻味。其中以「月球」來取代一般人使用的「月亮」，為的是避免與形容詞「銀亮亮的」重複；因為是球狀，便可推知是滿月，又可呼應後面「滾到了半天」的生動景象。然而，賴和並不以文字的鍛鑄為滿足。小說以兩個故事的主軸進行，一是小孩子因遊戲而吵架，二是大人仗財勢欺壓弱者。小說的主題，乃是以兒戲來暗示大人們的爭權奪利。在新文學運動的實驗時期，能有如此高明的創作誕生，正好證明賴和的傑出才情。

〈一桿「稱仔」〉寫的是善良農民與醜惡警察的鮮明對比。整篇小說集中於描繪農民秦得參被迫走向毀滅的過程。受盡日本警察欺侮的農民，最後不能不選擇玉石俱焚的道路。警察被暗殺，農民也自殺同歸於盡，只因為秦得參終於覺悟到：「人不像個人，畜生，誰願意做。這是什麼世間？活著倒不若死了快樂。」這種控訴，發自殖民地社會的最底層，幾可視為對權力氾濫的現實提出深切的批判。在小說中，警察並不是指個別鷹犬，而是整個台灣總督府的象徵。

25　賴和，〈鬥鬧熱〉，《台灣民報》八六號（一九二六年一月一日）。

26　賴和，〈一桿「稱仔」〉，《台灣民報》九二—九三號（一九二六年二月四日、二十一日）。

這兩篇小說發表之後，新文學運動基本上完成了實驗的階段，在此之後的作家，倘然要寫出令人矚目的作品，就必須要超越賴和的成就。不過，賴和的成就又不止於小說創作而已。一九二八年五月七日他在《台灣大眾時報》創刊號發表的散文〈前進〉，可以說是台灣散文演進史上的里程碑。《台灣大眾時報》是文化協會在一九二七年發生分裂而左傾之後的機關刊物，〈前進〉這篇散文則是以隱喻的技巧，暗示賴和對左翼運動的支持，並且對整個抗日運動的高度期許。散文中使用白話文的成熟程度，幾乎不是同時代作家所能望其項背。即使將之置放同時期中國新文學作家之中，也是毫不遜色。僅舉散文的第一節，就可窺見其功力：

> 在一個晚上，是黑暗的晚上，暗黑的氣氛，濃濃密密把空間充塞著，不讓星星的光明，漏射到地上；那黑暗雖在幾百層的地底，也是經驗不到，是未曾有過駭人的黑暗。

前後七十餘字，都只是為了烘托出「黑暗」的真正景象。星光照射不到的地面，自然是一片漆黑；但是，如果在幾百層的地底也無法經驗如此的漆黑，那麼這種黑暗是相當駭人的。為什麼賴和要動用那麼多的文字來形容黑暗呢？原因是不難明白的，他要說的便是他自身所處的時代與社會。對於一位受過現代知識洗禮的醫生而言，理應看到較諸他人還要明朗的社會。賴和並不這樣認為，相反的，他目睹是一個價值倒錯的時代。〈前進〉的散文結構極為緊湊，意象統一，前後呼應。賴和使用他擅長的簡短句子，讓文字的節奏相當明快。他的技巧之爐火純青，顯現在速度的控制上，收放自如，起落有致。尤其在形容腳步向前邁進時，竟然是以音樂來襯托：「當樂聲低緩幽抑的時，宛然行於清麗的山徑，聽到泉聲和松籟的奏彈；到激昂緊張起來，又恍惚坐在卸帆的舟中，任被狂濤怒波所顛簸。」那種奔馳放膽的想像，簡直可以睥睨同時期的任何華文作家。

賴和所扮演角色之重要，又不止於小說與散文的經營。他在一九三一年四月二十五日、五月二日發表的長詩〈南國哀歌〉，又為台灣新詩帶入全新的階段。這首詩，是為了抗議日本統治者在霧社事件中對原住民的大規模屠殺。霧社事件發生於一九三〇年十月二十七日，長期受盡欺凌的泰雅族原住民，利用一年一度的公學校運動會，日本官吏警員齊集校園之際，有計畫進行反暴政行動。當時，有三百餘名泰雅族勇士，殺死一百三十四名日本人。台灣總督府為了報復，對霧社原住民進行滅種式的轟炸與屠殺。殖民者的殘暴行為，震撼整個國際社會。泰雅族在霧社的住民原有一千二百餘人，事件後僅剩五百餘名。霧社事件在台灣抗日史上，是可歌可泣的抵抗行動，也是全球反殖民運動中無可輕易磨滅的一頁。賴和的〈南國哀歌〉，正是這項歷史事件的見證。

這首輓歌共有七十八行，前後分成兩大章節。全詩是以死亡破題，而以抗爭作為結束。這種創作方式，是一種大膽的倒敘手法。因為，依照一般創作的思考，必然是先寫抗爭，之後才寫死亡。賴和反其道而行，把結局放在第一段，把開頭放在最後。如果沒有事先安排這樣的策略，整首詩寫起來很危險。賴和刻意從險處切入，自有他的用心。第一段的四行是：

所有的戰士已去，
只殘存些婦女小兒，
這天大的奇變！
誰敢說是起於一時。

讓讀者首先接觸死亡的景象，然後他才一步步揭露事件的真相。因為霧社原住民的赴死，乃是出於他們的「覺悟」，這覺悟正是生不如死。與〈一桿「稱仔」〉的主題，可謂同條共貫，都顯示殖民體制的支配，台灣社會的各個族群遭逢了同樣受辱的命運。原住民的抗爭，其實不是赴死，而是求生。賴和肯定霧社的抗暴行動，全詩以著如此六行作為結束：

兄弟們來！
來！捨此一身和他一拚，
我們處在這樣環境，
只是偷生有什麼路用，
眼前的幸福雖享不到，
也須為著子孫鬥爭。

賴和的這種手法，企圖很清楚。他一方面暗示泰雅族戰士並未死去，他們的抗爭精神仍然長存下去；一方面則是藉此激勵仍然受到壓迫的所有台灣人，應該為子孫繼續鬥爭下去。〈南國哀歌〉在《台灣新民報》三六一、三六二號發表時，後半段已被日本官方刪除。必須等到戰後，此詩的全貌才得以重見天日，足證這首輓歌已不只是哀悼而已，它所暗藏的批判精神，正是日本警察引以為忌的。

無論是從小說、散文、詩的各種文體創作來看，賴和的地位都是非常傑出的。他之所以被尊崇為「台灣新文學之父」，絕對不是偶然。最重要的，乃是他的作品能夠抓住時代脈動，對於社會內部矛盾與外部對立都刻劃得眉目極為清楚。從現在的標準評斷，他的作品經得起一再的解析。幾乎每一篇作品都涵蓋了當時的重大矛盾。這個矛盾，源自於所謂的現代性（modernity）。

現代性是西方自十八世紀啟蒙運動以降的產物，基本上是所謂理性（reason）的延伸。這是因為現代社會的興起，人類日益祛除巫魅，對於愚昧無知的學問或信仰產生強烈的懷疑。凡是被歸類為沒有科學、沒有秩序、沒有系統的事物，大多一律被視為不理性。因此，一個越講求理性的社會，對於規律、法則的要求就越高。尤其到了十九世紀工業革命以後，資本主義高度發達，於是對於時間、管理、效率、秩序的要求也大大提升。在一個先進的資本主義社會，資本家常常借用理性的名義，而達到控制整個社會的目的。只要現代性越膨脹，則人們所受的壓抑與控制就越嚴厲。如果資本主義發生在殖民地社會，則被殖民者就越受到加倍的控制。

日本統治者介紹資本主義到台灣，絕對不是為了改善島上住民的生活。台灣總督府因配合資本主義的擴張與再擴張，更是要求台灣社會必須具備理性或現代性。台灣人民被灌輸現代知識，並不是要提高人格身分，而是要迎接一個有秩序、有規律的時代之到來。遵守時間、尊重法治、接受管理等等的現代生活，反而使台灣人民更易被控制、被壓抑。賴和是在現代化的醫學教育下成長起來的，但是他並沒有被現代化的假象所迷惑。正因為有過現代化教育的訓練，賴和可以更清楚看到台灣傳統文化的幽暗，也可辨識殖民文化的陰翳。

賴和接受現代化的進步觀念，所以他能夠客觀地發掘台灣舊社會的迂腐與落後。從〈鬥鬧熱〉開始，賴和透過文學的經營揭發封建文化的凝滯與欺罔。一九二九年，他發表〈蛇先生〉[27]，拆穿傳統漢醫借用祕方，在鄉間招搖撞騙。一九三〇年又發表〈棋盤邊〉[28]，對日本的鴉片特許政策進行批判，同時也撻伐舊士

27　賴和，〈蛇先生〉，《台灣民報》二九四－二九六號（一九三〇年一月一日、十一日、十八日）。

28　賴和，〈棋盤邊〉，《現代生活》創刊號（一九三〇年十月）。

紳的墮落。一九三一年另有一篇〈可憐她死了〉[29]，則是抨擊封建社會的納妾惡習。賴和撰寫這些小說的迫切心情，幾透紙背。他知道，現代化是無可抵擋的。台灣社會若不進行文化改造，則永無翻身之地。

然而，他更清楚現代化對台灣社會也具有雙刃性的作用。台灣若不追求現代化，就必須接受被支配的命運。不過，現代化並非是從台灣社會內部自發性產生，而是由日本人以強制性手法加諸台灣人身上。因此，殖民地知識分子如賴和者，已深深體會到文化上的兩難。如果台灣人要抵抗殖民統治，就連帶要抵制現代化；如果要接受現代化，則又同時要接受殖民統治。這種矛盾，在賴和及其同時代作家的文學中表現得最為鮮明。

在賴和小說中最常看見的主題，便是對法律的愛恨交織。法律是現代資本主義的基礎，依賴它才能維持一個有秩序、有效率、有理性的社會。但是，台灣的資本主義是以支撐殖民體制為優先；在理性的假面之下，法律並不是要照顧手無寸鐵的百姓，而是要護航權力氾濫的統治者。從〈一桿「稱仔」〉開始，賴和就批判法律的失衡。所謂正義，只是向官方片面傾斜。

在一九二八年創作的〈不如意的過年〉[30]中，賴和很清楚指出法律的殖民本質：「且法律也是在人的手裡，運用上有運用者自己的便宜都合，實際上它的效力，對於社會的壞的補救，墮落的防遏，似不能十分完成它的使命，反轉對於社會的進展向上，有著大的壓縮阻礙威力。」法律誠然是維護社會秩序規範的重要工具，日本總督藉著法律，企圖讓台灣百姓淪為資本主義下的文化邏輯——馴良、勤奮，不容任何怨言。在文明與進步的觀念要求下，台灣人民只能遵循日本人訂下的遊戲規則，否則就有可能被戴上不理性或是落後、守舊的帽子。法律是用來懲罰與訓誡不守文明規則的百姓，所以警方使用的逮捕與監禁等手段，就是要使台灣人達到現代文明的目標。

從賴和的眼光來看，警察是無所不在的懲誡者。從一九二七年的〈補大人〉，到一九三二年的〈豐作〉，警察的意象貫穿於小說之中。他們能夠魚肉鄉民，乃是因為「得到法律的保障」。然而，百姓並不清楚如何尋找出路，卻只是盲目地相信自己做錯了事，是罪犯；唯一能做的便是繼續守法，繼續成為具有理性的善良百姓。對於如此朝向現代化的社會，賴和終於忍不住喟嘆：「我想是因為在這時代，每個人都感覺著：一種講不出的悲哀，被壓縮似的痛苦，不明瞭的不平，沒有對象的怨恨，空漠的憎惡；不斷地在希望這悲哀會消釋，苦痛會解除，不平會平復，怨恨會報復，憎惡會滅亡。」這段文字出自一九三一年一月一日的小說〈辱?!〉[31]。資本主義的生活，其實就是現代性的擴大與再延伸，滲透到制度的核心，化為人們肉身的一部分，沒有一個人能夠遁逃。而在殖民體制有計畫、有策略的支配下，每位台灣住民更是茫然不知所措。誠如賴和所說，一種講不出的悲哀籠罩在每個人身上。

賴和是台灣文學史上第一位成就非凡的作家，也是第一位極其深刻而細緻地探索現代化過程中台灣社會苦悶的知識分子。他以寫實主義的手法，人道主義的精神，寬容地看待自己的人民，仇敵似地描繪日本統治者。他的作品在二十世紀末重新閱讀，仍然具有深沉的藝術精神與濃厚的人文思想。尤其他對現代性的反覆探討，已成為殖民地文學的批判典範。

他在文學史上受到尊崇，並非在戰後才得到肯定。一九四一年太平洋戰爭爆發後，賴和莫名其妙被逮捕監禁。究其原因，可能是因為他有從事反抗運動的「前科」，而且也因為他在抵抗思想上具備領導的作用。他因此留下一部〈獄中日記〉[32]，頗能反映他晚年的心境。出獄之後，鬱鬱不樂。一九四三年一月三十一日

29　賴和，〈可憐她死了〉，《台灣新民報》三六三—三六七號（一九三一年五月九日、十六日、二三日、三〇日、六月六日）。

30　賴和，〈不如意的過年〉，《台灣民報》一八九號（一九二八年一月一日）。

31　賴和，〈辱?!〉，《台灣新民報》三四五號（一九三一年一月一日）。

32　賴和，〈獄中日記〉（一）—（四），《政經報》一卷二—五期（一九四五年十一月十日—十二月二十五日）。

逝世，享年四十八。當時的新一輩作家在追念賴和時，都承認受到他的提攜與影響。楊雲萍、楊逵、朱石峰、楊守愚等人的追悼文字，一致肯定他對台灣新文學運動的貢獻。如果說，日據時期沒有賴和，就沒有現代小說、現代散文的出現，這應是不致過於誇張的說法。因為有了他的領導，台灣新文學的發展才有了重大的突破。

# 第四章

# 台灣文學左傾與鄉土文學的確立

新文學運動經歷了破壞與建立的過程之後，台灣作家面臨一個更重要的課題是，如何充實文學作品的內容。特別是通過一九二七年政治運動的左右分裂，許多作家在實踐創作時，都不免顯露他們各自的意識形態與政治信仰。

這是可以理解的。跨越一九二〇年代中期後，第二代知識分子正在孕育誕生之中。第一代知識分子大約都生於一八九〇年代，正是滿清與日本政權在台灣進行更迭的時期。第二代知識分子則出生於一九〇〇年代，亦即資本主義從播種萌芽到蓬勃發展的時期。這兩個世代最大不同的地方，不僅他們所經歷的社會性質有很大的不同，並且他們接受的教育與思想也有很大的落差。第二代知識分子的日本化現代化教育比第一代知識分子還來得完整。而更值得注意的是，第二代知識分子也因知識領域的擴大，以及思維方式的提升，他們的美學經驗與文學品味也有了顯著的變化，其中帶來最大的變化，便是社會主義思潮對台灣作家的影響。

社會主義思潮介紹到台灣的途徑有二，一是來自日本，一是來自中國。在這兩地讀書的台灣留學生，便是擔負起傳播社會主義的主要任務。台灣留學生能夠享有接觸左翼思想的機會，毋寧是歷史上的一個巧合，因為，在一九二〇年代中期，日本正好出現「大正民主」的時期，而中國正好展開「國共合作」的時期，兩個社會都分別為知識分子提供了思想自由的空氣。「大正民主」指的是一九〇九年至一九二六年，亦即日俄戰爭後至大正年間，日本軍閥尚未奪得政治權力，社會中的思想言論自由還擁有廣大的空間。在這個期間到日本留學的台灣知識分子，都很容易購得左派書籍，同時也以組織讀書會、研究會的方式討論社會主義。至於所謂的國共合作，則是指一九二六年至一九二八年之間的北伐時期，中國國民黨與中國共產黨為了推翻軍閥割據的勢力，跨越黨派而組成聯合陣線。在國共合作的和諧氣氛下，左翼思想獲得伸展的機會。在上海、北京、廣州的台灣留學生，也不約而同組成政治社團，討論社會主義，關心台灣政局。

這些團體的成員，在回台以後，如果不是參加政治、社會運動，便是參加台灣文化協會，或是成立祕密讀書會，使社會主義的傳播迅速發展。更有一些左翼知識分子，日後成為傑出的文學家；包括參加東京台灣青年會社會科學研究部的楊逵、楊雲萍、吳新榮、陳逸松，東京台灣文化社的王白淵、張文環、吳坤煌，以及由此組織發展出來的東京台灣藝術研究會的施學習、楊基振、巫永福，都在留學期間接觸過社會主義的思想。至於在中國方面，參加上海台灣青年會的施文杞、張我軍、陳滿盈、張桔梗、蔡孝乾，廣東台灣革命青年團的張深切、張月澄，也都是在國共合作期間獲得機會研讀左翼書籍。他們回到台灣，介入新文學運動，使日後的左翼色彩顯得特別鮮明。

在社會主義的影響下，作家對於文學屬性與語言使用的議題越來越關切，文學究竟應該為誰而寫？如果要使文學為大眾所接受，則作家應採用何種語言較為恰當？這些問題便是啟蒙實驗時期的作家亟欲要回應的。就在這種追求答案的情境裡，文學的左傾，以及鄉土文學論戰的崛起，似乎成為無可避免的發展。

## 《台灣民報》的文學成就

從《台灣青年》、《台灣》等月刊的發行，到《台灣民報》半月刊的出版，有一個重要的文學現象，便是從一九二五至一九三〇年之間，轉載中國新文學作品的數量非常多。但是，跨入一九三〇年代以後，翻譯與轉載的作品便日益減少。這個現象足以說明台灣本地作家逐漸有創作的能力，而無須再借助於中國新文學的作品。

轉載於《台灣民報》、《台灣新文學》的作品，其作家包括魯迅、胡適、郭沫若、王魯彥、馮沅君、張資平、胡也頻、潘漢年、許欽文、劉大杰、章衣萍、凌叔華、冰心、蔣光慈等人，從這些人名可以發現，啟蒙實驗時期的台灣作家對一九二〇年代的中國新文學運動並不陌生；並且，無可否認的，台灣作家的部分作品也受到中國作家的影響。楊華所寫的短詩，似乎是在冰心的作品裡尋找到啟發。台灣還未出現純粹的文藝刊物之前，《台灣民報》所扮演的角色就顯得非常重要。

不過，一九三〇年代以前的《台灣民報》也呈現另一種景象；便是台灣作家非常努力要建立自己的文學。尤其是一九二六年以後賴和擔任報紙文藝欄的編輯之後，對於新世代作家的提拔，可謂不遺餘力。在第二代作家中，最早於報紙登場當推楊守愚。他受到賴和的照顧最多，也最能體會其用心良苦。在〈小說與懶雲〉的悼念文章中，楊守愚對賴和有著生動的描述：「通常，一個編輯者的任務，無非只是擔當作品之閱讀從而加以選擇的工作。遇到『不合格』的作品，就把它往字紙簍一丟了事。但是，懶雲當時的文學界的情況卻不是這樣。為了補白報紙空下來的版面，就無法去選擇原稿。他當時幾乎是拚著老命去做這份工作的，他毫不珍惜體力地去一一修刪寄來的稿子，有時甚至是要為人改寫原稿的大半部分。常常有些文章，他簡直是只留下別人的情節而從頭改寫過。」[1] 這段話之所以值得記錄下來，一方面在於認識賴和扶植新文學運動時投注了過人的心力，一方面也在於窺見新文學初期的台灣作家撰稿後仍需旁人大力修改。沒有經過這種刪修的階段，就不可能成就後來的文學豐碩果實。

要認識一九二〇年代與賴和同時期的重要作家，就不能不從《台灣民報》去發現。在這段時期發表較多作品的，當推陳虛谷、楊雲萍、楊華，他們分別在小說、散文與新詩方面建立殊異的風格。如果他們的產量豐富，各自的風格當可形成傳統。可惜的是，除了楊華之外，其餘在三〇年代並未有更卓越的表現。

陳虛谷（一八九六—一九六五），原名陳滿盈，號一村，係彰化和美人。他在這段時期發表了四篇小說於《台灣民報》，亦即〈他發財了〉[2]、〈無處伸冤〉[3]、〈榮歸〉[4]、〈放炮〉[5]。對於統治者與被統治者之間的界線，陳虛谷在小說中劃分得非常清楚。他這種正反對比的技巧，在初期小說中普遍可以發現。不過比較值得注意的，在於他對新舊士紳傳達於殖民者與被殖民者之間的投機性格，刻劃得相當清楚。〈榮歸〉這篇小說，描繪舊士紳家族的兒子考上日本高等文官的故事，為了追求利祿，全家毅然放棄民族的立場。這種衣錦還鄉的故事，背後透露了殖民地心靈的扭曲。小說的結局頗有反諷的意味：「火球般紅的夕陽，將要沉下去，把西方的天邊，烘成了一片紅艷如錦的雲霞，好像是朝著王家表祝意。」夕陽顯然是與小說中王家門口懸掛的旭日國旗相互輝映，非常具有高度的象徵手法。沒落的朝代一如夕陽那般，卻眷顧著忘記了民族立場的王家。陳虛谷的創作技巧，直追賴和。倘若他的文學生涯繼續經營下去，當可在一九二〇年代成為引領風騷的作家之一。然而，他的成就，竟止於此。

青年、壯年和晚年時期的陳虛谷。（陳逸村提供）

陳虛谷也從事新詩創作。在這段時期的《台灣民報》，他發表了〈澗水和大石〉（一九二七）、〈秋

1 楊守愚，〈小說與懶雲〉，收入賴和紀念館編，《賴和研究資料彙編》（彰化：彰化縣立文化中心，一九九四），頁四〇。

2 陳虛谷，〈他發財了〉，《台灣民報》二〇二—二〇四號（一九二八年四月一日、八日、十五日）。

3 陳虛谷，〈無處伸冤〉，《台灣民報》二一三—二一六號（一九二八年六月十七日、二十四日、七月一日、八日）。

4 陳虛谷，〈榮歸〉，《台灣新民報》三二二—三二三號（一九三〇年七月十六日、二十六日）。

5 陳虛谷，〈放炮〉，《台灣新民報》三三六—三三八號（一九三〇年十月二十五日、十一月一日、八日）。

曉〉[6]、〈落葉〉[7]、〈賣花〉[8]、〈病中有感〉[9]、〈詩〉[10]、〈美人〉[11]等，是他極為豐收的時期。他的新詩結構完整，主題鮮明，文字透明，較諸張我軍的詩作猶勝一籌。他的詩流露濃郁的人道主義精神，以及知識分子對社會、對弱者的滿腔關懷。正如他的短篇小說一般，陳虛谷也喜歡在詩中以明暗對比的方式作辯證式的經營。他入世的態度，相當典型地反映了殖民地作家共同的焦慮。

楊雲萍（一九〇六—二〇〇〇），本名楊友濂，台北士林人。早在十九歲的少年時期，亦即一九二五年，就與朋友江夢華合辦《人人》雜誌[12]。這是個人作品的文藝刊物，但已為日後純文藝雜誌的誕生做了預告。他的短篇小說除了〈光臨〉[13]與〈秋菊的半生〉[14]之外，大多是屬於極短形式的掌中小說。〈光臨〉的主題，在於揭露依仗日人權勢而提升自我人格的台灣人保正的嘴臉。為了上司的光臨，他準備了佳餚美酒在家等待，最後卻全然落空。那種得不到日人關愛的失落感，同樣也在諷刺被殖民者心靈扭曲的實況。〈秋菊的半生〉在於敘述被賣到議員人家的女婢命運。台灣人雖是被殖民者，但一旦投靠日人而當官之後，便開始欺壓自己的同胞。在性別的壓迫上，這篇小說

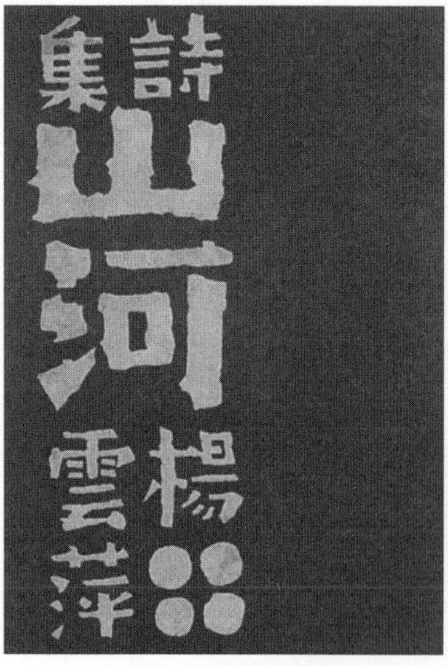

楊雲萍詩集《山河》

楊雲萍（《文訊》提供）

等於在暗示，台灣男性與日本殖民者其實是不折不扣的共謀。

楊雲萍的短篇小說，如果不必以嚴格的小說定義予以要求的話，也可當作散文來閱讀。他的篇幅簡短，主要是他的文字乾淨，句子相當扼要。他的作品並不講求完整的結構，僅是把握現實生活中的一個切片或斷面，以靈光一現的方式顯露出來。他不是成功的小說家，而是天生的詩人。他的新詩成就，必須要等到一九四〇年代出版詩集《山河》[15]之後，才全面展現出來。淨化的文字，靈性的情感，在現實生活的瑣碎事物中都可發現。他文學經營的高峰，便是集中凝聚在這冊詩集之上。

楊華（一九〇六—一九三六）原名楊顯達，另有筆名楊花、器人，台北人。他是台灣新文學史上最早

楊華

6　陳虛谷，〈秋曉〉，《台灣民報》一四二號（一九二七年一月三十日）。
7　陳虛谷，〈落葉〉，《台灣民報》二九四號（一九三〇年一月一日）。
8　陳虛谷，〈賣花〉，《台灣民報》二九四號。
9　陳虛谷，〈病中有感〉，《台灣新民報》三二二號（一九三〇年七月十六日）。
10　陳虛谷，〈詩〉，《台灣新民報》三四二號（一九三〇年十二月六日）。
11　陳虛谷，〈美人〉，《台灣新民報》三六四號（一九三一年五月十六日）。
12　創辦於一九二五年三月十一日，為台灣第一本白話文學的刊物，楊雲萍並於創刊號上譯介泰戈爾（Rabindranath Tagore）〈女人呀〉。
13　楊雲萍，〈光臨〉，《台灣民報》八六號（一九二六年一月一日）。
14　楊雲萍，〈秋菊的半生〉，《台灣民報》二一七號（一九二八年七月十五日）。
15　楊雲萍，《山河》（台北：清水書店，一九四三）。日文詩集。

被肯定的詩人之一。一九二七年《台灣民報》(一四一號)協助新竹青年會向全島青年徵求白話詩，筆名崇五的〈誤認〉得第一名，〈旅愁〉得第三名。崇五的真實身分，迄今尚未得到考證，他後來也沒有詩作引起討論。楊華則以筆名器人參賽，〈小詩〉獲第二名，〈燈光〉獲第七名。誠如前述，他的詩頗有中國詩人冰心的風格，往往是以兩行短詩的形式表現出來。就在這一年，他因治安維持法違犯被疑事件而遭監禁於台南。楊華在獄中完成了五十餘首的《黑潮集》。生前未曾發表，一九三六年他病逝後，遺稿被發現，遂刊登於翌年楊逵主辦的《台灣新文學》。

就詩的結構而言，楊華作品毋寧是極為鬆散的。不過，他並不是追求格局龐大的詩人，而是純粹依賴意象的構思與聯繫，使剎那的情感浮現。以他得獎的〈小詩〉第一首為例，就可知道他是如何重視意象的釀造：

人們看不見葉底的花，
已被一雙蝴蝶先知道了。

詩中不說「一隻蝴蝶」，而是「一雙蝴蝶」。這種細膩的巧思，暗示著春天的到來。然而，短短兩行詩，卻未嘗提及春天。意象詩的經營，必須要在一九三〇年代的風車詩社作品裡尋找密切的血緣。楊華的誕

楊華，《黑潮集》

生，等於是預先為台灣新文學運動開拓了新的想像版圖。規模較大的《黑潮集》乃是完成於獄中。倘然不把這冊詩集當作小詩的合集，而視之為一個大象徵的細部構造，則《黑潮集》刻劃個人坎坷命運在大時代的壓力下的起伏迭宕，應該可以視為成功之作。試以集裡的第十七首為例：

和煦的春天，
花兒鮮豔地開著，
草兒蒼龍地長著，
何方突然飛來一陣風雹，
將她們新生的生命，
摧殘得披靡零亂。

寧靜與動蕩的對比，又再一次顯現初期作家的思維方式，楊華會朝這樣的方向去思考，不能不說是被整個歷史環境與政治氣氛所引導。作為強勢文化下的弱者，他的詩句可能是無力的，無可奈何的。不過，以著反面的手法凸顯權力支配者的龐大影像，他的作品倒是成了雄辯的證詞。

楊華在去世前完成兩篇小說，亦即〈薄命〉與〈一個勞動者之死〉，發表於一九三五年的《台灣文藝》，兩篇小說都有自傳書寫的性格，頗能點出社會弱小者的困境。〈薄命〉被當時中國作家胡風選入《山靈：朝鮮台灣短篇集》，足證其藝術成就已獲得肯定。這兩篇小說輓歌似地勾勒了他與他的時代。一九三六年，貧病交迫的他，懸梁自盡。

《台灣民報》發表的小說與詩，基本上都有強烈的階級色彩。無論作者是否為社會主義的信仰者，他們緊張的心情總是偏向被壓迫的農民、工人、女性等毫無發言權的民眾。在這段時期，並未見證女性作家的登場。因此，性別議題在此階段並不特別清晰。如果文學作品中出現了女性的形象，那全然是由男性作家塑造的。《台灣民報》的文學傾向，或多或少都具有左翼的批判精神。女性意象的浮現，只是用來作為男性被壓迫的象徵，或者是用來比喻左翼批判精神裡的弱勢角色。性別的討論是沒有能見度，階級議題可以說是這段時期最明顯的主題。

## 鄉土文學論戰及其影響

台灣文學從啟蒙實驗時期過渡到聯合陣線的時期，中間曾經穿越了一場意義極為深遠的鄉土文學論戰。這場文學討論的一個重要意義乃在於，台灣作家第一次把文學當作嚴肅的議題相互交換意見。在一九二〇年代，文學只能作為政治運動的附庸；但是，甫跨入三〇年代，這場論戰似乎把文學帶出政治運動的脈絡之外，而純粹就文學運動的目的，以及文學使用何種語言進行創作，在當時作家之間廣泛爭辯。對於這次討論，黃得時在其〈台灣新文學運動概觀〉[16]稱之為「台灣語文論爭」，廖毓文在〈台灣文學改革運動史略〉[17]則稱之為「鄉土文學論戰」。

這兩種命名都是可以接受的。因為整個論爭的過

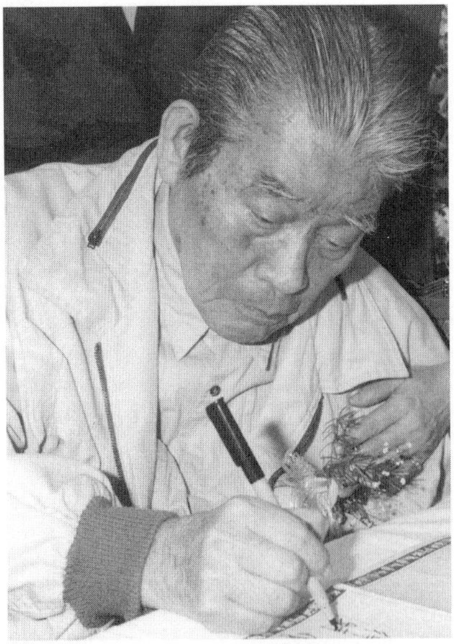

黃得時（《文訊》提供）

程都牽涉到兩個問題，一是文學應該為誰而寫，一是文學應該使用何種語言來寫。這兩個問題是互為表裡的。台灣文學如果是為大眾而寫，則創作的語言應該是使用大眾所能接受的。這些問題都可涵蓋在「鄉土文學」與「台灣話文」這兩個範疇來理解。

一九三〇年八月，左翼作家黃石輝在《伍人報》上首先提出鄉土文學的主張。《伍人報》、《明日》、《洪水報》、《現代生活》、《台灣戰線》等，都是由左翼政治運動者所創辦的文藝刊物。這些刊物在出版後，立即遭到台灣總督府的查禁，如今已經散佚，目前尚未有任何出土的跡象。但是，依據日本的《台灣總督府警察沿革誌》可以理解，這些雜誌都是以左翼政治運動者為主要骨幹，然後透過文學形式的推展，達到宣揚社會主義或共產主義思想的目的。黃石輝在《伍人報》上以〈怎樣不提倡鄉土文學〉為題，以台灣民眾為主體，闡釋他的文學觀點。他被廣為引用的一段話，正如下述：

> 你是台灣人，你頭戴台灣天，腳踏台灣地，眼睛所看見的是台灣的狀況，耳孔所聽見的是台灣的消息，時間所歷的亦是台灣的經驗，嘴裡所說的亦是台灣的語言；所以你的那枝如椽的健筆，生

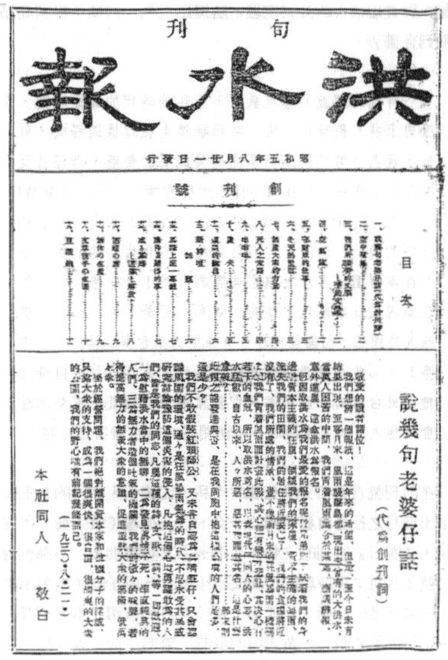
旬刊
洪水報
創刊號
說幾句老婆仔話
（代為創刊詞）
本社同人　敬白

《洪水報》

16 黃得時，〈台灣新文學運動概觀〉，《台北文物》三卷二期、三期、四卷二期（一九五四年八月二十日、十二月十日、一九五五年八月二十日）。

17 廖毓文，〈台灣文學改革運動史略〉，《台北文物》三卷三期、四卷一期（一九五四年十二月十日、一九五五年五月五日）。

花的彩筆，亦應該去寫台灣的文學了。[18]

黃石輝的主張可能稍嫌粗糙，不過，在這段話裡已清楚把台灣文學定位在一定時間意識與空間意識之上。所謂時間意識，便是他指稱的台灣歷史經驗。所謂空間意識，則是黃石輝清楚指出的台灣天地、台灣事物、台灣語言。確立了孕育台灣文學的現實條件之後，他進一步申論：

……你是要寫會感動激發廣大群眾的文藝嗎？你是要廣大群眾的心理發生和你同樣的感覺嗎？不要呢？那就沒有話說了。如果要的，那末，不管你是支配階級的代辯者，還是勞苦群眾的領導者，你總須以勞苦的廣大群眾為對象去做文藝。要以勞苦的廣大群眾為對象去做文藝，便應該起來提倡鄉土文學，應該起來建設鄉土文學……

一個重要的概念「鄉土文學」就在這裡正式提出。也就是說，台灣文學既然是以確切的時間、空間意識為基礎而釀造的，則這樣的文學更應該以具體的群眾為對象。黃石輝眼中的群眾，就是勞苦群眾。說得更清楚一點，那就是以農民與工人為主的無產階級。文學若是以勞苦群眾為對象，則創作的語言就不能不以他們的語言為訴求。這種話文，便是黃石輝所說的台灣話文。在殖民地社會裡，作家回歸到自己的土地、語言來從事文學創作，自然寓有重建文化主體的意味。不過，從他的主張來看，朝向社會主義文學的建立已隱然可見。

這是可以理解的，普羅文藝運動在一九三〇年代是普遍的國際現象。無論作家強調的是鄉土文學或大眾文藝，基本上都在啟發讀者的階級意識，使他們關心社會最底層的農民、工人生活實況。藉由文學的傳播，知識分子可以認識殖民體制與資本主義的真正本質，從而培養抵抗的意識。一九三一年七月，黃石輝繼續在《台灣新聞》發表〈再談鄉土文學〉[19]，堅持作家應該建設台灣白話文。他的台灣白話文主張，便是在既有的漢字基礎上表達台灣，若是遇到無字可用時，則「採用代字」或「另創新字」，其目的便是讓台灣讀者容易理解文學的內容。他說：「因為我們所寫的是要給我們最親近的人看的，不是要特別給遠方的人看的，所以要用我們最親近的語言事物……」就是要用台灣話描寫台灣的事物。為了使這樣的文學主張能被廣泛接受，黃石輝在文中提出組成「鄉土文學研究會」的構想。

呼應黃石輝的鄉土文學觀最為強烈的，莫過於郭秋生。這是一位受到忽視的文學家，在此有必要予以介紹。郭秋生（一九〇四—一九八〇），使用過的筆名包括芥舟、TP生、KS、街頭寫真師等，是台北新莊人。他的社會主義傾向非常鮮明，擅長小說與散文創作。在鄉土文學論戰期間，極力支持黃石輝的立場，而且更為激進。在一九三一年八月二十九日、九月七日的《台灣新民報》（三九七號、三八〇號）郭秋生發表〈建設「台灣話文」一提案〉，建議作家應向市井小民索取語言的資源：

> 所以吾輩說，當面的工作，要把歌謠及民歌，照吾輩所定的原則整理整理。而後再歸還「環境不惠」的大多數的兄弟，於是路旁演說的賣藥兄弟，的確會做先生，看牛兄弟也自然會做起傳道師傳播直去，所有的文盲兄弟姊妹，隨工餘的閒暇儘可慰安，也儘可識字，也儘可做起家庭教師。[20]

18 黃石輝，〈怎樣不提倡鄉土文學〉，《伍人報》九—一一號（一九三〇年八月十六日—九月一日）。
19 黃石輝，〈再談鄉土文學〉，《台灣新聞》（一九三一年七月二十四日），連載八回。
20 郭秋生，〈建設「台灣話文」一提案〉，《台灣新民報》三九七號（一九三一年八月二十九日）。

郭秋生的文學觀念無非是以識字無多、甚至是文盲為對象。他認為要建立台灣文學，當前的工作便是整理民謠、兒歌，並且以此為媒介可以與底層的民眾溝通。他的看法，顯然是以文學作為思想傳播的工具，以達到掃除文盲的目的。因此，郭秋生的重點，乃是集中在知識的啟蒙，而非文學藝術的提升。

黃石輝與郭秋生兩個人的論點，引起正反兩派的回應。廖毓文在戰後回顧這場論戰指出，對於台灣話文的態度，當時作家可以分成贊成論與反對論。贊成論者包括黃石輝、鄭坤五、郭秋生、莊遂性、黃純青、李獻章、黃春成、賴和等。反對論者支持中國白話文，包括廖毓文、林克夫、朱點人、賴明弘、林越峰等。廖毓文對鄉土文學的看法頗值得注意，他借用十九世紀末期德國的例子，認為鄉土文學的最大目標，是在描寫鄉土特殊的自然風格和表現鄉土的感情思想，事實就是今日的田園文學。他指出，因為它的內容過於泛渺，沒有時代性，又沒有階級性，一到今日完全銷聲匿跡了。換句話說，廖毓文同意文學是有時代性與階級性，但是不必使用鄉土文學一詞來界定。

綜觀這段時期的文學討論，儘管有主張台灣話文與中國話文的不同，作家對新文學出路的關切，可謂溢於言表。所有的言論可以歸納出兩個重要的論點：第一，文學不可能脫離現實而存在，作家應該撫觸社會的脈搏，在生活中挖掘文學的題材。第二，語文的使用應照顧到廣大的民眾。鄉土文學、民間文學、大眾文學等名詞的浮現，都牽涉到語言使用的問題。不過，即使這場爭議沒有得到具體結論，至少所有的作家都已注意到讀者群眾是新文學發展的主體之一。一九三〇年代台灣作家的思想狀態，大約可以從這兩個方向推知。

## 文學運動中聯合陣線的構成

鄉土文學論戰進行的過程中，使許多作家的政治信仰與意識形態暴露出來。在語文方面，有主張中國白話文，也有主張台灣白話文。在思想方面，有人是左派立場，有人則採取中間偏左的態度。這種多元而分歧的現象，正好說明新文學運動到了一九三〇年代已顯得更為生動活潑。

這個時期的作家，已經意識到如何通過不同的文學表現以達到團結的目標。他採取的策略，便是聯合陣線。所謂聯合陣線，係指每位運動者的理念並不一致，但是在面對共同敵人時，每個人並不放棄個人的信仰，而進行一種跨越意識形態的行動結盟。所以，在鄉土文學論戰中，每位作家的觀點與立場縱然相互歧異，卻同時能夠加入同樣的文學組織。這種文學上的聯合陣線，不僅在抵抗精神上彼此激盪，並且也在創作技巧上彼此砥礪，而終於造成一九六〇年代台灣文學的繁花怒放。

促成這種聯合陣線的原因，應該是來自政治方面的壓力。一九三一年由於日本軍國主義抬頭而導致九一八事變的發生，為了能夠全心對中國東北展開軍事侵略，台灣總督府遂禁止殖民地的所有政治活動，而政治團體也悉數被解散。原是配合左翼運動崛起的左翼文學雜誌也一一被查禁。在被查禁的刊物中，最值得注意的是《台灣戰線》。因為，這是新文學運動中，最早嘗試聯合陣線的一份刊物。這份文學雜誌之前，有王萬得、周合源、黃白成枝等人在一九三〇年六月創辦《伍人報》。王萬得是台灣共產黨黨員，企圖透過文學雜誌的傳播流通，使黨的影響力擴大。其他合夥人不欲這份刊物淪為台共的掌控，遂紛紛宣告脫離，黃白成枝另外創辦《洪水報》，林斐芳則另組《明日》。王萬得單獨支持《伍人報》達十五期，每一期都受到查禁，最後一期改名《工農先鋒》亦遭查禁。

出版《伍人報》期間，王萬得在全島各地建立七十餘處發行網，同時也與日本無產者藝術聯盟、戰旗社、法律戰線社、農民戰線社、日本普羅科學同盟保持聯繫，並且與左傾台灣文化協會的《新台灣大眾時報》建立聯盟關係。王萬得無法繼續支撐下去後，決定併入台灣共產黨直屬的文字刊物《台灣戰線》。

台灣戰線社是由台共中央委員謝雪紅（阿女）、郭德金、林萬振所籌辦，同仁成員則包括賴和、王敏川、張信義等左翼知識分子。這份刊物的發行策略，誠如台共黨員楊克培所說，便是「在白色恐怖橫行下，要利用最小限度的合法性」。從雜誌的發刊宣言，可以理解他們的文學觀念典型地反映當時作家的心理狀態：

> 我們知道，從前的文藝是少數資產家、貴族階級所獨占欣賞的東西，但現在已失去存在價值，已衰微到達自己的墳墓都無力挖掘，死期到臨都無任何手段可施的地步。當此時期我們不可躊躇，須下定決心一致努力，把文藝奪回普羅階級手中，使其成為大眾的所有物，以促進文藝革命。當此過渡時期，如果沒有正確的理論，則沒有正確的行動，這是我們所熟知的事實。因此，需要讓勞苦群眾隨心所欲地發表馬克思主義及普羅文藝，如此使無產階級的革命理論與無產階級的革命運動合流，使加速度的發展成為可能，藉以縮短歷史進程。

這份發刊宣言，非常明白揭示社會主義的立場，而且很露骨的，表明左翼文學要與無產階級革命運動結合起來。左翼作家對於過去的貴族文學之厭惡，洋溢於字裡行間。台灣新文學之父賴和，也在這份刊物的同仁名單之中，足證進入一九三〇年代以後，他的思想左傾是很鮮明的。不過《台灣戰線》僅發行四期，就與《伍人報》合併，另發行《新台灣戰線》。但也是每期甫出版，即受到查禁。後來台共發生內訌，又有日本警察的監視，台灣戰線社遂漸漸沒落消失。

繼之而起的，是一九三一年六月，日籍作家與台籍作家合作組成台灣文藝作家協會。這個跨越國界的文學結盟包括日人別所孝二、中村熊雄、青木一良、藤原泉三郎、上清哉、井出薰等，台人則有張維賢、王詩琅、周合源等無政府主義傾向的作家。這個協會也是模仿日本的文藝聯合戰線，企圖在台灣完成作家同盟的組織。協會的機關刊物命名《台灣文學》，前後發行四期，悉數被扣。到目前為止，台灣文藝作家協會出版的《台灣文學》，仍還未出土，是台灣文學史上一個重要疑案。

值得注意的是，協會中的日人作家在討論台灣文學時，認為必須注意到兩個事實：一是台灣文化的獨特性，一是多族群的混合雜居。就文化獨特性而言，便是在地理、政治、經濟、社會、歷史、風俗習慣等方面，台灣有其獨特的環境，絕對不能與日本文化等同看待。就族群雜居而言，台灣住民包括先住民族的高山族，有台灣人、中國人與日本人，絕對不能以公式化來處理複雜的族群問題。顯然，這種複雜的文化背景與族群結構，是形成台灣文學的重要因素。這個協會嚴肅地把族群議題介紹到新文學運動中，是相當不平凡的。因為，這使得一九三〇年代的作家，除了關心階級問題之外，也必須注意族群問題的存在。

上述兩種聯合陣線的嘗試，都受到壓制。究其原因，他們只是利用文學的合法性來進行政治思想的宣傳。無論如何，他們企圖組成聯合陣線的構想對後來作家的結社有很大的影響。尤其是所有政治團體被日警解散之後，遺留下來的反抗行動的真空，就由文學運動來填補。

# 第五章

# 一九三〇年代的台灣文學社團與作家風格

發展到一九三〇年代的台灣新文學運動，逐漸出現可觀的文學組織與作家陣容。這段被公認為成熟時期的台灣文學，始於一九三一年，止於一九三七年，正好夾在日本發動九一八事變與七七事變之間的重要歷史階段。九一八事變是日本軍閥對滿洲地區的軍事擴張，而七七事變則是對整個中國領土的軍事再擴張。這兩次的軍事侵略行動，顯示日本的資本主義體制已發生嚴重的危機。為了紓解日本所面臨的經濟困境，殖民母國的資本家必須尋找更為廉價的勞工與原料，以及更為廣闊的市場。中國政策與南進政策，就成為日本軍閥在當時僅有的思考出路。三〇年代的台灣新文學，便是在日本資本主義的危機陰影下持續成長的。

在聯合陣線的構想基礎上，台灣作家嘗試組成合法性的文學社團。無論是留日的知識分子，或在島內的作家，都意識到台灣社會已經走到「碰壁」的階段。碰壁，是當時知識分子之間的流行語言，指的是政治、經濟、社會、文化的發展已經遭到瓶頸。他們感受到失業浪潮席捲而來，以當時左翼作家的術語來說，便是「失工的洪水」。在如此危疑的時代關頭，作家投注在文學運動的心力，較諸一九二〇年代還要專注而深刻。純粹的文學社團與文學雜誌的出現，正是在這樣的歷史條件下應運而生。

一九三三年是文學史上非常重要的一年，兩個聯合陣線式的文學組織分別在台灣與日本宣告成立。前一年在台北成立的是左右派作家結合的南音社，隨後所發行的機關刊物《南音》，是一份白話文的文學雜誌。在東京成立的是台灣藝術研究會，機關刊物《福爾摩沙》（フォルモサ）則是一份日文的文學雜誌。這兩份出版品意味著一個新的文學階段已然到來。由於作家的不斷結盟，終於促成一九三四年大規模的台灣文藝聯盟之宣告成立。來自北部、中部、南部的作家，以團結的陣容來表達對日本殖民文化的強烈抗拒。這種盛況，幾可以與一九二一年台灣文化協會組成的精神結盟比擬。

更值得注意的是，文學社團的浮現，也加速促使第二代作家在文壇登場。以參加台灣文藝聯盟成立大會的作家為例，目前仍有名字可考的共計八十九人。如此龐大的文學生產力，與寥若星辰的第一世代比較，顯然已大大超前。在眾多作家的參與之下，對於文學的藝術要求也相對提高，大部分的作家都開始注意創作技巧。小說情節的安排與詩、散文結構的講究，在這段時期都受到重視。

## 文學結盟風氣的興盛

緊接著一九三一年日本殖民政府對政治運動的彈壓之後，台灣知識分子繼之而起的抵抗精神就表現在文學結盟的行動之上。沒有文學社團的組成，就沒有文藝雜誌的發行；沒有文學刊物的出版，就沒有創作的質與量之提升。原來以《台灣民報》與《台灣新民報》為主要發表園地的作家，也開始集中力量去經營文學雜誌。第二代作家在熱烈的文學環境中誕生，他們對自己的作品頗具信心，除了相互提攜之外，也積極向所謂的中央文壇東京進軍。台灣人的文學作品次第在日本的雜誌發表並得獎，正好可以說明這段時期的結盟獲得可觀的成績。楊逵、呂赫若、賴和、龍瑛宗、張文環等人的小說，能夠與日本作家並列在一起，也可反證日本文壇對台灣文學成就的承認。因此，要認識一九三〇年代的台灣文學盛況，就不能不注意文學結社的存在事實。

### 一、南音社與《南音》雜誌

南音社的成立，是在一九三一年台灣話文運動與鄉土文學論戰的熾烈氣氛中籌備進行的。同年秋天，葉榮鐘與莊垂勝邀請黃春成、郭秋生、賴和、張煥珪、張聘三、許文逵、周定山、洪槱、陳逢源、吳春霖等，共同組成。這是又一次聯合陣線的嘗試，左派的賴和、郭秋生，與右派的葉榮鐘、陳逢源，在推動文學發展的共識上結合起來。發行人是黃春成，編輯由郭秋生擔任。一九三二年一月一日，《南音》正式發行第一期。葉榮鐘以「奇」為筆名，在〈發刊詞〉特別指出：

「台灣的混沌既非一日了，但是有史以來當以現代為第一，目前的台灣可以說是八面碰壁了，無論在政治上，經濟上以至於社會上各方面，不是暮氣頹唐的，便是矛盾撞著。在這混亂慘淡的空氣中過日的我們，能有幾個不至於感著苦痛？」[1]

以「八面碰壁」形容當時的社會環境，旨在強調人心的苦悶。《南音》的創辦，便是要「盡一點微力於文藝的啟蒙運動」。這是台灣作家第一次提到要把文學運動當作啟蒙運動來推展。基於這樣的考慮，《南音》從事啟蒙運動的兩種使命，包括第一，如何使「思想文藝普遍化」，第二，鼓勵作家講求創作的種種方法。葉榮鐘所說的思想文藝普遍化，無非是指使用怎樣的語言與形式，使文藝能夠接近大眾。因此，葉榮鐘希望能夠透過《南音》的發行，讓作家有發表的園地，從而刺激更多的作品出現，「以期有所貢獻於我台灣的思想，文藝的進展」。

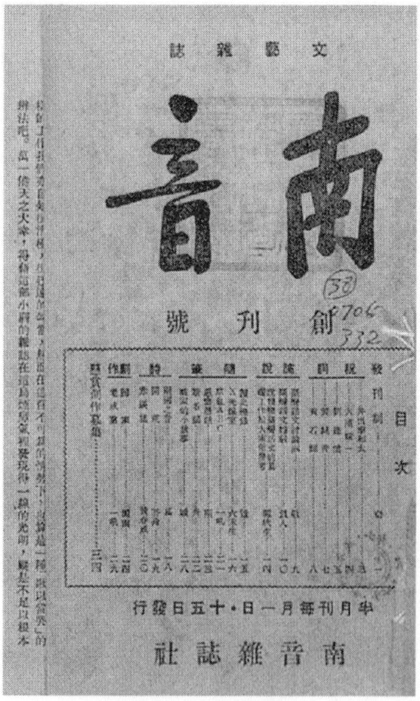


《南音》創刊號

《南音》前後共發行十二期，於一九三二年九月二十七日出版後停刊。從雜誌的內容來看，可以發現這份刊物確實是朝發刊詞自我期許的兩種使命去努力。就大眾文藝的追求而言，《南音》繼續就新舊文學論爭的議題展開探討，同時也鼓吹民間文學應該不斷整理與創造。有關台灣話文使用的問題，《南音》每期都闢專欄讓作家參與討論。賴和、莊遂性（垂勝）、郭秋生（芥舟）、黃石輝是這個專欄的主要撰稿人。然而，這份雜誌最重要的使命、莫過於促使第二代作家的誕生。該刊每期都包括卷頭言、論說、散文隨筆，以及小說與詩的創作。培養新世代作家的工作，《南音》可謂不遺餘力。所謂「鹿城三子」的周定山、莊垂勝、葉榮鐘，便是通過《南音》的媒介，而與新文學運動做了極為密切的銜接。

周定山（一八八九—一九七五），原名周火樹，號一吼。他在《南音》既發表評論，也撰寫小說。在一篇〈草包ＡＢＣ〉[2]的隨筆裡，他對文章的定義是「要用生命源泉的血和淚噴湧出來的結晶」；並且對於文學的鑑賞，認為要有「關於時代性的密切聯繫」。這種文學觀，一方面是針對已經失去創造力的舊文學提出回應，一方面也是喚醒讀者應深切認識當時的現實環境。基於這種態度，他在《南音》發表了〈老成黨〉[3]的短篇小說，對於當時舊式文人的虛偽進行強烈的批判。整個故事在於諷刺一群老夫子，抗拒新文化的到來，卻又以舊道德為假面，掩飾並合理化其煙花柳巷的行徑。這篇小說與《南音》在新舊文學論爭中所採取的立場是一致的。抨擊封建思想的落後，反對資本主義的剝削，是周定山基本的文學信念。

莊垂勝（一八九七—一九六二），字遂性，號負人。他是《南音》的創辦人之一，也是台中中央書局的幾位籌組者之一。他在《南音》的重要文章，便是以「負人」為筆名所寫的〈台灣話文雜駁〉[4]系列文字。他認為，文學必須能感動大眾；如果大眾不識字，就不能理解真正的文學。他之所以主張推展台灣話文，便是因為那是大眾熟悉的語言。他贊成「以台灣話文為主，中國話文為從」。莊垂勝的看法，構成了南音社堅持大眾文學路線的主調。

葉榮鐘（一九〇〇—一九七八），字少奇，號凡夫。他在《南音》成立之前，就已是一位活躍的作家，

---

1 奇（葉榮鐘），〈發刊詞〉，《南音》創刊號（一九三二年一月一日）。

2 周定山，〈草包ＡＢＣ〉，《南音》創刊號與一卷二、三號（一九三二年一月一日、一月十五日、二月一日），分三次刊載。

3 周定山，〈老成黨〉，《南音》創刊號與一卷二、三號（一九三二年一月一日、一月十五日、二月一日），分三次刊載。

4 負人（莊垂勝），〈台灣話文駁雜〉，《南音》創刊號與一卷二—四號（一九三二年一月一日、十五日、二月一日、二十二日），分四次刊載。

也是日據時期少數能夠使用流利的白話文作家之一。在批判舊文學的立場上，他與南音社同仁可說相互呼應。對於貴族文學或普羅文學，他都保持疏離的態度。這種見解在左翼思潮特別興盛的一九三〇年代，可謂獨樹一幟。因此，在南音社裡，葉榮鐘扮演的角色值得注意。

就像他在〈發刊詞〉強調過的，葉榮鐘對於大眾文藝的方向，認為是新文學作家有必要去追求的。要使大眾的生活品味藝術化，則文藝非更為大眾化不可。在〈「大眾文藝」待望〉的卷頭言中，他鼓勵作家應該「以我們台灣的風土，人情，歷史，時代做背景」，產生有趣且有益的大眾文藝。在如此的考量下，他認為右派的貴族文學或是左派的普羅文學，都太過於偏向階級立場了。葉榮鐘提出「第三文學」的觀念，希望作家不要只是抄襲資本主義恐慌之類的名詞，就自稱是左翼作家。他主張，第三文學乃是立足於全民的特性，「去描寫現在的台灣人全體共通的生活、感情、要求和解放的」。全民的特性，超越了所謂的階級性。葉榮鐘寫了〈「第三文學」提唱〉[5]與〈再論「第三文學」〉[6]兩篇文章，便是反覆討論這樣的看法。到民間去，讓知識深入社會，就成為他文學主張的重要論點。

除了上述三位作者，賴和、楊華、陳虛谷、郭秋生等人的作品也在《南音》發表，尤其是賴和的〈惹事〉[7]，是以連載方式刊完的。這份刊物開啟了一九三〇年代文學運動的序幕，在民間文學、大眾文藝、台灣話文的議題方面，都足以反映當時知識分子在政治悶局下的思想狀態。雖然這是一份聯合陣線的刊物，在整體表現上畢竟還是比較右傾的。

## 二、東京台灣藝術研究會與《福爾摩沙》

《南音》在一九三二年發行之際，一群東京的台灣留學生也正在籌備台灣藝術研究會的成立。根據台灣總督府編纂的《台灣總督府警察沿革誌》，東京左翼台灣青年林兌、王白淵、吳坤煌、葉秋木、張文環等人成立的東京台灣文化社（東京台灣文化サークル，一九三二）被解散後，立即於一九三二年籌組另一文藝社團。東京台灣文化社原先隸屬於日本左翼文化聯盟的一支，但在日警眼中，乃是非法組織。因此，同樣的成員才思考要組織一個合法的文化團體。同年十一月底，他們在巫永福的東京住處協議成立台灣藝術研究會；這個組織底下分成演劇部、音樂部、文藝部、文化部等四部。到了一九三三年三月二十日舉行成立大會，並推舉蘇維熊為負責人。大會揭櫫「本會以謀求台灣文學與藝術之向上為目的」的主張，決定發行文藝刊物《福爾摩沙》。這個組織的完成建立，等於使書寫日文的左翼作家獲得了一個據點。然而，台灣藝術研究會也是帶有聯合陣線的色彩，成員中的巫永福就不是社會主義的支持者。

在此之前的東京台灣文化社，是由王白淵主導，並與吳坤煌、張文環結合起來推展無產階級藝術運動。這個組織的社會主義色彩特別強烈，從該社《通訊》發表的文字就可窺見一斑：「台灣獨特的文化發展，任今日本帝國主義肆意蹂躪。我們所享有的文化，並不是真正屬於我們生活所要求的文化，而是帝國主義下的被壓迫文化、奴隸文化罷了。」

《福爾摩沙》創刊號

5 奇（葉榮鐘），〈卷頭言——「第三文學」提倡〉，《南音》一卷八號（一九三二年五月二十五日）。

6 奇（葉榮鐘），〈卷頭言——再論「第三文學」〉，《南音》一卷九、一〇號合刊（一九三二年七月二十五日）。

7 賴和，〈惹事〉，《南音》一卷二號、六號、九、一〇號合刊（一九三二年一月十五日、四月二日、七月二十五日）。

相較上述的鮮明左派立場，台灣藝術研究會的檄文〈同志諸君〉就表現得堅定卻含蓄了許多。這份刊物，在消極方面是要整理民間歌謠傳說等鄉土藝術，在積極方面則是要建立台灣文藝以表達台灣人的思想和情感。檄文提出他們的主張：

> 我們是一群想重新創造「台灣人的文藝」者，決不被偏狹的政治、經濟思想所束縛。希望從高瞻遠矚的立場，觀察廣泛的問題，從事創作，以期提倡台灣人的文化生活。在地理上，介於日本和中國之間的台灣人，應該媒介兩國的文化，以協助東洋文化的進一步發展……

顯然，他們刻意避開使用「帝國主義」、「資本主義」等等的字眼，既可掩飾自己的政治信仰，同時也可容納不同意識形態的作家同仁。《福爾摩沙》前後僅出版三期，卻已足夠讓第二代的台灣日語作家正式登場。從一九三三年七月十五日的第一期，到一九三四年六月十五日的第三期，《福爾摩沙》見證一個陣容堅強的新世代作家在文學史上出現。從事小說創作的巫永福、張文環、吳希聖，撰寫評論的劉捷、吳坤煌、施學習、蘇維熊，專注於詩創作的王白淵、王登山、翁鬧等等重要作家，已在這份刊物上預告了他們未來的成就。呂赫若也曾投稿，但雜誌恰好宣告停刊，否則他的名字會更早出現在文壇上。

《福爾摩沙》強調要整理台灣民間歌謠傳說，卻由於發行時間過短，未嘗能夠在這方面繳出成績。僅有蘇維熊的一篇〈台灣歌謠に對する一試論〉（試論台灣歌謠），特別引用賴和給他們的鼓勵：「講要把民間故事和民謠整理一番，這是很有意義的工作，若不早日著手，怕再幾年，較有年歲的人盡死了，就無從調查，現時一般小孩子所唱的豈不多是日本童謠?想著了還是早想方法纔是。」[8] 這說明了無論是島內知識分子與留學生，都同樣有著焦慮。眼見年輕一代日益受到日本文化的強勢影響，他們對台灣文化與文學的創造懷有極大的迫切感。

因此，他們對鄉土文學的重建特別重視。雖然都是以日文創作，他們的作品風格都是以寫實主義的美學為取向，這種寫實主義的傾向，其實帶有鮮明的左翼色彩。王白淵的詩，劉捷與吳坤煌的評論，基本上都是從左派的立場出發。不過，值得一提的是，《福爾摩沙》也受到當時東京的「文藝復興」運動之影響，對於創作的藝術要求比過去還來得強烈。劉捷在該刊第二號所發表的〈一九三三年の台灣文藝〉（一九三三年的台灣文藝）[9]特別指出，一九三〇年代的台灣文學出現蓬勃的現象，乃是與日本文藝聲中的純文學主張有著極其密切的關係。這種純文學的要求，能夠容納於左翼作家集團的《福爾摩沙》之中，正好可以說明這個文學社團的聯合陣線的性格。以王白淵與巫永福的作品為例，當可印證這樣的說法。

王白淵（一九〇二－一九六五），係彰化二水人。自青年時期即投入社會運動，有多次被日警逮捕並坐牢的紀錄。在一九三一年留日期間，出版詩集《蕀の道》（荊棘之道）[10]，頗受日本左翼文壇的好評。這部詩集開啟了一九三〇年代台灣的新詩傳統。他知道詩人是不能脫離群眾現實而存在，然而經營作品時又不可偏離藝術的要求。最典型的詩觀，表現在他的〈詩人〉一詩。

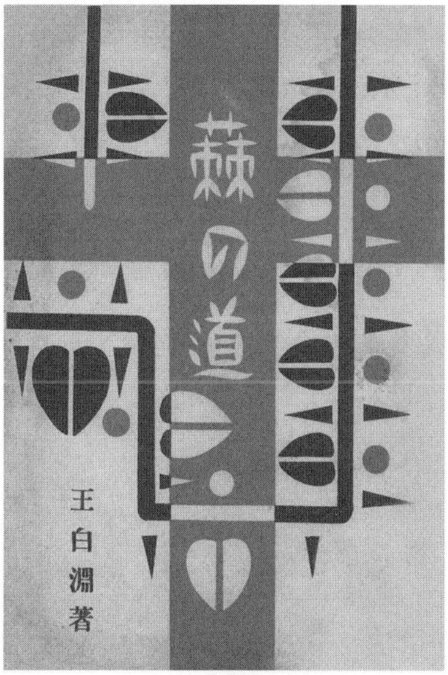

王白淵，《荊棘之道》

8 蘇維熊，〈台灣歌謠に對する一試論〉，《福爾摩沙》創刊號（一九三三年七月十五日）。
9 劉捷，〈一九三三年の台灣文藝〉，《福爾摩沙》二號（一九三三年十二月三十日）。
10 王白淵，《蕀の道》（盛岡市：久保庄書店，一九三一）。

最後四行，他如此自我描繪：

月亮獨個兒走著
照亮夜之黑暗
詩人孤獨地歌唱
道出千萬人的情思

這是對偶式的譬喻，頗具相互照映的效果。一首發光的詩，猶如孤獨的月亮之照耀暗夜；一位發光的詩人，則照亮世人的幽暗心房。這是頗具寫實的精神，卻又符合藝術的紀律。在《福爾摩沙》，他發表了〈行路難〉[11]、〈上海を咏める〉（詠上海）[12]、〈愛しきK子へ〉（給可愛的K子）[13]等三首詩，風格仍然是《荊棘之道》的延續。這與當時東京的文壇風氣一樣，亦即左翼作家也朝向純文學去追求，是「文藝復興」路線的一種共同表現。王白淵後來放棄寫詩，而成為日據時期到戰後初期的重要美術評論家。

巫永福（一九一三—二〇〇八），台中人，十七歲時就留學日本，他在《福爾摩沙》裡是最年輕的一位，也是左翼色彩最淡的一位。這段時期，他撰成兩篇小說〈首と體〉（首與體）[14]和〈黑龍〉[15]、詩三首、劇本一齣。受到最多討論的作品，當推〈首與體〉。小說中的

巫永福（《文訊》提供）

人物，一方面受現代都會生活的引誘，企圖留在東京；一方面則是台灣的家人要求他回家完成封建的婚姻，因而發生了首與體之間的分裂。這篇作品頗能反映殖民地知識分子的價值衝突，夾在現代與傳統之間，殖民文化與被殖民之間的相互拉扯，終而撕裂。他的小說，既有針對日本殖民體制的批判，也有針對知識分子的反諷，是一篇生動的作品。

這個集團的小說作者張文環、吳希聖都為日後的文學想像拓出極大的空間。他們的重要性，在稍後將予以討論。

## 三、台灣文藝協會與《先發部隊》、《第一線》

《南音》是屬於漢文刊物，《福爾摩沙》則屬於日文雜誌，而一九三四年七月由台灣文藝協會出版的《先發部隊》，便是漢文、日文混合使用的文學刊物。從語言的混亂現象來看，當可窺見殖民地作家在創作上所面臨的困境。台灣文藝協會是由郭秋生、黃得時、朱點人、王詩琅、黃啟瑞、蔡德音、徐瓊二與廖毓文等作家合作組成的。這又是另一次左右翼作家建立起來的文學聯合陣線，左翼的郭秋生、王詩琅，右翼的黃得時、蔡德音，在思想光譜上呈左右兩極，卻不妨礙他們彼此的結盟。是什麼原因使他們聯合起來？主要的原因是，他們認為台灣社會的出路已經「碰壁」了。

11　王白淵，〈行路難〉，《福爾摩沙》創刊號（一九三三年七月十五日）。
12　王白淵，〈上海を咏める〉，《福爾摩沙》二號（一九三三年十二月三十日）。
13　王白淵，〈愛しきＫ子へ〉，《福爾摩沙》三號（一九三四年六月十五日）。
14　巫永福，〈首と體〉，《福爾摩沙》創刊號（一九三三年七月十五日）。
15　巫永福，〈黑龍〉，《福爾摩沙》三號（一九三四年六月十五日）。

《先發部隊》發刊於一九三四年七月十五日，旋即因名稱敏感，而被改名為《第一線》，出版於一九三五年一月六日。這份雜誌僅出版兩期，但重要作家已經出現。其中最值得注意的是中間偏左路線的朱點人，以及信奉無政府主義的王詩琅。台灣文藝協會刺激了後來台灣文藝聯盟的誕生，成為台灣文學史上的里程碑。文藝協會成立的宗旨是「以有關心於台灣文藝並能夠為台灣文藝進展上努力的有志而組織，以自由主義為會的存在精神」。該會追求的目標，則是「謀台灣文藝的健全的發達」。

《先發部隊》

《先發部隊》的卷頭言係以〈台灣新文學的出路〉為題，作者是芥舟（即郭秋生）。這篇文字的第一段便已承認：「台灣新文學的發展行程碰壁了。或者不止於碰壁，而已顯明後退於自己完成的落日地帶，甚至漸次游離於生活線外以自開鑿葬身的墓穴了。」以如此沉痛的語氣，表達對新文學進步的緩慢，正是台灣作家覺悟到必須相互團結起來。這篇文字的最後一段，就在於提醒台灣作家應該趕快克服「低迷的發生期」遺留下來的殘餘，並且向第二期的行動躍進。郭秋生所寫的卷頭言，使用文字不太準確，不過他用心良苦的期許，正好可以說明新文學已經到了必須脫離萌芽時期，而朝向成熟時期邁進的關鍵階段。

為了配合文學出路的主題，《先發部隊》特地推出題為「台灣新文學出路的探究」專輯，邀請黃石輝、周定山、賴慶、楊守愚、朱點人、陳君玉、廖毓文、郭秋生等人撰稿，陣容可以說相當整齊。這個專輯的重要意義，在於撰稿的作家共同注意到創作技巧的講求。周定山的〈還是烏煙瘴氣蒙蔽，文壇當待此後〉一文，指出當時的文壇有三種文學，亦即階級文學、戀愛文學與政治文學，彷彿熱鬧異常。但是，周定山說：「少有深刻動人的作品。」同樣的，朱點人所寫的〈偏於外面的描寫應注意的要點〉，也強調技巧的重要性。他特別指出：「一篇作品的成功與否，在主題、題材、描寫的三者之中，要看描寫的手段如何了。」題目所說的「外面的描寫」，是指對於寫景與人物的表面刻劃，台灣作家往往欠缺心理的描寫。為什麼台灣小說讀來都呆板無味？朱點人說，大部分作家都只是偏向於外面的描繪，卻忽略了心理的情境，亦即內面的描寫。朱點人的觀點，顯然已具備了現代主義的精神。

對於技巧之外，其他作者如黃石輝、賴慶、郭秋生，也反覆要求作家要走文藝大眾化的路線。賴慶撰寫的〈文藝的大眾化，怎樣保障文藝家的生活〉，非常務實地指出，沒有健全的文藝機關，就不會有大眾文藝產生。當作家自顧不暇之餘，豈有能力啟蒙文學大眾。因此他說：「祇要糾合文藝家團結一個最有力的團體來創辦一個健全的雜誌，可以對於大眾宣傳文藝。」他的提議，似乎就是日後籌組台灣文藝聯盟的張本。

朱點人在《先發部隊》與《第一線》各刊出一篇小說，即〈紀念樹〉[16]與〈蟬〉[17]，獲得當時文壇的肯定。張深切以「楚女」為筆名，評介《先發部隊》的全部作品，刊於後來出版的《台灣文藝》，對於每位作者都使用嚴苛的語言批評，唯獨肯定朱點人的小說，並說他是台灣文壇的「麒麟兒」[18]。朱點人的文學作品，一如他自己對小說家的要求，非常重視創作技巧。他的筆法已有現代主義的傾向，兼顧外在的刻劃與內心的探索。朱點人的出現，證明台灣小說的發展已進入成熟的階段，這也可證明《先發部隊》的成就。

這是因為到了這個階段，作家對於文學藝術性的要求已大大提高。黃得時在《第一線》發表的一篇論文

16 朱點人，〈紀念樹〉，《先發部隊》創刊號（一九三四年七月十五日）。
17 朱點人，〈蟬〉，《第一線》創刊號（一九三五年一月六日）。
18 楚女（張深切），〈評先發部隊〉，《台灣文藝》創刊號（一九三四年十一月五日）。

〈小說的人物描寫〉，就提出刻劃內心世界的敘述技巧。他的看法與朱點人是一樣的，便是作家在描寫客觀事物之餘，不能忽略心理層面的重要性。黃得時就內面描寫的問題分成三方面討論，亦即小說人物的情緒、思想和性格，都必須兼顧。這種看法，受心理學的影響是很清楚的，這也是台灣文學朝向現代主義作品的道路發展的一個徵兆。具體而言，一九三〇年代的文學創作雖有左翼立場的色彩，對於現代主義思潮卻也同時吸收。因此，文學作品既具寫實的批判，亦具現代的藝術。

《先發部隊》與《第一線》僅發行兩期，已經顯示了作家追求新文學出路的旺盛企圖心。他們提倡大眾文學與民間文學的主張，與整個時代追求精神解放的氣氛，可謂桴鼓相應。文學理論的介紹與經營，也在這份刊物上獲得可觀的成績。王錦江（詩琅）在《第一線》刊出的〈柴霍甫與其作品〉一文，既有評介，也有理論基礎。這可能是評論文字中較為成熟的一篇。柴霍甫（Anton Chekhov，今譯契訶夫）的小說精神，有其強烈寫實主義的傾向；王錦江通過他的作品表達自己的文學觀：「文學是一面映照時代的鏡，我們要研究一作家的文學，須預先探求產育其作家的時代，社會的政治、經濟、思潮、文化等諸現象，纔會明白的。」把作品與社會合併起來觀察的態度，正是寫實主義的基調。這種審美觀，是台灣文藝協會的文學精神，也是整個一九三〇年代台灣文學的主流。

## 台灣文藝聯盟的成立及其意義

從《南音》的發行，到《第一線》的停刊，是台灣作家進行聯合陣線的嘗試。沒有這些規模較小的結盟，就不會有更大的組織出現。台中的南音社，東京的台灣藝術研究會，以及台北的台灣文藝協會，事實上都成為後來全台文藝工作者大結盟的基礎。根據賴明弘的〈台灣文藝聯盟創立的斷片回憶〉[19]一文，提起當年他與張深切、林越峰、楊守愚等人常常討論台灣文學如何建立的問題，終而決定要籌設一個強有力的文學團體，進而展開文學運動。這個構想大致成熟時，賴明弘南北奔波，聯絡各地文人。經過大約三個月的時間，他和張深切才從台中發出邀請柬。

一九三四年五月六日，八十餘位作家自台灣各地齊集台中市。這是台灣文學史上的一大盛事。從來沒有一個場合，能夠同時見證如此龐大數目的作家聚會。根據現有的名單，最初參加成員中較為知名的作家如下：

| | |
|---|---|
| 北部 | 黃純青、黃得時、郭秋生、林克夫、廖毓文、朱點人、吳逸生、謝廉清、劉捷、陳逢源、王詩琅、徐瓊二、陳鏡波、吳希聖、張維賢、林輝（焜）焜、李春霖、陳君玉、黃啟瑞、洪耀勳、陳泗文、江賜金、邱耿光、楊雲萍、李獻章 |
| 中部 | 賴和、黃病夫、陳虛谷、莊明鐺、楊松茂、林攀龍、周定山、吳慶堂、林幼春、葉榮鐘、莊垂勝、林文騰、賴慶、賴明弘、林越峰、張深切、何集璧（璧）、林松水 |
| 南部 | 蔡秋洞、郭水潭、吳新榮、黃石輝、謝星樓、徐玉書、謝萬安、張榮宗、楊逵、楊華 |

從這份名單，可以發現南音社、台灣藝術研究會與台灣文藝協會等的舊有成員都參加了這次的大結盟。值得注意的是，一些新的作家也出現在台灣文藝聯盟裡，包括楊逵、吳新榮、郭水潭這三位社會主義信仰特別鮮明的左翼作家。尤其是來自佳里的吳新榮，便是後來文學史上所豔稱的鹽分地帶文學的倡導者。

19　賴明弘，〈台灣文藝聯盟創立的斷片回憶〉，《台北文物》三卷三期（一九五四年十二月十日）。

第一回台灣全島文藝大會的會場，是在台中市小西湖咖啡館二樓。會場貼滿了標語，包括「萬丈光芒喜為斯文吐氣，一堂裙屐看大雅扶倫」、「奮作潮流衝鋒隊，莫為時代落伍軍」、「擁護言論自由」、「擁護文藝大會」、「推翻腐敗文學」、「實現文藝大眾化」等等，足以反映與會作家的精神面貌。大會決定出版機關刊物，命名為《台灣文藝》，聯盟成立的宗旨則是「聯絡台灣文藝同志互相圖謀親睦以振興台灣文藝」。

誠如大會主席賴慶的〈開會辭〉所說，這是結盟的日子，「是台灣的全島民眾所期待的日子，是台灣文化史上很重要的一天」，經過如此組織化的結果，台灣文學生產力、想像力、創造力自此大大增加。大會通過了幾個重要議案，亦即「提倡演劇案」、「作品獎勵案」、「文藝大眾化案」等，另外也否決了「與漢詩人聯絡案」與「漢文字音改讀案」。遭到否決的二案，頗具意義。大會認為舊詩派應該打倒，所以無須與漢詩人聯絡。至於漢文字音改讀案，大會認為不可能實現。第一回全島大會結束時，由何集璧宣讀〈大會宣言〉。這份重要文件的第一段，頗能說明聯盟成立的原因：

> 自從一九三〇年以來，席捲了整個世界的經濟恐慌，是一日比一日地深刻下去；到了現在，已經是造起舉世的「非常時代」來了。看！失工的洪水，是比較從前來得厲害，大眾的生活是墜在困窮的深淵底下；就是世界資本主義圈的一角的咱們台灣，也已經是受著莫大的波及了。大家若稍一回頭去把咱們台灣過去的文化狀況一看，便得明白是多麼的落伍了。

這段話最能表現資本主義危機，對台灣社會所造成的衝擊。作家之所以覺醒要團結起來，無非是為了拯救文化落後的台灣。為達此目的，宣言也揭示聯盟組成的目的：

過去站在大眾的旗下努力的我們，為要把這回的大會做個好的契機，再進一步去奮鬥，去把作品介紹到民間，所以決定要傾盡全力，去出版文藝雜誌和單行本。以及丟開文藝講演會，或是文藝座談會，而且為要把劇本舞台化，就是對於新劇運動也打算要去努力的。

台灣文藝聯盟正式宣告成立，並通過聯盟的委員名單，亦即北部的黃純青、黃得時、林克夫、廖毓文、吳逸生、趙櫪馬、吳希聖、徐瓊二；南部的郭水潭、蔡秋洞；中部的賴慶、賴明弘、賴和、何集璧、張深切等。賴和原先被推舉為委員長，他再三固辭，遂由張深切當選。聯盟在成立後，各地支部擴張甚為迅速，計有嘉義支部、佳里支部、埔里支部、東京支部。一九三四年十一月，《台灣文藝》創刊號正式出版，一個新的文學紀元於焉展開。

從創刊號的內容，已可窺見台灣文學的成熟。雜誌分成漢文與日文兩大部分，包括詩、隨筆、評論、小說等文體，作者則有張深切、周定山、黃得時、楊華、朱點人、林越峰、巫永福、劉捷、吳天賞，是相當整齊的陣容。在此之前，參加各個小社團的最佳人選，都同時在《台灣文藝》並列發表作品。猶如楊逵的日文評論〈台灣文壇一九三四年の回顧〉[20]所說：「如果回顧的話，在評論界、創作界，以及有關文學活動組織化的問

《赤道報》（舊香居提供）

20　楊逵，〈台灣文壇一九三四年の回顧〉，《台灣文藝》二卷一號（一九三四年十二月十八日）。

題，這年的活動都是空前的。《伍人報》、《洪水報》、《赤道報》、《南音》、《台灣文學》（作者案：係指《福爾摩沙》）可以稱為吾人活動偵察戰的話，則今年吾人的活動就可稱為前哨戰，誠然可以說是本格化（成熟化）。」以偵察戰與前哨戰來區隔一九三〇年代前後文學活動的不同，誠屬神來之筆。

台灣文藝聯盟吸收的作家過於龐大，各自的政治信仰背景自然就顯得複雜。因此，成立後漸漸出現了兩條路線，一是以楊逵為主導的社會主義路線，一是以張深切為中心的台灣風土路線。他們團結的最初動機，原是對抗資本主義危機所帶來的文化威脅。然而，這個結盟的文學團體既然是聯合陣線的性質，每位作家的發言便不能不出現多元化的狀態。楊逵與張深切的分歧，恐怕是出於文學觀的相互差異。

在《台灣文藝》二卷二號（一九三五年二月），楊逵發表〈藝術は大眾のものである〉（藝術是大眾的產物），對於耽溺於客觀描寫的自然主義表示極大的鄙夷。他認為，台灣文學要走的道路應該朝寫實主義的方向前進。他特別指出，進步的文學乃是能動的、積極的作品，而這就是寫實主義。他認為：「普羅文學，就其歷史使命而言，自來就是以勞動者、農民、小市民作為讀者對象而寫的。當然，書寫的重點雖然是勞動者、農民的生活，卻並非是特定的必要。從勞動者的立場，站在勞動者的世界觀，也應該擴大書寫知識分子的資產階級、布爾喬亞等敵人及其同伴的生活。」楊逵的美學，無疑是確立在清楚的階級立場上。他又說：「現在就我們台灣文壇而言，與日本文壇的關係較諸中國文壇還要密切。要了解我們台灣文壇，就非得先了解日本文壇不可。為了確定我們的進程，就不能不注意日本文壇的動向。誠然，對日本文壇的注意，絕非是向日本文壇拍馬屁。在日本文壇，創作逐漸職業化，有多少非文學的要素粗暴地顯露出來。我們的創作尚未商品化。我們要貫徹我們的心情，能夠堅定我們創作活動的基礎就是現在。」

楊逵藉由日本文壇的觀察，警告台灣作家要堅定文學的立場。他所謂的立場，自然是從農民與勞動者的生活出發。如此露骨的社會主義色彩，在聯盟的機關刊物上發表，並未有特別突兀之處。不過，就在刊登楊逵論文的同期《台灣文藝》，張深切則撰寫了一篇〈對台灣新文學路線的一提案〉[21]，他的觀點與立場正好與楊逵的論文構成強烈對比。

張深切的這篇論文，乃是鑑於三篇小說，亦即吳希聖的〈豚〉[22]、楊逵的〈新聞配達夫〉（今譯〈送報伕〉），以及呂赫若的〈牛車〉，都在東京獲得重視，甚至得獎。他認為，這是台灣文學的新興現象，而且也形成一種影響的勢力。但是，這是不是台灣作家要走的新路線？因為，這三篇小說都符合楊逵的美學要求，也就是描寫勞動者與農民的生活，正是階級立場特別鮮明的作品。張深切指出，文學如果有所謂道德的話，作家應該是站在人道立場，還是階級立場？他認為：「人道主義且置之不問。我們如果祇意識的偏袒無產階級，那末階級文學終于不能成為無產階級的文學，甚則恐將反成反動文學。因為階級文學若祇為純階級的工具，則容易陷於千篇一律的毛病，若祇為個人的工具，則容易陷於造作的底無稽之談。」於是，張深切提出他的結論：

> 再反覆一些說，台灣固自有台灣特殊的氣候、風土、生產、經濟、政治、民情、風俗、歷史等，我們要把這些事情，深切地以科學的方法研究分析出來——察其所生、審其所成、識其所形、知其所能——正確底把握於思想，靈活底表現於文字，不為先入主的思想所束縛，不為什麼不純的目的而偏袒，祇為了（貫）徹「真、實」而努力盡心，祇為審判「善、惡」而研鑽工作，這樣做去，台灣文學自然在於沒有路線之間，而會築出一有正確的路線。

21　張深切，〈對台灣新文學路線的一提案〉，《台灣文藝》二卷二號（一九三五年二月二十九日）。

22　吳希聖，〈豚〉，《福爾摩沙》三號（一九三四年六月十五日）。

張深切的態度，便是認為無須強調任何階級立場，只要把台灣的風土、歷史特性表現出來，新文學的路線自然就會浮現。如果要以最扼要的方式來概括，則楊逵的文學觀側重階級立場，而張深切則強調民族立場。在文學史上，階級意識與民族意識在某種階段是和諧的，在另一階段則又是衝突的。事實上，在殖民體制支配下，這兩種立場的對峙並無必要。因為，楊逵見證了資本主義危機造成台灣社會的蕭條，他自然會聯想到農民、工人是最受壓迫的。如果資本家都是日本人，則站在農民、工人立場來批判資本主義，也是符合民族的立場。同樣的，張深切凸顯台灣政治經濟條件的文學反映，雖是以民族為訴求，但因台灣政經條件受到日本資本體制的干涉，在創作時，自然也會呈現階級的立場。

楊逵與張深切的立場不同，卻是可以結盟的。然而，楊逵後來又寫了幾篇文章，如〈行動主義檢討〉[23]、〈文藝批評の基準〉[24]，階級立場越來越清楚。張深切也繼續發表〈對台灣新文學路線的一提案（續篇）〉[25]、〈《台灣文藝》的使命〉[26]，再三主張作家應寫出台灣的特性。雙方的言論雖未直接交鋒，兩人在意識形態上的關係卻日益劍拔弩張。最後雙方在採用文稿的意見上發生衝突，楊逵遂退出聯盟，另組台灣新文學社，時在一九三五年十一月。

台灣文藝聯盟的成立，造就了不少作家。楊逵、王詩琅、朱點人、張文環、翁鬧、呂赫若、吳天賞的傑出作品都是在《台灣文藝》發表的。「鹽分地帶」一詞的誕生，也是首見於《台灣文藝》三卷三號（一九三六年二月二十九日），該期雜誌特別發表了鹽分地帶專輯的詩作，吳新榮、郭水潭、曾曉青、青陽哲、葉向榮、吳德修、林精鏐、吳坤煌等人的作品同時發表。這個詩人集團屬於聯盟的佳里支部，他們的加入行列，使台灣文學內容更形豐碩。

一九三五年年底，楊逵主編的《台灣新文學》[27]出版時，可以發現鹽分地帶的詩人已列在同仁的名單中。這份刊物，是左翼色彩極為清楚的文學雜誌，但也仍然是聯合陣線的性質。該刊的同仁有：賴和、楊守愚、黃病夫、吳新榮、郭水潭、王登山、賴明弘、賴慶、李禎祥、藤原泉三郎、藤野雄士、高橋正雄、葉榮鐘、田中保男、楊逵、陳瑞榮。其中葉榮鐘與陳瑞榮都是右翼作家。《台灣新文學》與日本左翼雜誌《文學評論》[28]，建立極為密切的聯繫。這個路線，楊逵在《台灣文藝》的論文中早就預告了。

賴明弘的回憶文字說：「文藝聯盟成立後不久，雖有楊逵先生等少數人以提議擴大組織為藉口，高唱異調幾趨分裂，但全島的文學同路者，深感團結力量與鞏固組織之必要，均屏棄偏見不予重視才不致分裂，仍能一直支持下去。」[29]賴明弘參加了楊逵的陣營，但也繼續留在聯盟之內。賴和也是如此，仍為《台灣文藝》撰稿。這兩個社團最終維持到一九三七年。盧溝橋事變發生前後，《台灣文藝》與《台灣新文學》都因故被迫廢刊。

23 楊逵，〈行動主義檢討〉，《台灣文藝》二卷三號（一九三五年三月五日）。
24 楊逵，〈文藝批評の基準〉，《台灣文藝》二卷四號（一九三五年四月一日）。
25 張深切，〈對台灣新文學路線的一提案（續篇）〉，《台灣文藝》二卷四號（一九三五年四月一日）。
26 張深切，〈《台灣文藝》的使命〉，二卷五號（一九三五年五月五日）。
27 一九三五年，楊逵與葉陶在台中成立「台灣新文學社」，創刊《台灣新文學》雜誌，強調「為了台灣的作家和讀者，我們迫切需要能夠反映台灣現實的文學機關」，其內容主要著重於社會主義的闡發和實踐，介紹包括日本、朝鮮左翼作家以及中國的魯迅、俄國高爾基（Maxim Gorky）等的作品與思想，將左翼視野帶向國際化。
28 為其時日本東京重要文學雜誌，呂赫若〈牛車〉、楊逵〈送報伕〉皆曾刊載於其上。
29 賴明弘，〈台灣文藝聯盟創立的斷片回憶〉。

# 第六章

# 台灣寫實文學與批判精神的抬頭

一九三〇年代台灣作家在相互激勵的風氣之下，頗有當時文壇所豔稱的文藝復興的盛況。他們在各自參與的文學團體中，繳出最好的作品；並且也具備了與日本作家競爭抗衡的企圖，積極投入東京的徵文比賽。作家的數量大為增加，作品的品質也隨之提升。各種文學風格共存共榮，都市文學、農民文學、左翼文學、新感覺派文學等等，都在這段期間紛紛呈現。無論文學內容所描述的對象為何，寫實主義幾乎可以說是三〇年代文壇的主流。寫實文學的抬頭，自然也帶動了台灣作家的批判精神。

農民文學的出現，乃是作家深入鄉間觀察之後所釀造出來的文學作品。他們見證到，資本主義不斷擴張到農村，它以著現代化改造的假面，掩護日本資本家對農民的無情掠奪。現代化並未改善台灣農民的生活，反而逼使他們瀕臨死亡的邊緣。楊逵、楊華、楊守愚、張慶堂、呂赫若等人的小說，最能反映台灣農民命運的實相。他們的意識形態基本上是左傾的，同時是站在弱小者的立場對殖民體制進行強烈的批判。

都市文學的誕生，無疑是資本主義高度發達以後的產物。在殖民地社會中，城市似乎寓有進步文明的意味，因為那是現代化最為顯著的地方，人們的生活被安排在規律化、系統化的制度之中，是科技文化延伸出來的產物。不過，城市也是殖民者掌握權力的地方，是資本家匯集的中心。台灣知識分子最為活躍的地方，大多也選擇城市作為散播思想的空間。王詩琅與朱點人的小說，便是都市文學的典型代表。在他們的作品裡，可以窺見殖民風的城市裡，台灣人的生活如何受到排擠與邊緣化。

在都市裡也有隱約的現代主義思潮在躍動。現代主義在東京與上海都被籠統稱為「新感覺派」，事實上是源自西方資本主義體制中孕育出來的藝術美學。這種美學，乃是由於中產階級對枯燥的都會生活所產生的一種心態回應。台灣作家經過東京的留學生活後，多多少少也沾染了現代主義的氣息，在文學作品裡表達內心幽微的感覺與矛盾衝突的情緒。巫永福與翁鬧的小說，可以劃歸為新感覺派的行列。至於詩創作方面，則以台南的風車詩社為中心，為台灣的現代主義詩風舉起第一面旗幟。

台灣的新詩傳統，主要都是沿著寫實批判的路線在發展。自賴和、王白淵以降，一直到鹽分地帶文學集團的形成，都帶有左翼批判的精神。因此，風車詩社的出現，一方面證明台灣詩人的想像空間開始多元化，一方面也反映資本主義擴張的具體事實。如果寫實主義可以視為一種積極的批判，則現代主義是一種消極的抗拒。這兩種美學在西方工業文化的社會裡是互為消長、互為表裡的藝術路線；然而，在殖民地台灣，現代主義只是以伏流的姿態出現。真正的文學主流，仍然還是以左翼作家所堅持的寫實路線為中心。

## 楊逵與一九三〇年代的左翼作家

楊逵（一九〇六—一九八五）原名楊貴，台南新化人。幼年時期，親眼目睹鎮壓噍吧哖的日軍路過家門，稍長後閱讀日人官方編纂的《台灣匪誌》，才覺悟到抗日英雄如何被統治者形容為叛亂。這種知識上的啟蒙，形塑了他日後的抵抗意志。一九二四年起，於東京日本大學專門部攻讀文學藝術，接觸社會主義思想，並廣泛閱讀世界文學名著。一位傑出的文學家，大約在這段時期就已奠下基礎。一九二七年返台時，他立即投入農民運動，從事農民的組織與教育的工作。一九一九年運動陣營內部分裂，他退出組織。就在這時，結識賴和，開啟此後的文學道路。

楊逵（楊建提供）

日文小說〈新聞配達夫〉（〈送報伕〉）[1]，是楊逵的成名作；第一次發表於《台灣新民報》（一九三二年五月），只刊載前半部，後半部遭到查禁。不過，在〈送報伕〉之前，他在一九二七年已經於日本的《號外》刊物寫過〈自由勞働者の生活斷面——どうすれあ餓死しねえんだ？〉（自由勞動者的生活剖面），徹底表現了無產階級的社會主義立場。〈送報伕〉便是這種思考的延長，描述日本資本家對勞工的剝削，全然不分國籍。即使是日本的工人，也同樣受到歧視的區別待遇。

楊逵文學的視野與格局特別受到注意的原因，在於他能夠把台灣社會的被支配關係聯繫到整個國際資本主義的擴張。他的社會主義思想，是日據時期台灣作家中最為成熟的一個。他敢於暴露階級的問題，敢於提倡農民與工人的鬥爭策略，敢於引用馬克思（Karl Marx）與列寧的革命理論，並且敢於主張台灣與日本的無產階級應該結合起來。但是，他卻又不是一位教條主義者。對於小說創作，他仍然以追求藝術經營的方式建構文學作品。〈送報伕〉在一九三四年日本的《文學評論》徵文比賽獲得第二名（第一名從缺），就在於這篇小說兼顧了藝術要求與思想立場。楊逵是第一位進軍日本中央文壇的台灣作家，他的文學成就證明了殖民地作家已經能夠與日本作家抗衡，同時也暗示了這段時期台灣作家的日文思考已相當習慣、相當成熟了。透過楊逵，台灣文壇與日本左翼文學陣營終於建立相互交流的管道。

在楊逵的小說中，日本殖民者／資本家與台灣被殖民者／農民工人的雙元對立非常鮮明。受到寫實精神的影響，他對反面人物的刻劃往往不遺餘力，殖民者、資本家、地主、帝國主義者的形象，都以負面的姿態

楊逵，《送報伕》（舊香居提供）

出現，從而表達了他內心的仇視與鄙夷。這種正邪善惡的清楚界線，為左翼文學中的辯證思考立下了典範。他日後所寫的〈難產〉[2]、〈水牛〉[3]、〈田園小景〉[4]、〈無醫村〉[5]、〈鵝媽媽出嫁〉[6]、〈萌芽〉[7]，幾乎都是殖民地社會裡庶民生活的寫照。其中〈萌芽〉這篇小說完成於一九四二年太平洋戰爭期間，更是典型地顯露了楊逵的批判立場。〈萌芽〉在文學上與政治上都具有深刻的歷史意義。就文學而言，它是以書信體寫成的，而且又是以擬女性的身分為小說的主角。這種獨白體，首見於賴和的〈一個同志的批信〉；不過，以女性語氣來鋪陳故事，在日據時期可謂罕見。就政治上來說，〈萌芽〉發表於皇民化運動臻於高峰的年代，小說的抗拒態度躍然紙上。小說中的女性，在書信裡向獄中的丈夫表示：「台灣的文學界，最近墮落了，有許多真實地擎著日本侵略主義的提燈在露頭角。」他的小說，既撻伐日本軍國主義，也批判台灣知識分子；那種堅定的語氣，足以睥睨他的時代。在一九四四年，楊逵決定出版同名的《芽萌ゆる》小說集時，於印刷中遭查禁，顯然不是令人訝異的事。在一九三〇年代的左翼文學傳統中，楊逵始終保持樂觀、積極、開朗的風格。他的批判性強，同時也富有人道主義精神。在晚年，他曾以「人道的社會主義者」自況，便是這種風格的最佳寫照。

1　楊逵，〈新聞配達夫〉，原作為日文，刊於東京《文學評論》（一九三四年十月）。中譯文收入胡風編譯，《山靈：朝鮮台灣短篇集》（上海：文化生活出版社，一九三六）。
2　楊逵，〈難產〉，《台灣文藝》二卷一號—四號（一九三四年十二月—一九三五年四月），未完。
3　楊逵，〈水牛〉，《台灣新文學》創刊號（一九三五年十二月）。
4　楊逵，〈田園小景〉，《台灣新文學》一卷五號（一九三六年六月）。
5　楊逵，〈無醫村〉，《台灣文學》（一九四二年二月）。中譯文刊於《台灣新生報．橋副刊》（一九四八年十月二十日）。
6　楊逵，〈鵝媽媽出嫁〉，《台灣時報》二七四號（一九四二年十月）。中譯文刊於《中外文學》二卷八期（一九七四年一月）。
7　楊逵，〈萌芽〉，《台灣藝術》三卷一一號（一九四二年十月）。中譯文刊於《台灣新生報．橋副刊》（一九四九年一月十三日）。

楊逵在一九三四年參加台灣文藝聯盟，卻因為文學理念與領導人之一的張深切發生分歧，旋即於一九三五年退出。他與其他左翼作家另組台灣新文學社，以《台灣新文學》為機關刊物，成為社會主義立場特別清楚的重鎮。楊逵維繫著如此抵抗的意志，即使在一九四〇年代的皇民化運動時期，仍然還是有跡可循。他在戰後的一九四六年，出版日文短篇小說集《鵞鳥の嫁入》（鵝媽媽出嫁），總結他在日據時期的文學成就。他最好的小說，都收在這冊作品集裡。他的風格樸素近人，與他的左翼思想可以說相互呼應。

與楊逵同一時期的作家，短篇小說產量最多的，恐怕要推楊守愚。楊守愚（一九〇五—一九五九），原名楊松茂，彰化人。他使用筆名甚多，包括村老、瘦鶴、洋、翔、ㄚ生、靜香軒主人等。雖是小學畢業，古典漢詩的修養極深。他受到賴和的提拔，開始在《台灣新民報》發表小說，後來又協助賴和編輯該報的學藝欄。他的創作欲旺盛，而且又以中國白話文撰寫小說，成為三〇年代的重要作家之一。他在一九二六年參加過無政府主義者的「台灣黑色青年聯盟」，遭到檢舉。他的文學觀傾向虛無、消極，恐與此有關。

楊守愚在晚年的回憶文字中，曾經以「自然主義」一詞概括一九三〇年代小說的風貌。如果以他的作品相互印證，當可相信這樣的論斷不是虛言。所謂自然主義，乃是直接呈現社會生活的實相；猶如照相機一般，讓作者所觀察到的現實，客觀地以文字描繪出來。它沒有像寫實主義那樣充滿了戰鬥性，反而表現了無力的悲哀與無盡的黯淡。縱然自然主義具有消極的意味，其文學作品置放於殖民地社會，仍然還是挾帶了高度的批判意識。

擅長於形象描寫的楊守愚，在其筆下出現的，包括農民、工人、小知識分子與女性。這些人物基本上都是從階級結構的角度來塑造，凸顯黑暗社會的民眾尋找不到出路的景象。特別是一九三〇年代資本主義危機日益嚴重之際，階級問題根本無法得到合理的解決。失業的洪流，在社會的每一個角落滲透氾濫。從一九三一年的〈一群失業的人〉[8]，到一九三五年的〈赤土與鮮血〉[9]，都可見證工人命運被資本家犧牲的實況。不僅如此，農民在經濟蕭條的席捲之下，失去了土地，失去了親人。短篇小說〈醉〉[10]、〈升租〉[11]、〈元宵〉[12]、〈斷水之後〉[13]、〈移溪〉[14]，幾乎都集中在農民生活的傾塌與崩壞。把這些圖像並置在一起，大約就可窺見資本主義社會裡的最大流亡圖。台灣人民在自己的土地上過著遷徙流浪的日子，恰可鑑照日本高壓政策的殘酷。

楊守愚把這種流亡意識又延伸到女性的身上。一九三〇年代台灣作家對於女性議題的關切，並不是以性別差異的觀點出發，而仍然是以階級的問題來處理。女性的角色，出現在他多篇小說裡，包括〈生命的價值〉[15]、〈女丐〉[16]、〈出走的前一夜〉、〈誰害了她〉[17]、〈瘋女〉[18]、〈鴛鴦〉[19]、〈一個晚上〉[20]等等。女性受到父權的壓迫，一方面是來自於封建文化的殘餘，例如地主；一方面則是來自現代資本主義社會的剝削，例

8 楊守愚，〈一群失業的人〉，《台灣新民報》三六〇—三六二號（一九三一年四月十八日、二十五日、五月二日）。
9 楊守愚，〈赤土與鮮血〉，《台灣新文學》一卷一號（一九三五年十二月二十八日）。
10 楊守愚，〈醉〉，《台灣民報》二九四號（一九三〇年一月一日）。
11 楊守愚，〈升租〉，《台灣新民報》三七一—三七三號（一九三一年七月四日、十一日、十八日）。
12 楊守愚，〈元宵〉，《台灣新民報》三五七—三五八號（一九三一年三月二十八日、四月四日）。
13 楊守愚，〈斷水之後〉，《台灣新民報》四〇七—四〇八號（一九三二年三月十九日、二十六日）。
14 楊守愚，〈移溪〉，《台灣新文學》一卷五號（一九三六年六月五日）。
15 楊守愚，〈生命的價值〉，《台灣民報》二五四—二五六號（一九二九年三月三十一日、四月七日、十四日）。
16 楊守愚，〈女丐〉，《台灣新民報》三四六—三四七號（一九三一年一月十日、十七日）。
17 楊守愚，〈誰害了她〉，《台灣民報》三〇四—三〇五號（一九三〇年三月十五日、二十二日）。
18 楊守愚，〈瘋女〉，《台灣民報》二九一號（一九二九年十二月二十五日）。
19 楊守愚，〈鴛鴦〉，《台灣新文學》一卷一〇號（一九三六年十二月五日）。
20 楊守愚，〈一個晚上〉，《台灣新民報》三五四—三五五號（一九三一年三月七日、十四日）。

如資本家。無論是在農村，或在工廠，女性全然失去家的保護。從楊守愚的小說可以理解，台灣女性之淪於流亡的境地，較諸男性還更徹底。色調較為明朗的一篇小說，當以〈出走的前一夜〉為代表。小說中出走的女性是為了抗拒交易式的婚姻。這位割捨親情的女性出走時，小說的結尾出現了如此的句子：「赫赫的朝陽，爽朗的天空，活潑的遊雲，快活的小鳥，青翠的樹木……，也只有這一切大自然的壯麗、生動，不斷地在向她放射出生之希望的光。逐漸地把她的憂愁、煩悶的心淨洗，逐漸地使她感到舒適、自由的快意。」[21]這種為女性尋找出路的描寫方式，過於表面，也過於片面；因為小說全然沒有觸及整個社會制度與文化傳統的癥結所在。

對於新型的知識分子，楊守愚大致都站在反諷的立場進行嘲弄。身為一位作家，他也知道知識分子的搖擺性格，在小說中流露的無力感，令讀者一覽無遺。他在一九三一年寫成的「碰壁系列小說」包括四篇，亦即〈開學的頭一天〉[22]、〈就試試文學家生活的味道吧〉[23]、〈夢〉[24]、〈啊！稿費？〉[25]，集中刻劃一位脫離現實的私人教師兼作家王先生，在不景氣的年代的不尋常夢幻。小說中虛實交織、時空倒錯的情節安排，頗異於同時期作家的想像。他以「碰壁」作為時代的寫照，相當能反映一九三〇年代的心情，也足以暴露知識分子的困窘。不過，楊守愚的文字一直停留在粗蕪不馴的階段，作品結構也過於簡單淺薄，欠缺想像的空間，使得小說的感動力量減弱不少。

在寫實作家中，另一位值得注意的便是蔡秋桐（一九〇〇—一九八四）。他是雲林元長人，筆名計有愁洞、秋洞、秋闊、蔡落葉等。他的身分與其他作家不同之處，便在於擔任保正，在日本人的權力結構中是屬於支配階級，雖然那只等同於鄉長的職位。社會地位的不同，觀察庶民生活的立場自然也不同於同時代的作家。由於接近權力的緣故，他頗為熟悉統治圈中的阿諛文化。他在一九三〇年代初期完成的〈保正伯〉[26]、〈奪錦標〉[27]、〈新興的悲哀〉[28]，就相當準確地描繪了地方上作威作福與趨炎附勢的土豪劣紳。在他的小說中，誠然看不到正面的批判與積極的抵抗；不過，他塑造的上層人物其實都可以拿來視為反面教材，其中寓有高度的諷刺與調侃。

他在一九三五年完成的〈興兄〉[29]，是值得討論的短篇小說。故事中的興兄是一位善良的農民，卻竭盡財力資助兒子赴日留學；即使向銀行借貸，也在所不惜。但是，兒子學成回國後，竟攜回一位日籍媳婦，並定居於城市。新舊兩代的生活方式與文化認同終於產生了歧異，興兄內心的失落，幾乎可想而知。這種牽涉到國族認同分裂的議題，蔡秋桐可能是第一位在小說中處理的。之後，才有朱點人的〈脫穎〉，又有龍瑛宗的〈パパイヤのある街〉（植有木瓜樹的小鎮）。

寫實文學是一九三〇年代的主流，以農民、工人生活為主題的作品，不勝枚舉。他們的命運之所以受到關注，乃在於工農階級身處資本主義社會的最底層，經濟的蕭條與危機，最直接也最迅速地反映在農工的生活之上。透過這種階級的描寫，自然能夠清楚看見整個社會制度的不合理。作家很容易傾向於下層階級生活的刻劃，便是為了可以同時揭露日本資本家的凌虐，以及台灣無產者的困境。楊華所寫的〈一個勞動

---

21　楊守愚，〈出走的前一夜〉，原載《台灣新民報》三四三—三四四號（一九三〇年十二月十三日、三十日）。
22　楊守愚，〈開學的頭一天〉，《台灣新民報》三七五—三七六號（一九三一年八月一日、八日）。
23　楊守愚，〈就試試文學家生活的味道吧〉，《台灣新民報》三八二—三八三號（一九三一年九月十九日、二十六日）。
24　楊守愚，〈夢〉，《台灣新民報》三八六—三八八號（一九三一年十月十七日、二十四日、三十一日）。
25　楊守愚，〈啊！稿費？〉，《台灣新民報》三八九—三九一號（一九三一年十一月七日、十四日、二十一日）。
26　蔡秋桐，〈保正伯〉，《台灣新民報》三五三號（一九三一年二月二十八日）。
27　蔡秋桐，〈奪錦標〉，《台灣新民報》三七四—三七六號（一九三一年七月二十五日、八月一日、八日）。
28　蔡秋桐，〈新興的悲哀〉，《台灣新民報》三八七—三八九號（一九三一年十月二十四日、三十一日、十一月七日）。
29　蔡秋桐，〈興兄〉，《台灣文藝》二卷四號（一九三五年四月一日）。

者之死〉與〈薄命〉，是一種自傳性的書寫，又有預言性的悲哀。他的早夭事實，正好印證了他自己的命運與整個時代的苦悶。此外，吳希聖（一九〇九－？）的〈豚〉、賴賢穎的〈稻熱病〉和林克夫的〈阿枝的故事〉，也都是以農民、工人為題材而受到注目的作品。無論作者使用的是中文或日文，有一個重要的現象，便是在小說中大量滲透台語。這種文字的表達方式，與當時推動大眾文學的風潮顯然有密切的關係。多種語言的並存，再一次證明殖民地文學的混融性格；而這種性格，也恰好傳遞了台灣文學的特殊風味。

## 王詩琅、朱點人與都市文學的發展

農民文學方興未艾之際，一九三〇年代的另一發展現象便是都市文學的崛起。所謂都市文學，並不必然與現代主義思潮有關。不過，隨著資本主義在台灣的不斷擴張，都市化的趨勢是無可抵擋的。台灣的都市文學大約有兩種，一種是以台北市作家表現的現代風貌，一種則是留日學生反映的東京都會生活。前者以王詩琅、朱點人最值得注意，後者則是以巫永福、翁鬧為代表。這種都市文學，也倒影在新詩的發展之上，從王白淵的出現，到風車詩社的誕生，大約能夠辨識現代主義的蜿蜒軌跡。

王詩琅（一九〇八－一九八四），是台北萬華人，筆名有王錦江、王一剛等。早期熱中於無政府主義運動，與楊守愚同樣曾經是台灣黑色青年聯盟的成員。

王詩琅（《文訊》提供）

初期的作品發表於《明日》、《洪水報》、《伍人報》等雜誌，因為這些刊物的創辦者，都帶有無政府主義的傾向。不過，王詩琅的成熟之作大約都在一九三五、三六年之間撰寫，作品共有五篇：〈夜雨〉[30]、〈青春〉[31]、〈沒落〉[32]、〈老婊頭〉[33]、〈十字路〉[34]。僅憑這五篇小說，王詩琅就成為文學史上不斷被議論的作家。〈夜雨〉、〈青春〉、〈老婊頭〉敘述女性的命運，筆調相當陰鬱。〈沒落〉、〈十字路〉則是描寫左翼知識分子的轉向及其矛盾。

他的小說背景都是以城市為中心，人物的形象反映了城市知識分子的徬徨心態。〈沒落〉與〈十字路〉合併觀之，可以看見台灣左翼運動為何會趨於黯淡。小說中不經意提到的城市景象，讓讀者窺見了台北在資本主義浪潮中的現代化面貌。對於台灣知識青年而言，現代化意味著一種進步的文明，一種開放的風氣，一種誘惑的物欲。因此，〈沒落〉中的青年耀源背叛早年的社會主義理想，日益脫離左翼政治運動的陣營，而終於墮落於現代都市的頹廢生活之中。這是非常具有自我反省的批判性小說，那種辛辣的諷刺直透紙背。

原是批判資本主義的耀源，曾經抱負著改造社會的理想。然而，資本主義的力量卻超過任何的思想抗拒，即使是左翼青年最後也都要被收編。遭到收編的，並非只是物欲上的屈服，最根本的敗北則是文化上向殖民者稱臣。都市的繁華景象，淹沒了知識青年的理想。出現在小說中的自動車、市營巴士、咖啡館、戲院、百貨公司、舶來品，都代表著現代文化的引誘。更嚴重的是，年輕一代的小學生在街頭上合唱著日本的

---

30　王詩琅，〈夜雨〉，《第一線》一期（一九三五年一月）。
31　王詩琅，〈青春〉，《台灣文藝》二卷四號（一九三五年四月一日）。
32　王詩琅，〈沒落〉，《台灣文藝》二卷八、九合併號（一九三五年八月四日）。
33　王詩琅，〈老婊頭〉，《台灣新文學》一卷六號（一九三六年七月）。
34　王詩琅，〈十字路〉，《台灣新文學》一卷一〇號（一九三六年十二月）。

海軍軍歌，似乎暗示了資本主義的得勝，其實也是日本殖民文化的得勝。整個時代的演變，對於左翼政治運動都構成了諷刺。籠罩在現實的氣氛，不能不使耀源發出喟嘆，也使他對家庭沒落有著深沉的感傷：

……第二次的出獄，和自己的嘔血般的努力，成個反比例。這站在斷崖上的家景，更如日落西山歷歷可見。自己的力量已是無可奈何它了。自己就是恐怕這可怕的現實，才放手跑開背面不顧。但自己的放蕩也不全是這緣故所致的。倒是極度的不安與動搖，充滿著重壓的空氣的這時代，陰沉灰黯的四圍所交流錯雜驅使的。自己不過無意識裡要逃避這灰黯、這苦悶，暗地摸索著消極的解脫，麻痺神經的頹廢罷了。

資本主義的邏輯，便是被支配者最後都要面臨家庭崩解的命運。王詩琅以「不安與動搖」來概括資本主義的衝擊。追逐消極的解脫，追逐麻痺神經的頹廢，就成了知識青年的末路。〈十字路〉鋪陳春節來臨前的城市繁華，都在反證資本主義的勝利。在島都的心臟，「店鋪裡和亭仔腳臨時搭起的棚，裝得如花似錦。雜貨店的帽、領帶、化妝品。時鐘店內的大小時鐘、時錶的裝飾品。玩具店的新正的種種玩具，花花綠綠排滿了新正用品。」物質的無虞匱乏，彷彿是為資本主義戴上了假面。在浮華的表象背後，〈十字路〉中的青年也同樣背叛了早年的政治理想，而浮沉在「這新興的向近代化途上驀然（前）進著的台灣人街市」。

王詩琅已經把握了當時社會的現代化脈動，也點出了知識青年選擇精神投降的原因。不過，他的筆鋒並不針對殖民者，反而是朝向台灣知識分子進行無情的解剖。他特別對左翼運動採取批判的態度，表面上似乎過於苛責。但是，他的重點則在揭發資本主義四處侵蝕的事實。他的作品，是一九三〇年代城市知識分子沒落的最好證詞。他的小說的重要意義，在於宣告抵抗運動已經成為歷史名詞，也在於宣告強勢的資本主義文化已淹沒了島嶼。那種深刻的批判是反面的，也由於是反面的鑑照，它帶給後人的啟示就顯得極其深遠。

從現代化的觀點來看，朱點人的小說更進一步揭穿資本主義的欺罔。朱點人（一九〇三—一九五一），原名朱石頭，後改名朱石峰，筆名包括點人、文苗、描文，也是台北萬華人。如果王詩琅的小說是在描寫台灣人在思想上抗拒資本主義而終告挫敗的過程，朱點人則在形構台灣人在情感上、人倫上被資本主義商品化的事實。

朱點人參加文學社團相當活躍，在《第一線》、《先發部隊》、《南音》、《台灣文藝》與《台灣新文學》都發表過作品。他之所以不同於同時代的作家，就在於經營的主題大多集中在親情、友情、愛情的變質。他除了探索殖民者與被殖民者之間的矛盾關係之外，還進一步指出台灣人的倫理關係因資本主義的滲透而發生扭曲。不僅如此，他還描述了台灣人國家認同的動搖。〈紀念樹〉[35]、〈無花果〉[36]、〈蟬〉[37]，都表達他細膩的愛情觀察。尤其是〈紀念樹〉擬女性化的敘述，控訴父權資本主義之蔑視人性，較諸楊逵的〈萌芽〉還要動人。〈安息之日〉[38]、〈長壽會〉[39]、〈島都〉[40]，都在反映資本主義下台灣人際關係的畸形轉變。

他的短篇小說較為深刻的時代觀察，當以〈秋信〉[41]與〈脫穎〉[42]為代表。〈秋信〉在於敘述舊式文人的

35 朱點人，〈紀念樹〉，《先發部隊》創刊號（一九三四年七月十五日）。
36 朱點人，〈無花果〉，《台灣文藝》創刊號（一九三四年十一月十五日）。
37 朱點人，〈蟬〉，《第一線》（一九三五年一月六日）。
38 朱點人，〈安息之日〉，《台灣文藝》二卷七號（一九三五年七月一日）。
39 朱點人，〈長壽會〉，《台灣新文學》一卷六號（一九三六年七月七日）。
40 朱點人，〈島都〉，《台灣新民報》四〇〇—四〇三號（一九三二年一月三十日、二月六日、十三日、二十日）。
41 朱點人，〈秋信〉，《台灣新文學》一卷二號（一九三六年三月三日）。
42 朱點人，〈脫穎〉，《台灣新文學》一卷一〇號（一九三六年十二月五日）。

沒落。這位傳統書生老人見證台北市接受現代化的洗禮後，所有舊日的歷史記憶全然被消除殆盡。取而代之的，是日本展示其現代化改造成就的台灣博覽會，以及在會場中張貼的「台灣產業大躍進」的口號。台灣主體文化的日漸消失，日本支配文化的日益崛起，證明了殖民政權的統治基礎越來越牢固，資本主義的優勢地位也越來越搖不可撼。小說呈現出來的強烈失落感，勝過任何一位作家能夠傳達的。〈脫穎〉則形塑一位台灣工友企圖改造自己的人格，希望能夠享有日本人的待遇。他的夢終於實現，乃是因為他意外娶得一位日本女子。這位人格昇華之後的台灣人，竟回過頭來鄙視自己的家族。先進的日本與落後的台灣，此類偏見無非是得力於現代化造成的結果。資本主義的侵蝕越大，台灣人的文化位階便越低。朱點人以反諷筆法，既嘲弄日本人，也批判台灣人。他的小說結構相當完整，特別對幽微心理的探索，頗符合他自己的創作要求。

朱點人的中文小說，開啟了全新的想像世界。相形之下，另外一位都市文學的代表作家翁鬧，則以日文小說為台灣文學拉開現代主義的序幕。翁鬧（一九一〇—一九四〇），彰化社頭人，是東京台灣藝術研究會的成員。他的作品全然沒有反抗意識，是全心專注於技巧經營的作家。他的登場，開發了台灣文學的新感覺。對於外在景物的描寫，顯然不是他的主要關注。那種心理世界的探索，內在意識的窺探，等於使台灣文學的版圖又擴張了許多。

翁鬧是掌握到現代化脈動的作家。他的小說分成兩種，一種是表現資本主義社會中，人內心的荒涼與寂寥，一種是描寫台灣的資本主義發展到最高階段，老人與小孩都不能逃避悲慘的宿命。現代社會的荒野，反映在他的作品〈音樂鐘〉[43]、〈殘雪〉[44]與〈天亮前的戀愛故事〉[45]。他是第一位把情欲帶進小說中的作家。愛情與肉體究竟是結合的，還是分離的，這個問題糾葛在故事的敘述裡。他的愛情一直是破敗缺憾的，以致肉欲也從未完成過。〈音樂鐘〉深沉地刻劃了男性的未遂欲望。〈殘雪〉則描述一位台灣男子夾在兩位女性之間；一位是具有現代開明思想的日本女性，一位是受到封建禮教囚禁的台灣女性。要在兩位女性之間做出抉擇，竟有一種隱而不見的張力緊繃在小說裡。留在島上的台灣女性，與回到北海道的日本女性，使得小說中的男人產生「北海道和台灣，究竟那個地方遠」的苦惱。從而點出在現代文明與傳統社會之間，台灣知識分子的兩難困境。〈天亮前的戀愛故事〉，純粹是以冗長、瑣碎的獨白語言所構成，是相當傑出的現代主義小說。他透過一位男子的傾訴，挖掘內心對各種情愛的經驗。獨白的語言裡，充滿了象徵與隱喻，鋪陳一個極其繁複的意識流動。通過雞與蝶的交配故事，暗示作者自身對女性肉體的憧憬，是難得的成功之作。當他說出真正的意圖：「把那女人用這隻胳膊盡力摟抱，貼緊那甜蜜的櫻唇，然後使這副肉體跟他的肉體合而為一的時候，『我』這個東西才會體現出完整的狀態。」一位殘缺不全、渴求肉欲的男人，生動地躍然於讀者之前。情欲是使男人變成完整的動力，然而，傳統的繩索，也縛住他的狂想與妄念，終致一敗塗地。獨白體的小說，前後充滿矛盾，正好遙照了一顆複雜的心，在抵抗意識特別強烈的年代，在寫實文學成為主流的時期，翁鬧的潛意識探索，誠然拓出了異端式的視野。

不過，翁鬧並非耽溺於都會的頹廢與邪惡，更非沉浸在個人內心的孤獨與寂寥。對一九三五年的台灣，他絲毫沒有忘情。他強調，台灣作家的技巧應該能夠與日本文學，甚至世界文學平起平坐。但是，文學內容則要保持鄉土本色。〈戇伯仔〉[46]、〈可憐的阿蕊婆〉[47]、〈羅漢腳〉[48]等三篇小說，便是反映在一切事物都被

43　翁鬧，〈音樂鐘〉，《台灣文藝》二卷六號（一九三五年六月一日）。
44　翁鬧，〈殘雪〉，《台灣文藝》二卷八、九合刊號（一九三五年八月一日）。
45　翁鬧，〈天亮前的戀愛故事〉，《台灣新文學》二卷二號（一九三七年一月三十一日）。
46　翁鬧，〈戇伯仔〉，《台灣文藝》二卷七號（一九三五年七月一日）。
47　翁鬧，〈可憐的阿蕊婆〉，《台灣文藝》三卷六號（一九三六年五月一日）。
48　翁鬧，〈羅漢腳〉，《台灣新文學》一卷一號（一九三五年十二月二十八日）。

商品化的台灣，老人與小孩是如何被犧牲。蕭條的經濟景況，逼迫沒有發言權的弱者走上絕境。翁鬧在描述悲慘故事時，並非只是暴露悲劇的事實。他的修辭、情節、結構都能兼顧，因此作品的感染力量就來得旺盛。早逝的翁鬧留下的作品不多，但是他作為現代主義的先驅，則是無可懷疑的。

## 一九三〇年代的新詩傳統

寫實主義與現代主義在小說創作中的並行不悖，也同樣在一九三〇年代新詩傳統中有極為可觀的發展。從藝術的追求而言，這段時期的中文詩成就遠不及日文詩。這是能夠理解的。詩是一種敏感而精練的語言，必須依賴意象的塑造與想像的飛躍。三〇年代的中文小說家，遣詞用字之際，已開始出現牽強、枯澀的疲態。這是因為離開中文語言的社會過於長久，無法順暢操作中文。小說尚且如此，則詩的錘鍊當可想像。除了三〇年代初期的賴和、楊華尚有可觀之外，中文詩的成就可謂有限。台灣作家長期受到日文教育的影響，又受到日本文化的支配，幾乎已適應了日文的思考方式。對於語言的敏感與提煉，比起中文還更能得心應手。王白淵的《荊棘之道》與陳奇雲的《熱流》這兩冊日文詩集，同樣出版於一九三〇年。尤其是王白淵受到日本左翼詩壇的肯定，使日文詩的經營受到更多作家的注意。

一九三〇年代的新詩重鎮崛起於南部。以社會寫實為主調的鹽分地帶詩人集團，結盟於台南縣的濱海鄉鎮。以超現實詩風為旗幟的現代主義詩派風車詩社，結盟於漸趨現代化的台南市。這兩個詩人集團大約都組成於一九三三年左右，形成台灣文學史上的特殊風景。討論這兩個詩派的作品風格，大約就掌握了這段時期新詩發展的概況。

鹽分地帶的稱謂，根據郭水潭的回憶，乃是指「一九三四年台灣文藝聯盟結成時，成立佳里支部，常在文藝雜誌或新聞副刊發表文藝作品的，計有郭水潭、吳新榮、王登山、王碧蕉、林精鏐、莊培初等，我們傾向普羅文學，故被世人稱為『鹽分地帶派』。鹽分地帶包括七股、將軍、北門等地，是盛產鹽的地方，鹽分濃厚，土壤貧瘠，卻匯集了一群詩人從事藝術想像。所謂普羅（proletariat），指的是無產階級。可以想像的，鹽分地帶文學自然就帶有社會主義的思想傾向。這個集團的領導人，首推吳新榮。

吳新榮（一九〇七—一九六七），台南佳里人，日本東京醫專畢業，使用過筆名史民、兆行，以「瑣琅山房」命名自宅。早在一九二八年，他即加入東京的台灣共產黨外圍組織，捲入思想鬥爭之中，並且遭到日警的逮捕。留學期間，創辦過《里門會誌》，關心台灣鄉土。他的社會主義經驗，日後鍛鍊他成為堅定的左翼詩人。這樣的思想背景，也使他成為日後鹽分地帶詩人集團的領導者。

吳新榮

他的左翼詩風，引導他關心弱小階級，並且也關心本土文化。他的基本詩觀是，第一，文學不能離開大眾，詩應該反映社會；第二，文學不能離開土地，無須忌諱它的地方性；第三，文學是反抗的，對於任何形式的壓迫都應批判。抱持這樣的看法，他從事詩藝的構築。最能代表他的詩風的，莫過於一九三五年所發表〈故鄉與春祭〉，這首詩是由三首小詩構成的組曲，副題是「獻給鹽分地帶的同志」。第二首〈村莊〉，旨在歌頌自己的故鄉，以「這村莊是我心臟」的詩行突出故鄉的意象，緊接又以心臟銜接他與祖先的關係：

而我激跳的心臟沸騰著
昔日戰鬥的血
在守衛土地與種族的鐵砲倉裡
今日掛上搖籃於槍架之間
吾將安眠於妳的裙裾下
母親的搖籃歌裡
應該沒有名利與富貴
只有正義之歌，真理之曲
飄入我夢

故鄉、土地、祖先、母親的意象融而為一，使詩人與歷史之間的傳承關係呈現出來。故鄉是心臟，是生命的動力；故鄉是城堡，是肉體的庇護所。

從吳新榮的作品出發，台灣新詩才有正面的、積極的土地歌頌。在此之前，新詩創作者大多停留在情感的悲嘆與命運的感傷。吳新榮的詩觀，與他的社會主義信仰是互為表裡的。在詩行之間，他常常強調抵抗、鬥爭、行動、實踐。這種主題的經營，出自一位社會主義者的手筆，並不令人訝異。在一九三五、三六年，

吳新榮，《吳新榮選集》（一）

亦即日本殖民者誇耀其資本主義的成就之際，他發表了幾首詩，表達了強烈的批判立場，包括〈煙突〉（煙囪）[49]、〈疾走する別墅〉（疾馳的別墅）[50]、〈農民の歌〉（農民之歌）[51]。這些詩，都是從階級對立的辯證觀點，以資本家與農民、工人、無產大眾為具體形象，集中描寫台灣社會內部的衝突矛盾。

吳新榮詩的意象與語言，較為乾澀，欠缺想像的空間。究其原因，在於他過於執著思想的傳遞與立場的宣示。他閱讀的雜誌，完全是專注於左翼刊物，就目前他收藏的剪報所知，包括《改造》、《大眾》、《新興科學》、《河上肇社會問題研究》、《インタナショナル》（共產國際）、《プロレタリア文化》（無產階級文化）、《文藝戰線》、《プロレタリア文学》（無產階級文學）等等。從這些雜誌，足以推測他涉入左翼思想有多深。正因為如此，他的作品有時不免淪為僵化教條。他在一九三二年完成的〈贈書〉，一九三三年〈五月的回憶〉，都可發現鮮明的政治立場痕跡，詩的藝術性反而減了不少。在現存八十餘首詩中，固然不乏佳作，但都屬於靈光一現之作。〈思想〉一詩，可能是他的上乘作品：

從思想逃避的詩人們喲
不要空論詩的本質
倘若不知道就去問問行人
但你不會得到答覆

---

49　吳新榮，〈煙突〉，《台灣文藝》二卷八、九合併號（一九三五年八月四日）。
50　吳新榮，〈疾走する別墅〉，《台灣新文學》創刊號（一九三五年十二月）。
51　吳新榮，〈農民の歌〉，《台灣新文學》一卷二號（一九三六年三月三日）。

那麼就問我的心胸吧
熱血暢流的這個肉塊
產落在地上的瞬間已經就是詩了啊

這首詩既表露他的詩觀，又暗示他的思想信仰，也呈現他的文學品味。未具任何思想基礎的詩人，難以觸探詩的本質，這是他的基本創作態度。詩中藉用「行人」，影射芸芸眾生，亦即充滿生命力的大眾，乃是詩的根源所在。偏離了思想與現實，依照吳新榮的看法，詩就不成其為詩。他現身說法，以自己的詩為範例，點出具有活力的詩，乃是出自有血有肉的思考。這種詩的書寫，無非是在強調文學與社會必須合而為一。他的文學信念，對鹽分地帶文學集團的發展有很大的影響。吳新榮作為集團的領導者，縱然詩藝成就有限，確實開創了台灣詩史上極為奪目的一頁。

鹽分地帶詩人集團的作品，抒發的是尋常的、透明的平民情感。這種情感，表現在對父母親、兄弟姊妹與兒女的歌頌。他們對親情的眷戀、懷念與喟嘆，是其作品的共同特色，在其他詩人的詩風中可謂罕見。在鹽分地帶詩人中，郭水潭是一位重要的代表。郭水潭（一九〇八—一九九五），號千尺，佳里公學校高等科畢業。一九二九年加入「南溟藝園」為同仁，一九三三年，與吳新榮、徐清吉、王登山、莊培初等共同成立「佳里青風會」，此為鹽分地帶文學的最初成員。郭水潭的重要

郭水潭（《文訊》提供）

性，不僅在於他的親情詩頗受肯定，並且也在於他對台灣文學的自主立場相當堅持。

一九三五年十二月，鹽分地帶集團加入楊逵的台灣新文學社。這個從台灣文藝聯盟分裂出來的新社團，受到來自東京中央文壇的日本左翼作家的期待與鼓勵。《台灣新文學》的創刊號與第二期，刊載日本作家的祝詞與文學追求的方向。郭水潭在該社團的《新文學月報》二號（一九三六年三月），發表〈文學雜感〉一文，討論建立台灣文學的問題。他認為，來自日本中央文壇的文學見解固然值得參考，但也無須教條式地予以遵奉。在這篇短文中，他特別強調：「……導源於台灣的歷史及隨著台灣的歷史演變而誕生的殖民地台灣文學，雖然也提供中央諸作家值得研究的適當題目，但生於台灣的我們，處在歷史本身裡，並且和歷史一起走，所以來自台灣的意見、批評應該更重要。」（蕭翔文譯）郭水潭的見解，雖不再與中央文壇的日本作家相抗衡，但在文中表露的台灣歷史意識，以及重視在特殊歷史條件產生的台灣文學的性格，頗能反映一九三〇年代詩人對於文學主體性的自覺。

詩人的歷史意識，是由政治經驗與現實生活釀造出來的，在貧瘠的濱海土地，他目睹自己的人民如何困頓，並如何掙扎。在最荒蕪的時代，他刻意創造甜味的作品。郭水潭在一九三四年五月的《台灣新民報》發表的長詩〈故鄉的書簡——致獄中的S君〉，一再受到研究者引用，詩中的S，指的是台共黨員蘇新。佳里是日據時期左翼思潮的重要發源地之一。蘇新（一九〇七—一九八一），也是來自這個小鎮。他因台共大逮捕事件，而於一九三一年入獄，一九三三年事件始末才公諸於世。郭水潭從報端獲悉蘇新被捕審判的消息，遂有此作。詩中散發出來的友情與鄉情，典型地傳達了鹽分地帶樸素渾厚的平民風格。向獄中受難的朋友，他藉詩寄去了逝去的記憶與未來的憧憬。他的文字平淡，情感卻洶湧澎湃；詩的最後三行，內斂的力量隱隱釋放出來，彷彿在鼓舞鐵窗裡的朋友：

不為歷史的車輪輾碎心坎
故鄉的天空仍舊在世紀的
黃昏燃燒（月中泉譯）

郭水潭的詩，熱情卻不濫情。一九三七年，他寫了兩首詩給出嫁的妹妹，〈廣闊的海——給出嫁的妹妹〉[52]與〈蓮霧之花〉[53]是值得再三吟誦的罕見佳作。東方人對兄妹之情很少處理，因此，這兩首詩就成為詩史上的珍品。他寫給早夭的兒子，一九三九年發表於《台灣新民報》的〈向棺木慟哭——給建南的墓〉，相當節制地渲染無可割捨的父子之情；再度證明在那困難的年代，郭水潭從未放棄對傳統倫理之情的追求。

平民情感的處理，在鹽分地帶詩人中，可謂屢見不鮮。徐清吉（一九〇七—一九八二），在一九三五年寫成的〈鄉愁〉，釀造令人難以釋懷的鄉情。王登山（一九一三—一九八二），是郭水潭的妹婿，於一九三六年《台灣新聞》發表〈中午的飯盒〉，毫不掩飾對母親的感恩與懷念，令人動容。林芳年（一九一四—一九八九），原名林精鏐，在一九三六年《台灣新聞》文藝欄發表的〈爸爸垂老〉，生動地刻劃了父子之間看似淡漠實則深沉的倫理關係。同年，又發表〈掃墓〉，懷念逝去的母親。一九四一年寫〈乳兒〉，描繪迎接嬰兒時辛酸與喜悅。

鹽分地帶的另外一位成員青陽哲（一九一六—二〇〇九），原名莊培初，詩風別具一格，染有現代主義的頹廢色彩。青陽哲作品的出現，使鹽分地帶文學的寫實風格開始產生多元性格。他不再訴諸具象的描繪，轉而求諸於抽象的思維；不再專注於外在事物的觀照，而集中在內心情緒的整理與經營。一九三五年他在《台灣新聞》發表了〈有一天早晨的感情〉，明顯偏離鹽分地帶的格局，呈露現代人對肉欲的耽溺：

乳白色的早晨悄悄來到玻璃窗
夜持有的溫暖
對女人的一根頭髮也漲起倦怠的神情
使男人睡醒時的嗅覺麻痺
真為了肉慾的快樂而疲憊（陳千武譯）

這種慵懶的情調，乃是由倦怠、麻痺、疲憊的情緒匯集而成。對照於吳新榮、郭水潭等人對傳統情感的經營，以及對不公體制的批判，青陽哲的作品全然偏向個人感覺的釋放。一九三六年，他在《台灣新聞》與《台灣文藝》發表的系列詩作，〈一個女性的畫像〉、〈冬晴〉、〈壺〉等，都在建構感情世界的想像。這些作品，頗能反映一九三〇年代資本主義帶來的物質生活，使詩人的內心風景也不能不帶有異化的傾向。

不過，真正的現代主義詩風，則是由位在台南市的風車詩社成員集體積極營造。舉起超現實主義的旗幟，風車詩社開創了一九三〇年代詩史的新視野。鹽分地帶集團的「佳里青風會」於一九三三年成立的同時，風車詩社也集結完成。詩社的創建者楊熾昌（一九〇八—一九九四），台南市人，筆名水蔭萍，台南二中畢業，後留學日本，專攻日本文學，受新感覺派作家影響甚鉅。

風車詩社的成員包括：李張瑞（一九一一—一九五二），筆名利野倉，台南新化人，畢業於日本農業大學，後於嘉南水利組合工作，一九五二年因白色恐怖政策而遭槍決。林永修（一九一四—一九四四），台

52 郭水潭，〈廣闊的海——給出嫁的妹妹〉，《大阪朝日新聞》南島文藝欄（一九三七）。
53 郭水潭，〈蓮霧之花〉，《台灣新文學》二卷五號（一九三七年六月十五日）。

南麻豆人，畢業於日本慶應大學文科，一九四四年早逝。遲至一九八〇年，其家屬出版他的詩集遺著《蒼的星》。張良典，台南市人，筆名丘英二，台北醫專畢業。此外，加入詩社的還有日籍的戶田房子、岸麗子與尚梶鐵平。風車的命名，頗具舶來品的意味，足以顯示受到西洋的影響。詩社的成員，教育程度極高，接觸外國文學的機會甚多。但更重要的是，他們熟悉都會文化，亦適應資本主義的現代式生活。他們的思維方式，自然與鹽分地帶詩人有很大的落差。風車詩社的成員，就被郭水潭貼上「薔薇詩人」的標籤。一九三四年，郭水潭發表〈寫在牆上〉[54]的短文，批評超現實主義詩作時強調：「偏愛附庸風雅的感想文作家，在你們一窩蜂推崇的那些詩的境界裡，壓根兒品嚐不出時代心聲和心靈的悸動，只能予人以一種詞藻的堆砌，幻想美學的裝潢而已。」（月中泉譯）鹽分地帶詩人與風車詩社成員，因美學上的歧異而劃清了創作的界線。

楊熾昌的美學，並不認為一切都必須根源於現實生活中的不公體制。在抵抗意識與批判精神之外，應該還有藝術空間的存在。詩社發行的《風車》詩誌，於

楊熾昌（《文訊》提供）

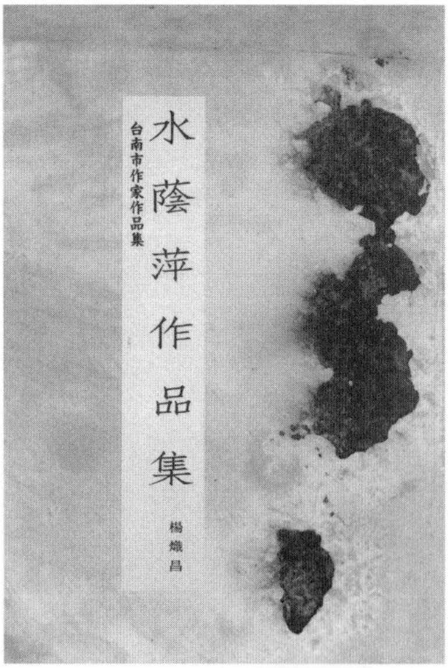


楊熾昌，《水蔭萍作品集》

一九三三至三四年共發行三輯，是超現實主義的根據地。他們的作品，純粹是以意象聯繫成一個象徵世界。以暗示、隱喻、轉喻、比喻的手法，傳達剎那的喜悅或哀愁。那種成熟的技巧，使台灣詩人的想像到達極致。新的感覺，新的情緒，新的美學，全然擺脫緊張的思維，使詩真正具備了現代的意義。

楊熾昌在一九三四年十二月《台南新報》文藝欄發表的〈茉莉花〉，形塑一位喪夫初寡的女性。詩中營造哀傷的氣氛，而完全不使用任何哀愁的字眼，僅依賴意象來渲染低迷的情緒，例如詩的最後四行，純用描景方式鋪陳內心的幽微情緒：

夫人抬頭了
修長睫毛泛著淡影
蒼白嘴唇沒有塗紅　結在鬢角的茉莉花
於夜裡曳引著白色清香（月中泉譯）

一九三〇年代的新詩能有如此特殊的想像，幾可推見殖民地社會裡潛藏的文學生產力是何等旺盛。楊熾昌的新詩成就，必須等到戰後的一九七九年自費出版詩集《燃燒的臉頰》後，才在詩史上獲得肯定的追認。

風車詩社的作品，可視為日據時期綻放的奇異花朵。雖然他們並不必然遵循寫實文學的主流，但也不必然相互對立。詩社的另外一位成員，在一九三六年三月五日《台灣新文學》一卷二號發表的〈晚歌〉與〈這個家〉二詩，就與楊逵主導下的左翼小說風格迥異。寫實主義與現代主義兩種美學的並存，固然是那段時期聯合陣線的延伸，但相互尊重、相互包容的態度，誠然使台灣文學的發展進入百花齊放的階段。無論是寫實

54 郭水潭，〈寫在牆上〉，《台灣新聞》文藝欄（一九三四年四月二十一日）。

的或現代的，都是資本主義高度擴張以後的產物。寫實精神是以無產階級的生活為主要反映對象，對殖民體制的抗拒與批判可謂不遺餘力。現代主義則是以中產階級的知識分子思考為反省重心，透露內心意識與情感的流動，對現代都會生活表達消極的抗拒。

在鹽分地帶與風車詩社蓬勃發展的同時，有一位受到忽視的詩人陳奇雲（一九〇五—一九三九）。早期參加過「南溟藝園」，一九三〇年出版詩集《熱流》[55]。在父權文化與殖民文化的交錯中，他嘗試發抒個人情感，是具有主觀立場的詩觀。他曾經描寫一首詩的誕生，是嘔心瀝血的過程：

醞釀出詩這耗盡心力的血精
當詩的血精哇哇墜地的同時
安堵和憔悴突然牽引微弱的氣息
晃如鴉片癮者軟綿綿身軀，喪失彈力——

在殖民地荒蕪的詩壇，陳奇雲的詩作帶來清新的氣息。詩句中擅用隱喻或轉喻的技巧，有時也能達到象徵的效果。他與鹽分地帶詩人過從甚密，藝術成就毫不遜於他們。當他寫鄉愁時，竟然是以母親的乳香來形容。他對自己的要求甚高，希望能夠在詩與散文之間劃清界線。他形容自己的作品是「所有的形式韻律也都是自己流的。這些心臟的跳躍、血液的溫度、氣憤的潮流才是我的詩最忠實的表現形態」，這種美學放在一九三〇年代的台灣，頗為不凡。他的詩作富於哲理，也有纖細的情感表現，看待整個世界非常溫暖。然而他是早夭的詩人，歷史並未容許他從事更多創作。

從新詩的藝術成就來看，日文書寫的詩人較中文思維的詩人還高；而現代主義詩人的經營也較寫實主義的詩人還高。尤其風車詩社在文壇登場時，對詩的形式要求已臻完美。超現實主義的詩風，如曇花一現，但是詩人所營造詩的結構、音色、節奏、想像，為台灣文學開創了全新的可能。

在現代主義運動中，也有重要作家沒有被看見。劉吶鷗（一九〇五—一九四〇），是一位徹底受到遺忘的台灣作家。他七歲時入學鹽水港公學校，十三歲時進入台南長榮中學，卻在一九二〇年退學。出身於豪門家世的他，隨即赴日插班進入東京青山學院，一九二三年完成中學部學業，一九二六年自高等文學部畢業。由於專攻英文，能夠閱讀西方現代文學的原典，無形中造就他成為一位現代主義者。一九二六年四月，到上海就讀震旦大學法文班，認識中國作家戴望舒、戴杜衡、施蟄存。當時的中國還未北伐統一，整個社會還停留在混亂失序的狀態。他到達被稱為冒險家的樂園上海時，看到繁華熱鬧的都會生活，身不由己融入現代化的節奏。一九二七年北伐成功後，一方面看到國民黨在街頭槍決左派青年的實景，一方面則沉醉在酒池肉林的頹廢生活。正是在這樣的歷史背景，他與施蟄存、穆時英在一九二八年創辦《無軌列車》，是非常現代前衛的命名。向前急馳的列車，竟然不受軌道的規範，強烈暗示了他們勇往直前、卻毫無精神束縛的現代感。

劉吶鷗小說《都市風景線》（一九三〇）所表現的現代感，即使放在二十一世紀的台灣，仍然是相當前衛。書中收錄八篇短篇小說，〈遊戲〉、〈風景〉、〈流〉、〈熱情之骨〉、〈兩個時間的不感症者〉、〈禮儀和衛生〉、〈殘留〉和〈方程式〉。無論是從小說的命名或是故事內容，都可以發現他超越了他的時代。在殖民地台灣，劉吶鷗的名字似乎沒有被注意到。其中最主要的理由是，他在一九二〇年代所寫的小說，是一種高度現代主義的表現，而當時台灣文學才正進入萌芽時期。故事裡大膽開放的女性，紙醉金迷的男性，絕對不是賴和世代的作家所能想像。只有在租界地直接與帝國的都市相互連結，才有可能描寫出都會男女的實像與虛

55 陳奇雲，《熱流》（台南：台南市立圖書館，二〇〇八）。本書由陳瑜霞教授全部翻譯出來，對於台灣文學史的重新整理功不可沒。

像。在他的故事裡充滿了速度感，例如汽車、火車的描寫，或者是舞廳裡音樂與舞步的節奏，或者是倏起倏滅的速食愛情。相對於台灣鄉村社會的情狀，上海租界地的生活簡直是無法想像。劉吶鷗大膽寫出內心的拜金與拜物，相當生動地刻劃國際都會裡的頹廢、空虛、墮落、腐敗。試舉〈遊戲〉的首段描寫：

> 在這「探戈宮」裡的一切都在一種旋律的動搖中——男女的肢體、五彩的燈光，和光亮的酒杯，紅綠的液體以及纖細的指頭，石榴色的嘴唇，發焰的眼光。中央一片光滑的地板反映著四周的椅桌和人們錯雜的光景，使人覺得，好像入了魔宮一樣，心神都在一種魔力的勢力下。

只有身歷其境，才有可能寫出如此瑰麗的夜生活。從肢體、燈光、酒杯、液體、嘴唇、眼光，都在火燄的燃燒中。這種描述手法，即使是上海讀者，也會抱怨看不懂。無可懷疑，劉吶鷗縱然浮蕩於現代快速的生涯，他的金錢支柱完全來自故鄉台灣。光鮮亮麗的他，無論如何現代，也會遵守台灣鄉下的習俗，返鄉省親或回家奔喪。他的離鄉流浪，完全是殖民地文化的變相演出。他耽溺於最先進的攝影技巧，並且也投資電影公司。根據施蟄存的資料，他在一九四〇年被國民黨特工刺殺於上海街頭，可能是爭奪賭場的經濟問題，而不是汪精衛時期的政治問題[56]。劉吶鷗遺留下來的傳說，在文學史上值得重新建構，他的藝術價值也應該放入殖民地文學的脈絡裡重新評價。二〇〇一年，台南縣文化局出版由康來新、許秦蓁合編的《劉吶鷗全集》六冊，二〇一〇年又出版《劉吶鷗全集・增補集》。曾經被遺忘的漂泊靈魂，終於回到故鄉台灣，有關他的記憶也重新復活。

---

56　嚴家炎，〈新感覺派主要作家〉，收入李歐梵編選，《上海的狐步舞：新感覺派小說選》（台北：允晨文化，二〇〇一），頁三三二。

# 第七章

# 皇民化運動下的一九四〇年代台灣文學

台灣文學發展至一九三〇年代中期，已臻飽滿圓熟的境界。如果歷史條件許可，台灣作家有足夠的時間空間繼續開發想像，則文學生產的質與量當有更豐碩的收穫。然而不然，在《台灣文藝》與《台灣新文學》兩份刊物的創造處於巔峰狀態之際，台灣總督府在一九三七年四月一日發布禁止使用中文的命令，緊接著又勒令所有文學雜誌廢刊。肅殺的政治氣氛，預告了一場戰爭風暴即將來臨，也迫使台灣作家不能不選擇封筆。從一九三七年盧溝橋事變爆發後，文學界立即淪為荒涼的狀態。作家命運所受的考驗，較諸任何時期還要嚴峻。

從一九三七至一九四五年的戰爭期間，文學發展大約可以分為兩個階段。第一階段，亦即從一九三七至一九四一年，是作家不能發聲的時期。第二階段，亦即從一九四一至一九四五年，是作家不能沉默的時期。這兩個階段的分野，在於一九四一年太平洋戰爭的爆發。日本軍閥分別在中國與南洋開闢戰場後，非常擔心美國會宣戰而帶來後顧之憂。就在這一年的十二月七日，日本突然發動襲擊珍珠港，企圖重挫美國在太平洋的軍事力量。這項行動，使得扮演基地角色的台灣，也在一夜之間變成戰場。正是在珍珠港事變的前夜，台灣總督府推行一連串的皇民化政策。文學活動正式被整編到政治宣傳的領域，作家的思想也受到嚴密的監視。

配合戰爭形勢的展開，殖民政府也積極施行皇民化運動。所謂皇民化運動，並不止於政治、經濟、軍事的總動員，甚至文化的層面也深深受到波及。皇民化運動也不只是在台灣推動而已，凡是在日本統轄下的土地，包括朝鮮、滿洲、樺太、北京、南京、上海等地，都網羅在此龐大運動的陰影之下。在這段時期，台灣作家的文學活動都被迫要配合日本的戰爭國策；而配合國策所產生的文學作品，就是文學史上所定義的皇民化文學。

在敘述戰爭期間的文學史之前，似乎有必要把「皇民文學」與「皇民化文學」這兩個名詞劃分清楚。

如果以「皇民文學」一詞來概括的話，等於是暗示了台灣作家主動配合日本國策而從事文學創作。如果是以「皇民化文學」為其定義的話，便表示台灣處於被動的地位，在強勢霸權的驅使之下而不得不進行文學創作。以這兩個名詞與當時的歷史環境相互印證，當可獲得確切的結論；那就是「皇民化文學」一詞應該是較為恰當的使用方式。因為，那段時期的台灣作家，畢竟是在一個困難的時代被迫接受一項困難的試煉。

## 戰雲下的文學社團：《文藝台灣》與《台灣文學》

殖民地台灣，在戰爭爆發前，扮演著日本殖民母國資本主義的內地延長角色。這種延長角色，是以「工業日本、農業台灣」的政策具體表現出來。但是，侵華戰爭發生後，台灣的地位開始有了顯著的變化。為了因應非常時局的到來，殖民政府的小林總督在一九三六年九月宣布治理台灣的三大政策為皇民化、工業化、南進化。這項施政重點的宣示，顯然有意要改變台灣社會的殖民地位。就皇民化而言，台灣人一向被視為次等國民，無法與日本人平起平坐，更沒有資格服兵役去當皇軍。皇民化其中的一個重要目的，在於改造台灣人的人格，使其升格為日本人，從而也就具備了從軍的資格。就工業化而言，台灣從一個以農業經濟為主的殖民地社會，蛻變成為重工業社會。許多重要的軍事生產，都有賴台灣的供應。就南進化而言，台灣在戰略地位上原來只是屬於後勤的角色，現在則成為戰略指揮的前哨；無論是攻或是守，台灣的主導位置變得特別顯著。

這個事實說明了台灣在戰爭期間的重要性。但是，皇民化、工業化、南進化實施的結果，使本島人與日本人之間的界線開始模糊化。從政治、經濟、文化、軍事等等的觀點來看，當時島上住民都誤以為自己逐漸與日本人享有同樣的待遇。台灣文化主體性的扭曲，以及精神抵抗的萎縮，都在這段時期有了明顯的發展。

伴隨著皇民化運動的擴張，台灣社會見證了一連串政治組織的形成。大政翼贊會（一九四〇）[1]、皇民奉公會（一九四一）[2]、陸軍志願兵制度（一九四二）[3]、日本文學報國會台灣支部（一九四三）等等的建立，使日本殖民政府的權力支配得以深入島上的各個階層與角落。

從一九三七至一九四〇年之間，由於台灣重要的文學刊物《台灣文藝》與《台灣新文學》相繼遭到停刊，整個文壇的空氣呈現凝滯死寂的狀態。在日本軍方的高壓氣燄下，台灣作家失去了創作的空間。除了一份大眾化刊物《風月報》存在之外，屬於台灣人的雜誌實際上已全然消失。《風月報》創刊於一九三五年，終止於一九四四年，是台灣人刊物中最為長久者[4]。然而，這份刊物存在的意義，對文學活動並未有直接衝擊。刊物的後期，則為皇民化運動搖旗吶喊。因此可以說，到太平洋戰爭爆發之前，文學創作似乎未有活躍的現象。

必須等到一九四〇年大政翼贊會成立之後，日本政府透過這個組織開始在殖民地與占領地推行振興地方文化運動，台灣作家才獲得了創作的空間。不過，「振興地方文化」的精神與內容，對於島上的日籍作家與台灣

《台灣文學》創刊號（舊香居提供）

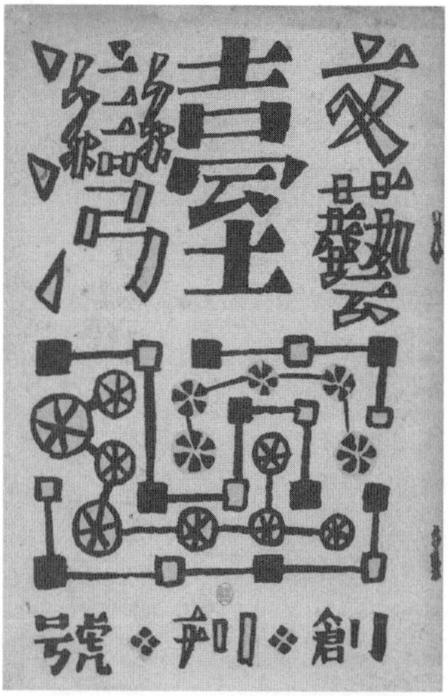

《文藝台灣》創刊號（舊香居提供）

作家卻有各自的定義。從日籍作家的觀點來看，地方文化是置放在整個日本帝國版圖的脈絡中來定位的。也就是說，台灣地方文化是構成日本帝國文化豐富色彩的一環。日籍作家樂於挖掘台灣文化之美，乃在於它富於異國的情調。不僅如此，掌握地方文化的精神，為的是能夠找到開啟被殖民者的靈魂之鑰。但是，從台灣作家的立場來看，在戰爭期間從事振興地方文化的工作，是為

《風月報》

1　一九四〇年七月，日本第二次近衛內閣成立，展開所謂「近衛新體制」。近衛發起建立直接輔助天皇的政治組織大政翼贊會。十月十二日，大政翼贊會宣布成立，近衛親自兼任總裁，其他要職分別由宮廷貴族、軍政官僚及法西斯人士擔任，在全國各都、道、府、縣設立支部，由當地知事任支部長，居民則全數編入「鄰組」組織。

2　一九四〇年，台灣總督小林躋造提出〈國防國家體制則應重要方案答申書〉，並據此作成〈台灣新體制基本綱領〉，翌年（一九四一）一月決定以「皇民奉公會」為組織名稱，之後由軍民官三方擔任皇民奉公會準備委員，於四月十六日正式召開皇民奉公會準備委員會，會中決定皇民奉公會的運動要項與實踐方向，隔日正式成立皇民奉公會。

3　台灣總督府於一九四二年四月一日實施的「陸軍特別志願兵制度」，其資格規定如下：有如下之資格者，由受驗地所轄之州知事或廳長推薦，就中衡量決定：一、年齡十七以上（以昭和十七年十二月一日為準），二、身高一五二公分以上者，依陸軍身體檢查規則之規定者，體格等位相等於甲等或第一乙種者，三、國民學校初等科畢業者，或同等學力以上者。若有下列情形之任何一項，則取消資格：一、破產後得以復權者，二、被處禁錮以上之刑者，三、被處罰金刑，然其所犯不適合當志願兵者。相關資料可參見周婉窈，〈日本在台軍事動員與台灣人的海外參戰經驗〉，《台灣史研究》二卷一期（一九九五年六月），頁九四。

4　《風月報》之前身為《風月》雜誌。一九三七年四月一日總督府在台實施禁用漢文政策，《風月報》卻在一九三七年七月二十日獲得復刊。葉石濤，《台灣文學史綱》形容《風月報》在台灣新文學運動戰爭期中，如同「一隻漏網之魚，苟延殘喘，奇蹟似地僥倖生存下來」。一九四一年七月一日《風月報》又改題為《南方》，後又改為《南方詩集》月刊。此四種雜誌發行期數期號相連貫，發行時間長達八年之久，為戰爭期具代表性的文藝雜誌。

了找到思想活動的空間。戰爭陰影與高壓政策的籠罩下，台灣新文學運動的傳統產生了嚴重的斷裂。順著「振興地方文化」口號的提出，似乎可以使台灣新文學的命脈延續下去。

因此，同樣是在「地方文化」的旗幟下，日籍作家與台灣作家之間就發生了路線的分歧。日籍作家企圖把台灣文學視為帝國的一環，而台灣作家則是堅守著「文學一島論」的立場。帝國文學論的主張，終於導致以日本作家為中心而組成台灣文藝家協會；文學一島論的主張，則使台灣作家集結在一起而建立了啟文社。台灣文藝家協會在一九四〇年發行《文藝台灣》，啟文社在一九四一年出版《台灣文學》。戰爭期間的兩條路線，至此宣告成形。

台灣文藝家協會的首腦西川滿（一九〇八—一九九九），在滿二歲時隨父親來到台灣。他的童年與青少年時期，都在台灣度過。十八歲時，回東京就讀於早稻田大學法文系。他的畢業論文，乃是以法國唯美的浪漫主義詩人藍波（Jean Arthur Rimbaud）為題。這方面的研究，影響他一生的文學品味。畢業時，他的老師吉江喬松鼓勵他返回台灣，希望他「為地方主義文學奉獻一生吧」；並且也書贈一首詩：

南方是
光之源
給我們
秩序與
歡喜與
華麗

這首詩帶給西川滿無限的啟示。日後他稱台灣為華麗島，便是源自詩中的字句。這首充滿帝國想像的短詩，為台灣做了極為明確的定位；也就是亞熱帶的島嶼能夠帶給殖民母國「歡喜與華麗」。回到台灣後，西川滿先後擔任《愛書》與《媽祖》兩份刊物的編輯。一九三九年九月，他以《台灣日日新報》學藝部的身分組成台灣詩人協會，發行《華麗島》詩刊。出版一期之後，台灣詩人協會改組成為台灣文藝家協會。這個協會的宗旨，便是「以台灣文藝的向上發展，以會員相互之親睦為目的」。

台灣詩人協會最初是西川滿、北原政吉、中山侑等日人作家籌備組成，參加的台灣作家則包括楊雲萍、黃得時、龍瑛宗。從成員結構來看，似乎是日、台作家共同合作；因為西川滿是《台灣日日新報》學藝部主編，而黃得時是當時《台灣新民報》學藝部主編。協會的成立，是以「在台官民有志一同」的形式完成的。《華麗島》詩刊僅出版一期，卻發表了六十三人的作品，創造了一個前所未有的團結的景象。

然而，詩刊出版之後，協會立即改組，一九三九年十二月變成台灣文藝家協會，就頗具配合皇民化運動的意味。同樣由西川滿、黃得時為籌備委員，整個協會的主導權則完全落在日人手中。參加日人成員有赤松孝彥、池田敏雄、石田道雄、川平朝申、北原政吉、島田謹二、中村哲、高橋比呂美、長崎浩、中山侑、濱田隼雄等人。台籍作家則包括鹽分地帶詩人吳新榮、郭水潭、莊培初、林芳年，風車詩社的水蔭萍、李張瑞、林修二，以及張文環、邱淳洸、王育霖、王碧蕉、邱永漢、周金波、楊雲萍等。從刺激創作的角度來看，振興地方文化運動誠然使苦悶時期的台灣作家有了活動的空

《華麗島》創刊號

間。但是，從更為深層的皇民化運動角度來看，則可發現台灣作家只是扮演「被團結」的角色，使大東亞共榮文化的格局，有了跨越種族界線的包裝。

《文藝台灣》的編務，完全操在西川滿手中。就像他個人承認的，這份刊物成為他「可以充分發揮個性的雜誌」。《文藝台灣》在一九四一年二月，配合戰爭時期的新體制而改組，會長是台北帝國大學部教授矢野峰人，事務長為西川滿。他們決定了整個雜誌發展的方向，亦即朝著唯美的浪漫主義建立風格。這種耽美傾向，似乎與帝國的戰爭毫不相關，但是從文化支配的策略來看，則有其更深刻的意義。因為，美化台灣的風土人情，等於是美化了帝國的殖民統治。在他的作品裡，看不到殖民地受害受難的實況，從而得以完美地拭去了殖民者的罪惡。這種耽美的書寫，同時也在建構帝國之美，使殖民地社會浮現了幸福的景象。就這個觀點而言，西川滿對台灣寫實主義的美學之產生厭惡，應是不難理解。因此，以台灣民俗風為題材的台籍作家，就逐漸與西川滿的耽美風格、個人色彩產生了疏離。

不滿西川滿作風的張文環、黃得時、王井泉、陳逸松、林博秋、簡國賢、呂泉生與日人中村哲、中山侑、坂口䙥子退出台灣文藝家協會。在一九四一年五月另組啟文社，發行《台灣文學》雜誌。值得注意的是，黃得時在當時就已指出：《台灣文學》之同仁多數是本島人，為本島全盤文化的進步及培養新人不惜提供篇幅，有意使它成為真正的文學道場。他又進一步比較《文藝台灣》與《台灣文學》的異同：「前者因為在編輯方面過分尋求完美，以致變成趣味性的。雖然看起來很美，但因為與現實生活脫節，故而不被一部分的人重視。與之相反，《台灣文學》因為從頭到尾極力堅持寫實主義之作風，顯得非常粗野，充滿了霸氣與堅強。」[5]

這兩份刊物的對立，似乎是在浪漫主義與寫實主義的立場上劃清界線。不過，一個更為重要的原因，恐怕是根源於國族認同與文學史觀的議題上發生了歧異。最為顯著的，莫過於台灣文藝家協會的評論家島田謹二，在《文藝台灣》二卷二號（一九四一年五月）發表的〈台灣の文學的過現未〉，以及啟文社的成員黃得時，在《台灣文學》二卷四號（一九四一年十月）發表的〈輓近の台灣文學運動史〉。

島田謹二提出「外地文學」一詞，來概括在台日籍作家的作品性格。雖然他解釋外地文學是一種殖民地文學，在他心目中，殖民地文學卻未包括被殖民的作家。相對於以東京中央文壇為主流的內地文學，所謂外地文學無非是帝國南方文化建設的重要一環。這種文學雖然處於帝國的權力邊緣，卻是構成帝國文化重要的組成部分。殖民地的日籍作家，寫出了母國作家所未能呈現的生活經驗。這種異國情調的書寫方式，使處於邊緣地位的日籍作家有進軍回歸到中央文壇的機會。島田謹二對於台灣的外地文學發展劃分成三個時期：第一，明治二十八年（一八九五）至三十八年（一九〇五），日本征服台灣的最初十年。代表作家為森鷗外、森槐南、籾山衣洲、佐倉達山、中村櫻溪等人。他們的作品展現了日本在日清戰爭與日俄戰爭期間的軍事征服之頌讚。第二，明治三十八年至昭和初期（一九三一），是帝國權力鞏固的時期。代表作家為正岡子規、山田義三郎、岩谷莫哀、伊良子清白、佐藤春夫，無論是俳句、短歌、長詩、小說，都在發現並探索台灣的風土之美。第三，是滿洲事變（一九三一）到太平洋戰爭（一九四一）十年時期，內地人在台灣移民生根，作品集中描繪台灣的自然與生活。代表作家以《文藝台灣》的西川滿、濱田隼雄為主。

這樣的文學史觀，便是企圖把台灣文學收編到整個日本文學史的脈絡裡。具體而言，日籍作家創造的台灣文學，僅是日本文學傳統的一小部分。他建議在台的日人作家，應該從人種學、心理學、歷史學、社會學、宗教學等的角度來了解台灣的民情，從而寫出堅實的異國情調文學。

黃得時的文學史觀，與島田謹二的觀點恰恰相反。他認為，台灣文學在日據時期的發展，應該與古典

5 林瑞明，〈日本統治下的台灣新文學運動——文學結社及其精神〉，《文訊》月刊二九期（一九八七年四月），頁四八。

文學的鄭氏時期、康雍時期、乾嘉時期、道咸時期、同光時期聯繫在一起。從這樣的解釋當可發現，日據時期文學只是構成台灣文學傳統的一小部分。對於台灣文學定義，他採取最寬廣的態度，不論作家是否在台出生或活動，只要作品與台灣有關，都可納入台灣文學史的範疇。黃得時的歷史解釋策略是很清楚的，那就是他企圖要把日人的台灣文學作品予以收編。不僅如此，他也企圖要把當時戰爭時期的文學發展，與戰爭爆發前的文學抵抗傳統銜接起來。更為重要的，他在另外一篇文章〈台灣文壇建設論〉[6]特別指出，當時文學界有兩種現象，一是亟待進入中央文壇的作家，一是無視中央文壇的作家。前者是以台灣文學為跳板，後者則專注台灣文學的建設。從以上的種種論點，當可理解黃得時的文學立場乃在於建構台灣文學的自主性。這種態度，與島田謹二視台灣文學為外地文學，甚至完全忽略台灣作家存在的傲慢，形成強烈的對比。《文藝台灣》與《台灣文學》之間的緊張關係，正好顯示了戰爭時期台灣作家的迂迴抗拒與消極批判。

兩份文學刊物處在相互對峙與相互競爭的情況下，事實上也激發了許多傑出的作品。在這段期間，台灣作家發表不少優良的、值得反覆討論的小說，例如楊逵、呂赫若、龍瑛宗、張文環、巫永福、吳新榮、王昶雄、周金波、陳火泉、楊千鶴、辜顏碧霞。而新詩方面，除了楊雲萍、邱炳南外，風車詩社的成員仍然也有佳作不斷發表，尤其是呂赫若與龍瑛宗，其文學成就不容忽視。在美學領域的開拓上，較諸一九三〇年代的作家更有飛躍式的精進。他們兩人分別代表《台灣文學》與《文藝台灣》的美學經驗，是文學史上的重要篇章。

## 呂赫若：以家族史對抗國族史

呂赫若（一九一四—一九五一），原名呂石堆，台中縣潭子鄉人，畢業於台中縣師範學校。一九三五年發表小說〈牛車〉於日本左翼刊物《文學評論》，正式在文壇出現。同年，又發表〈暴風雨的故事〉與〈婚約奇譚〉於台灣文藝聯盟所發行的《台灣文藝》。從此，呂赫若的名字，開始受到同時期作家的注意。呂赫若的早期小說有兩個特色，一是對日本資本主義的掠奪，以及台灣封建傳統文化的落後，都同樣採取強烈批判的態度；一是小說人物酷嗜以女性角色為中心，通過女性身分來暗喻台灣的被壓迫地位。在一九三〇年代的寫實文學主流中，呂赫若帶有左翼色彩與女性思考的小說，顯得特別出色。

呂赫若（呂芳雄提供）

他與同世代作家較為不同的地方，在於小說的書寫主題並非只是把台灣社會置放於殖民者與被殖民者之間的夾縫中。他注意到在殖民化過程中挾帶而來的現代化改造之衝擊；同時，他也注意到女性受到的壓迫，並非只是來自資本主義的男性政權，而且也來自固有封建文化中的父權支配。在一九三〇年代作家中，他是少數在小說中刻意塑造女性形象的作家；不過，這並不意味著呂赫若就是一位具備女性意識的文學創作者。在某種程度上，他只是借用女性的身體來表達對壓迫者的抵抗與批判。他於一九三六年發表〈前途手記——某一個小小的記錄〉[7]與〈女人的命運〉[8]，是可以相互鑑照的兩篇小說。作品中的男性，都具備知識分子

6　黃得時，〈台灣文壇建設論〉，《台灣文學》一卷二號（一九四一年九月）。
7　呂赫若，〈前途手記——某一個小小的記錄〉，《台灣新文學》一卷四號（一九三六年五月）。
8　呂赫若，〈女人的命運〉，《台灣文藝》三卷七、八合併號（一九三六年八月）。

的身分，有別於其他小說中封建地主或資本家的角色。但是，對於女性的凌虐與歧視，知識分子所表現出來的父權身段，遠勝過地主與資本家。在小說中，呂赫若有意傳達一個訊息，亦即在任何條件下的男性，都有辦法達到滿足自我欲望的目標；而女性無論如何努力並開創有利的條件，她們追求的目標最後不免是落空的。他的早期作品顯然是要提醒世人，父權支配的存在是不分時代、不分地域、不分社會性質的。

呂赫若的出現，使台灣文學的表現形式變得更為成熟。他對於小說結構、情節的安排，比起前時代作家還要重視。到了他的筆下，象徵、隱喻、轉喻等等的語言技巧已運用得相當爐火純青。然而，更重要的是，他的寫實主義美學，並不停留於客觀事物的庸俗反映。在發揮批判精神之餘，他也掌握了小說人物的言談舉止與情緒性格。為了讓故事發展有緩急快慢的速度，他擅長使用延遲的、反覆的語言節奏。對於資本主義體制的犀利觀察，在〈牛車〉、〈婚約奇譚〉中有出人意表的呈現。如果說呂赫若是寫實小說的傑出作家，並非是過譽的評價。

一九三九年，呂赫若一度赴日學習聲樂。在東京，他接觸更多的文學作品與其他藝術領域的品味。這段留學經驗，對他日後的文學創作有相當大的影響。一九四二年返回，他立即加入《台灣文學》的陣營。在皇民化運動的氣氛下，呂赫若的小說分成兩條路線去發展：一種是重新挖掘台灣風土的固有性格，一種是處理台灣人與日本人之間的關係。第一條路線，焦點放在台灣傳統的家族變化，為舊倫理重新給予新的定義與詮釋，代表作包括〈財子壽〉[9]、〈風水〉、〈廟庭〉、

呂赫若，《呂赫若小說全集》

〈月夜〉[10]、〈合家平安〉[11]、〈柘榴〉[12]、〈清秋〉[13]等。第二條路線，則是處理種族的和諧與衝突，其主題暗示著傳統與現代化之間的緊張關係，代表作包括〈鄰居〉[14]、〈玉蘭花〉[15]、〈清秋〉、〈山川草木〉[16]、〈風頭水尾〉[17]等。

呂赫若表現的風格，頗能代表《台灣文學》寫實主義的策略。在提升地方色彩的意義上，他的小說寫得比其他作家還要出色。幾乎每篇涉及到台灣家族的小說，都非常細膩而深入地描繪農村生活的景象。鄉村的道路、樹木、流水、石橋，瓦屋中的廳堂、座椅、雕窗、匾額，每一細節都未輕易被忽視。這種強烈的民俗風作品，發表於戰火升高的年代，顯然具有微妙的文化意義。以〈財子壽〉為例，呂赫若描繪一個沒落的富貴

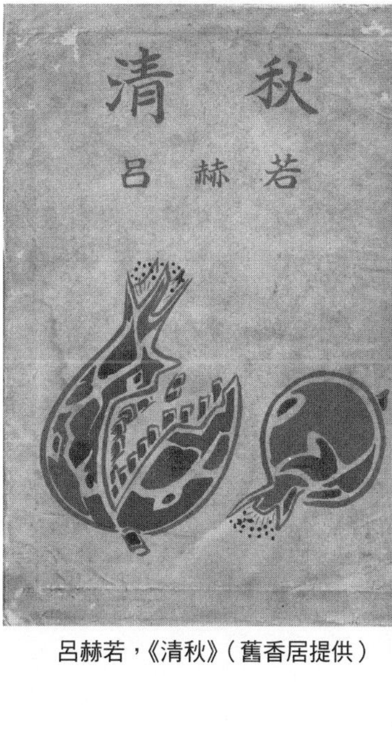

呂赫若，《清秋》（舊香居提供）

9　呂赫若，〈財子壽〉，《台灣文學》二卷二號（一九四二年三月）。
10　呂赫若，〈月夜〉，《台灣文學》三卷一號（一九四三年一月三十一日）。
11　呂赫若，〈合家平安〉，《台灣文學》三卷二號（一九四三年四月二十八日）。
12　呂赫若，〈柘榴〉，《台灣文學》三卷三號（一九四三年七月三十一日）。
13　呂赫若，〈清秋〉，《清秋》（台北：清水書店，一九四四）。
14　呂赫若，〈鄰居〉，《台灣公論》（一九四二年十月）。
15　呂赫若，〈玉蘭花〉，《台灣文學》四卷一號（一九四三年十二月二十五日）。
16　呂赫若，〈山川草木〉，《台灣文藝》創刊號（一九四四年五月一日）。
17　呂赫若，〈風頭水尾〉，《台灣時報》二七卷八號（一九四五年八月）；後收入台灣總督府情報課編，《決戰台灣小說集》（坤卷）。

家族時，在小說開頭不惜使用兩千餘字來敘述整個場景。他鉅細靡遺地仔細交代每一景物的位置。就像攝影機運鏡一般，從石頭路、墓場、木橋、流水、竹蔭，一直到紅磚的門樓、田地、相思樹、絲瓜棚、庭院果樹等等，簡直就是在引導讀者進入一個充滿記憶的世界。

門樓已經是座古老的建築物，牆壁上裝飾的色彩與各種人形雕飾紛紛剝落，僅留下痕跡。門上有塊以青字寫著「福壽堂」的匾額。這塊匾額也快壞了，上面結滿蜘蛛網。一進門樓，旁邊的電燈桿綁了一隻台灣狗。看到人就不停地狂吠。脖子上的繩子眼看就快斷了，而且露出白色的牙齒，虎視眈眈。部落的居民因為畏懼這隻狗，只要沒有什麼重要的事，很少會靠近這裡。這一切正好符合主人所願。[18]

為了凸顯這個家族門樓的破敗與孤立，呂赫若刻意在各種沒落的細節下功夫，以加深讀者的印象。最為生動之處，便是在靜態的風景，添加一隻凶惡的台灣狗，使得整個死寂的家族因有這樣的生物存在而產生動態的感覺。描寫景物之後，他才帶出小說人物。故事中的第一句話是如此開始的：「玉梅是個可憐的女孩啊。她死去的父親如果知道她嫁給人家當繼室，不知道會如何嘆息啊。」[19]簡單的語言，立刻點出這位女性的身世與遭遇。然而，緊接這句悲傷的獨白之後，呂赫若如此描繪著說話者：「老母親雖然垂淚對別人說，內心卻滿心歡喜女兒能變成有錢人的妻子。」[20]這種製造出來的突兀與錯愕的效果，顯然在前人的作品中是不可能發現的。

值得尋味的是，為什麼呂赫若耽溺於如此細節的描寫？他專注於家族故事的經營，敘述傳統家庭內部衝突、掙扎、崩壞的過程，似乎避開了外在現實的戰爭衝突與掙扎。在偉大的歷史事件發生之際，殖民政府高唱「八紘一宇」、「東亞共榮」的口號，極力宣傳大和民族主義的精神，呂赫若的小說全然沒有恰當的呼應。他反而轉身觀察台灣固有的農村家族文化，在台灣民族性格、歷史記憶、集體情感的層面深刻挖掘。這種主題的追求，頗有反諷殖民政府的意味。整個時代傾向於大敘述式的藝術營造，呂赫若則訴諸於瑣碎的、枝節的小人物之塑造。他的用心所在，無非是為了逃避國策式的文化支配。把他的作品放進戰爭格局中，明顯帶有無言批判的意味。這種迂迴的表達方式，應是殖民地文學的極致表現。

他並不能完全屏棄戰爭國策的影響。他的小說中，出現的日本人形象也頗值得推敲。以〈玉蘭花〉為例，這是一篇極其精采的後設小說。故事始自一幀泛黃的童年相片，通過這張陳舊的寫真，呂赫若發揮他驚人的想像力，開始建構似真似幻的幼年記憶。小說的焦點集中在小孩的「我」，以及一位攜帶照相機的日本人，兩人產生的互動。其中湧動著友善的情感與好奇的探測，使得不同世代的不同種族之間，存在著微妙的對應關係。小說中的重要隱喻，落在代表純樸文化傳統的祖母，以及意味著現代文化的照相機。呂赫若利用延遲的手法，逐步在小孩與日人之間構築情感。故事的重要轉折，出現在具有現代化背景的日本人生病了，甚至瀕臨死亡邊緣。然而，使日本人得到救贖的，卻是守舊而善良的祖母。她以迷信的方式，持著線香與金紙為日本人招魂，竟然成功地救回了他的性命。這篇小說透露了一個訊息，現代化並不是那麼神奇，而傳統文化也不是那麼落後。兩者之間，孰優孰劣，有待讀者採取適當的立場來判斷。

凡是描寫到戰爭場面或種族界線時，呂赫若總是不忘刻劃台灣鄉土最美的一面。被認為是皇民化的小說〈清秋〉，便是令人內心產生震顫的作品。他再度展開延遲的手法，仔細探索小說主角耀勳返鄉開設診所的矛

18　呂赫若著，林至潔譯，〈財子壽〉，《呂赫若小說全集》（台北：聯合文學，一九九五），頁二二七。
19　同前註，頁二二九。
20　同前註，頁二三〇。

盾情緒。一方面是戰爭在遠方召喚，一方面是傳統孝道要求他留在故鄉。在戰爭年代的知識青年，似乎不能合理化對投入戰場的拒絕。但是，這篇小說卻以曲折、迂迴的情節，留住了耀動在故鄉擔任醫師。〈清秋〉的敘述，既屬精采的小說，也屬傑出的散文。試看這篇小說是如何破題的：

> 飄浮在淡淡白色朝靄中的菊葉，張著蜘蛛的細絲，絲上掛著無數白色的露珠。一澆水，露珠撲簌簌地滑落，水珠取而代之。不久後，抗拒似地，彎曲的絲一被切斷，水珠也毫無聲息地自葉上滑落。日益蒼綠的菊葉，籠罩在明亮季節的氣息裡，在逐漸衝破溫煦的拂曉濃霧之光線中搖曳。已經幾年不復見菊花的新葉吧。感受到新鮮植物的氣息，一時之間耀動恍惚拿著噴壺，嗅新葉的味道，同時油然而想把嘴湊近鮮嫩葉面，終於忍不住伸手觸摸葉子。柔軟葉面的觸感及令心情舒暢的冰涼，傳到指尖，沁入背脊。他如小便後般微顫。[21]

即使是透過翻譯的文字，仍然可以窺探到呂赫若的靈魂深處對於故鄉土地的眷戀繾綣。那種遊子回到故土懷抱的心情，躍然浮現紙上。從晨霧中的菊葉，到指尖觸摸葉面為止，他使用了將近兩百字。那種慢動作的掌握，幾乎逼近照相寫實（photographic realism）的技巧。這是延遲手法的具體證據，相對於時局變化與戰爭擴大的迅速節奏，呂赫若縱然沒有反戰的暗示，至少，也呈露了些許抗拒的意味。〈廟庭〉、〈鄰居〉、〈月夜〉、〈合家平安〉、〈風水〉、〈柘榴〉等等的作品，那種訴諸細微、緩慢的文字構造，已是他典型的風格。

呂赫若在一九四四年出版小說集《清秋》，共收入七篇小說。作品的色調極為一致，同時對封建文化與現代化都抱持批判的態度。不過，批判之餘，卻毫不掩飾他對台灣土地的熱情擁抱。那種鮮明的認同，不言而喻。皇民化運動迫使台灣作家必須公開交心表態，呂赫若的小說集《清秋》縱然有擁護國策的影子，但他再三使用拖延的戰術，以不確定的筆法暗示了他對國策的猶豫徬徨。觸及擁護國策時，小說人物往往以「頓悟」的方式下決心，其中沒有任何邏輯可言。例如〈清秋〉裡耀動的弟弟耀東，便是突然表示「南方是我今後活躍的舞台」。這種決定，在小說中的前後發展均無跡可尋。同樣發表於一九四四年的〈山川草木〉，故事中的女主角寶連捨棄東京生活，而決定下鄉繼承父親的土地從事勞動，也是來自突兀的頓悟。這位女性下鄉的理由，突然插入一句「現在提倡增產，我暫時拋下音樂，努力從事生產」等語，全然沒有邏輯的基礎。那種擁護國策之牽強與敷衍，可以輕易辨認。

## 龍瑛宗：虛無的自然主義者

龍瑛宗（一九一一—一九九九），原名劉榮宗，新竹北埔人。畢業於台灣商工學校，進入台灣銀行服務。一九三七年以小說〈パパイヤのある街〉（植有木瓜樹的小鎮）[22]，獲得日本《改造》雜誌第九屆徵文比賽佳作，而在台灣文壇登場。這篇作品風格迥異於一九三〇年代寫實主義的主流，並未揭露資本主義的掠奪性格，也未表現正面積極的批判態度。流淌於小說中的情緒，充塞著高度的苦悶與鮮明的絕望。小說的主題，圍繞在台灣知識分子的認同問題之上。在盧溝橋事變還未發生之前，龍瑛宗就已流露時代的敗北感，頗值得探究。

21　呂赫若著，林至潔譯，〈清秋〉，《呂赫若小說全集》，頁四一四。

22　龍瑛宗，〈パパイヤのある街〉，刊於日本《改造》雜誌一九卷四號（一九三七年四月），入選該誌第九回徵文佳作。

在龍瑛宗之前，有關國族認同動搖的題材已屢有所見。前章提到的蔡秋桐、朱點人小說，都在這個議題上有極為深刻的描寫。不過，〈植有木瓜樹的小鎮〉對於猶豫不定的幽微內心之探索，更是入木三分。小說主角陳有三初到小鎮任職，開始認識到本島人與日本人之間的種族鴻溝。從空間的安排，就可劃分出兩個種族之間的權力分野。日本人的住處，是「走到街的入口處，右邊連翹的圍牆內，日人住宅舒暢地並排著，周圍長著很多木瓜樹，穩重的綠色大葉下，結著纍纍橢圓形的果實，被夕陽的微弱茜草色塗上異彩」。台灣人的居住空間，從小說中另一位人物蘇德芳的描述就可得知：「六疊他他米兩間，玄關兩疊寬，房租每月六圓，但你看四周被包圍，空氣流通不好，陰氣沉沉。害得小孩子常年生病。」這種空間權力的分配，並非是殖民地社會結構的主要面向。更為值得注意的，乃是長期被權力支配的結果，台灣人在內心產生自卑感。他們努力改造自己的人格，希冀有朝一日能夠與日本平起平坐。

初出社會，來到小鎮的陳有三，企圖通過文官考試，以期待日後能夠躋入日本人的上層社會。這篇小說對於聘金制的婚姻、知識分子的犬儒傾向都有細緻的剖析，彷彿生為台灣人命運就永無翻身之日。「這小鎮的空氣很可怕。好像腐爛的水

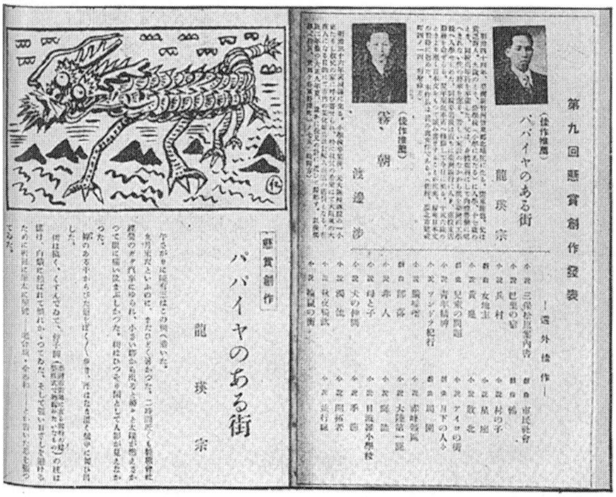

龍瑛宗，〈植有木瓜樹的小鎮〉

《改造》

果，青年們徬徨於絕望的泥沼中。」這是另外一位小說人物林杏南的長子之內心告白，深沉地說出他的真實感受。他甚至還有如此的痛苦：「塞在我們眼前的黑暗的絕望時代。將如此永久下去嗎？還是如同烏托邦的和樂社會必然出現？」反覆的思考，無非在透露內在靈魂的自我煎熬。這位尋找不到歷史出路的知識分子，終於留給陳有三一封無助而又無奈的遺書，表達了戰爭爆發前台灣社會無法自我救贖的實況：

龍瑛宗（劉知甫提供）

青春是什麼，戀愛是什麼，那種奇怪的感覺到底何價？而我非靜靜地橫臥在冰冷、黝黑的土地下不可。蛆蟲等著在我的橫腹、胸腔穿洞。不久，墓邊雜草叢生，群樹執拗地紮根，緊緊絡住我的臉、胸、手腳，一邊吸著養分，一邊開花。在明朗的春之天空下，可愛的花朵顫顫搖動，歡怡著行人的眼目。[23]

濃烈的死亡氣息，貫穿著整篇小說。龍瑛宗的遺詞用字，頗具匠心。以最華麗的字眼來詮釋死亡，表面是耽美的，但骨子裡卻腐敗無比。死亡主題的呈現，正好點出了龍瑛宗的思想狀態。他與現實社會是疏離

23　龍瑛宗著，張良澤譯，〈植有木瓜樹的小鎮〉，收入龍瑛宗等著，葉石濤、鍾肇政主編，《植有木瓜樹的小鎮》（台北：遠景，一九七九），頁六〇—六一。

的，甚至與整個時代也是疏離的。這種書寫的策略，無疑是自我放逐的變相表現。

相較於呂赫若的寫實主義技巧，龍瑛宗走的路線毋寧是帶有自然主義的傾向。在作品經營上，他的意志並不主導小說人物的起伏升降，而是讓他觀察的人事現象呈現出來，不參與批判，不介入論斷。因此，他的小說讀來是唯美的，卻有強烈的悲觀、虛無色彩。在同世代的作家中，他是相當多產的一位作家。除了小說之外，兼寫散文與短論。在一九四一年參加台灣文藝家協會之前，已有三十餘篇長短的作品。加入西川滿主編的《文藝台灣》後，他的文學生產力更加蓬勃。在這段皇民化運動時期，他仍然孜孜於耽美文學的追求。這種傾向，與當時振興地方文化的氣氛，可以說相互呼應。不過，龍瑛宗與西川滿文學歧異之處，就在於文學主體性的認識上有所區隔。正如前述，西川滿希望建立的南方文學，是為了建構豐碩的帝國文學。但是，龍瑛宗並不作如是觀。對於島田謹二提出外地文學的看法，龍瑛宗指出：「外地文學的氣性，不是鄉愁頹廢，而是生長於該地，埋骨於該地者，熱愛該地，為提高該地文學而作的文學。」[24]

龍瑛宗（《文訊》提供）

他在戰後所寫的回憶〈《文藝台灣》と《台灣文藝》〉[25]，也自承戰爭時期的唯美傾向有其重要原因：「我以為殖民地生活的苦悶，至少可以從文學領域上自由的作幻想飛翔來撫平。現實越是慘痛，幻想也就越華麗。與此相同，落腳於殖民地的日本人諸氏也想看到殺風景的台灣，開出一種日本文學的變種花來吧。」美的追求，對他而言，無疑就是苦悶的延伸。與日本作家所培植的變種花，畢竟是不同的。這段時期，是他文學生活最豐收的階段，代表作包括〈白鬼〉[26]、〈黃家〉[27]、〈村姑娘逝矣〉[28]、〈黃昏月〉[29]、〈白色的山脈〉[30]、〈貘〉[31]、〈一個女人的紀錄〉[32]、〈不知道的幸福〉[33]等。

這些小說有兩個重要特色，一是日本人全然缺席，一是女性形象大量浮現。由於小說有濃厚的知識分子的思考，因此對於事物的觀察與剖析就顯得冷靜客觀。這些鎖在自我天地的知識人，如果不是逃避，便是挫敗，與〈植有木瓜樹的小鎮〉的人物具有異曲同工之妙。然而，這些小說卻是創造於戰爭年代的皇民化運動浪潮中，他的小說經營顯然也富有政治意義的策略。〈黃家〉裡的主角，夢想成為音樂家，由於家累，並受孩子重病的羈絆，而終於耽溺於酗酒的時光中。〈黃昏月〉的主角，也是一位意志崩壞的人物，欠缺積極向上的精神，自我囚禁於腐壞的世界。從這些人身上，根本無法看到時代的光明與歷史的偉大。以這種人物來對照戰雲高漲的局勢，正好構成極度的反諷。沒有日本人的影子，沒有皇民化運動的呼應，而只是卑微男子的沉淪幻滅，這種陰性化的書寫，足以說明龍瑛宗的心理狀態是極其壓抑。

他的陰性化書寫，也表現在〈村姑娘逝矣〉、〈一個女人的紀錄〉與〈不知道的幸福〉的女性身分上。

24 龍瑛宗，〈台灣文學的展望〉，《大阪朝日新聞》台灣版（一九四一年二月二日）。
25 龍瑛宗著，林至潔譯，〈《文藝台灣》と《台灣文藝》〉，《台灣近現代史研究》三期（一九八一年一月）。
26 龍瑛宗，〈白鬼〉，刊於《台灣日日新報》，一九三九年七月十三日、二十二日。
27 龍瑛宗，〈黃家〉，《文藝》八卷一一期（一九四〇年十一月）。
28 龍瑛宗，〈村姑娘逝矣〉，《文藝台灣》創刊號（一九四〇年一月一日）。
29 龍瑛宗，〈黃昏月〉，《文藝首都》八卷七期（一九四〇年七月）。
30 龍瑛宗，〈白色的山脈〉，《文藝台灣》三卷一號（一九四一年十月二十日）。
31 龍瑛宗，〈貘〉，《日本風俗》四卷十期（一九四一年十月一日）。
32 龍瑛宗，〈一個女人的紀錄〉，《台灣鐵道》三六四號（一九四二年十月三十日）。
33 龍瑛宗，〈不知道的幸福〉，《文藝台灣》四卷六號（一九四二年九月二十日）。

哀愁憂鬱的女性，在命運的安排下處於劣勢的位置，然而他們仍然韌性地存活下去，帶著堅強的愛。龍瑛宗的纖細情感與浪漫想像，使得死亡變得並不那麼可怕。他的小說似乎在暗示，死亡是可以憧憬的，也是可以追求的。當時的日人評論家澀谷精一，視龍瑛宗的小說為「病態的浪漫」。對照於殖民政府所要求的陽剛、鬥志美學，龍瑛宗文學很明顯地與時代脫軌了。龍瑛宗在一九四一年寫了一篇短文〈熱帶的椅子〉，為自己的作品辯護：「在這裡如果有一本島人的作品，即令可以笑其作品的幼稚，但如果不能考慮到作品背後所背負之茫茫黑暗的文化，則不能說是完全理解該作品吧！」[34]

背負茫茫黑暗的文化，可謂出自沉鬱內心的肺腑之言。處在以日人作家主導的《文藝台灣》集團裡，龍瑛宗順著振興台灣文化的調子，經營著民俗風格的浪漫小說。殖民政府的眼睛仔細檢驗他的作品，他也以憂鬱的眼睛反觀那巨大的時代。他沒有配合皇民化運動，沒有呼應戰爭國策，但是他也沒有批判殖民體制，也沒有表露反戰姿態。那種自然主義式的悲觀情緒，無須詮釋，便足以道盡一切。

34 龍瑛宗，〈熱帶的椅子〉，《文藝首都》九卷三期（一九四一年四月）。

# 第八章

# 殖民地傷痕及其終結

在太平洋戰爭中軍事攻勢的失利，使日本帝國陷入困鬥之中。但是台灣總督府對知識分子的監視與控制，並沒有因此而稍緩。原是扮演後勤基地的台灣，在一九四二年以後也變成了戰地。美國飛機的不定期轟炸，讓島上住民深陷於驚惶的情緒裡。皇民化運動的速度，則隨著戰爭節奏的加快而不斷升高。台灣作家的思考與活動，也被迫整編到戰爭體制之中。

這段時期最值得注意的一個發展，便是一九四二年五月日本作家在東京正式成立「日本文學報國會」。以這個組織為中心，所有的文學活動都必須配合戰爭政策；日本本國的作家以及殖民地作家都接受一條鞭式的指揮，當時日本的知名作家，包括久米正雄、柳田國男、吉川英治、菊池寬、山本有三、佐藤春夫、折口信夫、德田秋聲、武者小路實篤、川端康成等等，都服膺帝國政府的號召，集體加入了報國行列。日本文學報國會成立的目的，在於「集結全日本文學家的總力，實現皇國的傳統與理想，用以確立日本文學，翼贊皇國文化的宣揚」。從這個組織成立的宗旨可以發現，文學活動顯然已不可能自外於戰爭時局，作家的任務更不可能為文學而文學。對於帝國政府而言，文學已成為戰爭國策不可分割的一環，作家必須擔負宣揚日本文化的責任，所謂實現皇國的傳統與理想，無非是指日本對外侵略的戰爭行為，應該透過作家的思想與創作而獲得合理化。

日本殖民母國的作家尚且必須受到帝國政府的控制與指揮，則殖民地台灣的作家更不可免於總督府的權力支配。台灣新文學運動的發展，在戰爭日熾之際，終於要面對嚴厲的政治試煉。具體而言，台灣總督府鼓吹的皇民文學，並非是孤立地在台灣進行，而是在整個帝國範圍內，所有的作家都毫無選擇地被捲入到思想戰的漩渦之中。

不過，必須辨識清楚的是，日本作家與台灣作家雖然同樣都被迫加入皇民化運動裡，雙方的思想狀態與心理結構卻是截然不同的。戰爭是由日本人發動的，這關係到整個大和民族的盛衰存亡；因此，對日本作家而言，戰爭並非只是擴張領土的行動而已，同時也牽涉到帝國文化的提升與普及。就這個意義來說，日本作家的心靈裡並不存在著國族認同與文化認同的困擾。對台灣作家而言，戰爭的發生全然不是殖民地人民所能夠左右的。要求台灣作家支持戰爭國策之前，首先必須要克服國族與文化認同的障礙。在皇民文學運動的陰影下，有兩個重要問題在考驗著台灣作家：

第一，台灣人是不是日本人？

第二，要不要配合戰爭國策？

這兩個問題貫穿了整個戰爭時期的文學作品。從作家對這兩個問題的回應，可以推測出他們的內心世界。有些作家在國族立場上表態，較為強烈的是周金波與陳火泉，較為含蓄的是王昶雄。有些作家在戰爭立場上表態，較為強烈的是張文環，較為含蓄的是呂赫若與龍瑛宗。他們的作品，透露了對於皇民化運動配合的程度。這是非常複雜的問題，要理解皇民文學時期的真相，必須清楚辨明每位作家的位置。

## 台灣文學奉公會與台灣作家

「皇民文學」一詞的普遍使用，是到一九四三年以後才出現的特殊現象。但是，這並不意味著皇民文學運動的實際推行還未展開。事實上，在一九四一年十二月偷襲珍珠港事件爆發後，日本政府為了因應太平洋戰爭的擴大而開始對言論、創作實施統制政策。從此，文學家愛國會的活動便次第展開。直至一九四二年的日本文學報國會成立為止，日本統治者從未停止過收編作家的種種努力。各個殖民地社會的作家，包括滿洲、華北、華中、華南、朝鮮、台灣等帝國範圍，都在「大東亞共榮圈」的旗幟下參與了愛國與報國的活動。

大東亞共榮圈是一九四〇年日本外相松岡洋右的論調，但是這個標語卻成了對殖民地社會的重要政治號召。這個口號暗藏著極為弔詭的思考，亦即以日本文化為中心，排除歐美的帝國勢力，使亞洲能夠從西方列強的統治下解放出來。換句話說，日本殖民者把帝國主義的封號移加在英美列強的西方國家，而使日本的帝國本質獲得掩飾。大東亞共榮圈的標語，對於許多殖民地的人民產生很大的蒙蔽作用。他們在抵抗英美文化之餘，無形中則接受日本所謂的「皇國文化」。

配合著大東亞共榮圈的發展，台灣在一九四一年四月成立皇民奉公會。這個組織設立中央本部直屬台灣總督府，其下則在州、廳、市、郡、區、街、庄等基層行政單位設立分會，一直到保甲還成立奉公班。從整個組織結構來看，這是中央集權式的戰爭體制。在思想文化方面，就是透過這樣的組織，傳播書籍、報紙、影劇、電影等宣傳品，達到對殖民地百姓的洗腦。為了順利追求思想控制的目標，皇民奉公會的任務編組特別在同年八月設立了文化部，以期皇國精神能夠滲透到島上每一角落。無論是地理的或是心理的，都無所遁逃於此一龐大網絡。

台灣作家就是在此情況下納入皇民奉公會文化部的管理。值得注意的是，文化部響應日本文學報國會的號召，推派代表參加第一屆大東亞文學者大會。代表台灣的作家，除了《台灣文學》的張文環外，其他三位則都是屬於《文藝台灣》的西川滿、濱田隼雄、龍瑛宗。

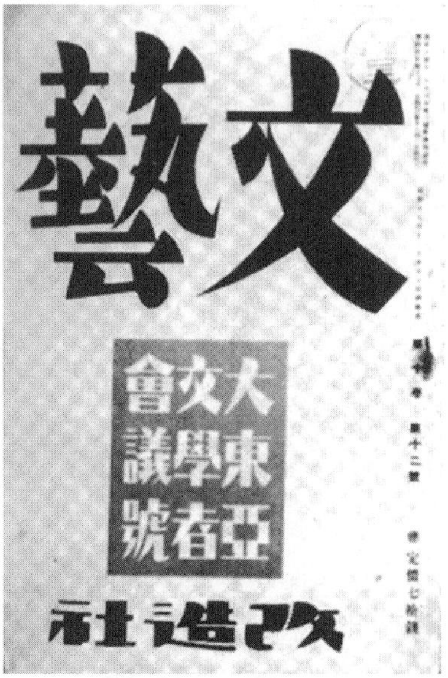

《文藝》大東亞文學者會議號

第一屆大東亞文學者大會於一九四二年十一月三日在東京召開。參與的作家除來自日本、台灣之外，還包括滿洲的爵青、古丁、吳瑛，以及中華民國的華北代表周作人（未出席）、錢稻孫、沈啟無、尤炳圻、徐祖正、俞平伯（未出席）、華中代表周化人、許錫慶、丁雨林、潘序祖、柳雨生、關露、草野心平等。大會的規模，顯示了帝國的雄偉企圖。台灣代表龍瑛宗在會中發言：「所謂大東亞精神，乃是以日本為中心，大東亞同胞共同喜樂的精神；民族與民族的理解，靈魂與靈魂交歡，乃是根本的東西。」這種發言的內容，都是根據大會所定的調子而提出的。幾乎與會的每位作家，都是以民族文化的交流與共榮作為發言的主題。

大東亞文學者大會後，台灣文壇有兩個主要的發展，一是參加會議的四位作家，受皇民奉公會的邀請，出席在台北公會堂所舉行的「大東亞文藝講演會」，時在一九四二年十二月二日至十日；一是皇民奉公會文化部，直接受到日本文學報國會的指揮，成立了「台灣文學奉公會」，時在一九四三年四

由左至右：濱田隼雄、龍瑛宗、西川滿，張文環。四人參加第一屆「大東亞文學者大會」。（劉知甫提供）

月二十九日。從這兩個事實，可以理解台灣總督府的權力干涉加快了節奏。前者是為了宣揚東京的大東亞文學者大會的成果，使台灣作家也能感受到帝國文化的力量。後者則是把台灣的文學活動直接納入以東京為中心的文化體系中。

一九四三年四月十日，總督府首先組成日本文學報國會台灣支部，組織結構如下：支部長矢野峰人，理事長西川滿，理事島田謹二、瀧田貞治、齋藤勇、松居桃樓、張文環、山本孕江、濱田隼雄（兼幹事長）、幹事龍瑛宗。緊接著，才又成立台灣文學奉公會，組織幹部成員如下：會長山本真平（皇民奉公會事務總長），理事長林貞六（皇民奉公會文化部長），常務理事矢野峰人，理事瀧田貞治、島田謹二、西川滿、松居桃樓、齋藤勇、山本孕江、張文環、塚越正光、濱田隼雄（兼幹事長）、幹事長長崎浩、龍瑛宗。

這兩個組織並排比較的話，當可發現這全然是殖民權力結構的翻版。第一，政治領導文學是主要特徵，所以對文學完全不懂的皇民奉公會事務總長山本真平，主導著台灣文學奉公會。第二，東京領導台北是另一特徵，所以台灣作家必須接受東京作家的指揮。第三，日本人領導台灣人又是另一特徵，所以台灣作家在權力結構中都被安排於決策圈外。必須從這種權力布置的角度來觀察，才能認識皇民化文學的真貌。也就是說，浩浩蕩蕩的皇民化運動迫使台灣作家處於被動員，被指導的地位。同時，台灣作家也被安置在帝國文化運動的脈絡下，亦即所謂大東亞文化共榮圈的陰影下，文學思考與創作完全失去了自主性。處於那樣政治狂飆的年代，作家的精神抵抗與其他時期對照之下，就相當微弱了。

台灣文學奉公會的主要任務，在於「以文學宣揚皇民精神」與「透過文學宣揚國策」，而這正是皇民文學運動的基調。就在文學奉公會成立不久，戰爭形勢日益惡化，台灣總督府加緊監控作家的活動，文學的變質更加嚴重。把文學當作決戰的武器，至此極為明顯。一九四三年八月二十五日起連續三天，第二屆大東亞文學者大會又在東京召開。代表台灣的作家是齋藤勇、長崎浩、楊雲萍與周金波。遠在北京的台灣作家張我軍，則以中國華北作家的身分出席。

第二屆大東亞文學者大會，提出「決戰精神的昂揚」、「英美文化擊滅」、「共榮圈文化確立」等等議題。從會議內容可以發現，戰爭時局越趨險惡，作家所要承擔的政治任務也越沉重。在會中，代表台灣的齋藤勇發表〈擊滅英美文化本部設立案〉，周金波發表〈皇民文學的樹立〉，正好可以反映當時的緊張氣氛。大東亞文學者大會結束後，台灣總督府立即以台灣文學奉公會的名義在台北舉行「台灣決戰文學會議」，時間是一九四三年十一月十三日。參加文學決戰會議的島內作家總共有五十八名，大會鎖定協力戰爭為主題，會場辯論的氣氛頗為緊張。

台灣決戰文學會議對戰時文壇最大的衝擊有二，一是台灣作家都必須在戰爭立場上表態，一是文藝刊物不能夠繼續分為《台灣文學》與《文藝台灣》兩個陣營，而必須被迫合併。在表態的問題上，可以從《文藝台灣》終刊號[1]的〈台灣決戰文學會議議事紀錄〉窺見真相。身為皇民文學主導者之一的西川滿，為了呼應會中所提的「確立本島文學決戰態勢」，主動要求所有的作家都應該「撤廢結社」，包括他自己主編的《文藝台灣》，他樂於「獻上雜誌」，以配合時局。

西川滿的公開呼籲，引起台灣作家黃得時、楊逵的強烈反對。日本作家與台灣作家之間的對立，造成僵持不下的局面。張文環突然出面解圍說：「台灣沒有非皇民文學。假如有任何人寫出非皇民文學，一律槍殺。」[2]這段發言成為戰爭時期受到矚目的焦點，張文環的政治立場也因此而受到議論。不過，從張文環的發言內容來看，所謂皇民文學是指對戰爭國策的配合，而未觸及到國族認同的問題。這個事實，正好可以證

1　《文藝台灣》終刊號，一九四四年一月一日發行。

2　〈台灣決戰文學會議〉之發言紀錄，《文藝台灣》七卷二號（終刊號），頁三五；轉引自林瑞明，〈騷動的靈魂——決戰時期的台灣作家與皇民文學〉，《台灣文學的歷史考察》（台北：允晨文化，一九九六），頁一九六。

明，沒有一位台灣作家能夠免於思想檢查的監控。決戰文學會議達成的結論是，文學雜誌都必須接受言論統制的政策。以西川滿的語言說，所有作家都要「進入戰鬥配置」。

《台灣文學》停刊於一九四三年十二月，《文藝台灣》則終止發行於一九四四年一月。沉寂四個月後，兩個雜誌合併成為《台灣文藝》，於一九四四年五月一日創刊，由台灣文學奉公會主導。從此以後，台灣總督府情報課便相當露骨地介入所有的文學活動。《台灣文藝》出版的幾個戰爭特輯，反映了文學為政治服務的事實。例如一卷二號的「台灣文學者總蹶起」特輯，一卷五號的「因應戰果之道」特輯，一卷六號的「獻給神風特別攻擊隊」特輯，二卷一號的「必誅．侵入神域的東西」特輯等等，足以說明作家面臨的處境。文學創作已經淪落到只剩下政治標語的地步，作家的精神主體也全然喪失了。

不僅如此，所有作家不分台籍、日籍，都受到總督府情報課的指令，分別被派遣到林場、農場、

《台灣文藝》創刊號（舊香居提供）

台灣總督府情報課編，《決戰台灣小說集》（乾卷）

礦場、漁場、船塢等生產前線去參觀。他們根據自己的觀察，寫出各自的戰爭經驗，或小說，或散文，或詩，發表於《台灣文藝》之中。到了一九四四年年底，一九四五年年初，台灣總督府情報課彙集這些作品，編成《決戰台灣小說集》乾卷與坤卷兩冊。乾卷作品有：濱田隼雄〈爐番〉、高山凡石（陳火泉）〈御安全に〉、龍瑛宗〈若の海〉、西川滿〈石炭・船渠・道場〉、吉村敏〈築城の抄〉、張文環〈雲の中〉、河野慶彥〈鑿井工〉。坤卷作品則有：西川滿〈幾山河〉、周金波〈助教〉、長崎浩〈山林詩集〉、楊逵〈增産の蔭に〉、新垣宏一〈船渠〉、楊雲萍〈鐵道詩抄〉、呂赫若〈風頭水尾〉。台籍與日籍作品各占七篇，這種巧妙的安排，似乎刻意暗示作家不分國界都一致支持戰爭的國策。

就在這段時期，第三屆大東亞文學者大會選擇在南京舉行，時間是一九四四年十一月十二日至十四日。不過，這次台灣作家完全沒有受到邀請，中國作家反而有四十六名參加。文學的決戰重心，顯然已移到中國的戰場。對日益惡化的戰爭形勢而言，台灣作家的政治任務似乎完成了。《台灣文藝》在一九四五年一月出版最後一期時，皇民化文學運動也隨著告一段落。

## 張文環：台灣作家的苦悶象徵

張文環（一九〇九—一九七八）在戰爭期間非常典型地表現了台灣作家的尷尬處境與妥協立場。他出生於嘉義梅山，十九歲赴日就讀金川中學，一九三〇年進入東洋大學專門部攻讀。在台灣留學生中，他很早就表露鮮明的左翼立場。他參加過一九三二年王白淵、吳坤煌等人組成的「東京台灣文化社」，這是左傾的團體。一九三三年，他加入東京台灣藝術研究會，並在其機關雜誌《福爾摩沙》發表第一篇小說〈落蕾〉（早凋的蓓蕾）。

張文環早期文學作品，就帶有強烈的寫實主義的傾向。但是，在技巧上他也相當深刻地揉雜了現代主義的美學。當時的日本評論家竹村猛、中村哲，曾經對他小說的結構批評為鬆懈、散漫無章。所謂散漫，應該是指他作品的敘述方式頗近意識流的跳躍發展。他的小說情節常常提供幾個拼貼的場景，讓讀者自行探索作品中暗藏的意義。比較值得注意的是，他的小說人物都是以鄉間的農民、女性為主，是一九三〇年代鄉土文學的一個典範。他在一九三五年所寫的〈父親的容顏〉，榮獲日本《中央公論》選外佳作，終於引起文壇的注意；這篇小說改寫為〈父親的要求〉後正式刊登。

張文環（張玉園提供）

一九三八年自日本返台後，張文環迎接了一個戰爭的年代。他的作品更加朝向鄉土文學的道路邁進。台灣總督府要求作家應該把文學與戰爭體制結合起來，無論是振興地方文化也好，或者翼贊國策宣揚也好，都在於支持戰爭的發展。張文環在這段時期集中於鄉土風情的描寫，在某種程度上也許是順應「振興地方文化」的呼籲。不過，他所刻劃的小說人物之表情與心情，似乎與戰爭現實毫不相干。他勾勒出來的鄉土風貌，絕對不是日本作家能夠臨摹的。但是，張文環在戰爭期間所表現出來的雙重人格角色，反映了台灣知識分子在時代風潮中的矛盾性格。

一九四一年對張文環而言，是文學生涯中發生重大轉折的一年。就在這年五月，他退出西川滿的《文藝台灣》，另外與黃得時等人組啟文社，而創辦《台灣文學》，形成日人作家與台灣作家對峙的局面。但是，也在同時他被邀請加入皇民奉公會。這兩個行動，基本上是相互衝突的。《台灣文學》的成立，是為了延續台灣新文學運動的命脈，使本地作家能夠維持自己發表的園地。張文環也在這個刊物上，發表了一系列具有民俗風的小說。參與皇民奉公會則反其道而行，為的是配合台灣總督府的戰爭國策。在這段時期，他究竟是在保衛台灣人的精神，還是出賣台灣人的靈魂，足堪推敲。倘然他是支持日本人立場的話，則無須另組台灣人的文學社團。若是他要維護台灣人立場，則為何又寫了一系列的文字支持戰時體制？

先就文學創作而言，張文環在這段時期的成績是很可觀的。在《台灣文學》上，他連續發表〈藝旦之家〉[3]、〈論語與雞〉[4]、〈夜猿〉[5]、〈頓悟〉[6]、〈閹雞〉[7]、〈迷兒〉[8]等短篇小說。無論作品的主題是如何不同，小說中具有的民俗色彩都同樣濃郁。這些小說都在描述台灣百姓的平民情感，未曾有任何情節涉及大和民族主義。家庭的倫理關係，最能反映台灣人的人格與性格，張文環的文學關切大致不出這些範疇。他的文字速度特別緩慢，這是因為過於側重外在景物與內心世界的細膩描寫。事實上，細讀他的小說，當可發現作品風格既有寫實主義的批判，也有自然主義的傾向。

最具寫實批判的代表作，當推〈閹雞〉這篇小說。在戰火正熾的一九四二年，〈閹雞〉以細緻、微妙的筆法呈現了潛藏在社會底層的女性情感。張文環以節慶的活潑氣氛，來對照封建婚姻的死寂狀態。讀者可以強烈感受到，在寧靜、安詳的農村，壓抑了多少情欲翻騰的女性肉體。小說藉著廟會的到來，讓女主角月里

3　張文環，〈藝旦之家〉，《台灣文學》一卷一號（一九四一年五月二十七日）。
4　張文環，〈論語與雞〉，《台灣文學》一卷二號（一九四一年九月一日）。
5　張文環，〈夜猿〉，《台灣文學》二卷一號（一九四二年二月一日）。一九四三年獲皇民奉公會第一屆台灣文學賞。
6　張文環，〈頓悟〉，《台灣文學》二卷二號（一九四二年三月三十日）。
7　張文環，〈閹雞〉，《台灣文學》二卷三號（一九四二年七月十一日）。
8　張文環，〈迷兒〉，《台灣文學》三卷三號（一九四三年七月三十日）。

有機會參與車鼓陣的演出，來表達她幾近迸裂的火舌欲望。車鼓陣是農村民藝活動中的一種挑情舞蹈，通常舞中的車鼓旦都由男性來假扮。月里答應演出車鼓旦，一方面是為了對虛偽的婚姻抗議，一方面則是對傳統習俗中的道德規律挑戰。張文環以生動的文字，描繪月里預演車鼓陣時的媚姿，極為傳神：

那女人就是月里嗎……人們屏著氣息，踮起腳尖，伸長脖子，從前面的人的肩頭上看過去，彷彿每個細微的充滿魅力的步子都要看個一清二楚似的。預演就在群眾面前展開了。月里那仙女般的面孔，在扇子背後時隱時現，舞出女人的嬌羞，那模樣美得夠人銷魂。她大膽地舞起來。男人撲向她，她閃避，一面閃避又一面送秋波。松把光搖曳，觀眾如痴如醉。男的舞者也上勁了，甚至使觀者微生嫉意。觀眾們只因從來也沒有在露天下看到過男女相思相悅的舞，所以個個都好像著了魔似地。[9]

這位被視為不守婦道、是發情母狗的背德女人，竟然是觀舞男性的妒羨對象。男人流露出來的內心欲望，等於是揭穿傳統道德的假面，月里敢於背叛丈夫，背叛封建文化，乃在於追求她憧憬的愛情，她最後離開了近乎痴呆的丈夫阿勇，而與擅長繪畫的殘障者阿凜結合，並且選擇自殺表達她的愛情意志，都凸顯了她的自主性格。小說中閹雞的意象，既暗示了她丈夫的去勢，同時也象徵大多數台灣男性的去勢。

這篇小說並非意味著張文環已經具有女性意識。不過，他透過女性的肉體與情欲來窺探傳統文化的殘酷無情，可以說是同世代作家中極具突破性的筆觸。〈閹雞〉完成於他參加皇民奉公會之際，不免費人猜疑。畢竟小說中的台灣風土人情，全然與戰爭體制是扞格不合的。他把庸俗的、質樸的鄉土故事提煉成為精緻的文藝作品，誠然是傑出的，然而對照於台灣總督府所要求的戰爭美學，他的創作方向顯然是與之違背的。

張文環似乎不是那種積極批判的作家，並且他批判的對象從來沒有針對日本人，而是守舊的本地文化，他對日本的國策要求，在文學的工作上只能採取消極的抵抗。他另外的短篇小說〈頓悟〉，相當直接觸及到戰爭時局，但情節安排卻極為牽強。一位愛情挫敗，而又在都市生活中不如意的青年，為了克服自己的心理苦悶，決定選擇參加志願從軍的道路，終於找到精神上的出口。這種響應戰爭的小說，完全表現不出內心世界的抑鬱與客觀現實之間的矛盾衝突，也看不出戰爭本身具有絲毫救贖的意義。

他的自然主義傾向的小說〈論語與雞〉、〈夜猿〉，深刻而細節地描寫鄉村小孩的期望與失望。張文環企圖從小孩的眼光與言行，窺探戰爭時期台灣人的生活模式。那種純樸而勤奮、迷信卻真摯的農民社會，絕對不是日本人能夠介入的。為什麼選擇以小孩的眼睛來觀察殖民地社會裡的喜怒哀樂？這是張文環有意借用現代小說的技巧，彷彿在歷史現場置放一架攝影機，小孩子以著童稚的角度將他們的所見所聞一一攝入鏡頭。透過這種技巧，可以較為真實而客觀地保留當時的氣味與聲調。他描繪的台灣人世界，永遠看不到日本人的存在，甚至也嗅不到戰爭的氣氛。顯然，台灣人擁有自己的天地，依舊遵循自己的習俗、傳統、語言在認真生活。值得注意的是，張文環對台灣農村生活極為熟悉，甚至對動物、植物、季節變化也瞭若指掌。他的小說透露強烈的信息，便是對現代都市生活的厭倦，而深情擁抱質樸的鄉間生活。這種都市與鄉村對立的思考方式，放在殖民地社會的脈絡來考察，頗具有消極批判的意味。因為，都市代表日本人價值觀念的滲透，而鄉村則是台灣人的精神堡壘。

祭典、禮俗、廟會、崇祀等等細微的情節，成為張文環小說中的敘述焦點。他的手法是反大敘述的，反都會的，甚至還有反現代化的意味。在創作技巧的背後，他暗藏了自己的國族認同與文化認同。也就是說，

9　張文環著，鍾肇政譯，〈閹雞〉，收入張文環著，張恒豪編，《張文環集》（台北：前衛，一九九一），頁二〇二—二〇三。

在現實政治的壓力下，他不能不呼應戰爭國策的指導；但是，在他的心靈與精神層面，台灣人立場並沒有動搖。他的小說〈夜猿〉，在一九四三年獲得皇民奉公會所頒發的第一屆「台灣文學賞」。不過，細讀這篇小說，無論是人物性格或故事安排，都與皇民化運動沒有任何的牽連。他的獲獎，可能是依據「振興地方文化」的標準而受到肯定。張文環內心所認同的地方文化，相較於日本人心目中的地方文化，顯然有很大的落差。

張文環的困境，就在於他認同台灣文化之際，必須配合皇民化運動的推行。從一九四一年起，他就發表了許多動員的文章。與其他作家比較起來，他相當受到台灣總督府的重視。在戰爭國策的表態方面，他也比其他作家還要積極。張文環不僅接受當局邀請，參加各種響應戰爭的座談會，而且從一九四一至四四年之間，他撰寫了將近四十篇配合時局政策的文章。除此之外，他在一九四一年九月，參加皇民奉公會；一九四二年十一月，他是參加第一屆大東亞文學者會議的台灣代表之一；一九四三年十一月，參加在台北舉行的台灣決戰文學會議中，他說出「台灣沒有非皇民文學」的見解。這些事實，幾乎與同時期主編《台灣文學》的張文環有了很大衝突矛盾。

雙軌的生活，雙重的人格，顯示了張文環在戰爭時期的尷尬處境。在維持出刊《台灣文學》時，他提供個人的資金，又受到當局的監視，然而，這份刊物已經被公認為是延續台灣文學意識與命脈的重要雜誌，沒有這份文學雜誌的存在，日人作家西川滿創辦的《文藝台灣》必然主宰了當時的文壇。《台灣文學》在一九四三年四月出版「賴和先生追悼特輯」，適時肯定這位台灣新文學運動先驅的成就與貢獻。太平洋戰爭臻於頂峰時，《台灣文學》的持續發行，誠然散發了特殊的文化意義。

就在他參加大東亞文學者會議後，他所寫的一系列戰爭文章突然轉趨積極。在《文藝台灣》、《台灣時報》、《新建設》、《台灣公論》、《興南新聞》、《台灣藝術》、《台灣新報》等等，都可以看到他呼應時局的文章。從文章的題目，當可略見一斑，例如：〈感謝從軍作家〉、〈決戰下台灣的言論之道〉、〈海軍與本島青年的前進〉、〈不沉的航空母艦台灣——關於海軍特別志願兵〉、〈戰爭〉、〈臨戰決意〉、〈增產戰線〉等等。這些文字，隨著客觀形勢的日益緊張而加快了節奏。對照這種明快的政論，張文環在這時期的小說如〈夜猿〉、〈閹雞〉，文字就變得細膩而緩慢。

究竟是被迫去動員宣揚，還是主動去配合呼應，這是值得推敲的。對於志願兵制度，張文環鼓吹過「既生為男兒，一生一次必須為正義奮戰」。這樣的表態，可能無形中鼓勵了許多台灣青年接受徵召服役。縱然他維護了自己的立場，縱然因此而獲得文學創作的空間，但是作為戰爭共犯的事實則是無可否認的。在精神抵抗上，張文環已嘗試各種方式去實踐。但是，在戰爭立場上的妥協，反而使他的台灣人心靈受到損害。同時期的作家楊逵、呂赫若，在戰爭國策的議題方面就表達得極為謹慎而含蓄。

## 西川滿：皇民文學的指導者

西川滿（一九〇八—一九九九）在一九四〇年一月創刊《文藝台灣》時，有意以他信奉耽美傾向的浪漫主義來支配台灣文壇。他的志願，在一定程度上是成功的，因為他集結了在台的日籍作家從事建設他心目中的「日本南方文學」；而這樣的文學，在東京的中央文壇是不可能發現的。不過《文藝台灣》在創刊後不久，就立刻接受台灣總督府文教局的特別補助。這也是張文環在戰後指稱西川滿是「御用文學家」的原因之一。從一九四二年後，西川滿與《文藝台灣》便明目張膽轉而積極協力戰爭，成為真正的國策代言人。他在戰爭期間所扮演的角色，影響台灣文學甚鉅。

身為南方作家，西川滿對於台灣民俗風情的興致，並不亞於本地作家；對於台灣歷史故事的好奇，較諸台灣作家還要深入，這是因為他懷有異國情調式的南方憧憬。他企圖創造日本文學中從未有過的文類，而且也有意擴張日本文學的帝國版圖，雖然他有意追求地方主義，卻與台灣作家的本土主義有極其不同的內容與定義。歷年有關西川滿的評價，側重於他小說中強烈的鄉土色彩，也因此把他視為台灣鄉土文學的創造者之一。但是這樣的評價完全抽離了殖民主義與戰爭時期的脈絡，並且沒有注意到他作品中暗藏的帝國眼睛與書寫策略。

西川滿，《赤嵌記》

在太平洋戰爭期間，西川滿的創作基本上有兩個方向，一是台灣歷史的虛構化，一是台灣民俗的耽美化。就歷史小說而言，他撰寫了〈採硫記〉、〈龍脈記〉、〈赤嵌記〉[10]、〈雲林記〉等，都是在史實的基礎上注入他的帝國想像。就民俗散文而言，他發展出兩個系列的書寫，一是「華麗島民話集」，重新詮釋民間的諺語；一是「華麗島顯風錄」，改造坊間的宗教故事成為浪漫唯美的文字。

〈採硫記〉改編自十七世紀末期清朝官吏郁永河撰寫的《裨海紀遊》。由於馬尾造船廠的爆炸，需要重新製造火藥，郁永河在一六九七年被派遣來台開採硫礦。《裨海紀遊》一書，是最早以漢文書寫的一冊台灣考察遊記。作者一方面擔負採硫的任務，一方面則記錄他對蠻荒台灣的觀察。郁永河在書裡流露著恐懼、驚駭、焦慮的心情，在陌生島嶼上旅行、工作、考察，對他而言，航海到達台灣是一件痛苦而無奈的使命，書中無意中洩露出來的上國心態，處處可見。但是，這部與土地保持疏離情感的作品，到了西川滿的手中，竟然編造成為樂觀而刺激的冒險小說。郁永河在書中自稱：「余向慕海外遊，謂弱水可掬，三山可即。今既目極蒼茫，足窮幽險。而所謂神仙者，不過裸體文身之類而已。」西川滿的〈採硫記〉則刻意改造這樣的說法：「原來把此地說成化外之地或瘴癘之地是錯誤之極。……比起中國貧瘠的土地來，其實是南海的樂土，這世界的淨土啊。」[11]西川滿的改寫，全然違背郁永河的荒涼心境。他的書寫策略，無非是要以日本的帝國美學取代漢人觀點。小說中郁永河的立場完全被西川滿顛覆，取而代之的是日本人對台灣土地的擁抱。小說中的原住民形象，一反郁永河時代的野蠻性格，塑造了「漢番共存」的場面。

〈龍脈記〉描寫劉銘傳時代建造北部鐵路的故事。小說中代表科學進步的是德籍總工程師比特蘭，代表迷信愚昧的則是台灣工人。西川滿筆下的台灣人，是抗拒現代化的一群保守農民，只相信風水、龍脈，抗拒鐵道的鋪設。這篇小說旨在暗示使台灣社會不能順利開發進展的，往往來自台灣人的阻撓，而為島嶼帶來進步文明的卻是外國人。〈龍脈記〉既諷刺台灣人的落後封閉，又暗示外來者對台灣的開發改造頗具功勞。從小說的邏輯來看，自然是在合理化日本人在台灣進行的種種建設，從而也合理化日本文化的優越感。

虛構台灣歷史最為嚴重的，莫過於〈赤嵌記〉的手法。從現在的眼光來看，西川滿似乎已經掌握到後設小說的門竅。在已有的史實脈絡之上，他渲染著豐富的想像，其中無可避免地穿插了許多日本經驗。借用江日昇的《台灣外記》，西川滿建構了鄭成功王朝三代的宮廷內鬥故事。對鄭成功母親是日本人的事實，西川滿更是極盡編造之能事。尤其是他偏離鄭克壞在正史中的地位，反而集中於描寫企圖攻打呂宋島的鄭克臧。鄭氏後代的南進野心，正好與日本大東亞戰爭的南進政策重疊起來。西川滿如此刻劃瞭望大海的鄭克臧之心境：

10　西川滿，〈赤嵌記〉，《文藝台灣》一卷六號（一九六〇年十二月十日）。

11　西川滿著，葉石濤譯，〈採硫記〉，《西川滿小說集》（一）（高雄：春暉，一九九七），頁八二。

思念不忘的是童年時，聽祖母講的祖父成功義烈與勇武的故事。祖父的母親是日本人，是祖父感到得意的，而自己五尺體內，也有日本人敢於冒險的血液流著，到南方去吧。[12]

巧妙的構思，不僅把鄭成功日本化了，並且也為大東亞戰爭的擴張行動找到了雄辯的歷史依據。國姓爺的故事經過如此改寫，使日本人在台統治的事實聯繫到鄭氏歷史正統的延續之上。〈赤嵌記〉寫得極為浪漫唯美而悲情，整篇作品為皇民化運動鬆上一層稀有的異色光輝。皇民文學能夠寫到這種地步，自然而然就很技巧地蒙蔽了台灣讀者的認識。

然而，西川滿更為慧黠之處，則是挖掘庸俗的民間故事，然後將之提煉成精緻絕美的散文。經過改寫後的台灣民間故事，本地固有的文化主體就被抽空了，從而填補了西川滿的日本意志與意象。《華麗島顯風錄》的系列文字，投射了殖民者的龐大影像，也滲透了傲慢男性的意淫遐思，從散文的題目來看，例如〈城隍廟〉、〈七娘媽生〉、〈普度〉、〈媽祖廟〉、〈天上聖母〉等，彷彿是很接近台灣民間的生活。但是，細讀散文內容，才發現這些受到島上百姓虔敬尊崇的廟宇與神像，都被西川滿個人的情色欲望之舌舔舐過。〈城隍廟〉寫的是一位被賣到風化區江山樓的十六歲妓女，到廟裡去求神問卜。這位花娘以昨夜客人的賞錢購買金紙去焚燒，在火光中竟然映照她狂喜的容顏：「我是幸福的，我是幸福的！」這篇散文是如此結束的：「小妹全然忘了自身悲慘的命運，而沉醉在佛法無邊的喜悅中。」[13]在廟裡的妓女，只因為經過祭拜的儀式就獲得救贖了。如果對照他另一篇散文〈江山樓付近〉，可以發現等待在賣春小巷的女人們，期盼歡客的到來。文字突然跳躍出如此的句子：「苦惱與貧困早已被忘得一乾二淨，只為陶醉在那一刻的神會，讓肉體為之燃燒，眼光為之閃爍。」[14]兩篇都是經過「神會」的過程，然而一是面對神像，一是面對恩客，竟然都同樣達到遺忘痛苦的境界。這是因為西川滿並不是台灣人，對於社會底層所受的壓迫與剝削不可能了解，甚至是沒有感覺。在他筆下出賣肉體的妓女，都可以輕易獲得昇華。這樣的筆法，其實並不尊重台灣的禮俗；在很大程度上，無異醜化了民間文化。

在他的每篇民俗記載，都千篇一律以女性的身體來敘述。既是異國的（exotic），也是異色的（erotic）想像書寫，才是他的主要策略，而不是為了提升台灣的地方文化。在民間傳說中最受尊敬的媽祖，出現在西川滿的文學思考裡最為頻繁。他發行過雜誌《媽祖》（一九三四－一九三八），出版過詩集《媽祖祭》，然後又寫了一篇散文〈媽祖廟〉。從這些作品，自然可以推想他對民間信仰具有不同凡響的興趣。如果據此就肯定他是熱愛台灣的作家，則不免落入了他唯美的陷阱。

在另一篇〈天上聖母〉的散文，他把對一位妙齡女子的意淫，與對天上聖母的崇敬合疊起來，使神女與聖女之間界線變得模糊不清。把他對少女與聖母的描繪並排對比，就可看出他的心機：

> 我發現一名身著長衫的妙齡女子，眼睛微微地閉著，跪坐在正廳前。說也奇怪，我竟能一根根數出她那長長的睫毛，端詳她那線條修長而美麗的臉龐。女子一動也不動。透過彩繪玻璃的方形燈罩瀉下的光線，慵懶地拂過黃色長衫，把她白皙的手指照得有如浮雕般清晰。蒼白的指甲，是多麼地潔淨。[15]

12　西川滿著，陳千武譯，〈赤嵌記〉，《西川滿小說集》（二）（高雄：春暉，一九九七），頁三三。
13　西川滿著，陳藻香監製，曾淑敏譯，〈城隍廟〉，《華麗島顯風錄》（台北：致良，一九九九）。
14　西川滿著，曾淑敏譯，〈江山楼付近〉，《華麗島顯風錄》。
15　西川滿著，黃絹雯譯，〈天上聖母〉，《華麗島顯風錄》。

西川滿的眼睛，饕餮般傾注在少女身上的每一細節，即使是睫毛與指甲也不放過。他露骨的注視，立即成為內心深處的影像。少女消失後，他開始追蹤，終於在廟裡再度相逢：

我買了蠟燭進入正殿時，很令人興奮的，我又再度遇見剛才那名女子。女子雙眼微閉，合著纖細的手指。但這回她已不再披著長衫了。她的身體像是被一股莊嚴神聖的靈氣所包圍一般，絲毫看不出悲哀的影子。而我竟愚蠢到此刻才領悟：那是天上聖母借用了世間女子的形體來指引人心的事實。[16]

純就文學手法而言，他的聯想能力極為高明，較諸同時代的任何一位台灣作家還更具飛躍的想像。透過對少女身體的幻想，而獲致對天上聖母的尊崇，頗有現代主義蒙太奇的風味。無論是文字運用或技巧展現，都無懈可擊。但是，所有的民間故事都機械地藉少女的身體來敘述時，他內心的欲望幾乎可以讓讀者感受其熾熱與邪惡。媚姿、妖豔、清純、聖潔的想像，都脫離不了青春少女肉身的再呈現。民間的每一角落，都有著令人幻想的女性化身。這種男性支配的觀點，不折不扣正是從殖民者立場出發的。只要是屬於台灣的事物，都可以虛構化、耽美化、陰性化，文化主體便因此而被抽掉了。

西川滿的書寫策略更為微妙之處，就在於他以唯美面具掩飾其皇民化運動指導者的角色。他有系統地美化台灣，使讀者看不到台灣社會醜陋、粗糙的現實。東京的讀者，一定會錯誤地認為日本的殖民統治，把島嶼改造成為美麗的樂土。台灣讀者也一定受到迷惑，認為日本人把台灣文化昇華到唯美的境界，而忽視了殖民者在台灣剝削、壓迫的事實。面對他的文字，彷彿少女面對神像，神會地遺忘了人間的痛苦。西川滿以美麗的神話再呈現台灣，可以說相當成功地遮掩了許多醜陋的殖民史實。以熱愛台灣的方式來傷害台灣，才是西川滿皇民文學的精髓。

自一九四三年以後，西川滿為皇民化運動效勞的姿態轉趨強硬。他提出「糞寫實主義」一詞，抨擊台灣作家的文學與現實脫節。他認為，台灣作家寫的是一種「膚淺的人道主義」。他甚至指控這種庸俗而不加批評的描寫，不符日本文學的傳統。西川滿所謂的不加批評，乃是指呂赫若、張文環等人「仍在不加批評地描寫欺負繼子或家族糾紛」[17]之類的小說。在他的觀念裡，寫實主義應該是描寫與現實時局有關的題材。就像他所寫的〈採硫記〉、〈赤嵌記〉，內容雖屬歷史想像，卻能夠與戰爭國策完美地結合起來。西川滿非常露骨地說：「文學必須和國民服一樣。」也就是說，作家在追求美學之餘，還需要選擇與戰時體制一致的立場。因此，他的皇民文學主張，一言以蔽之，便是提倡國民服文學。

楊逵在《台灣文學》寫了一篇〈糞リアリズムの擁護〉（擁護糞寫實主義）[18]的文章反駁西川滿的看法。他以《台灣文學》為據點，強調文學都是從施肥的大地所產生的。楊逵強調，不正義、不誠實的作品，算不得是皇民文學。以順水推舟的方式，楊逵極其嚴厲地抨擊了西川滿的虛偽立場。他自己在戰爭期間所寫的〈無醫村〉、〈泥娃娃〉、〈鵝媽媽出嫁〉、〈萌芽〉，就是在堅持寫實主義的立場之餘，又反諷了殖民者的傲慢與台灣人的畏怯。楊逵拒絕為他的作品穿上國民服，尤其是在那殘酷的精神考驗年代，可以說相當雄辯地使台灣文學維護了其應有的尊嚴。

---

16　同前註。

17　西川滿，〈文藝時評〉，《文藝台灣》六卷一號（一九四三年五月一日），頁三二八。

18　楊逵，〈糞リアリズムの擁護〉，《台灣文學》三卷三號（一九四三年七月）。

## 皇民文學考驗下的新世代作家

以西川滿為主腦的《文藝台灣》，是皇民化文學運動的重要城堡。一九四三年八月的該刊，再度發布〈文藝台灣賞〉的廣告，目的在於有助「本島皇民文學之建設」。從廣告內容，就可了解設立文學獎的用心：

> 我們生活在台灣，愛台灣者，期望台灣文化健全地發展，茲設定文藝台灣賞，以資本島皇民文學之建設。為了新文化的創造和發展，非有擔當文化者發自內心的熱誠不可。因而我們的使命也非常大。本社於昭和十六年率先設定本賞，期使本島文學者奮發，以文學實踐臣道，並於台灣樹立皇民文學。（井手勇譯）[19]

所謂健全的文學，就是必須與戰爭國策結合。對於一九三〇年代崛起的作家而言，包括楊逵、呂赫若、龍瑛宗、張文環、吳新榮等人，在戰爭立場上也許做了或弱或強的妥協，但是他們從未放棄台灣人的認同。然而，在皇民化風潮下成長起來的新世代，顯然對於新文學運動發軔以來之抗議精神的歷史記憶，變得非常淡薄。他們沒有參加政治運動與文學運動的經驗，也沒有漢文閱讀與書寫的能力。當他們開始能夠從事文學思考時，台灣社會已經進入了戰爭體制的階段，因此，「文藝台灣賞」設立的對象，應該不是楊逵世代的作家，而是依賴日文書寫的年輕一代。

戰後受到議論最多的皇民文學，基本上都只集中在王昶雄、陳火泉、周金波等三位作家。他們這個世代，與上一代作家的最大不同之處，在於國族認同與文化認同已有傾斜的現象。他們不僅接受戰爭體制的事實，而且還進一步思索「如何成為日本人」的問題；而這樣的問題在上一代作家裡並不存在。

改造台灣人成為日本人的一個出發點，在於落後台灣與進步日本的分野。新世代作家對於台灣文化的認識，遠不及對日本文化的了解那樣深刻。他們共同的見解是，日本文化肯定是比台灣文化還優越；在語言方面，在近代思想方面，雙方最大的落差就是受到現代化洗禮的程度。那麼，如何進行人格的改造與昇華？答案非常清楚，那就是要投入現代化的轉化過程。於是，他們的思考邏輯就如此建立起來，要達到現代化的目標，首先就必須通過日本化；而皇民化運動的推展，正好提供台灣人很好的改造機會。皇民化＝日本化＝現代化的思考模式，就是這樣建立起來的。因此，所謂皇民文學，就是作家覺悟到自己是次等日本人，在文學作品中反覆檢討自己的落後文化，最後找到了成為日本人的思想出路。無論小說的故事情節為何，人格改造的道路都是敞開的。

周金波（一九二〇—一九九六），基隆市人，日本大學牙醫系畢業。他是一九四一年三月，最早在《文藝台灣》發表皇民文學的第一人。〈水癌〉是他的成名作，故事是描寫一位愚昧嗜賭的母親，害死自己患有壞疽性口腔癌的女兒。當這位母親帶著患病的女兒來看醫的「他」，他勸她必須到較大的醫院去診療。然而，母親過於沉溺於賭博，竟然延誤了治療。在女兒死後五天，母親竟然在被警察逮捕的賭客行列裡。小說的最後

周金波（周振英提供）

19〈文藝台灣賞〉，《文藝台灣》六卷四號（一九四三年八月）。

是，母親有一天又來診所要求鑲上金牙，而終於被他趕走。見證了自私的事實後，這位牙醫有了如此深刻的覺悟：

這就是現在的台灣。可是，正因為如此，才不能認輸。那種女人身上所流的血，也是流在我身體中的血。不應該坐視，我的血也要洗乾淨。我可不是普通的醫生啊，我不是必須做同胞的心病的醫生嗎。怎麼可以認輸呢……[20]

小說中的那位愚蠢婦人，其實是影射廣大的台灣民眾，周金波的小說，已不純粹在檢討文化的問題，當他觸及血液的成分時，已等於是強烈暗示台灣人這種人種是沒有希望的。要清洗台灣人的血液，首要工作當然就是投入皇民鍊成運動。〈水癌〉並沒有提到如何從事皇民的鍛鍊，但是這篇小說揭露的一個關鍵，就在於心理層面的轉化與提升。這牽涉到思想意識的全盤調整，否則台灣人是無法升格成為日本人的。周金波的小說，正好與上一世代台灣作家內心掙扎、抗拒的描述劃清了界線。

周金波的第二篇小說〈志願兵〉，發表於一九四一年九月的《文藝台灣》。憑藉這篇作品，他在第二年六月就獲得了第一屆「文藝台灣賞」。小說是從「我」的觀點，親自見證兩種皇民化的典型人物，一位是在日本讀書歸來的張明貴，已經是接受徹底日本化的台灣知識分子，一位是公學校畢業努力上進的高進六。張明貴自始就是以日本人的身分自居，返台的目的是為了觀察台灣社會經過皇民鍊成運動後變成什麼樣子，高進六則在小學畢業後，在日本人的店裡工作，學習了流利的日本國語，他已改名為「高峰進六」，談吐舉止幾乎與日本人沒有兩樣。究竟這兩個人誰才是真正的日本人？

在張明貴眼中，台灣並沒太大的變化，因此感到強烈的失落。但是，高進六並不這樣認為，因為他參加

「報國青年隊」後，深深體會到「人神合一」的尊貴修行。所謂人神合一，指的是通過拍掌膜拜，接觸大和心，體驗大和心，自然就可以獲得成為十足日本人的信念。張明貴對此很反感，畢竟他在日本出生，接受日本教育，純說日本話，才成為日本人。為什麼不經過皇民錬成，而只是合掌膜拜就可變成日本人？從「我」的敘述中，活生生看到兩位台灣人比賽如何升格為日本人。但是，張明貴終於向高進六認輸了，認輸的主要理由，乃是高進六劃破小指，血書參加志願兵。要成為日本人，並非只在精神思想的層面自我磨練而已，更重要的是以具體行動付諸實現。高進六的「神靈附身」只在表達他的虔敬，然後才有真摯的覺悟參加志願兵。

台灣總督府實行志願兵制度是一九四二年一月，周金波在幾個月前就寫出小說〈志願兵〉回應，足證他比其他作家對時局的變化還更敏感。對於國族的議題，朱點人、蔡秋桐與龍瑛宗都曾經在小說中觸探過；不過，他們都只是對外在環境與制度問題表達過苦悶，卻未像周金波那樣，進入深層的意識進行挖掘。這足以說明皇民化運動的權力干涉是何等急迫，而新世代作家對自我主體的認識又是何等茫然。

一九四三年七月，有兩篇皇民文學的作品同時發表，一是陳火泉的〈道〉[21]，一是王昶雄的〈奔流〉[22]，兩篇小說的出現，顯示了皇民文學的創作技巧已有升高之勢，作者內心幽微的掙扎情緒躍然紙上。若是純就美學的觀點來看兩位作者較諸周金波的書寫方式還更生動。最主要的原因，乃在於他們掌握了內心意識的流動，頗具現代主義的技巧營造。但若是從國族認同的立場來看，他們的抗拒行動幾近於零。他們的焦慮，一方面來自對戰爭現實的不易辨識，一方面則來自對台灣文化主體的喪失信心。

---

20　周金波著，許炳成譯，〈水癌〉，收入中島利郎、周振英編，宋子紜等譯，《周金波集》（台北：前衛，二〇〇二），頁一二。

21　陳火泉，〈道〉，《文藝台灣》六卷三號（一九四三年七月）。

22　王昶雄，〈奔流〉，《台灣文學》三卷三號（一九四三年七月）。

陳火泉（一九〇八—一九九九），彰化人，台北工業學校畢業，後任職於台灣製腦株式會社。一九三四年後，調職到台灣總督府專賣局。就是在專賣局期間，他完成了〈道〉的撰寫。這是一篇自傳性的小說，描述一位台灣青年不能獲得升遷的苦悶心境。台灣人無論如何勤奮努力，無論對其工作有多大貢獻，卻總是無法與日本同事競爭抗衡。因此，尋找精神出路就成為小說中主角的生命重要課題。「道」的含義在小說中有兩種暗示，一是台灣人的救贖之道，一是追求皇民之道。擺在台灣人面前，有兩條道路必須抉擇，究竟是繼續扮演台灣人的身分，還是改造自己的人格而昇華成為日本人。

長達兩萬餘字的中篇小說〈道〉，極其細節地挖掘台灣人在面臨歧視排斥之餘，如何在意識深處自我檢討、自我克服。陳火泉使用「高山凡石」的筆名，透過小說形式對自己的靈魂進行鞭笞與審問，誠如當年在台日本作家濱田隼雄對此小說的評價所說：「有誰能把衷心想成為皇民的熱忱，描寫得如此強烈、如此直率？有誰能把想做皇民的苦惱，述說得如此迫切？而又有誰能如此勇敢地呈現面對這種苦惱時的充滿人性的戰鬥？」因此，他評斷〈道〉是當年「台灣獨有的皇民文學」。

為什麼能受到如此特殊的評價？最主要原因乃是陳火泉的小說觸及到精神層面的重整。就像周金波的〈志願兵〉那樣，高進六以「神靈附身」的方式找到通往皇民之道。〈道〉裡面的男主角在升遷管道上受到挫折時，也同樣是通過精神改造的方法從事克服的工作：

陳火泉（《文訊》提供）

因為沒有日本人血統，所以我始終主張「精神系譜」，靠著精神系譜和神明似的精神「大和心」交流。誰說那是不可能的？我可不許人家這麼說哦。如果有人會這麼說，就證明了讓別人這麼說的我自己修行還不夠。但是，等著瞧吧，看看是血統贏？還是精神勝利？因為也有所謂的「一念通天」嘛。（涂翠花譯）

陳火泉在他的思考中刻意塑造「血統論」與「精神論」兩種道路的對決。他的邏輯是這樣的，血統至上並不必然就能通往皇民之道，相反的，只要對大和心懷有虔敬的態度，則精誠所至，金石為開。這種近乎阿Q式的精神勝利法，正好透露了台灣皇民文學的深層悲哀。因為，日本作家如西川滿、濱田隼雄在從事皇民小說的書寫時，根本無須在國族與血統的問題上表態，只有台灣作家才必須如此竭盡思慮自我審問，對靈魂進行無情之拷打。即使都同樣屬於皇民文學，台灣作家之次等於日本作家的事實，則是無可否認的。

除了使用高山凡石的筆名之外，陳火泉還使用過青楠生、高山青楠、青楠山人、青楠居士等等的名字，在不同的刊物、不同的座談上表達他對皇民化運動的擁護支持。〈道〉中的人物，終於完成皇民化的改造，就在於他放棄了台語思考而開始使用日語，徹底變成了日本人之後，台灣人的血液才得到了清洗。精神論之取代血統論，才是皇民化過程的重要關鍵。

相形之下，王昶雄的〈奔流〉則迥異於周金波、陳火泉的思考方式，提出另外一種看待皇民化的觀點。王昶雄（一九一六—二〇〇〇），台北淡水人，公學校畢業後，逕赴日本求學。他是日本大學齒科畢業，一九四二年回到台灣，受到張文環的邀請，在《台灣文學》發表了〈奔流〉，這篇小說在當時並未受到議論，反而是在戰後引起重視。

〈奔流〉是從醫師的「我」觀察兩種不同的日本文化認同，一種是伊東春生式的「遺忘論」，亦即要成為日本人，必須要與母土台灣徹底切斷關係；一種是林柏年的「包容論」，也就是在徹底認同日本文化之際，無須排斥對台灣本土的依戀。接受日本現代化洗禮的「我」，不能忘情在東京的生活。「我」的痛苦，乃是擺盪於「遺忘論」與「包容論」的兩種價值觀念之間。如果要熱愛日本的話，到底是像伊東那樣，完全屏棄台灣的文化、血統包袱，扮演快樂日本人的角色；還是像林柏年那樣，既可以愛台灣，又同時愛日本。「我」竊然是贊同林柏年的做法，因為林柏年的東京來信是這樣解釋：

王昶雄（《文訊》提供）

越是堂堂正正的日本人，就越要是堂堂正正的台灣人才行。我不會因為自己出生在南方，而顯得自卑。溶入這裡的生活，並不見得就要貶低自己家鄉的粗俗。無論家母是多麼不體面的鄉下人，我還是十分依戀，即使家母來到這裡，樣子不太好看，我也不會覺得丟臉。因為倚在母親懷裡，或悲或喜都能隨心所欲，就像幼兒一般。[23]

小說中的「我」，始終不敢表露自己的身分。在日本留學時，每當有人問他府上哪裡，他不敢直接承認是台灣人，而是以「四國」或「九州」的回答搪塞過去。因此，在「我」的觀念裡，其實是有標準或真正日本人的形象。四國人或九州人，恐怕還不及東京人來得文明進步。同樣的，在日本人與台灣人之間，畢竟還是存在著文化上的等級差異。縱然林柏年並未遺忘台灣，但是從他的語言可以發現，台灣是屬於「粗俗」的、「不體面的鄉下人」。〈奔流〉誠然沒有像周金波、陳火泉那樣，深陷在精神掙扎的苦惱之中。但是，小說中的「我」還是有他的苦惱，那就是如何超越落後的台灣文化，而毫無痛苦地擁抱現代而進步的日本文化。〈奔流〉的「我」縱然傾向林柏年的想法，卻並沒有解決落後台灣與進步日本之間的糾葛，王昶雄跳過血統論的問題，從文化包容論的角度切入，終究還是沒有擺脫皇民化運動的陰影。

皇民化運動在戰爭期間，為台灣人的心靈製造了無以言喻的傷痕，尤其在國族與文化議題方面製造了四分五裂的認同。台灣新文學運動發展到戰爭末期，終於還是偏離了最初文化主體建構的軌道。認同問題對戰後作家產生了巨大影響，其歷史根源必須追溯到日本文化在台灣所造成的傷害。在太平洋戰爭期間，皇民化運動更是使文化傷害更加深化。吳濁流在戰爭年代完成的《亞細亞的孤兒》，鍾理和在戰爭末期出版的《夾竹桃》，都受到認同幽靈的纏繞。

戰爭若是沒有結束，日本統治若是繼續維持，台灣知識分子的心靈將是以怎樣的面貌浮現，頗令人深思。殖民地社會中文化主體的建構原就是極具挑戰性的課題，對於皇民文學的回顧與再回顧，乃是屬於去殖民化的艱鉅工作之一。然而，把整個皇民化問題的歷史責任，完全推給少數幾位作家去承擔，並不能認識文化遭到扭曲的真相。以庸俗的中華民族主義去審判皇民文學，就更不能窺探歷史面貌。太平洋戰爭的結束，使皇民化的歷史巨幕匆匆落下。但是，文化認同的探索並未因此而告終。

23　王昶雄著，賴錦雀譯，〈奔流〉，收入許俊雅主編，《王昶雄全集．一．小說卷》（台北縣：台北縣政府文化局，二〇〇二）。

# 第九章

# 戰後初期台灣文學的重建與頓挫

太平洋戰爭於一九四五年八月十五日結束，日本帝國政府宣布無條件投降，台灣正式脫離了長達五十年的殖民統治。依照一九四三年〈開羅宣言〉的約定，中華民國政府負責來台接收。台灣省行政長官公署於一九四五年九月一日成立時，島上住民從此跨進了一個全新的歷史階段。

為了接收台灣，重慶時期的國民政府於一九四四年四月成立「台灣調查委員會」[1]，開始討論如何接管台灣的計畫綱要。擔任調查委員會主任委員的陳儀，也就是後來被正式派任的第一位行政長官。在他的領導下，接管台灣計畫於一九四五年三月才陸續定案。然而，整個計畫還未構思完成時，戰爭便立刻宣告終結。因此，對於國民政府而言，台灣之劃歸中國版圖乃是在匆忙之間進行的。這種倉促的接收，與當時台灣人民對於光復之寄予厚望，遂形成強烈的落差。祖國文化與殖民文化在接觸時所產生的錯愕、衝突與幻滅，就變得無可避免，並且也預告了日後台灣社會的政治悲劇。

台灣知識分子在這段時期開始接受兩種重要的文化挑戰，一是如何省視殖民時期的歷史經驗，一是如何面對既熟悉又陌生的中國文化。來台的大陸知識分子，事實上也面臨同樣的問題，亦即如何在中國的歷史經驗與台灣殖民地文化之間取得平衡點。台灣作家經過長期的日文教育，並且在太平洋戰爭期間又被捲入皇民化運動的風潮，大部分都已習慣日文的思考，同時在文化認同上也一定程度受到大和民族主義的蒙蔽與影響。因此，當中華民族主義與中文思考隨著國民政府的接收而來到台灣時，他們應該以怎樣的態度回應？日本殖民統治的終結，對於台灣作家而言是一種心靈的解放；那麼，國民政府的來臨，是否使他們感受到具體的解放？

這是一個歷史過渡期，也是一個社會轉型期，更是一個文化衝突期。從文學的發展來看，這段時期台灣作家所懷抱的憧憬與期許，有可能轉化為豐碩的作品。尤其是中國作家的大量來台，他們介紹進來的五四文學批判傳統，與台灣本地的抗日傳統匯流在一起，極有可能創造文學的輝煌時期。但是，由於政治體制不脫殖民統治的變相延續，而經濟上又陷於停滯蕭條，再加上文化上的相互誤解與矛盾，終於使戰後初期的精神解放變成了思想囚禁，從而也使文學發展遭到空前未有的挫折與困頓。

## 再殖民時期：霸權論述與台灣特殊化

來台接收的台灣行政長官公署，無論在權力結構上或組織規格上，都是日本台灣總督府的翻版。這種體制的設計，最初是考慮到台灣曾經有過特殊的歷史經驗，亦即具備長達半世紀的殖民地社會性質。因此，長官公署的成立全然與中國各省的省政府結構完全不同。恰恰就是經過這樣的設計，台灣政治特殊化的性格反而顯得特別突出，並且使新的政治權力與舊的殖民統治密切銜接起來。也就是說，整個行政長官公署的規模，完全是依照台灣總督府的機關單位量身訂做。因此，行政長官陳儀不僅掌握行政、財政、司法的權力，而且還握有地方的軍事大權。陳儀兼任台灣警備總部的總司令職位，權力甚至還超越了日本派駐在台灣的總督。重慶時期台灣調查委員會的接管計畫，全然遭到長官公署的推翻。一個比日本殖民時期的權力支配還要嚴苛的體制，儼然浮現於台灣。

1　民國二十九年（一九四〇）十月，國民政府設立中央設計局，隸屬於國防委員會，並由國防委員會最高委員長蔣中正先生兼任中央設計局總裁。三十三年（一九四四）五月，中央設計局奉准設立台灣調查委員會，準備接收戰後的台灣。台灣調查委員會以陳儀為主任委員，成員包括錢宗起、夏濤聲、沈仲九、周一鶚、謝南光、游彌堅、黃朝琴、丘念台、李友邦、王泉笙等人，其主要工作為：一、草擬接管計畫，確立具體綱領；二、翻譯台灣法令，藉為改革根據；三、研究具體問題，俾獲合理解決。相關資料可參見周一鶚，〈陳儀在台灣〉，《陳儀生平及被害內幕》（北京：中國文史，一九八七），頁一〇四—一〇五；台灣省行政長官公署民政處編，《台北民政》第一輯（台北：台灣省行政長官公署民政處，一九四六），頁八；李汝和主編，卷十〈光復志〉，《台灣省通志》（台北：台灣省文獻委員會，一九七〇），頁一一；行政院二二八事件小組編，《二二八事件研究報告》（台北：時報，一九九四），頁三。

除了政治特殊化之外，長官公署也實施經濟統制政策，使台灣的經濟活動也隨之特殊化。陳儀在赴台之前曾明白表示：「為了杜絕大陸政治惡習，應在日本五十年的統治基礎上，續走現代化之路，為台灣人民謀福祉。」[2]這說明了陳儀非常清楚台灣社會雖經過殖民化，卻也接受過現代化的洗禮。為了使現代化繼續發展，他拒絕中國的政治惡習傳播到台灣。然而，也正是由於實施經濟統制的政策，台灣的特殊化性格就越顯露出來。

所謂台灣特殊化，其實就將台灣與中國隔離。政治性的隔絕政策，使得行政長官的派往一如日本台灣總督之進駐。閩台監察使楊亮功在日後的二二八事件調查報告也明確指出：「台灣自接收以來情形特殊，故於省級行政設行政長官公署，台人對長官公署，呼之為新總督府，與國內各省不同，此形式上使台胞不愉快之區別也。按其實際，長官公署之權力法令亦幾與日人之台灣總督府相若，此又事實上使台胞不愉快之感觸也。」這種高度權力支配的形式，迫使台灣社會淪為再殖民的時期。也正是透過政治與經濟的雙重箝制，戰後初期的文化霸權論述終於能夠次第建構起來。

對於戰後初期台灣文學重建的理解，不能不對官方的霸權論述有所認識。陳儀在一九四五年十二月提出治台政策的工作要領時，便是以政治建設、經濟建設與心理建設為三大方針。所謂心理建設，乃是從文化整編的層面著手，亦即民族精神的發揚。他特別強調，要讓台灣同胞認識中華文化，因此文史教育與語言政策就成為心理建設的主要支柱。陳儀的文化政策，以他自己的說法，便是要以「中國化」來清除日本人的「皇民」。

在行政長官公署的組織中，掌管文化政策的有三個重要的機關單位，亦即教育處、宣傳委員會與台灣省編譯館。為了朝向「中國化」的目標，教育處負責中國文史課程的設計，宣傳委員會負責國語推行與書刊審查，編譯館則負責台灣與中國的文化交流，從事翻譯的工作。這三個單位代表了長官公署要把台灣編入中國文化圈所做的努力，不過，在心理建設的工作，卻完全不脫統治者的心態。他們把「中國化」視為無上的標準，並以此來衡量台灣住民的語言、風俗與生活習慣。這種統治者的優勢文化，完全不顧台灣人的歷史經驗，遂使得文化的交流與融合產生不斷的紛爭與抗議。

由於民族主義與文化政策是建基在統治者與被統治者的結構關係上，長官公署的當權者一直把台灣社會的殖民經驗當作是「奴役化」與「皇民化」。遭到奴化／皇民化的指控下，台灣知識分子無不感到悲憤。文化霸權建立的過程中，中國化與奴役化遂形成兩個對立的價值觀念。中國化是屬於統治者的，奴役化則是屬於被統治者的。這種二分法，不但引出了嚴重的省籍問題，並且使殖民陰影驅之不散。

省籍對峙的緊張性，從當時民間創辦的報紙社會反映得最為清楚。一九四六年七月八日《民報》的社論〈金融人才的登用〉，呼籲陳儀政府不要排斥原來在銀行有辦事經驗的台灣人。社論強調，地方銀行的基礎係由台灣人的心血結合而成，為政者不可以官僚資本壓迫民間資本，起用人才也不能只限於來自中央的人員。因此，社論提出相當沉痛的建議：「我們呼『人才登用』的本意不是為排斥外省人，簡直說，是抗議外省人牽親引戚獨占各機關的惡作鳳（風），同時要糾正外省人的排他思想……」這篇社論具體描繪了當時政治結構的本質，亦即以省籍區隔的方式，達到經濟壟斷的目的。

一九四六年七月十一日《民報》的社論〈為什麼裁員〉，指出陳儀政府有計畫地把本省人排除在公家機構之外，社論認為，對台灣人進行裁員的主要原因，在於執政者公然歧視台灣人。該文說：「受命接的人們，往往忘卻安慰本省人過去長期辛苦的使命，動輒發生優越感，於有意無意之間，表露輕視本省人的態

2　「台灣調查委員會黨政軍聯席會第一次會議紀錄」（一九四五年六月二十七日），收入秦孝儀主編，《光復台灣之籌劃與受降接收》（台北：中國國民黨中央委員會黨史委員會，一九九〇），頁一四二。

度甚至有敢以『亡國奴』的暴言相侮辱的……」為達到排斥台灣人的目的，陳儀政府更是以使用「國語國文」的程度作為用人的標準。社論指出：「當此過渡時期，登用人才的標準，若過於重視國語國文，以其瞭解國語國文的程度而判定其有能無能，則本省許多有為人才難免有向隅之泣……」社論的語氣陳述得極其委婉，但有一個事實是，「國語」不再只是表達語言的工具，而是成為政治壟斷與經濟壟斷的最佳武器。這種文化霸權論述的形塑，在同年八月三日的社論〈怎樣會感情隔閡〉闡釋得最為透澈。該文說得很明白：「本省人和外省人感情隔膜，已經達到相當深刻的程度……」這些輿情所刻劃的政治實相，都是陳儀政府接收台灣不到一年就發生的。民間報紙的社論，等於揭穿陳儀主張的政治建設、經濟建設與心理建設的神話。事實上，這三項治台方針，正好迫使台灣淪為再殖民的階段。文化的歧視，其目的在求得政治上的權力支配；而政治上的徹底壟斷，則是為了達到經濟獨占的目的。

長官公署的教育廳長范壽康，在一九四六年四月的全省地方行政幹部訓練團演講時，就說台灣人受到「完全奴化」。這項說法，普遍引起省參議會的質疑。日據時期左翼作家王白淵，立即在同年一月八日的《台灣新生報》發表〈所謂「奴化」問題〉一文回應。他在文章中表示，日據時期台灣同胞為「皇民化」一詞所苦惱，到了光復後，「奴化」一詞又來壓迫。他說，當前的執政者開口閉口就說台胞政治奴化、經濟奴化、文化奴化、語言文字奴化、姓名奴化，使用這種說法，是沒有為政者的資格。

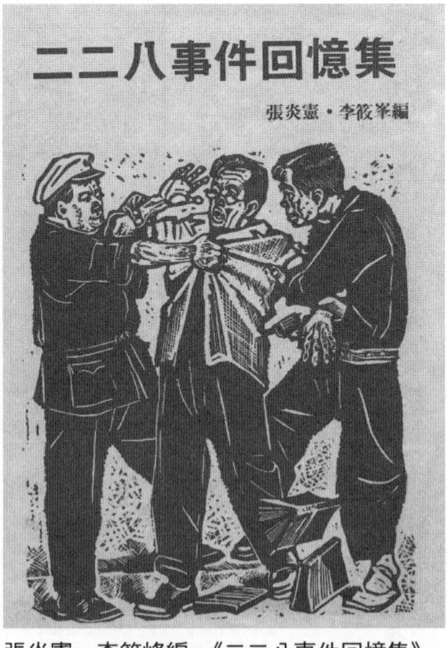

張炎憲、李筱峰編，《二二八事件回憶集》。到「二二八事件」發生為止，是台灣作家追求思想解放的旺盛時期。

以奴化或毒化思想來指控台灣人，無非是為了造成文化霸權的優勢。直至二二八前夜，一九四七年二月九日《民報》刊登一篇署名張一步的文章〈談談民主政治人才〉，對受過日本教育的台灣被形容為奴隸性的事實，他予以反駁說：「但是他們（指外省人）忘記台灣省這五十餘年，生活於近代帝國主義國家的社會形態裡。在這環境裡的省民是時時刻刻感到宗主國國民與殖民地人民的差異，且觀察強大民族與弱小民族的區別。這種觀察能使省民發生對於國家社會批判的能力。」這是一針見血的言論，也是對陳儀政府的殖民性格進行了極為強烈的批判。具體而言，這篇文章等於是把日本與中國看做是台灣的宗主國；相對於台灣是弱小民族，日本與中國都是屬於強大民族。然而，並沒有因為宗主國的優勢，就使台灣人失去批判的能力。從殖民者與被殖民者的架構來看，戰後初期台灣社會的文化支配就已形成，一方面是中原／中心文化，另一方面是邊疆／邊緣文化；一方面是中國化的優勢，另一方面則是被奴化的劣勢。陳儀政府利用國家權力與文化權力的重疊關係，對台灣社會進行帝國式的控制。日本殖民體制誠然已經消失，但是帝國文化與衛星文化的關係，並沒有因國民政府的接收而發生變化；相反的，這種宰制的結構卻更加強化而鞏固。

必須從再殖民時期的觀點來看戰後初期的台灣文學[3]，才能夠理解當時台灣作家的心理深層結構，才能夠理解文化認同的問題，之所以成為他們在那段時期的主要關切，也才能夠理解為什麼本地作家與大陸作家之間對文學的態度，會發生重大差異。

3　將國民政府視之為「再殖民」機制，可參見陳芳明，〈後現代或後殖民——戰後台灣文學史的一個解釋〉，《後殖民台灣：文學史論及其周邊》（台北：麥田，二〇〇二），頁二五—三〇。

## 日據時期作家與文學活動的展開

戰後初期的文學活動有兩個重大議題考驗著台灣作家，一是語言使用的問題，一是文化認同的問題。凡是有過殖民經驗的社會，在殖民體制瓦解之後，知識分子都自然而然對自己有過的文化傷害進行檢討反省。但是，戰爭結束後，台灣知識分子並沒有餘裕對日據時期的歷史經驗與文學傳統，從事整理與評價的工作。陳儀政府來到台灣，為了加速其「中國化」的整編，而全然使台灣歷史、文學、語言的傳承遭到荒廢。由於日據時期的歷史經驗，非常專斷地被冠以「奴化」與「毒化思想教育」的標籤，因此，台灣歷史記憶的重建，自然就漸呈空白的狀態。特別是有過批判殖民體制的抗日文學傳統，由於是以日文寫成，卻一律被視為「皇民化」，文學傳承至此遂產生斷裂。更為嚴重的是，語言已經成為檢驗政治立場的唯一標準，並且也成為排除異己的有效工具。日語使用與日文思考，在中國化的絕對權威之下，已淪為背德、不潔、卑賤的代名詞。具備日語經驗的台灣作家，被迫必須為自己的能力辯護。

最典型的例子是台灣新文學運動的先驅楊雲萍，他在一九四六年《台灣文化》所推出的「魯迅逝世十週年特輯」發表一篇〈記念魯迅〉[4]。在這篇文章中，他提到兩個重要的看法：第一，他說：「台灣的光復，我們相信地下的魯迅先生，一定是在欣慰。只是假使他知道昨今的本省的現狀，不知要作如何感想？我們恐怕他的『欣慰』，將變為哀痛，將變為悲憤了。」第二，他提到台灣知識分子在日據時期接觸魯迅作品的事實：「當時的本省青年，多以日文為媒介，得和世界的最高的文學和思想相接觸，獲得相當程度的批判力和鑑賞力；所以對魯迅先生的真價，比較當時的我國國內的大部分的人們，是比較的正確而切實的。」楊雲萍借用對魯迅的紀念，表達戰後台灣人民的哀傷與悲憤。然而，更值得注意的是，當台灣人使用日語被誣指為「奴化」時，楊雲萍有意駁斥這種文化歧視，並且強調台灣知識分子乃是透過日語教育而獲得了鑑賞世界文學的能力。楊雲萍的言下之意，顯然是在強調台灣作家的文學視野較諸來台的大陸作家還要開闊。

同樣在紀念魯迅的議題上，《台灣文化》主編蘇新在其刊物上發表〈也漫談台灣藝文壇〉[5]一文，駁斥台灣受到「奴化」的官方觀點。他說，在魯迅逝世十週年之際，只有一、二位外省人作家記得撰寫紀念的文章，而《台灣文化》則以紀念專輯表現出對這位偉大作家的尊敬。蘇新說，台灣人被指控為「受日本奴化教育」，但反諷的是，「奴化了」的台灣人竟然比外省人更知道如何紀念魯迅。從這些言論可以發現，在這段時期的台灣作家，已經警覺到必須在中國化與奴化之間找到自我定位，並且也必須對陳儀政府的文化歧視予以批判、駁斥、反擊。台灣作家的批評言論，其實已在進行去殖民的工作，包括抗拒日本式的殖民與中國式的殖民。

從一九四五年八月終戰，到一九四七年二二八事件發生，可以說是台灣作家追求思想解放的旺盛時期。在這階段出版的民間刊物，較知名的有楊逵主編的《一陽週報》（一九四五年九月—十一月），陳逸松主編的《政經報》，黃金穗編的《新新》月刊（一九四五年十一月—一九四七年一月），王添燈主辦的《人民導報》

《台灣文化》第一卷第一期（舊香居提供）

4　楊雲萍，〈記念魯迅〉，《台灣文化》一卷二期（一九四六年十一月）。
5　蘇新，〈也漫談台灣藝文壇〉，《台灣文化》二卷一期（一九四七年一月）。

（一九四六年一月－一九四七年二月），林茂生編的《民報》（一九四五年十月－一九四七年二月），李純青編的《台灣評論》（一九四六年七月－十月），以及蘇新編的《台灣文化》（一九四六年九月－一九四七年二月）。除此之外，龍瑛宗也主編《中華日報》日文版文藝欄。這些報刊雜誌的內容，有幾個重要的現象：第一，日據時期的作家在太平洋戰爭期間曾經沉寂下來，但是在戰後初期則日益呈現活躍狀態。第二，中國來台作家逐漸增多，並且也開始與本地作家產生交流。第三，日文與中文書寫曾經共存一段時期，但由於語文歧視的普遍化，使日據時期台灣作家的創作活動淡化下來。

一九四六年十月二十五日，行政長官公署正式宣布廢除報紙的日文欄之後，日據時期的文學傳統不能不出現斷裂。台灣作家受到這項語言政策衝擊的明顯事實，便是龍瑛宗主持的《中華日報》日文版文藝欄，與中日文合刊的《新新》月刊宣布廢止。在《中華日報》上常常發表作品的作家包括龍瑛宗、吳瀛濤、王碧蕉、詹冰、王育德、黃昆彬、邱媽寅、施金池、葉石濤。這些作者中，龍瑛宗介紹世界名著、王育德批判封建文化與皇民化文學、詹冰發表現代詩作品，葉石濤、黃昆彬、邱媽寅從事短篇小說創作，頗能反映當時知識分子的心情與思考。

《新新》月刊的重要作者，包括張冬芳、吳濁流、王白淵、龍瑛宗、呂赫若、周伯陽、吳瀛濤等人。一九四六年九月十二日，這份雜誌邀請當時知名的作家王白淵、黃得時、張冬芳、李石樵、王井泉、林摶秋等人參加「談台灣文化的前途」座談會，認同的問題是出席者的共同焦慮。任教於台灣大學的黃得時說：「關於光復後的台灣文化運動可以從兩方面去考察。第一是過去台灣文化受到日本式文化的影響頗大，同時這時期的文化也達到世界水準。第二是以現在的台灣文化與中國漢民族文化比較，還沒有中國化甚多。今後，便是如何雙管齊下推動世界化與中國化。」這段發言便是在面對官方強勢文化支配下時，台灣知識分子有必要為自己建立信心。他的觀點與楊雲萍一樣，便是以世界化的立場來凸顯台灣文化的立場，以擺脫皇民化與中國化的糾纏。在座談會中，王白淵則以批判的態度發言：「日本帝國主義的文化和今天國民黨文化的共通點，那就是排他性。」這是典型顯現台灣知識分子的心情，一針見血地把日本文化與國民黨文化都劃入殖民文化的定義之中。

強悍的禁用日文政策，距離一九三七年日本的禁用漢文政策僅有九年。在如此短暫的期間裡，台灣作家經歷兩個高壓的語言政策。對於新文學運動而言，構成了創作上的嚴重傷害。張我軍曾以回憶文字描述張文環的痛苦：「台灣的光復在民族感情熾烈的他自是有生以來最大的一件快心事，然而他的作家生涯卻從此擱淺了。一向用日文寫慣了作品的他，驀然如斷臂將軍，英雄無用武之地，不得不將創作之筆束之高閣。」[6]這是一九五二年留下來的歷史見證。另一位日文作家張冬芳，直至一九八九年回憶這段國語政策時，還在感嘆當時台灣作家都變成「文盲」，他說：「對於一個想要表達而無從表達的人是何等殘忍的鉅變。」[7]被奪走發言權的台灣作家，不僅因此患了歷史失憶症，並且出現了失語症的現象。

一九四六年一月，陳儀政府開始實施「台灣省漢奸總檢舉規則」，同年四月，國語普及委員會正式成立；到了十月，禁用日語的政策付諸實踐。台灣作家在如此嚴苛的政治環境中，仍然未嘗停止文學活動。這段時期最值得注意的作家有三位，亦即楊逵、龍瑛宗與呂赫若，他們分別代表歷史轉型期台灣知識分子的典型。

楊逵是這時期最為活躍的作家，他的行動能力絕不遜於一九三〇年代之參與新文學運動。他一共創辦了三個刊物，包括《一陽週報》、《文化交流》（一九四七年一月），與《台灣文學》（一九四八年八月—十二

6　蔡其昌，《戰後（一九四五—一九五九）台灣文學發展與國家角色》（台中：東海大學歷史學系碩士論文，一九九六）。
7　施懿琳，《台中縣文學發展史：田野調查報告書》（台中：台中縣文化中心，一九九三），頁二二七。

月）。每份雜誌的壽命極短，卻代表了他不懈的努力。這些刊物集中在台灣與中國文學的相互交流，包括創作與譯介在內。他所合作的對象大部分是大陸來台的左翼作家，例如《文化交流》便是與張禹（王思翔）合辦的。

除了創辦雜誌之外，楊逵也致力於出版叢書。這方面的工作主要有兩個方向，一是整理他個人在日據時期的小說集，一是譯介中國一九三〇年代的作家作品。就他個人的小說集而言，他結集了兩冊，亦即日文小說集《鵞鳥の嫁入》（鵝媽媽出嫁），一九四六年三月三省堂出版，以及中日文對照的《新聞配達夫》（送報伕），一九四六年七月台灣評論社出版。翻譯部分，包括魯迅著《阿Q正傳》、茅盾著《大鼻子的故事》、郁達夫著《微雪的早晨》，以及鄭振鐸著《黃公俊的最後》（此書未見），全部都收入台北東華書局出版的中、日文對照「中國文藝叢書」。楊逵的活動，顯然是一方面要延續日據時期的文學傳統，一方面要與中國三〇年代文學交流，他的目標是很清楚的，便是嘗試要使台灣的抗日傳統與中國的五四傳統結合起來，因為這兩種傳統都是以批判精神為主調。他自己的左翼精神，與魯迅、茅盾、鄭振鐸等人的思想傾向，誠然有不謀而合之處。

不僅如此，楊逵也積極參加各種文學座談會，高舉台灣文學的旗幟，並且指導戰後第一代的作家。凡此都可見證楊逵的文學批判能力並未因時代的轉換而稍減。尤其是他介入一九四八至四九年的鄉土文學論戰，對於部分抱持優越意識的外省作家進行強烈批判，更可顯現他的台灣文學主體性之追求，更基於日據時期的堅毅果

楊逵，《鵝媽媽出嫁》

決。本章稍後，將對此歷史議題深入討論。

對照於楊逵的活躍與果敢，龍瑛宗是另一位值得注意的典型人物。面對時代的轉變，面對霸權論述的凌駕，他對自己有過的殖民經驗，特別是皇民化文學的經驗，抱持消極而否定的態度。在一九四五年十一月的《新新》創刊號上，他留下如此的文學札記：「台灣不是有文學嗎？是的，有過像文學的文學，然而這不是文學，應該知道的。有謊言的地方就沒有文學。有披著假面的文學是偽文學。我們非首先自己否定不可。我們非再出發不可。非走正道不可。」這是相當黯淡的心情，全然不敢肯定自己有過的文學生涯。然而，他的文字透露更為深沉的信息，乃是強烈的絕望與虛無。「有謊言的地方就沒有文學」，固然是在影射自己曾經從事過的皇民化文學，但是也等於在抗拒戰後官方的表態文學。所謂「披著假面的文學是偽文學」，無非是在反諷當時政治支配文學的畸形現象。

龍瑛宗於一九四七年一月的《新新》月刊（新年號〔二卷一期〕），發表〈台北的表情〉一文，更加能表現他精神上的虛無傾向。這篇散文描述著，他在夜晚散步於太平町大橋時的心情。他說：「從前我時常抱著個希望來這裡徘徊著，但是，現在的我是很多的回想比希望更加多倍在我的懷裡還生著，他更使我感著疲倦。」然後，他在散文裡自問：「現在的台北的表情怎樣？到底是憂鬱的還是歡呼的？事實上台北是憂鬱而歡呼的。換句話說，台北有二種相反的表情，要是憂鬱是地獄，歡呼是天國，那麼台北一定是以一部分的人看來是地獄，另從一部分的人看來倒是天國。」龍瑛宗書寫這段文字時，距離台灣光復才三個月而已。然而，他那種蕭索無助的喟嘆，不能不令人聯想到他的第一篇小說〈植有木瓜樹的小鎮〉。居住在整潔地方的是統治者，拘囿於狹隘髒亂的地方是本島人。戰後初期的天國與地獄之分，又更加鮮明地表現在龍瑛宗的思考裡。較諸殖民統治下的精神面貌，他的敗北感似乎無可挽救了。

在光復之初的一九四五年十一月，龍瑛宗在《新風》雜誌的〈青天白日旗〉與《新新》創刊號的〈從汕頭來的男子〉兩篇小說，故事中仍然洋溢著對祖國的期望。但是，到了一九四六年四月發表於《中華日報》的〈燃燒的女人〉，則立刻轉變為巨大的幻滅。這種劇烈的起伏，正是過渡時期知識分子的最佳寫照。台灣光復誠然沒有帶給他解放的感覺，已經分辨不出他的時代究竟有沒有脫離殖民地的統治。在這段時期，他只在一九四七年出版了一冊日語雜文《女性を描く》（描寫女性）。從此以後，他沉默了將近三十年，才又開始嘗試中文的書寫。

戰後日據作家中的另一個典型是呂赫若。這位傑出的日文作家，一九三五年以小說〈牛車〉崛起於台灣文壇。十年後，他立刻以嘗試中文創作的方式迎接全新的時代。一九四六年擔任《人民導報》記者的期間，他完成了四篇小說，分別發表於一九四六年二、三月《政經報》的小說〈戰爭的故事——改姓名〉與〈戰爭的故事——一個獎〉，乃在於批判日本人的皇民化運動；而在同年十月發表於《新新》的〈月光光——光復以前〉，以及次年二月一日發表於《台灣文化》（二卷二期）的〈冬夜〉，則是非常放膽地批判陳儀政府的「中國化」政策。

呂赫若在這段時期的中文書寫還非常生澀粗糙，足以代表熟悉日文思考的台灣作家之糾葛掙扎。他選擇使用中文，自然具有去殖民的意味。尤其是〈改姓名〉與〈一個獎〉，都在揭穿皇民化運動的虛偽與欺罔。這兩篇小說一方面對於日本殖民體制表達強烈的批判，一方面對於中華文化也表達了一定程度的認同。從小說主題的安排，可以發現呂赫若在於暗示他在皇民化運動期間所寫的作品，無非是一種虛應的態度。在當時中國化的強勢要求下，呂赫若或多或少必須為自己過去的文學活動辯護，那種心情，正是另一種尷尬的表態。

〈月光光〉固然也是反皇民化的小說，但其中的對話卻意有所指地批判陳儀政府的霸權。因為，故事主題乃是針對日本殖民者的國語政策而發展的。日本人視台灣人的語言為次等的、不潔的，這種歧視行為與陳儀政府的國語政策毫無二致，都同樣要求台灣人遺忘自己的語言。在日本強勢語言攻勢的逼迫下，小說中的人物終於發出了抗議：「我們是要在此永住的，像現在這樣的一也不可說台灣話二也不可說台灣話，我們是台灣人，台灣人若老不可說台灣話，要怎樣過日子才好呢？」[8]這樣的聲音，既是針對太平洋戰爭期間的國語政策，當然也是朝向戰後中國化的國語政策而發出的。呂赫若寫這篇小說時，足夠反映他對光復的興奮之情已經退潮了。對於強勢文化的抗拒，呂赫若的堅決姿態至此表露無遺。

從這個角度來觀察他在二二八前後發表的〈冬夜〉，更能體會呂赫若內心的憤懣。從反對殖民體制、批判皇民化運動的基礎出發，呂赫若刻意在這篇小說裡把國民黨與日本人並置等量齊觀。小說中的台灣女性彩鳳，因丈夫木火被徵召到南洋作戰，必須承擔維持家計的責任。戰爭結束後，木火未曾歸鄉，彩鳳又失業。在物價騰貴的生活壓力下，她被迫到酒家上班，也因此認識了隨重慶政府來台接收的外省男人郭欽明。這位接收官員覬覦彩鳳的肉體，遂以手槍要脅的方式逼婚。為了合理化他的野蠻行為，郭欽明向她表白：

> 你這麼可憐！你的丈夫是被日本帝國主義殺死的，而你也是受過了日本帝國主義的殘摧。可是你放心，我並不是日本帝國主義，不會害你，相反地我更加愛著你。要救了被日本帝國主義殘摧的人，這是我的任務。我愛著被日本帝國主義蹂躪（躪）過的台胞，救了台胞，我是為台灣服務的。[9]

8　呂赫若著，林至潔譯，〈月光光〉，《呂赫若小說全集》，頁五三〇。

9　呂赫若著，林至潔譯，〈冬夜〉，《呂赫若小說全集》，頁五四一。

小說所使用的語言，顯然是抄襲當時官員的口頭禪，台灣人已都耳熟能詳。呂赫若把這種官式語言寫入小說，自然是在表達他忍無可忍的憤怒，更在於反映同時代社會的不滿之情。正如呂赫若在日據時期所塑造的小說中女性，都在影射台灣的命運，這篇小說的彩鳳，尤為準確地描繪光復後台灣的遭遇。透過彩鳳的坎坷生涯，呂赫若的小說等於是在預告時代出路的封閉。小說的結尾處，突兀地插入了一段「開槍抵抗」的情節，似乎與整篇小說的結構銜接得極為牽強。然而，這段節外生枝的插曲，卻暗含著強烈的信息。呂赫若通過這樣的故事安排，似乎在於透露他個人已有了明確的抉擇。要尋找台灣的出路，顯然只有訴諸武力抵抗。果然在二二八事件後，呂赫若便參加了地下左翼組織，並且捲入了所謂的「鹿窟武裝基地事件」，而於一九五一年死於深山之內。一位傑出的小說家，以革命家的身分告別人間，誠然為戰後歷史寫下悲苦壯烈的篇章。

## 來台左翼作家與魯迅文學的傳播

在戰後初期的文學活動中，有一個團體是值得注意的，就是台灣文化協進會[10]。這個團體的名義，與一九二一年成立的台灣文化協會相近似，顯然有意繼承日據時期聯合陣線的策略。不分左、右意識形態，戰後初期的重要知識分子都加入了這個團體。

台灣文化協進會成立於一九四六年六月。根據同年九月該會機關雜誌《台灣文化》創刊號，文化協進會的組織如下：

| | |
|---|---|
| 理事長 | 游彌堅 |
| 常務理事 | 吳克剛、陳兼善、林呈祿、黃啟瑞 |
| 理　事 | 林獻堂、林茂生、羅萬俥、范壽康、劉克明、林紫貴、邵沖霄、楊雲萍、陳逸松、陳紹馨、徐春卿、林忠、連震東、許乃昌、王白淵、蘇新 |
| 常務監事 | 李萬居、黃純青、蘇維梁 |
| 監　事 | 劉明朝、周延壽、吳春霖、謝娥 |

從這份名單可以發現，這是一個半官方半民間的組織。理事長游彌堅，便是隨陳儀政府來台接收的國民黨籍台灣人，亦即當時所謂的「半山」。組織裡的半山人物還包括連震東與林忠，都是在重慶時期台灣調查委員會的成員。行政長官公署的官員范壽康、林紫貴等人也在理事的行列。其餘的台籍成員都曾在日據時代加入過抗日組織，包括台灣文化協會、台灣民眾黨、台灣共產黨與台灣地方自治聯盟。這種結合代表戰後知識分子的一次跨黨派聯盟，也是官民之間相互結合的一次嘗試。此一組織重要職務的負責人如下：許乃昌（總幹事）、陳相成（總務組主任）、王白淵（教育組主任兼服務組主任）、蘇新（宣傳組主任）、陳紹馨（研究組主任）、楊雲萍（編輯組主任）。

台灣文化協進會的主要工作，便是官方能夠透過一個民間機構，使中國化的文化政策推行到廣大的知識分子之中。因此，除了發行《台灣文化》之外，也不定期舉辦文化講座、座談會、音樂會、展覽會與國語

10　台灣文化協進會成立於一九四六年六月十六日，其宗旨是：「聯合熱心文化教育之同志及團體，協助政府宣揚三民主義，傳播民主思想，改造台灣文化，推行國語國文。」其成立的主要原因是為了銜接大陸與台灣長達五十年的隔離而形成的文化與語言之隔閡，該會結集台灣文化界人士，致力於剷除日本文化的影響，並發行《台灣文化》刊物。

推行。然而，反諷的是，台籍知識分子卻利用《台灣文化》發表迂迴諷刺的批判文章，對中國化政策進行杯葛與揭發。其中值得提到的作家是蘇新（一九〇七—一九八一），台南佳里人。他原來不是作家，而是日據時期的台灣共產黨黨員，曾遭日警逮捕，被判刑十二年。是抗日運動者中，坐過日本監牢最久者之一。他與鹽分地帶詩人的領導者吳新榮過從甚密，是政治運動者中頗富人文修養的一位。戰爭結束後，蘇新立即加入「三民主義青年團」，一個屬於國民黨的外圍組織。在文學活動方面，他擔任過《政經報》、《人民導報》、《中外日報》與《台灣文化》的編輯，並以甦甡與邱平田為筆名發表評論與小說。一九四七年二月一日，他在《台灣文化》（二卷二期）發表一篇小說〈農村自衛隊〉，明白主張應以武力方式對抗陳儀政府，其批判精神與同期發表呂赫若的〈冬夜〉，可謂相互呼應。

〈農村自衛隊〉相當寫實地反映了接收後的台灣社會真相，把南部農村的破產蕭條與病疫流行景象暴露出來。小說中有一段對話說：「……現在台灣也太自由了，天花霍亂自由猖獗，流氓賊子自由搶劫，工廠自由倒閉，農村自由荒廢，奸商地主自由囤積，老百姓自由叫餓——光復後的台灣，是何等自由啊！」文字極為辛辣，等於是公開向陳儀政府批判。小說中也主張成立農村自衛隊，並且明言表示：「文的時代已經過去了，現在是武的時代。」這種武裝的提倡，顯示台灣社會幾乎到達了崩潰的邊緣。就在二月二十八日，暴動事件就在一夜之間蔓延。蘇新的觀察，正是當時所有知識分子的同樣感受，已經預見到一場巨大的衝突無法避免。

《台灣文化》的重要作家有吳新榮、楊守愚、呂訴上、洪炎秋、劉捷、呂赫若、廖漢臣、黃得時等人。不過，這份刊物的另一主要任務，便是與外省作家合作，以便達到該刊創辦的目的，也就是突破大陸與台灣之間語言和文化的隔閡，「建設民主的台灣新文化和科學的新台灣」。大陸籍作家在此刊物發表文章的有許壽裳、臺靜農、袁珂、李何林、李霽野、黃榮燦、黎烈文、雷石榆等。這些大陸作家有一共同特色，便是具有左翼思想的色彩。另外還有一個重要特色，則是他們對於魯迅思想的傳播致力甚深。這是台灣抗日傳統與中國五四精神嘗試結盟的一個重要契機，卻由於歷史環境的不容許，這種結盟只存在五個月，便因二二八事件的發生而宣告解散。

在外省作家中最重要的是許壽裳（一八八三—一九四八），是浙江省紹興縣人，曾與陳儀、魯迅一起在日留學，他們又都是同鄉。陳儀來台擔任行政長官時，邀請許壽裳擔任台灣省編譯館館長。當時，在教育界的重要首長，都清一色是浙江人，包括教育處長范壽康、台灣大學校長陸志鴻、教務長戴運軌，以及師範學院（即今師大）院長李季谷。這也是戰後初期政治文化的主要現象，亦即裙帶關係或同鄉關係構成陳儀政府的官僚體系。不過，許壽裳的主要任務，乃是編譯課本教材與名著介紹，因此編譯館內部遂分成學校教材組、社會讀物組、名著編譯組與台灣研究組。其中負責傳播三民主義與民族精神的，當以編寫中學國文、歷史教材的學校教材組為最重要。台灣研究組的設立，為台灣文化傳統的保存與整理保留了一個空間，是戰後最早有關台灣研究的官方機構。

許壽裳在文學活動方面，則是以介紹魯迅思想受到當時人的重視。由於他與魯迅的交往密切，又有同鄉同學之誼，因此在台灣報刊雜誌上寫了許多篇有關魯迅的文字。魯迅思想在台灣的傳播，是戰後初期的特殊現象，因為他的批判精神並不為國民黨政府所容許。日據台灣作家之積極接受魯迅文學，就在於利用這位偉大作家的批判精神，來抵抗陳儀政府的貪污腐化與文化歧視。台灣作家與中國作家能夠相互結盟，就在魯

洪炎秋（《文訊》提供）

迅文學的介紹工作上，找到了共同的基礎。日據作家楊逵、龍瑛宗、楊雲萍、黃得時、王詩琅與稍後的鍾理和與藍明谷，都與魯迅思想有過深入的接觸。《台灣文化》推出的「魯迅逝世十週年特輯」，便是由蘇新主編，廣邀大陸作家加入撰稿陣容。這個專輯中，台灣作家只有楊雲萍寫了一篇〈記念魯迅〉，已如前述。其餘都是由大陸來台作家執筆，包括許壽裳〈魯迅的精神〉、高歌譯〈斯萊特萊記魯迅〉、陳烟橋〈魯迅先生與中國新興木刻藝術〉、田漢〈漫憶魯迅先生〉、黃榮燦〈他是中國的第一位新思想家〉、雷石榆〈在台灣首次紀念魯迅先生感言〉，以及謝似顏〈魯迅舊詩錄〉。

許壽裳〈魯迅的精神〉驚人之處，就在於開頭便引用魯迅在〈無花的薔薇〉一文所說的話：「血債必須用同物償還。拖欠得越久，就要付更大的利息。」這反映了許壽裳在當時國共內戰之際所懷的心情，同時也是對國民黨統治下台灣人的一個啟示。這篇文字所蘊藏的力量非常強烈，尤其對於生活在深陷困頓的台灣人而言，魯迅的字句富有深刻的暗示。許壽裳在《台灣文化》，還發表過〈魯迅的人格與思想〉[11]與〈魯迅的遊戲文章〉[12]，並在其他刊物如《台灣》月刊、《和平日報》介紹魯迅文學。就在這段期間，許壽裳在台灣完成了兩部專書，即《魯迅的思想與生活》[13]與《亡友魯迅印象記》[14]。

由於許壽裳廣泛在報刊上向台灣知識分子介紹魯迅，遂引起國民黨保守勢力的注意，並且在官方出版品如《中華日報》、《正氣》月刊發動攻勢抨擊他。在中國化政策推行的風潮中，許壽裳的立場誠然是一異數。一九四八年二月，他在家中遭到殺害，現在已公認是陳儀政府所下的毒手。魯迅的文化意涵，從這種官民對立的事實中具體表現出來。

來台的左翼作家，大多是魯迅生前的好友，包括臺靜農、李霽野、黎烈文、李何林等人。其中臺靜農和李霽野，是一九二五年在北京與魯迅共同組成「未名社」[15]的作家，可以視為魯迅的入門弟子。到台灣之前，臺靜農曾編輯過一冊《關於魯迅及其著作》。李何林到台灣之前也編過一冊《魯迅論》[16]，收集二十餘篇一九三〇年代之前有關評論魯迅的文章。他在《台灣文化》上發表過〈讀《魯迅書簡》〉一文，並且寫了一小冊子《五四運動》，列入錢歌川主編的「中華民國歷史小叢書」。

黎烈文與魯迅的交往更為密切。一九三三年黎烈文在上海《申報》主編副刊〈自由談〉時，就邀請魯迅撰稿。魯迅生前留下的兩冊雜文集《偽自由書》與《準風月談》，便是在〈自由談〉所寫的文章收輯成集。一九三四年，黎烈文受到排擠而離開《申報》，遂接受魯迅邀請參加《譯文》月刊的創辦。《譯文》停刊後，黎烈文又受魯迅的鼓勵創辦《中流》半月刊。由此可以看出，魯迅晚年發揮戰鬥精神之際，黎烈文扮演了戰鬥夥伴的角色。

黃榮燦是一位木刻家，頗受魯迅的新興木刻運動的影響。他與魯迅從未謀識，但私淑其批判精神。來台工作後，與台灣知識分子來往甚密。李純青創辦的《台灣評論》（共發行四期），每期封面均刊登黃榮燦的木刻作品。他的畫風質樸，具有寫實精神，因此主題均富有批判性，是那段時期風格傑出的藝術家。

在台灣作家中，除了楊逵翻譯魯迅文學之外，另外還有一位藍明谷翻譯過魯迅的《故鄉》。藍明谷（一九一九—一九五一），高雄岡山人，到北京留學過，在那裡與台灣作家鍾理和成為知己。《鍾理和日記》中，對於二人的交往有很多記載。藍明谷於一九四六年返台後，因鍾理和的介紹，到基隆中學任教國文。該

11 許壽裳，〈魯迅的人格與思想〉，《台灣文化》二卷一期（一九四七年一月）。

12 許壽裳，〈魯迅的遊戲文章〉，《台灣文化》二卷八期（一九四七年十一月）。

13 許壽裳，《魯迅的思想與生活》（台北：台灣文化協進會，一九四七）。

14 許壽裳，《亡友魯迅印象記》（上海：峨嵋，一九四七）。

15 一九二五年創立於北京，與會者包括魯迅、李霽野、韋素園等人，發行《未名》、《莽草》等刊物，一九二八年遭查封，一九二九年正式解散，其主要內容為介紹翻譯與俄國文學，及十月革命後的蘇聯文學。

16 李何林，《魯迅論》（西安：陝西人民，一九八四年重新出版）。

校校長鍾和鳴（浩東），正是鍾理和同父異母的弟弟。魯迅的《故鄉》，是藍明谷授課時的國文教材之一。

台灣作家尊敬魯迅，視他為世界性文豪，黃得時、楊雲萍、龍瑛宗等人的觀點都是如此。另外則視他為弱勢者的代言人，具有反迫害、反階級鎮壓的意識，楊逵與藍明谷均是如此。來台的大陸左翼作家，則凸顯魯迅的社會主義思想，視他為反封建、反獨裁的象徵。直至一九四七年二二八事件爆發之前，魯迅在台灣文壇上成為熟悉的名字。這是台灣文學發展史中的一個重要現象，從魯迅文學的傳播，可以看到兩個不同的文學傳統是如何會合並結盟。但是，這兩股傳統，亦即抗日精神與五四精神，卻是陳儀政府極力予以阻撓並鎮壓的。二二八事件的發生，使得雙方的結盟宣告中斷，而魯迅思想也淹沒在台灣歷史的狂流之中。

## 二二八事件對台灣文學的衝擊

二二八事件爆發的前夜，台灣文化界已經釀造了前所未有的苦悶。最為典型的例子，便是簡國賢的劇作《壁》，由宋非我的聖烽演劇團在台北演出[17]。此劇的推出，非常賣座，是戰後極為罕有的現象。吳濁流寫了一篇劇評〈某一種逃避現實——關於聖烽演劇的發表會〉，發表於《中華日報》日文版：「僅僅因為隔了一堵牆而展開了極樂與地獄的兩個世界，而且分為得天獨厚的人和被踐踏的人。……隔著一堵牆壁，奸商錢金利過著豪華的生活，肆無忌憚地發揮動物性性格。而在另一方卻是為痛苦、貧苦、失業所逼迫，終於被逼到絕望的終局，自己高喊著『壁！壁！』把身子撞上牆壁而告死亡。」[18]台灣社會出現了兩個世界，絕非是虛構的戲劇，而是赤裸裸的現實生活。這種天堂與地獄的二分法，也出現在龍瑛宗的散文裡。聖烽演劇團的《壁》，終於遭到陳儀政府的禁止，並非是意外的事。

文化上的苦悶，也表現在另一篇王育德（王莫愁）所寫的〈彷徨的台灣文學〉[19]，文中指出，日據時期的作家王白淵、楊雲萍、龍瑛宗、呂赫若、張文環、楊逵等人，在戰爭期間只能寫一些比較不牴觸政治主題的文學。他進一步指出：「然而台灣光復了。他們興致勃勃地想要大寫特寫日據時代不讓他們處理的題材。然而興奮與激動只是曇花一現，特意苦心慘淡地學到的日文卻不能公開使用。他們又變成國語講習會裡的一年級學生。」文章又說：「那麼現時台灣有那一種文學存在？如果勉強去尋找就找到『阿山文學』。它的本質是以在台外省人為對象的，充其量只不過是本國短篇小說皮相的介紹而已。當大多數的台灣人無法充分懂國語文的現在，這種文學游離大眾，並不具任何價值。」王育德的文章，暴露了當時的文化政策，已經與台灣社會脫節。本地作家失去了創作的空間，而官方介紹的中國文學又與現實毫不相干。在言論自由與出版自由日益喪失之際，知識分子內心的焦慮與危機當是可以推見。

一九四六年十二月，台灣行政長官公署宣傳委員會出版一冊《台灣一年來之宣傳》，明白記載了官方在思想箝制方面的成就。書中說：「本省光復後，本會為肅清日人在文化思想上之遺毒起見，特訂定取締違禁圖書辦法八條，公告全省各書店、書攤，對於違禁圖書應自行檢查封存聽候處理，並由署令各縣市政府遵照辦理。至台北市部分，則由本會會同警務處及憲兵團檢查，計有違禁圖書八百三十六種，七千三百餘冊，除一部分由本會留作參考外，餘均焚燬。其餘各縣市報告處理違禁圖書經過者，計有台中、花蓮、屏東、高雄、台南、彰化、基隆等七縣市，焚燬書籍，約有一萬餘冊。」足證當時思想檢查之嚴密而徹底，對於作家的創作空間已構成重大威脅。相對於日本殖民政府的思想控制，陳儀政府可謂有過之而無不及。因為，上述

17 簡國賢並發表〈被遺棄的人們——關於《壁》的解決〉，日文原文刊於《新生報》，一九四六年六月十三日。藍博洲曾拜訪簡國賢遺孀，尋得《壁》之手稿，收入其所編著之《文學二二八》（台北：台灣社會，二〇〇四）。

18 吳濁流著，葉石濤譯，〈某一種逃避現實——關於聖烽演劇的發表會〉，《中華日報》日文版文藝欄，一九四六年六月二十二日。

19 王育德（王莫愁），〈彷徨的台灣文學〉，《中華日報》（一九四六年八月二十二日）。

的查禁工作，僅在光復後短短一年之內就完成了。

政治、經濟、文化的特殊化，並沒有使台灣社會真正脫離殖民統治。相反的，由於權力壟斷，排除台籍知識分子於公家機關之外，因而貪污腐化現象成為普遍的官場文化。在物資與市場上的大量掠奪，引起嚴重的通貨膨脹與經濟蕭條。失業洪流到處氾濫，司法制度全盤遭到破壞。再加上天花、霍亂、鼠疫的猖獗，整個社會全然陷入混亂失序的狀態。這些因素的累積，終於導致二二八事件的衝突。

這個悲劇事件發生的背景原因很多，其中最主要的仍然是文化差異的衝突。經過現代化洗禮的台灣與停留在封建階段的中國社會，在彼此接觸過程中產生許多扞格不合的現象。台灣雖然經過殖民統治，但是島上住民在抵抗殖民體制之際，也同時吸收了現代的人權、法治、行政、衛生等等的進步觀念；而這些觀念正好是陳儀政府的官員非常不習慣的。使事情更為惡化的是，落伍的統治者還攜帶文化優越感來台灣，實施歧視性的文化政策。所以，當台灣知識分子提出政治改革要求時，陳儀政府便以「陰謀叛亂」的藉口，展開有系統的、全島性的大屠殺，釀成台灣史上空前未有的慘劇。在這場衝突中，約有一萬五千至兩萬人遇害，史稱「二二八事件」。經過鮮血的洗刷之後，台灣知識分子都陷入了寫作停頓的狀態。

左翼作家楊逵，在事件爆發後，於一九四七年三月九日台中《自由日報》發表〈從速編成下鄉工作隊〉一文，主張以自衛團方式，對抗陳儀政府。他說：「在此爭取民主與自由、在此爭取以自由無限制普選而產生自治政權這階段，除貪官污吏奸獰惡霸之反對派以外，是可以擴大統一戰線的。在此階段，我們須要包容各界（學、工、農、商、婦女、文化各界），而且也要包容無黨派，擴大民主統一戰線。」這篇文章反映了楊逵在事件中的反抗策略，也反映了知識分子終於實踐了呂赫若、蘇新在事件前所主張的武裝抵抗。文學家變成政治運動者，正是客觀政治條件的要求下而促成的。對台灣文學史而言，這又是令人痛心而惋惜的一頁。

楊逵在事件後，因為寫了這篇文章而幾乎被判死刑，但由於負責審問的軍官為他隱藏起來，才免於受罪。但是，並非是所有作家都如此幸運。張文環在事後餘悸猶存地表示：「台灣人背負著陰影生存下來，而且活得像個笑話，然後默默死去。有人被槍殺，而活下來，有的亡命他鄉……」[20]驚惶、畏懼、消極、不安的情緒，瀰漫著整個台灣社會。對於作家而言，這種感受尤為深切。所有文學刊物如《政經報》、《台灣評論》、《人民導報》、《民報》，全部都被查禁。日語使用則全面禁絕，日據文學傳統至此宣告中斷。

作家的命運較諸思想檢查還要坎坷，曾經領導台灣文藝聯盟的張深切與張星建，在事件後長期亡命，並大量燒燬個人的相片與文稿。台灣大學教授詩人張冬芳，也是不斷逃亡，直至一九五〇年白色恐怖的前夕才出面自首。《台灣文化》編輯蘇新，則偷渡逃亡到香港，在那裡完成一部《憤怒的台灣》[21]。小說家張文環，逃至山中躲藏，從此自我封筆，長達三十年。王白淵則被指控知情不報，判刑入獄兩年。鹽分地帶詩人吳新榮，遭到通緝，在自首之後受到監禁、審判，經過三個月以後，才獲釋。參加過皇民化運動的周金波，在戰後加入三民主義青年團，但在事件後也被逮捕，最後以金錢贖回釋放。《民報》發行人林茂生，是台灣第一位哥倫比亞大學哲學博士，任教於台灣大學，在事件中遭到殺害。《人民導報》發行人王添燈，也同時遭到殺害。

面對殘酷的政治現實，所有的日據作家都停止文學創作。呂赫若參加了地下政治組織，從此向文學告別。朱點人、郭秋生、楊熾昌、郭水潭、陳垂映、巫永福、劉捷、林芳年、王昶雄、莊培初等人，或因語文障礙，成為恐懼陰影，都拒絕重新執筆。日據作家的瘖啞，使可貴的文學傳承產生了斷層。

大陸來台的左翼作家李霽野、李何林、張禹（王思翔），都在事件後倉皇潛逃回到中國。臺靜農、黎烈

20　黃英哲編，涂翠花譯，《台灣文學在日本》（台北：前衛，一九九四），頁二七。

21　蘇新，《憤怒的台灣》（香港：智源書局，一九四八）。

文留在台灣大學任教，終身不再提起魯迅，前者耽溺於書法藝術，後者專注於法國文學翻譯。五四傳統，也跟著及身而止。許壽裳於一九四八年被害，黃榮燦於一九五二年遭到槍決。魯迅文學的傳播，至此全然停頓下來。

台灣文學史的雙重斷裂，亦即抗日文學與五四文學的傳承，在二二八事件後便發生了。一個充滿期許的年代，便在刀光血影中匆匆落幕。歷史的悲歌未嘗終止，在二二八事件後又繼續吟唱。

# 第十章

# 二二八事件後的台灣文學認同與論戰

綏靖與清鄉的軍事鎮壓持續長達一個月之後，至一九四七年四月初才告一段落。二二八事件遺留下來的創傷，即使經過半世紀之後仍未療癒。種族屠殺式的恫嚇，先是造成省籍之間的裂痕，繼而又使台灣社會的文化傳承發生嚴重斷層。民間社團悉遭解散，報紙刊物又被查封。報復行動與濫殺事件終於使知識分子沉默下來，文學活動遂被迫進入冬眠時期。事件後的恐怖景象，可以從國民黨省黨部主任李翼中於一九五二年九月的回憶錄〈帽簷述事〉窺見一斑：

……國軍二十一師陸續抵基隆，分向各縣市進發，陳儀明令解散二二八事件處理委員會，又廣播宣布戒嚴意旨。於是警察大隊別動隊，於各地嚴密搜索參與事變之徒，即名流碩望青年學生亦不能倖免於繫獄，或逃匿者不勝算。中等以上學生以曾參與維持治安，皆畏罪逃竄遍山谷，家人問生死、覓屍首，奔走駭汗、啜泣閭巷。陳儀又大舉清鄉，更不免株連、誣告，或涉嫌而遭鞫訊，被其禍者無慮數萬人。台人均躡氣吞聲，惟恐禍之將至……[1]

這種威脅性的統治，絕非只是產生政治支配的效應，文化上霸權論述的鞏固也因此而確立下來。正如李翼中的文字所形容的：「賢與不賢皆惴惴圖自保，無敢仰首伸眉，論列是非者矣。」戰後第一代知識分子受到這種威權控制固然不敢發出聲音，即使是日據時代殘活下來的作家，也完全喪失批判的能力。

歷史事實證明，這是一個被官方刻意擴大的政治事件。從事後台灣警備總部公布的名單來看，僅有三十餘名政治人物受到通緝。而其中的王添燈、李仁貴、廖進平、陳屋、林連宗、徐春卿等人，早在事件中遭到殺害，竟仍列名於通緝之中。為了逮捕這三十餘人犯，卻製造了株連數萬人的政治災難。這個事實足以說明，武力鎮壓的目的只不過是要加速建立威權的中國體制。

在政治控制與文化支配的雙重陰影下，知識分子對於社會現實都懼於說出真話。就文學創作而言，作品的產量與品質，已經沒有事件前生動活潑的現象。就精神狀態而言，作家大多陷入消極悲觀的深淵。這種蒼白而死寂的文學景象，可以從事件一週年後楊逵的文字窺見端倪。他於一九四八年三月二十九日的《台灣新生報》副刊發表一篇〈如何建立台灣新文學〉，極其深刻地揭露台灣作家的猶豫徬徨；「目前我們瀕臨於飢餓，這就因為台灣文藝界不哭不叫，陷於死樣的靜寂。如果這樣的狀態再繼續下去，我們除掉死滅之外是沒有第二條路的。為什麼我們一直在沉默著等待死亡？難道還有比這更悲慘的事嗎？」文中所謂的飢餓，乃是指作家的精神貧困與思想枯竭。楊逵以「不哭不叫」概括那段時期台灣作家的噤若寒蟬，說明了一九四七年的流血慘劇，對文學心靈傷害之嚴重。

楊逵是一位充滿戰鬥意志的作家，即使在事件後曾經入獄百日，還是鼓起勇氣激勵台灣作家寧鳴而死，不默而生。直至一九四九年被判長期徒刑之前，他始終活躍於文壇，可以說是日據作家之中碩果僅存的批判者。楊逵的隻身孤影，證明了他的世代加速凋零。然而，也由於他與新世代作家的接觸，似乎也預告戰後第一代的文學工作者已在孕育之中。

這是文學史上的危疑時期，作家最關切的莫過於文化認同之如何自我定位。身分的認同問題，一直是殖民地社會知識分子的最大焦慮。事件後的台灣作家，在認同問題上進行創作，並也在同樣問題上與大陸來台作家進行辯論。他們對於國族認同的追求，由於歷史環境的不容許，終於沒有獲得確切的答案。而這樣的問題，也為戰後五十年的文學發展帶來無窮的爭議。

1　李翼中，〈帽簷述事〉，收入中央研究院近代史研究所編印，《二二八事件資料選輯》（二）（台北：中央研究院近代史研究所，一九九二）。

## 吳濁流：孤兒文學與認同議題的開啟

吳濁流文學的重要意義，顯現在日語文學消逝之際，中文文學崛起之初的過渡時期。他見證了時代的轉型，目睹了政治的殘酷，從而文學作品也反映了台灣社會的動蕩不安與虛無幻滅。他的小說與散文，總結了台灣知識分子在日據殖民時期的歷史經驗，同時也開啟了戰後台灣作家迎接新的政治體制時的倉皇、動搖與掙扎。

生於新竹新埔的吳濁流（一九〇〇—一九七六），原名吳建田，一九二〇年師範學校畢業以後，開始從此以後二十年的小學教師生涯。後因受到日本人的歧視，遂辭去教職。一九四一年起於南京《大陸新報》服務，目睹汪精衛政府時期中國社會實況。一年後，旋即返台，任職於《台灣日日新報》與《台灣新報》。戰後，國民政府接收《台灣新報》，改名為《台灣新生報》，吳濁流繼續擔任該報記者。從日本投降到二二八事件爆發的一年四個月期間，他見證了社會的巨大轉變。對於警察士兵欺凌百姓的事實，貪官污吏腐化墮落的真相，霸權文化歧視排擠的實情，他都有刻骨銘心的感受。在這段時期，他不僅撰寫社論抨擊時事，並且也從事文學創作，為整個時代的沉淪與幽黯留下了可貴的證詞。在二二八事件後，他是少數知識分子敢於繼續撰文批判的作家。

吳濁流

其中最值得注意的，便是在事件後的一九四七年六月，吳濁流出版了日文專書《夜明け前の台湾——植民地からの告発》（黎明前的台灣）[2]，頗能代表動蕩年代知識分子的掙扎心情。在台灣人陷入情緒最低潮之際，他的文字固然具有深沉的喟嘆，不過，隱隱中他也透露了激勵鼓舞的信息。從書名就可推知，台灣的戰爭狀態雖已結束，殖民體制雖已告終，台灣仍然還是停留於黑暗之中的土地，仍然還是在等待黎明到來的島嶼。尤其是事件後的台灣，所有的人民都表現得過於軟弱。他撰寫這本小冊子的目的，在於提醒台灣人應該勇於自我鍛鍊；只有具備自足自主的能力之後，才能夠談論如何掌握自己的命運。

吳濁流是從一個去殖民的觀點，去追尋台灣文化主體重建的問題。他認為，「台灣人」乃是歷史的產物，因此常常受到嚴重扭曲。他特別指出：「過去台灣人的各方面都被檢討，以前日本人以日本人的觀點批評為利己主義，這次外省人來了，說是被奴化的。」他這樣的歷史反省，頗能反映當時大多數台灣人的心境。夾在兩大強勢文化之間的台灣人，在歷史縫隙中的犧牲者。然而，他不強調悲觀的一面，反而提醒台灣人應該「把自己徹底分析一番」。在這篇長文中，他闢出〈奴化教育與對台灣教育的管見〉一節，為台灣人

吳濁流，《黎明前的台灣》日文專書

2　吳濁流，《夜明け前の台湾——植民地からの告発》（台北：學友書局，一九四七），日文出版。一九七七年收入張良澤編，《吳濁流作品集》（台北：遠景）。

曾經有過的殖民經驗辯護。

首先，他指出國民政府來台接收時，就對島上住民進行政治性的謾罵：「本省人受了奴化教育，既然受奴化教育，便多多少少有奴隸精神。既然有奴隸精神，在精神上難免有缺陷而不能跟祖國人士一般看待，因此在一段時期只好忍耐於被統治者的地位。」吳濁流相當敏銳地分析了戰後的權力結構是如何塑造起來，以「奴化教育」的指控，鞏固國民政府霸權論述的地位，從而使台灣人繼續被迫接受被統治的身分。這種文化再殖民的策略，乃是有系統、有計畫地使台灣人在心理上屈服。對於這種粗暴的心理鎮壓，吳濁流反駁說，並非受日本教育、受日本統治就可等同於奴化教育。他指出，在日本殖民地社會裡，台灣人曾經展開過一連串的抗爭行動，並不安然接受殖民統治的事實。他以歷史事實說明，中國受到清朝三百年的奴化教育，不也進行過無數的抵抗嗎？

其次，他再三強調台灣人的抗爭性格。他說：「台灣人是由台灣的歷史與環境培育出來的，有其特異性。這種特性，表現在三百年來不斷對殖民者從事鬥爭。在艱難環境下，自然養成堅韌的性格。」他進一步解釋：「台灣人不但在人為的環境從事鬥爭，在自然環境也是一樣的；他們經常要抵抗颱風、水災、地震等大自然的壓迫，外加番害。在這種環境下，自然養成反撥力，因而鬥爭心、競爭心特強，於是他們有如虹皰力，意志堅固而富於進取性。」這段話使用「番害」一詞，無意透露漢人文化中心論的盲點外，基本上對島上住民的民族性，頗有真確的解析。

針對這種充滿鬥志的民族性，吳濁流鼓勵台灣青年必須卸下枷鎖，棄擲悲觀，積極在台灣扎根。他說：「台灣這三百年來被放在殖民地的環境之下，因而所產生的文化不可避免地帶著殖民地的性格。因此要養成真正的文化，非進一步飛躍不可。過去的文化就是沒有根，而能震撼人心的也尚未出現。藝術如此，文學也如此。」文化必須在土地生根，才能枝葉繁茂。這種說法，可能沒有新意。但是，這樣的文字發表於巨大的流血事件之後，其中的微言大義誠然值得玩味。

與同時代的作家相較之下，吳濁流無懼的發言，無非是為了台灣文化的主體性。他一方面指出官方論述的傲慢，一方面肯定台灣人的歷史性格。他措詞用句的苦心，可謂力透紙背。然而，吳濁流的重要性並非只是在事件後完成這本小冊子。戰後初期他發表的小說，才是值得注意的。《黎明前的台灣》可以視為他在這段時期的心境鑑照，也是他文學思考的歷史理論基礎。幾乎可以說，文化認同乃是吳濁流自太平洋戰爭以降，一直到戰後，以至晚年的一個中心議題。忽略了認同的問題，等於忽略了吳濁流的文學精神。

台灣文學史上，如果「孤兒文學」一詞可以成立的話，則吳濁流應該是這個文體創建者。以〈水月〉[3]與〈泥沼中的金鯉魚〉[4]登場於文壇的吳濁流，展現他經營短篇小說的技藝。這兩篇小說，都是透過女性身分，探照殖民地社會中男性內心的虛無、虛構與虛偽。以他出生的年代來看，寫作出發的年齡似乎有些遲到。然而，一旦開始寫作以後，創作力之驚人，足可睥睨同儕。

在太平洋戰爭期間，皇民化運動臻於高峰之際，吳濁流在暗地裡完成長篇小說《亞細亞的孤兒》[5]。寫於一九四二至一九四五年的這部作品，下開日後台灣作家長篇小說之先河。然而，他偷偷創作這部小說時，並未預見日本就要投降，也未確知台灣的日後歸屬。在未知與無知的狀態下，他精確寫下了台灣人在戰爭中的孤絕心情。由於小說觸及高度敏感的政治問題，為了躲避日警的檢查，他說：「每次執筆寫了兩三張稿

3　吳濁流，〈水月〉，《台灣新文學》三月號（一九三六年三月）。

4　吳濁流，〈泥沼中的金鯉魚〉，《台灣新文學》六月號（一九三六年六月）。

5　吳濁流，《亞細亞的孤兒》，原名《胡志明》，第一篇（台北：國華，一九四六）；第二篇：悲戀の卷（台北：國華，一九四六）；第三篇：悲戀の卷／大陸篇（台北：國華，一九四六）；第四篇：桎梏の卷（台北：民報總社，一九四六）。於一九六二年翻譯集結出版，傅思榮譯，黃渭南校閱（台北：南華）。

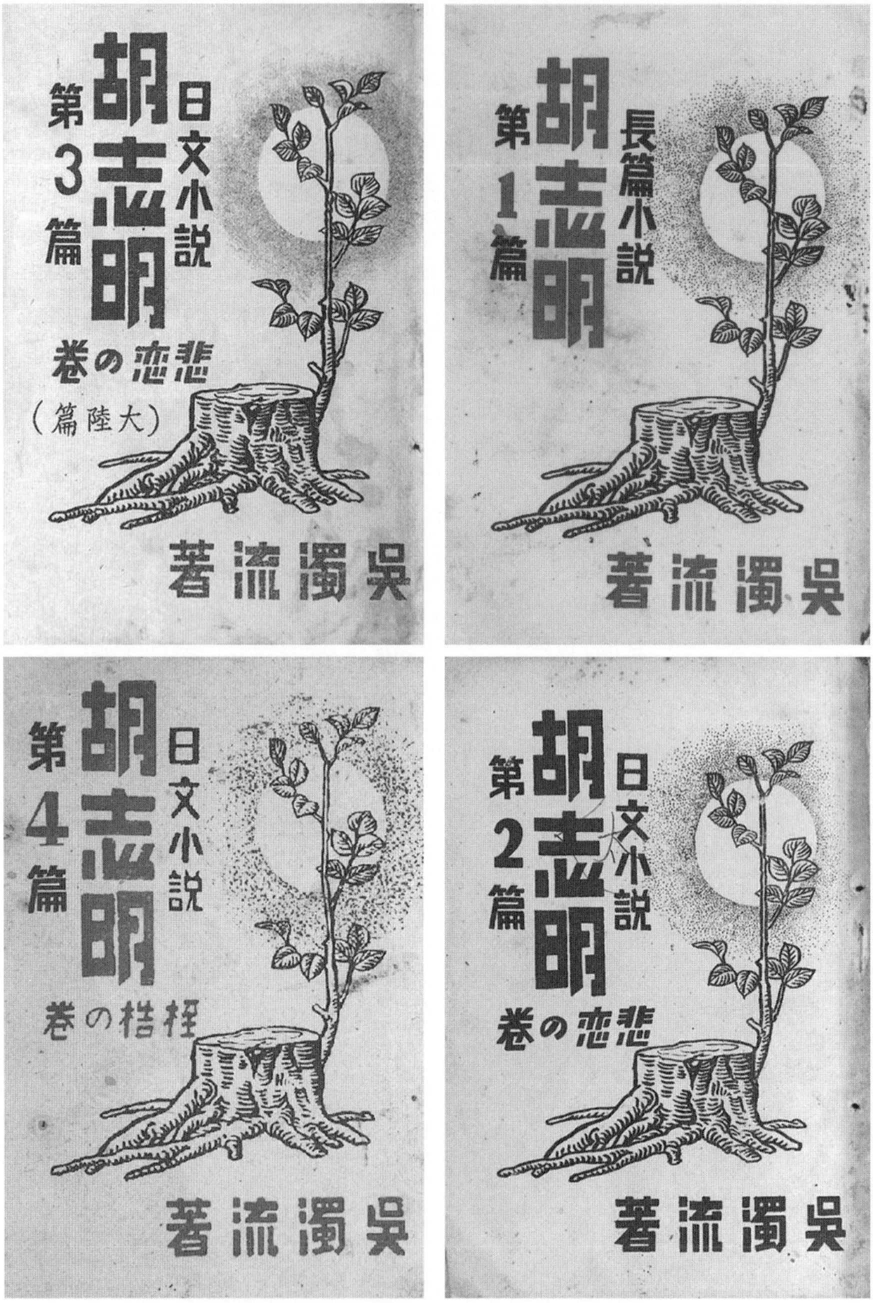


吳濁流，《亞細亞的孤兒》，日文版原名《胡志明》。

紙，便藏在廚房的木炭籠裡，積了一些，便疏散到鄉下的老家。」正是在充滿挑戰的環境裡完成的小說，吳濁流後來自稱這部作品「不異是一篇日本殖民統治社會的反面史話」[6]。

《亞細亞的孤兒》不是最初的書名。他以《胡志明》為題，卻因與越共領袖的名字巧合，遂改成《亞細亞的孤兒》，書中主角的名字也改為胡太明。這位知識分子的曲折命運，其實是台灣近代史的縮影，同時也是吳濁流個人的自傳性小說。透過胡太明一生在台灣、日本、中國之間的飄泊流亡。吳濁流把殖民地知識分子對國族認同的覺醒與幻滅，寫得相當淋漓盡致。這部日據時期以來最大的長篇小說，總結了陳虛谷、巫永福、朱點人、蔡秋桐、龍瑛宗等作家所處理過的文化認同問題。甚至皇民化運動時期王昶雄、陳火泉、周金波所經驗過的國族困惑，也出現在吳濁流的小說之中。胡太明的流亡，不是肉體上的，而是精神上。具體而言，他並非沒有肉

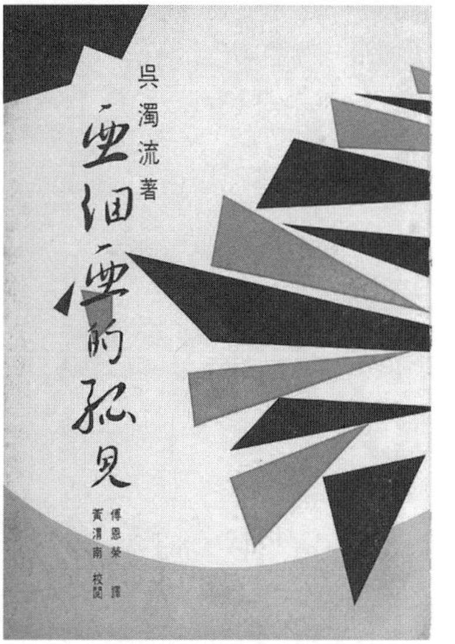


吳濁流，《亞細亞的孤兒》

吳濁流，《亞細亞的孤兒》

6　吳濁流著，張良澤譯，〈亞細亞的孤兒（日文版）自序〉，收入張良澤編，《吳濁流作品集六．台灣文藝與我》（台北：遠行，一九七七），頁一七九。

體上的故鄉，而是沒有精神上的原鄉。因此，他不僅在島外流亡，而且也在島上流亡。最主要的原因，他找不到思想上、心理上、情感上的依靠與信仰。

這部小說既是反映戰爭期間台灣知識分子的徬徨，也是在預告日後台灣社會的茫然前途。台灣人處在日本人與中國人的夾縫中，都得不到任何人的信賴，而這樣的族群也喪失了自我認同。胡太明內心的飄搖不定與虛無幻滅，從他受到的嘲弄就可窺知：

> 歷史的動力會把所有的一切捲入它的漩渦中去的。你一個人袖手旁觀恐怕很無聊吧？我很同情你，對於歷史的動向，任何一方你無以為力，縱使你抱著某種信念，願意為某方面盡點力量，但是別人卻不一定會信任你，甚至還懷疑你是間諜。這樣看起來，你真是一個孤兒。

在整個流亡過程中，最大的幻滅莫過於在他終結飄泊日本、中國的旅程歸來之後，赫然發現故鄉台灣的兄長變成了日本人的御用紳士。他的生命淪為虛幻的陰影，使得充滿理想熱情的胡太明被逼成瘋。而發瘋正是流亡精神最為極致的象徵。胡太明不斷追尋認同的結果，竟然沒有任何時間、空間與人物是值得信賴的。胡太明其實不是虛構的小說主角，而是台灣人在各種文化之間被排擠、被邊緣化的具體寫照。在太平洋戰爭接近尾聲之際，這部小說刻劃了台灣知識分子的失落與絕望。

這種對歷史、前途、命運充滿未知的情緒，顯然並沒有因為日本投降而獲得確切的答案。在戰後到二二八事件之前，他發表了〈陳大人〉[7]與〈先生媽〉[8]兩篇小說，對殖民地社會的統治與被統治提出嚴厲批判。但是，更值得注意的是，在事件後他完成《黎明前的台灣》，同時又寫成中篇小說《ポツダム科長》（波茨坦科長）[9]。這篇小說在一九四七年十月完稿，而於一九四八年五月以日文出版。他的書寫策略似乎較諸《亞細亞的孤兒》更精進一層。吳濁流極其辛辣地揭露國民政府接收台灣時的種種醜聞醜態，是事件後台灣人的心影錄。

《波茨坦科長》以重慶接收人員范漢智為中心，展開戰後官方在台灣物資掠奪的故事。范漢智掩飾了在抗戰期間做過漢奸的罪行，來到台灣搖身變成了正義凜然的拯救者。他遇到了台灣女性玉蘭，而開始了另一個全新的人生。故事以兩條主軸同時進行，范漢智看到的島上風光，盡是豐富的財產資源；而玉蘭見證的社會，則是處處顯露蕭條破敗的廢墟景象。各自擁有不同歷史經驗的這對男女，在結合之後就已預告悲劇式的結局。范漢智日夜投入盜賣、走私、偷運的勾當，最後終於躲不過被捕的命運。這位曾經參加過北伐、抗戰的官員，使得逮捕他的搜索隊長不敢置信，而產生「四萬萬五千萬，怎麼會有這麼多漢奸和貪官污吏呢」的錯覺。這篇小說以「波茨坦」命名，寓有高度反諷的意味。不過，小說的主旨並非集中在少數胡作非為的官員，而是對所謂北伐、抗戰的中國近代史進行批判。國民革命史，已淪為一部國民墮落史。吳濁流藉此點出戰後悲劇事件的歷史根源。

身為《台灣新生報》記者的吳濁流，目睹二二八事件發生的經過，而在記憶裡留下永遠的傷痛。遲至

吳濁流，《波茨坦科長》

7 吳濁流，〈陳大人〉，《新新雜誌》（一九四五年三月）。
8 吳濁流，〈先生媽〉，《台灣新生報．橋副刊》，一九四五年。
9 吳濁流，《波茨坦科長》，由私立大同工職打人情會出版，一說由台北學友書局出版，一九四八。

一九六七年，亦即事件屆滿二十週年之際，他完成了《無花果》[10]。他以自傳體的敘事形式，清楚交代了整個事件的背景，而未嘗觸及事件的經過。他又於一九七一至一九七四年之間，另外完成長篇的歷史回憶《台灣連翹》，真正把事件真相揭露出來。寫好這部作品時，他暗藏起來，交代必須在他死後十年才能翻譯發表。他在書中指出：

> 我在《無花果》只寫到二二八事件，以後的事沒有勇氣繼續詳細寫下。即使有這勇氣，也不會有發表的勇氣。因為把二二八事件的時候出賣了本省人的半山的行為誠實地描寫下來，那麼不但我必受他們懷恨，而且還大有遭他們暗算之虞。[11]

從《波茨坦科長》開始，到《無花果》與《台灣連翹》，吳濁流似乎有意要建構一部史詩型的文學作品。然而，畢竟都沒有成功。理由是很清楚的，歷史環境並不容許他從事這樣的書寫工程，因為，這三部歷史記憶的敘述，都分別遭到查禁。吳濁流的時代，並沒有較諸日據殖民時期更為寬容。這位才氣洋溢的作家，大量投注於漢語的創作，並於一九六〇年代創辦《台灣文藝》，為台灣的文化命脈傳承持續點燃了香火。

吳濁流，《台灣連翹》

## 戰後第一代作家的誕生

在一九四〇年代從事文學工作的作家，是文學史上遭逢嚴厲考驗的一代。他們承受的考驗是多重的。首先，在語言上，他們經歷了一九三七年禁用漢語與一九四六年禁用日文的官方政策。因此，語言能力受到不堪想像的損害，而嚴重影響了他們的思考與書寫。在精神上，他們先是受到大和民族主義的驅使，繼而在戰後又受到高漲的中華民族主義的歧視與摧殘。兩種民族主義都不是出自他們內心的認同，而是受到強勢權力的灌輸與指揮。在政治上，他們歷經太平洋戰爭與二二八事件，造成心靈上的幻滅、沉淪與重創。他們見證最多的政治災難，也經歷最深沉的社會動蕩。然而，戰後的文學創作卻是由他們開闢出來的。沒有這一世代的努力與掙扎，文學心靈絕對不可能獲得治療與昇華。他們在文學史上被稱為「跨越語言的一代」，即是暗喻其處於兩個殘酷時代夾縫中的苦境，也是象徵他們克服現實困難的苦心。這個世代最值得注意者，乃是從事新詩創作的「銀鈴會」同仁組織，以及從事小說與評論工作的葉石濤。

銀鈴會是由張彥勳（一九二五—一九九五）領導、創辦的。他是台中縣后里人，父親張信義是一九二〇年代台灣文化協會的積極會員。在中學時期，張彥勳對新詩就具有很大的興趣。一九四二年在台中一中與同學許清世、朱實共組銀鈴會，並發行詩刊《ふちぐさ》（譯意為「邊緣草」），是三人之間相互流通閱讀的小刊物。戰爭結束後，因為語言問題的調整，他們的文學活動宣告中斷。二二八事件造成台灣文壇的空前荒

10　吳濁流，《無花果》，原刊《台灣文藝》一九—二一期（一九六八年四月、七月、十月）。三回連載刊畢。後由前衛出版社結集出版（台北：前衛，一九九三年三月初版）。

11　《台灣連翹》一至八回於一九七一至一九七四年間連載於《台灣文藝》三九至四五期，其殘餘篇數未刊出，吳濁流並遺言逝世十年後再發表。一九八七年由鍾肇政翻譯出版（台北：南方），頁二五八。

蕪，使他們覺悟到必須投入心靈的重建。

銀鈴會重新出發的重要關鍵，乃是受到前輩作家楊逵的鼓勵，他認為二二八事件後台灣青年「擔任的責任極大」。這個團體的成員集結在一起，共有三、四十人。其中較為知名的作家包括詹冰（綠炎）、朱實、張彥勳（紅夢）、蕭翔文（淡星）、林亨泰（亨人）、金連（錦連）、許育誠、陳素吟等。這些作家都受過完整的日文教育，並且是在戰火中成長起來的，對於時代轉變之劇烈，體認得特別深刻。從一九四八年一月至一九四九年四月，他們發行油印刊物《潮流》共六期，中日文創作同時刊載。在第二冊《潮流》，楊逵發表一篇日文短評〈夢と現實〉（夢與現實）[12]，呼籲這群新世代作家勇於面對現實：「做夢是件愉快的事情，特別是對於生逢於到處碰壁的社會的年輕人而言，夢正是唯一的安慰與避難所。可是虛幻的夢總是有醒來的時候，那時，當看到夢與現實間存在著可怕的距離時，人往往因此而驚慌、落魄、頹廢而走向死亡之路，對於純情的青年這正是悲慘的命運。正因夢非醒不可，那倒不如早點醒來，與黑暗的現實對決，並克服這些現實——這成為意氣青年的使命。」（林亨泰譯）楊逵以「碰壁」來形容他的時代，他的用語與一九三〇年代初期的作家完全相同。這說明那種找不到出路的情況，與殖民時期的政治鎮壓全然沒有兩樣。在那困難的挑戰中，楊逵的戰鬥意志誠然有別於同世代的知識分子。銀鈴會的再出發，必須從這種險惡環境的脈絡來觀察，才能彰顯其特殊的文學意義。

林亨泰，《林亨泰全集》（一）

林亨泰是銀鈴會的重要詩人之一。他是在戰後透過這個團體而登臨文壇，對於銀鈴會的評價值得注意。

他說，銀鈴會延續了戰前反帝反封建的文學精神，同時對於世界文學抱持開放接受的態度。更為重要的是，在政治最為蒼白的時期，他們的努力創作使台灣文學史不致中斷。銀鈴會承先啟後的角色，由此可以窺見。

這個文學團體的重要特色，便是強調新詩的創作。尤其是他們詩中具備寫實主義的批判與現代主義的疏離之雙重性格，似乎預告了日後新詩運動發展的方向。就寫實主義的批判精神而言，他們的詩頗能反映那段黑暗時期社會的呻吟與政治的動蕩。就現代主義的疏離性格而言，他們的創作技巧已能成熟操作象徵、隱喻與聯想切斷的語言，使他們的內心與現實之間保持一定的距離。介入現實而又冷視現實的詩風，恰如其分地呈現那種猶豫年代的悲觀消極。他們勇於嘲諷，卻不落入庸俗的窠臼，誠然為台灣現代主義建構了特殊的美學。

《潮流》的主編張彥勳曾經介紹過當時發表的幾篇重要詩作，頗能展現他們的藝術的成就。例如林亨泰的〈黑格爾辯證法〉[13]，以短短的四行詩表達他心情的複雜起伏：

黑格爾說
正，反、合……
我笑得咬著了舌
喜、悲、悲喜交集……

12　楊逵，〈夢與現實〉，《潮流》夏季號（一九四八年七月）。
13　林亨泰，〈黑格爾辯證法〉，《潮流》春季號（一九四九年四月）。

翻騰的情緒，濃縮於黑格爾（Georg Wilhelm Friedrich Hegel）的思辨方式。哲學是冷靜的，現實則是殘酷。表面是笑顏，內心是悲喜交織。這樣小的尺幅，卻容納巨大的矛盾。正反的對比，強烈凸顯了諷刺的意味。同樣的，以紅夢為筆名的張彥勳，寫了一首散文詩〈站在砂丘上〉[14]。詩始於歌頌中華，終於懷念中華，但是發展過程卻是對中華的追悼。其中的第五節，是全詩的關鍵：

祖國中華啊，因為我愛您才恨您。恨您的自私，恨您那卑鄙的行為。在一片無邊無際的曠土上充滿著欺壓與陷阱，那便是您醜惡的面目，您必須捨棄它。

這種敘述的方式，頗能探照事件後知識分子內心世界的幽微。表面上擁有成熟豐姿與崇高歷史的中國，其實是充塞著自私、卑鄙、欺壓陷阱。散文詩以漸進推演的速度，讓讀者從華麗的頌歌被引導去聆聽慘痛的輓歌。張彥勳的技巧，猶似電影的移鏡手法，又似顏色的光譜，一寸寸加深色調。從明朗到暗淡，從歡愉到悲哀。然而，其中暗藏的主題，則是呈露他的國族認同，從堅定發展成為動搖幻滅的過程。

以現代主義手法登場於太平洋戰爭期間的詹冰，也有動人的藝術表現。他在《潮流》發表的〈自言自語〉，應該是對獨裁者提出最為刻骨銘心的批判：

人們，
不願意把溫暖的心拿出來，
所以這個地球也許一天比一天冷起來吧。
因冷而抖擻的人也許一天比一天多起來吧。

甚至凍死的人也許一天比一天多起來吧。
結果像北極地帶的愛斯基摩人那樣，
人類也許會一天比一天減少起來吧。
到了後來也許會變成只有一個人吧。
最後的最後也許會變成連一個人都沒有吧。

全詩以「也許」作為關鍵字，帶出整個懷疑、不確定，無可預測的語氣。這正是事件後台灣社會的茫然心情，但也是詹冰對人性的深刻解剖。在政治肅清的時期，地球不就變得非常寒冷。詩中最強烈的暗喻，乃是社會已經喪失了人性。即使只剩下一個人，一旦失去人性之後，終究也逃避不了死亡。這是對獨裁體制的嚴厲批判，也是對浩劫後的台灣社會的喟嘆。對於人性的呼喚，對於人間溫暖的憧憬，正是這首詩要傳達的信息。

銀鈴會的詩作，隱隱透露著當時社會的政治潛意識，既有埋藏的憤怒，也有難忍的悲哀。其他成員的作品，如錦連的〈在北風下〉：「你冷然望著四季的悲哀／完全是一雙認命的寂寞眼神」，或者是淡星（蕭翔文）的〈黎明〉：「被北風凌虐的枯木／的叫喊很是悲慘」，這些詩句都刻意在壓抑內心的翻滾情緒，這是政局苦悶的一股反射。從他們掙扎的心靈，幾乎可以體會當時社會的低迷。他們具備了前衛的藝術思想，卻落入保守而狐疑的現實環境中。有多少青春才華因此而受到摧殘，於此可以想見。

這些詩人的作品，並非只發表在《潮流》，《台灣新生報》的〈橋副刊〉，以及楊逵主編的《台灣文學叢

14　張彥勳，〈站在砂丘上〉，〈銀鈴會《潮流》作品簡介〉，《笠》詩刊一一三期（一九八三年二月）。

刊》也是他們另闢版圖的地方。戰後第一代作家的創作，在戰後大多是經過這個報紙副刊獲得發表的機會。大陸來台的外省作家，也是在〈橋副刊〉與台灣社會開始進行交流。從文學史的角度來看，〈橋〉的歷史意義非常重大。在這副刊發表作品的外省作家，大部分都是事件之後才來到台灣。他們對於戰後初期的政治環境並不必然理解，但是對於當時的緊張氣氛必定還可以感受得到。本省作家也是在這副刊上，第一次能夠正式與外省作家進行對話。這樣的文化交流，原是可以為台灣文學帶來第二次重建的機會，卻由於一九四九年「四六事件」[15]的發生，遂使台灣文學與中國文學相互溝通的橋梁又斷裂了。

在這段時期，還有其他報紙可供作家發表，台南的《中華日報》，高雄的《國聲報》都有文藝副刊。不過，最值得注意的，首推《台灣新生報》。這份報紙的前身，是戰爭末期台灣總督府命令兼併島內所有報紙而成的《台灣新報》，一九四五年十月二十五日，由陳儀的台灣行政長官公署，接收並改名。二二八事件後，長官公署改組成為省政府，《台灣新生報》重新調整人事。從一九四七年八月一日起，報紙正式推出〈橋副刊〉。總編輯歌雷（原名史習枚）的任命，係因他的表哥鈕先銘擔任台灣省警備總部副司令，並兼任《台灣新生報》董事而受到推薦。在〈橋副刊〉的〈刊前序語〉，歌雷說：「橋象徵新舊交替，橋象徵從陌生到友誼，橋象徵一個新天地，橋象徵一個展開的新世紀。」這段話足以顯示，〈橋副刊〉在本省與外省作家之間提供了相互交流的空間。正是因為有這個副刊，許多台籍作家又恢復一些寫作的欲望。

值得注意的是，在〈橋〉發行將近一年八個月的期間，出現在副刊上的外省作家，除了雷石榆之外，幾乎都是名不見經傳。他們突然浮現，又突然消失。來台之前，未曾有過傑出的寫作紀錄；返回大陸後，也未曾繼續從事文學工作。因此，他們的藝術營造與文學理論都未留下可觀的成績。相形之下，本省作家的文學堅持可謂驚人。在政治浩劫後，焦慮地參與文學的重建，其用心顯然是為了表達他們對台灣命運的關切。面對著強權的壓制，他們一方面追尋台灣文學的主體，一方面以創作展現文化的信心。與外省作家比較的話，本省作家在這段時期的企圖與努力，都在一九六〇年代以後次第開花結果。他們既繼承了日據作家的抵抗精神，又開啟了戰後世代的文學想像。必須從這個角度來理解，才能理解這段危機時期台灣作家的心理構造。銀鈴會的成員如許育誠、張彥勳、蕭金堆、詹冰、林亨泰、朱實，都在〈橋副刊〉發表大量的詩作。崛起於南部的作家黃昆彬、蔡德本、林曙光（瀨南人）、邱媽寅、彭明敏，也在這段時期加入了寫作的行列。但是，其中成績最為引人注目的，當推葉石濤。戰後台灣文學理論的奠基者葉石濤，在戰後初期的卓越表現，已經預告了日後他在文學運動中舉足輕重的角色。凡是欲窺探葉石濤的文學工程，都必須追溯到他在一九四〇年代開疆闢土的努力。

葉石濤（一九二五—二〇〇八），台南市人，出身於府城世家。一九四三年畢業於台南二中，熟讀俄國、法國文學，並涉獵左翼書籍。就在畢業後，完成小說處女作〈林からの手紙〉（林君的來信）[16]，刊載於西川滿的《文藝台灣》，從此登上台灣文壇。緊接著，又在同樣雜誌發表小說〈春怨〉，獲得西川滿賞識，受邀擔任雜誌編輯助理。葉石濤的日文小說，耽美、浪漫、充滿想像；而更重要的是，頗能掌握台灣風

---

15 四六事件：一九四九年三月三十日，台大學生何景岳、師院學生李元勳因「單車雙載事件」和台北市大安分局起衝突，學生包圍警局要求道歉，次日台大與師院數百名學生便展開「三二一遊行」，高舉「反對法西斯迫害」、「警察無權打人」等標語，引來政治當局的密切關注。同年的三月二十九日青年節，台大學生上台演講，會中基於「結束內戰、和平救國」、「爭取生存權」、「反飢餓、反迫害」等共識，決定組成全國性的學生聯盟。此舉引發當局高度的恐慌，四月六日發動大型逮捕。相關可參見一九四九年四月七日《公論報》的〈兩學生被捕經過〉，或藍博洲，《「麥浪歌詠隊」：追憶一九四九年四六事件（台大部分）》（台中：晨星，二〇〇一）；藍博洲，《天未亮：追憶一九四九年四六事件（師院部分）》（台中：晨星，二〇〇〇）；監察院，〈四六事件調查報告〉（一九九八年五月二十一日），台大四六事件資料蒐集小組提供；師大「四六事件」研究小組，〈國立台灣師範大學「四六」研究報告〉，未出版（一九九七年六月十八日）。

16 葉石濤，〈林からの手紙〉，《文藝台灣》五卷六號（一九四三年四月）。

土的氣息，散發一股若有似無的亞熱帶香味。以十八歲的年輕之姿，就能寫出引人注目的小說，在那個戰亂時代，毋寧是一個異數。

戰後初期至二二八事件前，葉石濤的日文創作量大增。他以筆名鄧石榕以及本名，在龍瑛宗主編《中華日報》的日文欄次第刊登。除了小說之外，他的文學觸鬚也伸向散文、評論、翻譯的領域。這段時期的創作特色，便是不斷向台灣歷史索取靈感與體裁。他曾寫過日文的長篇小說《熱蘭遮城淪陷記》，參加《中華日報》徵文比賽，結果落選，而原稿也遺失了。一九四六年禁用日文政策實施後，他的日文書寫被迫中斷。

直至二二八事件後，他才又復出。分別在《台灣新生報・橋副刊》，與《中華日報・海風副刊》發表作品。目睹台灣社會受到慘烈的政治鎮壓，葉石濤內心抑制悲憤，大量投注於歷史小說的撰寫。他這段時期的風格，仍然不脫唯美的傾向。然而，他的耽美書寫卻暗藏政治意涵，必須把這些小說置放在當時蒼白的政治脈絡中，才能體會他的用心良苦。以台灣歷史來對照劊子手的國民政府歷史，誠然有強烈區隔的意味。葉石濤的歷史小說，都是以荷蘭、西班牙的人物為題材，無非是為了凸顯台灣歷史特殊的殖民經驗。發表於〈橋副刊〉的小說〈河畔的悲劇〉[17]、〈來到台灣的唐・芬〉[18]、〈澎湖島的死刑〉[19]，以及發表於〈海風副刊〉的〈復讎〉[20]與〈娼婦〉[21]，都可反映一九四八年葉石濤的心境。小說涵蓋的歷史，包括荷蘭治台、郭懷一起義與一八八五年的清法戰爭，這種經驗全然迴異於當時國民政府所強調的中國近代史。葉石濤集中於描繪台灣的風俗習慣與平民情感，並且不時藉由浪漫筆調，使台灣歷史顯得更富神祕、深邃，更具異國異色的情調。無可否認的，這種書寫方式，可能在某種程度上受到西川滿的影響。然而，在屠殺事件之後的台灣社會，葉石濤企圖從歷史中尋找詩情，那種重建文化主體的焦慮，躍然可見。

更值得注意的是，在一九四九年二月與三月，葉石濤寫了兩篇有關媽祖的小說於〈橋副刊〉，一是〈三月的媽祖〉[22]，一是〈天上聖母的祭典〉[23]。這自然又有西川滿的影子，因為西川滿在皇民化運動期間至少寫了五篇以媽祖與天上聖母為主題的作品。不過，西川滿的媽祖被投射了曖昧的意淫，而葉石濤的媽祖則具有高度救贖的力量。〈三月的媽祖〉並未有確切的時間地點，閱讀之後，都令人聯想到二二八事件。這篇小說敘述一位叫做律夫的台灣青年，涉入了一次政治事件，為了逃避緝捕而躲到農村藏匿。小說中出現的妓女、妻子、村婦的意象，似乎都帶有濃厚母性的媽祖身影。律夫能夠獲救，乃是得力於媽祖的庇護。〈天上聖母的祭典〉，也是描寫在廟會慶典聲中，囚犯邱圭壁得到囚車女性春姬的鼓舞而攜手逃亡成功。在脫離險境後，春姬飄然離去。每年媽祖慶典時，都使圭壁怦然想起難忘的春姬。整篇小說，暗示著春姬似乎就是媽祖的化身。這種書寫的策略，等於在於揭露葉石濤的企圖。台灣的民間信仰與風俗文化，才是台灣人生命寄託的所在。

在跨越「語言的一代」，葉石濤的創作成績極為傑出。他的日文作品，在那段時期都必須透過他人的翻

葉石濤，《三月的媽祖》

17 葉石濤，〈河畔的悲劇〉，《台灣新生報．橋副刊》，一九四八年六月九日。
18 葉石濤，〈來到台灣的唐．芬〉，《台灣新生報．橋副刊》，一九四八年六月二十八日。
19 葉石濤，〈澎湖島的死刑〉，《台灣新生報．橋副刊》，一九四八年七月二十一日。
20 葉石濤，〈復讎〉，《中華日報．海風副刊》，一九四八年六月二十四日。
21 葉石濤，〈娼婦〉，《中華日報．海風副刊》，一九四八年七月二日。
22 葉石濤，〈三月的媽祖〉，《台灣新生報．橋副刊》，一九四九年二月二十一日。
23 葉石濤，〈天上聖母的祭典〉，《台灣新生報．橋副刊》，一九四九年三月二十八日。

譯才得以發表。殖民地語言的混融複雜，非常典型地表現在葉石濤的作品之中。與葉石濤同時期發表的其他作家，也發表了值得注意的小說，例如蔡德本的〈苦瓜〉、黃昆彬的〈美子與豬〉、邱媽寅的〈叛徒〉、葉瑞榕的〈高銘戟〉、王溪清的〈女扒手〉、謝哲智的〈拾煤屑的小孩〉。這些作品都在描繪戰後台灣社會的蕭條與失序。主題雖各有異，卻都指向一個焦點，那就是文化認同的問題。他們非常清楚，中華民族主義絕對不是輕易可以認同的。通過社會底層的庶民生活，他們共同表達了對政治體制的疏離。壓抑、淡漠、冷酷的情緒，流動於小說的字裡行間。

## 認同焦慮：台灣文學定義與定位的論戰

台灣作家的文學創作呈現政治認同危機的同時，《台灣新生報》的〈橋副刊〉其實正在進行一場本省作家與外省作家的激烈對話。這場雙方交鋒式的對話，或稱為「台灣新文學運動論戰」，或稱為「台灣文學論戰」，標誌著再殖民時期台灣作家自我定位的掙扎與抵抗。這場長達一年餘的文學論爭（一九四八—一九四九），是在血腥事件的陰影下進行的。參加討論的外省作家與本省作家處在極為不同的政治位置。因此，雙方發言時的空間並不全然相同。

參加論戰的外省作家，大多是在二二八事件之後才到達台灣。他們沒有親身感受到屠殺場面的殘酷，因此政治壓力並不太強烈。他們對於台灣的殖民經驗也不熟悉，觸及台灣文學議題時往往過於粗糙，甚至粗魯。由於台灣作家遭到鎮壓，使得中國論述取得「合法」的地位，外省作家在討論中國文學與台灣文學之間的關係時，特別得心應手。對照之下，台灣作家的發言位置特別惡劣。他們很清楚，屠殺行動乃是朝向本省知識分子進行恫嚇，使他們在討論文學時變得非常拘謹束縛。較諸皇民化運動時期的環境，本省作家的言論與思想空間可謂受到無比的壓縮。因此，在討論台灣文學時，被迫必須做一定程度的敷衍與讓步。雙方對話並沒有產生交集，但對日後台灣文學之發展卻具有深刻的暗示。

台灣文學的定義與定位，是這次論爭的主題。在一九四七年五月四日，新任主編何欣主持《台灣新生報》的〈文藝周刊〉。他為了紀念五四運動而發表〈迎文藝節〉一文，說明〈文藝周刊〉的目的，在於「介紹祖國新文學與世界文學」。在文中，何欣極為露骨地表示：「我們斷定，台灣不久的將來會有一個嶄新的文化活動，那就是清掃日本思想遺毒，吸收祖國的新文化，在這新文化運動中，台灣也會發生新的文學運動。」在清鄉運動之後，何欣仍然堅持事件前官方的霸權優勢，亦即把台灣的日文思考與書寫劃入「日本思想遺毒」的範疇。代表官方立場的何欣，也為日後的一連串爭議揭開序幕。一位署名沈明的作者，立即在〈文藝〉第四期發表〈展開台灣文藝運動〉一文，更進一步強調，受到日本殖民的台灣人，在政治經濟上遭到掠奪後，「種下了法西斯毒苗」，而在文化教育上低落，以致不能認清世界大勢與祖國今日達到的歷史階段。他甚至強調，台灣的文藝仍是「一塊未經開墾的處女地」。因此，他呼籲必須展開台灣文藝運動，不要只看到祖國的黑暗面，而應與祖國同胞負起「反帝反封建的歷史任務」。

何欣與沈明聯手定下了基調，自始就使台灣作家處在一個被指控、被迫辯護的位置。背負著日本思想遺毒與文化教育低落的罪名，台灣文學的歷史經驗又被空洞化而成為未開墾的處女地，台灣作家遂必須接受中國反帝反封建的歷史任務。這種高姿態指導式的文藝運動，

何欣（《文訊》提供）

並不是從民間出發，而是站在高壓統治者的立場，並且是依恃血腥屠殺的陰影，由上而下發動的思想改造運動。

面對這樣的挑戰與醜化，日據作家王錦江（詩琅）特別發表〈台灣新文學運動史料〉，廖毓文撰寫〈打破緘默談「文運」〉，於〈文藝〉第九期與第十二期，駁斥台灣文學是「未開墾的處女地」之說，等於是在抹煞台灣作家在殖民地時期的抵抗與批判。王詩琅特別揭示日據台灣新文學史可以劃分為萌芽時期、本格化時期、日文全盛時期，以說明台灣作家有過的努力。廖毓文則指出，這段時期的台灣文學之所以陷入低迷，乃是「因為對社會對政治都相當失望而趨於消極」。他說得如此含蓄，很明顯是指二二八事件對文學心靈造成的震懾。當外省作家在提倡反帝反封建的口號時，本省作家正感受到被壓迫被損害的權力干涉。這樣的文學討論，自始就已不是站在平等的立足點上。擔任編輯的何欣，主持〈文藝〉共十三期而已，到一九四七年七月三十日就卸任了。緊接著由歌雷接下主編的任務，自一九四七年八月一日起，把〈文藝周刊〉改名為〈橋副刊〉，以每隔二日或三日的方式繼續出版。但是，何欣開啟的台灣新文藝運動的討論，並不因此而中止。

〈橋副刊〉第一篇有關文學討論的文字，是由外省作家歐陽明所寫的〈台灣新文學的建設〉。文章主旨在於強調：「歷史命令著：台灣的文化絕不可以與祖國的文化分離；事實上，五十年來的台灣文學，雖然得不到祖國新文學運動者直接的交流，現在原則上是互通聲息的。換言之，台灣文學始終是中國文學的一個戰鬥的分支，過去五十年事實來證明是如此，現在將來也是如此……」這篇文章發表於一九四七年十一月七日，雖然是肯定日據台灣文學的反抗精神，卻巧妙地把台灣作家的主體抽離，而以中國新文學的內容予以填充。這種推理的方式，立刻獲得另一位外省作家揚風的呼應。一九四八年三月二十六日，揚風配合歐陽明的主張，發表〈新時代，新課題——台灣新文藝應走的路向〉，也同樣強調台灣文學是中國文學的一個分支。除此之外，他更認為：「一個忠實的文藝工作者，必然的是應生活在大眾的中間。他是屬於大眾的，他的聲音應該是大眾的聲音。」作家若是大眾的代言人，則事件後，台灣社會的恐慌、冷漠景象，必然會反映在文學作品之中。為何當時的本省作家沒有寫出來？而主張大眾文學的外省作家也沒有寫出來？在那樣的政治環境之下，提倡大眾文學是非常虛偽而虛構的。

這兩篇文章提出了兩個主要的問題，亦即台灣文學的定義為何？台灣文學的內容為何？在此後一年餘的討論中，本省作家大多是針對這兩個問題予以回應。

第一位在〈橋副刊〉回應的本省作家乃是楊逵。他在一九四八年三月二十九日發表〈如何建立台灣新文學〉。這篇文章係以日文寫成，而由外省作家孫達人譯出主要意思，並加入一些中文的內容。不過，楊逵的論點大約可以推測。楊逵指出：「在日本帝國主義統治之下，我們是有著新文學運動的歷史的，許多先輩為走向地獄與監獄大聲吶喊，也有許多先輩因此而真的下獄。我們讀了歐陽明先生的〈論台灣新文學運動〉一文後，實在有所感悟。那時候，文學確曾擔任著民族解放鬥爭的任務的，它在喚醒台灣人民的民族意識上，確實有過一番成就。」接著筆鋒一轉：「可是現在，我們這些殘留下來的不肖的後繼者，在光復兩年餘來，卻緘默如金石，恐怕沒有比這更卑怯與可恥的了。」

為什麼楊逵閱讀歐陽明的文章而有所感悟？楊逵非常清楚，歐陽明並不理解台灣的史實。所以，楊逵特別指出「我們是有著新文學運動的歷史」。具體言之，台灣的歷史經驗並不必然能夠以簡單的中國五四傳統予以概括。如果台灣文學早已具備五四精神，竟然會被誣控受到日本思想毒素與奴化教育的影響？他喟嘆著才光復兩年餘，台灣文學就已淪為可恥的沉默。他並不是在譴責台灣作家，而是反諷當時高壓的統治。楊逵也主張省內外作家應活潑交流，也認為台灣文學對「民主和科學」一定會有貢獻。但他並不是濫情地高舉「反帝反封建」的旗幟，更不認為台灣文學是中國文學的一支。從這篇文章來看，楊逵的台灣認同極為強烈，文章中插入一段中國作家范泉的中文引文，強調要建立「屬於中國文學的台灣文學」，讀來頗為突兀。

是否譯者代為潤筆綜合寫成，還有待考證。

認同的焦慮對當時台籍作家而言，極為迫切。幾乎每位本省作家都被迫要為「台灣文學」一詞辯護。擔任主編的歌雷，在第二次邀請〈橋副刊〉作者的茶會上，曾經以「邊疆文學」來概括台灣文學。他雖然也贊同台灣文學的抗日精神，卻由於現實的狹窄，而在作品與思想上受日本作家的影響與感染。這種看法，顯然又是抽離台灣文學的主體，而投射了歌雷個人的主觀願望。歌雷的說法若可成立，則與歐陽明等其他外省作家堅稱「台灣文學是中國文學的支流」，又發生了矛盾衝突。

縱觀外省作家的「台灣文學論」，其實都是從中國文學優越論與領導論出發的。歐陽明是一種典型，歌雷又是另一種典型。至於當時的台大文學院院長錢歌川，透過一九四八年八月十五日中央社發表談話，認為要建立台灣文學，實難樹立目標。因為中國各省語文相通以後，建立某省文學是不通的，這又是另一種典型。對於這種論調，楊逵特地撰寫〈「台灣文學」問答〉[24]，毫不保留表達他的台灣認同。他的文字鏗鏘有力，顯現他強烈的歷史意識：

> 自鄭成功據台灣及滿清以來，台灣與國內的分離是多麼久，在日本控制下，台灣的自然、經濟、社會教育等在生活上的環境改變了多少？這些生活環境使台灣人民的思想感情改變了多少？如果思想感情不僅只以書本上的鉛字或是官樣文章做依據，而要切切實實到民間去認識，那麼這統一與相通的觀念，就非多多修正不可了。這，不僅我們本地人這樣想，就是內地來的很多朋友都這樣感覺到的。所以內外省的隔閡，所謂奴化教育，或是關於文化高低的爭辯都是生根在這裡的。

楊逵認為台灣有一部分人確實是受了奴化教育，並且也有些人自甘當美日的奴才。但是，並非所有台灣人都在奴化教育下屈服妥協。他說：「台灣的三年小反五年大反，反日反封建鬥爭得到絕大多數人民的支持就是明證。」類似楊逵突出台灣認同的本省作家也大有人在。例如彭明敏的〈建設台灣新文學，再認識台灣社會〉[25]、瀨南人（林曙光）的〈評錢歌川、陳大禹對台灣新文學運動意見〉[26]，都在申論台灣文學的特殊經驗。在文章中，偶有呼應台灣文學與中國文學性質是一致的，那無非是在恐懼陰影下不能不使用的一種保護色。稍早的林曙光所寫的〈台灣文學的過去、現在與未來〉[27]，以及葉石濤撰寫的〈一九四一年以後的台灣文學〉[28]，都不約而同以重建歷史記憶為主題來申辯。文中照例必須呼應所謂的「五四精神」，以免受到羅織而罹禍。

在那樣困難的客觀條件下，少數台灣作家出來為台灣文學辯護，誠然需要過人的勇氣，在長達年餘的台灣新文學論戰中，發言者都是以外省作家居多。他們的言論空間顯得特別優裕，固然是得利於通暢中文的書寫。更重要的是，他們不必承擔台灣作家那種被迫害、被鎮壓的歷史經驗。因此，外省作家之間的論爭，並不必然都是在討論台灣文學。大多數外省作家都是藉題發揮，空洞地討論「大眾文學」、「新現實主義文學」、「中國社會性質有否改變」等等。在他們的文字中，並沒有任何認同的焦慮。如果觸及文化認同時，他們都一致把中國認同強加在台灣作家身上。

因此，在這段文學論爭中，應該把注意力放在台灣作家是如何回應建立新文學的議題。楊逵、林曙光、

24 楊逵，〈「台灣文學」問答〉，《台灣新生報．橋副刊》，一九四八年六月二十五日。
25 彭明敏，〈建設台灣新文學，再認識台灣社會〉，《台灣新生報．橋副刊》，一九四八年五月十日。
26 瀨南人，〈評錢歌川、陳大禹對台灣新文學運動意見〉，《台灣新生報．橋副刊》，一九四八年六月二十三日。
27 林曙光，〈台灣文學的過去、現在與未來〉，《台灣新生報．橋副刊》，一九四八年四月十二日。
28 葉石濤，〈一九四一年以後的台灣文學〉，《台灣新生報．橋副刊》，一九四八年四月十六日。

葉石濤、彭明敏是少數敢於發言的台灣作家。楊逵扮演的角色，完全不遜於在日據時期的批判姿態。尤其他強調台灣歷史經驗改變了台灣人的思想情感、自然環境、經濟結構與文化教育等等。這些具體而細微的歷史經驗，絕非外省作家所能理解。何況，有許多外省作家在論爭中大放厥詞，一旦政治風暴來臨，仍然還可逃回中國大陸。台灣作家絕對不可能有任何退路，而且在論戰之後，仍然必須為台灣新文學的重建而努力。那些主張台灣新文學運動的外省作家，在論戰之後，無須承擔任何的重建工作，便揚長而去。這說明了為什麼有許多外省作家的名字，至今已無法考證。但是，台灣作家的每位發言者在往後的新文學發展過程中，仍然扮演著受難的角色，但也同時擔任領導者的角色。〈橋副刊〉文學論戰的歷史意義，必須置於日後持續展開的脈絡來檢驗，才能辨識當時的發言者之中，誰真正負起了言論責任，誰的理論是具有實踐能力的。從這個角度來評估，才能彰顯那場論戰的意義。

〈橋副刊〉停刊於一九四九年四月，因為「四六事件」爆發，師大學生遭到大規模逮捕。〈橋副刊〉的主編歌雷，作者孫達人、雷石榆也遭到逮捕。一場文學論戰也急急落幕，許多外省作家銷聲匿跡，台灣作家的文學重建工作，在戰後短短四年內遭到第二度的重挫。

# 第十一章

# 反共文學的形成及其發展

國共內戰的形勢，到了一九四八年年底逐漸趨於明朗。南京政府的蔣介石，在一九四九年元旦宣布下野，辭去中華民國總統的職務。國民黨軍隊節節敗退的消息，次第傳到台灣。隨著大陸難民逃亡潮的升高，島上也開始瀰漫緊張的政治氣氛，而文學工作者也強烈感受到一股莫名的肅殺。甫被任命為台灣省主席的陳誠，決定在台灣實施軍事統治。最為明顯的事實，便是在一九四九年四月六日，台灣警備總司令部藉故逮捕師大與台大的學生，對於青年知識分子造成極大的震懾作用，史稱「四六事件」。

所謂四六事件，表面上是師大學生腳踏車違規造成，實質上是陳誠政府透過微小的細故介入當時日益高漲的學生運動，從而對大多數的知識分子進行恫嚇。當時陷於政權危機的國民政府，已經決定要撤退到台灣。因此，如何在這最後政治據點維持穩定的環境，就成為陳誠政府的優先考量。對勇於批評時政的知識分子，對敢於追求思想自由的作家，官方採取了高壓手段。四六事件發生時，兩百餘名學生遭到約談逮捕之際，陳誠發表了如下的談話：「為青年前途及本省前途計，實出於萬不得已。」[1] 陳誠的意思，顯然是指為了國民黨的前途。

在這次大規模的逮捕行動中，「銀鈴會」的重要成員朱實、埔金都未能倖免於難。由於這兩位學生作家被視為共黨分子，遂使得其他同仁林亨泰、張彥勳、蕭翔文等人都遭到約談，並且受到監禁。銀鈴會遂被標籤為共黨的外圍組織，所有的文學活動從此便停頓下來。

與銀鈴會關係密切的前輩作家楊逵，於一九四九年一月二十一日的上海《大公報》，發表一份〈和平宣言〉，呼籲國共內戰不要席捲到台灣，要求當局應該實施地方自治，主張島上的文化工作者不分省籍團結起來，使台灣保持一塊淨土。台灣的情治單位便是以這篇文字為依據，在四六事件發生的當天逮捕楊逵。足證這項行動，是有計畫地對於任何一位具有獨立思考能力的人進行壓制。日據時期的文學傳承，因楊逵的被捕而正式宣告中斷。

四六事件後，大陸籍作家也紛紛受到拘捕。《台灣新生報．橋副刊》的主編史習枚（歌雷），以及作者孫達人、雷石榆也都受到情治單位的監禁。〈橋副刊〉作為本省、外省作家的溝通角色，也因被迫停刊而完成了歷史的任務。文化氣候的嚴寒季節，已然降臨台灣。知識分子大量受到凌辱、監視，並沒有使國民黨的頹勢稍稍挽回。

一九四九年五月十九日，台灣警備總司令正式宣布實施戒嚴令，台灣社會自此進入了軍事統治時期。同月二十四日，「動員戡亂時期懲治叛亂條例」正式在立法院通過，所有言論、出版、結社、遷徙、集會等等的行為，都納入了官方控制的範圍。人民失去言論自由之後，也失去了請願、抗議、示威的自由。台灣的政治環境經過一段整頓、肅清之後，國民黨開始在台灣實施「三七五減租」的土地改革政策，並且也為同年年底國民政府的遷都台北做了鋪路的工作。台灣社會進入一個極為詭譎的歷史階段，既被整編到國共內戰的糾纏形勢裡，也被整編到美蘇冷戰的對峙僵局中。在內戰與冷戰的雙重考驗下，台灣文學景觀也因而隨之變色。

## 戒嚴體制下的反共文藝政策

就內戰而言，一九四九年十月一日毛澤東在北京宣布中華人民共和國成立，對於國民政府在台的統治合法性構成極大挑戰。尤其是美國華府在這時公布《對華白皮書》，放棄對國民政府的支持與承認，台灣的政治條件陷於危疑狀態。蔣介石於一九五〇年三月一日自行宣布恢復中華民國總統的職權，立刻完成了黨政軍特四合一的戒嚴體制，對台灣社會進行高度的鎮壓政策。在嚴峻的權力陰影下，台灣本地知識分子沒有人敢

1　四六事件，可參見本書第十章〈二二八事件後的台灣文學認同與論戰〉，註15。

於質疑國民政府的合法性。

就冷戰而言，原來已拒絕承認國民黨的美國政府，於一九五〇年六月捲入了朝鮮半島的韓戰。這時，華府注意到台灣戰略地位的重要性，遂改變了《白皮書》的政治態度，轉而支持國民政府。不僅如此，美國遠東第七艦隊正式進駐台灣海峽，同時也以經濟援助方式運送物資到台灣。島內政治、經濟的穩定，無疑是拜賜了美援政策的確立。然而，也由於依賴美援，台灣社會也同時被迫捲入世界冷戰體制的漩渦。

從一九四九年年底至一九五〇年上半年，是國民黨建立文化霸權論述的關鍵時期。建基在二二八事件後的震懾，以及隨後而來的「懲治叛亂條例」之恫嚇，國民政府迅速完成了一套相當完備的檢查制度。代表黨的國民黨文工會，代表政的教育部、新聞局，代表軍的國防部，代表特務的警備總部與保安司令部，都握有權力對社會的各種文化活動採取干涉的政策。國民黨中央宣傳部代部長任卓宣，於一九四九年十一月抵達台北後，立即展開所謂的反共反蘇的文化運動。政治權力以合法方式介入文藝活動，當以此為起點。就在這種政治運動的驅使下，反共作家孫陵寫下了眾所周知的歌曲〈保衛大台灣〉，被稱為是「反共文藝的第一聲」。孫陵擔任當時台北《民族晚報》主編，也緊接在該報提出戰鬥文藝的口號：「展開戰鬥，打擊敵人。」所有的報紙，《中華日報》、《全民日報》、《掃蕩報》、《台灣新生報》也都立即響應所謂的戰鬥文藝運動。這種政治動員式的文藝運動，為未來二十餘年的官方政策定下了基調。這種霸權論述的建立，背後有武裝的戒嚴令在支撐，因此得以順利展開。

把文學活動當作政治動員的另一個具體證據，便是以文武雙管齊下的方式，在民間、在軍中展開文藝運動。在民間方面，最重要的主導者當推張道藩與陳紀瀅。一九五〇年四月，以張道藩為主任委員的「中華文藝獎金委員會」宣告成立，獎助對象以撰寫反共文學作品的作家為主。攏絡政策確立之後，同年五月四日訂為文藝節，並且結合當時一百餘位作家在當天組成「中國文藝協會」，陳紀瀅擔任大會主席。參加這次成立大會的，包括國防部總政治部主任蔣經國、國民黨中宣部長張其昀、台灣省黨部主委鄧文儀，以及教育部長程天放等，這個事實說明了文藝活動的干涉，已是黨政不分了。

中國文藝協會成立的宗旨，具體呈現在該會會章第二條：「本會以團結全國文藝界人士，研究文藝理論，從事文藝創作，展開文藝運動，發展文藝事業，實踐三民主義文化建設，完成反共抗俄復國建國任務，促進世界和平為宗旨。」在官方的主導下，文學與政治密切結合起來。這個組織的權力結構，以國民黨黨員為核心，以外省作家為主要成員。從歷屆常務理事的名單，當可窺見權力結構之一斑：張道藩、陳紀瀅、王平陵、趙友培、王藍、李辰冬、梁又銘，人選從未改變。從一九五〇至一九六〇年，可以說是中國文藝協會的全盛時期。國民黨的文藝政策與活動方針，都是透過這個組織而得以實現。在這十年期間，中國文藝協會主宰了台灣的文壇。

就內部而言，該會舉辦各種文藝研習輔導活動，培養小說、攝影、美術等等人才；並舉辦各種定期文藝社會活動，提供作家與讀者有對話交流的機會。在重要的節日，該會還主辦各種文藝運動，以配合官方預定的政策。當時，所有外省作家都成為文藝協會的成員。組織之龐大，超過文學史上的任何一個時期。

該會最重要的任務，便是執行國民黨的文藝政策。一九五三年十一月，蔣介石完成〈民生主義育樂兩篇補述〉[2]一文，立刻成為當時作家研習的讀物。該會成員為此舉行二十四次座談，發表三十萬字的文章，公開呼應蔣介石的文藝主張。尤其是〈育樂兩篇補述〉特別提到「文藝與武藝」：「……中國古代的教育，以六藝為本。六藝就是禮、樂、射、御、書、數，文藝與武藝都包括在內。」這項指示，使國民黨更加注重軍中文藝的發展，使反共文學的寫手大大擴張，從而也使文學為政治而服務的論點得以彰顯。

2　蔣介石，《民生主義育樂兩篇補述》（台北：中央委員會，一九五四），一九六八年由台北正中書局出版。

為宣揚〈育樂兩篇補述〉的精神，張道藩特意著手撰寫長達四萬字的〈三民主義文藝論〉[3]，使蔣氏的文藝觀更具理論基礎，並具有合理性、合法性的指導地位。配合張道藩揭示的文藝政策，中國文藝協會在一九五四年五月四日發起了一場引人矚目的「文化清潔運動」，使蔣氏的文藝政策深入社會得到實踐。

文藝協會以陳紀瀅、王平陵、陳雪屏、任卓宣、蘇雪林、王集叢等人為首，組成「文化清潔運動專門研究小組」。這項運動，針對當時的黃色、黑色、紅色等等文學刊物展開撻伐。陳紀瀅以「某文化人士」為名義發表談話，響應蔣氏的觀點：「文化界欣然接受了（總統）正確的指示之後，正在不斷努力中，卻不料多年來為社會所詬病、為一般人士由為正當新聞工作者所不齒的『黑色新聞』，透過部分所謂內幕雜誌，不但不稍斂跡，反而變本加厲，在反共抗俄的神聖堡壘中，肆無忌憚，公然散布殘害國民心理健康的毒素。」[4]談話中批判的對象，包括「赤色的毒」、「黃色的害」、「黑色的罪」。陳紀瀅的行動，全然是由上級授意而展開的。文學為政治服務，作家為政治吶喊，是一九五〇年代文壇的主要

張道藩（《文訊》提供）

王集叢（《文訊》提供）

特色。

在密告與檢舉的雙重行動下，當時有《中國新聞》、《紐司》等十份雜誌遭到停刊處分，有黃色、赤色的書刊遭到沒收，有武俠小說十萬餘冊遭到查禁。在如此風聲鶴唳的緊張氣氛中，「文化清潔運動促進會」仍然表示：「一般社會人士之反應，猶覺政府此一措施過於寬大，尚不足以平公憤。」書籍審查制度的建立，便是透過所謂的民間社團如中國文藝協會者之搖旗吶喊，而獲得合理性、合法性的基礎。從此以後，國民黨都循同樣模式，首先由黨內核心組織下達決策，然後由民間團體配合支持，使每次的文化運動與文藝活動都能夠獲致預期的政治效果。

中國文藝協會成立的另一個任務，便是呼應當時國防部總政治部主任蔣經國於一九五一年提出的「文藝到軍中去」運動。參加這場運動的主要作家包括：何志浩、王書川、王文漪、王藍、宋膺、馮放民等人，提倡「軍中革命文藝」的推廣運動。

從中國文藝協會於一九六〇年所出版的《文協十年》，可以發現這個社團主要是以外省作家為主體。文協的領導階層，清一色都是國民黨的黨員與官員，他們在大陸時期就已有創作的經驗。無論是語言使用或意識

王書川（《文訊》提供）

3 張道藩，《三民主義文藝論》（台北：文藝創作，一九五四）。

4 某文化人士（陳紀瀅），〈文化界某人士談文化清潔運動，籲請各界人士一致奮起撲滅赤色黃色黑色三害〉，收入中國文藝協會編，《文協十年》（台北：中國文藝協會，一九六〇），頁六二。

形態，他們與國民黨的立場可以說非常接近。因此，國民黨努力在台灣追求合法統治之際，第一代來台的外省作家誠然有推波助瀾之功。一九五〇年代台灣文壇，所有報刊、雜誌均為外省作家所壟斷，便是在這樣的政治環境下所造成。也由於這個原因，台灣本地作家自然就被排除在這個政治文學主流之外。

中國文藝協會的權力結構與文學活動，最能反映台灣本地作家的邊緣位置。以一九六〇年的統計數字而言，文協的會員共有一千二百九十人，其中台籍作家僅有五十八人。這個事實顯示，反共文學的書寫已建立了一個台籍作家不容易介入的圈子。這不僅是因為台籍作家的歷史經驗、政治經驗與大陸作家有所歧異，另一主要原因在於台籍作家的語言能力全然不能與大陸作家比擬。更為重要的是，台灣人的政治地位完全處在權力核心與決策核心之外，根本沒有絲毫的發言權。

再從文協的任務編組來觀察，該會成立了十七個委員會，包括小說創作研究、詩歌創作研究、散文創作研究、音樂、美術、話劇、電影、戲曲、舞蹈、攝影、文藝論評、文藝教育、民俗文藝、新聞文藝、廣播文藝、國外文藝工作、大陸文藝工作等等。其中最值得注意的是，一九五五年成立的「民俗文藝委員會」，這個組織的工作其中有兩項包括「主張表揚台籍作家之研究及執行工作」，以及「聯繫本省民俗文藝作家及工作者」。台籍作家之所以需要表揚與聯繫，就在於他們在中文思考與創作產量方面極為稀少。即使有作品出現，也只是被劃歸為「民俗文藝」的範疇。從這樣的位置來判斷，當可推知官方霸權論述已儼然成形，而對台籍作家產生了排擠效應。

## 戰鬥文藝與一九五〇年代台灣文學環境

五〇年代官方論述的鞏固，都是透過政治動員而得以主宰整個台灣文壇。其中一個重要的力量支柱，便是來自軍中文藝。所謂軍中文藝，正如前述，乃是由蔣經國所發起的。這項政治號召，由中國文藝協會配合推動，組織作家到軍中訪問。在推動這個文學活動時，代表黨政軍的中國文藝協會、教育部、台灣省教育廳、國防部總政治部等四個單位，往往聯合主辦。從這樣的權力結構來看，反共文學、軍中文藝與戰鬥文藝的銜接，可謂密不可分。自一九五二年以後，國民黨發動反共抗俄總動員運動，進行經濟、社會、文化、政治等等的全面改造，使得軍中文藝扮演的角色更形吃重。

一九五五年蔣介石提出「戰鬥文藝」的號召，使得軍中作家受到前所未有的重視。在軍中發行的《軍中文藝》，為響應蔣總統的指示，而改名《革命文藝》[5]。中國文藝協會的成員王藍、王平陵、王夢鷗、王集叢、李辰冬、林適存、公孫嬿、梁容若、徐鍾珮、陳紀瀅、郭嗣汾、郭衣洞、鍾雷、虞君質、謝冰瑩、蘇雪林等，都擔任該刊的編輯委員。政工幹校的文藝研究社，也在這一年編輯出版《軍中文藝創作集》，同樣也是配合當時的文化清潔運動，對所謂的赤色、黃色、黑色三書進行撻伐[6]。

王夢鷗（陳文發攝影，《文訊》提供）

5　一九五一年四月國防部總政治部發表〈敬告文藝界人士書〉，號召「文藝到軍中去」運動，鼓勵作家提供軍中創作所需，指導軍中文藝創作。為配合軍中文藝創作策略，國防部總政治部於一九五四年亦發行《軍中文藝》刊物，從一九五四年一月二十五日至一九五六年三月二十五日，共二十六期，其前身為一九五〇年發行的《軍中文摘》，一九五六年改名為《革命文藝》，一九六二年再改為《新文藝》。

6　所謂赤色、黃色、黑色乃分別意指「赤色的毒」、「黃色的害」、「黑色的罪」，亦即是指共產思想、色情書刊、內幕雜誌，時稱之為除了軍中作家被組織起來之外，另外兩個文學團體也值得重視，一是中國青年寫作協會，一是台灣省婦女寫作協會[7]。前者直屬中國青年反共救國團，後者屬於台灣省黨部。這些組織都證明了政治主導文學的事實。中國青年寫作協會於一九五三年八月成立於台北市。該會成立宣言，呼籲全國與海外文藝青年「和我們站在一起，同心同德，為反共抗俄而寫作，為復國建國而磨礪」。這個社團成立時，發行正式的文學刊物。至此，一九五〇年代的三份重要文學雜誌都出現了，亦即中國文藝協會的《文藝創作》[8]，國防部總政治部的《軍中文藝》，以及中國青年寫作協會的《幼獅文藝》[9]。這種政治權力干涉文學的情況，較諸太平洋戰爭期間的皇民化運動，還要嚴密而露骨。不過，皇民文學運動是驅使日籍、台籍作家同時從事寫作；反共文學運動則是以外省作家為主體，台籍作家反而更不容易參與。在動員方面，最高政治領導直接指示下令，使參加戰鬥文藝運動的作家，都必須遵奉領袖的號召。這種赤裸裸的政治掛帥，造成的文化影響極其深遠。

在反共、恐共的陰影下，所有的作家都盲目相信政

徐鍾珮（《文訊》提供）

謝冰瑩（《文訊》提供）

治領導人的語言、口號都是真實的，並且也遵命指示去實踐創作，使自己分辨不清文學創作與政治干涉的界線。對於權力的屈服，使作家完全失去批判的能力。他們信奉的真理都來自政治領袖，作家因而喪失了自我思考的主體。但是，對於台灣本地作家來說，他們的心靈傷害更為嚴重。因為，台灣文學發展有其特殊的歷史經驗，國民黨的文藝政策不僅漠視這種歷史經驗的存在，反而還以官方虛構的歷史意識予以填補。台灣作家被抽離具體的歷史脈絡之後，面對了一個前所未有的官方論述。本土文化不但遭到貶抑，甚至還受到空洞化。一九五〇年代的台灣作家，終於保持沉默的原因，就是這種強勢文化壟斷之下造成的。

國民黨的文藝政策，強調中華民族精神，高倡三民主義文學理論，提出戰鬥文藝口號，都不是台籍作家能夠理解。在二二八事件浩劫後，又繼之以白色恐怖的恫嚇，台籍作家只能坐視強勢文化的侵蝕與扭曲。大陸作家與本省作家之間的鴻溝，終於難以跨越。蔣介石在〈民生主義育樂兩篇補述〉發表之後，許多遵命作家為之宣揚並合理化，先有張道藩的《三民主義文藝論》（一九五四），又有王集叢的《戰鬥文藝論》

---

「三害」。一九五四年《反攻》一一五期（一九五四年九月一日）社論更提出在赤毒、黃害、黑罪之外，還必須揭發「灰色的孽」，可見其時顏色論述已籠罩文化界。紀弦即有詩作〈除三害歌〉表達對文化清潔運動的呼應：「除三害！除三害！／赤色，黃色，黑色的毒素，／不能讓它存在：／不編，不寫，不看，／不印，不買，不賣，／不唱，不聽，不說，／不演，不畫，不刻，／不跟那些敗類來往。」見紀弦，〈除三害歌〉，《文藝創作》四六期（一九五五年二月一日），頁四四。

7 台灣省婦女寫作協會，簡稱為婦協，成立於一九五五年五月五日，發起人包括蘇雪林、謝冰瑩、李曼瑰、徐鍾珮、潘人木、鍾梅音、張秀亞等人，為一九五〇年代唯一的婦女界文教團體。見中國文藝年鑑編輯委員會編，《中國文藝年鑑一九六六》（台北：中國文藝年鑑編輯委員會，一九六六），頁七三—一〇八。

8 《文藝創作》，一九五一年五月由「中華文藝獎金會」創辦，葛賢寧主編，張道藩任社長。

9 《幼獅文藝》，一九五四年三月由「中國青年反共救國團」和「中國青年寫作協會」主辦，馮放民等人主編。

（一九五五）[10]，全部的理論內容完全不涉及台灣社會的現實。依賴台灣土地而生存的本地作家，面對這種政治語言不能不感到萬分的陌生。反共文學一旦成為主流，台灣作家自然就被放逐了。

根據王集叢的《戰鬥文藝論》，乃是鑑於中共把文藝當作鬥爭武器，所以台灣也必須提倡戰鬥文藝。他在書中表示：「在他們血腥統治下，什麼都沒有自由，文藝作家也沒有創作自由。……今天我們和這樣的敵人戰鬥，如果不讓文藝負起戰鬥任務，反而高調『為文藝而文藝』的濫調，或者以文藝傳達消極悲觀的思想情感，或者用『自由創作』來否定文藝的創作性，請問如何對敵？如何爭取自由？」[11]從這樣的政治理論來看，反共文學與戰鬥文藝並非是以台灣社會為主體，更非以國民黨的文藝政策為主體，而是以中共的文藝鬥爭從事逆向思考。因此反共作家既脫離了台灣現實，也偏離自己的文化主體，在這種思考指導下，生產出來的作品自然也就不具任何主體性。有過殖民經驗的台灣作家，要與這種文學思考銜接起來，誠然困難無比。

被邊緣化的台灣作家固然無法介入反共文學主流，那麼當時女性作家的位置又是如何？一九五五年五月五日成立的台灣省婦女寫作協會，是反共文學中的另一特殊現象。婦協成立宣言表示：「我們要發揚文化，我們要保護自由，所以我們集合在一起，努力以赴。不但要使自由燈塔下的婦女廣泛普遍的享受到自由與文化，並且要肩負衝破沒有自由與文化的鐵幕，拯救在黑暗中掙扎的姊妹們。」

在台灣文學發展過程中，這是第一次見證到有如此多的女性作家同時出現。參加婦女寫作協會的創會成員約有一百餘位，也是清一色外省籍作家，較為知名的包括蘇雪林、謝冰瑩、李曼瑰、徐鍾珮、張雪茵、劉枋、王琰如、王文漪、侯榕生、潘人木、盧月化、孫多慈、鍾梅音、張秀亞、嚴友梅、艾雯、郭晉秀、張淑菡等。婦女寫作協會成立主要任務，事實上與前述的中國文藝協會承擔的工作無分軒輊，同樣都是要訪問戰地前線，鼓勵官兵士氣，並且推展反共文藝宣傳。

女性作家的文學成就，將在下一章詳細討論。不過，在反共文學的大纛之下，她們也必須積極配合官方文藝政策的號召。在民族主義與反共抗俄的呼喚中，她們的作品與男性作家的風格比較，似乎沒有太大的區隔。具體言之，國家的權力使她們的性別界線並不那麼鮮明。女性作家越是高唱反共、高喊愛國，就越喪失女性的主體。

台灣省婦女寫作協會的成立，固然在於協助反共文學的推展，從事前線勞軍、醫院慰問、贈送征衣的工作，但是，由於她們的大量出現，使得文學景觀也開始轉變。她們的細膩書寫，以及與社會現實的接觸，讓一九五〇年代文學的政治色彩獲得了稀釋。更確切地說，從政治功能而言，這段時期的女性作家只是屬於反共文學的從屬角色，她們只是承擔主流文學搖旗吶喊的工作。然而，從文學風格而言，她們的思考方式在反共體制內部，已逐漸產生從量變到質變的發酵作用。

一九五〇年代的重要文學批評家劉心皇，是一位戰鬥文學運動的旗手，他對於同時期女性作家的評價是：「她們的優點在於感情豐富、思想細緻，描寫心情和事物，都能入情入理，而且用詞美麗。可惜的是，她們所寫的差不多是身邊瑣事。讀她們的作品，彷彿不知道是在這樣驚心動魄的大時代裡。」[12]劉心皇對女性作家的負面評價，就在於指控她們並沒有依照男性的文學標準從事創作。反共文學的最高美學準則，便是要反映「驚

劉心皇（《文訊》提供）

10　王集叢，《戰鬥文藝論》（台北：文壇社，一九五五）。
11　同前註，頁八。
12　劉心皇，〈中國文學六十年〉，《六十年散文選》（第一集）（台北：正中，一九七二），頁二一。

心動魄的大時代」。對於反共體制的當權者而言，女性作家原來也只是一股被政治動員的力量。恰恰就是因為女性創作潛能被開發出來，部分文學思考在一定程度上誠然是配合了反共政策，但是她們的豐富想像與美麗修辭，也同時突破了男性主流文學的格局。

從這個角度來看，反共文學發展到了一九五五年已開始呈現疲態，所以才又有「戰鬥文學」口號的重新提出，企圖振興日益僵化的文藝政策，也企圖扭轉偏離反共文學的文風，在此時刻，受到動員的女性作家原是被規劃來為男性主導的文壇注入一股強心劑，卻反而使反共文學的局面產生多元的現象。在反共文學時期成長起來的另一位批評家尉天驄，對於一九五〇年代的女性文學有如此的評語：「五〇年代緊接著大陸的大動亂與島內的大惶恐，使人不敢面對現實，而當時的肅清政策，使人只有對世事採取觀望、淡漠的態度，而婦女文學的沒有時間性、或者有時間而沒有歷史感的特質，正好可以滿足小市民的惰性和趣味性要求。」[13]同樣是屬於男性觀點的負面評價，尉天驄的見解把女性文學貶抑為符合「小市民的惰性和趣味性要求」。但是，這樣的看法，再一次精確地使五〇年代的男性作家與女性作家劃清了界線。

這段時期的女性文學之所以沒有時間性，或是沒有歷史感，主要在於未能刻劃大時代的政治事件。她們轉而去寫柴米油鹽、穿衣吃飯的生活瑣事，使得文學創作呈現了特有的空間感。這種空間感，一方面表現在女性作品中的強烈懷鄉意識，一方面則表現在她們的文學與台灣現實生活之相互結合。對於一九五〇年代的女性作家來說，她們可能不是有意識地要與男性書寫對抗，更不是有自覺地要疏離官方的反共體制。不過，由於她們處在權力的邊緣位置，文學的思考與關懷自然而然迥異於當時的男性作家。她們的空間感遠勝於時間感，從而也使反共文學中的流亡意識逐漸出現移民意識。這是反共文學的一個重要轉變，流亡者文學過渡到移民者文學的演化中，女性文學是一個相當關鍵的因素。

以外省籍女性為主的作家，她們或是軍公教的工作者，或是軍公教的家眷，在那段經濟艱困的時期，最能感受到生活的重擔。當男性作家在高喊反共愛國之際，女性作家正在為每天的生計憂慮愁苦。反共文學的家國想像投射到遙遠的海峽對岸時，女性作家關心的是在台灣社會裡的升降浮沉。想像是空泛而虛構的，生活則是具體而實際。女性作家在經營家庭親情、愛情的故事時，似乎已經在遠離官方文藝政策所規定的方向。國家之愛與兒女之情的雙軌發展，正是一九五〇年代文學的主要特色。

## 反共文學的發展及其轉折

台灣的政治環境，到了一九五〇年代中期逐漸進入穩定狀態。一九五四年「中美協防條約」正式簽訂，使台灣的國防安全得到保障，也使兩岸的隔離正式制度化。台灣社會政治、經濟、文化開始對美產生依賴，也隨著條約的訂立而制度化。政治氣氛的弛緩，可以從朝鮮半島的緊張情勢之減低得到印證。在韓戰中被俘虜的中共士兵，以「反共義士」的名義來到台灣。在客觀環境營造下，反共文學似乎取得了合法地位。不過，也正是由於台灣的安全獲得保證，追求自由化的傾向也越來越強烈。

因此，反共文學在一九五〇年代的發展，大約可以分成兩個階段。第一個階段是從一九四九至一九五五年，這段時期是文學受到政治干涉，最為嚴苛的階段。第二階段是從一九五五至一九六〇年，這段時期慢慢見證到女性文學、現代主義文學，以及台灣本地作家逐漸呈現活潑的現象。

第一階段的反共文學之所以能夠建立，與一九五〇年中華文藝獎金委員會及中國文藝協會的成立有密

13 尉天驄，〈台灣婦女文學的困境〉，收入予宛玉編，《風起雲湧的女性主義批評：台灣篇》（台北：谷風，一九八八），頁二四一。

切關係。這兩個機構，都是由張道藩[14]與陳紀瀅聯手領導；前者是立法院院長，後者是立法委員。但是，他們都同樣屬於國民黨的中國文協黨團的領導人。由於他們掌握龐大的文化資源，許多作家必須仰賴他們的資助。透過官方獎助的辦法，不僅反共文學的作品獲得正面鼓勵，同時作家的文學思考也受到支配。

中華文藝獎金，每年定期在五月四日文藝節頒發。另外，也有不定期對詩歌與劇本予以獎勵。當時的獎金相當優厚，以小說獎項的第一名為例，短篇小說（五千至三萬字）是三千元，中篇小說（二萬至十萬字）是八千元，長篇小說（十萬字以上）是一萬二千元。以一九五〇年代公務員的薪水平均在百元上下的標準來看，這項獎金的鼓勵作用是不言而喻的[15]。得獎的作者，清一色是外省籍男性作家。從獎勵的結果來看，反共文學展現的美學會傾向國族大敘述，並且會出現陽剛、雄偉的文學風格，便是在這種官方的鼓勵下形成。每位作家為了符合獲獎的要求：「富有時代的文藝創作，發揮反共抗俄的精神力量」，遂集體朝此方向去經營。從一九五〇至一九五六年的獲獎名單如左：

**中華文藝獎金委員會／「五四」獎金**

| 年度 | 獎項 | 得獎名單 |
|---|---|---|
| 一九五〇 | 歌詞 | 一、趙友培，二、章甘霖，三、孫陵 |
| | 稿費酬金 | 紀弦、樂牧、張清徽、毛燮文、杜敬倫、郭庭鈺、劉厚鈍、吳波、張奮嶽、方聲、胡爾剛、林洪、何逸夫、萬銓、小亞、宋龍江 |
| | 曲譜 | 白景山、嘉禾、李中和、譚正律、佩芝、丁重光、星火、方連生、張哲夫、克共、于元、李永剛、浥塵、施正、張龍華 |

| | | |
|---|---|---|
| 一九五一 | 中篇小説 | 一、從缺，二、黎中天，三、端木方（稿費酬金：司馬桑敦、溫新榆、劉珍） |
| | 短篇小説 | 一、李光堯，二、郭嗣汾，三、溫新徠（稿費酬金：涂翔宇） |
| | 新詩 | 一、上官予，二、涂翔宇，三、童華、張自英、古之紅 |
| 一九五二 | 中篇小説 | 一、從缺，二、端木方，三、段彩華 |
| | 短篇小説 | 一、從缺，二、徐文水，三、任文白、彭樹楷 |
| | 長詩 | 一、從缺，二、鍾雷，三、從缺 |
| | 短詩 | 一、從缺，二、紀弦、王藍 |
| | 平劇劇本 | 一、從缺，二、從缺，三、張大夏、費嘯天 |
| 一九五三 | 中篇小説 | 一、從缺，二、郭嗣汾、潘壘，三、胡宣績 |
| | 短篇小説 | 一、從缺，二、楊海宴、匡若霞，三、名梁 |
| | 長詩 | 一、從缺，二、從缺，三、上官予、鍾雷 |
| | 短詩 | 一、從缺，二、符節合，三、宛宛、紀弦 |
| | 平劇劇本 | 一、從缺，二、亓寇文，三、張大夏、趙之誠 |

14 張道藩：「總裁……指示我選擇若干已有成就、或對國家可能有貢獻的文化工作者，不分黨派，……每人每月補助一些稿費。」轉引自劉心皇，《抗戰時期的文學》（台北：國立編譯館，一九九五），頁二一三。

15 劉心皇編，《當代中國新文學大系：史料與索引》（台北：天視，一九八〇—一九八一），頁五六三—六四。

| 年度 | 類別 | 得獎者 |
| --- | --- | --- |
| 一九五四 | 中篇小說 | 一、從缺，二、端木方，三、涂翔宇、潘壘 |
| | 短篇小說 | 一、吳一飛，二、郭嗣汾，三、徐文水 |
| | 長　詩 | 一、吳一飛，二、郭嗣汾；三、徐文水 |
| | 短　詩 | 一、梁石，二、紀弦，三、曹介甫 |
| | 長篇平劇 | 一、張大夏，二、亓寇文，三、趙之誠 |
| | 短篇平劇 | 一、周正榮，二、李熙，三、從缺 |
| 一九五五 | 中篇小說 | 一、從缺，二、郭嗣汾，三、徐文水 |
| | 短篇小說 | 一、從缺，二、從缺，三、尼洛、舒亞雲、趙天池 |
| | 長　詩 | 一、從缺，二、蔣國禎，三、毛戎 |
| | 短　詩 | 一、從缺，二、張自英，三、華文川 |
| | 長篇平劇 | 一、從缺，二、從缺，三、劉孝推 |
| | 短篇平劇 | 一、從缺，二、從缺，三、傅家齊 |
| 一九五六 | 中篇小說 | 一、從缺，二、尼洛，三、王韻梅 |
| | 短篇小說 | 一、從缺，二、尹雪曼，三、雲飛揚、潘壘 |
| | 長　詩 | 一、周忠榴、瘂弦、左少乙 |
| | 短　詩 | 李夕濤、崔焰焜、符節合 |
| | 平　劇 | 一、張大夏，二、趙之誠，三、亓冠文 |

這些得獎作家的名單，重複者相當多，除了少數女性如匡若霞、王韻梅之外，全部都是男性。他們的創作技巧，大抵不脫光明與黑暗的對比手法，內容則不脫邪不勝正的教條論調，而整個文學風格也是以健康

寫實為主。從題目的命名，就可窺見內容概略。其中最為露骨的，莫過於新詩方面的題材。以一九五〇年為例，紀弦的〈怒吼吧台灣〉、方聲的〈保衛大中華〉，一九五一年的上官予〈祖國在呼喚〉、涂翔宇〈啊！大陸，我的母親〉等等，都顯示官方政策所期待的作品是屬於何種性質。

中國文藝協會的機關雜誌《文藝創作》，在一九五一年的〈發刊詞〉表示：「兩年來自由中國的文藝運動，隨著反共抗俄的高潮，呈現了空前的蓬勃。無數忠於民族國家的文藝作家，各各發揮其高度的智慧與技巧，創作了許多有血有肉可歌可泣的作品，貢獻給戰鬥中的軍民同胞，使我們驚喜於中國文藝復興將隨著中國民族的復興而開拓了無限燦爛的遠景。」[16]這段話的修辭，如「有血有肉」、「民族國家」、「軍民同胞」、「文藝復興」，以及「燦爛遠景」，正是反共文學最熟悉的正面而積極的題材。

軍中作家朱西甯在一九七七年所寫的〈論反共文學〉[17]，提到官方支持的中華文藝獎與國軍文藝獎時說：「在這兩種重賞之下的勇夫之作，堪稱『題材的反共文學』的傑出作品，即使美術歌詞歌曲及各劇型劇本包括在內，中華文藝獎不出二十件，國軍文藝金像獎則不出十件，量與質之比，前者約為九與一之比，後者二十二與一之比。」這個數字說明了反共文學得獎作品的政治價值遠勝過藝術價值。官方的文藝獎金制度，在荒涼的年代鼓勵不少知識分子與軍中官兵投入寫作的陣營，並且也創造了一些值得討論的文學作品。但是，也同樣在這個制度下，使官方文藝政策順利進駐作家的心靈，並且也使作家對於支配性的政治體制產生依賴。但是，不能不注意的是，在獎勵風氣中扶助起來的反共文學，過於強調集體精神與集團行動，因而造成對個人主義的泯滅，並且也使自由主義的風氣受到壓抑。在一九五五年之前的文學發展，過於強調肅殺

16　張道藩，〈發刊詞〉，《文藝創作》一期（一九五一年五月四日），頁一。

17　朱西甯，〈論反共文學〉，《中華文化復興月刊》一〇卷九期（一九七七年九月），頁三。

的反共主題，固然是肇因於海峽的緊張氣氛，但是官方政策的推波助瀾也是一個重要原因。

在一九五〇年代上半葉的第一階段，提供文學作品發表的報章雜誌頗為眾多。幾乎可以說，在台灣文學史上文學雜誌出版的數量以這段時期為最蓬勃興盛。屬於官方性質的雜誌，包括《暢流》半月刊、《自由青年》、《軍中文摘》（後改名為《軍中文藝》，又改名為《革命文藝》，再改名為《新文藝》）、《火炬》半月刊、《文藝創作》、《文藝月報》、《幼獅文藝》、《中華文藝》等等。民間發行的刊物則有《寶島文藝》、《半月文藝》、《野風》、《文壇》、《海島文藝》、《晨光》、《新新文藝》、《海風》。在數量上，官辦雜誌較多，而且發行時間也較長。這個數字足以解釋當時創作人口之多，作品產量之豐。中華文藝獎金會從一九五〇至一九五六年，在七年之間頒發各種文藝獎金共計十七次，一百二十人得獎，千人以上獲得稿費補助。獲獎作家人數尚且有如此之多，則未獲獎者，更加無法估量。在這段期間，較為知名的雜誌大約如左表所示：

《文壇》

**五〇年代反共文學主要雜誌**

| 雜誌名稱 | 主編 | 出版者 | 創刊日期 | 停刊日期 |
|---|---|---|---|---|
| 《寶島文藝》月刊 | 潘壘 | 寶島文化出版社 | 一九四九年十月一日 | 一九五〇年九月一日 |

| | | | | |
|---|---|---|---|---|
| 《暢流》半月刊 | 吳愷玄 | 暢流半月刊社 | 一九五〇年二月十六日 | 一九九一年六月十六日 |
| 《半月文藝》半月刊 | 程敬扶 | 半月文藝社 | 一九五〇年三月十六日 | 一九五六年十二月一日 |
| 《自由青年》旬刊 | 編輯委員會 | 自由青年社 | 一九五〇年五月十日 | 一九九一年六月十五日 |
| 《軍中文摘》月刊 | 王文漪、黃彰位 | 國防部新中國出版社 | 一九五〇年六月一日 | 一九五四年一月二十五日 |
| 《野風》半月刊 | 田湜 | 野風雜誌社 | 一九五〇年十一月一日 | 一九六三年十月 |
| 《火炬》半月刊 | 孫陵 | 火炬雜誌社 | 一九五〇年十二月 | 一九五一年 |
| 《文藝創作》月刊 | 葛賢寧 | 文藝創作出版社 | 一九五一年五月四日 | 一九五六年十二月一日 |
| 《文壇》季刊 | 朱嘯秋 | 文壇社 | 一九五二年六月五日 | 一九八五年十一月 |
| 《海島文藝》月刊 | 江楓、亞汀 | 海島文化出版社 | 一九五二年七月 | 一九五四年三月 |
| 《晨光》月刊 | 吳愷玄 | 晨光雜誌社 | 一九五三年三月一日 | 一九六八年五月一日 |
| 《文藝月報》月刊 | 虞君質 | 中國新聞出版公司 | 一九五四年一月十五日 | 一九五五年十二月 |
| 《軍中文藝》月刊 | 王文漪 | 國防部新中國出版社 | 一九五四年一月二十五日 | 一九五六年三月二十五日 |
| 《幼獅文藝》月刊 | 馮放民等 | 幼獅文化事業公司 | 一九五四年三月二十九日 | 現仍在發行 |
| 《中華文藝》月刊 | 編輯委員會 | 中華文藝月刊社 | 一九五四年五月一日 | 一九六〇年 |
| 《新新文藝》月刊 | 古之紅 | 新新文藝社 | 一九五五年一月一日 | 一九五九年四月 |
| 《海風》月刊 | 鄭修元 | 海風月刊社 | 一九五五年十二月一日 | 一九五九年十二月十五日 |
| 《革命文藝》月刊 | 編輯委員會 | 國防部新中國出版社 | 一九五六年四月十五日 | 一九六二年二月 |

「反共」之所以能夠形成論述，並且成為文壇的主流，從這些發行時間長短不一的雜誌就可獲得強有力的理由。除此之外，當時的報紙如《中央日報》、《中華日報》、《台灣新生報》、《掃蕩報》、《公論報》、《自立晚報》等等的副刊，也提供大量篇幅讓反共作品發表。如此遮天蔽地的文學運動，可謂是文學史上空前絕後的豪舉。然而，作家與作品的大量湧現，並不意味著百家爭鳴、百花齊放的年代已經到來。形式的僵化，主題的教條化，內容的公式化，使得反共文學發展不到五年期間，就已使讀者感到疲倦。消費性的大眾小說在民間發行，愛情故事的小冊子也鋪滿書店的櫃檯，正好可以反映社會對反共文學的不耐。「戰鬥文藝」口號的提出，無非是為了使反共作品重振。但是，文藝政策需要從事第二次的動員，正好也說明了反共文學的命運開始受到嚴厲的挑戰。

第二階段的反共文學始於一九五五年，固然是以「戰鬥文藝」之提倡作為斷限。不過，觀察文壇的變化也在這個時期出現一些跡象。張道藩主導的「中華文藝獎金委員會」宣告停辦，該會所支持的《文藝創作》也隨之停刊。這反映了「戰鬥文藝」運動，並沒有使反共文學的最重要刊物獲得再造的契機。就在張道藩從文壇失勢之際，一股新的文學力量正在釀造誕生。以紀弦為首的「現代派」，以洛夫、瘂弦、張默為中心的《創世紀》詩刊，夏濟安主編的《文學雜誌》都在一九五六年次第浮現，到了一九五七年覃子豪領導的藍星詩社成立，代表自由主義旗幟的《文星》月刊宣布發行，在在顯示了要求創作自由空氣的新世代，逐步脫離反共文

《文星》創刊號（舊香居提供）

學的路線。在本地作家方面，戰後小說的重要旗手鍾肇政，也在這一年邀請台籍作家鍾理和、廖清秀、李榮春、許炳成、施翠峰、陳火泉等人，相互從事創作經驗的交流，並以油印刊物《文友通訊》在成員之間傳遞。台籍作家在一九五〇年代的顛躓腳步，在他們的通信文字裡歷歷可見。

象徵一九五〇年代自由主義傳統的主要雜誌《自由中國》，在文藝欄方面由聶華苓接編之後，也呈現了開放活潑的面貌。女性作家的能見度不但提高，她們作品的質與量也同樣提升了許多。歷來討論台灣自由主義思想的傳承時，大多是圍繞著胡適、雷震、殷海光、夏道平等男性知識分子為中心，在這個豐厚的人文傳統中，作為女性作家的聶華苓往往受到忽視。《自由中國》文藝欄大量採用女性作家的作品，始自聶華苓的編輯之手。孟瑤、童真、張秀亞、林海音、琦君、鍾梅音、於梨華等人的小說、散文，頻頻在這份刊物上發表。聶華苓在五〇年代是一位重要的文學生產者，她選取的作品不僅是有意識提高女性作家的能見度，並且是相當自覺地要與反共文藝政策有所區隔。

殷海光，《中國自由主義的領港人》

聶華苓的文學取向，與自由主義傳統的脈絡可謂環環相扣。她邀約的作家，也大多是以自由傾向的作者為主，梁實秋、思果、吳魯芹、陳之藩、周棄子、余光中等人的散文與詩，都以《自由中國》為重要根據地。這些作者與夏濟安主編的《文學雜誌》也有密切聯繫，聶華苓本人也是《文學雜誌》的主要作者之一，她強調性別議題，主張自由想像，都與反共路線背道而馳。到了一九五〇年代末期，林海音又擔任《聯合報》的副刊主編，她的開明作風與多元取向，也同樣可以納入自由主義的傳統。聶華苓與林海音的先後出現，預告了一股新的文學風氣，已在孕育之中。

跨越一九五〇年代中期以後，反共文藝政策固然還是文學發展的支配力量。然而，制式、公式的創作技巧顯然難以抵擋台灣社會求新求變的民間力量。自由主義、現代主義、本土主義在五〇年代後半期已經有了萌芽的徵兆。這種轉折，似乎不是官方權力在握者能夠掌控的。浩浩蕩蕩的戰鬥文藝運動，誠然鍛鑄了不少文學心靈；但是，在時代洪流中湧現的作家，如果繼續隨波逐流，最後都將被政治激流沖走。能夠擱淺下來的作家，並且開闢新的水源，僅屬少數有自覺性的創作者。從軍中出身的作家，如洛夫、瘂弦、朱西甯、司馬中原、段彩華等等，都曾經為反共文學搖旗吶喊，但他們終於也棄擲了教條的口號。

梁實秋（《文訊》提供）

台灣文學的朝向自由化，是整個大環境造成的。反共文學在日後受到貶抑與撻伐，絕對不只是它對文學心靈構成傷害，並且也是因為它對台灣本地的文學歷史經驗徹底予以扭曲、擦拭、空洞化。台灣文學的再殖民時期，就是因為反共文學造成的霸權論述，有系統、有計畫使台灣作家邊緣化，以至無聲無息。他們被剝奪了歷史記憶，也在國語運動的政策下重新學習語言，必須要在進入一九六〇年代以後，才能聽到台籍作家的聲音。距離日據殖民時期，已有二十年之遙。

# 第十二章

# 一九五〇年代的台灣文學局限與突破

進入一九五〇年代的台灣文學發展，既是一個斷裂時期，也是一個鍛鑄時期。自一九四九年成立的戒嚴體制，是為了合理化國民政府在台灣的統治基礎，也是為了動員台灣民眾支持其「代表中國」的主張。也正是由於戒嚴令的實施，文學心靈所遭受的戕害，幾乎無可估算。在建構其霸權論述的過程中，國民政府對於三〇年代的中國文學與台灣文學都同樣予以壓制。

官方文藝政策對一九三〇年代文學抱持警戒、查禁的態度，主要是為了斷絕左翼文學的傳承。日據時期台灣作家賴和、楊逵、楊守愚、朱點人都具有左翼寫實主義的批判色彩，而五四以降的中國作家魯迅、巴金、茅盾、蕭軍、蕭紅等人的作品，也具備了社會主義的傾向。對於極右派的國民黨而言，這些充滿高度批判精神的文學，全然與其所提倡的文藝政策背道而馳。因此，在反共的指令下，台灣的抗日文學與中國的左翼文學都受到封鎖。台灣與中國文學的雙重斷裂，使得國民黨的文藝政策能夠橫行無阻。

更為嚴重的是，國民黨為了代表中國，遂積極推動中國歷史教育與右翼的文學教育，而有系統地壓制台灣本地歷史與文學的記憶。因此，原來存在於島上的歷史經驗，到了一九五〇年代初期就完全被抽空。台灣知識分子既失去歷史記憶，又因語言問題而失去寫作的能力，使得反共政策下的文壇，全然排斥台灣作家於寫作的版圖之外。

## 鍾理和與《文友通訊》的台籍作家

被邊緣化的台籍作家，在一九五〇年代最主要的工作便是學習中文的書寫。在這文學斷裂的階段，日據時期作家已經沉寂下來。楊逵遭到判刑十二年，呂赫若在鹿窟事件中被毒蛇咬死，朱點人在政治株連事件中被槍決，葉石濤因讀書會而淪為受到監禁的思想犯，鍾理和的同父異母弟弟鍾和鳴（浩東）則在基隆中學事件中被處死。在如此風聲鶴唳的年代，戰後第一代台籍作家已失去文學傳承的命脈。

日據作家王詩琅，在一九五二年三月一日的《中學生文藝》創刊號，發表〈台灣文學的重建問題〉一文，無論文章的語氣或心情，頗像楊逵於一九四八年三月所發表的〈如何建立台灣新文學〉。對於五〇年代初期的文學景象，王詩琅有著語重心長的喟嘆：「這蕞爾小島的每一角落，每一個人的生活，以至每一件社會事象都因此發生激烈的變化，台灣的文學運動當然也不能例外。自光復以來，這幼弱的嫩苗由蕭條而荒涼，終竟寂然無聲，這是時代的劇變所產生出來的現象，是絕非偶然。」王詩琅形容台灣作家「寂然無聲」時，正是反共文學臻於空前盛況之際。這是反日本殖民作家，在戒嚴體制下留下最為沉痛的歷史證言。

但是，王詩琅並沒有因此而失去自我認同。他以回顧歷史的方式，重申台灣文學的延續性。對於日據台灣新文學運動史，他劃分為三個時期：「第一時期是一九二四年在澎湃底民主思潮中發軔到一九三〇年以前為止的萌芽時期；第二時期是繼後的全面展開，日文寫作者踵出，迄一九三六年的本格化（成熟化）高潮時期；第三時期是七七盧溝橋事變前夕，報刊禁刊中文，至光復為止日文全盛的戰時文學時期。」依據這三個時期，王詩琅詳述每個歷史階段的重要作家與作品，並闡釋其特殊的文學成就。

在當時檢查制度的監視下，王詩琅不能不做政治表態的發言：「台灣新文學在發軔的當初，就一如台胞在精神上、文化上和祖國不能分離一樣，本來就是祖國新文學運動的一支分支部隊，縱使後來幾經變化，但

鍾和鳴，又名浩東（鍾繼東提供）

在本質上仍是不變的。」如果台灣文學與祖國文學是無可分割的，為何竟至於光復後，宣告無聲無息？在這篇文章裡，他欲言又止地指出台灣作家沉默的內在原因，其中的一個是：「表現工具上，過去以中文寫作的因多年輟筆有的已離開文學了，有的不敢輕易動筆。而以日文寫作的既無日文作品發表機關，又限於中文寫作能力不夠，新的工作者更非急速可以培養出來。」另外一個原因是：「對於現實的蛻變還沒有確切的認識，以致多抱遲疑、觀望的態度。」

所謂遲疑觀望的態度，顯然是指台灣作家受到戒嚴體制與文藝政策的震懾。因此，王詩琅避開「與大局有關的問題」不談，而建議幾個具體的步驟，亦即編印過去的新文藝作品，表揚台籍有成就的作家，供給台灣作家的發表機關，培養中等學校以上省籍新作家，以及鼓勵發掘台籍新作家。從王詩琅的建議來看，台籍作家的處境極為尷尬困窘。有過豐富文學遺產的本地作家，已淪到必須等待發掘的地步，更淪落到必須等待提供發表園地的地步。

這種荒涼的情況，正是對台籍作家構成重大的挑戰。在一九五〇年代並非沒有具備寫作能力的作家，只是他們被時代浪潮所淹沒了。其中被遺忘的一位作家便是鍾理和。在五〇年代初期，唯一能夠使用中文從事創作的，當屬鍾理和。他所扮演的角色，在反共體制當道的年代並不出色。但是，從文學史的角度來看，他的作品具有非凡的文化意義。

鍾理和（一九一五—一九六〇），生於屏東高樹的客家人，一九三二年遷居高雄縣美濃鎮。幼時受過漢學私塾教育，並進入公學校接受日文教育。一九三八年，在農場認識同姓女子鍾平妹，婚姻遭到家族反對，鍾理和遂離家投奔當時滿洲國的瀋陽。一九四〇年返台接鍾平妹赴中國東北，翌年雙雙前往北平。由於這些地區都是屬於大日本帝國的統轄範圍，鍾理和才能夠順利出入。

旅居北平期間，鍾理和藉著自修培養的中文寫作能力，開始短篇小說創作。他以冷靜旁觀的態度，注視北京市井人物的生活，完成了〈夾竹桃〉、〈新生〉、〈游絲〉、〈薄芒〉等四篇小說，於一九四五年收輯成集，書名便是《夾竹桃》[1]。鍾理和的文化認同，就在北平時期開始發生動搖。他的筆法，頗受魯迅的影響，深具銳利的批判。他在這段期間所寫的日記，不斷提及閱讀魯迅作品的心得，並摘錄魯迅的字句。最能表現他的魯迅思想之影響，便是在〈夾竹桃〉中對中國國民性的剖析與批判。小說中的男主角曾思勉，住在北京的大雜院裡冷眼旁觀中國社會各個階級人物的生活。謠言、背叛、出賣、說謊的勾當，充斥著院子裡的每個角落，那事實上是中國百姓生活的一個縮影。鍾理和說：「人類的通性，以為開著花朵的地方，便也應須有春天的明朗，健康的生命，人類的尊嚴，人性的溫暖。然而，天知道這院子裡有什麼。這裡漾溢著在人類社會上，一切用醜惡與悲哀的言語所可表現出來的罪惡與悲慘。」正如魯迅一樣，鍾理和對中國人種的失望與失

鍾理和，《夾竹桃》（舊香居提供）

一九四〇年青年時期，鍾理和（右）和鍾平妹（左）初抵東北奉天。（鍾鐵民提供）

1 鍾理和，《夾竹桃》（北平：馬德增書店，一九四五）。

落，已經到了極其悲觀的地步。

一九四五年日本投降時，留在北平的台灣人第一次真正感受到政治認同的危機。雖然對於日本殖民體制與中國封建文化表達過強烈的批判，鍾理和並未使自己獲得明確的文化自我定位。他在戰後初期，參加北平台灣同鄉會，協助會員與官方交涉，希望能夠安排回到台灣。但是，日本政府投降後，不再承認台灣人是日本人；而戰勝一方的中國政府，也不承認台灣人是中國人。被兩個政府遺棄的台灣人，在中國土地上竟產生前所未有的飄泊感。鍾理和在雙重失落的心情下，發表散文〈白薯的悲哀〉[2]於一九四六年的同鄉會刊物《新台灣》。

鍾理和在這篇散文中，以「白薯」來形容台灣人的皮膚與精神是不一致的。表面上他們看來是日本人或中國人的同種，但實際上兩邊都不是人。他以如此自我嘲弄的語氣形容台灣：「把海外那塊彈丸小地——宿命的島嶼，由尾巴倒提起來，你瞧瞧吧，它和一條白薯沒有兩樣。」然後，他形容台灣人在北平的處境：「北平是很大的。以它的謙讓與偉大，它是可以擁抱下一切。但假若你被人曉得了是台灣人，那是很不妙的。那很不幸的，是等於叫人宣判了死刑。……記著吧，你——是那——／白薯……」他看不見自己的情感歸屬，他感受不到來自中國的溫暖：「祖國——但一陣西伯利亞風吹來，什麼都不見了，都沒有了。」鍾理和親自體驗到台灣的寂寞與中國的絕情。

這種對原鄉認同的失落，使鍾理和在一九四六年返台，對於故鄉美濃的眷戀與擁抱，變得更為熱切。他所寫的短篇小說有關故鄉之四連作〈竹頭庄〉、〈山火〉、〈阿煌叔〉、〈親家與山歌〉[3]，以及短篇小說集《雨》[4]與長篇小說《笠山農場》[5]、散文集《做田》[6]，無不以美濃的風土人情為主要題材。一九五〇年代台灣農村社會生活的純樸與窮困，善良與挫折，都在鍾理和筆下表露無遺。鍾理和是戰後第一位作家，以細膩深刻的筆法描繪自己的故鄉。在反共文學當道的年代，當所有作家被動員去描寫民族情感與苦難同胞之際，鍾理和選擇個人與家族的歷史記憶來經營，有意無意之間，使他的創作與官方文藝政策有了明顯的區隔。

鍾理和文學的主要意義，在於使日據時期建立起來的寫實主義傳統，維持著微細一線香。他對鄉情、親情、愛情、友情的執著，使小說文字散發淡淡的人間香味。他的寫實精神，並不具備尖銳而直接的批判；他塑造出來的小說人物，也不具備鮮明的英雄性格。但是，在小人物中可以發現真性情，而在小事件裡也隱藏著堅毅性格。在短篇小說，廣受注目的當推〈貧賤夫妻〉[7]，這篇作品呈現出來的情感，恰如其分地定義了鍾理和的質樸人格。他不自憐，卻能贏取讀者的感動；他不批判，卻讓讀者窺見社會的困蹇；他不悲情，卻使讀者獲得救贖與昇華。

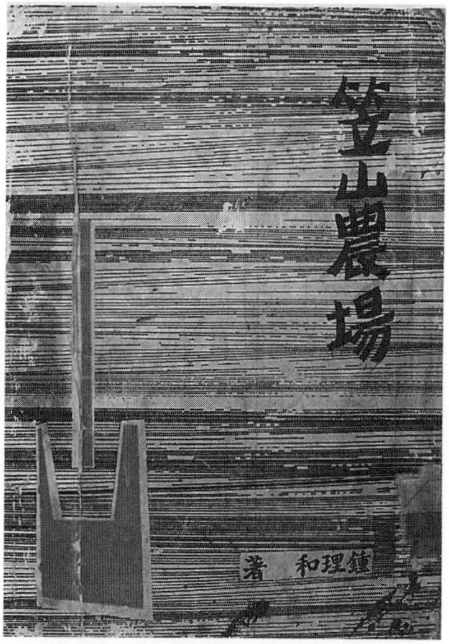

鍾理和，《笠山農場》（舊香居提供）

完成於一九五五年的長篇小說《笠山農場》，是自傳性的作品，獲得一九五六年最後一屆「中華文藝獎金委員會」的第二獎。在他生前，此部小說始終沒有出版的機會，必須等到一九六一年鍾理和逝世週年，才

2　江流（鍾理和），〈白薯的悲哀〉，《新台灣》（台灣省旅平同鄉會機關刊物，一九四六年一月十四日）。
3　鍾理和，〈竹頭庄〉、〈山火〉、〈阿煌叔〉、〈親家與山歌〉，收入其《故鄉四部》（高雄：派色文化，一九九七）。
4　鍾理和，《雨》（台北：鍾理和遺著出版委員會，一九六〇）。
5　鍾理和，《笠山農場》（台北：鍾理和遺著出版委員會，一九六一）。
6　鍾理和，《做田》，收入張良澤編，《鍾理和全集》（四）（台北：遠行，一九七六）。
7　鍾理和，〈貧賤夫妻〉，《聯合報．聯合副刊》，一九五九年十一月八日。

由友人組成的「遺著出版委員會」協助付梓問世。藉由小說的印行，鍾理和為台灣社會留下一九五〇年代最好的一部農民文學。在他逝世前，他仍然在病床上修改作品《雨》，終至肺疾復發，咯血而死。他逝世後，同時期作家陳火泉稱其為「倒在血泊裡的筆耕者」[8]，允為公評。

鍾理和一生從未加入文壇活動。唯一的例外，便是在一九五七年接受鍾肇政的邀請，參加由幾位初涉文壇的台籍作家所組成的《文友通訊》。這是一份油印性的小型刊物，以成員中已發表的作品相互評閱，或評論其他作家的作品，並且報導彼此的動態。在這些成員中，鍾理和的中文書寫是最成熟而流暢的。參加這份內部刊物的作家，包括陳火泉（一九〇八—一九九九）、廖清秀（一九二七—）、鍾理和、鍾肇政（一九二五—二〇二〇）、施翠峰（一九二五—二〇一八）、李榮春（一九一四—一九九四）、許炳成（一九三〇—一九八七）。一九五〇年代較為活躍的台籍作家，已都匯聚於此。他們大多是下層公務員或小學教師，僅有施翠峰是師範學院講師。李榮春自稱以擦腳踏車為業，而

廖清秀（《文訊》提供）

施翠峰，《風土與生活》（舊香居提供）

鍾理和則因病而無職業。幾乎可以說，他們是台灣社會中沒有任何發言權的人。《文友通訊》成員，仍然停留在學習中文的階段，他們的作品無法介入文壇的主流。他們沒有具體的中國經驗，根本無法寫出反共的作品，因此就更加被排斥在主流文學之外。不過，他們能夠經營的題材，大致上圍繞在台灣的抗日經驗，而這種主題在某種程度上與中國的抗日故事是並行不悖的。因此，他們在抗日的議題上營造文學想像，與當時的文藝政策可以兼容並蓄。

在《文友通訊》成立之前，廖清秀的長篇小說《恩仇血淚記》於一九五二年獲得中華文藝獎金委員會的「國父誕辰紀念獎金」。李榮春的長篇小說《祖國與同胞》，於一九五六年獲得補助出版。鍾理和的《笠山農場》也於一九五六年獲獎。這些作品都是在官方文藝政策能夠容許的範圍得到的鼓勵。台籍作家的書寫，便是在不挑戰主流反共文學的條件下，開始觸及台灣本土的歷史記憶與風土人情。在美學傾向上，顯然是延續日據時期新文學運動的寫實主義精神。他們的文字經營，固然不能與外省作家相比擬；但是，題材選擇方面則較諸虛構的反共文學還更具體而落實。台灣寫實文學的傳統，因為有這群本土作家的傳遞而得以維繫香火，直至一九七〇年代才又恢復成為主流。

《文友通訊》的成員，對於參加各種徵文比賽表現得非常熱心。在通訊上，他們互相告知徵文的消息。他們的焦慮誠然可以理解，因為藉由參賽的經驗，能夠不斷鍛鍊語文的能力，而且也能夠提升創作的技巧。他們參加徵文的單位包括中華文藝獎金委員會、《自由談》雜誌，以及香港的《亞洲畫報》。這些機構都偏向反共文學的主題，因此參加徵文的作品，在一定程度上必須符合文藝政策的要求，或者必須在文藝獎評審所能接受的範圍。這說明了為什麼台籍作家的作品局限在鄉土、抗日、親情等等主題的經營，而對於官方文藝

8　陳火泉，〈倒在血泊裡的筆耕者〉，《台灣文藝》一卷五期（一九六四年十月）。

政策並沒有進行直接挑戰。

由於台籍作家的作品大多集中於鄉土的刻劃，因此方言使用的問題就變成了《文友通訊》的關切。一九五七年六月發行的第四次《文友通訊》，就有「關於台灣方言文學之我見」的專輯。成員中的陳火泉、廖清秀、文心與鍾理和，都偏向於使用「國語」書寫，在恰當的情節才使用恰當的方言。編者鍾肇政在綜合每位成員的意見後，提出他個人的結論：「綜觀各位發言者的意見，都不很贊成台灣方言文學的建立。然方言在文學中的地位是不可一筆抹殺的，外國文學作品中所占的分量可為例證，即以我國文學而言，雖曰國語，實則北方方言，數量為數至鉅，它們已逸脫了方言的地位，駸駸乎多一種正常的文學用語。因此，我們不必以台島地狹人少為苦，問題在於我們肯不肯花心血來提煉台語，化粗糙為細緻，以便運用。我們是台灣文學的開拓者，台灣文學有台灣文學的特色，而這特色——方言應為其中重要一環——，唯賴我們的努力、研究，方能建立。」

鍾肇政以「台灣文學的開拓者」自我期許，顯然預告了一位重要作家正在孕育之中。他對於母語使用的見解，在《文友通訊》成員中頗為不凡。日後，鍾肇政的長篇小說常出現客家母語，正是一九五〇年代他自己理論的實踐。在這些成員中，當時創作最努力的當推廖清秀。他在一九五一年參加中國文藝協會小說研究班，第二年結業後便以《恩仇血淚記》獲獎，又於一九五三年自費出版短篇小說集《冤獄》。在這階段，廖清秀投入寫作的那種積極與專注，是同時期台籍作家中難得一見的現象。他寫尋常的家庭人倫，寫上司下屬的關係，寫生活中最被忽視的事件。他的技巧平實，風格平淡，最能代表台籍作家中文書寫的掙扎與困頓。

《文友通訊》追求文學之夢，終於盛放想像的花朵，已經是一九六〇年代以後的事了，其中以鍾肇政的成就最值得矚目。無論是長篇小說或短篇小說，頗為可觀。李榮春則避居宜蘭，完成數部長篇小說，生前均未見出版，必須等到一九九八年之後，遺作《懷母》等作品才見陸續問世。施翠峰則轉而從事台灣藝術與民俗的研究，成為學界的一位學者。陳火泉專注於散文的經營，生前出版《人生三書》，頗受歡迎。文心則改寫劇本，一度在台灣電視公司擔任編劇。

## 陳紀瀅與反共文學的發展

台籍作家在反共文學風潮中浮沉之際，正是中國文藝協會正積極招收會員的時候。實際掌控文協的領導人，是該會的常務理事陳紀瀅。從一九五〇至一九六五年，是文協發展如日中天的階段，這不僅該組織受到蔣介石的關切，而且直屬國民黨文工會（最初是第四組）的控制。依照陳紀瀅在《中國文藝協會創立三十週年紀念文集》所說，文協的官方地位不容忽視：「那個期間（指一九五〇至六〇年），文協不止多方面培育文藝人才，並且利用大眾傳播工具，擴大文藝效果。如『廣播電台』。幾乎有十年之久，文協同仁參加各個電台不同文藝節目。如中廣、中央廣播電台、空軍、軍中、正聲、幼獅、教育、復興及其他公民營電台，每週無不有文協所安排的各種文藝節目。」[9]文協與大眾媒體關係之密切，從這裡就可窺見一斑。因為，當時所有媒體電台、報紙全部都屬於國民黨監管，由此也可反映出陳

陳紀瀅（《文訊》提供）

9　中國文藝協會編，《中國文藝協會創立三十週年紀念文集》（台北：中國文藝協會，一九七〇）。

紀瀅在當時所扮演角色之重要。

陳紀瀅（一九〇八—一九九七），河北安國縣人。在中國抗日戰爭期間，他就成為武漢文化界宣傳工作團的指導委員。一九四九年來台後，立即成為國民黨文藝官方政策的執行者。他在台灣的第一部長篇小說《荻村傳》，最初在《自由中國》連載[10]，這是他為反共文學寫下的第一部作品，一九五一年由他創辦的「重光文藝出版社」印行。在文藝政策臻於高峰的十年，他又出版三部長篇小說《赤地》[11]、《賈雲兒前傳》[12]，與《華夏八年》[13]。以他的立法委員的身分，以他在黨中發言的分量，以及他所具備的人脈關係，陳紀瀅可以說是反共文學代言人。幾乎每部作品出現以後，都有相當多的評論立即出現，是極為難見的景觀。牟宗三等著《荻村傳評介文集》[14]、曾虛白等著《赤地論》[15]、王鈞等著《評賈雲兒前傳》[16]，都足以展現他的文學生產方面的掌握能力。他的《荻村傳》，還邀請當時在香港的張愛玲譯成英文，向國際推廣。

陳紀瀅作品是反共文學的典範，這不只是因為他在當時擁有非常的權力，他的創作方式大約也就是後來反共作家模仿的對象。他展示出來的小說範式，基本上建立在人性的光明與黑暗之相互對比。在光明的一邊，往往是站在國族的立場，具有強烈的歷史使命，維護土地的完整無缺。在黑暗的另一邊，則是屬於日寇與共匪，他們無視中國文化的尊嚴，進行侵略與掠奪。正義幾乎就是報國者的同義詞，而邪惡總是出現在破壞既有文化秩序的帝國主義者與共黨分子的身上。

《荻村傳》描寫中國北方小村中傻常順兒的故事，從一九〇〇年義和團事件到一九四八年中共奪權成功的

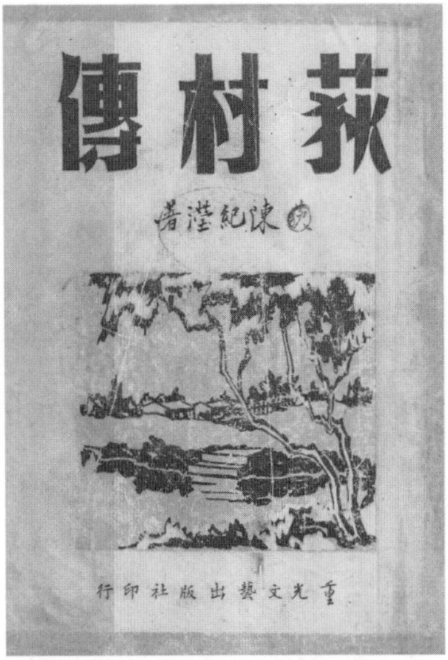

陳紀瀅，《荻村傳》（舊香居提供）

前夕，見證中國社會急劇轉變的縮影。以魯迅的《阿Q正傳》為原型，鋪陳出共黨利用無知村民而崛起的歷史。小人物窺探大時代，是這部小說的主題，然而，全書拉開的格局卻是屬於大敘述的。《赤地》則是以三個青年軍和一位飛行員的故事構成歷史主軸，寫出中國抗戰勝利後四年的悲歡離合，其中穿插共黨的誣陷迫害。《賈雲兒前傳》的場景橫跨大陸與台灣，始於西安事變，止於一九五〇年代，仍然不脫共黨醜惡故事的描寫。但是女主角賈雲兒在動蕩時代中，所遭遇的私人情感升降起伏，以至結局之不知所終，為流亡的外省族群之放逐下了極為深刻的定義。《華夏八年》仍然使用正反對照的手法，深刻挖掘共黨破壞抗戰後的社會秩序。在離亂年代，華家與夏家兩大家族隨著時代亂流而浮沉。這部小說，借用許多史料與新聞記載，事實與虛構交織進行，那種企圖在反共小說中極為罕見。

陳紀瀅能夠成為反共文學的領導角色，並非偶然。他的寫作才氣，超越當時泛泛之輩的反共作家甚遠。不過，仔細閱讀他的作品，當可發現反共文學是如何造成權力支配的結果。就時間而言，陳紀瀅往往把黑暗歸諸於過去，而光明則期待於未來，現在的這個時刻便輕易遭到放逐。同樣的，就空間而言，重大歷史事件與重要個人記憶都發生在遙遠的中國，對於此時此地的台灣現實卻甚少著墨，他所賴以生存的島上社會也輕易受到放逐。反共文學由如此的典範來帶領，自然使往後反共作家都朝著同樣抽離時空的方向去發展，終而

10　一共連載十四期，一九五〇年四月一日至一九五〇年十月十六日（台北：重光文藝，一九五一年結集出版）。
11　陳紀瀅，《赤地》（台北：文友，一九五五）。
12　陳紀瀅，《賈雲兒前傳》（台北：重光文藝，一九五七）。
13　陳紀瀅，《華夏八年》（台北：文友，一九六〇）。
14　牟宗三等著，《荻村傳評介文集》（台北：重光文藝，一九五四）。
15　曾虛白等著，《赤地論》（台北：文友出版，重光文藝印行，一九六〇）。
16　王鈞、凱德等著，《評賈雲兒前傳》（台北：重光文藝，一九六〇）。

使文學作品完全脫離了現實。

反共文學之所以會產生局限，乃在於從事這類作品的作家過於依賴國家體制。在創作構思之際，作家的思考充塞的都是國族情操。發表的媒體，也是受到國家體制的操縱。獲獎時，又是由國家機器的代理者頒獎。如此相互循環的文學生產，使得作家不能脫離國家的霸權論述；相反的，大量生產的結果，又在既有的霸權基礎上建立更為霸權的論述。

長篇小說的大量誕生，是一九五〇年代的重要文學現象，在台灣文學史上，這是前所未有的盛況。由於這段時期的奠基，下開日後台灣作家在長篇小說的文體方面積極經營。不過，在這段時期的長篇小說，有許多都是受到獎金的激勵而生產的。最知名的反共文學得獎作家，當推潘人木、端木方、郭嗣汾與潘壘。

潘人木（一九一九—二〇〇五），本名潘佛彬。她是中央大學畢業，在當時台灣社會是教育程度最高的女性作家之一，任職於台灣省教育廳。她的第一部長篇小說《蓮漪表妹》[17]，獲得一九五二年中華文藝獎，並在同年的《文藝創作》連載。小說主角蓮漪是高傲而美麗的大學生，性格複雜多變，命運也因而隨著曲折發展。受到家人疼愛的蓮漪，進入大學後開始面臨各種人性考驗。表面寧靜的校園生活，實際上是一個人格市場。由於愛慕虛榮，蓮漪最後抵擋不住共黨分子的蠱惑。命運從此有了劇烈轉折，她淪為姨太太，又遭到共黨清算鬥爭。坎坷的生涯，都因個性的脆弱與共黨的醜惡。蓮漪終於逃出共黨魔掌時，已是病魔纏身。潘人木於一九五四年再度獲得文藝獎，作品是《馬蘭

潘人木（《文訊》提供）

自傳》[18]。這是一部女性成長小說，關於一位女性從知識青年，逐漸成為教師的生命歷程。她是一位跛腳女性，卻能夠自主，力求上進。結婚後，發現丈夫竟然是匪諜。這是一個典型的善有善報、惡有惡報的小說，頗符合反共復國的格局。就文筆而言，潘人木已相當細膩寫出女性特有的情感與情緒。縱然是屬於反共小說，文字之成熟可謂別具一格。

另一位得獎作家端木方（一九二二—二〇〇四），本名李瑋，山東人，原屬軍人作家，退伍後轉任教職。他的作品曾獲中華文藝獎金達六次，包括《疤勛章》[19]、〈四喜子〉（一九五一）、〈星火〉（一九五二）、〈拓荒〉（一九五四）、〈殘笑〉（一九五五）、〈青苗〉（一九五六），是一九五〇年代中唯一依賴得獎而崛起的作家。在這些作品中，最受注意的當推其成名作《疤勛章》。張道藩為其寫序指出：「因為他（端木方）投身於實際的戰鬥，所以對於敵人的真面目及自己的缺陷，透視得很真切。」這部小說橫跨抗日戰爭與國共內戰，也橫跨中國大陸與台灣兩個地理空間。時代背景非常符合反共文學的要求，人物塑造也是正反對立，特別分明。男主角因參加戰爭而在臉上留下疤痕，因此稱為疤勛章，意味著他的受傷，乃是國家的榮譽，這部是典型的反共文學作品。

第三位得獎作家是郭嗣汾（一九一九—二〇一四），四川人，筆名包括郭晉俠、易叔寒等。曾任海軍出版社總編輯、台灣省政府新聞處科長等。他獲獎的紀錄，僅次於端木方。得獎作品包括劇本《大巴山

17　潘人木，《蓮漪表妹》（台北：文藝創作，中華文藝獎金委員會叢書，現代小說選第五集，一九五二）。
18　潘人木，《馬蘭的故事》（原題《馬蘭自傳》，一九八七年改寫）（台北：純文學，一九八七）。
19　端木方，《疤勛章》（台北：正中，中華文藝獎金委員會叢書，一九五一）。

之戀〉[20]，小說〈黑暗的邊緣〉（一九五一）、〈尼泊爾之戀〉[21]、〈霧裡獻花人〉（一九五四）、〈黎明的海戰〉[22]。郭嗣汾的小說，與其他同時期的作家，都不脫反共加愛情，或戰爭加愛情的公式。不過，這位出身海軍的作者，與其他反共作品不一樣的地方，便是小說擅長於以海戰與空戰場面烘托國共對峙的緊張關係。《海闊天空》（一九五二）如此，《黎明的海戰》亦復如此，《遲來的風雨》[23]更是如此。以空戰為場景的小說，則有《威震長空》[24]與《夜歸》[25]等等。戰爭格局特別開闊，是反共文學的代表作家之一。

第四位得獎作家是潘壘（一九二七－二〇一七），原名潘磊，生於越南的反共作家。創辦過《寶島文藝》，得獎作品包括〈歸魂〉（一九五五）、〈在升起的血旗下〉（一九五四）、〈一把咖啡〉（一九五六）。不過潘壘較為眾所周知的作品是《紅河三部曲》[26]，係以越南為背景的反共小說。第一部「富良江畔」，第二部「為祖國而戰」，第三部「自由，自由」。一九五九年，此書改名為《紅河戀》[27]，一九七八年重新命名為《靜靜的紅河》[28]。在所有反共作品中，這部小說是唯一隨著越

郭嗣汾（《文訊》提供）

潘壘（《文訊》提供）

南政治形勢的變化而不斷改寫。小說成長過程，彷彿是與政治發展史同步進行。越南歷經法國、日本與共黨的統治，在複雜的權力支配下，一位華僑青年的心路歷程是如何迂迴曲折展開。他可能不是忠貞的反共分子，但愛國熱誠則不容懷疑。潘壘說：「我要寫一個『人』，一個真真正正，有血有肉的平凡人。」[29]整部小說，幾乎就是作者個人的自傳故事。

上述四位得獎作家展現出來的小說格局，都是在塑造英雄式的人物。縱然潘壘作品中要寫的是有血有肉的平凡人，卻刻意將時代錯綜複雜的重大事件與個人命運銜接起來。這種近似大敘述的書寫方式，具體反映了他們對政治環境的焦慮。抱著流亡的心情，面對的是龐大的共黨勢力，因此在落筆之際，小說人物的性格塑造與意志鍛鍊，必須異於常人。英雄式的撰寫方式，使得文學與現實之間的脫節益形嚴重。不過，更為嚴重的是，這種文學作品的誕生，基本上與國家權力脫離不了依賴的關係。作家心靈向權力靠攏，向政府交心表態，使得文學作品全然失去了批判的能力。不僅如此，作家的思考等於是向權力體制開放，隨時可以接受

20　郭嗣汾，《大巴山之戀》（台北：文藝創作中華文藝獎金委員會叢書，一九五一）。
21　郭嗣汾，〈尼泊爾之戀〉，《尼泊爾之戀》，一九五三年完成，一九五七年由高雄大業書店出版。
22　郭嗣汾，〈黎明的海戰〉，《黎明的海戰》（香港：亞洲，一九五四）。
23　郭嗣汾，《遲來的風雨》（台北：海洋生活月刊社，一九五八）。
24　郭嗣汾，《威震長空》（香港：亞洲，一九五八）。
25　郭嗣汾，《夜歸》（台北：文壇社，一九五九）。
26　潘壘，《紅河三部曲》（台北：暴風雨社，一九五二）。
27　潘壘，《紅河戀》（台北：明華，一九五九）。
28　潘壘，《靜靜的紅河》（台北：聯經，一九七八）。
29　潘壘，〈我為什麼寫這部書〉，《靜靜的紅河》，頁六〇九。

干涉與干擾。自一九五〇年代以降，政府可以對作家及其文學活動進行操控與監視，甚至可以查禁、封鎖作家的思考，都可追溯到整個反共文學時期，作家與政府之間所建立的共謀關係。

從另一個角度來看，反共文學誠然揭露了共產制度下，人性扭曲與剝削掠奪的畸形現象。對於中共體制的批判，中國的作家必須要等到一九八〇年代才有「傷痕文學」的出現。齊邦媛在《千年之淚》極其精闢地指出，中國傷痕文學反映出來的迫害事件，「已相當有效地讓台灣讀者看到『解放』後中國大陸的實況」[30]。她更進一步強調，「它們所顯露的時代傷痕和四十年前反共懷鄉者割捨之痛有極多相似之處」[31]，「這強烈的似曾相識的感覺，使我們必須回頭去肯定當年懷鄉文學的預言性」[32]。就文學史的觀點而言，反共文學並不全然淪為政治的工具。反共文學在台灣縱然沒落了，但是，它們所揭發共黨統治下的悲慘世界，在往後四十年未嘗一日停止發展過。就這點而言，反共文學暴露的真相，尚不及八〇年代傷痕文學所描摹的事實之萬一。反共文學可能是虛構的，但竟然成為傷痕小說的「真實」。不過，反共文學在台灣之受到非議，並不在於它揭露共黨真相，而在於它對台灣日後的左翼思潮造成了高度的壓制，從而合理化國民黨在當年的白色恐怖政策，並且也合理化許多作家對台灣現實社會的漠視與淡化。

真正使人懷念的反共文學，大多是沒有獲得官方獎勵的作品。當時流傳最廣的反共小說之一，是趙滋蕃所寫的《半下流社會》[33]。趙滋蕃（一九二四－一九八六），湖南人，筆名文壽，擔任過香港亞洲出版社總編輯，後在台灣各私立大學任教。《半下流社會》出版於一九五三年，是一九五〇年代少有的暢銷書。這部小說以一九四九至五〇年之間的香港社會為背景，描寫許多逃亡的大陸知識分子與學者，在這英國殖民地追求自由的故事。小說以男主角王亮為中心，在兩位女性李曼與潘令嫻之間的愛情故事。李曼不斷往上爬，為金錢利誘，而遺忘了半下流社會；而妓女出身的潘令嫻卻受王亮的協助，轉而從良，兩人終於結婚。潘令嫻在火災中救人而身亡，就在同一天，李曼則因被商人誘騙而仰藥自殺。在雙重打擊之下，王亮決定繼續堅強活下去，繼續追求自由與真理，繼續為光復祖國而努力戰鬥。《半下流社會》仍然是以上升與沉淪作為故事的框架，不過，小說中的人物寧可選擇流亡，拒絕返回共黨統治的故鄉，頗能顯現五〇年代知識分子的心情，是當時孤臣孽子的最佳反映。趙滋蕃的文筆，是反共作家中的佼佼者，既有心理描寫，也有造型刻劃，均屬上乘。

一九五六年自由中國出版社印梓的彭歌《落月》[34]，是突破反共文學格局的一部小說。彭歌（一九二六—），原名姚朋，河北人，曾經擔任中央日報社長，曾任教於政治大學。《落月》的故事橫跨北平、重慶、台北，時間也跟著從抗日到反共。作品中已出現使用象徵手法與意識流的技巧，是現代小說的最早作品之一。當時的批評家夏濟安在《文學雜誌》寫了一篇長達兩萬字的論文〈評彭歌的《落月》兼論現代小說〉[35]。這篇論文開啟台灣小說批評的風氣，也是把《落月》定位為現代小說的主要批評。雖然對彭歌的創作技巧頗多指摘，這篇論文在反共文學的主流中，

彭歌（《文訊》提供）

30 齊邦媛，〈千年之淚〉，《千年之淚》（台北：爾雅，一九九〇），頁三一。
31 同前註。
32 同前註。
33 趙滋蕃，《半下流社會》（香港：亞洲，一九五三）。
34 姚朋（彭歌），《落月》（台北：自由中國，一九五六）。
35 夏濟安，〈評彭歌的《落月》兼論現代小說〉，《文學雜誌》一卷二期（一九五六年十月）。

已展現全新的聲音。該文對於《落月》企圖「反映大時代」的動機有所批評，等於也是間接對教條化的反共文學有所微詞。不過，彭歌的作品在眾多反共口號聲中，顯然已寫出另外不同風貌的時代小說了。

另外，最值得當時讀者議論的小說，應是王藍的《藍與黑》[36]。王藍（一九二二—二〇〇三），河北天津人，擔任過國大代表，中國筆會副會長，擅長水彩畫。《藍與黑》出版於一九五八年，在此之前他的小說包括《師生之間》[37]、《咬緊牙根的人》[38]、《長夜》[39]、《女友夏蓓》[40]。不過，流傳最廣，受到評介最多的是《藍與黑》。這部小說與趙滋蕃的《半下流社會》有異曲同工之處。故事同樣是以抗戰與反共為兩大主軸，男主角也同樣面對「一個淪落紅塵卻力爭上游與另一個境遇優越，卻自甘墮落的女性」。王藍在小說的〈後記〉說：「我以代表光明、自由、善良的藍色，與代表墮落、沉淪、罪惡的黑色，來象徵這兩個不同（女性）的人。」男主角張醒亞親眼目睹表面上是游擊隊，骨子裡卻欺壓百姓的中共八路軍，他以戰區學生身分保送重慶就讀大學，遂認識富家女鄭美莊。兩人雖訂婚，張醒亞卻因赴

王藍（《文訊》提供）

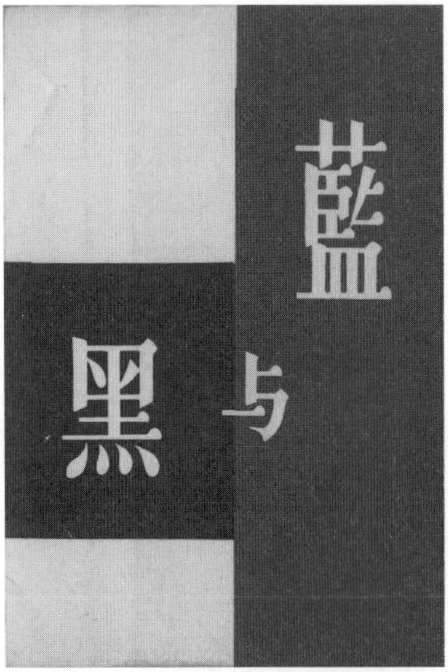

王藍，《藍與黑》（舊香居提供）

台飛航途中遭中共砲擊而斷腿，鄭美莊拒絕共赴艱難而揚長離去。反而是早年認識的女友唐琪，淪落風塵，卻未嘗失去自主，最後投入滇緬邊區的救援工作。唐琪獲知張醒亞落難，決定赴台與他團聚。《藍與黑》之所以吸引人，在於它具有大眾小說的筆法，但不落大眾小說的俗套；也在於它符合反共文學的要求，卻避開了反共文學的教條。

在反共小說中，被文學史家唯一肯定的作品，非姜貴的《旋風》[41]莫屬。姜貴（一九〇八—一九八〇），原名王意堅，後改名王林渡，山東人。出版過長篇小說《旋風》、《重陽》[42]、《碧海青天夜夜心》[43]等。他的小說首先獲得胡適的肯定，緊接著又受夏志清的稱許，並寫進他的《中國現代小說史》[44]，穩固他在文學史

姜貴（《文訊》提供）

36 王藍，《藍與黑》（台北：紅藍，一九五八）。
37 王藍，《師生之間》（原題《定情錶》）（台北：紅藍，一九五四）。
38 王藍，《咬緊牙根的人》（台北：文壇社，一九五五）。
39 王藍，《長夜》（台北：紅藍，一九六〇）。
40 王藍，《女友夏蓓》（台北：中國文學，一九五七）。
41 姜貴，《旋風》（台北：明華，一九五九）。
42 姜貴，《重陽》（台北：作品出版社，一九六一）。
43 姜貴，《碧海青天夜夜心》（高雄：長城，一九六四）。
44 夏志清（C. T. Hsia）著，劉紹銘編譯，〈姜貴的兩部小說〉，《中國現代小說史》（*A History of Modern Chinese Fiction, 1917-1957*）（台北：傳記文學，一九七九），頁五五三—七五。

上的地位。這部小說始於五四運動時期，終於一九四〇年太平洋戰爭之前，其間見證軍閥的衰亡與中共的崛起。故事背景以山東方鎮為中心，集中於方氏的家族史之發展。迥異於其他反共文學的特殊之處，就在於男主角方祥千是一位具有理想色彩的共產黨員。這種書寫方式頗為大膽，在反共當道的年代，姜貴的創作方式是極為冒險的事。因為，筆法稍偏，就有可能淪為「為匪宣傳」之嫌。

方祥千的理想，助長了共黨的擴大。但是，也正因為有共黨勢力的不斷茁壯，才有方祥千的犧牲。他帶領家族加入共黨，未料他的兒子以大義滅親的方式出賣了他。軍閥、土匪、流氓、妓女、毒販、幫會等等封建腐敗現象，原是方祥千要改革的對象。事實證明，這些落後的社會文化卻是共產主義的溫床。小說中大量穿插性欲、愛情、婚姻的錯綜複雜關係，其大膽技巧為反共小說中所罕見。《旋風》原名《今檮杌傳》，最初作者僅印兩百冊供親朋好友閱讀，後由明華書局於一九五九年以《旋風》命名出版，距離初稿完成的一九五二年，已過七

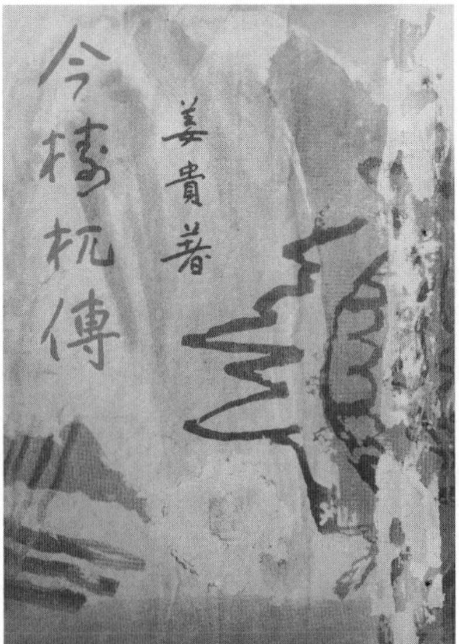

姜貴，《今檮杌傳》（呂學源提供）

夏志清著，劉紹銘等譯，《中國現代小說史》

年。這部小說引起各方評論甚眾，如果沒有國民黨的首肯，許多讀者對此作品尚具戒心。姜貴於一九六〇年自費出版《懷袖書：旋風評論集》[45]，便是以〈中國國民黨中央委員會推薦函〉作為文集的第一篇。在評論集，以高陽所寫的〈關於《旋風》的研究〉分量最為可觀。該文肯定《旋風》不落入善惡分明的窠臼，不抄襲明暗對比的庸俗，正是這部小說能夠在反共文學中受到矚目的原因。高陽說：「結構不夠嚴密，調子不夠統一（前慢後緊），是《旋風》的兩大缺點。然而，寫得好的部分，也不在少。作者因人情透達，所以能夠寫得微妙細緻；因為頭腦冷靜，所以能寫得冷峭雋永。」[46]

在國民黨的文藝政策推動之下，可觀的文學作品並不多見。長達十餘年的反共宣傳，僅得數部作品值得回顧，恰好證明作家心靈之受到損害。真正在反共文學運動中成長起來的作家，大多來自軍中如朱西甯、段彩華，以及洛夫、瘂弦等。他們能夠突破，則是因為現代主義技巧的影響。在現代文學的擴張過程中，這些軍中作家是必須慎重討論的一群。

## 林海音與一九五〇年代台灣文壇

在一九五〇年代的文學生產中，男性編輯與男性作家一直是受到文學史家的眷顧。每當討論反共文學的風潮時，受到議論最多的，也往往是以男性作家為中心。然而，以反共文學一詞來概括五〇年代台灣文壇，只是為了方便討論那段時期主流文學的風貌，而並不意味這個名詞可以涵蓋當時文學活動的全部內容。女性

45 姜貴，《懷袖書：旋風評論集》（台南：春雨樓，一九六〇）。

46 高陽，〈關於《旋風》的研究〉，收入姜貴，《懷袖書：旋風評論集》，頁八五。

作家在這段時期的大量浮現，正如前章所述，乃是台灣文學史上相當可觀的現象。究其原因，女性作家在反共復國的國策動員之下，大幅被開發出來。台灣省婦女寫作協會的成立，從五〇年代一百多位會員到六〇年代變成三百多位會員的規模，開始改寫台灣文學的版圖。另外，還有一個不容忽視的原因，便是林海音與聶華苓兩位報刊編輯的存在，不僅使女性作家的能見度提升，而且也使反共文學的風氣漸漸受到扭轉。其中，以林海音的貢獻尤為顯著。因此，在討論林海音之前，台灣省婦女寫作協會的成績應該予以注意。

一九六五年，婦女寫作協會出版《二十年來的台灣婦女》，編者是張明、張雪茵、劉枋，特別指出女性作家「大多數在工作、辦公的餘暇，更親操井臼，自理炊洗，兼為標準的賢妻良母，……夜靜更深，一燈熒然，在紙上譜出她們感人的心聲」。在政治動員方面，女性作家從未缺席，她們也曾被邀請到前線的金門、馬祖參觀勞軍，並受命寫成文學作品。不過，在創作方面，她們與多數男性作家的風格迥然不同。從獲獎與較為著名的反共小說來看，男性的文學思考偏向廣闊的山河背景與綿延的時間延續，而小說人物大多具備了英雄的性格。男性作家酷嗜從抗戰橫跨到反共，從大陸橫跨到台灣的巨大格局，陳紀瀅如此，王藍如此，姜貴亦復如此，幾乎沒有一個例外。同樣的，男性文學中充滿強烈的時間意識與歷史意識，他們一方面批判共產體制的邪惡，一方面則在於追求祖國的光明未來。

同時期的女性作家，縱然也在呼應官方文藝的要求，卻並不在意重大歷史事件與主要英雄人物的經營。她們鮮明的空間感取代了男性作家的時間意識。誠如婦女協會的回顧所指出的，女性面對的是每天的家庭日常生活，面對的是工作與辦公。她們不可能像男性作家那樣，去模仿或複製抗日剿匪的主題。因此，值得她們信賴可靠的小說題材，不再是書寫中國，而是書寫台灣。這種空間的巧妙轉換，構成了一九五〇年代台灣女性小說的主要特色。

以婦女寫作協會在這段時期的《婦女創作集》為例，足以反映女性作家對於短篇小說的營造特別

郭良蕙（《文訊》提供）

林海音（《文訊》提供）

郭晉秀（《文訊》提供）

王明書（《文訊》提供）

專注。《婦女創作集》在一九五〇年代共出四輯：第一輯（一九五六）、第二輯（一九五七）、第三輯（一九五九）、第四輯（一九六〇）。進入六〇年代以後，又出版了三輯，前後總共七輯，最能具體顯示反共時期台灣女性作家的文學思考。收入在這些選集的常見作家，散文方面包括王明書、琰如、葉蟬貞、蕭傳文、裴普賢、謝冰瑩、鍾梅音、嚴友梅、徐鍾珮、艾雯、王文漪、姚葳（張明）、張秀亞、蘇雪林、劉枋。短篇小說方面則有吳崇蘭、林海音、郭良蕙、張雪茵、張漱菡、郭晉秀、盧月化、聶華苓、童真、畢璞、琦君、陳香梅等。這些作者當然也有同時經營兩種文體者。

收入在《婦女創作集》的作品，相當整齊地展示女性作家都以台灣的生活作為書寫的對象。在這些作品裡，郭良蕙、郭晉秀、童真、張漱菡等人的小說是值得注意的。她們構思的愛情故事，都是以台灣的家庭為中心。郭良蕙的〈胸針〉（第一輯）、〈死去的靈魂〉（第二輯）、〈末路〉（第三輯）、〈劫數〉（第四輯）；郭晉秀所寫的〈金磚〉（第一輯）、〈西番蓮〉（第二輯）、〈失約〉（第三輯）、〈一片冰心〉（第四輯）；童真的〈霧消雲散〉（第二輯）、〈眼鏡〉（第三輯）、〈快車上〉（第四輯），都能夠極其細微地呈露女性的意識與情感。她們不可能已產生具有自覺的女性意識，不過，在思考上已經注意到性別的差異，以及由此而延伸出來的婚姻、家庭議題。對於男性的自我中心，小說不時流露抗拒的態度。

童真（《文訊》提供）

郭良蕙所寫〈死去的靈魂〉，把自己擬男性化，去面對旅館中住宿的一位酒家女。小說中的酒女，要求男性作家不只注意到「女人的小器，猜疑，忌妒種種心理描寫」，也期待他「描寫男人的自私、無情、縱慾、奸詐」。反共時期的女性作家，並不配合國策去寫共黨的邪惡，而開始注意到台灣社會裡男人的邪惡。這種時空的轉換，議題的轉換，相當耐人尋味。當國族問題被性別議題取代時，反共文學的精神無形中就被稀釋了。

同樣的，童真的小說〈霧消雲散〉，寫出女性在面對婚姻選擇時，仍然考慮到要維持既有的母女的情感。雖然母親是義母，卻是庇護女主角成長的一位慈母。如果愛情不能容忍親情，女主角寧捨前者而取後者。童真的文字頗為生動，擅長以外在風景來襯托內心世界。她以霧來形容內心的迷惘：

> 我輕輕地穿過房間，開門出去。外面正是一片濃霧。霧點密密麻麻地瀰漫在空氣中，白濛濛的一片，宛如我的眼睛給蒙上了一層磨沙玻璃。我感到這並不是我希冀的早晨，但我還是邁開腳步，向前走去。霧點散落在我的髮上，身上，同時，又似乎更多地散落在我的心頭上。說實話，此刻，在我的心湖中，不也充塞著雲霧嗎？我沉鬱地走著，我心中的霧也就越來越濃。[47]

她的句子，不斷加逗號，顯示內心的遲疑與緩滯。這種散文的鍛鍊，出現於小說中，已經預告女性作家的細微描寫，在這個階段已漸漸開始。童真長於描摹情感、情緒。聶華苓、張雪茵、張漱菡等人，在文字方面所下的功力，與當時男性的粗糙、粗獷相較，可謂深刻而細心。具體言之，一九五〇年代反共文學的發展，在女性作品介入之後而開始產生了轉折。

47 童真，〈霧消雲散〉，收入台灣省婦女寫作協會主編，《婦女創作集》第二輯（台北：台灣省婦女寫作協會，一九五七）。

在這群女性作家中，林海音是值得討論的重要角色。林海音（一九一八—二〇〇一），原名林含笑，小名英子，桃園人，出生於日本。一九二一年二歲時，隨父親前往北京，直至一九四八年才與丈夫夏承楹（何凡）回到台灣。在北京住了二十七年的林海音，自稱北京與台灣是她生命中的兩個故鄉。由於在北京成長，她是戰後初期台灣女性知識分子中，少有的北京話使用者。流利的中文書寫，使她在一九五〇年代就能夠進行寫作。她的身分能夠橫跨省籍界線，而與當時許多作家建立友好關係。因此，一九五三年她受邀擔任《聯合報．聯合副刊》主編時，許多作家都在她的副刊上發表作品，新世代作家也都經過她的提攜而登上文壇。

林海音同時從事散文與小說的創作，在一九五〇年代她出版了《冬青樹》[48]、《綠藻與鹹蛋》[49]、《曉雲》[50]與《城南舊事》[51]。本省籍批評家葉石濤、外省籍批評家齊邦媛，同時對她的作品給予極高的評價，尤以《城南舊事》最值得注意。這是由五篇系列短篇合集而成的小說，寫出她對童年的眷戀與感傷。這一組曲式的小說集，不同於反共文學中的懷鄉意識。林海音主要在於建

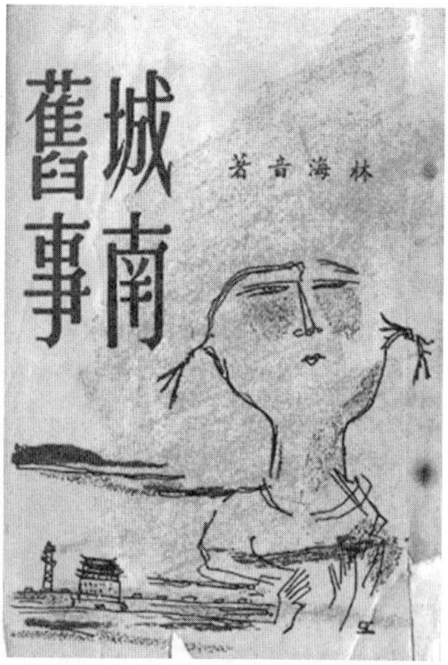

林海音，《城南舊事》（舊香居提供）

何凡（《文訊》提供）

構生命中消逝的烏托邦，因為最美好的人情、友情與愛情，都在夢中發生過。她寫古都，毋寧是在稀釋五〇年代過於緊張的政治空氣。透過小女孩英子的眼睛，見證了一個複雜而悲慘的成人世界，那種悲慘在鍾理和的小說〈夾竹桃〉也出現過。林海音懷念的逝去時代，並不透過時間的描述，而是借助空間的記憶。因此，即使沒有北京經驗的讀者，也能透過她的文字去揣摩北京的聲音、氣味與顏色。她不忘母親是台灣人的身分，因此語言的隔閡在小說中往往以錯誤發音的幽默方式表達出來。林海音的文字栩栩如生寫出了她所接觸過的每位人物，但所有生命的再生，都是又一次的消逝與告別。

就像齊邦媛指出的，林海音的作品有三類，亦即童年的景色與人物，民國初年的婚姻故事，以及戰後初期十年的台灣社會。擅長描景，更擅長寫物，敘事觀點的鋪陳，與人物性格的造型，林海音都能借助客觀事物來烘托。她的文學風格，已經不是官方文藝政策所能囿限的。

不過，林海音對文藝政策進行的突破，恐怕還在於她所編輯的〈聯合副刊〉。台灣報紙能夠出現純文學式的副刊，當始自林海音。從一九五三至一九六三年，長達十年間，各種不同文學作品都在〈聯合副刊〉發表。散文、小說與詩的大量刊載，是這個副刊的特色。林海音也重視國際文壇動態，譯介外國文學作品的數量，也是當時報刊雜誌中最為可觀。

林海音當時邀請的作家，大約有幾種類型：第一是台籍作家，幾乎《文友通訊》的成員鍾肇政、鍾理和、廖清秀、施翠峰等人的作品，都經由她的推介而第一次與文壇認識。特別是鍾理和在生前僅有的發表機

48　林海音，《冬青樹》（台北：重光文藝，一九五五）。
49　林海音，《綠藻與鹹蛋》（台北：文華，一九五七年初版，一九六〇年再版）。
50　林海音，《曉雲》（台北：紅藍，一九五九）。
51　林海音，《城南舊事》（台北：爾雅，一九六〇）。

會，都是在〈聯合副刊〉出現的。〈蒼蠅〉、〈做田〉等短篇小說，由林海音介紹給台灣文壇。鍾理和去世後，也是林海音協助出版他的遺稿《雨》與《笠山農場》。

第二是女性作家的作品，透過〈婦女週刊〉與《中央日報》的管道，林海音邀請女性作家謝冰瑩、琦君、張秀亞、郭良蕙、孟瑤、艾雯、劉枋、邱七七、張漱菡、畢璞等人來助陣。女性作家的能見度獲得大大提升，而能夠與男性作家分庭抗禮。

第三是軍中作家的作品，朱西甯、司馬中原、段彩華、田原，都是在〈聯合副刊〉與其他作家平起平坐。他們文風的改變，甚至有前衛性的演出，也都是以〈聯合副刊〉為主要舞台。他們與現代主義思潮的結合，不能不部分歸功於林海音之作為媒介。

畢璞（《文訊》提供）

第四是現代主義作家余光中、吳望堯、夏菁、覃子豪等人作品，屢見於〈聯合副刊〉。而新起的作家如七等生、黃春明、林懷民、葉珊（楊牧）、鄭清文、隱地、白先勇、張良澤、水晶、於梨華，也都透過林海音之手介紹給台灣社會。《自由中國》與《文學雜誌》的作者，都在〈聯合副刊〉交會。林海音也加入了一九五六年創辦的《文星》之編輯工作。

林海音的編輯，突破了反共禁區，使自由主義的精神通過文學生產的多元化而獲得實踐。林海音被文壇人士，不分男女老幼尊稱為「林先生」，絕非偶然。堅守文藝政策的官方人士，從未放鬆對林海音的監視。然而，文學的動力藉林海音的手啟動之後，就無盡無止運轉下去。反共文學的式微，從〈聯合副刊〉的百花齊放而得到印證。

# 第十三章

# 橫的移植與現代主義之濫觴

潛藏在一九五〇年代反共文學之下的伏流，包括現代主義作家、台籍作家、女性作家等等，都在等待適當時機綻放生命的花朵。現代文學在六〇年代開花結果，鄉土文學在七〇年代禮讚豐收，女性文學在八〇年代姹紫嫣紅，這些不同時期的文學主流之形成，其實都可在反共文學當道的年代尋找到其各自的歷史根源。隱隱充滿生機的這些文學，在官方文藝政策下受到邊緣化，但是其生命力之蓬勃發展則不可能受到全面封鎖。最早能夠破土而出的，當首推現代主義文學。

現代主義美學在台灣的傳播，有其複雜的歷史源流。論者恆謂，現代主義之介紹來台，與美援文化有極其密切的關係。這種簡單的見解，並不能概括台灣現代主義之孕育。在反共文藝政策高度支配的階段，現代主義是以迂迴的方式次第在台灣開展。在初期階段（一九五三—一九五六），以紀弦為首組成的現代派，正式與台灣殖民地時期的現代主義者林亨泰從事結盟。在這個階段，法國現代主義的影響力特別旺盛。在後期階段（一九五六—一九六〇），美國現代主義才漸漸占上風，這種趨勢非常明顯表現在夏濟安所主編的《文學雜誌》之上。現代主義與美援文化的掛勾，必須在一九五〇年代的後半階段才看得清楚。縱然兩種不同根源的現代主義有其各自發展的路線，但是現代主義者的集結，無疑是為了抗拒官方文藝政策的領導。充分追求高度自由的文學想像，是具有自由主義傾向的作家，無論本省外省，都一致憧憬的。

對本省作家而言，他們無法接受「光復」後在思想上繼續受到囚禁。對外省作家而言，他們也無法接受在逃避共黨統治後，竟然在精神上遭到束縛。然而，自由主義思潮卻不是國民黨政府樂於歡迎的；由自由主義而延伸出來的現代主義文學，更加不是文藝當權者所樂於見到的。因此，文學上現代主義受到的抨擊，並不遜於政治上自由主義之受到圍剿。因此，對於台灣現代主義的回顧，不能只是放置在美援文化的下游來觀察，而應放置在自由主義傳統的脈絡裡來考察。

## 聶華苓與《自由中國》文藝欄

《自由中國》在台灣戰後史上的重要意義，乃在於它積極批判一九五〇年代以降的戒嚴體制，而努力爭取思想與言論的自由空間。創辦於一九四九年十一月的《自由中國》，發行人名義上是胡適，但實際是由雷震主導。這份刊物問世時，台灣社會正面臨了中國內戰與全球冷戰的兩大政治漩渦。在發行初期，《自由中國》猶能配合官方的反共政策，但自一九五二年以後，這份刊物的成員逐漸發現反共體制與該刊所尊崇的民主自由理念背道而馳。自由主義思潮不容於反共的國度裡，自屬一大諷刺，正因為有《自由中國》的存在，才鑑照出戒嚴體制與海峽對岸的共黨統治並無二致。自由主義傳統的意義，就在這樣的大環境中彰顯出來。

歷來有關一九五〇年代自由主義的評價，都是以男性知識分子的思考為主軸，其中尤以胡適、雷震、殷海光為著。但是，《自由中國》文藝欄主編聶華苓接掌之後，也豐富了自由主義傳統的內涵，這個事實，一直受到史家的忽視。聶華苓（一九二五—），湖北人，是一位相當有女性自覺的作家。這位外文系畢業的編輯，對於當時反共文學的陳腔濫調已有高度的不滿。因此，接編《自由中國》文藝欄後，開始邀請作家撰寫與官方文藝政策悖離的作品。她在後來的〈憶雷震〉一文中回想：「那時台灣文壇幾乎是清一色的『反共』八股，很難看到一篇『反共』框框以外的純作品，有些以『反共』作品出名的作家把持台灣文壇；非『反共』作品很難找到發表的地方。《自由中國》就歡迎這樣的作

聶華苓（《文訊》提供）

家；『反共』八股絕不要！」[1]這段回憶指出兩個事實，一是反共作家把持了台灣文壇的發言權，一是純文學作家找不到發表的空間。聶華苓的出現，改變了《自由中國》的文學方向，並且對後來的台灣文壇也產生了刺激與影響。

從作者群來看，文藝欄於一九五三年之前，誠然刊登不少反共作品。陳紀瀅的《荻村傳》，便是在這份刊物上分成十四期連載完畢。朱西甯早期所寫的反共小說，頗受好評，也都是在文藝欄發表，包括〈糖衣奎寧丸〉、〈拾起屠刀〉、〈火炬的愛〉、〈何處是歸宿〉等。另外，王平陵的小說與劇本，也都刊登在聶華苓接任編輯之前。等到她主編文藝欄後，內容開始有顯著的變化。

散文的大量出現，是一九五三年後文藝欄的主要特色。散文文體的開發，在戰後台灣文學史上是作家版圖擴張的象徵。在日據時期散文隨筆等作品雖偶有出現，卻未見有專精的營造者，把散文當作嚴肅的藝術去追求，必須等到一九五〇年代之後。在《自由中國》發表作品的散文家，都是以大陸籍為主。這群作家並不必然接受官方權力支配，如吳魯芹、思果與陳之藩，因此無須受到反共文藝政策的影響。他們生活的天地遼闊，從而文學思考的空間也較諸當時在台灣的作家還更自由開放。他們為台灣讀者帶來異國的想像，而更重要的是，他們的創作技巧完全異於制式、僵化的文藝教條。

吳魯芹（一九一八—一九八三），原名吳鴻藻，上海人，武漢大學外文系畢業。來台後，於一九五三年出版第一冊散文集《美國去來》[2]。他的文字冷雋而透

雷震，《雷震與我》（一）

明，非常幽默，又非常自我節制，往往在恰當時候收筆，使得文字不致淪為刻薄輕佻。在《自由中國》發表的第一篇散文〈雞尾酒會〉，是在一九五三年十月。從此，他那種貌似冰涼實則熱情的文體，為當時枯燥的文壇啟開了社會窺探的窗口。他擅長描寫人情與人性，而且酷嗜以自我調侃的方式表達人間冷暖與世事炎涼。在政治肅殺的年代，吳魯芹的文字為社會緊張的人心帶來了舒緩的空間。從家庭到朋友，從工作到社會，他能夠觀察到最細微的人際關係。一九五七年吳魯芹的第二本散文集《雞尾酒會及其他》[3]，收集了在《自由中國》發表的大部分文字，周棄子為他寫序指出，吳魯芹的散文尺幅甚小，卻寫得極佳，「這大概是要透過人性的理解，人生的觀照，調和智慧與情感，還得加上一點讀書行路的博聞多識」。吳魯芹既富中國的國學修養，又具西洋的文學知識，在中西文化的橫跨經驗中，自然而然能夠寫出胸襟開闊、視野長遠的文字，縱然他經營的作品是屬於隨筆式的小品文。

吳魯芹，《雞尾酒會及其他》

1　聶華苓，〈憶雷震〉，收入傅正主編，《雷震全集》（二）（台北：桂冠，一九八九），頁三〇九。
2　吳魯芹，《美國去來》（台北：中興文學，一九五三）。
3　吳魯芹，《雞尾酒會及其他》（台北：文學雜誌社，一九五七）。

吳魯芹在日後又出版數冊散文集，包括《師友．文章》[4]、《瞎三話四集》[5]、《英美十六家》[6]、《台北一月和》[7]、《文人相重》[8]、《暮雲集》[9]、《餘年集》[10]，以及齊邦媛編《吳魯芹散文選》[11]，在文壇上，他的散文可能不是主流，因為他是如余光中所說的「遠避鏡頭，隱身幕後，……暗中把朋友推到亮處」[12]的那種人。然而，他的散文傳達出來的溫情與關懷，為同時代作家開闢了一個極為高雅的境界，其散文成就絕不稍讓於梁實秋。

與吳魯芹同時期出現於《自由中國》的另一位散文家是陳之藩。在一九五〇年代末期風行於文壇的這位作家，全然偏離反共政策，寫出那個時代留學生文學的最早篇章。陳之藩（一九二五—二〇一二），河北人。本行專攻工程，卻擅長散文創作，自由主義的思想頗受胡適的啟發。第一篇散文〈月是故鄉明〉，發表於一九五五年一月的《自由中國》，他的文字潔淨精確，絲毫不拖泥帶水。他的散文在台灣發表時，正是美援文化日益抬頭之際。留學生風氣也開始在島上吹拂，青年知識分子對於歐風美雨的迎接，日盛一日。陳之藩適時在文藝欄上連載系列的留美散文，正好滿足了當時許多年輕讀者的憧憬與崇拜。他的筆調感傷、寂寞、孤獨、苦悶，卻又暗中傳達一種意志、自信與昇華。他在美國費城的留學生活，後來都記錄在第一冊散文集《旅美小簡》[13]。之後，他又出版了《劍河倒影》[14]，描寫他初履英國時的心情；也完成了《在春風裡》[15]，其中有九篇在紀念思想啟蒙者胡適。他與吳魯芹都同樣是自由主義的作家，側重寫實與浪漫的雙重風格。他們的作品之受到歡迎，恰如其分地反映了台灣社會對自由天

陳之藩（《文訊》提供）

地之想像與渴望。

其他的散文作家如張秀亞、黃思騁、王敬義、琦君、思果，都是《自由中國》的主要作者。其中以張秀亞的收穫最豐。張秀亞（一九一九—二〇〇一），河北人，來台前曾經擔任過重慶《益世報》的編輯。在文藝欄發表的散文，都圍繞在懷舊感傷的獨白，如〈舊筆〉、〈懷念〉、〈絮語〉等，後來都收在散文集《感情的花朵》[16]。散文寫作在一九五〇年代以後會成為重要的

陳之藩，《在春風裡》

4　吳魯芹，《師友．文章》（台北：傳記文學，一九七五）。
5　吳魯芹，《瞎三話四集》（台北：九歌，一九七九）。
6　吳魯芹，《英美十六家》（台北：時報，一九八一）。
7　吳魯芹，《台北一月和》（台北：聯經，一九八三）。
8　吳魯芹，《文人相重》（台北：洪範，一九八三）。
9　吳魯芹，《暮雲集》（台北：洪範，一九八四）。
10　吳魯芹，《餘年集》（台北：洪範，一九八二）。
11　吳魯芹著，齊邦媛編，《吳魯芹散文選》（台北：洪範，一九八六）。
12　余光中，〈愛彈低調的高手——遠悼吳魯芹先生〉，《記憶像鐵軌一樣長》（台北：洪範，一九八七）。
13　陳之藩，《旅美小簡》（台北：明華，一九五七）；一九六二年由台北：文星出版社出版發行，至今版本繁多。
14　陳之藩，《劍河倒影》（台北：仙人掌，一九七〇）。
15　陳之藩，《在春風裡》（台北：文星，一九六二）。
16　張秀亞，《感情的花朵》（台北：文壇社，一九五六）。

文體，這段時期作家的開拓，可謂功不可沒。他們開始注意到細膩的情感與內心情緒的掌握，他們也強調生活的枝節與想像的釋放。這些寫作方向的開發，為後來的各種美學思潮提供了豐富的管道。現代主義思潮，正是藉由這些管道引進了台灣。

這些自由主義作家，都是透過聶華苓的邀請才與台灣文壇有了接觸。身為編輯的聶華苓，終於與台灣自由主義傳統結盟，也許是出於偶然。不過，由於她加入行列，使得自由主義的發展脈絡顯得更為豐碩。自由主義運動自始至終都停留在爭取發言權的政治層面，而聶華苓則把這種爭取發言權的努力與文學創作結合起來，從而在人文方面拓展了遼闊的版圖。

張秀亞（《文訊》提供）

聶華苓的自由主義文學觀，不僅表現在她所邀請作家的多元性，而且也表現在她個人的文學思考上。她的自由主義傾向固然在於抗拒中國大陸的思想統治，同時也在於迂迴批判國民黨的文藝政策。在《自由中國》上發表的作品，都是針對當時苦悶的現實抒發作者的抑鬱心聲。尤其是跟隨國民黨政府來台的許多外省籍公務人員，大多生活在流亡狀態之餘，又陷於經濟的掙扎。他們對於政治口號與反共體制，不時流露懷疑的態度。在如此封閉的環境下，聶華苓的小說也同樣表達了對國家體制的惶惑。她可能是早期女性作家中對性別議題最具敏感性的，小說洞察了政治權力所挾帶而來的男性至上、道德倫理與婚姻規範，毋寧是在束縛女性的身體與精神。早期小說如〈黃昏的故事〉、〈母與女〉、〈窗〉，都彰顯了既有的價值觀念與男性中心論具有緊密的關係。從表面上看，反共政府努力維持一定的社會秩序，都是透過儒家思想、傳統禮教、宗法觀念來加強鞏固。而傳統的禮教與宗法，卻是以深化男性權力為最主要目標。因此，越是擁護反共的國家機器，就越使男性中心論獲得提升，從而也使女性淪於被支配、被邊緣化的境地。聶華苓在一九五〇年代的小說創作裡，大膽揭露封建男性文化的虛矯與虛構，並且也露骨敘及女性的情欲解放，甚至觸及了婚外情。對於反共文學的局促格局而言，聶華苓的筆法誠然有了重大的突破。她在五〇年代出版的短篇小說集《葛藤》[17]與《翡翠貓》[18]，正是她這段時期的文學思考之最佳展現。

聶華苓，《葛藤》（舊香居提供）

聶華苓在自由主義運動中的另外一個突破，便是在現代主義的技巧上進行嘗試。在一九五〇年代末期，她的幾篇小說如〈李環的皮包〉與〈月光・枯井・三腳貓〉，都是文學史上極具現代主義實驗的早期作品。她寫出了女性肉體的撕裂，靈魂的破碎，以及生命的不完整與生活的不確定。這種染有現代主義色彩的作品，在某種程度上也是對反共體制的一種負面回應。在傳統道德的裁判下，肉欲是一種邪惡的呈現。然而，這種肉欲卻是構成女性生命完整的一部分。當她這樣寫時，現代主義的思考就隱約浮現出來了。她的現代主義作品，後來收入《失去的金鈴子》[19]與《一朵小白花》[20]兩冊小說集中。最令人震撼的是，她在一九七六

17 聶華苓，《葛藤》（台北：自由中國雜誌社，一九五六）。
18 聶華苓，《翡翠貓》（台北：明華，一九五九）。
19 聶華苓，《失去的金鈴子》（台北：台灣學生，一九六〇）。
20 聶華苓，《一朵小白花》（台北：文星，一九六三）。

年寫出了長篇小說《桑青與桃紅》[21]，是一部描寫女性肉體與精神雙重流亡的意識流作品。這部小說出版時，受到中國與台灣兩地官方的查禁。這個事實說明，主張社會主義的共產黨與標榜自由主義的國民黨，無論意識形態是如何分歧，但是在壓制女性思考的行動上卻相當一致。男性政權的脾性，果然禁不起聶華苓小說的檢驗。這部小說，寫出女性在離亂年代的人格分裂，桑青與桃紅是同樣一個女人的兩個名字，她有雙重的生命經驗，雙重的心理世界，以及雙重的認同。透過縱欲，而獲得解放；透過流亡，而獲得救贖。這種辯證的書寫策略，有其諷刺的意涵，也有其嚴肅的證詞。二十世紀的女性流亡圖，具體而微地濃縮在《桑青與桃紅》之中。

《自由中國》的小說群，較具代表性的作家包括司馬桑敦、彭歌與徐訏。他們都是在現代主義臻於高峰之前就寫出值得議論的作品，例如司馬桑敦《山洪暴發的時候》[22]，便是成名之作。同樣的，連載於《自由中國》的彭歌小說《落月》，也是他在台灣文壇的登場之作，都同樣具備了現代主義的傾向。司馬桑敦是駐日特派記者，在一九六七年出版長篇小說《野馬傳》[23]，竟遭到國民黨的查禁，理由是「挑撥階級仇恨」。自由主義作家之受到打壓，由此獲得明證。

一九五三年聶華苓接編《自由中國》文藝欄，林海音主編《聯合報・聯合副刊》之際，另外一股重要的文學運動也在醞釀之中，那就是紀弦所領導的現代派，高舉所謂現代主義的旗幟。在反共口號主導的時期，新詩創作者較諸小說家與散文家，還更早介紹現代主義在台灣。紀弦提倡現代主義思潮時，台灣社會尚未受到美援文化的深刻影響。他尊崇詩的美學，全然是濫觴於戰爭時期的上海，亦即汪精衛政權時期的上海。由於上海是帝國主義者的租界地，同時接受了日本、英國、法國的文化。又由於租界地的庇護，上海也因此而倖免於戰火的波及。青年紀弦便是在這段時期，大量接受現代主義的洗禮。

紀弦（一九一三—二〇一三），上海人，原名路逾，筆名則有路易士、青空律等，國立蘇州美專畢業。

在他青年時期，現代詩便崛起於上海文壇，一九三〇年代的穆木天、王獨清、馮乃超、李金髮、戴望舒都是受到法國象徵主義的影響。紀弦是在這個系譜之下成長起來的，並且將這樣的新詩美學介紹到台灣。嗜詩的紀弦，在一九五一年，與鍾鼎文、葛賢寧共同主編〈新詩週刊〉，每週定期在《自立晚報》副刊推出，是五〇年代最早的純詩刊物。較常見到的作者名字除上述三位外，還包括李莎、墨人、季薇、覃子豪、鍾雷、上官予、方思、蓉子、鄧禹平、楊喚、鄭愁予、郭楓等。這段時期反共詩與純粹新詩同時混合出現，其中的紀弦、方思、鄭愁予後來就是現代派的中堅。

一九五三年二月，紀弦發起現代派的結盟時，計有八十三人加入，一時蔚為風氣。他主編的《現代詩》，幾乎就已為後來的台灣新詩運動做了命名的工作。紀弦提倡的現代詩，基本上是對喊口號的政治詩與濫情的浪漫詩之反動。正如紀弦在一九五四年五月《現代詩》第六期社論

21　聶華苓，《桑青與桃紅》（香港：友聯，一九七六）。
22　司馬桑敦，《山洪暴發的時候》（台北：文星，一九六六）。
23　司馬桑敦，《野馬傳》（香港：友聯，一九五九；台北：自費出版，一九六七）。

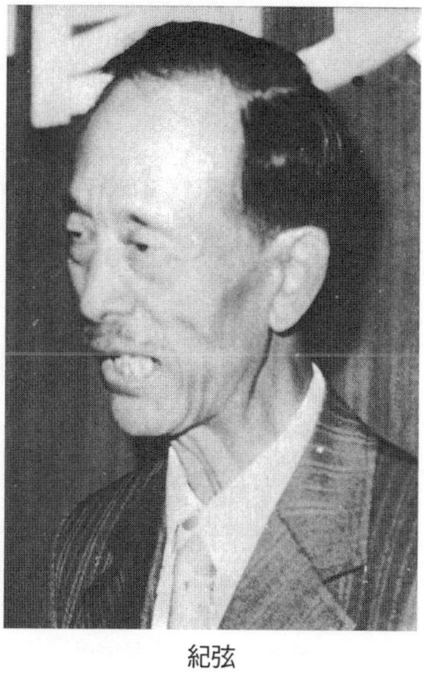
紀弦

鍾鼎文（《文訊》提供）

〈把熱情放到冰箱裡去吧〉所說，現代詩之所以為「新」，乃在於它屏棄了韻文與散文的語言，也在於它是「理性與知性的產品」。他進一步說：

> 所謂「情緒之逃避」，殆即指此。同樣是抒情詩，但是憑感情衝動的是「舊」詩，由理智駕馭的是「新」詩。作為理性與知性的產品的「新詩」，絕非情緒之全盤抹殺，而係情緒之妙微的象徵，它是間接的暗示，而非直接的說明；它是立體化的，形態化的，客觀的描繪與塑造，而非平面化的，抽象化的，主觀的嘆息與叫囂。

紀弦對現代詩的定義，大概從這段解釋就可得到印證。他對於熱情之為物，認為極不可靠。從現實環境來看，這段話當然是針對當時的口號式反共詩之氾濫，表達了間接的批判。從詩的美學而言，他強調詩必須把過多的情緒過濾，使個人化的感覺昇華成為客觀的呈現。參加現代派的所有成員，並不必然都服膺這個見解，但毫無疑問的，幾位較為知名的詩人如方思、鄭愁予等都在美學追求上朝向冷靜、沉澱的目標去營造。紀弦於一九五四年《現代詩》第七期，發表〈五四以來的新詩〉一文，刻意貶低「新月派」徐志摩、聞一多等人的浪漫主義傾向，尊崇「現代派」戴望舒的詩學與詩藝。這種對中國現代詩運動的兩極評價，影響後來台灣詩人對中國詩史的見解甚鉅。紀弦提升現代派在歷史上

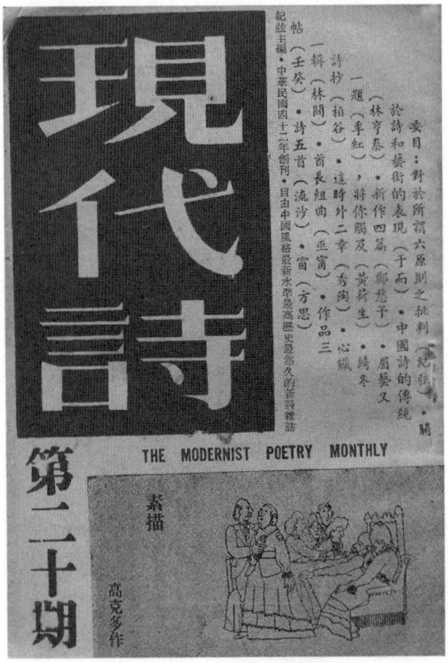

《現代詩》（舊香居提供）

的地位，從而也肯定他在台灣推展新詩運動的苦心。

《現代詩》譯介的西方現代詩人都是以歐洲為主，包括波特萊爾（Charles Baudelaire）、艾略特（T. S. Eliot）與里爾克（Rainer Maria Rilke）。因此，在這段時期，還未顯現美國現代主義的影響，由此可獲得佐證。現代詩運動開始進入飛揚的階段，當始於一九五六年一月二十日正式重組現代派，共有一百餘人參加。這是中國文藝協會以外的最大民間文學團體，頗有另立門戶的意味。對於現代主義之介紹到台灣，現代派的成立具有不凡的意義。他們成立的宣言涵蓋於六大信條之中：

一、我們是有所揚棄並發揚光大地包含了自波特萊爾以降一切新興詩派之精神與要素的現代派之一群。

二、我們認為新詩乃是橫的移植，而非縱的繼承。這是一個總的看法，一個基本的出發點，無論是理論的建立與創作的實踐。

三、詩的大陸之探險，詩的處女地之開拓，新的內容之表現，新的形式之創造，新的工具之發現，新的手法之發明。

四、知性的強調。

五、追求詩的純粹性。

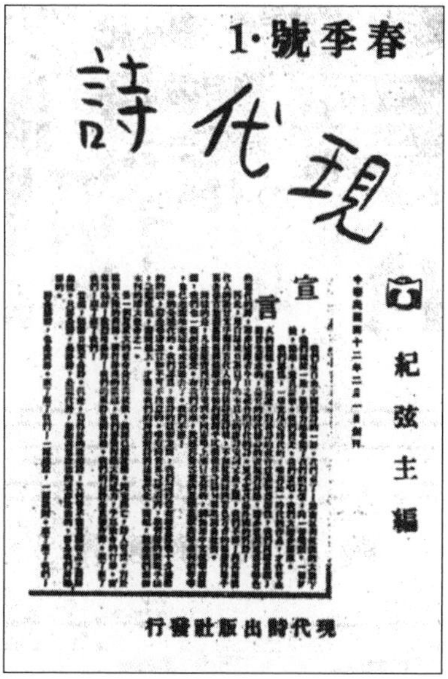

《現代詩》

## 六、愛國，反共，擁護自由與民主。[24]

這些宣言立即引起其他詩社之強烈回應。但是，紀弦提出「橫的移植」之主張時，就已經為往後十餘年現代詩發展定下了基調。所謂橫的移植，自然就是向西方汲取詩藝的火種，特別是「波特萊爾以降的一切新興詩派」。紀弦所說的「縱的繼承」，暗示了當時政治與文化雙重斷裂的事實。在政治方面，兩岸的隔絕使他當年所繼承的新文學傳統無法延續。在文化方面，他特意要反叛中國古典文學的思維方式，無論是形式與內容都要全面革新。「詩的純粹性」之提出，固然是指藝術上的提煉與鍛鑄，但是，面對當時文藝政策之公然要求文學成為政治附庸，這種美學上的自我期許顯然也意味著精神上的一種抗拒。信條最後所強調的「愛國，反共，擁護自由與民主」，非常清楚是一種政治保護色，而更重要的，這也是自由主義精神的另一種延伸。

現代派的成立，是中國現代主義與台灣現代主義匯流在一起的象徵。「銀鈴會」的重要成員林亨泰加入現代派後，等於是為這個集團注入了更為豐富的思考。

紀弦，《在飛揚的時代》（舊香居提供）

楊喚，《風景》（舊香居提供）

台籍詩人吳瀛濤、黃荷生，以及較為年輕的白萩、李魁賢、葉珊的先後參加創作，使得現代派運動看來極為龐大。就在集團成立時，《現代詩》提出了一系列的「現代詩叢」，包括方思的《夜》[25]、鄭愁予的《夢土上》[26]、楊喚的《風景》[27]、紀弦的《在飛揚的時代》[28]與《摘星的少年》[29]，就已展現詩人的重大成就，在那樣蒼白的年代，詩人以詩的想像描繪一個烏托邦的世界，以星辰、溪水、愛情、夢幻呈露複瓣多褶的思維。他們嚮往廣大而開放的世界，卻在現實社會無可追尋，只好被迫在冥想裡、在內心裡去探索。從幾位重要詩人的作品，當可推見《現代詩》的詩風。

鄭愁予（一九三三—），原名鄭文韜，河北人，中興大學法商學院畢業。他是台灣抒情傳統的重要開創者之一，風格極為冷靜，卻暗藏極為熾烈的情感。他的作品之所以迷人，在於他靈活地使情緒得到舒放與節制，更值得注意的是，他的語言音樂性非常鮮明，節奏介於活潑與弛緩之間，頗適合朗誦。一九五〇年代的讀者，

鄭愁予（《文訊》提供）

24　紀弦，〈現代派信條釋義〉，《現代詩》一三期（一九五六年二月）。
25　方思（本名黃時樞），《夜》（台北：現代詩社，一九五五）。
26　鄭愁予，《夢土上》（台北：現代詩社，一九五五）。
27　楊喚，《風景》（台北：現代詩社，一九五四）。
28　紀弦，《在飛揚的時代》（台北：寶島文藝，一九五一）。
29　紀弦，《摘星的少年》（台北：現代詩社，一九五四）。

莫不推崇他起落有致的語言速度，並且也欣賞他詩中意象的和諧與統一。他的〈錯誤〉、〈賦別〉與〈小站之立〉，即使到今天仍然廣受傳誦。在《現代詩》第六期發表的〈小小的島〉，就很典型地表現了鄭愁予在這個時期的特色。例如第一節：

你住的小小的島我正思念
那兒屬於熱帶，屬於青青的國度
淺沙上，老是棲息著五色的魚群
小鳥跳響在枝上，如琴鍵的起落

第一行使用的是倒裝句，第二行則換成複疊句，第三、四行是屬於第二行的附屬子句，完全訴諸意象的呈現。鄭愁予是少數詩人中注意到詩的音色與質感。他的語言並不華麗，也不突兀，卻能利用新鮮的結合，使詩句變得特別動人。這首情詩的第四節，亦即最後一節，也是運用罕有的語言結合，再加上速度的控制，而使得整首詩為之一亮：

如果，我去了，將帶著我的笛杖
那時我是牧童而你是小羊
要不，我去了，我便化作螢火蟲
以我的一生為你點盞燈

這又是極為動人的對照詩行，第一、二行似乎流露掩飾不住的跋扈，彷彿要以牧童的身分護衛著情人。第三、四行又轉換成謙卑異常，把自己比喻為生命短暫的螢火蟲，作為情人一盞小小的燈，整首詩都在烘托情人的崇高，也在暗示自己的矛盾心情，既自豪又自卑。這種抒情詩的書寫，頗符合紀弦所說的「理性與知性」，但又並沒有減弱情詩的魅力與溫柔。鄭愁予在一九五五年出版《夢土上》，似乎宣告了現代抒情詩的誕生。之後，他又出版了詩集《衣缽》[30]與《窗外的女奴》[31]，留下不少可供議論的作品。

鄭愁予，《夢土上》

另外一位詩人方思（一九二五—二〇一八），原名黃時樞，湖南人，曾任職於國立中央圖書館。方思頗受德國詩人里爾克的影響，他也翻譯了許多里爾克的詩。在一九五〇年代出版了三冊詩集，包括《時間》[32]、《豎琴與長笛》[33]、《夜》[34]。一九五五年《現代詩》第十二期刊出方思的〈仙人掌〉，是被公認的一首傑出情詩。他的文字運用，從意象安排便可見端倪。以該詩的第一節為例：

30　鄭愁予，《衣缽》（台北：台灣商務，一九六六）。
31　鄭愁予，《窗外的女奴》（台北：十月，一九六八）。
32　方思，《時間》（台北：中興文學，一九五三）。
33　方思，《豎琴與長笛》（台北：現代詩社，一九五八）。
34　方思，《夜》（台北：現代詩社，一九五五）。

愛你
就如以整個的沙漠
愛一株仙人掌
集中所有的水分於一點
而貫注所有的熱與光
陽光所曾普照的，驟雨所曾滋澤的
愛你
以這樣的熱誠，這樣的專一，這樣的真

這首詩集中在兩個意象：沙漠與仙人掌。一個對愛情有著高度期待的男人，其實是一片荒蕪的沙漠。在荒蕪土地上唯一能夠攜來生命的，便是帶有綠意的仙人掌。兩種意象的強烈對比，一方面是焦渴，一方面是滋潤，構成了奇妙的辯證。在文字的取捨上，幾乎是恰到好處。對愛情、生命與死亡的謳歌，似乎帶有浪漫主義的意味。不過，由於受到里爾克詩風的影響，他擅長過濾多餘的情緒，也擅長運用濃縮的意象。在音樂性方面，他可能沒有鄭愁予那麼敏銳，但是方思也非常關注詩的節奏。他出版三冊詩集之後，便離台赴美，從此在詩壇全然消失。在初期現代詩運動的開拓，以及初期里爾克作品的譯介，方思的功勞至今仍受到承認。他是台灣意象詩派的先驅，在詩史上的地位可說相當鞏固。

《現代詩》主編紀弦，他的詩風始終豪放不羈。他寫過反共詩，但最後全心奔向詩的現代化。他強調新詩需要再革命，在舉世滔滔之際，勇於高唱「橫的移植」。然而，他並不排斥其他的詩人，而以「大植物園主義」[35]一詞來形容他對百家爭鳴、百花齊放的支持。創世紀詩社的瘂弦、洛夫、羅馬（商禽）、季紅，藍星詩社的周夢蝶、羅門、蓉子，以及後來另組笠詩社的林亨泰、吳瀛濤、白萩、楓堤（李魁賢）等人，都在《現代詩》發表過作品。事實證明，一九五〇、六〇年代的重要詩人，都經歷過現代派的洗禮。紀弦在現代詩理論方面，可以說是開風氣之先。在創作方面，他的大膽實驗與嘗試，也是最早的啟蒙者。以符號寫詩，他是第一位率先去做的，例如惹人議論的詩：〈7與6〉，以及〈我之遭難信號〉，足以顯示他的思維之狂飆。一九五七年六月出版的《現代詩》第十八期，他發表的〈春之舞〉最能代表他現代主義的演出：

周夢蝶（《文訊》提供）

她是從國立研究院標本陳列室裡逸出來的
——可閱之白骨；撞碎了玻璃櫥
無聲地，當年輕的男性管理員午膳後作
片刻的
假寐時。她是
啊如此的輕盈、輕盈、輕盈地

35　張堃，〈從「橫的移植」到「大植物園主義」——專訪美西半島居老詩人紀弦〉，《創世紀詩雜誌》一二二期（二〇〇〇年三月），頁一一一二二。

舞著，用了鄧肯的步伐
和趙飛燕的韻致，在商業大樓前
春日寧靜的廣場上。廣場上：
杜鵑怒放，而她舞著。舞著的

這是全詩的第一節，捨棄了對稱平衡的形式，而以長短不一的詩行暗示春天的蠢蠢欲動。春的欲望一旦開始釋放時，即使是博物館裡的骷髏標本也產生了舞蹈的衝動。在這首詩後，紀弦還特別附上「後記」，表示他對現代主義的支持：「……吾人所追求的，乃是詩本身的語言與方法，非散文的興味與邏輯，即由於純粹的詩想之飛躍而深入於一全新的境界是也。因之排斥日常的情緒，一般的觀念，乃至膚淺的韻文形式什麼的，正是作為一個現代主義者的基本態度和出發點。」以這個觀點來印證〈春之舞〉，純粹在於描摹內心的欲望。這種欲望無以名之，如果骷髏標本都能起死回生，則欲望之強烈幾乎可以感受。在客觀世界裡，這種事情並不可能發生，但在人的內心深處都能生動地演出。這也正是紀弦所說的「非抒情」，也如他所說的，是「一個秩序的構成」，而非「一個事實的說明」。在一九五〇年代，理論與創作的同時並進，果然豐富了現代主義運動的內涵。

在這段期間，台籍詩人黃荷生出版的詩集《觸覺生活》[36]，是現代主義詩藝的另一豐收。集中所收〈門的觸覺〉之系列作品，曾經引起責難，認為過於晦澀難懂。林亨泰在《現代詩》第二十一期為他辯護，寫成〈黃荷生和他的詩集觸覺生活〉一文。其中有一段說：「……這樣的『詩』，我們應該採取怎樣的態度才能體會它的奧妙呢？依我看來，這樁子事是很簡單，因為：只要用『觸覺』去『感覺一下』就行了。」[37]這是很平凡的說法，卻已開啟了一個新的閱讀理論。現代主義牽涉到的思維活動，不再只是理論的建設而已，也不再只是創作的實踐而已，它也要求讀者必須屏棄過去那種被動的、怠惰的態度。讀者必須主動參與到詩的作品之中，以感覺去體會詩的意義與生命。

不過，《現代詩》的高速發展，立即引來同時代其他詩人的回應。從一九五七至一九五八年，詩壇爆發了第一次論戰，顯示詩人之間對於現代主義的定義與現代詩的命名，仍然紛紜未定。這次論戰，完全是針對紀弦提出的「現代派六大信條」而發生的。

挑戰紀弦詩觀的發難者，來自藍星詩社的創辦者覃子豪。覃子豪（一九一二—一九六三），原名基，四川人，曾經赴日本中央大學深造。來台之前，擔任過詩刊編輯與報紙副刊編輯。一九四五年六月，在福建出版過一冊詩集《永安劫後》。一九五一年，主編過《新詩周刊》，於一九五三年出版詩集《海洋詩抄》[38]，一九五五年出版《向日葵》[39]，是創作與理論兼具的詩人。他與鍾鼎文、鄧禹平、夏菁、余光中等人共同組成「藍星詩社」。覃子豪傾向於把新詩稱為「自由詩」，而不是「現代詩」；因此，在詩的理念上，與紀弦扞格不入。現代派發表宣言後，覃子豪在自己創辦

覃子豪（《文訊》提供）

36 黃荷生，《觸覺生活》（台北：現代詩社，一九五六）。
37 林亨泰，〈黃荷生和他的詩集觸覺生活〉，《現代詩》二一期（一九五八年三月）。
38 覃子豪，《海洋詩抄》（台北：新詩周刊社，一九五三）。
39 覃子豪，《向日葵》（台北：藍星詩社，一九五五）。

的《藍星詩選》「獅子星座號」發表長文〈新詩向何處去〉[40]，批駁紀弦所提倡的現代詩之不恰當。

覃、紀二人展開的辯論，涉及了現代詩運動發展的路線與方向，也涉及了社會現實與國族認同。對於紀弦而言，現代詩誠然應該是「橫的移植」優先於「縱的繼承」，這是純粹從美學的觀點出發。同樣的，對於抒情詩，紀弦表示了極大的輕蔑，而認為現代主義在於開發新的感覺與新的思維，不應受到舊式情緒的羈絆。對照之下，覃子豪強調古典傳統與民族立場的重要性。他對現代主義的批判，重要論點表達如下：

> 現代主義的精神，是反對傳統，擁護工業文明。在歐美工業文明發達至極的社會，現代主義尚且不能繼續發展；若企圖使現代主義在半工業半農業的中國社會獲得新生，只是一種幻想。因為，中國人民的社會生活並沒有達到現代化的水準，我們的詩不可能作超越社會生活之表現。否則，其作品只能成為現代西洋詩的摹擬，或流於個人脫離現實生活的純空想的產物，失去了詩的真實的意義。

覃子豪的觀點，也正是後來現代主義遭到質疑時的一般見解。那就是現代主義與台灣的社會現實格格不入，並且也使文學作品淪為西方的末流。不過，覃子豪對現代主義的認識，也許有很大錯誤。因為現代主義並不必然就是擁護工業文明，大多數的西方現代作家其實都是在抗拒或批判工業文明。同時，現代主義並非如覃子豪所說，在西方「尚且不能繼續發展」；相反的，它不停地延續擴張。不過，他主要的論點乃在於，現代主義與台灣的現實是否能夠契合？因此，覃子豪也以六項原則回應紀弦的六大信條。他希望詩人能夠重視人生本身與人生事象，重視作者與讀者之間的溝通橋梁，重視詩的準確表現等等。

這是「為藝術而藝術」與「為人生而藝術」之間的長期辯論之變相演出。覃子豪強調的是詩的人生觀以及詩的社會性，而紀弦則是側重在詩如何現代化，以及詩如何成為純粹的藝術。針對覃子豪的質疑，紀弦又寫了兩篇長文〈從現代主義到新現代主義〉[41]與〈對於所謂六原則之批判〉[42]，雙方的戰火從此啟開。藍星詩社方面羅門、黃用、余光中都加入論戰的行列，在現代派方面則只有台籍詩人林亨泰予以聲援。現代派的實力，至此被檢驗出來。擁有一百餘位成員的現代派，竟然使紀弦陷於孤立的境地。林亨泰的答辯，基本上是以隨筆札記方式申論，較不具系統式的推理。並且，林亨泰的論點只是在強調現代主義並未完全排斥抒情，也並未完全脫離社會。不過，林亨泰在〈鹹味的詩〉[43]中說出豪語，希望台北有一天成為未來的巴黎，更希望後代有一本書如此寫著：「現代主義運動的歷史，完結於台灣。然而這一段歷史，引導我們從法蘭西到美麗寶島的淡水河畔的台北。但是，現代主義運動的開始，在很重要的意味上說，也在這台灣。」

林亨泰（《文訊》提供）

林亨泰的見解有其深刻的文化意義。這是把現代主義與台灣社會銜接起來的最早看法，亦即以改寫歷史的觀點來看待外來的美學思潮。林亨泰的現代主義接觸始於日據時代，青年時期頗受日本新感覺派的影響。

40　覃子豪，〈新詩向何處去〉，《藍星詩選》創刊號「獅子星座號」（一九五七年八月二十日）。
41　紀弦，〈從現代主義到新現代主義〉，《現代詩》第十九期（一九五七年八月）。
42　紀弦，〈對於所謂六原則之批判〉，《現代詩》第二十期（一九五七年十二月）。
43　林亨泰，〈鹹味的詩〉，《現代詩》第二十一期（一九五八年三月）。

新感覺派對台灣產生影響，也對上海文壇造成衝擊。台灣作家劉吶鷗在一九二〇年代末期就把新感覺派的美學介紹到上海。劉吶鷗與上海現代派先驅戴望舒、施蟄存、杜衡共同創辦《無軌列車》，並且也加入《現代》的作家行列。紀弦的現代主義根源，可以說與日本新感覺派有系譜學上的聯繫。紀弦與林亨泰的結合，從這個角度來看，其實也是新感覺派的另一種會合。林亨泰強調現代主義的台灣精神，事實上已經預告了往後現代主義在台灣的發展方向。也就是說，在技巧上與美學上，台灣作家從現代主義汲取豐富的資源，但在精神上與內容上，則注入了台灣的生活與感覺。

這場文學論戰，最後並未有具體的結論。不過，文學論戰原就是文學思考相互批判並相互修正的一個過程。紀弦與覃子豪的論戰，只是現代詩發展史上的第一波。《現代詩》停刊於一九六二年，這時候《藍星》與《創世紀》已成氣候，逐漸取代紀弦的領導地位。藍星詩社的余光中與創世紀詩社的洛夫，在詩觀上又有了新的對峙與抗衡。然而，也就是經過不斷的辯難與辯證，現代主義在台灣已宣告成熟了。

## 夏濟安與《文學雜誌》

一九五六年二月紀弦重新整編現代派時，台大外文系教授夏濟安也正在籌組一份刊物《文學雜誌》。夏濟安（一九一六—一九六五），又名夏澍元，江蘇人，上海光華大學英文系畢業。《文學雜誌》被認為是「學院派」的一份刊物，這不僅是編者身分的緣故，同時也是由於許多作者都出自學院。這份刊物的創辦，帶有現代主義的性格，又有傳統文學的影響。在一九五〇年代的反共文化脈絡裡，它與《自由中國》都是屬於自由主義色彩特別濃厚的雜誌。《文學雜誌》創刊號（一九五六年九月）上，夏濟安寫了一篇〈致讀者〉[44]，最能反映這份刊物的文學態度：「我們反對共產黨的煽動文學。我們認為：宣傳作品中固然可能有好文學，文學可不盡是宣傳，文學有它千古不滅的價值在。」他又說：「我們反對舞文弄墨，我們反對顛倒黑白，我們反對指鹿為馬。我們並非不講求文字的美麗，不過我們覺得更重要的是：讓我們說老實話。」前者當然是在暗示對戒嚴體制與反共文學的不滿，後者則是間接對於高度現代主義的回應。具體言之，《文學雜誌》既不接受政治上的保守主義，但也不同意文學上的激進主義。因此，夏濟安及其同仁劉守宜、林以亮等人，在思想光譜方面較趨近於自由主義，一如《自由中國》那樣。《文學雜誌》與《自由中國》是相互結盟的刊物，他們的作者相互支援，也相互重疊。雙方也曾經舉行過茶會聯誼，並且也有過聯合行動。

最清楚的事實是，兩份刊物於一九五七年同時推薦胡適為諾貝爾文學獎候選人。夏濟安在《文學雜誌》，余光中、夏菁、彭歌在《自由中國》同時撰文，一致認為胡適的文章功業最適合獲得諾貝爾文學獎。胡適是公認的自由主義者，同時也是把自由主義思想介紹到台灣的第一人。當時的作家夏濟安、余光中、聶華苓，都把胡適視為反極權、反獨裁的重要象徵人物。

一九五八年五月四日文藝節，胡適接受中國文藝協會的邀請，

44　夏濟安，〈致讀者〉，《文學雜誌》創刊號（一九五六年九月）。

夏氏兄弟：夏志清（左）與夏濟安（右）

以〈中國文藝復興、人的文學、自由的文學〉[45]為題做公開演講。在這次演講中，胡適批判所謂文藝機構與文藝政策的不當。他說：「……我知道最熟悉的美國，絕對沒有這一個東西，對於文藝絕對完全取一個放任的，絕對沒有人干涉，政府絕對沒有一種輔導文藝，或指導文藝，或者有一種文藝的政策。絕對沒有；也絕對沒有輔導文藝的機構。」胡適連續使用五個「絕對沒有」來說明文藝創作不應受到任何權力干涉。在講詞裡，他重複提到「自由」、「放任」等字眼，來闡釋自由主義的精神，這是相當古典的自由主義。不過，胡適的重點除了消極地爭取言論自由之外，並且也積極地提倡「人的文學」。

「人的文學」並非是胡適首創的，而是始於中國五四時期的周作人。周作人在他的《藝術與生活》[46]收入一篇〈新文學的要求〉，特別提到「人的文學」的定義，「這文學是人性的，不是獸性的，也不是神性的」，並且「這文學是人類的，也是個人的，卻不是種族的，國家的，鄉土及家族的」。胡適雖然沒有明言「人的文學」是來自周作人，兩人的觀念卻非常接近。因為，胡適提到「人的文學」就是「自由的文學」，認為文學應該是具備「人氣」、「人格」、「人味」。遠在一九三四年，胡適曾經以「中國文藝復興」（Chinese Renaissance）為題做英文演講，指出新文學運動與文學革命「是對傳統文化中許多觀念和制度有意識的抗議運動，是有意識把那些受傳統力量束縛的男女個人解放出來的運動。這是理性對待傳統，自由對抗權威和頌揚人的生命、人的價值對抗其壓抑的運動」。把「自由的文學」與「文藝復興」兩種觀念合併在一起，就可以發現胡適對於人性解放的要求是相當高的。

《文學雜誌》與胡適的「自由的文學」是可以互通的，因為，夏濟安也非常強調人性解放的議題。在一九五〇年代，人性解放的提出，既是在對抗共產黨的集權統治，也是在抗拒國民黨的威權統治。在自由主義精神的要求下，《文學雜誌》也開始揭櫫現代主義的美學藝術。畢竟現代主義也是在挖掘人性，解放人性。台灣現代主義所要批判的，乃是在戒嚴體制下人性受到囚禁與壓抑。因此，現代主義在西方可能是工業文明的產物，但是介紹到台灣之後，它不再只是批判工業文明的武器，而是批判政治戒嚴的恰當管道。

夏濟安在服膺自由主義精神之餘，也在文學思考上開啟現代主義的窗口。在《文學雜誌》三卷一期（一九五七年三月），他發表一篇〈舊文化與新小說〉的長文，其中就觸及了現代主義的精神。他認為，處在「新舊對立」與「中西矛盾」的環境中，一個小說家「應該為這種『矛盾對立』所苦惱，而且也應該藉小說的藝術形式，解決這種苦惱」。這是非常現代主義式的思考，他緊接著對小說家建議：「他所要表現的是：人在兩種或多種人生理想面前，不能取得協調的苦悶。直截了當的把真理提出來，總不如把追求真理的艱苦掙扎的過程寫下來那樣的有意思和易於動人。」在現實環境裡，人面對的情境往往是分裂的；在分裂的狀態下，人的矛盾、焦慮、衝突、苦悶藉文學形式表達出來，那正是現代主義的重要特徵。

英文系畢業的夏濟安，透過《文學雜誌》開始大量介紹英美文學。這份刊物的出現，意味著美式現代主義逐漸成為文壇的焦點，而且也慢慢取代紀弦、覃子豪、方思、林亨泰所介紹的法、德現代主義。這項轉變是緩慢的，但是速度卻很篤定。在《文學雜誌》撰稿的夏志清、林以亮、梁實秋、吳魯芹、余光中與張愛玲，都是受英美文學教育的影響，他們所主張的現代主義，自然與紀弦《現代詩》的路線全然不同。在《文學雜誌》上的現代詩作者，大多是以藍星詩社為主，除余光中的大量創作與翻譯之外，夏菁、吳望堯、夐虹、葉珊、黃用都是主要的撰稿者。

夏濟安培養出來的學生陳若曦（陳秀美）、白先勇、王文興，都是後來的《現代文學》創辦者。在這段期間，陳秀美已經發表了她早期的現代小說〈週末〉、〈欽之舅舅〉、〈灰眼黑貓〉，王文興則有〈殘菊〉、

---

45　穆穆整理，原刊《文壇》二期（一九五八年六月），頁六—一一。

46　周作人，《藝術與生活》（上海：群益書社，一九三〇）。

〈下午〉，而白先勇的〈金大奶奶〉也在這段時期嶄露頭角。白先勇後來在〈驀然回首〉[47]提到：「夏濟安先生編的《文學雜誌》，實是引導我對西洋文學熱愛的橋樑。」另外一位《現代文學》的創辦者歐陽子也承認，她的許多短篇小說都是在夏濟安課堂上的習作。這些事實足以證明《文學雜誌》在培養下一代創作者方面，貢獻甚鉅；而且也為現代主義的開創，鋪出一條寬闊的道路。

《文學雜誌》另外值得注意的，便是夏志清在這段時期介紹了張愛玲到台灣。張愛玲也是這份刊物的作者，不過都只是從事翻譯的工作，她大量譯介了美國的小說、詩與評論。夏志清（一九二一—二〇一三），是夏濟安的弟弟，當時正在美國撰寫《中國現代小說史》，他優先把介紹張愛玲小說翻譯成中文發表。夏志清在《文學雜誌》二卷四期（一九五七年六月），刊登了〈張愛玲的短篇小說〉一文，認為她的小說之所以迷人，乃在於「她的意象的繁複和豐富，她的歷史感，她的處理人情風俗的熟練，她對人的性格的深刻的抉發」。夏志清還更進一步點出張愛玲小說的精髓：「《傳

白先勇，《驀然回首》

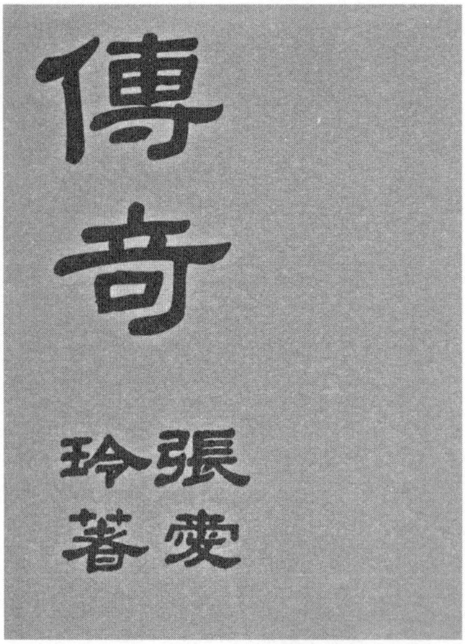

張愛玲，《傳奇》（舊香居提供）

奇》裡有很多篇小說都和男女之事有關：追求，獻媚，或者是私情；男女之愛總有它可笑的或者是悲哀的一面，但是張愛玲所寫的絕不止此。人的靈魂通常是給虛榮心和慾望支撐著的，把支撐拿走以後，人要成了什麼樣子——這是張愛玲的題材。」這樣的文學批評，已經掌握到現代主義中的人性脆弱與醜惡。他以這種觀點來鑑照張愛玲文學時，無形中合理化了現代主義在台灣文壇的介紹，也無形中使張愛玲作品能夠與台灣社會接觸。張愛玲的重要性，在這一個時刻便已確定。

現代主義的開發與成長，是一九五〇年代末期台灣文學的重要篇章。它的轉型、擴張與成熟，將在六〇年代持續發生。這場文學運動，是點點滴滴累積起來的，也是多種文化源頭匯集在一起的。台灣文學既然是殖民地文學，接受的美學自然也就千頭萬緒。但是，外來的美學既然到達島上，也就必須受到台灣社會性格的改造。現代主義運動，便是一個鮮明的例證。

47　白先勇，〈驀然回首〉，《驀然回首》（台北：爾雅，一九七八），頁七〇。

# 第十四章

# 現代主義文學的擴張與深化

進入一九六〇年代的台灣文學，逐漸出現斷裂的傾向。這種斷裂現象在許多方面都可以發現，包括作家世代的差距，美學思維的迥異，以及對現實環境的不同回應。造成這種斷裂的原因極為複雜，其中較為顯著者大約有二：一是國民政府未能脫離國共內戰的陰影，而對台灣社會進行更加嚴密的控制；一是全球冷戰的對峙，使美國不斷加強對台灣的政治支持與經濟支援。

從國共內戰的觀點來看，通過一九五〇年代危疑動蕩的時期之後，國民政府大致鞏固了它在台灣的統治基礎。然而，也正是為了維持它權力支配的優勢，國民政府藉反共之名所實施的戒嚴政策未嘗稍懈[1]。尤其是一九五四年「中美協防條約」簽訂後，海峽兩岸的隔離政策漸趨穩固化、永久化，這反而使國民政府獲得較為安定政治空間，而更能夠對社會內部施行高壓統治政策。一九六〇年的雷震事件，象徵著國民黨對知識分子的欠缺寬容。雷震之遭到逮捕，以及他創辦的雜誌《自由中國》之遭到查禁，意味著自由主義思想在台灣的延續受到重挫[2]，知識分子的思想言論空間面臨前所未有的監控與壓縮。粗礪的政治現實使作家強烈感受到，所謂反共政策與戒嚴體制，並沒有讓台灣社會獲得解放，更沒有讓島上住民享受到免於恐懼的自由。作家對於高壓統治的事實產生高度懷疑，從而對於國民政府代表中國的立場也產生了困惑。他們的作品既無法反映對中國的感受，也無法對台灣現實表示積極的態度，因此，他們的文學也不能不與政治保持疏離的關係。苦悶、焦慮、孤獨的情緒，之所以會滲透在六〇年代的文學之中，與這種封閉的政治現實誠然有密切的關係。

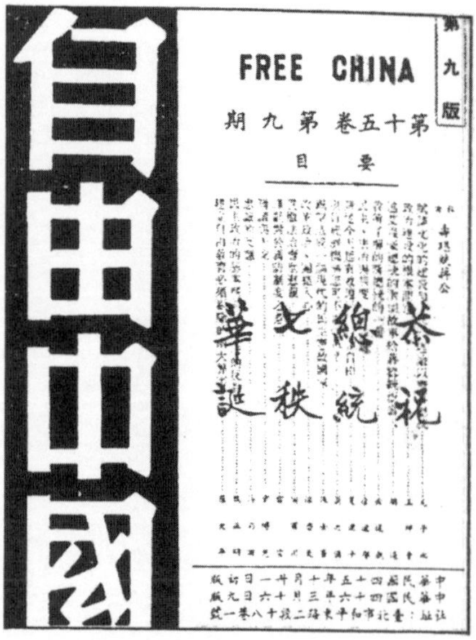

《自由中國》第十五卷第九期

就全球冷戰的形勢而言，以美蘇對峙為主的資本主義與社會主義兩大陣營之間的抗衡，在一九六〇年代大致確立下來。美國對國民政府的協助，也以這段時期最為穩定。不僅是美國第七艦隊在台灣海峽的防衛成為制度，國民政府在聯合國的席位也同時獲得保護；尤有進者，經濟上的美援物資與跨國公司的陸續到達台灣，使日據時期殘餘下來的工業基礎得到復甦的機會。台灣在政治、經濟、軍事的對美依賴，也無可避免地形塑了一面倒的親美文化。在特定的、被支配的政經結構之下，知識分子的思考逐漸喪失「左」的批判精神，而只剩下「右」的共謀思考。因此，在美國大量的文化傾銷之下，台灣作家只能被迫居於接受的地位，無法施展絲毫抗拒的能力。

美國現代主義思潮，便是由於帝國主義文化與台灣親美文化的相互激盪，而終於在島上開花結果。一九五〇年代中期以降的法國象徵主義，漸漸在六〇年代轉化為美國現代主義的重要關鍵，就在於美援文化扮演了極其積極的角色。不過，在接受西方現代主義的過程中，台灣作家的文學思考也表現了一些特色。

1 一九四九年國民黨政府於國共內戰失利後撤守台灣，為了有效管理與穩定動盪的時局，國民黨政府對民眾與知識分子的思想言論進行限制，也波及到文學界人士的活動。同年五月二十日，警備總司令部發布全省戒嚴，將台灣納入軍事統治的體制，依據「戒嚴法」、「動員戡亂時期臨時條款」、「懲治叛亂條例」等法條，凍結憲法，以非常時期的措施進行動員戡亂，政府對叛亂分子可施以嚴懲，對人民的言論、出版、著作、通訊、集會結社的自由均行管制，並加以審查和取締。例如「戒嚴法」第十一條：「戒嚴地區內，最高司令官有執行左列事項之權：（一）得停止集會、結社及遊行、請願，並取締言論、講學、新聞、雜誌、圖書、告白、標語暨其他出版物之認為與軍事有妨害者。」又如「懲治叛亂條例」第七條：「以文字、圖畫、演說為有利於叛徒之宣傳者，處七年以上有期徒刑。」參見張詩源，《出版法之理論與應用》（台北：警察雜誌社，一九五四），頁一四〇；薛月順等主編，〈台灣地區戒嚴時期出版物管制辦法〉法條部分，《戰後台灣民主運動史料彙編（一）：從戒嚴到解嚴》（台北：國史館印行，一九九〇），頁二二五—三一。

2 雷震的《自由中國》與戰後台灣的民主憲政發展有極其密切的關係。到目前為止，較為精簡扼要的研究，參閱薛化元，《《自由中國》與民主憲政：一九五〇年代台灣思想史的一個考察》（台北：稻鄉，一九九六）。

第一，西方現代主義的釀造乃是來自經濟上的重大變革，而台灣作家之接受現代主義則是由於政治環境的影響。西方現代文學所表現的荒謬、扭曲、孤獨的美學，無非是基於對工業革命後都會生活的反動與批判；台灣現代主義作品所表現的流亡、放逐與幻滅，則是對反共政策與戒嚴體制的抗拒。第二，台灣現代主義的追求，在很大程度上是為了尋找思想與精神的出路。這種心靈解放，不像西方作家是以沉淪、頹廢來表達現代文明的危機，而是為了對封閉的政治體制表達深沉的抗議。因此，台灣作家所寫的流亡與死亡，其實蘊藏著正面的、積極的生命意義。第三，台灣作家在受到西方現代主義影響之餘，並不全然是西方文學思考的下游。在內心世界的描寫方面，台灣作家其實還是非常寫實的。他們的文學仍然反映了戰爭離亂的苦難，鄉土歷史的崩塌，傳統人倫的傾斜；而現代主義的技巧，使他們作品的色澤與氣氛更為加深。

## 現代主義路線的確立：「藍星」與「創世紀」詩社

一九六〇年代在台灣文學史上被定位為現代主義時期，並非是一朝一夕成為定論，也不是某人某派刻意塑造，而是因為那是一場全面性的藝術運動。現代畫、現代舞、現代音樂、現代攝影、現代劇場，都是在六〇年代紛紛崛起。所有的藝術思考會與「現代」產生聯繫與聯想，顯然是美援文化在背後的強勢影響[3]。不過，在這場大規模的運動裡，也可反映出當時知識分子尋求思想解放的欲望是何等強烈。官方反共文藝的主導，在這段時期仍然影響並干涉作家的思考。無可否認的，官方文藝政策及其所倡導的戰鬥文學，在六〇年代還是具有舉足輕重的地位。許多作家被要求必須在適當時機交心表態，根本無法掙脫霸權論述的框架。在尋找思想出路的掙扎過程中，現代主義的思維正好為當時的作家提供了恰當的管道。藉由現代主義式的挖掘，作家在心理上、精神上獲得了相當程度的解放與自由。在衝撞官方文藝政策的各種力量中，現代詩運動所帶來的挑戰，可以說最為壯闊。

現代詩運動到達一九六〇年時，已粗具規模。戰後台灣文學對「現代」的追求，如果沒有現代詩運動的衝擊，也許不會那樣迅速臻於成熟的境界。紀弦創辦的《現代詩》及其鼓吹的現代派運動[4]，正是在這樣的歷史脈絡裡彰顯意義[5]。然而，紀弦並非是僅有的推手。除了現代詩社之外，一九五四年三月成立的藍星詩社，與一九五四年十月成立的創世紀詩社[6]，對台灣現代主義思潮的塑造與鍛鑄也產生積極而正面的作用。

---

3 尉天驄的言論，或可用來說明當時台灣文學與文化界的西化狀況：「正好民國四十三年（一九五四）中美簽訂了『共同防禦條約』，這個條約訂了之後，台灣興起了一番新的局面，大家心裡知道，這個條約一訂，台灣至少可有二、三十年的安定，而且由於和美國有著極其密切的關係，於是便造成一切以美國的解釋為解釋，以美國的標準為標準，這樣我們台灣的教育情況就對自己近代的歷史比較不熟悉了。那麼我們從那兒吸收營養呢？從西方的文化。我們可以看到，約在四十四、四十五年（一九五五、五六）以後，台灣整個文藝界和文化界的風氣是一步步地步入西方的道路，……那時的文學雜誌都有一個風氣：學習西方的技巧，而學院派方面也是常在介紹這些東西。」參見尉天驄，〈西化的文學〉，收入邱為君、陳連順編，《中國現代文學的回顧》（台北：龍田，一九七八），頁一五五—五六。

4 紀弦在〈現代派信條釋義〉的前言中聲明：「只是基於對新詩的看法相同，文學上的傾向一致，我們這一群人，有了一個精神上的結合，於是順乎自然的趨勢，而宣告現代派的成立。……『現代詩社』是一個雜誌社，而『現代派』並不等於『現代詩社』。不過，作為『現代派』詩人群共同雜誌，『現代詩社』編輯發行的《現代詩》，今後，當然是愈更旗幟鮮明的了。」見《現代詩》一三期（一九五六年二月），頁四。

5 紀弦在《現代詩》創刊宣言中說：「標語口號不是詩。但是，寫得好的政治詩，又何嘗不能當藝術品之稱而無愧。只要是詩，是好詩，是現代詩，無論其為政治的或非政治的，都是我們所需要的。詩是藝術，也是武器。來了來了我們！一面建設，一面戰鬥。來了來了我們！」見《現代詩》創刊號（一九五三年二月），頁一。

6 影響一九五〇年代新詩發展最重要的三個詩社與詩刊，就是「現代詩」、「藍星」與「創世紀」及其所發行的詩刊。相形之下，五〇年代還有許多詩刊因壽命不長與缺乏影響力，故較少被論及，如《旭日新詩》（一九五四）、《青蘋果》（一九五四）、《海鷗》（一九五五）、《南北笛》（一九五六）、《今日新詩》（一九五七）、《噴泉》（一九五七）、《東海詩頁》（一九五七）等十餘種，詳細資料可參見舒蘭，《中國新詩史話》第三冊十二章第一節〈五〇年代詩社詩刊〉（台北：渤海堂文化，一九九八）。

這兩個詩社同時加入運動，才使現代主義的定義與內容有了明確的範疇，也使紀弦的口號「新詩再革命」與「新詩現代化」[7]獲得了實踐。

藍星詩社最初之受到矚目，肇因於覃子豪向紀弦的宣戰[8]。這兩位重要的運動領導者，曾經分別主編過一九五〇年代初期的《新詩周刊》[9]。他們對現代詩的接受，都是受法國的象徵主義作品影響[10]。不過，覃子豪的詩觀，並未像紀弦那樣主張新詩的加速現代化[11]。由於覃子豪的出現，才使「橫的移植」[12]放緩腳步。但是，現代主義思潮的引介，也是由於覃子豪的加入而漸漸深化。他所領導的藍星詩社，在現代主義的實踐上篤定而穩重。要了解現代主義在台灣的擴張，藍星詩社所扮演的角色不容忽視。

藍星詩社成立於一九五四年三月，在夏菁、鄧禹平的策畫下，結合余光中、覃子豪、鍾鼎文共同組成。在成立之初，詩社並未有具體的文學主張。他們發行的刊物，有兩個重要系列，一是《藍星》詩刊，共出二百一十一期，始於一九五四年六月，止於一九五六年八月。這是借用當時的《公論報》版面所發行，是該社主要交流的園地。一是《藍星詩頁》，屬於四十開摺紙頁，共出六十三期，始於一九四八年十二月，停刊於一九六五年六月。此外，覃子豪還主編過《藍星》宜蘭版（一九五七）、《藍星詩選》共兩期（一九五七），以及《藍星》季刊共四期（一九六一—一九六二）。

這個詩社表面上看似鬆懈，也似乎未建立任何理論；但是，藍星在現代詩論戰中提出的見解與批評，無

《藍星》（舊香居提供）

形中也開闢了異於同時代其他文學集團的詩觀。基本上，藍星詩社所追求的路線是在穩健中求發展，既不屬於全盤西化論，也不屬於食古不化論。以一九五〇年代中期至六〇年代初期的幾次論戰來印證，正可以顯現詩社成員的態度與信仰。除了前述的覃子豪與紀弦之間的論戰外，藍星詩社成員參與了另外三次的論戰。一是關於象徵詩派的定義與定位，是由古典文學教授蘇雪林首先提出詰難，覃子豪展開系列的辯護，時間發生於一九五九年七月至十一月。一是新詩保衛戰的辯論，由保守的專欄作家言曦提出質疑，覃子豪、余光中、黃用、夏菁、葉珊等人提出辯護，整個論戰開始於一九五九年十一月，終止於一九六〇年六月。一是〈天狼

---

7 參見《現代詩》一三期（一九五六年二月）的社論，〈戰鬥的第四年，新詩的再革命〉。另外，紀弦在許多回顧文章中也曾一再說明他的新詩再革命與現代化的主張，例如：〈現代詩在台灣〉、〈何謂現代詩〉、〈新詩之所以新〉、〈關於台灣的現代詩〉，見《千金之旅：紀弦半島文存》（台北：文史哲，一九九六）。

8 見覃子豪，〈新詩向何處去〉。

9 《新詩周刊》（一九五一年十一月五日至一九五三年九月十四日，共出刊九十四期）稱得上是現代詩和詩刊在台灣的薪傳者和開山者，在當時提供了大陸和本省籍詩人一個自由創作的融合園地，對於現代詩有扎根播種的貢獻。《新詩周刊》停刊後，便分裂成「現代詩」和「藍星」兩股勢力，見麥穗，〈現代詩的傳薪者——《新詩周刊》〉，《詩空的雲煙：台灣新詩備忘錄》（台北：詩藝文，一九九八）。

10 紀弦的自述曾指出自己深受戴望舒、李金髮的自由詩和象徵詩的影響，從一九三四年起改變詩風，不再寫新月派的格律詩，並藉由投稿《現代詩》而成為現代派的一員，從此奠定詩名。見紀弦，〈三十年代的路易士〉，《千金之旅》，頁三五八—六〇。

11 覃子豪：「《藍星》週刊的態度和《新詩周刊》的態度是一致的。我們所要求的，是要《藍星》的內容更健全，更充實，尤其要緊的，是我們的作品，不要和時代脫節：太落伍，會被時代的讀者所揚棄，太『超越』，會和現實游離。我們不寫昨日寫過的詩，不寫明日幻想的詩，要寫今日生活的詩，我們要揚棄那些陳舊的內容，與裝腔作勢的調子。要創造現實生活的內容和能表現這種內容的新形式、新風格。」見《藍星》詩刊刊前語（一九五四年六月十七日）。

12 「橫的移植」的提出，係出自〈現代派的信條〉第二條：「我們認為新詩乃是橫的移植，而非縱的繼承。這是一個總的看法，一個基本的出發點，無論是理論的建立或創作的實踐。」原載《現代詩》封面（一三期〔一九五六年二月〕、一四期〔一九五六年四月〕）。

星〉論戰，是余光中與洛夫之間進行的一場現代詩精神的再定義與再釐清。這幾次論戰的最大作用在於使現代詩終於從苦悶政局中打開一條道路。在反共政策的陰影下，反反覆覆的辯論迂迴地闢出廣闊的想像空間。具體言之，參與論戰的成員並未正面挑戰官方的意識形態；不過，他們嚮往自由的心靈，卻在論戰隱約獲得釋放。另外，必須注意的是，通過數次論戰的洗禮，台灣現代主義的精神也次第建立起來。這種精神，並非完全向西方文學傾斜，也並非全然死守中國的傳統，而是一種在五〇年代特定時空下所凝鑄出來的現代詩美學。

覃子豪與蘇雪林之間的論戰，正好可以表現出現代詩的位置。蘇雪林（一八九七－一九九九）是成功大學中文系教授，在一九三〇年代曾經嚴厲批判過魯迅的文學觀。她的發言立場幾乎是從國民黨的文藝政策出發，代表當時極端保守的論點。蘇雪林在《自由青年》發表的三篇文章〈新詩壇象徵派創始者李金髮〉[13]、〈為象徵詩體的爭論敬答覃子豪先生〉[14]、〈致本刊編者的信〉[15]，典型地反映了傳統學者對現代詩的曲解與誤解。她對象徵詩派的指控，認為是文法不通、語句晦澀，意義曖昧。她又指出，中國象徵詩派的創始者李金髮自始就把新詩帶進死胡同，台灣的現代詩人則是象徵詩派的末流，更不可能找到新的出路。蘇雪林甚至以下面的詞句來形容台灣現代詩：「用巫婆蠱詞、道士咒語、匪盜切口。」[16]蘇雪林批評的立場，似乎是停留在五四時期白話文運動的階段，仍然刻意講求文法的紀律與意義的透明。這種保守的觀點，自然無法接受現代主義的提倡。

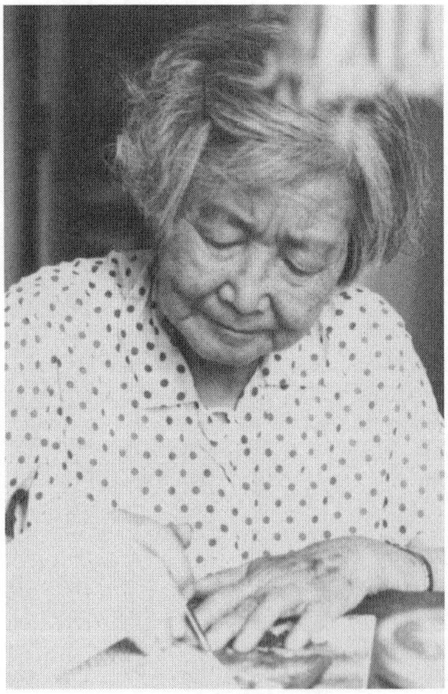

蘇雪林（《文訊》提供）

覃子豪寫了三篇重要的文章聊以答覆：〈論象徵派與中國新詩——兼致蘇雪林先生〉[17]、〈簡論馬拉美、徐志摩、李金髮及其他——再致蘇雪林先生〉[18]、〈論詩的創作與欣賞〉[19]。這些文章一方面為當時的現代詩人及其創作提出辯護，一方面也闡釋象徵主義的理論與實踐。在一九五〇年代封閉的政治空氣中，覃子豪的詩觀代表的是一種思想解放，也是一種現代詩的正面評價。他在第一篇答覆蘇雪林的文字中，提出了嚴肅而有力的辯護：

> ……台灣的新詩接受外來的影響甚為複雜，無法歸入某一主義某一流派，是一個接受了無數新影響而兼容並蓄的綜合性創造。文學、藝術是隨著時代變動的，詩必然要尋求它更新的發展。台灣目前的詩，其趨勢是表現內在的世界，而不是表現浮面的現象的世界。它在發掘人類生活的本質及其奧祕，而不是攝取浮光掠影生活的現象。它已經超越了象徵派所追求的朦朧而神祕的境界，更接近生活的真實。[20]

13　蘇雪林，〈新詩壇象徵派創始者李金髮〉，《自由青年》二二卷一期（一九五九年七月一日），頁六—七。
14　蘇雪林，〈為象徵詩體的爭論敬答覃子豪先生〉，《自由青年》二二卷四期（一九五九年八月十六日），頁八—一〇。
15　蘇雪林，〈致本刊編者的信〉，《自由青年》二二卷六期（一九五九年九月十六日），頁七—八。
16　同前註，頁八。
17　覃子豪，〈論象徵派與中國新詩——兼致蘇雪林先生〉，《自由青年》二二卷三期（一九五九年八月一日），頁一〇—一二。
18　覃子豪，〈簡論馬拉美、徐志摩、李金髮及其他——再致蘇雪林先生〉，《自由青年》二二卷五期（一九五九年九月一日），頁一四—一六。
19　覃子豪，〈論詩的創作與欣賞〉，《自由青年》二二卷七期（一九五九年十月一日），頁九—一一。
20　覃子豪，〈論象徵派與中國新詩——兼致蘇雪林先生〉，頁一一。

覃子豪文字中提到的「內在世界」、「生活的本質」與「生活的真實」，都迥異於當時的政治口號與文藝政策。他以「真實」來取代「現實」，正好可以說明現代詩的路線在有意無意之間偏離了官方的意識形態。當他為象徵主義辯護釐清之際，其實已經把現代詩尊崇為獨立自主的藝術，而不是權力干涉所能左右。覃子豪也承認，現代詩中不乏摹仿與濫調的作品，但不能因此而否認詩藝的一定成就。在「懂」與「晦澀」的層面上討論現代詩，只會使文學批評瀕於破產。

覃、蘇二人的辯論，不在講求勝負成敗。不過，在往返的回應中，已經顯示五四文學的審美觀在一九五〇年代的台灣漸呈沒落，正在崛起的美學則是現代主義式的思維。這是一次重要的歷史斷裂，文學創作的道路朝著內心探索的方向迂迴前進。詩的語言不但獲得改造，詩人的情緒也同時獲得重整。覃子豪於一九五九年《文學雜誌》發表〈現代中國新詩的特質〉[21]，等於是為五〇年代的新詩成就做了一個總結。整篇文字代表了覃子豪對於現代詩前途所具備的信心，並且也代表了他對台灣現代詩的評論具備厚實的理論基礎。他特別指出，現代詩是「中國的現代化，不是歐美的現代化」[22]。這是現代主義為適應台灣現實所進行的在地化改造，不再只是歐美文學的下游。覃子豪說：「我所強調中國現代這些字眼，是基於中國現實生活的真實性，是暗示著中國的現實與歐美的現實完全不同，中國人在身體上和心靈上所遭受的傷害，和所積壓的苦悶，實較之任何一個國家的人民都深切，其表現於詩中的情感，無疑的是更為深刻、沉痛。中國詩人絕不能放棄中國偉大的現實所蘊藏著的寶藏，而完全去捕捉西洋現代詩的趣味。」[23]覃子豪顯然是在指出，歐美現代主義者的現實根源，乃是深植在資本主義與都會生活；而台灣現代詩人面對的苦悶現實，則是建基於在政治環境。現代主義在台灣的改造，正是在這種不同於西方社會的環境中進行的。他的這篇長文肯定楊喚、夏菁、余光中、瘂弦、吳望堯、鄭愁予、方思、阮囊、周夢蝶、白萩、向明等人的作品，認為這些詩的特質，乃是「以真實否定虛妄，以素樸否定怪誕，以自發否定了造作。它之所以不是寫實，因其能揭示生活與真境中的奧祕」[24]。

在覃、蘇的象徵詩派論戰之後，立即又引發保衛現代詩的論戰。一九五九年十一月，專欄作家言曦站在蘇雪林的立場，連續發表四篇〈新詩閒話〉[25]。他仍然堅持中國古典詩的創作技巧，認為詩必須講求造境、琢句、協律等三個條件，而且必須到達可讀、可誦、可歌三個層次。言曦轉而批評現代詩的創作，全然悖離了這些美學原理。他很擔憂，三、五十年後，「中國將淪為沒有詩的國家」。

針對言曦的批評，藍星詩社的成員都積極介入了辯護的工作，包括余光中、覃子豪、葉珊、夏菁、黃用等人。其中尤以余光中所寫的四篇文章最具力道：〈文化沙漠中多刺的仙人掌〉[26]、〈新詩與傳統〉[27]、〈摸象與畫虎〉[28]、〈摸象與捫蝨〉[29]。藍星詩社進行的這場論戰，與其說是一場保衛戰，倒不如說是一次現代詩運動的推廣。余光中特別強調：「現代詩人要求潛意識的挖掘，知性的冷靜觀察，以及對於自我存在的高度自醒；我們願意了解科學，但是要求超越機械；我們要打破傳統的狹隘美感，我們認為抽象美是最純粹的

21 覃子豪，〈現代中國新詩的特質〉，《文學雜誌》七卷二期（一九五九年十月），頁一七—三四。
22 同前註，頁一八。
23 同前註。
24 同前註，頁三四。
25 言曦，〈新詩閒話〉，原刊《中央日報．中央副刊》，一九五九年十一月二十日—二十三日；後收入何欣編選，《當代中國新文學大系：文學論爭集》。
26 余光中，〈文化沙漠中多刺的仙人掌〉，《文學雜誌》七卷四期（一九五九年十二月），頁二六—三二。
27 余光中，〈新詩與傳統〉，《文星》二七期「詩的問題研究專號」（一九六〇年一月一日），頁四—五。
28 余光中，〈摸象與畫虎〉，《文星》二八期（一九六〇年二月一日），頁八—九。
29 余光中，〈摸象與捫蝨〉，《文星》三〇期（一九六〇年四月一日），頁一五—一六。

美，我們認為不合邏輯是美的邏輯。」[30]這樣的論點，等於是在強化覃子豪的詩觀，同時也是針對五四傳統的淺白語言之迂迴批判。余光中文學理論的建立，大約是在這個時期奠基的。他最初受到的新月派影響，也是通過這場論戰而開始進行自我革命。他的中庸態度，亦即不過分西化，也不過分傳統的詩觀，恰恰就是藍星詩社的主要特色。

余光中詩學的中庸態度，具體表現在稍後他與洛夫之間的論戰。這場論戰，標誌著現代詩運動的一個轉折。余光中於一九六一年五月在《現代文學》第八期發表長詩〈天狼星〉，洛夫緊接於該刊下一期發表評論〈天狼星論〉，是當時詩壇的一大盛事。這牽涉到現代主義的加速或放緩的問題。洛夫顯然是傾向於加速現代化，而余光中則主張放緩腳步。

洛夫承認：「〈天狼星〉是一首以現代技巧表現傳統精神的詩，一首較成熟的傳統詩。」[31]但他似乎也認為，余光中的詩過於傳統是一種缺陷。洛夫在那段時期尊崇的美學，應該是屬於負面書寫（writing of the negative）。他說，〈天狼星〉是史詩，然而史詩並不是詩：「我們尤知，史詩的表現手法必須以人物為經，以事件為緯而貫通時間與空間，但在現代藝術思想中，人是空虛的，無意義的，它否定了『人』在人文主義中所認定的固有價值。」[32]在這個論點的基礎上，洛夫認為〈天狼星〉的傳統成分太大，詩句太過於落入言詮，「詩意稀薄而構成〈天〉詩失敗的一面的基本因素」[33]。不僅如此，洛夫也認為〈天狼星〉的主題太偏於傳統倫理道德；也就是，這首詩欠缺破壞與叛逆的精神。

余光中在《藍星詩頁》第三十七期發表〈再見，虛無〉，回應洛夫的批評。他無法接受否定神、社會、文化傳統，然後又否定人的靈魂這類詩觀。他認為洛夫信奉的超現實主義，乃是否定了經驗的統一與連貫，也否定了經驗的分享與傳達，其結果往往使作品關閉在個人經驗的絕緣體中，成了發育不全的藝術原料，成了一些第一流的謎語。因此，余光中的結論是：「如果說，必須承認人是虛無而無意義，才能寫現代詩，只有破碎的意象才是現代詩的意象，則我樂於向這種『現代詩』說再見。我不一定認為人是有意義的，我尤其不敢說我已經把握住人的意義，但是我堅信，尋找這種意義，正是許多作品最嚴肅的主題。」余光中的詩觀，比較偏重於正面的光明的書寫，與洛夫的審美品味可謂南轅北轍。不過，這並不意味余光中不能接受或全然反對現代主義。相反的，由於他的穩健態度，現代主義透過他大量的詩、散文、評論的推廣，在一九六〇年代產生了極為深遠的影響。

在現代詩運動史上，洛夫主張的超現實主義，以及他隸屬於創世紀詩社，代表著美學思維的重要斷裂。就影響層面而言，創世紀詩社可能不及藍星詩社。這是因為創世紀成員大多來自軍中，與主流媒體保持較為疏遠的距離。不像藍星詩社成員能夠在《文學雜誌》、《自由中國》、《文星》等刊物發表作品。不過，在想像的開發與理論的建立之上，創世紀詩社有其不可忽視的貢獻。

創世紀詩社由洛夫與張默在一九五四年十月組成，之後才有瘂弦、季紅的加入。最初成立的宗旨有三：「一、確立新詩的民族路線，掀起新詩的時代詩潮；二、建立鋼鐵般的詩陣營，切忌互相攻訐，製造派系；三、提攜青年詩人，徹底肅清赤色、黃色流毒。」[34]這些主張基本上並未脫離官方文藝政策的範疇，在某種程度上，呼應了官方的意識形態。不過，在詩的創作技巧上，卻已漸漸與文藝政策產生區隔了。在最初階段的十期（一九五四—一九五八），《創世紀》詩刊仍然停留在新民族詩型的經營，理論上並未有明晰的

---

30　余光中，〈文化沙漠中多刺的仙人掌〉，頁三二。
31　洛夫，〈天狼星論〉，《現代文學》九期（一九六一年七月），頁八二。
32　同前註，頁七八。
33　同前註，頁八三。
34　〈創世紀的路向——代發刊詞〉，《創世紀》創刊號（一九五四年十月）。

方向。誠如後來瘂弦在《創世紀四十年評論選》（一九九四）所說，在第十一期改版之前，《創世紀》的批評「大多是詩人創作之餘對表現技法的一種模糊的理論試探」，「也可以說這是半知半解的產物」。該刊第十期，張默還在反覆申論〈新民族詩型之特質〉，並未有具體而明確的理論。

《創世紀》在一九五九年四月的第十一期，以改版的形式出現。詩社自此朝著現代主義急劇轉向，詩社的成員也因此而穩定下來，包括洛夫、張默、瘂弦、季紅、商禽、辛鬱、碧果、葉泥、葉維廉、周鼎等主要詩人。不過，必須在第十三期（一九五九年十月）發表社論〈五年後的再出發〉，詩社才表達了具體的詩觀，新民族詩型的說法，至此也正式放棄。這篇社論說：「無疑地本刊一向以追求詩的純真與現代表現為宗旨，雖然我們從未揚著『現代主義』的旗幟，但我們確是現代藝術的證人與實踐者。我們之不高喊『現代主義』乃基於客觀形勢，且『現代主義』流派繁多，我們不能囿於某一派別而滿足——不為派別，但求精神。在思想上，精神上乃是以現代人的觀察力與價值意識去向世界作新的認識與把握，並且也是以最新的表現手法時時作技巧的修正與實驗。」[35]社論認為，傳統主義已無法滿足他們對藝術的飢渴，因為那是一個陳腐的、毫無鮮味的世界。「現代藝術所表現的不再是物的原相，而是除了事物的自然價值外，更具有隱藏事物裡面的獨立價值的感覺形象。」[36]這種見解已完全脫離了五四文學的素樸風格，而是追求內心矛盾、衝突、複雜、幽微的思考與感覺。現代詩理論的建立，正是創世紀詩社刻意追求的目標。

《創世紀》的第十四期（一九六〇年六月），又發

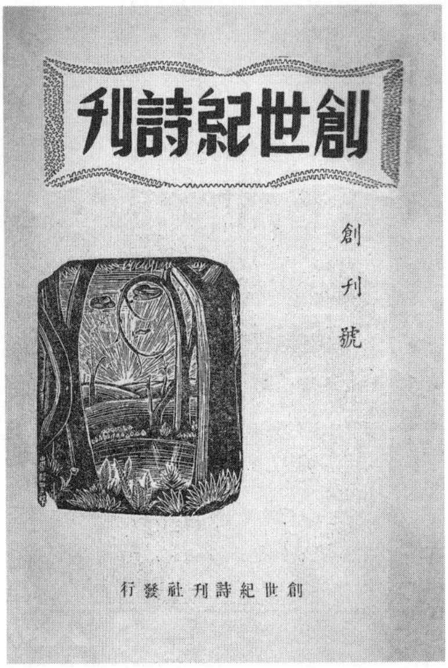

《創世紀》創刊號（許定銘提供）

表社論〈第二階段〉。他們認為現代詩的第一階段，是從民國三十八至四十八年。在這個階段，現代詩仍然沒有擺脫五四傳統或普羅文學的風格，社論稱之為「準備時期」或「黑暗時期」。社論指出，自民國五十九年（一九六〇）開始，現代詩將跨入第二階段，而創世紀詩社已經做好準備。在第二階段，他們將繼續觸探「時代情緒及其精神在作為素材上之特殊性」、「美學上所謂直覺形相（意象）的瞬間真貌之掌握」[37]等等創作思維上的議題。具體而言，這些議題在紀弦的現代詩派時期就已有過處理，但創世紀詩社顯然是有計畫、有系統地要析辨釐清，作為創作的理論依據。《創世紀》的理論探索，主要是遵循超現實主義路線去追求。詩社的理論之臻於成熟境界，必須等到洛夫在《創世紀》第二十一期（一九六四年十二月）發表詩集《石室之死亡》的序言〈詩人之鏡〉。現代主義的思維整理，在這篇重要文獻裡有極為清晰的介紹。該文分成三大段落「藝術之創造價值」、「虛無精神與存在主義」、「超現實主義與純詩」，洛夫縱論「虛無」的正面價值與積極意義。他認為，動蕩中的知識分子在受到西方思潮衝擊之際，「頓時在生存與死亡之間，現實與希望之間，過去與未來之間，可超越與不可超越之間陷於一種莫知所從的懸空狀態，因而無不深切體驗到一種舊道德價值與社會規範崩潰後所構成的精神上的空無，但這種空無與西方虛無主義在本質上頗為迥異，前者乃是超升的，內省的，通過否定以求肯定的，由絢爛而趨於淨化，而後者則是爆發的、外爍的，否定一切以求主體之自由。」[38]洛夫理論的建立，使得早期覃子豪所說的「生活之奧祕」與「生活之真實」，還更為具體清晰。

35 洛夫，〈五年後的再出發〉，原刊《創世紀》一三期社論（一九五九年十月）；後收入《詩人之鏡》（高雄：大業書店，一九六九）。

36 同前註。

37 洛夫，〈第二階段〉，《創世紀》一四期社論（一九六〇年六月），頁二。

38 洛夫，〈詩人之鏡〉，《創世紀》二一期（一九六四年十二月），頁六。

建構《創世紀》詩觀的重要理論家，還包括季紅、瘂弦、葉維廉、張默。不過，洛夫是最具雄辯的姿態，在創作實踐上也是最生動靈活。洛夫在一九六〇至七〇年代可能是最具爭議性的詩人，這是因為他的許多見解超越了那個時代，學院派認為過於深奧，本土派認為過於洋化。但是，洛夫的出現誠然使超現實主義的旗幟更為鮮明亮麗。在現代主義引進並改造的過程中，藍星詩社扮演的是澄清、辯護的角色，而創世紀詩社則是在理論方面從事構築建設的工作。雙方的詩觀縱然有很大的差異，但在現代詩運動的推波助瀾任務方面，都具有關鍵性作用。六〇年代台灣現代詩人的詩藝成就，需要另闢一章來討論。

## 《現代文學》的崛起

台灣現代詩運動不斷擴張之際，小說方面的新世代於一九六〇年代初期也正在孕育形成之中。這就是台灣文學史上眾所矚目的雜誌《現代文學》。以台大外文系學生為主，包括白先勇、陳若曦、歐陽子、王文興為核心的大學三年級生，正式於一九六〇年三月創刊，直至一九七三年的第五十一期才停刊，前後共歷十三年。在成立之前，這些學生僅是以聯誼性質為主而組起「南北社」，終於因為文學興趣才決定創辦《現代文學》。他們都是《文學雜誌》創辦者夏濟安的學生，在前後屆都不乏日後知名的作家。白先勇曾在〈《現代文學》的回顧與前瞻〉說：「高於我們者，有葉維廉，叢甦，劉紹

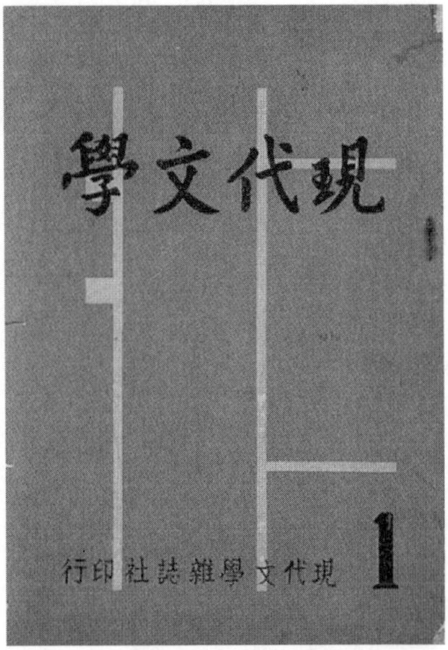

《現代文學》第一期

銘。後來接我們棒的，有王禎和，杜國清，潛石（鄭恆雄），淡瑩等。然而我們那一班出的作家最多：寫小說的，有王文興，歐陽子（洪智惠），陳若曦（陳秀美），詩人有戴天（戴成義），林湖（林耀福）。還有許多桿好譯筆如王愈靜、謝道峨，後來在美國成為學者的有李歐梵，成為社會學家的有謝楊美惠。」[39] 正是有如此整齊的作家簇擁在一起，才使得《現代文學》能夠鍛鑄成為重要的文學集團。

作為台灣現代主義風潮的新起一代，其精神風格清楚表達在創刊號的〈發刊詞〉（劉紹銘）：

> 我們打算分期有系統地翻譯介紹西方近代藝術學派和潮流，批評和思想，並盡可能選擇其代表作品。我們如此做並不表示我們對外國藝術的偏愛，僅為依據「他山之石」之進步原則。我們不想在「想當年」的癱瘓心理下過日子。我們得承認落後，在新文學的界道上，我們雖不至一片空白，但至少是荒涼的。我們感於舊有的藝術形式和風格不足以表現我們作為現代人的藝術情感。所以，我們決定試驗，摸索和創新新的藝術形式和風格。我們尊重傳統，但我們不必模做傳統或激烈的廢除傳統。不過為了需要，我們可能作一些「破壞的建設工作」（Constructive Destruction）。[40]

這段發刊詞幾乎概括了日後《現代文學》的發展路線。他們的主張，與前述余光中的文學主張有若干重疊之處，亦即不過於傾向西化，也不過於偏向傳統。《現代文學》提到的「承認落後」，顯然是指遲到的現代

39　白先勇，〈《現代文學》的回顧與前瞻〉，收入白先勇等，《現文因緣》（台北：現文出版社，一九九一），頁一九四。
40　劉紹銘，〈《現代文學》發刊詞〉，《現代文學》一期（一九六〇年三月），頁二。

《現代文學》編輯委員會合影

性而言。正是由於有遲到的焦慮感，他們才會積極向西方文學汲取養分。然而，他們也並非向歐美文學呈一面倒，因為在追逐現代人的藝術之餘，他們對於當時文壇所瀰漫的「想當年」的懷舊心情，顯然已無法接受了。「想當年」一詞自然暗藏雙重的意涵，一是指五四舊文學的品味，一是指反共政策下的懷鄉文學。這兩種文學取向，都屬於時光倒流式的思維，並不能使台灣文學獲得動力與生機。

《現代文學》所代表的歷史斷裂，在此又一次彰顯了其意義。換句話說，他們在組社之初，並非有意識要對抗反共文藝政策。但是，政治小說與懷鄉文學的大量生產，顯然已經使他們感到不耐。他們又不能直接對反共文學進行挑戰，而只能在政治縫隙中尋找想像空間。白先勇後來在〈流浪的中國人——台灣小說的放逐主題〉一文中追憶當年追求現代主義的心情：

> ……這些作家為了避過政府的檢查，處處避免正面評議當前社會政治的問題，轉向個人內心的探索：他們在台的依歸終向問題，與傳統文化隔絕的問題，精神上不安全的感受，在那小島上禁閉所造成的恐怖感，身為上一代罪孽的人質所造成的迷惘等。因此不論在事實需要上面，或在本身意識的強烈驅使下，這些作家只好轉向內在、心靈方面的探索。[41]

參加《現代文學》的外省作家如白先勇，如果是因為上面這段話能概括他們的被囚心情，則本省作家如陳若曦、王禎和等，他們更是背負著殖民地歷史的原罪，全然與自己的傳統經驗和本土文化產生嚴重的斷

41 白先勇，〈流浪的中國人——台灣小說的放逐主題〉，《明報月刊》一月號（一九六七年一月）；後收入《第六隻手指》（台北：爾雅，一九九五），頁一一一。

裂。那種被俘心情，較諸外省作家絕對有過之而無不及。白先勇鍾於追求內心的探索之際，同時代的本省作家一樣也跟著前去追逐。現代文學會出現意識流小說的蓬勃發展，便是在這種斷裂與隔絕的現實條件下催生的。

《現代文學》創刊以後，幾乎每期都有外國文學的譯介專輯，包括「卡夫卡專輯」（一期）、「湯瑪斯・吳爾夫專輯」（二期）、「湯姆斯・喬艾斯專輯」（四期）、「勞倫斯專輯」（五期）、「吳爾芙專輯」（六期）、「費滋哲羅專輯」（八期）、「沙特專輯」（九期）、「尤金・奧尼爾專輯」（十期）、「佛克納專輯」（十一期）、「史坦貝克專輯」（十二期）、「葉慈專輯」（十三期）、「日本現代文學專輯」（十四期）、「斯特林堡專輯」（十五期）、「美國文學專題研究」（二十九期）、「卡繆研究專輯」（三十期）、「都柏林人專輯」（三十一期）。這是一九六〇年代《現代文學》介紹外國文學的重要專輯，其中還刊載過個別作家的專論與文學翻譯。這些譯介的工作可能不是很有系統，但是對於發展六〇年代台灣文學而言，《現代文學》推出的專輯可以說是最具規模的。

在這些翻譯的工程中，終於塑造幾個值得注意的特色。第一是存在主義的介紹。透過對都市文明的反思，以及對於西方文化在兩次大戰後所面臨的心靈危機的再檢討，《現代文學》顯然有意用來概括當時台灣作家所處的政治環境。第二，心理分析理論的介紹，使台灣作家終於理解到「意識流」在文學創作中所產生的作用。以寫實主義為主流的五四文學，以及反映口號主導下的擬寫實主義小說，都因為意識流技巧的介紹而受到挑戰。第三，西方現代文學理論所強調的知性，透過《現代文學》的引進而影響了許多作家的思考。感傷的、濫情的、浪漫的新詩，開始轉化成為冷靜的、客觀的想像。情緒受到過濾，內心欲望從而被開發出來。這些影響後來在一九七〇年代鄉土文學論戰受到強烈的抨擊，但無可否認的，《現代文學》的西方文學理論譯介成功地觸探了過去台灣作家所未能到達的禁地。欲望、感覺、幻想、夢魘等等抽象的字眼，都在這段時期得到較為清楚的定義。對於強調復國使命的官方政策而言，這些概念的譯介可能是時空倒錯或擦槍走火。然而，反共文學在主張健康寫實之際，現代主義挖掘了人性的脆弱幽黯面，似乎是相互悖離的兩種美學取向。不過，文學只強調人性光明面並不足以呈現人的價值之全貌。現代主義使台灣作家警覺到長期未嘗注意的反面人性。墮落、腐敗、背叛、下賤、骯髒等等負面價值的存在，其實是作家必須去正視的，而不是予以忽視、貶抑或譴責就能夠達到昇華。《現代文學》介紹的卡夫卡（Franz Kafka）、沙特（Jean-Paul Sartre）、卡繆（Albert Camus）的文學觀，其意義乃在於翻轉傳統一成不變的審美品味。現代主義的擴展，正是藉由《現代文學》的崛起而得到長足的空間。

現代主義運動誠然是多層面的。一個思潮的介紹與接受，曾被統派指控成為「全盤西化」的傾斜，或是「美帝國主義」的文化侵略。在某種程度上，這種說法應該是值得商榷的。例如，歐陽子在〈回憶《現代文學》創辦當年〉[42]就承認，這份刊物曾經受到美國新聞處的協助。或者，放在較為全球的格局來觀察，台灣被整編到美國資本主義的陣營，文化結構不能不受到美援文化的支配。不過，這樣簡單的解釋，卻全盤否定了台灣作家的主體。《現代文學》大量介紹的西方文學理論，並不必然全部來自美國社會。現代主義作家在吸收西方理論之餘，可能有過模仿或抄襲的階段。但是，大部分作家一旦從事創作之後，終於還是要回到自己被封鎖、被壓縮、被禁錮的社會中去尋找題材。創作本身，正是作家主體的一部分。從事現代主義思考，是否就可判定為帝國主義的共謀，還需要更細緻、更深入的考察。

42 歐陽子，〈回憶《現代文學》創辦當年〉，收入白先勇等，《現文因緣》，頁二一四—二二三。

## 從《筆匯》到《文季》：現代主義的動力與反省

現代主義運動的另外一支力量，便是《筆匯》的誕生。這份刊物在出發之際，也曾高舉過現代主義的旗幟。必須在進入六〇年代以後，刊物的成員重新集結在《文季》雜誌下，才開始對現代主義進行深層的反省。

一九五九年詩壇正捲入象徵詩派論戰與新詩保衛戰的漩渦之際，《筆匯》正式在文壇登場。這份刊物的發行人是任卓宣，是國民黨的反共打手。不過，這可能是掛名而已。該刊社長是尉天驄，主編是許國衡。尉天驄在後來的〈我的文學生涯〉[43]一文中回憶說，任卓宣是他的姑丈，經營帕米爾書店。書店代他們負擔印刷費，刊物才得以發行。不過，《筆匯》最初只是一張四開的小型刊物，由王集叢主編。由於經營不善，讓尉天驄接手。《筆匯》才以「革新號」重新出版。

《筆匯》革新號第一卷（李志銘提供）

《筆匯》發行於一九五九年五月，前後共出版二十四期，於一九六一年十一月停刊。該刊第一期的社論〈獻給讀者〉，指出五四以降的中國文學形成了兩個極端，一是「崇洋」，一是「復古」。因此，該刊發行的目的，便是「做一個現代的人，必須具有現代人的思想，如果每個人還把自己囿於『過去』的時代裡，沉醉於舊的迷夢中，無疑他是走著衰微的道路。所以，我們主張現代化」[44]。這種主張，也是《現代文學》的發刊詞所強調的。所謂「過去」，當然是指傳統而言，也是指懷舊而言。這種提法，表現了那段時期青年作家思考上的共同模式。《筆匯》在現代主義的譯介方面，可能不像其他詩刊或雜誌那樣大的規模。不過，這份刊物也透露了對苦悶文壇的不滿。

以尉天驄為主導的《筆匯》，集結了幾位重要的作家，包括陳映真、郭楓、何欣、劉國松、葉笛、姚一葦等。在這段時期，最能反映現代主義在這些作者身上的影響。《筆匯》一卷三期（一九五九年七月十五日），發表了一篇端木虹的〈與胡適博士談現代主義〉，恰如其分地顯示這份刊物對現代主義的尊崇。這篇文章回應了胡適對現代主義的反對態度。由於胡適是白話文運動的領導者，他的任何意見或批評，代表了一定程度的影響力。胡適呼籲年輕人不要學「時髦」去流行現代主義，他認為文學的要素有三：「第一要明白清楚，第二要有力、能動人，第三要美。」[45]這種文學觀，顯然還停留在五四時期的階段。端木虹認為胡適曲解了現代主義的精神。他指出：「藝術在求美，不是在求知；以求知的眼光來審美，當然是不會滿意的。」[46]胡適認為不能理解現代主義的邏輯思維，純粹是從求知的觀點出發。端木虹在結論說：「胡適博士曾領導文學革命，然而卻只革了舊文學的命，而沒有再領導新文學

《筆匯》革新號第一卷第一期

43 尉天驄，〈我的文學生涯〉，收入中國論壇編輯委員會主編，《我的探索》（台北：聯經，一九八五），頁二七五—三一六。
44 〈獻給讀者〉，《筆匯》革新號一卷一期（一九五九年五月四日），頁二。另參見尉天驄，〈我的文學生涯〉，頁二八六。
45 胡適，〈什麼是文學〉，《胡適文存》（台北：遠東圖書，一九六八），頁二一五。
46 端木虹，〈與胡適博士談現代主義〉，《筆匯》一卷三期（一九五九年七月十五日），頁二八。

再向前邁進。看了胡適博士這篇談話，我不禁想起：『我的朋友』胡適之，已經老了！」[47]整篇文字強烈暗示現代主義思潮的崛起，是無可抵擋的。

從《筆匯》的作者陣營來看，可以發現這份刊物提倡的現代主義不僅止於文學方面，也在鼓吹現代音樂、現代繪畫的風氣。現代畫家劉國松、莊喆，音樂家許常惠，電影評論家魯稚子，也都在這個時期展開他們的文字書寫。而文學理論家姚一葦，同時也開始了一系列美學鑑賞的理論經營。這些作者後來都成為主張「全盤西化」的《文星》雜誌的重要執筆者。作為現代主義的一個推動力量，《筆匯》的揮舞旗幟有其不可磨滅的貢獻。

不僅如此，重要的詩人如覃子豪、余光中、紀弦、瘂弦、鄭愁予、葉珊、汶津（張健）也在這份刊物上不時有作品發表，使得現代詩運動的版圖更形擴張。在現代小說方面，陳映真的早期作品，都以「陳善」、「然而」、「許南村」、「陳秋彬」等等不同的筆名發表。要了解青年陳映真的文學道路，這份刊物是不容忽視的史料。

在影響力方面，《筆匯》可能較《現代文學》還遜色。但是，這份刊物的主要成員於一九六六年又重新集結出版《文學季刊》。包括尉天驄、陳映真、七等生、黃春明、劉大任、施叔青、鄭樹森、梁秉鈞在內的作家，仍然還是以現代主義取向的書寫為重心，不過，整體來看，寫實主義的轉化在這段時期也逐漸有了跡象。這是《筆匯》集團的過渡時期，他們在現代主義的譯介方面仍然不遺餘力。

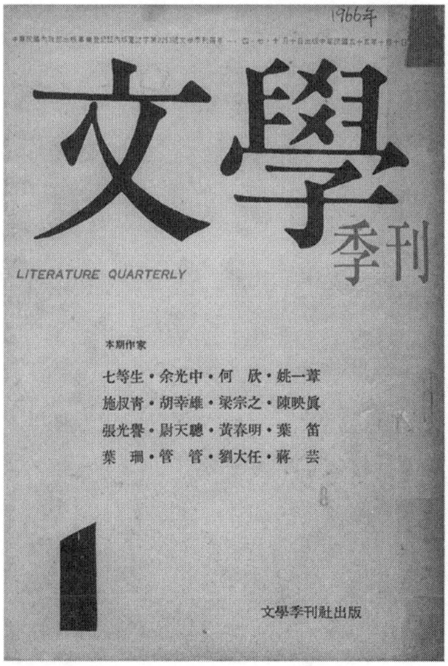


《文學季刊》第一期

姚一葦的文學批評正是在這個時期建立了他的地位。他對現代小說家的評價，到今天為止，仍然可以視為文學評論的經典之作，包括〈論王禎和的《嫁粧一牛車》〉[48]、〈論白先勇的〈遊園驚夢〉〉[49]、〈論水晶的《悲憫的笑紋》〉[50]。這些文字一方面協助小說家建立他們的創作信心，一方面也為整個現代文學運動做恰當的闡釋與辯護。陳映真寫出的評論文字，包括〈流放者之歌——於梨華女士歡迎宴上的隨想〉、〈最牢固的磐石——理想主義的貧乏與貧乏的理想主義〉、〈知識人的偏執〉[51]，反而是對現代主義重新予以反省檢討。陳映真的寫實主義理論，在這段期間已經建構起來了。如果他沒有因為政治理由被逮捕的話，他的文學批評也許在一九六〇年代末期可能會提早造成風氣。《文學季刊》在一九七一年停刊，之後在一九七三年又出版了三期《文季》季刊，在八〇年代出版《文季文學》雙月刊，就完全走向寫實主義的道路。

《筆匯》與《文學季刊》在推動現代主義的運動上有其一定的地位，幾乎可以說，這種文學風潮是無孔

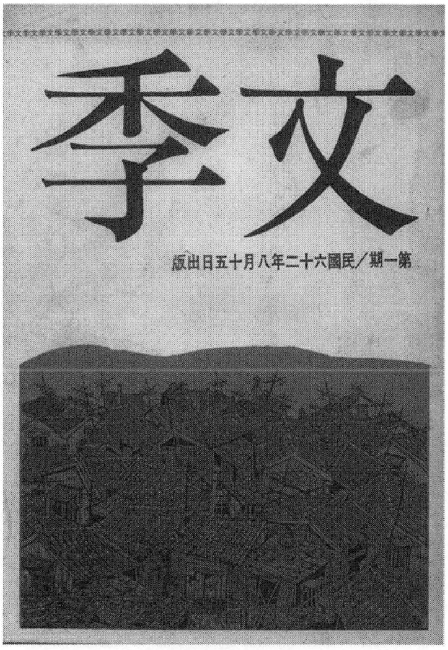


《文季》第一期

47　同前註。
48　姚一葦，〈論王禎和的《嫁粧一牛車》〉，《文學季刊》六期（一九六八年二月十五日），頁一一二—一一七。
49　姚一葦，〈論白先勇的〈遊園驚夢〉〉，《文學季刊》九期（一九六八年十一月二十日），頁八四—九〇。
50　姚一葦，〈論水晶的《悲憫的笑紋》〉，《文學季刊》一二期（一九六九年七月十日）。
51　許南村（陳映真），《知識人的偏執》（台北：遠景，一九七六）。

不入的。當時的作家還沒有足夠的能力辨識現代主義之所以會在台灣進口的政治原因，他們甚至也未能把現代主義與美援文化聯繫起來，卻由於不斷譯介的結果，現代主義儼然成為規模龐大的文學論述；大量介紹之後，終於塑造了一九六〇年代作家的美學觀念，而正式揚棄了五四文學的影響，並且也在一定程度上抗拒了官方的文藝政策。因此，現代主義既具有歷史斷裂的意義，也具有政治斷裂的意義。六〇年代現代文學以盛放之姿成為文壇主流，全然改變了台灣知識分子的審美原則。《文學季刊》在後期對現代主義從事再反省與再思考，自然是已經察覺到現代主義的弊病。不過，台灣文學之走向豐碩的道路，也不能不歸功於現代主義的激盪與釀造。

## 張愛玲小說中的現代主義

在現代主義風起雲湧之際，張愛玲文學在台灣也普遍傳播，蔚為台灣文學的奇異現象。誠如前章所述，張愛玲文學是由夏志清的評論而介紹到台灣的。這個陌生的名字與台灣社會初識時，從來並未預告她將成為「張派作家」的奠基者[52]。一位從未在台灣成長，也從未有太多台灣經驗的作家，竟然能造成風氣，絕對有其複雜的理由。張愛玲不是台灣作家，但是她對台灣文學的影響，恐怕比起魯迅還要深刻。

張愛玲（一九二〇—一九九五），上海人。祖父是張佩綸，擔任過清朝御史，祖母是李鴻章的女兒，可謂世家子弟。自幼即見識父母婚姻生活的挫敗，並且也領略到豪門恩怨的滋味。對於人性的脆弱與幽暗，她較諸同時期的孩子還更早熟地洞察到。十八歲時，曾赴香港大學就讀。一九四二年返回上海時，上海已經是在汪精衛政權的控制之下。第二年發表她生平的第一篇小說〈沉香屑——第一爐香〉，立即成為上海的知名作家。一直到一九四五年為止，張愛玲已經奠定她在文學史上的穩固地位。然而，她畢生的最佳文學作品，大約在這段時期就已完成。日本投降後，她一度被標籤為漢奸作家。中共建國成功於一九四九年時，張愛玲曾經寫過一部長篇小說《十八春》。一九五二年，藉探親名義抵達香港，在那裡停留兩年，以上海的中共經驗寫成《秧歌》與《赤地之戀》兩部小說。她於一九五五年赴美定居，從此自我放逐直到去世。

張愛玲的小說被介紹到台灣，便是在香港出版的《秧歌》與《赤地之戀》。由於這兩部小說寫的是中共統治下人性被扭曲的故事，這種題材較諸台灣盛行的反共小說還來得真實生動，張愛玲遂被誤為反共作家。然而也是因為透過如此的誤解，她的文學作品終於能卸下「漢奸」罪名而開始進口到台灣。張愛玲能夠受到廣泛的接受，並不是因為她的反共立場。較重要的是，她小說中透露的技巧，與當時現代主義的風尚有相互重疊之處，因此，文學品味正好可以與當時讀者的審美銜接起來。然而，張愛玲小說精采的地方尚不止於此。她的故

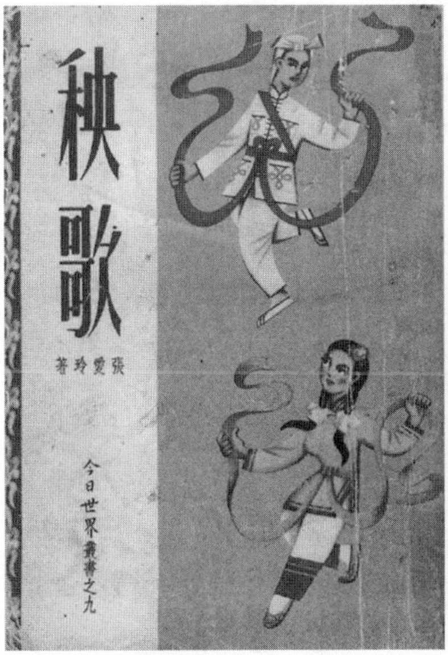

張愛玲，《秧歌》

張愛玲，《赤地之戀》

52 王德威，〈從「海派」到「張派」——張愛玲小說的淵源與傳承〉，《如何現代，怎樣文學？：十九、二十世紀中文小說新論》（台北：麥田，一九九八），頁三一九—三三五。

事有上海鴛鴦蝴蝶派的韻味，卻能夠把才子佳人的故事寫得更為殘酷而蒼涼。她的文字語言則有《紅樓夢》式的華麗與絕美，卻又鍛造得更為流暢透明，常常帶給讀者奇異的美感。因此，她的作品不斷被傳誦之餘，無形中也使讀者更加能接受現代主義的奧妙。

她的小說真正在台灣連載，便是從短篇小說〈金鎖記〉改編為長篇小說〈怨女〉，於一九六六年四月起在《皇冠》做系列的發表。這篇作品給讀者有了驚豔之感，使她的早期創作生涯開始受到好奇的關注。《張愛玲短篇小說集》在台北正式出版後，便開啟了此後的張愛玲熱。不能否認的，在台灣的政治封鎖下，她的小說引發出來的想像與欲望，超越了當時許多作家的格局。在現代主義美學的建構上，張愛玲沒有現代作家那種沉重的使命，她是把具體的生命經驗提煉成為文學藝術。那種內心情緒的刻劃，既是現代主義的，也是寫實主義的。文字的魅力，使她的小說讀來更為繁複而豐碩，幾乎每一次閱讀都可挖掘到全新的意義。她的文學會造成風潮，她的技巧會獲得模仿，誠非偶然。

張愛玲的文學特色，既是接受傳統，也是抗拒傳統。對於中國固有的父權文化之批判，她確實具備了非凡的勇氣。然而她並不使用激烈的字眼，而是反其道而行，以著細膩、幽微的詞句，並以著近乎鄙夷的語氣對宗法社會投以最大的輕蔑。在相當引人矚目的小說〈紅玫瑰與白玫瑰〉中，她刻劃了一位極為平凡的女性嬌蕊。這位女性小人物被主角振保遺棄之後，仍然生活得非常理直氣壯。反而是振保竟然不能接受這樣的事實，徹底被擊敗了，毫無緣由地淌下眼淚。被遺棄的嬌蕊安然無事，振保卻哭得「竟不能止住自己」[53]。張愛玲在這篇小說裡強烈暗示，男性彷彿是強者，是權力支配者。然而，一旦女性不再被支配時，男性頓時就變成了弱者。她的小說清楚揭示，女人好像是四季循環，是生老病死，是飲食繁殖，則無論何種折磨痛苦都能承擔下來。這種穿透紙背的人性刻劃，近乎無情冷酷。與當時政治口號虛構出來的熱烈的反共文學比較起來，她的小說特別顯得真實無比。

張愛玲以她的小說，具體示範給台灣讀者認識何謂現代主義美學。她擅長描寫封鎖、出走、斷裂、背叛、孤絕等等的隔離美學，最佳的作品當可見諸〈傾城之戀〉。這篇小說之所以引起眾多的討論，就在於它與同時代的無數小說完全不同。抗日戰爭裡的中國作家，幾乎都被驅使去撰寫國防文學或民族文學。這種在砲火下提煉出來的作品，自有其高貴情操的一面；然而，人云亦云的作品，甚至相互模仿腔調的文學也大有人在。千篇一律的口號、吶喊、教條，似乎淪為制式的複製。張愛玲在步伐一致的浪潮中，選擇相反的方向，揮筆解剖中國封建社會的黑暗。她之令人側目，就在其他作家渲染光明色調之際，她跨入黯淡的世界。〈傾城之戀〉的結局，集中於肯定白流蘇的愛情之宣告完成。張愛玲使用誇張的手法，勾勒這段平凡愛情的非凡意義：「香港的陷落成全了她。但是在這不可理喻的世界裡，誰知道什麼是因，什麼是果？誰知道呢？也許就因為要成全她，一個大都市傾覆了。成千上萬的人死去，成千上萬的人痛苦著，跟著是驚天動地的大改革……流蘇並不覺得她在歷史上的地位有什麼微妙之點。」[54]白流蘇在歷史洪流的沖激下可能是渺小的；然而，要完成一個平凡的愛情竟然需要讓整座城市陷落，這正好點出了傳統父權力量之沉重而龐大。女性要得到愛情，就必須瓦解父權；父權之崩解，則有賴戰爭的爆發。戰爭終於發生，使白流蘇與父權社會全然隔離。一旦隔離的工作完成，女性的愛情也隨之完成。張愛玲建構的隔離美學，於此獲得飽滿而完整的詮釋。

倘若〈傾城之戀〉是以城市陷落來暗喻女性愛情之走向解放；那麼，《秧歌》與《赤地之戀》的象徵則完全與之顛倒。《赤地之戀》乃是以中國政治之獲得「解放」來暗喻人性之陷落。從這個意義來看，張愛玲

53　張愛玲，〈紅玫瑰與白玫瑰〉，《傾城之戀：張愛玲短篇小說集之一》（台北：皇冠，一九九一），頁八七。
54　張愛玲，〈傾城之戀〉，《傾城之戀：張愛玲短篇小說集之一》，頁二三〇。

在汪精衛時期撰寫的〈傾城之戀〉，可以看到女性命運前景的一絲光芒。到了中國共產黨解放的時期，張愛玲小說卻讓讀者看到女性命運的一片黯淡。這一明一暗，豈非是張愛玲窺探人性與政治之間互動關係最為犀利之處？

張愛玲撰寫《秧歌》與《赤地之戀》這兩部長篇小說時，已經與中國社會是隔離狀態。更為重要的，她對中共政府也保持高度的疏離態度。所謂疏離，乃是指她所賴以生存的社會應該是耳熟能詳的，她所認識的中國百姓應該是非常熟悉的；但是，一個父權體制建立起來之後，她的生活環境反而淪為畸形的存在，不僅讓她陌生，甚至還使她恐懼。即使是張愛玲本人的生活，也必須揮別小布爾喬亞式的世界，全心接受勞動人民的改造。

由於是疏離的，張愛玲筆下的女性必須比傳統社會所扮演的角色還要更具耐性與戰鬥性。在父權支配下，女性不但認命，並且還更勇敢要迎接挑戰；在某些時刻，較諸男性還更為陽剛、堅毅。這種陽剛的女性，是在飢渴狀態中表現出逆來順受的性格。

張愛玲寫完《秧歌》與《赤地之戀》之後，似乎沒有繼續更出色的創作。不過，對一位傑出的作家而言，倘然作品是重要的，並不需要多產而豐收。世故老成的她，在二十歲到三十歲之餘，就已經塑造了成熟的心境。在年少時期，她便能透視人世的蒼涼悲歡。世間沒有一件愛情不是千瘡百孔的，她在年輕時代就已經如此喟嘆。然而，她要描寫的不是愛情，而是愛情背後的黑暗人性。從〈傾城之戀〉到《赤地之戀》，張愛玲再三穿越於人性明暗的縫隙之間。她的筆觸冷酷悽慘，只為反射人的陰暗醜惡。只是，蒼涼盡處，並不全然絕望。就像〈傾城之戀〉那樣，人還是可以尋找到光明的出路，只是要開啟一個時代的閘門，就必須勇於棄擲黑暗的父權。

張愛玲小說在一九六〇年代風行時，現代主義的擴張已經臻於高峰。回顧這段歷史，當可理解現代化運動徹底使台灣作家重新思索創作技巧的問題。這種技巧的鑄造，建立了現代文學世代的重要風格。在六〇年代崛起的作家，他們的許多作品都升格成為文學經典。這場壯闊的運動，無論遭受何等負面的評價，畢竟已經改變了台灣文學的走向。

## 新批評在現代主義運動中的實踐

台灣的文學批評，必須到達一九六〇年代才出現成熟的面貌。其中最主要的原因，是現代主義美學要求作家開始面對個人的心靈活動；而這種無意識的挖掘，以及對夢與想像的尊崇，已經開啟與過去截然不同的創作途徑。無論是五四時期的白話文小說，或是三〇年代所高舉寫實主義的旗幟，基本上無須在批評實踐過程中援引龐大的理論。當文學還停留在啟蒙階段，其實際功用往往受到重視；把文學視為社會批評或道德裁判，在新文學運動初期似乎是一個普遍現象。在那段時期，文學批評只是作為創作者的附庸。批評家對於作者的地位，總是不敢輕易挑戰；從而對作品的內容也僅止停留在描述或詮釋的層面。這說明為什麼在文學批評領域，很少出現任何突破。但是，現代主義運動在台灣發軔之後，便逐漸改變整個文學生態。尤其是伴隨這個運動而來的新批評，在面對作者時，可以成為一個自主的體系。

新批評學派盛行於一九三〇至四〇年之間，正是西方高度現代主義（high modernism）臻於成熟之際。它的出現其實是為了對抗當時西方左派文學運動，因為左派作家所高舉現實關懷的旗幟，要求文學必須為社會現實與意識形態服務，而且也必須為大眾而寫。新批評學派反其道而行，它首先強調是文學本身所具有的自主審美。作品內部的文字結構與象徵技巧，可以不必在乎庸俗大眾的感受。當一首詩或一篇小說可以把個人的內在心情淋漓盡致表達出來，便已經達到藝術的要求。而更重要的是，以新批評解讀作品時，只要專注在藝術產品本身，無須在意作者的創作意圖。但是，這並不意謂必須與整個文化傳統脫節；恰恰相反，現代主義的美學表現，固然有貴族化傾向，並且也非常重視技巧表演本身，但是，從來沒有與整個文化傳統脫離關係。這個學派的重要發言者，如藍孫（John Crowe Ransom）與艾略特，對於藝術品質的要求極其嚴謹，對於傳統價值非常遵從。艾略特甚至指出：「每一時代的傑出作品，背後都有一個龐大的傳統在支撐。」從這個角度來看，似乎保守有餘，激進不足。然而可以理解的是，他們無法接受左翼文學運動的革命主張，推翻既有的文學體制。縱然如此，新批評學派為現代主義的解讀與詮釋，為文壇帶來全新境界。

新批評的各家理論，可能立場與態度頗有出入。但至少在面對現代主義作品時，刻意強調現代感性的分離（Dissociation of Modern Sensibility）。這是因為艾略特見證一個時代的危機，因為人類創造現代文明，使原有的社會秩序陷於混亂，甚至威脅既有的文明成就。個人感性的氾濫，使傳統文化秩序遭到破壞。因此他認為現代主義者投入個人創作時，應該逃避個人感情。知性的回歸，其實是指向宗教精神的回復。艾略特的憂慮，其實是在於面對科學精神的全面包圍，所有的價值都是以數據來評估，而完全偏離人文精神的原則。縱然文學批評是整個人文活動的一個小區塊，但是透過文學作品的分析，可以彰顯人的道德救贖。遵從文學作品的方式，便是訴諸於精讀與貼近閱讀，使人的內在思維能夠周密而細膩呈現出來。在具體實踐上，便是要求批評家專注於作品中的字質結構與詩的本體。具體而言，新批評最初的出發點，本來就是從詩的活動延伸出來。在詩行與詩行之間，批評家的任務便是搜尋文字的密度及其延伸。這樣的觀點對台灣詩人、小說家、散文家的影響非常巨大。至少在這個觀念下，余光中、王文興、歐陽子在從事創作與批評之際，特別重視文學藝術內部的結構與張力。

台灣新批評的系譜，出現幾位值得矚目的重要實踐者，包括王夢鷗、姚一葦、夏志清、余光中、葉維廉、顏元叔，這個世代使台灣的文學批評進入紀律嚴謹的階段。在擺脫一九五〇年代書評與讀後感的書寫方式之後，使文學批評完全揚棄印象式、即興式的感性活動，從此對於文學作品的藝術自主精神特別關注。第一位為新批評提供範式的，無疑是夏志清。當時遠在美國任教的漢學教授，為了整理中國新文學運動的傳統，夏志清有意寫出一部受到西方學界重視的文學史。其成果便是後來眾所周知的《中國現代小說史》（*A History of Modern Chinese Fiction*），一九六一年正式以英文出版。經過三十年後，這本書的中譯本終於升格為台灣文學經典。夏志清還在撰寫本書時，就優先把討論張愛玲的專章譯成中文，於一九五八年發表於他的哥哥夏濟安所主編的《文學雜誌》。這篇批評有其特殊的歷史意涵。第一，他最早把張愛玲文學介紹到台灣，並且把她置放在中國新文學重要作家的行列；第二，他以新批評方式對張愛玲小說進行剖析，除了探討其中小說的藝術之美，也深入探索人性之奧祕。他的史觀具有洞見，他的審美也非常精確。批評中所開出的格局，幾乎就是後來所有張迷反覆求索的範圍。

夏志清（夏志清提供）

《中國現代小說史》分成三編。第一編初期（一九一七—一九二七），亦即文學革命時期的十年，其中最重要的作家包括魯迅與文學研究會的重要成員周作人、沈雁冰（茅盾）、鄭振鐸、葉紹鈞、許地山、王統照，他們的作品發表在機關誌《小說月報》，以及創造社的郭沫若與郁達夫。第二編是成長的十年（一九二八—一九三七），也就是革命文學發軔並開展的階段，分別討論茅盾、老舍、沈從文、張天翼、巴金、吳組緗。其中藝術成就受到肯定的便是沈從文與吳組緗。第三編是抗戰期間及勝利以後（一九三七—一九五七），進一步討論張愛玲、錢鍾書、師陀。這部歷史著作，夏志清從大傳統與新批評的角度評價新文學的幾個重要高峰。他逆著時代潮流，分別釐清作家地位的高低。由於他的觀點相當開放，引起的議論自然也非常廣泛。但基本上，在美國資本主義社會所完成的學術著作，在當時不免過於偏向自由主義，並且貶抑共產主義作家的思想教條。無可否認，這部著作被介紹到台灣時，引起的騷動頗為巨大。他在文學評價上的洞見，提高張愛玲的影響力量，降低魯迅的神格地位，果然對後來的文學解釋產生深遠的衝擊。夏志清憑藉個人的膽識，讓魯迅走下神壇，容許讀者窺見這位文學巨人脆弱與幽暗的人性。這個論斷使毛澤東刻意塑造的魯迅神像，在國際學界遭到阻擾，並且也使後來的魯迅研究者如李歐梵、王德威，填補更豐富的解釋。至於他對張愛玲所做的歷史定位，終於開啟在台灣的廣大文學流域。王德威日後能夠建立「張腔作家」的系譜，詮釋一九七〇年代以後台灣女性作家的風格，無疑是以夏志清的小說史為起點。但是《中國現代小說史》對台灣學界最大的影響，不僅使在封閉反共時代的台灣讀者，認識三〇年代中國左翼運動的面貌，也透過閱讀，而清楚理解新批評的精神。在詮釋中，夏志清提出的「感時憂國」

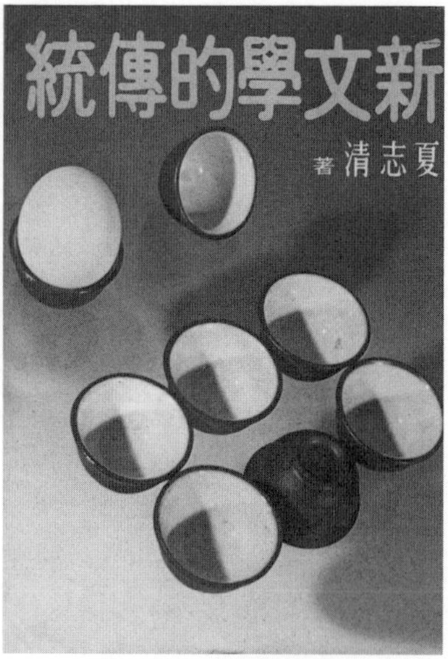

夏志清，《新文學的傳統》

夏志清，《人的文學》

（obsession with China）一詞，幾乎就成為後來文學史家共同接受的定論。

夏志清對台灣文學影響深化之處，除了拉出一條張迷、張腔、張學的脈絡，他同時也隱約扮演台灣現代主義運動的推手。他在台灣出版的文學評論集《人的文學》（一九七七）與《新文學的傳統》（一九七九），確切肯定台灣作家，如余光中、白先勇、陳若曦、王禎和、陳映真、黃春明、七等生的藝術成就，等於強化現代主義小說在台灣的合法性。他甚至也參加一九八〇年代初期《聯合報》與《中國時報》文學獎的評審，也注意到新世代作家的嶄露頭角，包括蔣曉雲、朱天心、小野、吳念真、李赫、商晚筠、宋澤萊、洪醒夫。夏志清所展現出來的氣象，既有歷史縱深，也有現實關懷。他一方面研究五四文學，一方面觀察台灣文壇。他堅持的思維方式與藝術價值，從未偏離新批評所強調的大傳統與文本細讀。這並不意謂他的批評實踐從未遭到反撲，至少在一九七〇年代，他與顏元叔就有意識上與意氣上的爭論；而他的《中國現代小說史》在八〇年代末期介紹到中國時，也引起左翼意識形態學者的強烈批判。這些現象無法遮蓋他的文學識見，每經過一次阻擾，他的影響範圍反而更加擴大。

台灣新批評的另一個重鎮，便是顏元叔。他是國內外文學界少數獲得英美文學博士的研究者，受過嚴謹的西方文學訓練，尤其對現代主義作家極為熟悉。一九六九年回到台灣時，現代主義文學已經到達成熟的階段。具體而言，顏元叔要展開批評工作之際，已經有足夠的文學作品供其分析。他在台大與淡江外文系同時授課，使用的教科書正是新批評的經典著作，那就是布魯克斯（Cleanth Brooks）的文學理論《理解小說》（*Understanding Fiction*）、《理解詩歌》（*Understanding Poetry*）與《理解戲劇》（*Understanding Drama*）。顏元叔的批評實踐，真正的影響力也許不在台灣文壇，而是在學院裡面。後來的重要文學研究者，如蔡源煌、彭鏡禧、王秋桂、蘇其康、張誦聖、廖咸浩，都或多或少受到顏元叔的影響。但無可否認的是，顏元叔確實是第一位高舉新批評旗幟的學者。他不僅介紹新批評理論，而且也實際在台灣文壇發表評論。在理論方面，他發表兩篇重要的文字，一是〈新批評學派的文學理論與手法〉，一是〈朝向一個文學理論的建立〉。在第一篇論文裡，他介紹新批評的主要成員藍孫的三個理論重點，亦即聖像主義、結構與字質，和詩的本體性。他也介紹愛倫·特地（Allen Tate），強調他的批評實踐揭櫫兩個重點，一是詩人的任務，必須忠於誠實的語言與人生的真相；一是詩的延展性與稠密度，彰顯詩的營造在於延續詩的聯想與藝術深度。而他最肯定的一位新批評家則是布魯克斯，在詩的分析上，特別側重矛盾語言、散文化的謬論，以及實用批評。這裡觸及台灣現代詩的奧祕，因為矛盾語法的運用，既可反映詩人內在的辯證結構，也在於表現情感內部的張力。離開矛盾語法，就很難傳達詩人的藝術經驗。在這篇文字裡，顏元叔也特地介紹華倫（Robert Penn Warren）所寫的《純粹與不純粹的詩》。詩過於純粹，便失諸浪漫；不純粹的詩，才具有魄力。容許雜質融入詩的結構，才能更貼近藝術靈魂的本質。若是把複雜的成分抽離，詩的張力反而陷於薄弱無力。

〈朝向一個文學理論的建立〉這篇文章，無非是在闡釋顏元叔文學研究的兩個結論。一是文學是哲學的戲劇化；一是文學批評生命。以這兩個信念作為他的批評原則，從此展開他對中國古典詩與台灣現代詩的實際批評。確切而言，他所發表的批評文字，都是以上述的文學理論為基礎，既干涉盛唐氣象，也月旦當代作家。顏元叔在古典詩的批評方面，包括下面幾篇文章：〈中國古典詩的多義性〉、〈析〈江南曲〉〉、〈細讀古典詩〉、〈分析〈長恨歌〉〉、〈析「自君之出矣」〉，以及〈音樂的宣洩與溝通——談〈琵琶行〉〉。從事分析之際，他特別強調「文藝格式主義」（contextualism），亦即今日所說的「脈絡閱讀」。換言之，詩的意義完全存在於詩的文本語境之中，與外在的歷史環境或社會條件毫不相涉。他積極提倡文學的內在研究，正是在於矯正長期以來傳記研究的弊病。其用心良苦，確實有其正面意義。但是現代批評家跨越千年的時間幅度，進入古典詩人的內在心情時，是否只能依賴短短的詩句就可詮釋詩人的內在意識，頗啟人疑竇。當他批評古典詩的重要學者葉嘉瑩，全然否定舊有學術傳統的紀律，而推翻她的詮釋，似乎無可避免落入矯枉過正的陷阱。顏元叔與葉嘉瑩之間的論戰，為後人提供一個範式：傳統研究與新批評之間其實並不相互排斥，而可以彼此累積共存。在現代詩批評方面，他寫了一篇總論，即〈對中國現代詩的幾點淺見〉，以及五篇個論，包括〈余光中的現代中國意識〉、〈梅新的風景〉、〈細讀洛夫的兩首詩〉、〈羅門的死亡詩〉，與〈葉維廉的「定向疊景」〉。這些批評中，他指出當時詩壇的一些現象，認為現代詩人欠缺追求形式的努力，也缺乏嚴謹的結構。詩人過於強調個人的內在視景（vision），而不能讓讀者分享。他鼓勵現代詩人應該大膽走向人生，走向社會，並且在詩中注入口頭的白話語。這些論點拿來檢驗當時的詩壇生態，應該都可以成立。不過，尤其他個人主觀意識非常強烈，有時強作解人，反而誤讀原有詩的豐富意涵。縱然如此，顏元叔的功勞不能全盤否定。因為他是具備勇氣把台灣現代詩介紹到學院裡面，那是學院派的台灣文學研究之開端。除了詩評之外，他也批評現代小說。對於白先勇、於梨華、王文興都給予正面肯定的評價。尤其是王文興《家變》出版時，遭到許多誤解與批判；舉世滔滔之際，顏元叔以廓清的姿態為《家變》提出雄辯。不過，顏元叔的文學成就除了在新批評之外，也撰寫無數的散文與雜文，幾乎可以說整個一九七〇年代，是他生產力最為蓬勃旺盛的階段。除此之外，他創辦《中外文學》，也鼓吹建立中華民國比較文學學會。其影響力到今天，其實儼然存在。但是進入八〇年代以後，他在意識形態上似乎受到挫折，轉而開始強烈批判西方文化，完全與他自己的學術訓練背道而馳，從此隱沒於歷史舞台。

在新批評家的行列中，姚一葦是一位值得矚目的現代主義推動者。他不是學院派出身，而是從家學淵源與自修過程培養出文學鑑賞的能力。在一九六〇年代，他是唯一的一位作者出入於《筆匯》、《現代文學》，與《文學季刊》三份刊物的編務。他最早的藝術出發點不是西方現代文學，而是從翻譯亞里斯多德（Aristotle）的《詩學》（*Poetics*）獲得點撥。他所完成的《詩學箋註》不只是日後認識西方文學的基礎，而且也使它延伸到文學與戲劇閱讀。沒有受到亞里斯多德的啟發，就不可能發展出他後來一系列的批評著作，包括《藝術的奧祕》（一九六八）、《戲劇論集》（一九六九）、《美的範疇論》（一九七八）、《戲劇原理》（一九九二）、《審美三論》（一九九三）與《藝術批評》（一九九六）。對於現代詩，他具備分析能力；然而他又可以撰寫劇本，如《紅鼻子》（一九六九）與《傅青主》（一九七八）。在文學理論上，他最重要的貢獻便是寫出《藝術的奧祕》與《美的範疇論》，如〈論象徵〉、〈論模擬〉、〈論和諧〉、〈論風格〉、〈論境界〉。這些專有名詞往往被氾濫使用，卻從未有嚴謹的定義。姚一葦擷取西方文學理論，也參酌中國古典文學傳統，反覆求索之後，他以個人的洞見寫出每個名詞的核心意義。尤其在《美的範疇論》，分別以六章寫出〈論秀美〉、〈論崇高〉、〈論悲壯〉、〈論滑稽〉、〈論怪誕〉、〈論抽象〉，幾乎觸探了台灣批評界從未仔細思索的「美的定義」。這本書的第一章談到〈美的基準〉與〈非美的基準〉，他以高低強弱的情緒以及振奮與低沉的情感，化入純淨的快感範圍之內。而〈非美的基準〉則是指負面的情緒，如恐懼、痛苦、哀傷、憂愁。這種精準的探討，已經為台灣的文學批評開闢全新境界。沒有龐大的文學知識，

姚一葦，《傅青主》

姚一葦（《文訊》提供）

就不可能處理如此複雜的美感。視他為批評家的異數，並不為過。

但是，姚一葦在實際批評上的貢獻，並不稍遜於學院派出身的發言者。藉著精闢理論的建立而造成的氣勢，他給予台灣的現代主義作家極為豐富的評價。最能展示他在實際批評上的格局，莫過於他的專書《文學論集》（一九七四）。其中最經典的一篇詩論，便是〈論瘂弦的〈坤伶〉〉。對於這首短短十二行的小詩，他寫出一萬餘字的欣賞文字。這篇批評之所以被視為經典，主要在於他動用了戲劇、小說與現代詩的理論。他為當時的台灣文壇展示什麼叫做新批評，他讚賞瘂弦所使用的矛盾語法，而這正是布魯克斯所說的「弔詭的語言」（The Language of Paradox）。經過他的細讀，不僅解析詩中暗藏的韻律、節奏，也揭示了這首短詩綿綿不絕的戲劇效果。姚一葦完成一篇上乘的詩評，猶嫌不足，又繼之改寫成一首律詩才滿足他個人閱讀時的快感。對於現代小說家，他分別撰寫幾篇批評文字，〈論王禎和的《嫁粧一牛車》〉、〈論白先勇的〈遊園驚夢〉〉、〈論水晶的《悲憫的笑紋》〉，以及〈論黃春明的〈兒子的大玩偶〉〉。他念茲在茲的，無非是要為當時正在高度發展的現代主義運動加持，也承認現代詩與現代小說的藝術成就。這麼重要的文學理論建構者與文學批評實踐者，竟使人無法聯想他是一位銀行的工作者。

新批評的實踐，確實改變台灣文學的發展方向；尤其是在精讀與細讀的提倡，也或多或少對小說創作者產生影響。王文興不僅提倡文學精讀，而且也提倡文字精省。他的藝術態度無疑是新批評精神的一個倒影。歐陽子的短篇小說集《那長頭髮的女孩》，後來改名《秋葉》，每出一個新的版本，便在小說文字中仔細校訂修改，不容許有任何一個贅字。這又是新批評精神的延伸。她所寫的白先勇批評論集《王謝堂前的燕子》，以十四篇浩浩蕩蕩的文字分析《台北人》的十四篇小說。其中的心理剖析與文字分析，到今天已經成為新批評的一個典範。另外一位重要的新批評實踐者葉維廉，既從事詩的創作，也跨越文學批評。他也是台灣新批評的一位重要發言人，其中的專書如《現象．經驗．表現》（一九六九）、《中國現代小說的風貌》

（一九七〇）、《秩序的生長》（一九七一），等於是為台灣現代主義運動加持，注入蓬勃生動的力量。他所主編的《中國現代文學批評選集》（一九七六），收入王夢鷗、陳世驤、夏濟安、夏志清、姚一葦、林以亮、余光中、劉紹銘、李歐梵、楊牧的批評文字，幾乎展現新批評的全面格局。這本書至少可以證明，西方的文學批評理論旅行到台灣之後，最初曾經遭到抗拒，但是最後還是被台灣社會收編，成為一個沛然莫之能禦的運動。現代主義文學在台灣終於生根，萌芽，茁壯，確實是經過相當迂迴的旅程。新批評的開枝散葉，正好印證現代主義運動的豐碩成果。台灣文學史上輝煌燦爛的一章，終於使後人都無法迴避。

# 第十五章

# 一九六〇年代台灣現代小說的藝術成就

台灣文學的黃金時期出現在一九六〇年代。戰後第二世代的台灣作家在這個時期宣告成熟，對於文學技藝的追求與營造頗具信心，對於中文書寫的把握與表達也卓然有成。在封閉的政治環境中，他們所創造出來的文學，有許多作品在日後都成為重要的傳誦，甚至有些作品在稍後也升格成為經典。在文學史上，很少有一個時期像六〇年代那樣，作家的陣容相當整齊，在小說、散文、新詩、評論等方面，無論是質與量都產生了非常可觀的作品。他們所構築起來的藝術高度，無疑是後來作家企圖要挑戰並超越的。

一九六〇年代可以定義為黃金時期的原因，乃在於這段時期的作家為台灣文學開發了全新的感覺與想像。他們的嘗試與實驗為後來的作家闢出了極為炫麗而豐碩的文學思考。沒有六〇年代台灣作家的藝術突破，幾乎就沒有後來七〇年代鄉土文學更為扎實的經營，也就沒有八〇年代女性主義文學的崛起。六〇年代的台灣作家，鑄造了分量厚實的典律文學。他們展示出來的繁複技巧、審美原則、語言鍛鍊與內心世界，在台灣文學史上都是前所未見。

高度權力支配的再殖民體制，在這個時期縱然仍然進行嚴密的思想檢查，畢竟已經不能控制作家的消極抗拒。在這場規模巨大的現代文學運動中，不僅是以學院派為中心的作家群開拓了廣闊的版圖，即使是本土作家、女性作家與軍中作家，也都投入了澎湃洶湧的文學風潮之中。他們也許未能直接觸探敏感的政治禁區，但是通過情緒與欲望的挖掘，等於是偏離了反共文藝政策所規定的方向。他們不再遵從官方論述所宣揚的人性光明與健康寫實，而對於人類內心幽暗與人格殘缺的一面，投注以虔誠的凝視。所謂崇高、偉大、悲壯、遼闊，以及所謂道德、性善、教化等等的正統美學，已不能完全適合現代作家的思維。一九六〇年代台灣文學開始出現頹廢、沉淪、墮落、卑賤等等負面的書寫。這種負面，可能不具嚴格定義的批判精神。但是，它卻是以「反」與「否定」的姿態出現，對於傳統文學而言，這方面的開發幾乎是缺席的、空白的。因此，從這個角度來看，六〇年代的台灣現代文學誠然填補了歷史遺留下來的巨大缺口。

## 流亡小說的兩個典型

台灣小說中的流亡精神，自日據時期以降一直是重要的主題。這種精神在現代主義思潮的衝擊下，變得特別鮮明而深刻。在西方的現代主義中，流亡原是指都市文明的興起，使得人類的田園生活成為永恆的鄉愁。在工業文化與機械文明裡，人類的傳統價值日益衰微，而新的道德規範卻未建立，使心靈的寄託頓然喪失依靠，產生了飄泊不定的異鄉人情緒。人在現代社會的自我放逐，是無可挽回的宿命。現代文學的重要關懷，正是對於這樣的宿命進行反思、抗議與爭辯。

相形之下，台灣現代主義中的流亡精神脫離不了政治環境的影響。就外省作家而言，他們的第一代由於國共內戰的對峙而被迫選擇離鄉背井的歲月，終於與自己的土地徹底脫節。他們懷有強烈的孤臣孽子情結。一九五〇年代的懷鄉文學，幾乎可用「孤臣文學」來概括；那種巨大的流亡圖，是由無數不同的離散故事組合起來的。然而，第二代外省作家已不能繼續停留在消沉的懷鄉情緒之中，他們勇於掙脫歷史的包袱，企圖在台灣的全新時空裡，為自己的放逐宿命尋求出口。

就本省作家而言，他們見證了前行代作家在光復後並沒有迎接解放的命運。在戰後第一代作家的身上，反映了日本殖民經驗遺留下來的歷史創傷。然而，新的政治體制又在他們的傷口上鑄造新創，壓制他們的歷史記憶，並且剝奪他們的母語文化。他們雖然生活在自己的土地上，卻尋找不到確切的文化認同或國家認同，而不能不在文學作品中表達強烈的孤兒意識。以「孤兒文學」來概括戰後第一代作家的作品，庶幾近之。一九六〇年代崛起的第二代本省作家，顯然對這種孤兒意識開始重新省視，並且也開始為自己的文學思考自我定位。

現代主義中的流亡精神，使「孤臣文學」與「孤兒文學」獲得過濾與沉澱的機會。戰後第二代作家通過斷裂式的書寫，一方面尋找流亡精神的全新詮釋，一方面也迂迴抗拒政治權力的干涉。前者在於擺脫悲情的歷史情境，後者則在於擺脫悲哀的現實環境。第二代外省與本省作家在一九六〇年代的會合，既改寫了文學史的走向，也創造了一個極為絢爛的文學盛季。在小說藝術的成就方面，現代主義誠然帶來了極大的豐收。

對於流亡精神的再詮釋，用功最深者當推《現代文學》的創辦人白先勇（一九三七—）。生於廣西桂林的白先勇，一九四九年隨父親白崇禧將軍來到台灣。他的青春成長時期，一直到大學畢業都是在台灣度過。由於家庭背景的關係，他親眼目睹國共內戰與政權更迭，因此對朝代興亡與歷史盛衰的感受，較諸同輩作家還來得深刻。時空的劇烈轉換，在白先勇的成長過程中，鍛鑄了虛實交錯的歷史意識；而這樣的意識最後都投射到他的文學書寫裡。

白先勇在就讀台大外文系期間，受到夏濟安的啟發與影響甚大。他最早發表小說時，僅及二十一歲。〈金大奶奶〉[1]與〈入院〉[2]（後改題為〈看菊花去〉）在夏濟安主編的《文學雜誌》問世時，就已預告一位傑出的小說家已整裝出發。不過，他受到文壇的注意，則始自《現代文學》創刊號（一九六〇年三月）刊載的短篇小說〈玉卿嫂〉。這是一篇現代主義精神表現得非常完整的作品，跳躍的記憶，情欲的描寫，客觀的窺探，以及心理的衝突，都透過一個小學四年級生容哥兒的眼睛呈現出來。這位小孩的眼睛，猶如一架攝影機，往往在恰當時機抓住重要場景；這些場景連串起來，便構成動人的精采故事。這種客觀化的描寫，成功地使個人情緒得到高度的疏離。

白先勇（《文訊》提供）

〈玉卿嫂〉是以寡婦玉卿與青年慶生的戀愛故事為主軸，其間的愛情與肉欲受到傳統社會道德的拘限。整個悲劇的發生，在於玉卿嫂全心追求愛情以掙脫牢籠之際，她的占有欲也為慶生訂造了另一個牢籠。素淨清麗的寡婦與蒼白青澀的青年，是憧憬自由的象徵。然而，最後這位女性還是以刺殺情人的行動來保有她的愛情。這種結局彷彿是很傳統的手法，但重要的是，在敘述過程中，白先勇大量使用意識流的技巧，製造夢魘式的情境。同時，也藉由情欲的揭露，隱隱投射他對美少年的凝視與幻想。〈玉卿嫂〉展示了白先勇早期的才具，開闢他日後的記憶重建與同志書寫的思考路線。

白先勇在出國以後，專注於兩個系列小說創作，亦即「紐約客」與「台北人」。這是他文學生命的高峰期，為流亡放逐的外省族群做了最佳詮釋。「紐約客」系列，係以留學海外的外省第二代為中心的飄泊故事；「台北人」系列，則是以旅居台灣的外省第一代為主的懷舊故事。衰老與死亡的氣息，籠罩在這些小說人物的身上。對於故土的眷戀，帶有一股無可抑止的絕望。其中的〈芝加哥之死〉與〈謫仙記〉，最能代表海外留學生心靈的浮沉，也是「紐約客」系列的精神所在。這些作品後來都收入短篇小說集《寂寞的十七歲》[3]。

〈芝加哥之死〉的主角吳漢魂，暗示著中國人的魂

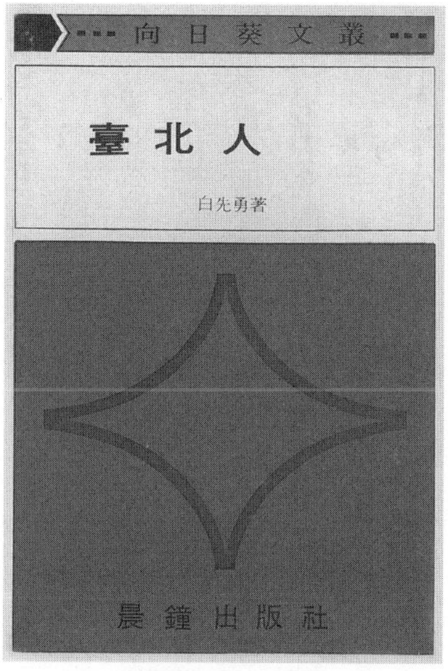


白先勇，《台北人》

1　白先勇，〈金大奶奶〉，《文學雜誌》五卷一期（一九五八年九月）。
2　白先勇，〈入院〉，《文學雜誌》五卷五期（一九五九年一月）。
3　白先勇，《寂寞的十七歲》（台北：遠景，一九七六）。

魄；〈謫仙記〉中絕豔的女性李彤，綽號叫中國，最後都在異鄉自殺。那種決絕之情，毫不稍讓於張愛玲式的蒼涼與毀滅。自我放逐的最終結局竟是自我消亡，那簡直是流亡的極致表現。相形之下，「台北人」系列共完成了十四篇，更是勾勒出一幕幕巨大的流亡圖。收入《台北人》[4]這部小說集中的每篇作品，幾乎都受到熱烈的矚目與討論。〈永遠的尹雪艷〉與〈遊園驚夢〉，更是成為白先勇文學的典範。

〈永遠的尹雪艷〉是描述上海時期的交際花尹雪艷，來台之後重操舊業的故事。尹雪艷的美麗之所以「永遠不老」，主要是因為她仍然維持在上海時期的生活方式。時間的流動與社會的浮沉，全然不能影響她的生命格局。縱然她周遭的恩客老的老、死的死，尹雪艷的生活模式依舊紋風不動。尹雪艷深鎖在時間不變的歷史情境中，似乎是在暗示來到台灣的國民黨政權的怯於面對現實，風華絕代的上海時代，事實上已經一去不復返。把過往的歷史作為永恆的認同，顯然也是在諷刺曾經橫行許久的法統論述。尹雪艷並非不老，而是她拒絕承認已老。〈遊園驚夢〉是白先勇藝術造詣的顛峰，因為它融合了《紅樓夢》的語言技巧，崑曲的演出方式，以及意識流的心理刻劃。在那樣有限的篇幅裡，讀者看到了傳統與現代的交會，虛構與現實的交織，以及過去與現在交錯。故事中一群停留在舊日的票戲的上流社會貴夫人，耽溺於夢中花園的漫遊。等到夢醒來，看到了台北市現實環境的改變，才驚覺昔日繁華之虛幻。在不經意的文字中，揭露青春消逝的惆悵與權力起伏的苦澀。如此豐碩的文學盛宴，由白先勇的筆鋪張開來，為一九六〇年代的現代小說創造了令人暈眩的華麗篇章。

值得注意的是，白先勇在一九六〇年代已經為日後的同志小說開啟一扇窗口。在早期小說〈月夢〉（一九六〇）、〈青春〉（一九六一）、〈寂寞的十七歲〉（一九六一），以及《台北人》收輯的〈滿天裡亮晶晶的星星〉（一九六九）、〈孤戀花〉（一九七〇），顯現了白先勇在同志議題上的試驗與突破。這些短篇小說的經營，終於使他進一步建構長篇的同志小說《孽子》[5]。這部小說開始書寫於一九七一年，出版於一九八三年，是白先勇文學生涯裡的巨構。《孽子》寫的是出沒於台北新公園的同志族群中之愛恨情仇，由於這部作品的完成，使台灣的同志文學正式跨入藝術殿堂。小說中的人物是在「異」國流亡的異鄉人，他們企圖在異性戀的國度裡重新尋找自我的身分認同，也企圖在傳統價值的陰影下重新為自己命名。在污名化的世界裡，白先勇寫出了同志之遭到歧視、貶仰的凌遲過程。較諸外省族群的流亡，白先勇筆下同志的處境還更加受到邊緣化。

白先勇在一九六〇年創辦《現代文學》時，從來未曾預料到自己領導的這個文學集團，竟然釀造了一則令人無可置信的傳統。他可能也未曾預見自己的文學書寫，竟會帶給台灣文壇無可衡量的訝異。他的文學思維，可以在《紅樓夢》的生動白話文中找到淵源，也可以在張愛玲的美學裡找到血緣關係，更可以在西方現代文學的心理刻劃找到影響的痕跡。不過，白先勇的成就，在於他能夠結合不同的文化根鬚，而使自己成長為一株巨樹。他為台灣文壇提供了一片綠蔭，受其影響者，不在少數。

與白先勇同樣出生於一九三七年的台籍作家陳映真，在那段時期也在建構台灣歷史的流亡圖。陳映真，原名陳永善，台北鶯歌人，淡江英專畢業。在早期的大學生活裡，他比同時代的學子更早熟地閱讀禁書，而接觸了社會主義思潮。出身於基督教家庭的陳映真，在這樣的求知過程中，終於聽見了「被壓抑的人民在日本、在中國、在日據的台灣驚天動地的怒吼和吶喊」[6]，這樣的早慧，深深影響他後來的文學道路。陳映真之所以會成為憂悒沉鬱的作家，與受到三位文學家的啟蒙有密切關係。中國的魯迅、俄國的契訶夫，與日

4　白先勇，《台北人》（台北：晨鐘，一九七一）。
5　白先勇，《孽子》（台北：遠景，一九八三）。
6　許南村，〈後街——陳映真的創作歷程〉，發表於一九九三年十月分由《中國時報．人間副刊》所主辦的兩岸三邊華文小說研討會；後收入楊澤主編，《從四〇年代到九〇年代：兩岸三邊華文小說研討會論文集》（台北：時報，一九九四），頁一四九—七〇。

本的芥川龍之介，都在他文學歷程的不同階段中烙下了深淺不一的印記。然而，在他變成徹底的社會主義者之前，陳映真也走過曲折的現代主義路途。

現代主義時期的陳映真，酷嗜以死亡的結局來表達他的絕望與虛無。一九五九年大學二年級時，尉天驄邀請他為《筆匯》撰稿。〈我的弟弟康雄〉[7]、〈故鄉〉[8]、〈鄉村的教師〉[9]等作品，開啟了他早期的想像。在那樣的世界裡，陳映真似乎找不到任何出口。死亡的象徵，無疑是這段時期的文學主軸。陳映真小說中的死亡，不同於白先勇的。對照於外省族群的流亡情緒，陳映真偏重於精神上的自我放逐。〈鄉村的教師〉描寫南洋戰場歸來的戰士吳錦翔，錯覺地以為台灣社會在戰後獲得了新生，這位台籍知識青年懷抱著改造中國的巨夢，卻因為二二八事件的動亂，使他的憧憬全然幻滅。吳錦翔在事件後，精神呈分裂狀態，而終於出現吃人肉的幻象。這種魯迅《狂人日記》式的結局，一方面暗示台灣作家忍受著歷史的瘋狂鞭笞，一方面也透露了整個政治環境的封閉與苦悶。

趙剛，《求索：陳映真的文學之路》

這種虛無傾向，不斷膨脹擴散。直至一九六四年他寫出〈將軍族〉[10]時，陳映真更進一步觸探敏感的省籍議題。這篇小說引起廣泛討論的原因，在於它處理外省老兵與本省少女之間的情感。不斷遭到出賣的少女，彷彿暗喻台灣社會的歷史命運；而被迫在台流亡的老兵，則似乎影射中國在近代史上受挫的宿命。小說宣告雙方的結果是不可能的，最後安排這位畸零人選擇了自殺的結局。這種跨越省籍界線的愛情結合，往往在陳映真小說裡歸於破滅。〈那麼衰老的眼淚〉[11]、〈文書〉[12]、〈一綠色之候鳥〉[13]、〈第一件差事〉[14]等小說，都反映了陳映真在這段時期的失落心境。那種無窮的沉淪與灰暗，藉著死亡與瘋狂的描寫，相當吃重地刷出現代主義式的虛無色調。

陳映真的思想轉變，明顯出現於一九六六年《文學季刊》出版之際。〈現代主義的再開發〉、〈期待一個豐收的季節〉、〈知識人的偏執〉等文字出現時，他已開始對現代主義採取懷疑的態度。不過，他對現代主義的批判也並不是那樣堅定。在〈現代主義的再開發〉（一九六七）一文中，他指控現代主義者「用一種做作的姿勢和誇大的語言，述說現代人精神上的矮化、潰瘍、錯亂和貧困」。但是，在第二年（一九六八）的〈知識人的偏執〉卻又承認他的「現代主義反對論中的若干構成部分，顯然地犯了機械的，教條主義的錯誤」。這種猶豫不定的思考，正好顯現當時知識分子受到現代主義思潮衝擊之強烈。他在思想上轉變時，也寫出了〈六月裡的玫瑰〉（一九六七）、〈唐倩的喜劇〉（一九六七）等反省式的短篇小說。他對美援文化的陰影與知識分子的虛矯，在這時已有較諸同時期作家更為深刻的考察。一九六八年十二月，陳映真涉入「民主台灣同盟」案件[15]而被判刑十年。他的文學創作自此中斷了八年之久。他在一九七〇年代中期復出時，台

7 陳映真，〈我的弟弟康雄〉，《筆匯》一卷九期（一九六〇年一月）。
8 陳映真，〈故鄉〉，《筆匯》二卷二期（一九六〇年九月）。
9 陳映真，〈鄉村的教師〉，《筆匯》二卷一期（一九六〇年八月）。
10 陳映真，〈將軍族〉，《現代文學》一九期（一九六四年一月）。
11 陳映真，〈那麼衰老的眼淚〉，《筆匯》二卷七期（一九六一年五月）。
12 陳映真，〈文書〉，《現代文學》一八期（一九六三年九月）。
13 陳映真，〈一綠色之候鳥〉，《現代文學》二二期（一九六四年十月）。
14 陳映真，〈第一件差事〉，《文學季刊》三期（一九六七年四月）。
15 一九六八年七月國民黨政府以「組織聚讀馬列共黨主義、魯迅等左翼書冊及為共產黨宣傳等罪名」，逮捕包括陳映真等「民主台灣聯盟」成員共三十六人，他被捕時為《文季》季刊的編輯委員，也波及黃春明、尉天驄，因而稱為「文季事件」。

灣社會已經出現罕見的躍動，陳映真的思想之朝向寫實主義也有更為清晰的面貌。

陳映真的早期小說，一般論者都認為充滿人道主義的精神。不過，受到社會主義思想影響的他，對於政治議題的關切較諸任何作家來得急切。他的小說對本省外省、中國台灣、男性女性之間的辯證關係，都有深入的牽涉。雙軌思考的進行，構成他小說中的重要特色。然而，這種雙元式（binary）的對立，最後總有一方的分量變得較為重要。中國人、外省人、男性的形象，往往不經意之間在他小說裡突然膨脹起來。自負與自卑的情結，充塞於小說人物身上。這種不平衡的現象，典型地透露了一九六〇年代知識分子內心的衝突與矛盾。而這一切，都應歸諸於保守、封閉的政治現實。陳映真與白先勇一直是這段時期受到密切注意的作家，他們都有強烈的現代主義色彩，但是都以自身的歷史經驗重塑現代主義精神。這種重新改造與重新命名的過程，終於使現代主義逐步在地化。

## 內心世界的探索

現代主義在台灣的一個重要特色是流亡主題的渲染，另一個重要特色則是語言的再鑄造。幾乎所有的現代作家，已對淺顯的白話文產生不耐與厭倦。他們對於語言的敏感，可以說來自他們對於新感覺的挖掘與開發。傳統式的白話文，似乎很難勝任去刻劃幽微的內心世界。潛藏在肉體內的情緒流動，絕對不是任何外在政治權力所能干涉。現代小說家酷嗜內心世界的經營，就在於他們藉用這種技巧可以躲過思想檢查。為了達到對心理的曲折皺褶進行探索，作家就不能不訴諸語言的重新鍛鍊與打造。台灣現代小說的輝煌成就，在很大程度上應歸功於語言的高度提煉。經由這場革命性的語言改造之後，現代文學的技藝到達了一個柳暗花明的境界。造句、修辭、文法的重新拼裝倒置，製造變形、變音、變色的效果，而使潛藏在內心底層的感覺，無論有多扭曲有多荒謬，都能夠透過有限的文字而無窮表達出來。在這個時期的作家，最勇於創造語言的當推王文興與七等生。

王文興（一九三九—），福建林森人，台大外文系畢業，是《現代文學》集團的健將之一。早期作品有《龍天樓》[16]、《玩具手鎗》[17]（二書後來併入《十五篇小說》）、《家變》[18]以及評論集《書和影》[19]。他的長篇小說《背海的人》，以二十年的時間完成上下集，引起廣泛的議論。任教於台大外文系的王文興，是台灣「前衛」藝術的「後衛」，長期以來，為現代文學從事教學、闡釋與辯護的工作。他嘗自稱，對於文學他酷嗜「橫征暴斂」。在遣詞用字方面，他擅長左右推敲，以獲得精練簡潔的效果。

王文興（《文訊》提供）

悲劇命運一直是他小說中的重要軸線。在《現代文學》創辦初期所發表的小說，就已呈露沉鬱、悲涼的氣氛。他擅長描述生命中的錯覺、誤解、殘缺、畸零。〈命運的迹線〉[20]頗能展現他在撰寫短篇小說時的技巧。這篇作品以一位體弱多病的男童為中心，敘述命運的不可逆轉。表面上看，命運彷彿是天生注定的，彷

16 王文興，《龍天樓》（台北：文星，一九六七）。
17 王文興，《玩具手鎗》（台北：志文，一九七〇）。
18 王文興，《家變》（台北：環宇，一九七三）。
19 王文興，《書和影》（台北：聯合文學，一九八八）。
20 王文興，〈命運的迹線〉，《十五篇小說》（台北：洪範，二〇〇一）。

佛是可以預見的。甚至是知道命運即將發生時，卻又不能改變它。這是非常典型的悲劇演出。然而，這篇小說透露一個非常清楚的訊息：所謂命運都是人為的，是屬於整個文化的問題。人類自己製造囚牢，然後又自我封鎖於囚牢。小說中體弱的男童誤信同學算命，以為自己不能長壽，遂以刀劃長掌中的生命線以求長壽，結果血流如注。男童被送往醫院急救時，醫生暗地裡逕自解讀，認為這位男孩是失戀自殺的，竟還搖頭喟嘆：「時代真是兩樣了，從前只有大人會做的事，現在小孩子也會做了……」這種隔閡與誤解，才是真正悲劇的根源；而這種悲劇，又豈僅發生在大人小孩之間而已？

在篇幅壓縮的小說中，王文興擅長以最透明而乾淨的敘述，讓一個簡單的故事負載繁複的意義。其中容納的哲學思考，遠遠超出了當時許多作家的文學想像。正如另一篇小說〈欠缺〉[21]所呈現的，一場初戀的挫敗可以發展出對生命本質的體驗。小說中的少年私戀著一位美麗而慈善的婦人，結局是這位婦人竟然倒會而捲款遠走，使這位少年對於慈善的真實與虛構無法分辨。這位成長中的青年覺悟到生命的欠缺：「呵，少年，也許那時我悲傷的不純是一個女人的失望我，而是因為感悲於發現生命中有一種甚麼存在欺騙了我，而且長久的欺騙我，發現的悲傷和忿怒使我不能自已。」這種悲劇式的體會，即使對作者王文興而言，也是相當沉重的。在這裡，讀者也可以發現他的句法運用極為奇異。例如，「我悲傷的不純是一個女人的失望我」，刻意讓主詞在一個句子中出現兩次，以強調內心情緒之加濃加深。

王文興，《玩具手鎗》

王文興於一九六五年完成的〈龍天樓〉是以中篇小說的形式挑戰官方反共政策的國族論述。這是以一群戰敗的退伍軍官之間的對話，重新建構各自的歷史記憶。在文藝政策仍然支配文壇之際，〈龍天樓〉顯然是偏離了反共論述的軌跡，揭露民族主義式的歷史記憶充滿了欺罔與虛偽。小說是以四位軍人的記憶重組而成，他們究竟是在訴說歷史，還是在敘述故事，並非是主要問題。重要的是，在坊間所尊崇的莊嚴歷史，其實隱藏太多的脆弱人性。背叛、出賣、傷害的事實，在官方歷史中是不會出現的，反而在小說裡才讓後人認識了真相。這種虛實交錯的歷史寓言，在一九九〇年代的台灣小說中已蔚為風氣。但是〈龍天樓〉完成於戒嚴時期的六〇年代，是不可多得的典範之作。

到了一九七〇年代初期，王文興撰寫長篇小說《家變》，是屬於一部斷裂、跳躍記憶的家族史。現代主義的流亡主題，在這部小說裡更是發揮得淋漓盡致。王文興企圖以內容的斷裂與形式的斷裂來表現他的現代主義美學。內容的斷裂，指的是家庭倫理的顛覆；形式的斷裂，則指語言的顛覆。這兩方面的演出，都引起廣泛的爭議。傳統的離家出走的故事，都是以女性或是孩子無法忍受父權式或家長式的宰制而離鄉背井。《家變》違逆這種習以為常的出走故事，反而是家中的父親不能忍受兒子的權力之日益膨脹，最後竟選擇了拋棄妻兒的方式，無端消失了。整部小說的敘述，也是採取斷裂的形式，由切割的場景串連起來，卻能夠讓讀者拼湊出父子權力關係的更迭。

王文興，《家變》

21　王文興，〈欠缺〉，《十五篇小說》。

《家變》的最大成就在於語言的創造與更新，而這也是另一個受到爭議的原因。王文興自己也表示：「我相信拿開了《家變》的文字，《家變》便不復是《家變》。」[22]僅是從道德審判的觀點來閱讀，絕對無法理解《家變》的世界；而且僅是從傳統語法的角度來解讀，更是難以進入小說的情境。小說主角范曄，是在父親意象的龐大陰影下成長的。但是，隨著年齡的成長與知識的累積，范曄逐漸發現父親的形象日益傾塌萎頓。范曄在大學裡謀得一份體面的教職後，更加覺得擔任公務員一輩子的父親猥瑣不堪。他內心開始對父親產生鄙夷，從小建立起來的那份尊敬也漸漸煙消雲散。他不僅敢於對抗父親的權威，甚至還一步步予以羞辱、痛斥、詬罵。父親權力的衰微，便在日常生活的點點滴滴中顯現。進退失據的父親，終於被迫選擇一個尋常的黃昏默默掩門離家。范曄雖然在報紙刊登「尋人啟事」，他的焦慮竟與日俱減，終至淡化。

《家變》是對傳統文化的最大背叛，更是對威權體制的絕情背叛。在社會道德中、政治權力中暗藏了多少威權式的思考。為了表達范曄內心的不滿、抗議，以至採取行動起來責罵父親，王文興刻意利用文字的歧義、轉音與變形，以便照映出小說主角的心理衝突與精神折磨。王文興企圖讓文字的聽覺、視覺、味覺能夠直抵讀者，而能夠分享小說中流竄的情緒與氣氛。他新創與改造的文字，誠然帶來傳統式閱讀的困難；而這樣的困難，正是要求讀者必須緩慢地閱讀並想像。《家變》的大膽嘗試，當然使王文興成為爭議的作家，簡直使台灣文壇也發生了一場真實的家變。

王文興到了一九八一年寫出《背海的人》上集[23]時，他的文學創作已完全不再受文體、文字、社會道德、傳統文化等等的拘束，而是開放而奔放地任其想像肆意狂飆。到了一九九九年，《背海的人》下集[24]才宣告竣稿。前後二十年的時間，才寫完一部長篇小說，可謂文學史上的異數。他對現代主義美學的堅持實踐，同輩作家亦無出其右者。這部小說選擇一位醜惡退伍軍人，自甘在偏遠的小鎮南方澳度過餘年。他早年經營的命運主題，在這部長篇小說裡更是揮灑擴散。一個人到達了絕境，卻竟以自大傲慢、瘋狂來對抗宿命，最後還是難逃厄運。空間那樣狹窄，時間也是相當短暫，小說中的人物竟豐富展現了人性中最卑賤、邪惡的一面。王文興想像之大膽，措詞之大膽，揭露之大膽，遠遠超越了他的社會，他的時代。

另一位敢於在文字上獨樹一幟，並以扭曲的語言挑戰傳統道德的小說家，便是七等生。七等生（一九三九—二〇二〇），原名劉武雄，苗栗通霄人。正式在台灣文壇登場，是在一九六二年。《聯合報．聯合副刊》主編林海音，大量刊載他早期作品〈失業．撲克．炸魷魚〉、〈圍獵〉、〈白馬〉等小說。台灣讀者第一次認識七等生的怪誕、荒謬、扭曲的文字時，都非常不習慣。評論家劉紹銘曾形容七等生的語言是「小兒痲痺的文體」[25]，顯然無法接受他的語法表現。對於這樣的批評，七等生曾經在他的《離城記》[26]後記表示：「我並不太計較那些所謂文法上的對錯問題，當我以緊密的精神追索我的意念時，在小說中去計較文法是甚為不合理的事。」這種對文字使用的顛覆性思考，其實與王文興有某種呼應之處。不過，王文興在於創造句型與句法，以及文字的視覺與聽覺。七等生則側重在文法的

七等生（《文訊》提供）

22　王文興，〈《家變》新版序〉，《家變》（台北：洪範，一九七八），頁二。
23　王文興，《背海的人》（上）（台北：洪範，一九八一）。
24　王文興，《背海的人》（下）（台北：洪範，一九九九）。
25　劉紹銘，〈七等生「小兒痲痺的文體」〉，《靈台書簡》（台北：三民，一九七二），頁三九—四四。
26　七等生，《離城記》（台北：晨鐘，一九七三）。

顛倒與錯置。對他而言，意念的追索較諸文字的修辭還來得重要。更確切地說，七等生認為心理情緒的流動，自然需要借助變革的文字表達才能完成。

七等生並不耽溺於文字的切割與接合，他的主要關切在於如何以最自由的方式寫出最不受拘束的精神解放。他無法忍受權力、道德等等的價值規範。所有正常社會的行為，在他小說裡都是不正常的。對於隔離、封鎖、切斷等等的美學，才是他樂於追求並積極建構。他的早期作品《僵局》[27]、《放生鼠》[28]都在探討人在隔絕狀態下是如何思考，如何行動。《放生鼠》中的羅武格，〈精神病患〉中的賴哲森，都在描述人是不斷在尋求自我解放的動物。對小說中的人物而言，人所賴以生存的社會、國家、家庭，甚至是婚姻、職業，無一不是構成人的牢籠。各種不同的規範，透過不同管道，對人的肉體與精神進行不停的干涉。人可能獲得的救贖之道，就是死亡與瘋狂。如此灰暗而悲觀的論調，置放在戰鬥昂揚的反共論述脈絡裡，可能是反諷，更是一種褻瀆。然而在網羅森嚴的思想檢查之下，這樣的書寫卻是精神自由的最佳出口。

七等生，《僵局》（舊香居提供）

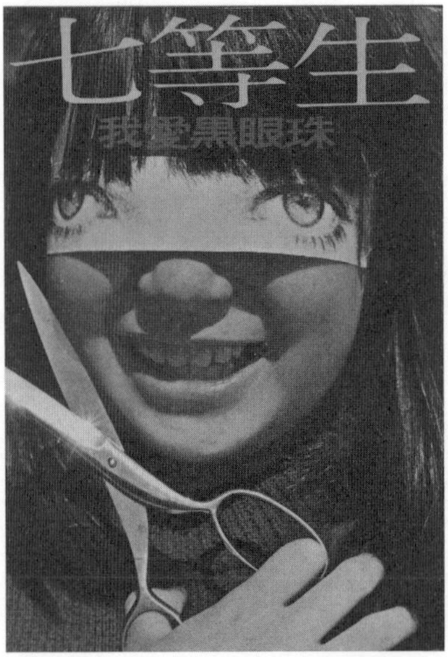

七等生，《我愛黑眼珠》（李志銘提供）

受到最多議論的短篇小說〈我愛黑眼珠〉（一九六七），是典型的七等生文體。就形式與內容來看，這篇小說恰到好處地表現了他的藝術造詣。坊間評論家酷嗜以道德架構來分析它，最後反而製造了更多的困惑。〈我愛黑眼珠〉是隔離美學的佳構，它描述人的兩種人格同時存在。小說主角的兩個名字李龍第與亞茲別，正是不同人格的象徵。在現實中，李龍第是怯懦、寡言、自卑的男人；而在內心深處另一位喚做亞茲別的男人，卻是果敢、自信的男人。在真實生活中，李龍第過著挫敗的日子。等到一場突發的洪水襲來之後，周遭景物都淹沒在水裡時，李龍第才與現實發生了斷裂。亞茲別的人格，便是在與世界隔離的狀態下浮現。他孤坐在屋頂，拯救了一位溺水的妓女，擁抱她，溫暖她，甚至看到對面屋頂上的妻子時，竟然宣稱不相識。如果現實世界沒有隔離，亞茲別式的人格並不可能出現。這篇小說令人著迷之處，就在於洪水所帶來的毀滅感。這是最具現代主義技巧的演出。洪水來了之後所發生的一切，可以視為一個夢境，夢中投射了李龍第內心深處太多的欲望與憧憬。等到洪水退後，夢也醒轉，李龍第又回到現實世界，又必須去尋他一度不願相認的妻子。

七等生，《來到小鎮的亞茲別》

27　七等生，《僵局》（台北：林白，一九六九）。
28　七等生，《放生鼠》（台北：大林，一九七〇）。

《來到小鎮的亞茲別》[29]與《我愛黑眼珠》[30]這兩部小說集，總結了七等生的重要美學營造。他勇於去觸探人性中的頹廢、沉淪、墮落、卑賤、邪惡等等的特質。在正常的社會裡，已有太多的文學強調救贖與昇華，七等生反其道而行，為台灣文學另外開闢新的想像途徑。他後來出版的《沙河悲歌》[31]、《譚郎的書信》[32]、《思慕微微》[33]，全然不脫離自敘性、自白性、自傳性的風格。由於有他的堅持書寫，現代主義的路線得以延伸到二十世紀的一九九〇年代。

## 現代小說的轉型

現代主義思潮的傳播蔓延，見證於來自鄉村小鎮的作家之小說書寫中。定居於通霄的七等生是最清楚的例證，他從未接觸過西方文化，也並非以第一手的外語理解現代主義，然而，他寫出的作品竟然創造了意識流的效果。這說明了現代主義的影響，在台灣可謂無遠弗屆。出身宜蘭的黃春明又是另一個例證。黃春明（一九三五—），宜蘭羅東人，屏東師專畢業。與七等生一樣，黃春明也是從一九六二年在《聯合報・聯合副刊》出發，同樣受到主編林海音的重視。早期作品〈「城仔」落車〉[34]、〈北門街〉[35]，都是以小鎮的卑微人物為中心，觀察各種人性的演出。一九六六年遷居台北後，認識尉天驄、陳映真，並加入《文學季刊》。也正是在這段時期，他接觸了現代主義作品。因此，在一九六六至一九六七這兩年之間，他寫了幾篇可以劃入現代主義範疇的小說，包括〈借個火〉[36]、〈男人與小刀〉[37]、〈跟著腳走〉[38]、〈沒有頭的胡蜂〉[39]、〈照鏡子〉[40]等。黃春明是公認的擅長說故事的人，他的小說人物大多是以宜蘭為背景的善良百姓作為描摹對象。

他會介入現代主義，自然是受到當時台北文壇風氣的熏陶。黃春明走過的道路，代表當時許多本土作家的心路歷程。大多是接受現代主義的洗禮，然後回歸到自己的鄉土。黃春明的現代文學作品，仍然不脫寫實的意味。但是，現代主義的嘗試，使黃春明對於跳躍的敘述更為成熟。〈借個火〉便是這方面的明顯證據。

現代主義的麻疹出過之後，黃春明從此就開始致力於鄉土小說的撰寫。如果鄉土文學是一九七〇年代的主流，黃春明應是這條主流的源頭之一。他在發表〈青番公的故事〉[41]之後，文學生涯正式跨入了成熟飽滿的時期。來自農村漁港的黃春明，對於鄉下生活的細節瞭若指掌。他對於魚獸鳥蟲的種種描寫，幾乎很少有同輩作

黃春明（《文訊》提供）

29　七等生，《來到小鎮的亞茲別》（台北：遠景，一九七六）。
30　七等生，《我愛黑眼珠》（台北：遠景，一九七六）。
31　七等生，《沙河悲歌》（台北：遠景，一九七六）。
32　七等生，《譚郎的書信：獻給黛安娜女神》（台北：圓神，一九八五）。
33　七等生，《思慕微微》（台北：台灣商務，一九九七）。
34　黃春明，〈「城仔」落車〉，《聯合報．聯合副刊》，一九六二年三月二十日。
35　黃春明，〈北門街〉，《聯合報．聯合副刊》，一九六二年三月三十日。
36　黃春明，〈借個火〉，《聯合報．聯合副刊》，一九六三年四月二十九日。
37　黃春明，〈男人與小刀〉，《幼獅文藝》一三九期（一九六五年七月）。
38　黃春明，〈跟著腳走〉，《文學季刊》創刊號（一九六六年十月）。
39　黃春明，〈沒有頭的胡蜂〉，《文學季刊》二期（一九六七年一月）。
40　黃春明，〈照鏡子〉，《台灣文藝》三期（一九六六年十月）。
41　黃春明，〈青番公的故事〉，《文學季刊》三期（一九六七年四月）。

家能與他比擬。

〈看海的日子〉[42]的發表，象徵台灣現代主義轉向本土精神的一個重要過渡。現代主義的流亡與放逐，使台灣作家過於沉溺在內心世界，過於訴諸情緒與欲望的描寫。正因為如此，現代小說往往強調死亡與精神分裂，對於救贖與新生的主題較少觸及。然而，放逐與回歸卻帶有辯證的關係，它是文學的一體兩面。死亡的反面，便是求生；流亡到了極致，則是回歸。在白先勇與陳映真作品中，死亡的氣息過於濃厚，這是因為在他們靈魂深處找不到出口。黃春明文學的重要意義，就在於改寫了現代主義思潮的破敗與殘缺；代之而起的是，生命的昇華與拯救。這是因為他來自宜蘭農村，那種與土地牢牢結合的本土生命，是黃春明小說的重要動力。

黃春明創造〈看海的日子〉中的妓女角色白梅時，已相當有力地對死亡回敬以雄辯的答覆。陳映真筆下的妓女，在〈將軍族〉裡自認身體不潔而殉情自殺，黃春明並未安排這種悲劇式的下場。白梅是在漁村裡賣身的妓女，她每天瞭望海洋，是等待漁船歸航，希望生意能夠上門。然而，白梅也有從良的意願。當她下定決心後，遂選擇與一位健康的年輕漁夫交易，竟然成功地受孕。從良之後的白梅，懷胎十月，如願產下自己的孩子。在小說中，黃春明以長達四頁的篇幅描述分娩的過程，其中還穿插現代主義式的幻夢。這種描寫有其用意，似乎白梅是黃春明文學的重要隱喻，她既是再生，也是昇華。抱著自己的孩子，白梅在回鄉路上又看到了海洋。這時候看海的意義已不再是等著生意上門，而是廣闊生命的象徵。通過白梅這位小說人物的誕生，一九六〇年代的台灣文學又重新找到土地的方向。以黃春明的「看海」對照王文興的「背海」，正好凸顯了六〇年代台灣文學的兩個世界。

必須特別注意的是，黃春明的鄉土書寫迂迴地反諷官方國族寓言的虛構。他以土地認同作為文學的主題，寫出一系列令人讚嘆的小說：〈溺死一隻老貓〉[43]、〈魚〉[44]、〈兒子的大玩偶〉[45]、〈鑼〉[46]，這些小說其實保留了現代化過程中次第消逝的歷史記憶。而這樣的記憶，是以揭穿官方民族主義宣傳的矯情。

跨入一九七〇年代以後，黃春明又寫了一系列小說，對於現代化神話與資本主義化的經濟奇蹟進行放膽的批判。〈蘋果的滋味〉[47]與〈莎喲娜啦．再見〉[48]是最受矚目的兩篇小說；前者是對美援文化的諷刺，後者是對日本資本主義入侵台灣的批判。這些小說問世時，寫實主義小說之躍為文壇主流已是無可抵擋的趨勢。自一九七七年之後，黃春明停筆九年之久，然後又重新撰寫「老人寫真集」的小說。一九九九年出版的《放生》[49]小說集，是他近期的文學再出發。

另一位由現代主義轉向寫實主義的小說家，便是王禎和（一九四〇—一九九〇）。他是花蓮人，台大外文系畢業，其時間稍後於白先勇。他在《現代文學》發表過作品，但主要的小說都刊載於《文學季刊》。王禎和早期作品〈鬼．北風．人〉（一九六一），是典型的現代主義作品。然而，深受愛爾蘭作家喬哀斯（James Joyce）影響的他，並未完全走意識流的路線。王禎和一方面結合現代主義的客觀化技巧，一方面則以寫實主義手法來描繪小人物，是鄉土文學中頗具語言特色與形式主義色彩的小說家。

42　黃春明，〈看海的日子〉，《文學季刊》五期（一九六七年十一月）。
43　黃春明，〈溺死一隻老貓〉，《文學季刊》四期（一九六七年七月）。
44　黃春明，〈魚〉，《中國時報．人間副刊》，一九六八。
45　黃春明，〈兒子的大玩偶〉，《文學季刊》六期（一九六八年二月）。
46　黃春明，〈鑼〉，《文學季刊》九期（一九六九年七月）。
47　黃春明，〈蘋果的滋味〉，《中國時報．人間副刊》，一九七二年十二月二十八日—三十一日。
48　黃春明，〈莎喲娜啦．再見〉，《文季》（一九七三年八月）。
49　黃春明，《放生》（台北：聯合文學，一九九九）。

他的〈嫁粧一牛車〉[50]發表於《文學季刊》後，便廣受文壇注意。這篇小說是以人物降格的方式，呈現人性中的荒謬與扭曲。以牛車維生的萬發與妻子阿好在生活瀕臨絕境之際，隔壁突然搬來一位成衣販簡仔。三角關係於焉發生，簡仔資助萬發，卻與阿好私通。萬發的窘境，就出現在他是否要繼續依賴簡仔的資助。既是喜劇，又是悲劇，卻更像鬧劇，構成了這篇小說引人入勝的情節。王禎和擅長塑造進退失據的尷尬場面，在追求尊嚴與蒙受屈辱之間，最容易暴露脆弱的人性。

王禎和（黃力智攝影，《文訊》提供）

王禎和的短篇小說集《嫁粧一牛車》[51]、《寂寞紅》[52]、《三春記》[53]、《香格里拉》[54]，都展現了他對語言生動的掌握。他常常把台語嵌入北京話中，造成錯愕而新鮮的效果。他嚴謹遵守現代主義的美學原則，盡量不讓作者的身分介入作品之中。他的單一敘述觀點，頗像日本導演小津安二郎的電影鏡頭，靜止不動，觀察人物的演出。他的敘事程序，往往是從故事中間切入，然後兵分兩路，往上追溯，往下推演，使讀者透過場景的跳躍而拼湊故事全貌。他寫小人物，以嘲弄、戲謔的方式呈現出來。事實上，他是要寫出人性的無奈。命運無可抗拒時，人是相當卑微的。《嫁粧一牛車》的扉頁有如此一段文字：「生命裡總也有修伯特都會無言以對的時候。」那種無助與無告，即使是傑出的藝術家也無法恰當地詮釋。

王禎和說：「我寫人物，並沒有刻意去褒貶他們，每個人都有對的地方，但也有不對的地方。我覺得我們現代人，大部分都是中間人，我就想寫這樣有對也有錯，對對錯錯，錯錯對對的中間人。」[55]這是極為人性的觀察，亦即每個人的生命中真實與虛偽是並存的，神性與人性是並置的，昇華與墮落是混合的，企圖以絕對的二分法予以區別，就失去了人性的意義。

他在一九七〇年代的重要小說是《美人圖》[56]，而一九八〇年代的代表作則是長篇小說《玫瑰玫瑰我愛你》。王禎和在這兩部小說裡，掉轉筆鋒，直指知識分子的眾生相。如果對小人物的描寫是以悲憫的態度去處理，那麼王禎和對知識分子的觀察則是以諷刺的方式予以暴露。其中以《玫瑰玫瑰我愛你》最受議論。小說場景設在花蓮小鎮，故事發生於越戰中的美軍即將來台渡假的前夕。美國人選擇花蓮作為渡假的目的地，竟然使小鎮的民意代表與特種營業勃然有了生氣。他們有志一同要改造地方性的茶室小姐成為世界級的酒吧女郎，使美軍有休閒去處。在「美軍就是美金」的驅使下，他們聘請台大外文系畢業的董斯文來教導茶室小姐如何說英語。整個故事急轉直下，每位小姐在近乎鬧劇的氣氛下笨拙地學習英語。崇洋媚外與書生誤國的故事，自此展開。以現代主義的手法，寫實主義的批判，交織成越戰文化的變相表演。

王禎和刻意把國旗與國歌降格，把民意代表與知識分子降格，把民族主義與國家情操降格。國族寓言的尊嚴，換取了酒色財氣的墮落。那種批判的力道，放在一九七〇年代的台灣，無疑是令人感到震撼。正是有這種文學的開路，使七〇年代鄉土文學運動更顯得澎湃洶湧。王禎和在文學史上的意義，就在於他在有意無意之間扮演了本土運動的推手。

---

50 王禎和，〈嫁粧一牛車〉，《文學季刊》三期（一九六七年四月）。
51 王禎和，《嫁粧一牛車》（台北：遠景，一九六九）。
52 王禎和，《寂寞紅》（台北：晨鐘，一九七〇）。
53 王禎和，《三春記》（台北：晨鐘，一九七五）。
54 王禎和，《香格里拉》（台北：洪範，一九八〇）。
55 王禎和，《玫瑰玫瑰我愛你》（台北：遠景，一九八四），頁二七五。
56 王禎和，《美人圖》（台北：洪範，一九八二）。

## 留學生小說蔚為風氣

作為現代小說重要一支的留學生文學，為流亡與放逐的精神下了具體的定義。如果台灣作家所寫的放逐，是屬於內部放逐或精神放逐，則海外作家的作品應該屬於外部放逐或肉體放逐。

使留學生文學成為一九六〇年代台灣文壇的固有名詞，應該始自於梨華小說的盛行。於梨華（一九三一—二〇二〇），浙江鎮海人，台大歷史系畢業，留美後改讀新聞。七〇年代初期，由於釣魚台運動的發生，於梨華轉向而認同北京政府，使得她的作品在台灣一度遭到查禁。直至六〇年代以後，於梨華的名字才又重現於台灣。

於梨華的小說，精練動人，語言流暢。《夢回青河》[57]、《歸》[58]、《也是秋天》[59]、《變》[60]、《雪地上的星星》[61]，是她自傳性與回憶性的小說。她在保守的一九六〇年代，大膽觸探女性的情欲問題，並且也暴露婚姻制度的不合理。她是少數作家，為女性身分與認同發言的前驅。她知道如何安排故事情節，也清楚如何

於梨華（《文訊》提供）

於梨華，《也是秋天》（舊香居提供）

塑造小說人物的性格。然而，她最受歡迎的長篇小說，當推《又見棕櫚．又見棕櫚》[62]。

這部小說受到討論的原因很多。第一，小說係以台大人為主角，在留學風氣日盛的那段時期，為讀者塑造了一個憧憬。第二，她寫出「無根的一代」之失落與徬徨，把外省族群的認同具體呈現出來。第三，她的台灣記憶特別強烈，企圖回到台灣尋找定位，卻終於落空。小說主角牟天磊感嘆他與台灣人不一樣：「他們在此地有根，而我們，我不知道別人怎麼想，我總覺得自己不屬於這裡，只是在這裡寄居，有一天總會重回家鄉。雖然我們那麼小就來了但我在這裡沒有根。」

於梨華不能認同台灣，但也不能認同大陸。唯一能夠認同的是中國原鄉，卻又無法回去。這部小說寫的不只是於梨華的心情，其實也是外省族群飄泊的具體寫照。小說中的牟天磊在台北再也找不到他的舊夢，然

於梨華，《又見棕櫚．又見棕櫚》
（舊香居提供）

57　於梨華，《夢回青河》（台北：皇冠，一九六三）。
58　於梨華，《歸》（台北：文星，一九六三）。
59　於梨華，《也是秋天》（台北：文星，一九六四）。
60　於梨華，《變》（台北：文星，一九六五）。
61　於梨華，《雪地上的星星》（台北：皇冠，一九六六）。
62　於梨華，《又見棕櫚．又見棕櫚》（台北：皇冠，一九六五）。

而，那畢竟是一個沒有夢的年代，也並不可能在其他土地上找得到。那種幻滅、浮華之感，是對放逐的最深沉詮釋。

歐陽子（一九三九—），原名洪智惠，台灣南投人。與白先勇同樣是《現代文學》的發起人。她是徹底實驗現代主義技巧的作家，並且在創作之初也遵守亞里斯多德所說的「三一律」，亦即時間律、場地律、動作律。對於自己的舊作不斷改寫，使其趨於完美。因此，她全部短篇小說只有一冊，即《那長頭髮的女孩》[63]，到了一九七一年改名為《秋葉》[64]。作品目錄並未有重大改變，但是每篇小說的內容都已經大幅修改。

歐陽子（《文訊》提供）

歐陽子小說的特色，集中於描寫亂倫、外遇、畸戀、偷情等等違逆傳統價值觀念的故事。小說中的人物，往往深陷於三角關係之中。其中最引人注目的是寫海外華人情欲糾纏的〈秋葉〉。這篇小說以教授的新婚夫人與教授前妻的孩子之間的關係為主軸，兩人幾乎發生戀愛，卻又彼此壓抑。在道德倫常與邪惡愛欲之間，人性的掙扎、折磨、考驗帶來了無上的痛苦。故事還牽涉到文化認同的問題，因為教授的前妻是白人，所以孩子的價值觀念究竟是認同美國，還是中國？歐陽子透過情欲的考驗，揭露人的內心其實潛藏著兩種人格。

其他的短篇小說中，歐陽子也藉著情欲的探索來考察姊妹、夫妻、師生、母子之間的角色錯亂與人性競逐。她之所以致力於如此的挖掘，乃是出自於對人性深沉與複雜的體認。就像〈秋葉〉中對話呈現的觀點：「人都有許多面，像建築物一樣……每一個角度，都有不同的面，就看你從那個角度去觀察。」這是歐陽子小說迷人的地方，她有意從正面、反面、側面的各種角度去測量人性的深度。

但是《秋葉》出版後，引來《文季》第一期的集體批判。唐文標的〈歐陽子的創作背景〉、何欣的〈歐陽子說了些什麼〉、尉天驄的〈幔幕掩飾不了污垢〉，以及王紘久（王拓）的〈一些憂慮——讀歐陽子的《秋葉》〉等等文字，一方面批判歐陽子的小說是「把病態當作正常」（尉天驄語），是欠缺「戰爭經驗的」（唐文標語），是「缺乏思想，缺乏個性的」（何欣語），是「個人象牙塔裡的幻想」（王拓語）。這是鄉土文學論戰之前，第一波對現代主義進行的批判。歐陽子於一九七七年接受夏祖麗的訪談時，終於提出她的看法[65]。

歐陽子，《秋葉》

第一，她認為自己的小說乃是「在揭露他們（小說人物）自己都不敢面對內心的罪，以及他們被迫面對現實以後的心靈創傷」。對於人性的黑暗面，不僅小說人物不敢正視，就是參與圍剿的批評家也不敢自我省察的。歐陽子的見解可以理解為掩飾或壓抑內心的罪惡，並不就等於是道德。人的情欲受到扭曲與壓制，其實也是不道德的。第二，關於「象牙塔」的問題，歐陽子認為，人要面對的現實問題誠然很多，包括戰亂、貧窮、疾病等，「人間的現實困難實在太多，如果必須先解決這許多困難，才能把餘力交給文學藝術，休想

63 歐陽子，《那長頭髮的女孩》（台北：文星，一九六七）。
64 歐陽子，《秋葉》（台北：晨鐘，一九七一）。
65 歐陽子，〈附錄：關於我自己——回答夏祖麗女士的訪問〉，《移植的櫻花》（台北：爾雅，一九七八）。

有一天能夠有這樣的『餘力』。那麼文學藝術是否就應該死亡」？歐陽子的答覆極為簡潔有力。作家一旦從事文學書寫，就是一種社會經驗。情欲的問題，是最現實的問題。不敢面對情欲的議題，恐怕才是關在「象牙塔」。

歐陽子的小說創作，止於《秋葉》的出版。她在一九七六年完成評論集《王謝堂前的燕子》[66]，是針對白先勇的《台北人》之系列分析。全書以十四篇長文剖析十四篇小說，格局恢宏，已成為台灣文學批評的重大里程碑，也是理解白先勇文學堂奧的最好墊腳石。

留學生文學以女性作家為最多，包括吉錚（一九三七—一九六八）、孟瑤（一九一九—二〇〇〇）等。她們描述海外留學生在兩種文化之間的擺盪，在婚姻與事業之間的掙扎，都組成了現代主義文學更為龐大的流亡精神。她們的流亡已不純粹是國族的問題，家庭的流亡、情欲的流亡也是她們生命經驗的一部分。女性想像的崛起，填補了文學史的缺口。

歐陽子，《王謝堂前的燕子》

孟瑤（《文訊》提供）

## 另類現代小說的特質

台灣現代小說的發展，一般都以《現代文學》或《文學季刊》的創辦為中心。這些大部分都是出自學院或教育界，因此在討論現代主義時，往往受到忽視。不過重新檢視當時的文學生態，應該還有不同的途徑，通往現代小說的書寫。從文字來看，他們寫的是鄉愁或懷舊，但是在技巧上，或多或少融入心理或幻想的象徵技巧，或者以夢的形式，或者以鬼怪的形象，在文本中飄移游動。這群作家較受注意的，可能是司馬中原、段彩華、邵僩。

司馬中原（一九三三—），本名吳延玫。他從第一本小說《加拉猛之墓》（一九六三）發表之後，就再也沒有停筆。他又跨過世紀，到今天仍然還在從事創作。由於作品過於龐大，幾乎不是簡短的敘述就可以概括。他的重要位置不僅僅是代表一個世代的鄉愁，更重要的是，他以文學想像密切與台灣社會結合起來。不論題材如何變化，他總是以傳承文化傳統作為一生的使命。他的創作生涯橫跨半個世紀，寫出小說六十餘部，散文十餘部，還包括電視電影劇本，粗估他的創作總量應該超過六千萬字以上。他登上文壇之後，立即獲得承認，所寫的《荒原》在一九六四年獲得第一屆青年文藝

司馬中原（《文訊》提供）

66　歐陽子，《王謝堂前的燕子：《台北人》的研析與索隱》（台北：爾雅，一九七六）。

獎。司馬中原小說之所以迷人，不僅在於故事充滿詭譎魅惑，更重要的是，他所寫出上乘的白話文，經過不斷的鍛鍊，已經使他的口語出神入化，對於後輩作家造成極大影響。在他的小說裡還更具另一層意義，就像他在《荒原》所說：以「一種悲憤的敲擊，揭露出東方古老大地上人們艱困的生存狀貌」。他對中國大地的眷戀，為的是彰顯沒有一個生命可以脫離泥土而存在。在面臨戰爭、災難、禍害的挑戰，即使是最脆弱的人，也會表現出最堅強的抵抗意志。那種史詩型的寫法，正是為他的時代、他的家國進行無靜止的雄辯。齊邦媛教授在定義他的文學史時，以〈震撼山野的哀痛〉[67]來形容，那可能是最貼切的概括。

《狂風沙》（一九六七），是相當罕見的大河小說，以供奉在神轎裡的英雄關八爺為中心，塑造軍閥時代暴政下的江湖故事。他寫的是古老傳統生活中的人們，是如何謙卑地藉神的力量來對抗生命中的損害與屈辱。背景設定在國民革命北伐的前夕，他寫的是民間的傳奇，彰顯的是民國史如何從分裂混亂的狀態，進入一個新時期。與其說這是一部小說，倒不如說這是民國史的最佳詮釋。小說的敘述扣人心弦，特別引人矚目的，就在於他掌控文字的速度，即使是一個動作，一個事件，在閱讀之際都充滿了流動感。如果沒有經歷過真實的生活，就不可能寫出那種炫耀、歡樂、悲傷、輝煌的民間文化。在軍閥時代，隱藏在社會底層的小人物，包括土匪、妓女、苦力，都被推上舞台。鄉愁寫到最真處，終於使即將消逝的記憶又活靈活現，醒轉過來。這是一部鄉愁書、懷舊書，也是一部震撼心靈的生命書。

頗具說書技巧的作者，把在傳統中已經僵化的忠孝節義，都化成民間故事或鄉野傳聞，再次呈現於台灣文壇。他重要的作品包括《魔夜》（一九六四）、《流星雨》（一九七八）、《路客與刀客》（一九七八）、《啼明鳥》（一九八四）、《狼煙》（一九八六）、《靈河》（一九八七）、《紅絲鳳》（一九八八）、《刀兵塚》（一九九一）、《十八里旱湖》（一九九二）、《巨漩》（一九九二）。司馬中原似乎被定位在鄉野鬼怪傳說的作者，但是他的創作技巧有時並不遜於現代主義的意識流技巧。他的說書極為生動地保留這個行業的特色，在一九八〇年代崛起的作家張大春，早年的文學啟蒙便是受到司馬中原的點撥。

段彩華（一九三三—二〇一五），完成第一部小說《幕後》（一九五一），開啟日後不盡的文學道路，他不願被稱作「軍中三劍客」，畢竟他的風格與朱西甯、司馬中原全然不同。他擅長寫自己經歷的故事，卻又不是庸俗的寫實主義者。在創造過程中，偏向現代技巧，他喜歡寫扭曲的心靈故事，在內心世界往往可以看到另外一層風景。段彩華擅長使用較短的句法，無形中使讀者在閱讀時，帶動輕快的旋律。在一九六〇年代，他在〈聯合副刊〉大量發表短篇小說，對於傳統中的迷信，以迂迴的方式徹底反省，透過故事的描述，對於反共復國的神話也有某種程度的批判。他擅長使用象徵與隱喻的方式，聲東擊西，在傳統與現實之間完成跳接。他重要的作品包括《雪地獵熊》（一九六九）、《花雕宴》（一九七四）、《龍袍劫》（一九七七）、《野棉花》（一九八六）、《一千個跳蚤》（一九八六）、《流浪的小丑》（一九八六）、《百花王國》（一九八八）。長篇小說包括《上將的女兒》（一九八八）、《花燭散》（一九九一）、《清明上河圖》（一九九六）。

段彩華（《文訊》提供）

段彩華在二〇〇二年，發表長篇小說《北歸南回》，寫出他的時代悲劇。小說描述三個外省族群過了中年以後，回到自己的故鄉，其中包括季里秋、于思屏、方信成，他們背負巨大的歷史悲劇，在台灣社會被改

67 齊邦媛，〈震撼山野的哀痛〉，《千年之淚》（台北：爾雅，一九九〇），頁七五—八八。

造一生的命運，最後又選擇回到故鄉。他們面對的是支離破碎的記憶，三個返鄉者各有不同的記憶，卻構成時代的悲劇，就像書名所暗示的，家鄉已成意象，真正能夠使他們安身立命的反而是小小的海島。其中暗藏他的願望，即使經歷過太多的殘缺與失落，即使無法為漂泊靈魂找到定位，他們有一個共同願望，就是期待和平真正降臨在兩岸。那種悲涼似乎被新世代的作家又再書寫一次，例如蔣曉雲的《桃花井》。

在同時期，另一位值得注意的作家是邵僩（一九三四—二〇一六），他擔任小學老師，寫出的現代小說非常出色，他的第一本短篇小說集《小齒輪》（一九六六），列入文星叢刊，是早期少數受到肯定的作家。他擅長使用調侃幽默的方式觀察寂寥的人生，作品大部分發表在《中國時報》、〈中央副刊〉、〈中華副刊〉。一九六〇年代末期，出版小說集《螞蟻上床》，其中同名的小說從一隻工蟻的觀點，靜靜觀察床上的男女。這篇充滿諷刺的作品，典型展現他的風格。在短短的篇幅裡，寫出生龍活虎的男性，最後變成一具乾屍，在細微處看到複雜的世界，從渺小的人物發現混亂的社會。他的產量極為豐富，在短篇小說集《今夜伊在那裡》，有序言〈一驚〉：「生命中常有許多的一驚，有時是對鏡出現一些華髮，有時是朋友在人生旅途上先走一程，有時是發現過去不再是原來的模樣；而一驚無非是一聲喟嘆罷了。」恰如其分地點出他的技巧關鍵。他擅長抓住人生的一個片段，一個稍縱即逝的場景，一個難以忘卻的遭遇。剎那就是永恆，正是他對命運的看法。他的小說便是適時抓住一點，引發讀者無窮的想像。他的作品包括《櫻夢》（一九六七）、《騎在教堂窗子上》（一九六八）、《螞蟻上床》（一九六九）、《到青龍橋就解散》（一九七〇）、《邵僩極短篇》（一九八九）。

# 第十六章

# 現代詩藝的追求與成熟

台灣新詩的現代主義想像，發端於一九五〇年代中期，成熟於六〇年代，而終於在七〇年代與寫實主義路線有了鮮明的分裂與結合。以紀弦組成的現代詩派為濫觴，繼之以藍星詩社與創世紀詩社的次第成立，現代主義日益成為新詩運動的主流。美學思維上的現代主義轉折，促使台灣詩人偏離中國五四文學以降抒情傳統的影響，而開始對被壓抑的欲望、情緒想像，展開前所未有的挖掘。對台灣文學而言，新詩所進行的無意識或內心世界的探索，就像同時期的現代主義小說那樣，揭開了寬闊的歷史巨幕。

中國早期的新詩運動，集中於強調意識世界的正面價值。詩人比較偏愛感時憂國與永恆愛情等等題材的經營。在詩行之間，詩人擅長歌頌光榮歷史、民族情操、人格昇華、人性救贖之類的大敘述。這種隱惡揚善式的頌歌，到一九五〇年以後，由於受到反共國策的鼓舞獎勵，而得到更為擴張的空間，愛國詩、戰鬥詩、反共詩，一時蔚為風氣。那種思想透明，政治正確的人工美學，對於創造力與想像力都構成極大傷害，因此，若是把現代詩運動置放在反共文藝政策的脈絡下來檢驗，當能彰顯其特殊的歷史意義。

台灣新詩的現代化，突破了戒嚴體制的格局，終於從詩人的無意識底層，浮現了許多負面、幽暗、龐雜的想像。這種前所未見的心靈探索，有意無意之間避開了權力干涉，使詩人抵達純粹美學的領域，展開藝術上無窮盡的追求。就像現代小說的創造那樣，現代詩所進行的心靈探索，也是沿著兩條途徑：一是語言的改造，一是美學的深挖。在語言方面，詩人已經感受到白話文的貧困與枯澀。五四文學傳統所尊崇的張口見喉式的語言，以及我手寫我口的文字，已不能勝任傳達現代詩人內心的深層意識。他們不能不選擇去嘗試語法的顛覆與句型的再鑄，否則就很難在政治悶局中打開被禁錮的藝術疆域。

這場現代詩運動是全面展開的，除了在各自詩社的機關刊物如《現代詩》、《藍星》、《創世紀》，勇於投入語言實驗的行動，同時也更進一步，在其他報刊雜誌開闢版圖，如《公論報》、《文星》、《文學雜誌》、《皇冠》等。他們活動的空間，並不止於文字的表達，有時也擅長聲音的演出。他們常常舉行詩朗誦會，廣泛與讀者接觸。這種詩的朗誦，使詩人更加警覺到文字的節奏與速度。由於有音樂性的要求，詩人特別注重詩藝的經營，從而在詩行的處理、意象的鋪陳、聯想的懸宕、意義的歧出等等方面都開始受到關切。這些形式的追求，與內心世界的浮降都有了密切的聯繫。在無意識的空間裡，他們觸探了背德、墮落、邪惡、沉淪、卑賤的欲望。詩藝的講求，終於為台灣開創了一個充滿訝異而又喜悅的時代。

## 詩的高速現代化

現代主義美學的傳播，加速在一九六〇年代詩人的創作中繁殖蔓延。新鮮、陌生語言的大量誕生，標誌著現代詩人的勇於摸索與嘗試。台灣現代詩的重要特徵，便是詩的語言充滿了探險、冒險與危險，對於反共體制下的詩人來說，他們在語言上步入險峻之境，顯然是對傳統精神與權力干涉，進行一種思想性的決裂。他們決裂的姿態，義無反顧。

就詩的探險而言，詩人敢於使用前人未曾使用過的修辭，大膽利用語言的聯想與切斷，使潛藏在內心的感覺與情緒湧現出來。一九三〇年代的台灣與中國現代詩人，即使在強調新感覺之際，還不至於從事語言的全新改造鍛鍊。台灣詩人有勇氣寫出短句，即使一個字也可占據一行；也有勇氣創出長句，甚至一行使用四十個字也無須斷句。他們擅長利用詩行之間的空白，造成情緒的緘默與懷疑的終止。就像樂譜中的休止符，台灣詩人已經知道無聲處正是意義切入的所在。

就詩的冒險而言，一九六〇年代台灣詩人透過技巧形式的變化，而達到對五四歷史與三〇年代台灣文學的挑戰，並且也進一步對客觀的政治現實表現高度的質疑。他們專注於個人感覺的經營，藉由這樣的經營，完成了對集體主義與威權主義的背叛。這種冒險，具備了高度的文學意義與藝術精神，卻於無形中散發了深沉的政治批判。

就詩的危險而言，台灣詩人的語言實驗並非全然都是成功的。現代主義思潮的衝擊到達高峰時，自然也會出現流弊。由於語言革命的不斷實踐，終於使不少詩作為現代而現代，為實驗而實驗，而產生了當時坊間所指控的「偽詩」。一九六〇年代許多被公認的晦澀的詩人，其實是非常寫實的。不過，無可否認的，有些詩最後也不免淪於文字的迷宮，而受到強烈的批判。七〇年代初期的現代詩論戰，正是對危險的詩展開一系列的反省與質疑。

台灣新詩的高度現代化，出自軍中作家的手筆。在左營海軍基地成立的創世紀詩社，集結了瘂弦、洛夫、張默這群勇於語言實驗的詩人。他們的生活職業，顯然與文學志業有很多的落差。在軍中社群裡，文學觀念是比較傾向於支持既有的政治體制，在文學創作方面也應該是較趨於保守封閉。然而，創世紀詩社竟然是改寫文學走向的一群詩人。在詩社裡，瘂弦是最受矚目的一位。

瘂弦（一九三二—），本名王慶麟，河南南陽人。出身於政工幹校影劇系的他，曾於一九六六年赴美國愛荷華大學「國際作家工作坊」訪問兩年。瘂弦早期詩作，頗受中國一九三〇年代詩人何其芳以及德國知性詩人里爾克的影響，而不乏摹仿之作。他擅長使用後設的方式，重新建構冷酷的生命觀察。不過，他的冷酷並非淡漠，詩中流淌的情感仍然豐厚飽滿。

就像所有的現代主義詩人那樣，他們都是從語言上進行強烈的革命。瘂弦作品的前衛性格，全然是建基於

瘂弦（《文訊》提供）

語言的鍛鑄之上。但是，瘂弦之值得注意並非在於創造斷裂式的語法，也並非在於重新鍛字鑄句，而在於他果敢地以白話與口語入詩。平凡語言與平凡語言之間的相互聯繫，竟然能塑造奇異的意象而導致錯愕新意的產生。瘂弦在他自己的〈詩人手札〉如此討論過詩的語言：「以徒然的修辭上的拗句偽裝深刻，用閃爍的模稜兩可的語意故示神祕，用詞彙的偶然安排造成意外效果，只是一種架空的花拳繡腿，一種感性的偷工減料，一種詩意的墮落。」[1]離開語言，瘂弦的詩藝就失去依靠。他擅長利用語言的即興與率性，讓讀者窺探到他內心的複雜思維與情緒流動。

瘂弦，《深淵》

瘂弦的新詩生涯前後僅持續十二年（一九五三—一九六五），並只完成一冊詩集《深淵》[2]。但是，他為詩壇留下可供議論的傳說，即使到今天仍然受到懷念，究其原因，乃在於他詩中語言的想像空間特別活潑而開闊；更重要的是，他所開發出來的世界，正好與他的所處的時代全然悖離。如果在政治封鎖年代的反共時期所流行的美學是崇高、昇華、健康、寫實，則瘂弦作品展現出來的思考則是沉淪、幽暗、頹廢、殘缺。這種對藝術的尊崇方式，頗具革命與顛覆的性格。遠在進入一九六〇年代之前，瘂弦對於諸神的信仰展開迂

1 瘂弦，〈詩人手札〉，《創世紀》一四、一五期（一九六〇年二月、五月）。

2 瘂弦，《深淵》（台北：眾人，一九六八）。

迴的質疑與嘲弄的批判。所謂諸神，意味著一種威信，一種權力，一種無上的存在。當他的詩行中重複出現「食屍鳥」、「十字架」、「嗩吶」、「哭泣」、「斷臂人」、「殯儀館」等等意象時，死亡的氣味濃郁襲來，正好構成對於戰鬥、愛國情操的文藝之強烈嘲弄。

收入《瘂弦詩集》[3]的卷之七「從感覺出發」，最能代表一九六〇年代初期詩人心情的猶豫、徬徨、怔忡、遲疑，卻又最能反映他掙扎、憤怒、抗議、反叛的思緒。這些詩作問世時，等於宣告台灣現代詩已經到達成熟的階段。許多受到反覆咀嚼的詩句，都出現在這個時期。例如，「而既被目為一條河總得繼續流下去的」（〈如歌的行板〉）；「我等或將不致太輝煌亦未可知」（〈下午〉），或是如下的詩行：

> 無人能挽救他於發電廠的後邊
> 於妻，於風，於晚餐後之喋喋
> 於秋日長滿狗尾草的院子
>
> ——〈庭院〉

這些詩句，充滿高度的音樂節奏與隱喻暗示，把詩人疲憊而庸俗的倦怠感生動表現出來。卑微（或卑賤）的生命，看不到絲毫明亮的前景。至少詩給讀者的感覺是，有一種頹廢是無法獲得救贖的。然而，在現代詩的思維裡，墮落不必然就是墮落，猶沉淪未必就是沉淪。在一個封閉窒息的年代，所有關於邪惡、腐敗等等負面書寫的誕生，本身就已具備昇華的意義。負面書寫本身，在一個凝滯僵化的高壓社會裡，就潛藏著動力。詩中所有惡的象徵，一方面固然在於影射外在世界的政治體制之本質，一方面也在於暗示詩人刻意以邪惡的思維來抗拒虛構虛偽的「光明社會」。以墮落來對抗愛國，以沉淪來對抗戰鬥，這種張力正好凸顯詩的正面價值。瘂弦出身於政工幹校，卻敢於使用現代主義的幽暗書寫來追求藝術，誠然有其過人的膽識。即使以今天的角度來回顧他的詩藝，還是可以承擔起現代主義的精神。軍人與現代主義並置放在一起，那種意象既是反諷，也是錯愕。然而，瘂弦畢竟開啟了驚人的政治無意識。

完成於一九五九年的長詩〈深淵〉，過於早熟地宣告了他的現代主義之總結。即使他在一九六五年寫出的最後兩首詩〈一般之歌〉與〈復活節〉，都沒有超越〈深淵〉的造詣。這首詩既標誌了瘂弦在追求感覺的真實上所獲得的極致藝術，同時也為台灣的現代詩運動立下可觀的豐碑。全詩共分十三節九十九行，挖掘稱之為深淵的欲望。

我們再也懶於知道，我們是誰。
工作，散步，向壞人致敬，微笑和不朽。

在一個尊崇民族情操與道德倫理的時代，身分與認同是非常明確的。然而，詩中的「我們」竟然再也不想知道自己是誰？因為，他們不再是倫理規範所定義的族類，而是「向壞人致敬」的一群。所謂壞人，是離經叛道的；是違反正面價值的。向壞人認同，無非是對常態的「我們」之否定。全詩穿越內在的經驗，對於正常世界的價值不斷展開顛覆。詩中宣稱「天堂是在下面時」，似乎是為救贖與昇華做了全新的詮釋。褻瀆的欲望，邪惡的色相，在疲憊的日子中翻滾浮現，只因為詩人尋找不到振作的力量。

在資本主義猶待發展的一九六〇年代台灣，瘂弦創造如此高度現代化的詩作，顯然不是受到客觀經濟條

3　瘂弦，《瘂弦詩集》（台北：洪範，一九八一），頁二一五。

件的影響，而是對當時苦悶、僵化的政治環境的一種回應。他選擇在內心世界對各種淫邪的情欲做深入的探勘，似乎是在舉行反叛與抗拒的儀式。詩中有兩處提到深淵，即第二十行至二十二行：「冷血的太陽不時發著顫／在兩個夜夾著的／蒼白的深淵之間」，以及第八十五行：「這是深淵，在枕褥之間，輓聯般蒼白」。他顯然是隱喻著兩種不同的欲望。一種是形而上的，亦即精神上、心理上無窮的欲望想像與憧憬；一種是形而下的，亦即在肉體上對女性無盡的飢渴與狂想。墜入深淵中的詩人，不再服膺現實中氾濫的權力支配，不再聽命於光明的崇高的道德價值。生命的意義，剩下來的只是這些：

哈里路亞！我們活著。走路、咳嗽、辯論，
厚著臉皮占地球的一部份。
沒有甚麼現在正在死去，
今天的雲抄襲昨天的雲。

歌頌如此的生命，是因為他們只能過著可恥的日子，而這樣的日子卻不斷重複，不斷相互抄襲。其中有不能言者，都存在於詩之外。瘂弦說：「對於僅僅一首詩，我常常作著它本身無法承載的容量；要說出生存期間的一切，世界終極學，愛與死，追求與幻滅，生命的全部悸動、焦慮、空洞和悲哀！總之，要鯨吞一切感覺的錯綜性和複雜性。如此貪多，如此無法集中一個焦點。」[4]

他對一首詩的藝術要求是這麼高，正如他對生命中的苦痛與焦慮是如此熱切擁抱。因此，他寫出的〈深淵〉，其實並非只在強調他對生命的褻瀆。恰恰相反，他看到了一九六〇年代許多生命的掙扎翻騰，而企圖利用詩的形式「鯨吞一切感覺」。在同時期，他又寫下了〈坤伶〉、〈獻給馬蒂斯〉、〈如歌的行板〉、〈非策劃性的夜曲〉，始終不懈地在語言技巧與精神挖掘上專注經營，帶給詩壇無可抵禦的驚奇。

瘂弦停筆於一九六五年，為現代詩運動留下惹人議論的傳說。如果繼續寫下去，他是否可能有全新的超越，如今已難斷定。然而，憑藉一冊握可盈手的詩集，他在詩史的地位應該是相當穩固了。

同樣是創世紀詩人之一的洛夫（一九二八—二〇一八），在詩藝的營造方面較瘂弦還更專注執著。他出版的詩集，包括《靈河》[5]、《石室之死亡》[6]、《外外集》[7]、《無岸之河》[8]、《魔歌》[9]、《時間之傷》[10]、《釀酒的石頭》[11]、《月光房子》[12]、《天使的涅槃》[13]、《隱題詩》[14]，以及《漂木》[15]。其中還出版數冊詩選集，如《夢的圖解》[16]與《雪崩》[17]。他是台灣超現實主義的旗手，無論在創作與理論方面，對自己的要求

---

4　瘂弦，〈詩人手札〉。
5　洛夫，《靈河》（台北：創世紀詩社，一九五七）。
6　洛夫，《石室之死亡》（台北：創世紀詩社，一九六五）。
7　洛夫，《外外集》（台北：創世紀詩社，一九六七）。
8　洛夫，《無岸之河》（台北：大林，一九七〇）。
9　洛夫，《魔歌》（台北：中外文學，一九七四）。
10　洛夫，《時間之傷》（台北：時報，一九八一）。
11　洛夫，《釀酒的石頭》（台北：九歌，一九八三）。
12　洛夫，《月光房子》（台北：九歌，一九九〇）。
13　洛夫，《天使的涅槃》（台北：尚書，一九九〇）。
14　洛夫，《隱題詩》（台北：爾雅，一九九三）。
15　洛夫，《漂木》（台北：聯合文學，二〇〇一）。
16　洛夫，《夢的圖解》（台北：書林，一九九三）。
17　洛夫，《雪崩》（台北：書林，一九九四）。

極高。他的生命力，表現在持續不懈的藝術追逐。跨過七十歲以後，完成三千行的長詩《漂木》，幾乎不是同世代的任何一位詩人能夠望其項背。

對於現代主義的追求，洛夫在其〈關於石室之死亡〉一文中說：「一則因個人在戰爭中被迫遠離大陸母體，以一種飄萍的心情去面對一個陌生的環境，因為內心不時激起被遺棄的放逐感；再則由於當時海峽兩岸的政局不穩，個人與國家的前景不明，致由大陸來台的詩人普遍呈現游移不定、焦慮不安的精神狀態，於是探索內心苦悶之源，追求精神壓力的舒解，希望通過創作來建立存在的信心，便成為大多數詩人的創作動力，《石室之死亡》也就是在這一特殊的時空中孕育而成。」洛夫的證詞，似乎可以用來解釋現代詩運動在台灣擴張發展的一個政治背景，更可以進一步詮釋他們內心湧現的孤絕與飄泊。

洛夫（《文訊》提供）

《石室之死亡》是在金門前線的碉堡面臨死亡情境的一個投射。這冊長詩作品，為一九六〇年代開啟了新的感覺與新的爭議。新的感覺，指的是它成功地藉由現代主義的荒謬感，來概括現實中生命的錯置與無常。新的爭議，則是由於為了呈現新感覺而使用創新的語言，而觸怒當時一些評論者。然而，在論戰的硝煙中，洛夫仍然全心投注在超現實主義美學的追求。《石室之死亡》便是以死亡拉開整首詩的氣勢：

祇偶然昂首向鄰居的甬道，我便怔住
在清晨，那人以裸體去背叛死

任一條黑色交流咆哮橫過他的脈管
我便怔住，我以目光掃過那座石壁
上面即鑿成兩道血槽

突然其來的死亡，襲擊他毫不設防的眼睛。洛夫以純粹經驗的表現方式，描述他目擊自己的同袍遭到砲擊時的內心衝擊。「我以目光掃過那座石壁／上面即鑿成兩道血槽」，近乎科幻武俠的寫法，非常傳神地形容了眼光與濺血同時投射在牆上的剎那的震顫。類似這種語言跳接的方式，毋寧是在邀請讀者參加他的想像。洛夫非得使用如此再鑄的語言，才能把潛藏在無意識裡的震撼鋪陳出來。生命的幻滅與死亡的貼近，把詩人的心靈鍛鍊成為異於常人的離奇境界。他見證的時代與人生，絕對不是尋常的鬥志高昂，意志堅強的社會。對他而言，那種充斥政治口號式的社會，距離他過於遙遠，他比較相信的，應該是詩集的第四十九首：

築一切墳墓於耳間，只想聽清楚
你們出征以後的靴聲
所有的玫瑰在一夜萎落，如同你們的名字
在戰爭中成為一堆號碼，如同你們的疲倦
不復記憶那一座城曾在我心中崩潰

「墳」、「萎落」、「疲倦」、「崩潰」等等負面的書寫，在於凸顯他面臨的是一個破碎的、無法定義的時代。他抱持高度的懷疑，對於他熟知的價值，以及他所賴以生存的社會，甚至對於他必須效忠的政治體制。

洛夫，《石室之死亡》

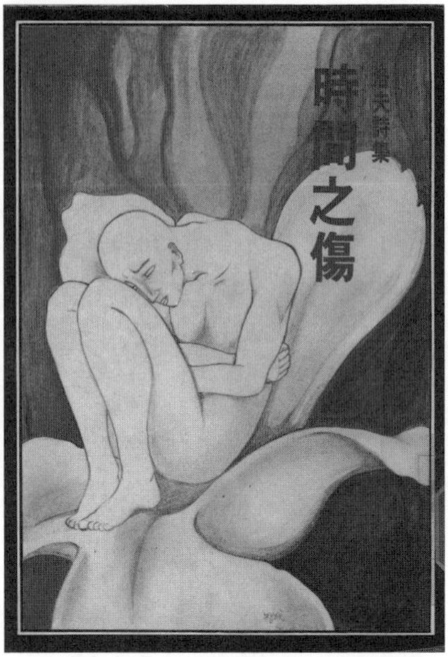

洛夫，《時間之傷》

洛夫，《魔歌》

洛夫，《漂木》

然而，他並不因此而對死亡產生恐懼，透過不斷的書寫與創造，等於是在洗滌恐懼，使生之欲望獲得釋放。這是現代主義中最具辯證的思維：亦即書寫死亡，正是抗拒死亡；書寫沉淪，正是抗拒沉淪。在他詩中最為幽暗的角落，反而煨燒著希望的微光。

《石室之死亡》是洛夫詩學的原型，為他後來辛勤不懈的詩藝形塑攜來豐饒的想像泉源。洛夫的詩觀，到了一九七五年出版《魔歌》時，已開始有了轉向。如果對照早期的詩風，就可發現他已在一九七〇年代修正一些看法。例如在稍早的〈詩人之鏡〉，他說：「攬鏡自照，我們所見到的不是現代人的影像，而是現代人殘酷的命運，寫詩即是對付這殘酷命運的一種報復手段。」他的報復，其實就是帶有抗議與批判的意味。到了出版《魔歌》之際，他在〈自序〉說出自己的心情：「……作為一種探討生命奧義的詩，其力量並非純然源於自我的內在，它該是出於多層次、多方向的結合，這或許就是我已不再相信世上有一種絕對的美學觀念的緣故吧。換言之，詩人不但要走向內心，探入生命的底層，同時也須敞開心窗，使觸覺探向外界的現實，而求得主體與客體的融合。」這種轉變，並非意味現代主義已呈式微之勢，反而是現代主義逐漸與一九七〇年代寫實主義相互會通的一個徵兆。這是文學史上極為微妙的轉變，卻往往受到忽視。洛夫的努力，使現代主義獲得了再擴張，因此而有後來的《時間之傷》、《釀酒的石頭》，以至《雪落無聲》等等既與歷史結合，又與現實對話，其中有懷舊與鄉愁的迴響，完全改變了他在「天狼星論戰」的高度現代化的姿態。尤其他完成氣勢磅礡的《漂木》時，似乎就是他美學歷程的集大成，無論是形式的多變與內容的繁複，都可在稍早的創造經驗中得到印證。這位頗受爭議的詩人，在歷史迷霧撥清之後，已篤定顯露他重要的貢獻。對台灣詩壇而言，洛夫已受到反覆的討論，而逐漸被形塑成為典律。

瘂弦、洛夫、張默共同領導的創世紀詩社，無疑是推動現代主義最為用力的一群。他們編選的《六十年代詩選》[18]、《中國現代詩選》[19]、《七十年代詩選》[20]，由於編選體例與年代命名曾經引發批評，但是保存下來的珍貴史料，已成為台灣詩史的重要見證。其中最能代表一九六〇年代的台灣詩藝成就，當以《七十年代詩選》值得注意。就像他們在詩選〈後記〉所說的，台灣的現代詩已從少年時期進入壯年時期，亦即結束實驗階段，邁入創造階段。其中收入的許多作品，正是後來批評家奉為經典的詩。周夢蝶的〈還魂草〉、〈樹〉，方莘的〈膜拜〉、〈夜的變奏〉，葉珊的〈歌贈哀綠依〉、〈給時間〉，商禽的〈逃亡的天空〉、〈鴿子〉、〈逢單日的校歌〉，余光中的〈敲打樂〉，辛鬱的〈同溫層〉，羅門的〈第九日的底流〉、〈死亡之塔〉，蓉子的〈我的粧鏡是一隻弓背的貓〉，白萩的〈雁〉、〈暴裂肚臟的樹〉，張默的〈紫的邊陲〉等等，都足以顯示當時編選者的審美原則，禁得起時間的考驗。要窺探一九六〇年代現代詩的繁複深奧，都可在這冊詩選得到一些鑑照。

周夢蝶，《還魂草》

商禽（一九三〇—二〇一〇），本名羅顯烆，又名羅燕、羅硯，被公認為現代詩運動中，典型的超現實主義者。但是詩人從不接受這樣的命名，他反覆強調，所謂「超」現實，就像年輕世代所說的，「非常」或「極度」現實。具體而言，他的藝術從未脫離現實，或超越現實，反而是深刻地介入現實。他所使用的形式有很多是散文詩，有人認為這種散文詩可能受到魯迅的影響。但是經過細讀，這種形式完全是由他個人創造出來。他堅持詩的特質、形式只是一種表現方式而已，縱然他徹底反映荒蕪的時代，也鮮明刻劃他的生活環境。但他不是寫實主義者，而是充滿暗示、隱喻、象徵的現代主義者。透過簡短的詩行，他對加諸身上的政治干涉與權力枷鎖表達最大抗議。作為開創性的詩人，他窮其一生訴諸語言的變革，為的是要到達被扭曲、被綁架的靈魂深處。詩人在閉鎖的空間釀造詩，無非是為了尋求精神逃逸的途徑。他留下的作品，簡直就是奔逃的蹤跡。循著他蜿蜒的腳印，似乎可以溯回那久遠的、遺落的歷史現場。

囚禁意象，貫穿在商禽早期的詩行裡，加諸於肉體的綑綁，來自政治、來自道德、來自傳統，也來自無窮盡的流亡歲月。他寫下無數令人沉思咀嚼的詩句，包括〈長頸鹿〉、〈滅火機〉、〈夢或者黎明〉、〈門或者天空〉。他的詩行強烈暗示，呈現各種不同形式的航行與飛行。即使夢境有多麼荒謬，但在那裡所有自由的旅行都獲得容許。當黎明到來時，自由的夢全然消失，他又跌入殘酷的現實。〈門或者天空〉是以兩種悖反的意象來對比，門是狹窄的出口，天空則是無限空間的象徵。人酷似創造各種門的意象，包括城堡、圍牆、護城河、鐵絲

18 張默、瘂弦主編，《六十年代詩選》（高雄：大業，一九六一）。
19 張默、瘂弦主編，《中國現代詩選》（高雄：大業，一九六七）。
20 張默、瘂弦主編，《七十年代詩選》（高雄：大業，一九六七）。

商禽（《文訊》提供）

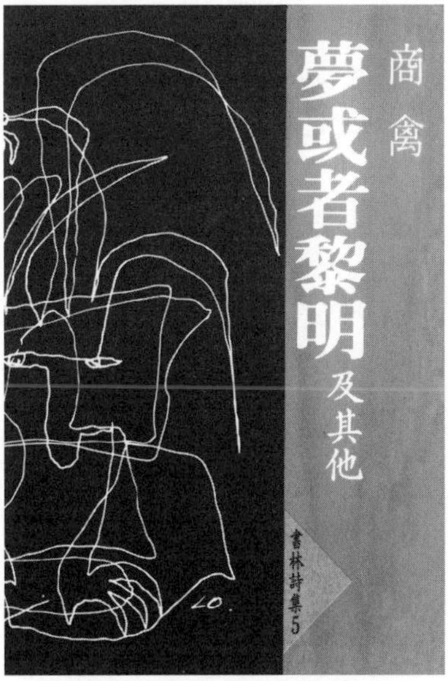

商禽，《夢或者黎明及其他》

網、屋頂，使生命壓縮在最小的空間。越沒有安全感的人，越需要城牆來保護。他的詩句非常抽象，但是揭露的世界，則極其真實。商禽從來不會直接以濫情的手法尋找感覺，而是以逃避個人的情緒予以過濾，終於到達昇華。當他描寫複雜的時代，便習慣使用冗長曲折的長句；當他觸及內心的鄉愁，則往往訴諸簡短的詩句，輕重之間的拿捏，是為了完成高度象徵。他是受到最多誤解的詩人，也是禁得起不斷挖掘的作者。他的命運承載時代悲劇，但有時他會以灑脫的句法使自己得到救贖。他的詩是探照燈，一如他注視現實的眼睛，往往揭露時代的幽暗面。他非常現實，也非常誠實，柔軟冷酷的詩句坐在那裡，就足以見證一個時代的悲與苦。他的詩集包括《夢或者黎明及其他》（一九六九）、《用腳思想》（一九八八）、《商禽詩全集》（二〇〇九）。

羅門（一九二八—二〇一七）曾服役於空軍，早年參加藍星詩社，是擅長長詩格局的創作者。一九五四年在《現代詩》發表第一首詩〈加力布露斯〉，開啟浪漫精神的時期。一九六〇年進入深層生命的哲思探索，以《第九日的底流》（一九六三）為代表，是當時罕見的一百多行長詩，語言凝重，意象濃縮。這本詩集是他跨入內心探索的重要詩作，當他開始進行內心探索的時候，把心靈稱為「第三自然」。對他而言，外在世界是第一自然，人是第二自然，而心靈是「更為龐大與無限壯闊的自然」[21]。這是他整個詩藝的重大轉折，同時期他寫了〈麥堅利堡〉、〈都市之死〉的長詩，前者是一首強烈抗議反戰詩，後者則開始對都市文明進行徹底批判。對於都市文明所帶來的危機，他有敏銳的觀察，

羅門（《文訊》提供）

較諸一九八〇年代都市文學的崛起，羅門可以說是最早警覺這個議題的詩人。他以二分法的看法區隔東方與西方的差異，他認為西方是根據理智與機械文明所開展的世界，而東方是屬於和諧圓渾的自然思考。他強調，雙方是互相吸取彼此的精華。不過由於太過強調哲學思維，反而使他的詩行只是在詮釋他的理論。後來出版的詩集《死亡之塔》（一九六九）、《隱形的椅子》（一九七六）、《曠野》（一九八〇）、《日月的行蹤》（一九八四）、《有一條永遠的路》（一九九〇），幾乎都是沿著生命底層的探索在開展。正如陳大為指出，羅門「賣力地展示都市文明的陰暗面，三十年如一日」。透過他的詩作，揭露都市文明的危機：「建築空間的壓迫、機械化的生活步驟、物質文明對人性的扭曲、自由意識的消失、空洞虛無的存在境況。」[22]羅門的詩觀，預告了八〇年代的台灣後現代詩景象。

張默（一九三一—），本名張德中，是《創世紀》的奠基者之一。他擅長寫短詩，對文學史料也非常著迷。他是台灣現代詩運動的記憶者，也是記錄者。出版詩集包括《紫的邊陲》（一九六四）、《上昇的風景》（一九七〇）、《無調之歌》（一九七五）、《陋室賦》（一九八〇）、《愛詩》（一九八八）、《光陰．梯子》（一九九〇）、《落葉滿階》（一九九四）、《遠近高低》（一九九八）。對於語言的掌握，他不斷修正，形式上的

張默（《文訊》提供）

21　羅門，〈詩人與藝術家創造了「第三自然」〉，《羅門自選集》（台北：黎明文化，一九七八），頁六。

22　陳大為，〈定義與超越——台灣都市詩的理論建構〉，《亞洲閱讀：都市文學與文化（一九五〇—二〇〇四）》（台北：萬卷樓，二〇〇四），頁七五。

演出並不穩定，較好的作品都是以短詩出現。例如〈鴕鳥〉：「遠遠的／靜悄悄的／閒置在地平線最陰暗的一角／一把張開的黑雨傘」。又如〈壁虎〉：「輕撫著，牠的柔軟閒適的步姿／燈光站在一旁／狩獵／天花板，寂寞」。他喜歡把握靈光閃現的意象，尤其在詠物方面常有獨到之處。一九六〇年代雖然也沉迷過超現實主義，也實驗過所謂的自動語言與純粹經驗，但是較諸瘂弦與洛夫，仍然力有未逮。作為台灣現代詩的運動者，張默的貢獻無可忽視，尤其他編過現代女性詩人的選集，也編過現代詩目錄，都是研究台灣現代詩運動的重要文獻。

葉維廉（一九三七—），是台灣現代主義運動中的理論奠基者。他是最早使香港詩學與台灣詩學進行會盟的先驅者。以僑生身分來台灣讀書，首先認識前輩詩人紀弦，稍後參與創世紀，使詩社的創作與理論都同時獲得提升。他的第一本詩集《賦格》（一九六三），與第二本詩集《愁渡》（一九六九），是形塑風格的最初階段，他自己承認受到中國一九三〇、四〇年代詩學傳統的影響。其中以李廣田的《詩的藝術》、劉西渭的《咀華集》、朱自清的《新詩雜談》，對他的影響最大。尤其關於文字、意象、意義的鍛鍊推敲，都助益甚鉅。當時的傑出詩人，如卞之琳、馮至都對他有點撥之功。他所受的影響，也來自聞一多、王辛笛、臧克家。他的閱讀都融入個人的詩藝，縱觀他日後的創作，擅長掌握氣氛的釀造，尤其在分行與速度的講求，特別嚴謹。他有意訴諸視覺，而這樣的視覺是一種靈視，對顏色、明暗，以及節奏快慢，都非常注意。他自己承認，在詩行之間有意「剔除敘述性」，他企圖回歸中國傳統

葉維廉（《文訊》提供）

的「任自然無言獨化」；最主要是要排除五四以降，過分受西方美學的操控，而能夠使傳統的詩學，在他的創作中獲得實踐[23]。

葉維廉的詩作，擅長以短句鋪陳，盡量把詩行拉長，使音樂的旋律連綿不斷。並且偏愛以一個字或兩個字作為一行，而造成節奏的緩慢，使情緒鮮明浮現出來。試舉《驚馳》（一九八二）詩集中的一例，〈山言雨說三首〉其一：「悶死了！／山說。／滂沱過後／山便把／霧／一幅／一幅的／吐出來／遮一點／露一點／隱隱／約約／忽前／忽後／在水迷中／在天濛裡／山說：／滂沱過後／要歡樂！／要嫵媚！」此詩完全依靠意象的渲染，正如潑墨畫一般，容許水漬緩緩暈開。詩人情不自禁介入現身，說出自己的心情。物與人便是用這種方式連結起來，有意造成天人合一的效果。葉維廉詩風，對大自然的嚮往，對飄渺虛無的渴望，非常強烈。在一定的程度上，也受到西方現代詩人龐德（Ezra Pound）意象詩派的影響，帶有一種靈性與禪性。他深入研究龐德受中國詩學的影響，從而建立起來的詩觀，對於創世紀詩社所高舉的超現實主義旗幟，頗具指標作用。作為現代詩運動的健將，葉維廉對於理論的探索又進一步向後現代主義發展。他所建立起來的學術成就，對一九八〇年代國內學術的衝擊非常巨大。他的理論已不止於現代詩方面，他不僅熟悉中國傳統，對於西方的最新思潮也鑽研甚深。從《中國現代小說的風貌》、《秩序的生長》開始，就已經展現他對小說的研究，也頗多獨到之處。具體而言，正是他對整個現代主義運動的全貌有所涉獵，因此在解釋文學時，可以進行跨領域、跨國界、跨歷史視野的龐大觀察。在這樣的基礎上，他進一步建立後現代主義的理論，而他的見解並非完全襲自西方，其中有中國古典與現代美學的融入。那種旁徵博引的氣勢，具有東方的特性，同時包括中國性與台灣性。在國際、在國內，都屬於學術重鎮。主要詩作包括《醒

23 葉維廉，〈我和三、四十年代的血緣關係〉，《花開的聲音》（台北：四季，一九七七），頁一八。

之邊緣》（一九七一）、《野花的故事》（一九七五）、《松鳥的傳說》（一九八二）、《驚馳》、《留不住的航渡》（一九八七）、《三十年詩》（一九八七）、《移向成熟的年齡：一九八七—一九九二》（一九九三）；理論方面包括《比較詩學》（一九八三）、《歷史傳釋與美學》（一九八八）、《解讀現代·後現代：生活空間與文化空間的思索》（一九九二）、《從現象到表現：葉維廉早期文集》（一九九四），後來在中國大陸出版《葉維廉文集》共八卷。

汪啟疆（一九四四—），湖北漢口人，上承黃遵憲海洋詩的開創性視野，也溶鑄了二十世紀現代詩的新生境界。他的海軍與詩人的雙重身分，使得其新詩創作生涯充滿了坦率、剛柔、知性與感性的特質。一九七一年一月於《水星》詩刊發表第一首詩，也曾經加入創世紀詩社，並與友人創辦大海洋詩社，主編《大海洋》詩刊。他的作品包括《攤開胸膛的疆域》（一九七九）、《人魚海岸》（二〇〇〇）。

## 現代詩的抒情傳統

抒情傳統在台灣現代詩的發展，已成為重要特色。現代主義與浪漫主義的結合，構成一九六〇年代的鮮明光澤。早期余光中（一九二八—二〇一七），頗受中國三〇年代新月派的影響，尤其受到新月派成員之一的梁實秋之肯定，使他在格律詩方面的經營用功特深。完成〈天狼星〉[24]與《五陵少年》[25]之後，余光中便正式到達現代主義的成熟階段。之後，又有傳誦一時的新古典主義詩集《蓮的聯想》[26]。在六〇年代末期，他出版了《敲打樂》[27]與《在冷戰的年代》[28]，更使已經獲得的詩壇地位趨於穩固。在現代主義運動中扮演領導角色的余光中，與高度現代化的瘂弦與洛夫最大不同之處，便在於知性與感性之間結盟產生歧見。瘂弦、洛夫偏向於內心世界的挖掘，致力於情緒的疏離與現實的疏離，詩風較傾向主知。余光中則在追求現代精神之餘，並不捨棄感性的表現。不僅如此，他並不避諱與傳統、歷史銜接，更不刻意避開親情、愛情等等題材的處理。在「天狼星論戰」之後，余光中正式向洛夫宣稱「再見，虛無」，而投向新古典主義的想像，終於創造了一冊《蓮的聯想》。

余光中在這段時期，獨創一種「三聯句」的形式，採取正反合的辯證結構，讓句子與句子之間產生相生相剋的效果。讀者面對這樣的詩行，興起一種連綿不絕的回應，而製造了生生不息的意象聯想。《蓮的聯想》是一冊廣泛流傳的情詩集，幾乎是當時青年學生的必讀書籍。詩集之所以受到歡迎，在於它開發了詩的魅力。余光中專注於掌握中國文字特有的聲音、色調、嗅覺與聽覺，那種對於符號的敏銳纖細，是現代詩人中的佼佼者。他縱情於符號與意義間之扭曲再造，卻又不全然捨棄傳統文字負載的固有信息。現代與傳統之間的對話，便在文字的滾動、跳躍、斷裂、接軌中流淌進行。

余光中

這種詩藝抵達《在冷戰的年代》時更為精進。余光中後來也承認：「《在冷戰的年代》是我風格變化的

24　余光中，〈天狼星〉，《天狼星》，一九六一年完成，一九七六年由台北洪範書店出版。
25　余光中，《五陵少年》（台北：文星，一九六七）。
26　余光中，《蓮的聯想》（台北：文星，一九六四）。
27　余光中，《敲打樂》（台北：純文學，一九六九）。
28　余光中，《在冷戰的年代》（台北：純文學，一九六九）。

余光中，《在冷戰的年代》（舊香居提供）

余光中，《白玉苦瓜》

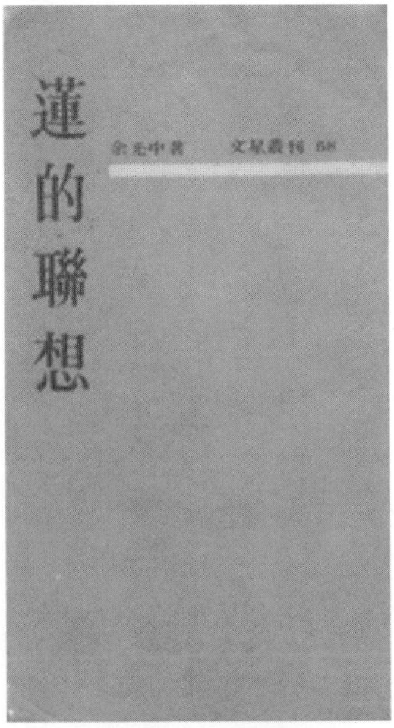


余光中，《蓮的聯想》

一大轉變，不經過這一變，我就到不了《白玉苦瓜》。」[29]換言之，《在冷戰的年代》一方面總結一九六〇年代現代主義的實驗與實踐，又開啟七〇年代以後，他樂於嘗試的現代主義與現實主義的會通與會盟。他淺嘗內心探索的滋味後，就立刻回頭介入當時許多詩人引以為戒的現實政治。當然，他的介入並非是參與政治運動或是展開文化批判。不過，將他與同時的詩人並置觀察，當可發現他的格局、氣象確實截然不同。

反戰詩的誕生，是他介入政治的具體證據。對於時局，詩人自然有一種無力感。特別是一九六六年越戰爆發之後，大環境對文學發展投下巨大陰影。余光中在這段期間寫了〈雙人床〉與〈如果遠方有戰爭〉，企圖以做愛的欲求反諷作戰的殘酷。這兩首詩，曾被抨擊為色情詩（如陳鼓應等人的《這樣的詩人余光中》[30]）。事實上，以個人情欲來對抗國族情操，已是後來女性主義者重要的書寫策略之一。余光中的手法，並非來自女性主義的啟發，純然出自他的獨創技巧。

讓政變和革命在四周吶喊
至少愛情在我們的一邊
至少破曉前我們很安全
當一切都不再可靠
靠在你彈性的斜坡上

——〈雙人床〉

29 余光中，《白玉苦瓜》（台北：大地，一九七四）。
30 陳鼓應等，《這樣的詩人余光中》（台北：台笠，一九八九年修訂新版）。

這種寫法，與洛夫的觀點迥然不同。洛夫面對戰爭，他聯想到死亡與虛無。余光中想像戰爭的情境時，雖意會到「不安全」，卻不必然與虛無聯繫起來。他的聯想，是「仍滑膩，仍柔軟，仍可以燙熱」的男女歡愛。透過熾熱肉體的纏綿擁抱，反襯了戰爭的邪惡與毀滅。

我們在床上，他們在戰場
在鐵絲網上播種著和平
我們應該惶恐，或是該慶幸
慶幸是做愛，不是肉搏
——〈如果遠方有戰爭〉

余光中典型的句法，便是不斷採取正反對比的辯證質疑，他以「肉搏」與「做愛」兩組形而下的意象，來暗示仇恨與友愛的價值衝突。他站在愛情的這一端，間接暗示了反戰的立場。在一九六〇年代支持越戰的台灣，很少出現反戰的聲音。這首詩雖然沒洛夫《石室之死亡》那樣悽厲，卻也透露了余光中對好戰文化的抗拒。這是政治無意識的一種挖掘，亦即是說，反戰是當時台灣社會集體被壓抑的欲望，並不是公開的議題。余光中當然極為熟悉現代主義的技巧，知道如何在內心世界中探索各種冰涼的、死寂的幽暗意識。

但是，他並未遵循現代主義的要求。余光中選擇較為感性的愛情主題，注意外在現象的對比。他終於偏離現代主義的美學，不再描繪戰爭的毀滅與生命的失落，而刻意同時觀察墮落與昇華，讓兩種正反的價值同時受到處理。余光中在探索「自我」時，從未採取分裂或決裂的觀點。他總是在兩極的情感思維中，相互協商，相互對話，最後逼近一個較為圓融的結論。從這個角度來看，他顯然不是徹底在追求詩的現代化。這種思維方式，與他傳統文學的修養有密切的關係，這也是浪漫主義者的另一種特徵。

余光中的浪漫傾向，表現得非常清楚的作品，當推〈火浴〉一詩。再度藉用正反辯證的思維，余光中企圖在冷熱相生相剋的欲望裡求得和諧。他拒絕自我的分裂，猶如〈火浴〉呈現水與火之間的兩種嚮往，亦即洗濯與焚燒。這首詩受到許多批評家注意的理由，在於它代表了余光中如何在現代與傳統、西方與東方、內心與現實之間找到一個平衡點。水，既是洗灌的憧憬，也象徵西方文化的洗禮；火，則是焚燒的欲望，又是暗示東方文化的苦痛經驗。詩中不斷利用反躬自省的方式邁向自我，襯托出詩人在矛盾的價值中接受拷問。事實上，反覆的質疑，恰恰就是他的不疑。他最後還是選擇了東方式的試煉。詩的最後四行，浮現了一個再生的、完整的、清晰的自我：

我的歌是一種不滅的嚮往
我的血沸騰，為火浴靈魂
藍墨水中，聽，有火的歌聲
揚起，死後更清晰，也更高亢

——〈火浴〉

肯定的句法，再次顯現余光中違抗現代主義的精神。他沒有追求毀滅，而毀滅是現代主義者的嚮往。他選擇了再生，一種炙痛燃燒以後的再生。這是余光中詩藝的固定模式，最後都會往救贖與昇華的過程中找到答案。因為他是理想的追尋者，總是在現實中，而非抽象思維裡，找到追逐理想的途徑。這浪漫主義者的性格，以救贖取代沉淪，以再生取代毀滅，以回歸取代放逐。如果余光中的思維中具有兩元論（binary），則他必須都與正面的價值結合起來，完全迥異於瘂弦、洛夫的負面書寫。

一九七〇年代以後完成的《白玉苦瓜》、《與永恆拔河》[31]、《隔水觀音》[32]、《紫荊賦》[33]、《夢與地理》[34]、《守夜人》[35]、《安石榴》[36]、《五行無阻》[37]，都沒有偏離兩元論的思維路線。確切地說，他仍然堅守著現代主義、浪漫主義的美學，並依此與現實、社會、歷史、傳統交互對話，其中的題材，也從未擺脫親情、愛情、友情、鄉情的內容。在六〇年代就奠下詩名的余光中，可能是華人世界最受廣泛討論的詩人。他的地位確定而穩固，無出其右者。

與余光中同齡的向明（一九二八—），本名董平，也是藍星詩社的成員。他的詩齡前後達五十年，出版過詩集《雨天書》（一九五九）、《狼煙》（一九六九）、《五弦琴》（一九六七）、《青春的臉》（一九八二）、《水的回想》（一九八八）、《隨身的糾纏》（一九九四）、《陽光顆粒》（二〇〇四）、《閒愁：向明詩集》（二〇一一）。長年以來，都以短詩表現他的藝術觀與價值觀。就像余光中所說，當他年紀越大，反而更加老辣。二〇〇八年，他與畫家女兒董心如，合出一冊精裝的詩畫集，那可能是台灣詩史上印製得最精緻豪華的作品集。他的詩在尺幅有限的格局裡，顯示潛藏在他體內的深層情緒。他擅長抓住稍縱即逝的剎那美感，在迅速迴旋間擦出靈光。在現代主義時期，他曾有一首詩〈今天的故事——兼覆阮囊〉：「有那麼一種精靈／在理論與理論的高牆下，他選擇天堂／在絕對式的求證下，捨去了自己這小數／而在刺刀與胸肌的接吻下／不曉得命運該押在錢幣的哪一面／不曉得那棵白楊會標識自己／

向明（《文訊》提供）

不曉得明天，唢呐是哭泣抑在讚頌」。類似這種自我質問、自我懷疑的句法，充分顯示不確定的年代、不確定的命運，詩人在自我定位時所面臨的困難。他的詩記錄一個世代的失落與失望，他常常用調侃式的句法，為深鎖的靈魂鬆綁。他不是批判型或抗議型的詩人，世間的衝突，往往在詩行之間得到和解。他的詩有一種寬厚與寬容，尤其到後期，他對世界看得非常明白，所有的短詩都在彰顯內在的平靜。

台灣現代詩的抒情路線的另一個重要聲音，便是葉珊，後來使用筆名楊牧。原名王靖獻的葉珊（一九四〇—二〇二〇），台灣花蓮人，東海大學外文系畢業，美國加州大學柏克萊校區比較文學博士，曾任教於美國麻州大學，於二〇〇二年自華盛頓大學退任。自十六

楊牧

31 余光中，《與永恆拔河》（台北：洪範，一九七九）。
32 余光中，《隔水觀音》（台北：洪範，一九八三）。
33 余光中，《紫荊賦》（台北：洪範，一九八六）。
34 余光中，《夢與地理》（台北：洪範，一九九〇）。
35 余光中，《守夜人》（台北：九歌，一九九二）。
36 余光中，《安石榴》（台北：洪範，一九九六）。
37 余光中，《五行無阻》（台北：九歌，一九九八）。

歲便開始寫詩，是一位早熟的現代詩人。早期的詩集《水之湄》[38]、《花季》[39]、《燈船》[40]，完整地為一九六〇年代的抒情詩做了恰當的詮釋。從詩風來看，他的浪漫主義色彩較諸現代主義精神還要濃厚。即使在三十二歲改名為楊牧之後，浪漫主義仍然是他的基調。不過，他不同於徐志摩的那種浪漫，雖然楊牧在日後提升了徐志摩的歷史評價。楊牧從未寫過格律詩，卻著迷於變化多端的十四行。他頌讚愛情，卻捨棄激切熾熱的情緒宣洩，而較傾向於知性的演出。他的抒情，極其冷靜，可以說完全來自於現代主義的影響。

一九六九年出版《非渡集》[41]似乎總結他在一九六〇年代走過的抒情道路。樂觀開朗的少年情愛，逐漸染上憂鬱的色澤。然而，憂鬱並不等於悲觀，他只是採取較為漠然的態度，冷眼觀察世事變化。他的漠然，在日後引導他變成一位「無政府主義者」。對於台灣現代詩的貢獻，在於他發展了敘事詩的技巧，而此技巧在其他詩人身上很難看到，它豐富了現代詩的想像空間。

敘事在現代詩中的經營，是一種危險的技巧。失手的話，容易淪為訴說故事，或淪為散文的書寫。從早期

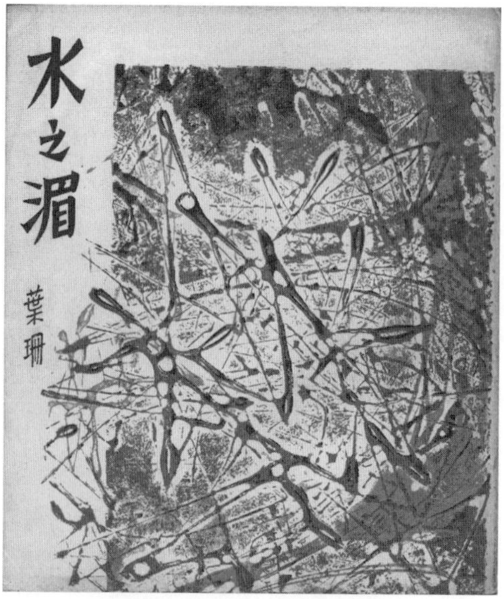

葉珊，《水之湄》（舊香居提供）

葉珊，《非渡集》

的創作生涯，楊牧就已嘗試在壓縮的空間容納龐大的情節故事。他的詩句乾淨、透明、精巧，卻不落入狹隘的格局。在《燈船》時期寫的〈斷片〉就暗藏場面開闊的企圖。詩中從一位擷蘆採花人的眼光出發，在偶然發現的部落，聯想到曾經有過叛變與廝殺的故事。他嘗試在寧靜、被遺忘的山裡，透過部落的存在來詮釋文明的意義。詩行不多，卻引人遐思，甚至可在想像中渲染成一段故事。

楊牧的詩風，既受浪漫主義者濟慈（John Keats）與現代主義者葉慈（William Butler Yeats）的影響，也受中國《詩經》傳統與唐詩意象的啟發。他的古典意識與歷史意識特別濃郁，與這樣的修養有密切關係。他擅長使用毫不相干的意象，銜接成具有內在邏輯的發展。〈給命運〉、〈給寂寞〉、〈給時間〉等等哲學思維，都是利用感性的演出去追索答案，往往帶給讀者訝異的喜悅與悲哀。一九六〇年代是楊牧鍛鍊敘事詩技巧的重要時期。沒有這個階段的發展，就不會有日後楊牧的可觀作品。

《傳說》[42]，現代主義的技巧趨於成熟，敘述手法則更加精鍊，反諷的技巧在有意無意之間於詩行中穿梭。〈續韓愈七言古詩「山石」〉、〈延陵季子掛劍〉、〈第二次的空門〉，開始發揮楊牧的敘事潛力。最受人傳誦的〈流螢〉，更可展現他豐富的想像力。這段時期，他已經把古典歷史，改寫成現代敘事。解讀他的作品，並不能單純依賴鑑賞，而需要具備知識，更需付出一份人文關懷。他的抒情，語言帶有甜味，禁得起反覆咀嚼。他擅長使用隱喻與轉喻，化腐朽為神奇；他也善於利用跨行的手法，使單一的意義擴張為多重

38 葉珊，《水之湄》（台北：明華，一九六〇）。
39 葉珊，《花季》（台北：藍星，一九六三）。
40 葉珊，《燈船》（台北：文星，一九六六）。
41 葉珊，《非渡集》（台北：仙人掌，一九六九）。
42 葉珊，《傳說》（台北：志文，一九七一）。

暗示。他可以把象徵轉化為寓言，可以把寓言升格為神話；他也可以把生活鑄成事件，並且在事件中窺見歷史。直到《瓶中稿》[43]所收的〈林沖夜奔〉誕生時，他的藝術成就已經普遍為詩壇所公認。這首長詩，具有詩劇的效果，其中的聲音、節奏都非常明快。

《瓶中稿》是他詩藝營造過程中的一個斷裂。他已確定是在海外自我放逐的詩人，唯有寫詩，透過不斷書寫，才能證明他的生命仍然還有依靠。然而，所謂斷裂，應該是指他的風格更加沉穩渾厚。早期的怔忡惶惑，至此似乎已都滌蕩清楚。一九七六年寫下的〈孤獨〉，第一行正是「孤獨是一匹衰老的獸」，隱隱告示年齡的分裂：

楊牧，《瓶中稿》（舊香居提供）

孤獨是一匹衰老的獸
潛伏在我亂石磊磊的心裡
雷鳴剎那，他緩緩挪動
費力地走進我斟酌的酒杯
且用他戀慕的眸子
憂戚地瞪著一黃昏的飲者
這時，我知道，他正懊悔著

不該貿然離開他熟悉的世界
進入這冷酒之中，我舉杯就唇
慈祥地把他送回心裡

憂傷的詩句，疏離的情緒，游移在詩行之間。當孤獨化為他豢養的寵物，憂傷已不是憂傷，而是溫暖的幸福。

楊牧利用現代主義的技巧，把自我分裂成為「飲者」與「衰老的獸」。究竟是獸在觀望飲者，還是飲者在疼惜獸，主客易位，彼此鑑照。孤獨竟已成為自足而自主的世界，那才是他們熟悉的天地。這種孤獨的質感，在日後的詩中屢屢可見。敘事技巧的運用，在此詩中已到達爐火純青的地步。

《北斗行》[44]、《吳鳳》[45]、《禁忌的遊戲》[46]、《海岸七疊》[47]，節奏轉趨明快，唯憂鬱的本質未嘗稍改。《有人》[48]與《完整的寓言》[49]問世時，楊牧干涉現實的作品逐漸浮現。縱然他自謂「無政府主義者」，卻無

43 楊牧，《瓶中稿》（台北：志文，一九七五）。
44 楊牧，《北斗行》（台北：洪範，一九六九）。
45 楊牧，《吳鳳》（台北：洪範，一九七九）。
46 楊牧，《禁忌的遊戲》（台北：洪範，一九八〇）。
47 楊牧，《海岸七疊》（台北：洪範，一九八〇）。
48 楊牧，《有人》（台北：洪範，一九八六）。
49 楊牧，《完整的寓言》（台北：洪範，一九九一）。

法掩飾對台灣鄉土的關懷。《時光命題》[50]與《涉事》[51]兩冊詩集，疏離的態度仍然不變，但是他對世局的熱切觀察，對現實的介入議論，已成為近期的特色。尤其是收入《涉事》的長詩〈失落的指環〉，副題是「為車臣而作」，更顯示其中的微言大義，已與自己的故鄉有了相互呼應的隱喻。楊牧的重要性，是從海外開始的，一位長期自我流亡於異域的詩人，以不在場的書寫證明他的歷史在場。在台灣詩史中，實屬異數。他的創作力仍然蓬勃旺盛，在恰當時刻為這個時代、這個社會留下深情的詩句。他的聲音，使得台灣詩壇帶有甜美而哀傷的色調。他是這土地上憂傷的詩人，也是溫暖而孤獨的詩人。

50 楊牧，《時光命題》（台北：洪範，一九九七）。
51 楊牧，《涉事》（台北：洪範，二〇〇一）。

# 台灣新文學史（上） 十週年紀念新版

2021年12月二版 定價：新臺幣480元



著　　者 陳芳明
叢書主編 蔡忠穎
編輯協力 李玉霜
　　　　 林怡馨
內文排版 黃秋玲
封面設計 張瑜卿

出 版 者 聯經出版事業股份有限公司
地　　址 新北市汐止區大同路一段369號1樓
叢書編輯電話 (02)86925588轉5319
台北聯經書房 台北市新生南路三段94號
電　　話 (02)23620308
台中分公司 台中市北區崇德路一段198號
暨門市電話 (04)22312023
台中電子信箱 e-mail：linking2@ms42.hinet.net
郵政劃撥帳戶第0100559-3號
郵撥電話 (02)23620308
印 刷 者 世和印製企業有限公司
總 經 銷 聯合發行股份有限公司
發 行 所 新北市新店區寶橋路235巷6弄6號2樓
電　　話 (02)29178022

副總編輯 陳逸華
總 編 輯 涂豐恩
總 經 理 陳芝宇
社　　長 羅國俊
發 行 人 林載爵

行政院新聞局出版事業登記證局版臺業字第0130號

本書如有缺頁，破損，倒裝請寄回台北聯經書房更換。 ISBN 978-957-08-6055-9 (平裝)
聯經網址：www.linkingbooks.com.tw
電子信箱：linking@udngroup.com

本書圖片感謝文訊雜誌社、舊香居、各位作家、作家家屬以及原作攝影者鼎力相助，
如有未盡善者，尚祈鑑諒。

國家圖書館出版品預行編目資料

台灣新文學史（上）　十週年紀念新版/陳芳明著．
二版．新北市．聯經．2021年12月．452面．17×23公分
ISBN　978-957-08-6055-9（上冊：平裝）

1.台灣文學史　2.文學評論

863.09　　110017566